ELISABET

Versun

(G) GOLDMANN

Lesen erleben

Buch

Einige Jahre sind vergangen, seit Anwalt Joachim Vernau den Drahtziehern eines Mordkomplotts das Handwerk gelegt hat. Auch die gemeinsame Kanzlei mit seiner Expartnerin Marie-Luise ist längst Geschichte. Bis ihn ein Hilferuf aus Polen erreicht: Jacek, der gemeinsame Freund aus längst vergangenen Tagen und durchzechten Nächten, sitzt mit einer Mordanklage im Gefängnis und beteuert seine Unschuld. Vernau ist entschlossen, Jacek zu helfen, und reist nach Polen. Versunkene Gräber auf einem alten Friedhof sind die erste Spur. Verlorene Briefe und vergessenes Leid ziehen Vernau immer weiter hinein in den Strudel der Ereignisse des Jahres 1945. Flucht und Vertreibung, Ende und Neuanfang – damals kreuzten sich die Schicksale von Tätern und Opfern, und Entsetzliches geschah. Doch erst Generationen später steigt das Grauen noch einmal aus dem Grab, und wer sich ihm entgegenstellt, muss sterben.

Weitere Informationen zu Elisabeth Herrmann
sowie zu lieferbaren Titeln der Autorin
finden Sie am Ende des Buches.

Elisabeth Herrmann

Versunkene Gräber

Roman

GOLDMANN

Originalausgabe

 Dieses Buch ist auch als E-Book erhältlich.

MIX
Papier aus verantwor-
tungsvollen Quellen
FSC® C014496
FSC
www.fsc.org

Verlagsgruppe Random House FSC® N001967
Das FSC®-zertifizierte Papier *Holmen Book Cream* für dieses Buch
liefert Holmen Paper, Hallstavik, Schweden.

3. Auflage
Taschenbuchausgabe Januar 2014
Copyright © der Originalausgabe 2014
by Wilhelm Goldmann Verlag, München,
in der Verlagsgruppe Random House GmbH
Umschlaggestaltung: UNO Werbeagentur, München
Umschlagmotiv: © Paul Knight/Trevillion Images; FinePic®, München
Redaktion: Angela Troni
CN · Herstellung: Str.
Satz: omnisatz GmbH, Berlin
Druck und Bindung: GGP Media GmbH, Pößneck
Printed in Germany
ISBN: 978-3-442-47995-5
www.goldmann-verlag.de

Besuchen Sie den Goldmann Verlag im Netz:

Für Shirin

Mondnacht

Es war, als hätt' der Himmel
Die Erde still geküsst,
Dass sie im Blütenschimmer
Von ihm nun träumen müsst'.

Die Luft ging durch die Felder,
Die Ähren wogten sacht,
Es rauschten leis die Wälder,
So sternklar war die Nacht.

Und meine Seele spannte
Weit ihre Flügel aus,
Flog durch die stillen Lande,
Als flöge sie nach Haus.

Joseph Freiherr von Eichendorff

Johannishagen im März 1945

Rosa, lieb Röschen mein,

ich lebe. Ich lebe! Du sollst es wissen, gleich im ersten Wort, ich lebe. Und der Tag wird kommen, an dem wir wieder vereint sind. Du, lieb Röschen lieb, die Kinder und ich. Ich bete beim Herrgott, dass er bald kommen wird, Tag und Nacht, zu jeder Stunde, doch unsere Herzen müssen geduldig sein. Dann kann ich die Tränen von deinen süßen Lippen küssen und dich im Arm wiegen. Nie mehr soll das Schicksal uns so grausam trennen. Nie mehr will ich euch verlassen, euch, mein Leben, mein Lieb, meine Ehr.

Hatte ich doch schon die Hoffnung verloren, jemals wieder Heimaterde unter den Stiefeln zu spüren. Wochen war ich unterwegs, aneinandergereiht zu Ewigkeiten. Bin verwundet, mein Lieb, dennoch kann ich nicht ins Lazarett. Es gibt keins mehr, das mich nähme … Ich kann dir nicht schreiben, was geschehen ist, denn mein Geist sträubt sich, es zu fassen, meine Feder, es zu beschreiben.

Rosa, lieb Rosa, ich war schon tot. Ertränkt im eigenen Blut und dem der Kameraden. Sie kamen wie eine rote Flut, bei Nacht, als die Kälte am schlimmsten war, erbittertste Gegenwehr, tapferstes Aufbäumen – vergebens. Mein Tolbrukstand war eine Falle. Die russischen Panzer preschten voran. Kaum, dass ich mich erheben konnte, waren sie über mich hinweg. Zwei Tage lag ich mehr tot als lebend im Stand. Erst als ich die rauchenden Trümmer verließ, die einmal unsere stolze Stellung gewesen waren, offenbarte sich mir das ganze Ausmaß des Gemetzels. Rauchende

Krater, grotesk verbogenes Eisen, die Kameraden weiter flussab – alle tot. Fraß der Krähen, wenn nicht Eis und Schnee sich gnädiger zeigten als das Schicksal. Selbst ich nur ein bleicher, wankender Schatten. Mit zerfetzter Uniform schlich ich ins nächste Dorf. Geisterleer empfing es mich, zerstört, verbrannt. Was mit den Bewohnern geschehen war, erspare ich dir. Die Lichtung am Waldrand war ihre Richtstatt. Einem zog ich die Kleider aus. Ich schäme mich zu sagen, dass ich meine Uniform vergrub. Ich schäme mich der Feigheit, kein deutscher Soldat sein zu wollen, der neben seinen Kameraden nun im Winde schaukelt, von den Russen aufgeknüpft. Oder erschossen. Von Panzern zermalmt, von Splittern durchsiebt. Dann wäre ich doch ein Held, nicht wahr?

Weißt du noch, wie du weintest und stammeltest: Ich will keinen Helden! Da riefen sie die Kinder und die Alten zum Sturm – ein Husten ist daraus geworden, mein Lieb, ein Husten, das im Donner der Geschütze nicht mehr zu hören war. Ich schäme mich, nicht tot sein zu wollen, es ist ein großes Verbrechen in diesen Tagen, am Leben zu hängen – aber ich will dich wiedersehen. Dich und die Kinder. So streifte ich die Kleider eines Toten über und lief los, wie all die anderen Verbrecher, die auch nicht tot sein wollten. Die nächste Kreuzung Richtung Ostbahn war belebter. Ein Greis schob den Karren durch den Schlamm, sein Weib und seine Kinder zogen ihn. Ochs und Kuh erschossen, die Schweine trieben tot im Fluss … nicht nur die Schweine, mein Lieb. Immer mehr Leute kamen dazu. Verlöschende, dem Wahnsinn nahe Gestalten waren darunter, Alte, Kranke, Kinder, Frauen …

Ich packte mit an, er stellte keine Fragen. So kam ich, die Netze entlang, unserer schönen Heimat näher. Doch was ist von ihr geblieben?

Später, mein Lieb, später. Nicht allen Wahn auf einmal. Ich bleibe bei dem, was wahr und richtig ist: Vor drei Tagen bin ich angekommen in unserem Haus.

Ach, unser Haus, lieb Rosa! Wenn du es sehen könntest, das

Herz würde dir brechen. Keine Scheibe mehr in den Fenstern, die Räume leer, verwüstet, geplündert. Die Tür zum Weinberg aufgebrochen und zersplittert, die Fässer leer, von den Flaschen nur noch Scherben. Ich weiß, der Schreck fährt dir in alle Glieder, wenn du dies liest. Doch warte ab, mein Lieb, warte ab.

Die Straßen und Gräben sind gesäumt von fliegenden Händlern, flinken jungen Burschen, die im Tumult des Durcheinanders feilbieten, was nach dem großen Sturm noch heil geblieben ist. Federbetten, Töpfe, Gläser mit blassen Sommerpfirsichen – eins zerbrach beim wütenden Feilschen. Ich hab einen gestohlen, gestohlen, Rosa!, rennen musste ich, mit letzten Kräften erreichte ich ein dunkles Kellerloch, das ich mit Ratten teilte. Den Pfirsich verschlang ich noch im Laufen. Bis jetzt glaube ich, seine Süße auf meinen Lippen zu schmecken. Süß wie ein Kuss von dir, süß wie Friedels Lächeln, wenn er an seinem Daumen lutscht im Schlaf, süß wie Ellis »Gute Nacht, Herzenspapa!« … Erinnerungen. Vorbei. Nachts verstecke ich mich vor der Miliz. Nur kurzer, wilder Schlaf mit düsteren Träumen. Dann glimmt das Feuer im Kamin. Dunkler roter Wein funkelt im Glas wie flüssiger Rubin. Du sitzt im Stuhl neben dem Feuer. Dein liebes Gesicht über die Nadeln gesenkt, nie ruhten deine Hände. Immer warst du fleißig, hast Haus und Hof geführt mit strengem und doch liebevollem Blick. Ich sehe zum Fenster hinaus auf unser Land, so weit das Auge schauen kann …

Der Himmel ist schwarz, der Atem rasselt in den Lungen. Das Land, es brennt. Schwarzer Rauch beißt in den Augen. Schüsse und Schreie, und wieder haben sie ein paar arme Seelen gefunden und aus den Kellern getrieben, gleich an die Wand gestellt oder zur Miliz gebracht für die Transporte …

Was weißt du, mein Lieb, von der Front? Sie ist weitergezogen, und was danach kam, ist grausiger und kälter als alle Vorstellung. Russen und Polen – sie konnten die Toten nicht alle bestatten, lieb Rosa. Bei manch guten Menschen bekam ich Unterschlupf, und wenn es nur ein Bett im Stroh und eine Decke waren, um nicht zu erfrieren. So kam ich nach Johannishagen, als der schlimmste Frost vorüber war. Ich will es nicht schreiben, doch du musst wissen, dass du zur rechten Zeit gegangen bist. Wilhelm fand ich im Brunnen, aufgedunsen und fliegenumschwirrt. Ich erkannte ihn an seinen Schuhen, die hat man ihm gelassen, warum, weiß der Himmel oder der Teufel. Seine Hedwig, die Wasserpolnische, Jaga hat er sie doch immer neckend genannt, wenn er ihr in die roten Wangen gekniffen hat? Jaga hat sich erhängt im Torhaus. Ich hatte noch nicht die Kraft, sie abzuschneiden. Die Kinder … beten wir, dass die Kinder einen guten Herrn, ein tapferes Herz, einen kräftigen Karren gefunden haben. Ich habe nicht nach ihnen gesucht. Sie hatten einen Säugling, nicht wahr? Er wird eine Brust gefunden haben, mein Lieb. Es ist nichts verloren. Wir sind ein starkes Volk, das den Sieg verdient. Zumindest nicht eine solche entsetzliche Niederlage. Du fragst, mein Lieb, was aus deinem Soldaten geworden ist? Deinem späten Helden, den sie, im zweiundfünfzigsten Jahr, noch gezogen haben? Er ist dem Ruf des Vaterlandes gefolgt bis hin zur Schleife, wo sie die alten Bunker wieder ausgehoben haben. Dort sollten wir den Russen aufhalten. Gott möge mir verzeihen: Es war, wie auf die Feuersbrunst zu spucken … Sie werden mich hängen, wenn dieser Brief in falsche Hände kommt.

So schwöre ich, vor dir, den Kindern, vor Gott dem Herrn: Sobald ich weiß, wem ich mich anschließen kann, ich würd es tun! Da ist nichts mehr als Auflösung und wilde Flucht. Dem Volksschutz vielleicht? Es gibt ihn nicht! Und niemand, der ihn anführt! Alle sind fort. Geflohen, verschleppt, erschossen, erhängt. Tumulte in den Straßen, polnische Miliz und Rote Armee überall! Die Sowjetflagge und der weiße Adler, gehisst am Rathaus von Grünberg, die Männer, Alte und Kinder in Lager gebracht, keiner weiß, wohin, verloren ist es … Herr, vergib mir, ich bin die Kugel nicht wert, doch ich muss es sagen … verloren ist alles … Ich würde mich jedem Haufen anschließen, der in der Flagge noch Ehre und Vaterland führt, vielleicht über die Oder gen Berlin, wo sich der Führer dem Feind so tapfer entgegenstellt.

Meine Hände zittern, lieb Rosa. Sie zittern wie Espenlaub. Siehst du die Tuscheflecken? Die verstrichenen Worte? Zwei Tage habe ich für diesen Brief gebraucht. Und selbst das ist eine Lüge. Nur in den Nächten wage ich mich aus meinem Versteck. In den Nächten schleiche ich mich hinüber ins Haus, durch die leeren, verwüsteten Räume. Keiner darf mich sehen, keiner hören, denn fremde Leute sind nun in Johannishagen und kommen immer wieder in die Siedlung, um zu holen, was zu holen ist, aber kurz vor Morgengrauen ist es still, und das ist meine Stunde. Die Kerzen aus dem Vorrat unter den Dielen, den du noch angelegt hast in deiner weisen Vorsicht. Wie hab ich dich geschimpft! Fast geschlagen hätte ich dich! Nun möchte ich dir die Hände küssen, jene Hände, die so viele Kerzen bündelten, die Schmalztöpfe vergruben, den Schinken ins Tuch wickelten. Ich mein es doch nicht so, hast du geflüstert. Es ist doch nur ... wir wissen doch nicht – und ich fühlte mich verraten von dir. Das war die letzte Weihnacht, Weihnacht 1944. Da kam schon böse Kunde aus Lublin, und ein Flüstern machte die Runde ... Ich wollte es nicht glauben, durfte es nicht glauben, hab dir verboten, darüber zu reden, dich fast geschlagen, mein Lieb, mein Lieb ...

Friedels kleines Holzpferd hab ich gefunden, halb verbrannt, auch der Russe will sich wärmen. Magda sagt, die Russen sind nicht so schlimm, sie halten die Polen im Zaum.

Magda?, höre ich dich staunend fragen. Magda ist da? In all den tantalischen Qualen hält ausgerechnet die jüngste und kleinste der Dienstboten die Stellung? Mein Lieb, es ist so. Sie ist geblieben, als die anderen gingen. Vielleicht, um einmal durch das Haus zu wandern, hocherhobenen Hauptes, in Seide und Pelz gekleidet – ich gönne es ihr aus übervollem Herz. Wohl glaubte sie, es würde nicht so schlimm ... und wahrhaftig scheint der Sturm an ihr als Einziger kein Haar zerzaust zu haben.

Sie ist anders geworden. Das liebe Mädchen, das immer scheu und fleißig seine Arbeit tat, es sagt, die Zeit der Herrenmenschen sei vorüber. Wohlan, so pflichtete ich ihr bei, das wird auch wahrlich Zeit, denn mein Lebtag war ich ein Weinbauer und hab den Rücken gekrümmt, dass alle, Herr und Knecht, die fleißig arbeiten, auch fleißig essen können. Und fleißig trinken, wollte ich scherzen. Da wurde sie rot und bat mich um Verzeihung für die harschen Worte. Doch wär ich Deutscher und hätte Land besessen, wär ich ein Herr gewesen, und die Herren hingen jetzt an den Bäumen ... Sie weinte, das arme Ding. Da begriff ich, dass ich sie nie wiedersehen würde, schlimmer noch, dass ich meines Versteckes nicht sicher sein könnte. Ich gab ihr deine Nadel, die mit dem funkelnden Rubin. Ich sagte ihr, es gebe noch viel mehr davon, wenn sie auch weiterhin treu sein möge, und sie versprach es. Sie gab mir ihr Wort. Ich werde diesen Brief versiegeln, und das Siegel wird sie nicht erbrechen. Also kann sie nicht erfahren, dass das alles nicht von Dauer sein wird. Möge sie sich erfreuen an ihrem neuen Stand, er wird nicht lange währen. Man hört, die Ersten, die flohen, kehren schon wieder zurück. So wird es auch mit den anderen sein, und eines Tages, mein Lieb, auch mit dir und den Kindern.

Drum sei vorbereitet. Denn vom Haus wollte ich dir schreiben. Und davon, wie es kam, dass ich, als einer der Letzten gezogen, auch einer der Letzten bin, die geschlagen und am Ende ihrer Kräfte ausharren und auf ein anderes Ende hoffen als dieses. Vielleicht bin ich der Einzige, der noch hofft. Dies kann nicht das Ende sein. Es darf nicht alles verloren gehen. Die Heimat, die Familie, der Weinberg, das Haus ... Mir ist, als hätte ich es erst gestern verlassen, dann wieder erscheint es mir, als wären Jahrtausende über die Erde gezogen und ich wäre viel tausendfach gestorben.

Vom Haus erzählen – das gelingt mir nicht. Vor der Türschwelle bleibe ich stehen. Ich wage es nicht einzutreten, lieb Rosa lieb.

Ein Scheiterhaufen im Hof, darauf verglimmt der Rest unserer Habe. Magda zerrte mich weg, Magda, die Gute, die Einzige, die noch bei mir ist ... An diesem Tag noch fiel sie auf die Knie vor mir, stammelte freudige Worte, bis sie mir sagte: Flieht, flieht, solange noch Zeit ist. Sie wusste nicht, dass ich ein Fahnenflüchtiger war und der nächste Baum der meine gewesen wäre, hätte man mich aufgegriffen. Sie warnte mich auch, mich den Russen zu stellen. Den Polen schon gar nicht. Egal, was ich beschlösse, der Tod wartete auf mich, und wenn nicht der Tod, dann die Arbeitslager in Sibirien, und denen wäre der Tod vorzuziehen.

Ich muss verzeihen lernen, die Zeiten verlangen danach. Verzeihen, dass sie dein Sommerkleid trägt, das mit den gelben Margeriten, in dem ich dich noch über die Sommerwiesen laufen sehe, lachend, scherzend, im Spiel mit den Kindern, ein Bild aus anderen, versunkenen Tagen. Es steht ihr gut, unserer Magda. Sie hat Zygfryd aus Odereck schon immer sehr gemocht und will ihm damit gefallen. Sie sagt, vielleicht kann Zygfryd ein gutes Wort einlegen, dass er den Weinberg weiter führt. Sie will auch das Haus. Es reicht, mein Lieb, auf eins zu deuten, und die Leute müssen ihre Sachen packen ... Ich wollte es nicht glauben, und doch, es ist die Wahrheit.

Wir haben alles verloren, mein Lieb. Alles. Nur uns nicht, wir sind uns treu. Und so will ich dir sagen, lieb Rosa: Als Soldaten vorbeifuhren und Magda mich schnell fortschickte, mich zu verstecken – ein Rest von Zuneigung ist ihr geblieben, sie verrät mich nicht (wohl weiß sie, dass du noch einige hübsche Spangen und Armbänder hattest, und wohl habe ich die Hast bemerkt, mit der sie die Rubinnadel an sich nahm). Als sie abgelenkt war und ich mich umsehen konnte, fand ich Johannes' Hochzeitskiste unversehrt. Unser Weinkeller ist ein Scherbenhaufen, diese eine Kiste dagegen ist geblieben. Eine romantische Erinnerung, doch unser Herz hing daran, sie gemahnt mich an andere, an glückliche Zeiten. Und sie werden wiederkommen! Dafür bewahre ich sie, für uns und unsere Kinder, wie Johannes sie einst für den Vater meines Vaters bewahrte. Aber nur du und ich wissen, über welche Türschwelle man treten muss.

Ich wache, ein einsamer Soldat über einer einsamen, kostbaren Fracht. Unserer letzten Habe. Wir werden uns wiedersehen, lieb Rosa. Ich werde dich finden bei deinen lieben Leuten, die euch aufgenommen haben. Grüß und küss mir die Kinder. Sag ihnen in ihre süßen Träume, dass der Vater wacht. Er wacht, lieb Rosa lieb. Er wacht über unser Geheimnis, wie die Väter und Vorväter wachen, denen ich mich so tief verbunden fühle wie noch nie. Einst werden die Nächte der Tränen vorüber sein. Dann werden unsere Tage kommen.

Innigst Geliebtes
Dein Walther

1

Poulardenbrust an Safranreis, dazu ein exzellent gekühlter Pouilly-Fumé. Das Leben konnte so schön sein, wenn Marquardt bezahlte. Nichts wies darauf hin, nichts warnte, keine innere Stimme flüsterte: Pass auf, die zarte junge Frau, die gerade das hochfrequentierte Nobelrestaurant in der Schlüterstraße betritt, könnte dir mit einem einzigen Satz weitaus mehr verderben als dein exquisites Mittagsmenü, das du gerade im Begriff bist, zu dir zu nehmen.

Sie ging Richtung Tresen, vorbei an vollbesetzten Tischen mit Designern, Anwälten, Filmproduzenten, Agenten, ein bisschen Schauvolk und dem ausgefransten Wanderzirkus all jener, deren erste Sätze mehr oder weniger mit »Ich mach was mit Film/Büchern/Kunst« begannen. Dort wandte sie sich an den Barista und fragte etwas. Bis eben eine unter vielen – eine hübsche junge Frau auf der Suche nach einem freien Tisch oder einer Verabredung. Man nahm sie kurz wahr und vergaß sie wieder. Doch das änderte sich, als der Angesprochene auf mich deutete und sie behutsam durch die enge Gasse, vorbei an Weinkühlern und ausladenden, in den Weg gestellten Einkaufstüten und Pilotenkoffern, zu uns geleitete. Sebastian Marquardt, der gerade zur Weinflasche greifen wollte, sah erstaunt hoch. Sein gebräuntes Gesicht mit den zurückgegelten, kurzen Haaren leuchtete auf. Junge, hilflose Frauen weckten den Retter in ihm. Manchmal auch mehr.

»Die Dame wollte zu Ihnen.« Der Barista nickte mir kurz zu.

Ich legte die Serviette zur Seite, wechselte mit meinem Gegenüber einen schnellen, ratlosen Blick und erhob mich. »Joachim Vernau.«

Ich reichte ihr die Hand, sie erwiderte den Druck kurz und zog ihre dann schnell zurück.

»Mein Name ist Zuzanna Makowska. Wenn ich Sie nicht störe, würde ich Sie gerne kurz sprechen.«

Ihr Deutsch war exzellent, aber die Art, wie sie ihren Namen aussprach, klang osteuropäisch. Braune, wache Augen, herzförmiger Mund, zartes, feingezeichnetes, blasses Gesicht. Sie war einen Kopf kleiner als ich und trug einen langweiligen Hosenanzug mit korrekt geschlossener weißer Baumwollbluse, die glatten hellbraunen Haare in einem kinnlangen Pagenschnitt. Sie wirkte wie eine Jurastudentin vor der mündlichen Prüfung. Ich schätzte sie auf höchstens Mitte zwanzig.

»Mein Büro ist nur ein paar Minuten von hier«, sagte ich und holte eine Visitenkarte aus meiner Anzugtasche. »Am Kurfürstendamm. Wenn Sie dort anrufen und sich einen Termin geben lassen …«

»Ich brauche keinen Termin, nur eine kurze Auskunft. Darf ich?«

Sie wandte sich an zwei straffe Damen mittleren Reichtums am Nebentisch. Unwillig räumten sie ihre Handtaschen von einem leeren Stuhl. Zuzanna zog ihn heran und setzte sich. Mitten in die schmale Gasse, durch die im Minutentakt die Kellner mit den Mittagsmenüs eilten. Sie schlug selbstbewusst die Beine übereinander. Sobald sie ihren Platz gefunden hatte, schien es vorbei zu sein mit Schüchternheit.

Marquardt hob amüsiert die Augenbrauen und schob ihr ein Glas hinüber, das er mit Wasser füllte.

»Danke.«

Ich setzte mich wieder. »Nicht, dass Sie mich für unhöflich halten, aber wir haben gerade eine Besprechung.« Die Poularde wurde kalt.

»Ich störe nicht lange. Aber ich bin nur heute in Berlin und habe bereits viel Zeit verloren. Ich suche Marie-Luise Hoffmann. Man hat mir gesagt, Sie beide …«

»Dann hat man Sie falsch informiert.« Ich steckte meine Karte wieder ein. »Frau Hoffmann und ich gehen beruflich seit einiger Zeit getrennte Wege.«

»Aber Sie wissen, wo ich sie finden kann?«

»Frau Hoffmann hat eine Kanzlei in Prenzlauer Berg in der Dunckerstraße.«

»Hinterhaus, zweiter Stock. Ich weiß. Dort arbeitet jetzt ein Heilpraktiker mit Zusatzausbildung in Reiki und chinesischer Akupunktur.« Sie nippte einen Schluck Wasser.

Marquardt sah mich ratlos an. »Was ist mit Mary-Lou? Macht sie jetzt in fernöstliche Meditation?«

Ich wandte mich wieder an Zuzanna. »Haben Sie ihre Handynummer?«

»Ja. Auch die gibt es nicht mehr.«

Daraufhin nahm ich mein Smartphone und rief Marie-Luise an. Ich hatte sie seit über zwei Jahren nicht mehr kontaktiert. Zuzanna und Marquardt beobachteten mich interessiert. *Die von Ihnen gewählte Rufnummer ist nicht vergeben*. Ich ließ das Handy sinken.

»Und der chinesische Reiki-Meister weiß auch nicht, wo sie geblieben ist?«, fragte ich. Wahrscheinlich hatte sie den Anbieter gewechselt, mein ehemaliges Büro untervermietet, und Zuzanna hatte es einfach nicht gecheckt.

»Die Wohnung stand vor seinem Einzug vier Monate leer. Man sagte mir, Sie und Frau Hoffmann wären Freunde. Enge Freunde.«

Ich mochte ihre Stimme. Hell und klar, aber nicht grell, im Gegenteil. Sanft, präzise prononciert, mit diesem Hauch von Akzent. Doch ich mochte die Fragen nicht, die sie stellte. Vor allem, wenn ein leiser Vorwurf darin mitschwang.

»Sagt wer?«

»Ein gemeinsamer … Freund. Wobei ich nicht weiß, wie dehnbar Sie diesen Begriff auslegen.«

»Etwas klarer, bitte.«

Zuzanna musterte mich lange. Marquardt hob das Glas und roch an dem leichten Tischwein, als hätte er einen 1987er Meursault unter der Nase.

»Vielleicht«, begann er, schnupperte wieder, schwenkte das Glas und kostete schließlich gedankenverloren, »kann Ihnen ein anderer Anwalt helfen? Soweit ich mich erinnere, hat sich Frau Hoffmann auf Familien- und Mietrecht spezialisiert. Leider nicht unsere Fachgebiete. Aber ich will mich gerne umhören, wer Ihren Fall übernehmen könnte. So einer hübschen jungen Dame muss man doch helfen.«

Danach blickte er kurz auf seine Rolex. Ein deutliches Zeichen, sich jetzt entweder als angehende Geschäftsbeziehung zu erweisen oder das Weite zu suchen.

»Danke«, sagte die hübsche junge Dame eisig. »Das ist nicht nötig.«

»Möchten Sie vielleicht etwas essen? Sie sehen aus, als könnten Sie was Warmes vertragen. Das ist aber auch ein Wetter!« Marquardt schob ihr die Speisekarte hinüber.

Mit einer schnellen Handbewegung lehnte sie ab. »Bemühen Sie sich nicht. Mein Zug fährt in einer Stunde. Wenn Sie nicht wissen, wo sich Frau Hoffmann aufhält, dann verabschiede ich mich hiermit.«

»Es hat aber ziemlich dringend geklungen«, wandte ich ein.

Sie stand auf. Ich wollte sie nicht so gehen lassen, nicht so sauer und auch nicht so hungrig.

»Essen Sie wenigstens eine Kleinigkeit mit uns. Und dann erzählen Sie einfach, was Sie hierherführt. Vielleicht finden wir gemeinsam eine Lösung.«

»Nein«, sagte sie schnell. »Entschuldigen Sie die Störung. Es war ein Fehler, überhaupt nach Berlin zu kommen.«

Ich übernahm es, ihren Stuhl wieder an den Tisch der beiden Damen zu rücken. Dann wandte ich mich mit einem hoffentlich charmanten Abschiedslächeln an Zuzanna. Wer weiß, aus welchem Provinznest sie sich auf den Weg gemacht hatte, nur um in der Dunckerstraße einem Reiki-Meister und in Charlottenburg zwei Anwälten beim Lunch zu begegnen. Dafür keine Marie-Luise. In den letzten Monaten hatte ich öfter an sie gedacht und mich gefragt, ob ich mich mal wieder melden sollte. Zuzannas erfolglose Suche beunruhigte mich.

»Ich werde versuchen, Frau Hoffmann ausfindig zu machen. Wo kann ich Sie erreichen?«

»In meiner Kanzlei in Poznań.« Sie sah in mein irritiertes Gesicht. »In Posen«, setzte sie mit einem unterdrückten Seufzer der Ungeduld hinzu.

»Sie sind Anwältin?« Marquardt verschluckte sich.

Sie schenkte ihm ein schnelles, ironisches Lächeln und reichte mir eine Karte. Zuzanna Makowska, *Adwokat, Karnista*. Darunter eine Telefonnummer mit 0048er Vorwahl und eine unaussprechliche Adresse in Poznań.

»*Karnista?*«, fragte ich.

»Strafrecht.«

»Strafrecht? Hören Sie, ich will wissen, um was es geht. Wenn Marie-Luise in Schwierigkeiten ist, betrifft mich das auch.«

»Weil Sie so eng befreundet sind?« Sie hob ihre Aktentasche hoch, die sie auf dem Boden abgestellt hatte. »Ich werde Frau Hoffmann von Ihnen grüßen, sollte ich sie finden.«

»Warum suchen Sie nach ihr?«

Die polnische Anwältin zuckte mit den Schultern und schlängelte sich geschickt durch die engen Tischreihen Richtung Ausgang. Wenn der eine oder andere Blick an ihr hängenblieb, dann bemerkte sie es nicht. Ich folgte ihr. Draußen auf der Schlüterstraße holte ich sie ein. Kurz war ich versucht, sie an der Schulter zu packen und zu mir umzudrehen. Die Sorge um Marie-Luise und das schlechte Gewissen, das ich zwei Jahre lang mit »Sie könnte sich ja ruhig auch mal melden« betäubt hatte, machten mich wütend.

»Jetzt warten Sie doch! Zuzanna!«

Abrupt blieb sie stehen.

»Das geht so nicht. Sie können hier nicht einfach auftauchen und mich ohne ein Wort im Unklaren lassen.«

Sie strich sich die Haare auf der linken Seite hinters Ohr. Mir fiel auf, wie schmal ihr Gesicht war. Zart geschnitten, mager beinahe, mit leicht nach innen gewölbten Wangen.

»Mein Mandant hat sich getäuscht. Sie sind nicht befreundet.«

»Wer zum Teufel ist Ihr Mandant?«

»Dazu möchte ich Ihnen nichts sagen.«

Sie hatte keinen Mantel dabei. Es war kalt. Wir hatten wieder einmal einen als Sommer getarnten Herbst in Berlin. Schwere graue Wolken bedeckten den Himmel, der frische Wind wehte uns einen unangenehmen, hauchfeinen Nieselregen frontal ins Gesicht.

»Sie tauchen hier auf, völlig aus dem Nichts, suchen eine alte Freundin von mir, wollen mir weismachen, ihre Kanzlei hätte sich in Luft aufgelöst, geben sich als Anwältin aus …«

»Ich *bin* Anwältin.«

»Und wollen mir nichts zum Sachverhalt sagen? Ich weiß noch nicht einmal, ob Sie zum Vor- oder Nachteil von Frau Hoffmann nach ihr suchen.«

»Das geht Sie …«

»Hat sie Mietschulden? Ist sie mit dem Gesetz in Konflikt geraten?«

»Nein!«

»Um was zum Teufel geht es dann?«

Sie trat einen Schritt auf mich zu. Damit stand sie so nah vor mir, dass ich erkennen konnte, wie sehr ich mich in ihrem Alter und ihrer Unerfahrenheit getäuscht hatte. Irgendetwas machte sie wütend. Wir konnten es nicht sein. *Wir* hatten ihr Hilfe und eine warme Mahlzeit angeboten.

»Also?«

»Es geht um Mord«, zischte sie. »Sagen Sie das Ihrer Freundin, wenn Sie sie wiedersehen. Je eher sie auftaucht, umso besser.«

»Um was?« Da glaubte ich noch, ich hätte mich verhört.

»Mord. Soll ich es buchstabieren? *Do widzenia, bałwan.*«

Sie drehte sich um und lief davon.

Marquardt hatte zwischenzeitlich bezahlt und kämpfte gerade auf den Stufen des Restaurants mit seinem Faltschirm. Gemeinsam machten wir uns auf den Weg ins Büro. Das Wetter unterband jede Konversation.

Die Kanzlei lag nur eine Querstraße entfernt – eine zweihundert Quadratmeter große Altbauwohnung mit Parkett, Stuck und jugendstilverglasten Schiebetüren. Der Marmor im Treppenhaus schimmerte, der rote Teppich auf den Treppenstufen wurde täglich gesaugt, der Fahrstuhl aus den zwanziger Jahren ruckelte gemächlich nach oben. Marquardt versuchte, mit seinem zusammengefalteten, nassen Schirm nicht allzu viel Unheil anzurichten.

»Wusstest du das?«

»Was?«, knurrte ich.

»Dass Mary-Lou untergetaucht ist?«

»Sie ist nicht untergetaucht. Wahrscheinlich sitzt sie in einem alten Reifenlager in Oberschöneweide.«

»Was soll sie denn in Oberschweineöde?«

»Dort sind die Mieten noch bezahlbar.«

Ich hatte mich kundig gemacht. Das musste ich Marquardt nicht unbedingt auf die Nase binden. Ich war sein Untermieter. Wer will schon für den Rest seines Lebens Untermieter bleiben?

»Jetzt habe ich ein wirklich schlechtes Gewissen.«

Ich unterdrückte ein Stöhnen. Marquardts eingebildete Anwandlungen von Mitgefühl verschwanden meist ebenso schnell, wie sie auftauchten. Aber sie nervten.

»Vielleicht hätte ich mich mal bei ihr melden sollen?«, sinnierte er weiter.

Das hätte ihr gefallen. Marquardt, der Ku'damm-Advokat. Ich erinnerte mich noch gut an die letzten gemeinsamen Wochen, die wir zu dritt verbracht hatten. Zum ersten Mal seit unserer Studienzeit wieder vereint. Das Haus in der Dunckerstraße war uns wegen einer Gasexplosion fast um die Ohren geflogen. Bis wir zurückkonnten, hatte Marquardt uns ein leeres Büro in seiner Kanzlei zur Verfügung gestellt – eine Geste, die er spätestens in dem Moment bereute, als Marie-Luise die Gattin eines schwerreichen Mandaten als ehemalige Klientin wiedererkannte, die sie gegen deren Zuhälter vertreten hatte. Marquardts immer noch vorhandene Sympathie für meine Kanzleipartnerin war daraufhin merklich abgekühlt. Der längst vergessene Spitzname »Rotarmistin« war seitdem wieder öfter in seinem Sprachgebrauch.

Der Fahrstuhl hielt. Die Tür öffnete sich automatisch – Tiffy hatte das Heranrollen ihres Ernährers gehört und strahlte uns an.

»War's schön?«, piepste sie. Jedes Mal, wenn wir zusammen essen gingen, fragte sie das hinterher, ohne mit einer Antwort zu rechnen. »Zwei Anrufe von Dreywitz wegen der Bewährung für seinen Sohn.«

»Kannste gleich durchstellen.« Marquardt warf einen kurzen Blick in den Posteingangskorb.

Mercedes Tiffany verschwendete ihr Lächeln nun auch an mich. »Für Sie ist nichts gekommen.«

»Danke.« Ich hängte meinen Mantel an der Garderobe auf und wollte in mein Büro.

Tiffy versenkte sich mit gerunzelter Stirn und krausem Näschen in ihre kryptischen Aufzeichnungen. »Das heißt … jemand wollte Sie sprechen. Eine Frau. Irgendwas mit M.«

»Marie-Luise?«, fragten Marquardt und ich wie aus einem Mund.

Betrübt blickte Tiffy hoch. »Ich kann es nicht mehr lesen.«

Marquardt drehte sich zu mir um und schenkte mir einen Blick, in dem alle Sorge, alle Pein, aller unendlicher Schmerz von

Vätern bildhübscher, aber irgendwie verpeilter Töchter lag. In vier Monaten würde Tiffy heiraten und unsere Kanzlei verlassen. Auf dem Schweizer Internat, das Marquardt dem einzigen bis dato bekannten Spross seiner Lenden hatte angedeihen lassen, war es zu jener folgenreichen Begegnung gekommen, auf die die gesamte teure Ausbildung sowie ein unnützes, weil vor dem ersten Staatsexamen abgebrochenes Jurastudium ausgerichtet gewesen waren: Kontaktanbahnung zu schwer- und einflussreichen Familien. Die Freude der harrenden Eltern war groß, als sich tatsächlich ein aussichtsreicher Anwärter aus dem nebulösen Beziehungsgeflecht ihrer Tochter herauskristallisierte. Der junge Mann war ein italienischer *barone*. Marquardt hatte daraufhin die konspirative Nähe zu einem Heraldiker gesucht – Tiffy sollte zur Hochzeit schließlich auch von ihm einen Siegelring erhalten.

Manchmal regte sich in mir leiser Neid. Nicht auf die Rentenzusatzversorgung durch den italienischen Adel, den es seit 1946 sowieso nur noch auf dem Papier gab. Eher darauf, dass es Menschen gab, die ein Leben planten und deren Pläne auch noch aufgingen. Vor einem Vierteljahrhundert hatten ein Mann und eine Frau an der Wiege ihres neugeborenen Mädchens gestanden und mit geradem Blick und konsequenten Schritten seine Zukunft organisiert. Französische Kinderfrau, Diplomaten-Kita, mehrsprachige Europaschule, Bakkalaureat in Lugano. Und Peng. Volltreffer. Manchmal hatte ich das Gefühl, Leute wie Marquardt kannten keine Fehlschüsse.

Ich konnte noch nicht einmal die nächsten Wochen planen. Das Geschäft lief schleppend. Da Marquardt, anders als Marie-Luise, tatsächlich auf der Begleichung von Miete und Nebenkosten bestand, kam ich, was meinen eigenen Lebensstandard betraf, vergleichsweise langsam voran. Ich hätte mir die Poulardenbrust einpacken lassen sollen.

»War es was Wichtiges?«, fragte die zukünftige italienische *baronessa* mit zukünftigem Wohnsitz in der Nähe von Mailand, für den sie in den vielen ruhigen Stunden in der Kanzlei dicke Bände von Tapeten- und Stoffbüchern wälzte. »Sie meldet sich ja wohl noch mal, wenn es was Wichtiges war. Oder?«

Ich nahm den Mantel wieder von der Garderobe und streifte ihn mir über. »Bestimmt. Sagen Sie bitte für heute Nachmittag alle meine Termine ab. Ich muss kurz weg.«

Sie versenkte sich wieder in ihren Kalender. »Sie haben heute gar keine Termine, Herr Vernau.«

Aber da war ich schon fast draußen.

2

Wie ich später, viel später erfuhr, saß Zuzanna Makowska zu diesem Zeitpunkt schon im Zug nach Poznań Główny. Sie verließ ihn nach knapp drei Stunden, lief durch die Unterführung, bestieg ihr Auto und fuhr auf dem Weg in die *ul. Młyńska* noch an einem Carrefour-Markt vorbei, um einige Einkäufe zu erledigen. Wenig später parkte sie unweit des *Areszt Śledczy*, der Justizvollzugsanstalt.

Das Gebäude war ein elendsgelber, siebenstöckiger Kasten, umgeben von einer stacheldrahtbewehrten Mauer, hinter der rund sechshundert Häftlinge ihre Strafen absaßen. Da für Untersuchungsgefangene andere Besuchszeiten galten und Zuzanna das Honorar unter der Auflage erhalten hatte, so schnell wie möglich Bericht zu erstatten, hatte sie sich für den frühen Abend angemeldet. Es war die Zeit, in der die Häftlinge ihre Arbeitsplätze in der Tischlerei, der Elektrowerkstatt oder der Kantine verließen und noch eine Stunde Freizeit vor dem Einschluss hatten. Für ihren Mandanten galten andere Regeln. Er saß erst knapp sechsunddreißig Stunden hinter Gittern und kämpfte immer noch damit, endlich nüchtern zu werden. Der Zugang zu ihm war jederzeit möglich.

Sie blieb noch einen Moment hinterm Steuer sitzen und dachte darüber nach, wie ihre Reise nach Berlin verlaufen war. Ihr Mandant hatte ihr nicht die Wahrheit gesagt. Er hatte behauptet, Marie-Luise Hoffmann sei eine Freundin. Dabei war sie Anwältin. Was zum Teufel glaubte er damit zu erreichen? Sie fühlte sich bloßgestellt und degradiert. Wenn er nicht mit ihr zufrieden war, sollte er ihr das ins Gesicht sagen.

Ich bin draußen, du bist drinnen. Deine Zeit zu wählen ist abgelaufen.

Sie nahm den Korb mit den Einkäufen von der Rückbank und versuchte, die Demütigung hinter sich zu lassen und rein professionell zu handeln. Aber es fiel ihr schwer. Wie die meisten Untersuchungshäftlinge betrachtete er seine Lage als einen Schicksalsschlag, der ihn entweder zu Unrecht oder unverhältnismäßig schwer getroffen hatte. Sie als seine Pflichtverteidigerin hatte nichts anderes zu tun, als das der Welt, dem Haftrichter und dem Staatsanwalt so schnell wie möglich zu erklären. Er hatte wirklich geglaubt, nach einer Nacht in der Ausnüchterungszelle wieder entlassen zu werden.

Erst hatte er sie angebrüllt, dass die Wände zitterten. Dann, als sie ihn mit den Ermittlungen in Richtung Totschlag, wenn nicht gar Mord konfrontiert hatte, war er auf seinem Stuhl zusammengesunken, den Kopf in den schweren Händen vergraben, und hatte geschwiegen. Als sie fertig war und ihn gefragt hatte, ob er schuldig oder unschuldig sei, hatte er noch nicht einmal geantwortet.

»Wo soll das gewesen sein?«, fragte er schließlich.

»Auf dem Friedhof von Janekpolana. Luftlinie keine fünfhundert Meter von Ihrem Haus in der Siedlung entfernt.«

»Wie geht es meinem Vater?«

Sie hatte in den Akten geblättert und den Auszug aus dem Melderegister gefunden. Jacek Zieliński, 42, lebte mit seinem Vater Marek, 82, in einer Siedlung außerhalb des Dorfes, die aus nicht viel mehr als einem leeren, verfallenden Herrenhaus, einem Wirtschaftsgebäude und ebenjenem Friedhof am Ufer der Odra bestand. Darum herum Wiesen, Berge, Äcker und Wälder. Sie wusste nicht, was er arbeitete. Als Beruf hatte er noch während der ersten, ziemlich erfolglosen Befragung Automechaniker angegeben und war dann auf Winzer umgeschwenkt. Das eine so glaubwürdig wie das andere. Aber vielleicht hatte er dort eine Werkstatt. Das würde auch das Tatwerkzeug erklären, eine Eisenstange, die man am Morgen vor dem Haus gefunden hatte.

Da hatte die Leiche des Mannes aus Hamburg bereits auf dem Seziertisch gelegen. Die Tatwaffe und die Wunde am Kopf passten zueinander wie Yin und Yang.

»Ihrem Vater geht es den Umständen entsprechend gut.«

Er hatte hochgesehen, mit einem wütenden, beinahe flammenden Blick. Zuzanna hatte zum ersten Mal das Gefühl gehabt, dass er sie damit verbrennen könnte. Er war gefährlich. Sie war froh gewesen, dass zwei Aufseher mit im Raum waren und sie aufmerksam beobachteten.

»Den Umständen entsprechend! Was soll das heißen? Wie geht es einem Greis, wenn sein Sohn unschuldig im Gefängnis sitzt?«

»An der Tatwaffe wurden Ihre Fingerabdrücke festgestellt. Die Fußspuren am Tatort passen zu den Gummistiefeln, in die Sie gleich nach dem Aufstehen gesprungen sind. Dazu Blutspuren an der Kleidung, die Sie glücklicherweise nicht auch noch im Bett getragen haben, sonst hätte die Spurensicherung dort …«

»Ach ja? Sie sollten sich mehr dafür interessieren, wie ich hier wieder herauskomme, als dafür, was ich im Bett anhabe!«

Jetzt reicht's!

Sie schlug mit der Hand auf das Papier. »Ich lese Ihnen nur vor. Haben Sie das verstanden? Ich bin hier, weil Ihnen nach dem Gesetz ein Anwalt zusteht.«

Sei froh, dass ich nichts Besseres zu tun habe, als mich von dir verarschen zu lassen.

Diese Frau in Berlin hatte sie suchen sollen, weil er ihr nicht traute. Warum nicht? War sie zu jung? Wirkte sie überfordert? Sie ahnte die Antwort, und sie gefiel ihr nicht.

Er weiß, dass du ihn für schuldig hältst.

Sie hoffte, dass er sich mittlerweile beruhigt hatte und über seine Situation im Klaren war. Nachdem sie die Kontrollen hinter sich gebracht und ihre Handtasche in einem Schließfach verwahrt hatte, bekam sie ihre Aktenmappe und den Korb mit einem Kilo Äpfeln, zwei Flaschen Wasser, einigen Röhrchen Multivitaminpräparaten und dem Wichtigsten, der aktuellen Fernsehzeitung, zurück. Ein Offizier begleitete sie in den Besprechungsraum, einen kargen, mit gelber Ölfarbe gestrichenen Saal. An der Wand und in der Mitte des Raumes standen einfache Holztische, eine Scheibe trennte Gefangene und Besucher, die sich gegenübersaßen. Vor einem großen Schild mit der Aufschrift STOPP musste sie warten, bis der Untersuchungsgefangene Jacek Zieliński hereingeführt wurde.

Zuzanna war nervös. Er war ein kräftiger, breitschultriger Mann mit verwegenem Gesicht und dunklen Locken, die ihm bis auf die Schultern fielen. Da er sein Hemd drei Knöpfe weit offen gelassen und die Ärmel hochgekrempelt hatte, konnte sie seine Tätowierungen erkennen. Was war ihr beim ersten Mal durch den Kopf geschossen, als sie ihn gesehen hatte? Hatte sie gespürt, dass sie einem Mann gegenübertrat, der sich für unbezwingbar, für unfehlbar, für unwiderstehlich hielt? Ein Wilder. Ein Jäger. Ein gesetzloser Pirat. Und nun – ein Mörder.

Er war unrasiert, aber nüchtern. Bei ihrem ersten Gespräch hatte sie noch den Eindruck gehabt, gar nicht richtig zu ihm durchdringen zu können. An diesem Tag jedoch bewegte er sich geschmeidig und schnell, und der Blick, mit dem er sie ansah, hatte etwas Herausforderndes.

Nachdem der zweite Wachoffizier ihm die Handschellen abgenommen hatte, setzte sich Jacek breitbeinig auf einen Stuhl und bot seiner Anwältin mit einer liebenswürdig übertriebenen Geste den Platz gegenüber an.

»Haben Sie sie gefunden?«

Sie übergab dem Offizier den Korb für ihren Mandanten und setzte sich. Um ihre Unsicherheit zu überspielen, holte sie, wie schon bei ihrer ersten Begegnung, die Akten aus ihrer Tasche und legte sie vor sich auf den Tisch. Dann zog sie ein Blatt Papier mit Namen und Anschriften heraus.

»Nein.«

Jaceks Lächeln verlor an Freundlichkeit. »Dann haben Sie nicht richtig gesucht.«

»Ich war überall. Ich habe mit jedem auf Ihrer Liste gesprochen. Niemand hat eine Ahnung, wo diese Frau geblieben ist.«

»Das kann nicht sein! Vernau muss es wissen.«

»Herr Vernau hat seit zwei Jahren keinen Kontakt mehr zu ihr.«

»Dann … Kevin.«

»Kevin auch nicht.«

»Und Hildegard? Frau Huth?«

»Die beiden Damen konnten sich kaum noch an Sie erinnern. Nur daran, dass Sie ihnen beim Umzug die Couch ruiniert haben.«

Sein Mund zuckte. Nüchtern war er ja noch unerträglicher. Er nahm nichts ernst. Weder ihre Bemühungen noch seine Situation. Das würde sich ändern. Spätestens wenn der Haftrichter die Ergebnisse der rechtsmedizinischen Untersuchung auf dem Tisch hatte und aus dem begründeten Anfangsverdacht ein Tatvorwurf wurde. Sie hatte die Fotos des Opfers gesehen. Jacek Zieliński gehörte zu jenen Männern, denen sie nicht im Dunkeln begegnen wollte. Das Gefährliche an ihm war seine Anziehungskraft – und dass er sich ihrer bewusst war. Mehr als über das tatsächliche Ausmaß seiner katastrophalen Lage.

»Sie suchen ein Phantom, Herr Zieliński. Und Sie brauchen mir nicht zu sagen, warum. Ich kann es mir denken.«

Jacek schwieg. Irgendwo in seinem Mundwinkel nistete immer noch dieses verdammte Lächeln.

»Marie-Luise Hoffmann ist Anwältin. Haben Sie geglaubt, ich finde das nicht heraus? *Ich* vertrete Sie. Deutsche Anwälte sind in Polen nicht zugelassen. Wenn Sie Zweifel an meiner Kompetenz haben, dann sagen Sie es mir bitte ins Gesicht.«

Gelangweilt starrte er auf seine Hände. Sie waren breit. Arbeiterhände. Totschlägerhände?

Mit einem Seufzen holte sie den restlichen Stapel der Unterlagen heraus. »Können Sie sich inzwischen an die Tatnacht erinnern?«

Jacek schüttelte den Kopf. Dabei fiel ihm eine seiner Locken über die Augen. Mit einer unwilligen Bewegung strich er sie zurück. »Ich hab's schon mal gesagt, ich hatte einen Filmriss.«

»In den nächsten Tagen werden auch wir Einsicht in das rechtsmedizinische Gutachten erhalten. Es wird den Vorwurf eines Tötungsdeliktes erhärten. Herr Zieliński, wenn Sie kein Vertrauen in mich haben, dann sagen Sie es jetzt. Wir ersparen uns beide viele Unannehmlichkeiten. Sie können einen anderen Pflichtverteidiger verlangen. Ob der allerdings für zweihundert Zloty nach Berlin fährt, um mit all Ihren ehemaligen Kneipenbekanntschaften zu reden, möchte ich bezweifeln.«

»Danke«, rang er sich ab. »Das war sehr freundlich von Ihnen.«

In ihren Ohren klang es immer noch ironisch. Sie atmete tief durch. Wahrscheinlich bildete sie sich das ein. Kein Mörder saß im Knast von Poznań und verhielt sich, als ginge ihn das alles nichts an.

Und behandelt seine Anwältin wie einen Laufburschen.

»Ich versichere Ihnen, ich werde weder mit Frau Hoffmann noch mit Herrn Vernau zusammenarbeiten, falls Sie das gehofft hatten.«

»Ich hatte lediglich gehofft, Sie wären zu dieser einfachen Aufgabe in der Lage.«

»Bitte?«, fragte sie scharf.

Er beugte sich vor und legte die Unterarme auf der Tischplatte ab. Sie sah Drachen und gefährliche Wasserschlangen, Tribals und ein paar Buchstaben. »Wild« stand da. Sie riss den Blick von seinen Muskeln los und sah ihm in die Augen. Sie waren dunkelbraun, schmal und gefährlich.

»Ich wollte nichts anderes, als dass Sie eine alte Freundin finden.«

»Warum?«

»Das haben Sie mich schon mal gefragt. Weil ich sie brauche.«

»Wofür? Als Rechtsbeistand? Wenn ich gewusst hätte, *wen* ich für Sie suchen soll …«

Er stieß scharf die Luft aus und lehnte sich zurück. Sein Blick ging nach oben, als ob er den Himmel um Geduld bitten würde. Das machte sie noch wütender. Sie war neunundzwanzig, hatte eine sensationelle Aufnahmeprüfung an der Jagiellonen-Universität in Kraków abgelegt und einen Magisterabschluss *summa cum laude*. Sie hatte für eine der renommiertesten Kanzleien gearbeitet und war dann, sozusagen im Doppelfehler, der Liebe wegen in der Provinz gelandet. Der Mann, der sie hierher verschleppt hatte, war neben dem Umzug der größte Irrtum ihres Lebens gewesen. Er hatte sie unmittelbar nach Alicjas Geburt sitzengelassen. Sie sehnte sich danach, so schnell wie möglich nach Kraków zurückzukehren. Doch ihre Stelle war längst neu besetzt, und je länger sie in Poznań blieb, umso mehr beschlich sie das Gefühl, auf einem Abstellgleis gelandet zu sein. Alicja, dachte sie, und wilde Sehnsucht nach dem glucksenden Lachen und den warmen Ärmchen des Kindes erfasste sie. Ali wuchs bei ihren Eltern in Zielona Góra auf, über eine Autostunde entfernt, aber ohne die beiden könnte sie ihren Beruf überhaupt nicht mehr ausüben.

»Was ist mit dem Meldeamt? Haben Sie es dort versucht?«

Sie schrak hoch, hatte einen Moment nicht aufgepasst, sich in privaten Gedanken verloren.

»Nein. Ich bin keine Privatdetektivin. Wir sollten uns auf die

Ermittlungsergebnisse und die Anklageerhebung konzentrieren.« Sie tippte mit dem Finger auf die Akten. »Man hat Sie in Ihrem Haus in der Siedlung Janekpolana festgenommen. Sie lagen sturzbetrunken in Ihrem Bett, nachdem Sie Ihre Kleidung im ganzen Erdgeschoss verteilt hatten.«

»Das ist kein Verbrechen.«

»Man wird Ihnen zur Last legen, in der Nacht vom vierzehnten auf den fünfzehnten Juni den deutschen Staatsangehörigen Horst Schwerdtfeger durch einen Schlag auf den Kopf tödlich verletzt zu haben. Die Spurensicherung hat Abdrücke Ihrer Stiefel am Tatort gefunden. Sie hatten Blut des Opfers an Ihrer Kleidung. Die Tatwaffe, eine Eisenstange, wurde vor dem Eingang zu Ihrem Haus gefunden. Herr Zielińksi«, wieder deutete sie auf die Papiere, »*das* ist ein Verbrechen.«

»Ich muss dringend mit Frau Hoffmann reden.«

»Sie hatten einen Blutalkoholwert von zwei Komma zwei Promille. Das reicht nicht für einen Filmriss. Aber mit etwas Glück werden wir eine eventuelle Mordanklage zu Totschlag herunterdeklinieren können.«

Er hieb mit der Faust auf den Tisch. Sie fuhr zusammen. Der Wachoffizier trat einen Schritt vor.

»Ich bin kein Mörder und auch kein Totschläger.«

»Dann kooperieren Sie und machen eine Aussage!«

»Nein!«

Ruhig, dachte sie. Ganz ruhig bleiben. Dass ich mir mit meinem ersten Mörder aber auch gleich so einen Typen eingefangen habe.

»Sie bleiben dabei, dass Sie sich an nichts erinnern können?«

»Ja. Zumindest nicht an das, was zur angeblichen Tatzeit geschehen sein soll.«

»Zwischen zwei und drei Uhr morgens. Sie beharren weiterhin darauf, in Ihrem Bett gelegen und Ihren Rausch ausgeschlafen zu haben? Allein.«

Schweigen.

»Allein?«

Er nickte zögernd.

»Gut.« Mit einem Seufzen schob sie die Papiere zusammen. »Also bleiben wir dabei … Sie sind unschuldig.«

Sie spürte selbst, wie wenig überzeugend das klang. Wenn sie schon Jacek Zieliński nicht glaubte, wie sollte sie dann das Gericht vom Gegenteil überzeugen?

»Finden Sie Frau Hoffmann«, sagte er leise.

Sie steckte ihre Unterlagen in die Aktenmappe und verschloss sie. Dann stand sie auf.

»Ich muss mich auf Ihre Verteidigung konzentrieren. Ich kann nicht eine Großstadt nach einer verschwundenen Frau absuchen.«

»Ihr ist etwas passiert.« Er rieb sich mit der Hand über die Augen. Ein plötzlicher Moment der Schwäche. Ihm musste wirklich viel an dieser Hoffmann liegen.

»Wie kommen Sie darauf?«

Er stand ebenfalls auf. Der Wachmann löste die Handschellen und kam auf sie zu.

Jacek beugte sich vor. Für einen Moment waren sie sich nah, sehr nah. Seine drahtigen Haare kitzelten ihre Wange. Sie konnte den Tabak riechen, den Schweiß. Und etwas, das sie nicht beschreiben konnte, das aber einen überwältigenden Fluchtreflex in ihr auslöste.

»Weil sie in dieser Nacht bei mir war und etwas mit ihr passiert ist«, flüsterte er.

Dann hielt er dem Offizier die Hände entgegen.

Sie sah ihm hinterher, als er abgeführt wurde. Ihr Gesicht brannte, als hätte sie zwei schallende Ohrfeigen bekommen. Eine Sekunde lang hatte sie geglaubt, er hätte sie küssen wollen. So etwas Absurdes war ihr noch nie passiert. Sie nahm ihre Aktentasche und ließ sich von dem zweiten Wachoffizier nach draußen bringen.

Der Himmel war grau. Ein kühler Wind fegte durch die Straßen. Zuzanna fröstelte und stellte in ihrem Auto als Erstes die Heizung an. Dann legte sie die Hände auf die Wangen, um sie zu kühlen.

Du bist so eine Vollidiotin, dachte sie. Du lässt dich von einem U-Häftling nach Strich und Faden verarschen. Noch dazu bist du so ausgehungert, dass eine simple Berührung in dir eine solche Reaktion hervorruft. Sie war wütend auf sich selbst und ihr unsouveränes Verhalten.

Marie-Luise Hoffmann war also in der Tatnacht bei Jacek Zielińksi gewesen. Das war immerhin ein Anfang. Sie startete den Motor und wartete eine Lücke im fließenden Verkehr ab, um sich einzufädeln. Eins konnte sie Jacek Zieliński jetzt schon versprechen: Sie würde diese Frau finden. Und dann würde sich herausstellen, welche Rolle Marie-Luise Hoffmann in diesem Fall spielte. Die der Zeugin oder die der Mittäterin.

An der nächsten Ampel scherte sie aus, stellte sich mit eingeschalteter Warnblinkanlage an den Straßenrand und rief den Staatsanwalt an.

3

Wann hatte ich das letzte Mal die Dunckerstraße gesehen? Wann war ich über die zerborstenen schlesischen Granitplatten gelaufen, die Mitte des neunzehnten Jahrhunderts aus den Steinbrüchen von Striegau und Strehlen in die boomende Metropole geliefert worden waren? Das Haus erkannte ich schon von weitem. Die Renovierung hatte ihm den Gründerzeitcharme geraubt und es nahtlos in die Reihe der steinernen Gentrifizierungsopfer dieses Bezirks eingereiht. Toskanagelb die Fassade, aluminiumgrau die Balkons. Der kleine Bäcker nebenan war verschwunden, ebenso wie der Spätkauf an der Ecke, bei dem man auch noch nach Mitternacht lebensnotwendige Dinge wie Kaffeebohnen (ich) und Tabak (Marie-Luise) erstehen konnte. Stattdessen gab es jetzt Schokoladenmanufakturen, Holzspielzeuggläden, Papeterien und Coffeeshops, also all das, was man zum Leben in einem ehemaligen Berliner Arbeiterbezirk dringend benötigte.

Neben dem Tor hing eine große Metalltafel mit den Firmenschildern der neuen Mieter. Ich kannte keinen einzigen davon. Der Durchgang zum Innenhof war nicht abgeschlossen. Die wilden Levkojen, die Hanfpflanzen, die Bierkistenstapel, die illegalen Stromkabel auf Putz waren längst verschwunden. Anstelle des Kopfsteinpflasters waren Terrakottafliesen verlegt worden. Das war definitiv nach meiner Zeit geschehen. Ebenso der schleichende Auszug all der vertrauten Mitmenschen, die mich manchmal den letzten Nerv gekostet hatten. Eine, Frau Freytag, um ein Haar sogar mein Leben. Die Gasexplosion hatte uns letzten Endes eine Grundsanierung auf Kosten der Gebäudeversicherung beschert. Doch dann kam der neue Mietpreisspiegel, und die Nachbarn verschwanden einer nach dem anderen. Irgendwann war auch ich gegangen. Das alles hatte nichts mit den Nebenkosten zu tun. Es hatte einen anderen Grund gehabt.

Ich sah die Fassade des Quergebäudes hoch und erinnerte mich an die verrückte französische Sängerin. An die Studenten, das schwule Paar, das seine Hochzeit mit einem rauschenden Fest im Hof gefeiert hatte. Nur Frau Freytag war nicht mehr zurückgekehrt. Noch lange hatte ich instinktiv, wenn ich das Treppenhaus betrat, nach ihren Katzen Ausschau gehalten.

Nun war es ein cleanes Haus geworden. Hier lebten keine Menschen mehr. Sie störten. Hier wurde gearbeitet. Es gab einen Augenarzt, ein Architekturbüro, zwei IT-Firmen, diverse PR-Agenturen, eine Werbefilmproduktionsfirma, mehrere Gesellschaften mit klangvollen Namen, unter denen ich mir gar nichts vorstellen konnte, und den chinesischen Reiki-Meister.

Niemand hier würde sich an eine rothaarige, chaotische Anwältin erinnern, die in ihrer Kanzlei übernachtet und sich im Kampf gegen Hausbesitzer, Mietwucher und brutale Räumungen aufgerieben hatte. Niemand. Sogar ich hatte sie vergessen. Wenn ich ehrlich war, hatte ich die letzten beiden Jahre ohne sie als die friedlichsten und ruhigsten meines Lebens empfunden.

»Ist lange her, was?«

Erschrocken fuhr ich herum. Im Schatten der Hofeinfahrt stand ein junger Mann. Sein blonder, gepflegter Vollbart machte eine Identifizierung unmöglich. Dennoch kam mir seine Stimme bekannt vor, und die Augen hinter der eckigen Hornbrille verrieten ihn.

»Kevin?«

Er trug eine dieser unvermeidlichen Wollmützen zu einem schmal geschnittenen Anzug. Die Hände in den Hosentaschen, schlenderte er langsam auf mich zu. Um den Hals hatte er, der unfreundlichen Witterung entsprechend, einen dünnen Kaschmirschal geschlungen.

»Besuch aus Polen?«

Ich nickte. Früher hätten wir uns in den Arm genommen und kräftig auf die Schultern geklopft. Heute begegneten wir uns wie flüchtige Bekannte, die der Zufall oder auch die Erinnerung in einem Berliner Hinterhof zusammenführte.

»Ja.« Ich nickte ihm zu und sah wieder hoch zu den neuen Kunststoffdoppelglasfenstern, hinter denen einmal die chaotischste Kanzlei der Stadt existiert hatte.

Kevin stellte sich neben mich und tat es mir nach. »Sie ist weg«, sagte er schließlich.

Ich nickte.

»Irgendeine Ahnung, wo sie stecken könnte?«

»Du hast also auch nichts mehr von ihr gehört.«

»Das letzte Mal kam sie zu meiner Abschlussparty«, sagte er. »Da war sie ziemlich durch den Wind. Ich hab noch gefragt, ob irgendwas ist, aber du kennst sie ja. Das ist jetzt ein halbes Jahr her. Damals ist sie wenigstens noch an ihr Handy gegangen. Ich dachte, sie wäre immer noch hier. Nur wenn ich mich so umsehe … das ist nicht mehr Marie-Luise.«

Schweigen.

»Ja«, sagte ich schließlich.

Kevin riss seinen Blick von den Fenstern los. »Wir sollten sie finden. Nicht nur wegen der merkwürdigen Geschichte, die mir diese Zuzanna erzählt hat. Ich hab einfach zu viel um die Ohren gehabt in letzter Zeit. Und du?«

»Ich auch.«

»Wie geht es dir?«

»Gut. Viel zu tun. Und dir? Was ist mit Kerstii? Seid ihr noch zusammen?«

»Wir sind verheiratet. Das war die Bootsfahrt, zu der ich dich letztes Jahr eingeladen habe. Sollte eine Überraschung sein.«

Er ließ es nebensächlich klingen. Doch ich kannte Kevin.

»Ich werde immer seekrank, sogar auf der Spree«, sagte ich. »Du hättest es mir sagen sollen. Ich wäre gern dabei gewesen.«

»Dann wäre es ja keine Überraschung mehr gewesen.«

Ein paar Regentropfen fielen herab. Wir gingen in unseren alten Hausflur und setzten uns nebeneinander auf die Treppenstufen.

»Und?«, fragte ich. »Was machst du so?«

»Ich arbeite für Green Sun und bin unter die Lobbyisten gegangen. Strafzoll für chinesische Solaranlagen und so ein Zeug. Hartes Brot, aber das ist die Ebene, auf der man noch was bewegen kann. Und du?«

»Ich habe ein Büro am Kurfürstendamm.«

Kevin pfiff halb ironisch, halb bewundernd durch die Zähne.

»Zur Untermiete. Bei einem alten Studienkollegen. Bei größeren Prozessen arbeite ich ihm zu, ansonsten erledige ich den Kleinkram.« Jeden anderen hätte ich angelogen.

Der Mann, der einmal mein Praktikant gewesen war, strich

sich nachdenklich über den Bart. »Alles im grünen Bereich?«, fragte er.

Ich nickte. »Ich war zwei Jahre nicht mehr hier. Ich dachte, sie schafft das.«

Wir schwiegen und starrten hinaus in den Hof. Ich glaubte, vergorenes Katzenfutter zu riechen. Doch es waren nur der Regen, der auf die Steine fiel, und der Geruch von Staub, Mörtel und zu schnell getrocknetem Putz. Irgendjemand öffnete das Tor zur Straße. Kunden, Patienten, Mandanten. Wir hörten, wie ein Schirm zusammengeklappt wurde, und dann entspann sich vor unseren Ohren folgender Dialog.

»Es muss hier sein.« Zartes Stimmchen, verwirrt, ein wenig trotzig.

»Nie im Leben.« Mürrisches Knurren, verbiestert, rechthaberisch.

»Ich war doch schon mal da. Als ich Joachim den Anzug gebracht habe. Erinnerst du dich nicht mehr? Ich vergesse keine Hausnummer.«

»Du vergisst sogar das Brot bei einer Stulle.«

Kevin sah mich an. Ich legte den Finger auf den Mund. Meine Mutter und Hüthchen. Wen hatte Zuzanna aus Poznań eigentlich noch alles aufgesucht? Welche Völkerwanderung setzte sich mittlerweile in Bewegung, um eine spurlos Verschwundene zu finden?

Schritte kamen über den Hof. Mit einem Seufzen stand ich auf. Im Türrahmen erschien die Gestalt meiner Mutter – Hut, Tasche am Arm, gesunde Schuhe mit kleinem Absatz. Hinter ihr tauchte eine ausgefranste Kugel auf – Frau Huth, ihre angebliche Putzfrau, die ich mittlerweile zähneknirschend als Lebensabschnittsmitbewohnerin akzeptiert hatte.

»Ach!«, rief die Kugel aus. »Der Herr Sohn!«

Sie tat immer so, als ob sie das nur zu sich selbst sagte.

Meine Mutter tastete nach dem Lichtschalter, um besser zu sehen. »Joachim! Wie gut, dass ich dich hier treffe. Ich habe mir schon Sorgen gemacht. Nicht um dich, natürlich, das weißt du doch, oder? Heute Vormittag kam eine junge Frau aus … ich glaube aus Polen, nicht? … bei uns vorbei und hat nach Marie-Luise gefragt. Sie geht nicht ans Telefon, Marie-Luise meine ich, und ich wollte dich nicht stören … Ist sie da?«

»Nein«, antwortete ich. »Sie ist nicht da.«

»Ah so … Guten Tag.« Sie trat zu Kevin und reichte ihm die Hand. »Ich bin Hildegard Vernau. Wir kennen uns, nicht?«

»Ihr Umzug damals in die Mulackstraße.«

»Ja! Natürlich!«

»Unvergessen.« Hüthchen nickte und ignorierte Kevins ausgestreckte Hand. »Es hat in Strömen geregnet, und Ihr Bekannter hat sich aufs Sofa erbrochen.«

»Alles Schnee von gestern«, sagte meine Mutter. »Die jungen Leute feiern eben gerne. Und die Couch hatte längst ausgedient. Darf ich vorstellen? Das ist …«

»Ihre Haushälterin«, unterbrach ich sie, weil jedes andere, darüber hinausgehende Verhältnis vor Dritten nicht diskutabel war. »Frau Huth.«

Hüthchen brummte etwas in ihren Damenbart und sah sich um. Die neuen Neonlampen, stylisch und modern, passten nicht in diesen Aufgang. Es war ein Haus aus der Gründerzeit. Der Furor, mit dem man der abgelebten Hure Berlin partout neue Kleider anziehen wollte, erinnerte mich vage an die sechziger Jahre. Damals hatte man alles – Stuck, Posamente, Verzierungen – von den Fassaden abgeschlagen, um sie der neuen, kühlen Zeit anzupassen. Wir leben in den neuen Sechzigern, dachte ich. Städtebaulich, moralisch, barttechnisch. Aber ich hatte keine Zeit, den Gedanken zu vertiefen.

»Hier soll das sein?« Frau Huth blickte misstrauisch am Geländer hoch in die oberen Stockwerke. »Sieht aber teuer aus. Dass Sie sich das leisten konnten …«

»Marie-Luise wohnt hier nicht mehr«, erwiderte ich. »Ihre

Kanzlei gibt es nicht, ihr Telefon ist abgemeldet. Hat irgendjemand von euch eine Ahnung, wo sie sich aufhalten könnte?«

»Nein.« Betrübt schüttelte meine Mutter den Kopf. »Könnte diese Sache in Polen vielleicht mit einem Mann zu tun haben? Die Dame, die heute bei uns war … also irgendwie ist mir das merkwürdig vorgekommen. Fast schon persönlich gekränkt. Vielleicht geht es um ein uneheliches Kind?«

»Von Marie-Luise?«, unterbrach ich die Spekulationen einer unterforderten Fantasie. »Bestimmt nicht.«

Verwirrt schob sich meine Mutter eine silbergraue, wassergewellte Locke unter den Hut. »Nein, aber vielleicht von dieser Polin und Marie-Luises Freund? Hat sie denn wieder einen? Das war ja immer ein großes Durcheinander. Vor allem, als du noch mit Marie-Luise zusammen warst. Mal so, mal so, man kam ja gar nicht mehr mit. Wobei ich sagen muss, im Vergleich zu dem, was nachkam bei dir, hat sie recht gut …«

»Bleiben wir einfach mal bei dem, was wir wissen«, sagte ich schnell. »Kevin?«

»Mir hat die polnische Dame jedenfalls erklärt«, hob er an und strich erneut über seinen Bart, den er sich wohl aus keinem anderen Grund hatte stehen lassen, »dass es verdammt dringend wäre und Marie-Luise sich umgehend bei ihr melden sollte.«

Alle sahen mich an.

»Und was hat sie dir gesagt?«, fragte Mutter.

Ich öffnete den Mund – und schloss ihn wieder. Alle starrten mich an.

»Was?«, hakte Kevin nach. »Weißt du was, das wir nicht wissen?«

»Nichts Genaues«, antwortete ich. »Mein Vorschlag wäre: Wir versuchen, Marie-Luise bis morgen ausfindig zu machen. Wenn sie nicht gefunden werden will, ist das okay. Aber wir sollten das wenigstens wissen. Wir sind schließlich ihre nächsten … was auch immer.«

Kevin nickte. »Wobei, wenn ich mich so in der Runde umsehe ... einer fehlt.«

Das war mir auch schon aufgefallen. Spätestens seit dem dezenten Hinweis auf Mutters Couch.

4

Krystyna Nowak fuhr hoch. Das Quietschen der Schranktür hatte sie aus dem Schlaf gerissen. Mit schreckgeweiteten Augen starrte sie in die Dunkelheit. War es der Alptraum? War es Hanni?

Sie lauschte mit angehaltenem Atem. Im Flur der kleinen Zweizimmerwohnung brannte Licht. Aufatmend ließ sie sich zurück ins Kissen fallen. Ihre Mitbewohnerin hatte in dieser Woche Nachtschicht.

»Hanni?«

»Hab ich dich geweckt?«, kam ein Flüstern zurück. Eine schlanke Gestalt öffnete Krystynas Tür einen Spalt breit. »Es ist gleich fünf. Wann musst du raus?«

Krystyna warf einen Blick auf die Leuchtziffern ihres Weckers. »In einer halben Stunde.«

»Ich lass dir einen Kaffee in der Thermoskanne.«

»Danke.«

Während sie dem leisen Klappern aus der Küche lauschte, wusste sie, dass sie keinen Schlaf finden würde. Seit Wochen ging es so. Seit ...

Dieses Quietschen. Es verfolgte sie bis in ihre Träume. Es war das gleiche Geräusch wie überall auf der Welt, wo Schranktüren schlecht geölt waren. Doch würde sie es je wieder hören können, ohne an jene Nacht zu denken? Sie spürte, wie ihr Herz unregelmäßig schlug. Schnell, wie im Galopp, ein bis zum Äußersten getriebener Muskel. Irgendwann würde es zerreißen.

Was habe ich getan? Mein Gott, was habe ich getan?

Verflucht der Tag, verflucht die Stunde. Verflucht ein Leben. Nie wieder eine Schranktür öffnen, ohne dass einem das Herz aus der Brust springen wollte. Wenn es einen Weg gäbe, alles ungeschehen zu machen, sie würde ihn gehen. Nackt, mit blutenden Füßen, vor aller Augen kriechend und wimmernd, würde sie ihre Schuld gestehen. Doch es gab ihn nicht. Was passiert war, war unumkehrbar. Lass die Toten ruhen, dachte sie. Du tust keinem Lebenden damit einen Gefallen.

Krystyna versuchte, sich in einen Halbschlaf zu dämmern. Sie dachte an Blumenwiesen und das halbe Hähnchen, das noch im Kühlschrank lag. Sie dachte an ihre Kinder Lenka und Tom, an ihre Schwester und deren Tochter, die kleine Gośka, ein blondes Mädchen mit Grübchen in beiden Wangen, wenn es lachte. Und es lachte oft. Jedes Mal, wenn Krystyna zu Besuch kam. Jedes Mal hatte sie etwas für die Kleine dabei. Ein Spielzeug, ein Kleidchen … Unmerklich glitt sie hinein in diesen halbwachen Zustand des Bewusstseins, in dem man machtlos war. Wieder quietschte die Schranktür. Wieder begann ihr Herz zu rasen. Dieses Mal schreckte sie nicht hoch. Dieses Mal blieb sie in den Fängen der Träume, verhedderte sich in einem Netz aus Bildern, einem Sog, der Gośkas Lachen mit sich trug, doch es flog vorbei, und andere Bilder kamen: das faltige Gesicht einer alten Frau wie eine Totenmaske auf dem Kissen. Jeder Atemzug mit einer längeren Pause dazwischen, bis der letzte ausgehaucht war und die Finger in ihren Händen erkalteten.

Sie weint. Weint sie? Wie lange weint sie? Wann ist sie aufgestanden, um das Zimmer zu verlassen? Da schlägt die Frau hinter ihrem Rücken die weißen Augen auf. Ich muss zur Post, flüstert sie. Zur Post …

Krystyna geht und ist in dem anderen Haus mit den vielen Türen. Nacht ist es. Die dichten Vorhänge halten das Licht der Straßenlaternen ab. Endlos lange Flure in dämmrigem Dunkel. Hinter jeder Tür ein Seufzen. Ein ausgehauchtes Leben. Eine Kathedrale der verlorenen Erinnerungen. Es ist die letzte Tür, vor der sie stehen bleibt und noch einmal tief Luft holt, ehe sie das Zimmer betritt. Der Traum ist so real, dass sie sogar glaubt, den Geruch riechen zu können: Putzmittel, Wäschestärke, Windeln und ein Hauch von diesem schweren, uralten Parfum, das eine der Damen immer trägt, weil es sie an jenen Abend in der Oper erinnert, an dem sie ihren Mann kennengelernt hat. Alles ist so echt. Sogar die Angst, die ihr fast den Hals abschnürt.

Du musst diesen verdammten Schlüssel zurückbringen, bevor er es merkt.

Vorsichtig öffnet sie die Schranktür und betet, dass der Mann nicht aufwacht. Die Vorhänge sind zugezogen, der Raum liegt in schummrigem Halbdunkel.

Die Tür quietscht. Sie hält den Atem an und rührt sich nicht. Der Mann wirft sich unruhig von einer Seite auf die andere. Sie wartet, bis es wieder still ist. Dann schiebt sie die Anzugjacken und Hosenbügel so leise wie möglich zur Seite. Sie spürt, wie ihre Hände zittern.

Du hast dich nicht unter Kontrolle. Du hast eigentlich gar nichts mehr unter Kontrolle.

Dahinter erscheint die DIN-A4-große Tür eines Wandsafes. Wie hatte sie triumphiert, als sie vor wenigen Tagen das Zahlenschloss geknackt hatte. Es war so einfach gewesen. Gleich der erste Versuch hatte geklappt: 2603. Der sechsundzwanzigste März, sein Geburtsdatum. Alte Menschen sind vergesslich. Fast alle wählen eine Kombination, die sie nicht mühsam lernen müssen.

Langsam lässt sie die Hand in ihre Kitteltasche gleiten. Ihre Finger umschließen das kühle Metall. Ein schwerer Schlüssel mit einem handtellergroßen Anhänger aus Messing.

Ein Schlüssel ohne Schloss, hatte er ihr gesagt, als sie ihm geholfen hatte, seine Koffer auszupacken. Wie lange war das her? Zwei Jahre? Kurz nach seiner Ankunft, als er noch gelegentlich in den

Park gegangen war, mit den anderen im Speisesaal gegessen und die Konzerte besucht hatte, die im Theatersaal geboten wurden. Sie erinnerte sich an ihn als einen Herrn, einen *dżentelmen*.

Sie hatte ihn in sein Zimmer gebracht, wo die wenigen Möbel, die er aufstellen durfte, bereits angekommen waren. Das Chippendale-Bett, die Mahagoni-Kommode, der Kleiderschrank. Schweigend, mit langsamen Schritten, gestützt von seinem Gehstock mit dem silbernen Griff war er zum Fenster gegangen und hatte hinausgesehen.

»Wie lange dauert es im Durchschnitt?«

Sie konnte noch nicht so gut Deutsch damals, aber sie wusste, was er meinte. Jeder hatte diesen Gedanken, wenn er sein letztes Domizil betrat.

»Ein Jahr? Zwei Jahre?«, fragte er, ohne mit einer Antwort zu rechnen. »Bis mein Nachmieter einzieht.«

Sie hatte nur stumm mit den Schultern gezuckt und sich dem Koffer gewidmet. Die Anzüge aufgehängt. Die Unterwäsche ins Fach gelegt. Den Kulturbeutel ins Bad gebracht. Das Foto auf dem Nachttisch aufgestellt. Es war alt, schwarzweiß, und es zeigte ein Hochzeitspaar, im Hintergrund ein prächtiges Herrenhaus.

»Das sein Sie?«, hatte sie gefragt. »Und Gattin?«

Er hatte sich zu ihr umgedreht. Ein schmaler Mann mit gebeugtem Rücken, einst wohl kräftig und groß, geschrumpft durch Alter und Krankheit. Die buschigen, dichten Haare waren ihm geblieben. Stahlgrau, von einigen dunklen Strähnen durchzogen. Gut gekleidet, wohlhabend und zitternd am Ende seines Weges. Die müden, rotgeränderten Augen mit den herabgezogenen Unterlidern und den schweren Tränensäcken blieben an dem Bild hängen. Er schüttelte den Kopf.

»Meine Eltern«, sagte er leise. »Das andere dort ist meine Frau.«

Auf dem Boden des Koffers lag ein großer Silberrahmen mit schwarzem Flor. Es war das Foto einer älteren Dame mit grauem Haar und strengem Blick. Sie stellte das Hochzeitsfoto auf den

Nachttisch, drehte sich zu schnell um und blieb mit dem Ärmel am Rahmen hängen. Es fiel auf den Boden, das Glas zersprang.

»Vorsicht!«, rief er und eilte, so schnell ihm das möglich war, auf sie zu. Er riss ihr das Bild aus den Händen und stellte es selbst zurück an den Platz.

»*Przepraszam* – entschuldigen Sie bitte.«

»Sie sind Polin?«

»Ja.«

»Woher?«

»Aus der Gegend von Zielona Góra.«

Er legte den Stock vorsichtig an der Bettkante ab und wollte sich setzen. Sie half ihm dabei. Seine Bewegungsfähigkeit war eingeschränkt.

»Grünberg«, sagte sie. »Die Deutschen nennen es immer noch Grünberg.«

»Ah!« Ein Lächeln zuckte über sein faltenzerfurchtes, derbes Gesicht. »Die Weinstadt des Ostens.«

Des Westens, mein Herr. Zielona Góra liegt im Westen von Polen.

Sie nahm die zweite Fotografie aus dem Koffer.

»Und Frau Gemahlin? Wohin?«, fragte sie.

Er deutete auf den kleinen Tisch, der am Fenster stand. Sie stellte das Foto so auf, dass er es vom Bett aus sehen konnte.

»Wie heißen Sie?«

»Krystyna.«

»Christina. Christina aus Grünberg. In der Vordertasche sind einige Dinge, die in den Safe sollen.«

Die Wertsachen. Das Letzte, was ihnen blieb.

Krystyna hatte kein Interesse an diesen Wertsachen. Anfangs hatten sie die kleinen Besitztümer, die Souvenirs eines Lebens noch gerührt. Doch es war ein großes Heim mit mehr als einhundert Bewohnern. Sie kamen und gingen zu schnell. Wie oft wurde jemand hinausgetragen, den sie gekannt hatte, meist nachts, um die anderen nicht zu beunruhigen, und zwei Tage später war das

Zimmer frisch gestrichen und konnte neu bezogen werden. Was hatten die alten Menschen schon anderes bei sich als ein Fotoalbum, eine goldene Armbanduhr, etwas Bargeld? Das meiste war längst verschenkt. Die Frauen behielten noch etwas Schmuck, ein Medaillon, die erste Locke oder die Milchzähne der Kinder, die ihre meist verwitweten Eltern ins Heim brachten, sich liebevoll verabschiedeten und dann recht selten oder gar nicht mehr gesehen wurden. Die Männer einen vergilbten Meisterbrief oder einen Universitätsabschluss, manche behielten ihre Autoschlüssel, auch wenn sie nie wieder fahren würden. Der neue Gast hatte ein Taschenmesser dabei, ein Briefmarkenalbum, ein Schachspiel und – einen Schlüssel. Einen großen, schweren, verschnörkelten eisernen Schlüssel.

Er passte nicht zu normalen Türen. Er war für hohe Portale gedacht, für geschmiedete Tore oder deckenhohe Flügeltüren in alten Burgen. Eine Handspanne lang, mit einem medaillengroßen Anhänger. Vielleicht hatte er einmal zu einem Hotel gehört. In den Anhänger war so etwas wie ein Wappen geprägt. Ein Rabe auf einem Ring.

»Schön«, hatte sie gesagt. »Woher Sie haben?«

»Ich weiß es nicht.«

Sie hatte den Schlüssel mit den anderen Kleinigkeiten in den Schrank gelegt und die Tür offen gelassen.

»Sie haben vergessen?«

»Nein, nicht vergessen. Ich habe nur das Schloss dazu bis heute nicht gefunden.«

Sie erinnerte sich an sein Lächeln, als er das gesagt hatte. Es lag Wehmut darin. So, als ob man eine Aufgabe, die das Leben einem übertragen hatte, nur zur Hälfte bewältigt hätte.

Nie hätte Krystyna geglaubt, dass sie sich einmal nachts an den Habseligkeiten eines Heimbewohners vergreifen würde.

Ich habe ihn doch nur ausgeliehen!

Der schwere Schlüssel gleitet ihr aus den zitternden Fingern und fällt auf den Fußboden. Sie zuckt zusammen. Das Geräusch hat den Mann geweckt. Seine Hand geht zum Nachttisch. Vorsichtig bückt sie sich und tastet nach dem Schlüssel. Es klirrt. Die Lampe flammt auf. Geblendet schließt sie die Augen. Sie weiß, was er sieht.

Krystyna Nowak, Altenpflegerin im Haus Emeritia in Berlin Zehlendorf, bestiehlt nachts einen alten Mann. Niemand würde ihr glauben, dass sie nur gekommen war, um den Schlüssel zurückzubringen.

Sie werden herausfinden, was ich getan habe. Und das ist das Ende.

Sie reißt die Augen auf. Der Mann starrt sie an.

»Was … was zum Teufel …?«

Sein Blick gleitet an ihr vorbei, fällt auf den offenen Safe und wandert schließlich zurück zu ihrer Gestalt und den hinter dem Rücken verborgenen Händen.

»Was machen Sie da?«

Er versucht, den Notrufknopf zu erreichen und sie gleichzeitig nicht aus den Augen zu lassen. Sie tritt einen Schritt vor. Der schwere Schlüssel scheint in ihrer Hand zu glühen. Gott steh mir bei, denkt sie. Hektisch fegt er die Lampe vom Tisch. Das Licht erlischt. Sie hört, wie er die Schublade aufzieht und etwas sucht.

»Hilfe!«, ruft er.

Doch seine Stimme hat keine Kraft mehr. Sie ist nur noch ein heiseres Krächzen.

»Was haben Sie vor? Um Himmels willen! Was tun Sie?«

Sie hebt die Hand.

Gott vergib mir. Ich werde dich töten.

Es gibt Fälle, die kann man nicht einfach an der Bürotür abgeben und nach Hause gehen. Man nimmt sie mit, trägt sie mit sich herum, grübelt an roten Ampeln, stellt sich Fragen in schlaflosen Nächten. Wann kam der Stein ins Rollen? Ab wann gab es kein

Zurück mehr? Hätte alles verhindert werden können? Auf diese Fragen gibt es Antworten. Vielleicht wäre alles ganz anders gekommen, wenn Krystyna Nowak damals nicht den Koffer des alten Mannes ausgepackt hätte. Oder, früher angesetzt, wenn eine junge Frau 1945 nicht aus Gnade gelogen hätte. Oder, noch viel früher, wenn es diesen versprengten, schlotternden Haufen in einem Tolbrukstand am Pommernwall nicht gegeben hätte, den die Rote Armee einfach überrannte. Oder, ganz tief in die Trickkiste der Geschichte gegriffen, wenn Louis Bohne 1815 nicht mit seinem niederländischen Frachtschiff in Königsberg angelegt hätte, an Bord zweitausend Flaschen Champagner und ein Fass Château Yquem, die er nach Russland schmuggeln wollte. Ebenso wenn 1811 nicht das letzte Friedensjahr Napoleons gewesen wäre und am Himmel nicht mehrere Kometen als Vorboten eines gewaltigen Unglücks gestanden hätten ... Okay, an diesem Punkt wird es absurd, und dennoch besteht zwischen all diesen Ereignissen eine Verbindung: Sie führen direkt zum *point of no return*.

Ich glaube nicht, dass Krystyna in diesem dunklen Zimmer damals an einen Tolbrukstand dachte. Und der alte Mann, der hilflos in seinem Bett lag, wird ebenfalls anderes als Napoleon im Sinn gehabt haben. Doch beide wissen in diesem Moment, dass es kein Zurück gibt. Krystyna nicht, den Schlüssel wie eine Waffe erhoben, und der alte Mann nicht, der in letzter Sekunde in der hastig aufgerissenen Nachttischschublade nach seinem Taschenmesser greift.

5

Drei rostige Fahrräder in einer Badewanne. Die erste und einzige Skulptur, die meine Mutter jemals geschaffen hatte, war nicht vom Fleck weg für die Dauerausstellung im Hamburger Bahnhof gekauft worden. Sie stand immer noch am Fuße eines Gebirges aus ausrangierter Keramik in einem Hinterhof in Mitte. Im Lauf der Jahre war die gewagte Konstruktion zudem durch eine Patina aus Schmutz und Korrosion derart verfremdet worden, dass sie durchaus als Spätwerk eines wahnsinnigen Giacometti-Jüngers durchgehen konnte. Ich bin mir bis heute sicher: Stünde sie im deutschen Pavillon in Venedig, sie wäre ein beliebtes Fotomotiv.

Man muss sich das so vorstellen: Bis zum Erreichen des siebzigsten Lebensjahres unterschied sich meine Mutter in nichts von ihren verblühenden Altersgenossinnen. Dann trat Frau Huth in ihr Leben. Wer ihr den geheimen Auftrag gegeben hatte, Mutters bescheidenes Glück zwischen Zierfischen und Sudoku-Rätseln zu pulverisieren, ist bis heute ein großes Geheimnis. Die Energie, mit der sie auf Mutters Couch Wurzeln schlug und sich wie mit Saugnäpfen an ihr Leben heftete, war erstaunlich. Vor allem, weil sie ihr im Haushalt und überall dort, wo eigentlich eine helfende Hand gebraucht wurde, fehlte. Es dauerte nicht lange, und Frau Huth malte ihren Namen auf das Klingelschild, schleppte Mutter zu wilden Vernissagen und merkwürdigen Atelierfesten und brachte sie schließlich dazu, ihre Wohnung am wunderschönen, seniorenfreundlichen Mierendorffplatz aufzugeben, um auf Whithers Schutthalde zu ziehen. Dass der Mann mindestens zehn Jahre jünger war und zudem auch noch einer der renommiertesten zeitgenössischen Komponisten, machte die Sache für mich nicht leichter. Der Verdacht des Konkubinats wurde zwar von beiden empört zurückgewiesen, blieb tief in mir drin aber bestehen. Ich wusste nur nicht, wer mit wem.

Da es für die Jahreszeit zu kalt und zu nass war, hatten wir uns am Abend in Whithers Loft in der Mulackstraße verabredet. Auch diese Gegend hatte sich verändert. Wo früher Off-Theater und illegale Kellerkneipen dem Viertel Leben eingehaucht hatten, drängten sich nun Designerläden und verkitschte Touristenrestaurants. Die Mieten waren in derselben Geschwindigkeit gestiegen, wie Flugzeuge die Schallmauer durchbrachen. Eigentumswohnungen konnten normale Menschen im unteren sechsstelligen Einkommensbereich nicht mehr bezahlen.

An die Zeit davor erinnerten nur noch die Horden halbwüchsiger Studenten aus aller Herren Länder, die jeden Pflasterstein umdrehten, weil sie darunter den Mythos Berlin vermuteten. Außerdem der eine oder andere unter Denkmalschutz gestellte Hinterhof. Das Haus Schwarzenberg, die Tacheles-Ruine, Whithers Loft.

Der Künstler verbrachte die meiste Zeit des Jahres in Kanada und hatte den beiden Damen die Hälfte seiner riesigen Werkstatt überlassen, wo sie es sich mit Spitzendeckchen und Travertin-Couchtisch gemütlich gemacht hatten. Mittlerweile gab es auch eine Trennwand zum Arbeitsbereich, sodass die gewaltigen tönenden Monstren, die Whithers quasi hinter ihrem Rücken zusammenschweißte, nicht mehr zu sehen waren.

Mutter kochte gerade einen Tee. Er roch, als hätte sie Unkraut in einem Straßengraben gemäht und in den Kessel geworfen. Hüthchen deckte den Tisch in der Küche. Es war kurz vor acht, als ich eintraf. Kevin war noch nicht da.

»Und?«, fragte ich. »Gibt's was Neues?«

Wir hatten eine strenge Aufgabenverteilung ausgemacht. Mutter und Hüthchen sollten herausfinden, wann Marie-Luise zum letzten Mal beim Mieterverein Beratungsstunden gegeben und ob sie dort eine Adresse hinterlegt hatte. Kevin wollte sich in der Hausbesetzerszene umhören, die derart dezimiert worden war, dass die Sache an einem Nachmittag erledigt werden konnte. Außerdem hatte er versprochen, an Jaceks Werkstatt vorbeizufahren und nachzusehen, ob der (von Frauen, nur von Frauen) begehrteste Automechaniker Berlins dort noch seine Sprechstunden abhielt.

Mir war, nachdem im Melderegister als Marie-Luises Wohnsitz immer noch die Dunckerstraße stand, nur eine Kneipentour eingefallen. Auf den Spuren unserer bewegten Vergangenheit sozusagen. Ich wollte zivilisiert beginnen und in der »Letzten Instanz« durch den Genuss der berühmten Eisbeinsülze eine Grundlage für den Abend schaffen, als ich Alttay betrunken an einem der hinteren Tische bemerkte. Der Gerichtsreporter sah schlecht aus. Vielleicht lag es daran, dass ich Julchen nirgendwo entdecken konnte oder sie schon lange nicht mehr hier arbeitete. Als er aufblickte und seine wässrigen Augen an mir hängenblieben, im Gesicht einen Ausdruck verzweifelter Nachdenklichkeit, in welche Schublade er mich einordnen sollte, drehte ich jedoch um und verwarf den Gedanken. Eins hatte ich mir geschworen: Ich würde mit ihm nie wieder über Marie-Luise reden.

Sie konnte überall und nirgends sein. Ich suchte sie in unserer Bar in der Münzstraße unweit vom Alexanderplatz, ich klapperte sämtliche Vietnamesen im Scheunenviertel ab und verstieg mich schließlich sogar darauf, den Ressortleiter der Wochenendbeilage vom *Neuen Deutschland* anzurufen, nur weil sie mir einmal verraten hatte, dass er die größte Sammlung von DDR-Witzen auf Lager hatte. Niemand wusste, wo sie war. Keiner hatte sie in den letzten Wochen gesehen.

Mutter schenkte mir eine Tasse Tee ein. Es schwammen Dinge darin herum, die an zerkochte Algen erinnerten.

»Vor vierzehn Tagen hat sie die letzte Beratung abgehalten. Danach ist sie zweimal nicht gekommen«, sagte sie.

»Hat man versucht, sie zu erreichen?«

»Ja. Natürlich. Aber weil sie das freiwillig und kostenlos gemacht hat, hat der Verein es schließlich aufgegeben. Damals ging ihr Handy wohl noch. Sie ist nur nicht rangegangen.«

»Also hat sie eine neue Nummer?«

Ratlos schaute Mutter auf Hüthchen.

»Habt ihr sie euch geben lassen?«

Ratlos starrte Hüthchen zurück.

Glücklicherweise kündete ein lautes Klirren die Ankunft von Kevin an, der im unbeleuchteten Eingangsbereich einen offenen Werkzeugkasten übersehen hatte.

»'n Abend zusammen!«, rief er. »Wer lässt denn seinen Kram hier im Dunkeln stehen?«

Mutter wandte sich ab und ging in die Küche, um neues Wasser aufzusetzen. Ich schob meinen Becher höflich dem Neuankömmling hinüber, der sich mit Schwung neben Hüthchen aufs Küchensofa fallen ließ.

»Also. Was habt ihr?«, fragte er in die Runde.

Ich fasste die dürren Erkenntnisse der beiden Damen zusammen.

Kevin nickte. »Das deckt sich mit dem, was ich herausgefunden habe. Marie-Luise wohnt jetzt irgendwo zur Untermiete im Wedding. Keiner weiß wo, aber ich habe ihre Handynummer.«

»Und?«

»Bandansage. Keine Mailbox. Wahrscheinlich hat sie es ausgeschaltet. Ich hab ihr eine SMS geschickt, mit der Bitte, umgehend eine Nachricht an ihre Hinterbliebenen zu senden. Sonst würden wir schon mal ohne sie die Trauerfeierlichkeiten vorbereiten und bestimmt die falsche Musik aussuchen.«

»Das ist doch nicht Ihr Ernst!«, rief Hüthchen.

»Nein. Was dachten Sie denn?«

Kopfschüttelnd wuchtete sie sich hoch und ging zu meiner Mutter, um ein neues Fuder Heu oder eine Ladung Algen aufzugießen.

Kevin beugte sich vor. »Das gefällt mir nicht«, sagte er leise. »Und Jaceks Werkstatt gibt es auch nicht mehr. Vorne ist jetzt eine Boutique drin und hinten ein Friseur.«

»Hast du eine Ahnung, wo er …?«

Mein Handy klingelte. Statt eines Namens erschien auf dem Display der Hinweis »Achtung! Vaasenburg!«, damit ich den Anruf, wenn ich in Hektik war, nicht aus Versehen annahm. Vaasenburg war Kriminalhauptkommissar bei der Mordkommission. Ich hatte lange nichts mehr von ihm gehört. Dass er sich ausgerechnet jetzt meldete, war seltsam.

»Was ist?«, fragte Kevin, der mich dabei beobachtet hatte, wie ich das Handy in der Hand hielt und klingeln ließ. Nach dem fünften Mal würde die Mailbox anspringen. In letzter Sekunde meldete ich mich.

»Vernau.«

»Vaasenburg hier. Sie erinnern sich noch an mich?« Er schnaufte in den Hörer. Es war nach acht, er hatte laut Bundesbeamtengesetz schon längst Feierabend.

»Natürlich.«

»Ich muss Frau Hoffmann erreichen. Können Sie mir sagen, wo sie sich aufhält?«

»Um was geht es denn?«

»Das würde ich gerne mit ihr persönlich besprechen.«

Ich warf Kevin einen schnellen Blick zu, der nahe genug saß, um das Gespräch belauschen zu können. Er schüttelte den Kopf.

»Würden Sie sich bitte trotzdem etwas genauer ausdrücken?«

»Herr Vernau, klarer kann ich es wegen Ihrer engen Beziehung zu der Gesuchten nicht machen.«

Ich stand auf. Den Hörer am Ohr suchte ich einen Weg hinaus ins Freie, ohne mir die Schienbeine zu brechen. Wenn es um Marie-Luise und mich ging, wollte ich keine Lauscher.

»Unsere bilateralen Beziehungen sind im gegenseitigen Einvernehmen zurzeit inaktiv.« Ich war vor Jahren einmal mit einer Politikerin zusammen. Mein Wortschatz hatte sich in dieser Zeit gewandelt, und das kam dabei heraus, wenn man einfach nur sagen wollte: Wir haben uns eine Auszeit voneinander genommen.

Vaasenburg ließ sich aber selbst dadurch nicht aus der Deckung locken. »Es wäre in ihrem eigenen Interesse, wenn sie sich umgehend bei mir meldet.«

Das hatte Zuzanna Makowska auch gesagt. Wenn mich bis eben nur die Ungewissheit um einen Menschen bewegt hatte, der offenbar untergetaucht war, bekam die Sache durch Vaasenburg eine andere Dimension.

»Sagen Sie mir einfach, warum. Betrachten Sie mich als Frau Hoffmanns Anwalt.«

»Immer noch so schnell bei der Sache, wenn es etwas zu verdienen gibt?«

»Nein«, antwortete ich und versuchte ruhig zu bleiben. »Aber immer in vorderster Linie, wenn es einen Grund gibt, mir um jemanden Sorgen zu machen. Hätten wir das hiermit geklärt?«

Er schwieg. Ich versuchte mich gegen den falschen Giacometti zu lehnen und blieb mit dem Ärmel an einer rostigen Fahrradspeiche hängen.

»Sie machen sich also Sorgen?«, fragte er schließlich.

»Marie-Luise«, ich nannte sie mit Vornamen, weil es auch bei Herrn Vaasenburg eine Zeit gegeben hatte, in der er sie wohl kaum mit »Frau Hoffmann« angeredet hätte, »ist offenbar seit zwei Wochen spurlos verschwunden. Und jetzt Sie.«

»Gegen Frau Hoffmann liegt ein Haftbefehl aus Polen vor.«

Ich riss mich von der Speiche los. »Weshalb?«

»Gewaltverbrechen.«

»Deutlicher.«

»Ich kann nicht mehr …«

»Ich bin ihr Anwalt!«, brüllte ich.

Erst dachte ich, er hätte aufgelegt, denn es war mit einem Mal still in der Leitung. Dann sagte er: »Beihilfe zum Totschlag. Ermittelt wird auch in Richtung Mord.«

»Wollen Sie mich verarschen?«

»Glauben Sie mir, so schlecht ist mein Humor nun auch wieder nicht. Was ich von den Kollegen aus Polen als Rechtshilfeersuchen auf den Tisch bekommen habe, ist kein Witz. Das ist ernst.« Endlich schwang in seiner Stimme so etwas wie persönliche Anteilnahme mit. »Wenn Sie eine Ahnung haben, wo sie sein könnte«, fuhr er fort, »wäre jetzt der passende Zeitpunkt, um damit herauszurücken.«

»Was genau liegt gegen sie vor?«

»Herr Vernau …«

»Ich will es wissen. Ich habe ein Recht darauf. Ich bin …«

»Die Nürnberger hängen keinen, es sei denn, sie hätten ihn.«

»Sprüche, Herr Vaasenburg, helfen uns nicht weiter.«

Er seufzte. »Kommen Sie morgen in mein Büro. Um zehn. Ich versuche bis dahin mehr herauszubekommen.«

Er legte auf, noch bevor ich danke sagen konnte.

6

Der kleine Häwelmann. Mit seinem Bett fliegt er über die Stadt, rollt durch die Straßen, sieht die ganze Welt.

Stimmen, von weit her. Schritte, Gummisohlen auf Linoleum. Das Scheppern eines Küchenwagens. Nein, kein Küchenwagen. Ein Bett. Der kleine Häwelmann muss die Orientierung verloren haben. Er wird durch einen hohen, engen Gang geschoben. Neonröhren an der Decke. Alte Holzbänke vor den Wänden. Graue Ölfarbe. Zimmertüren. Eine steht offen, der Blick verfängt sich im Vorüberruckeln in den Gestellen von sechs Betten, nebeneinander aufgereiht, alle mit großen Rollen. Ein weißes Bein, verrutschte Decken. Es riecht nach Kohl und Desinfektionsmittel. Ein Krankenhaus. Der kleine Häwelmann hat wohl eine Bruchlandung hingelegt.

Mühsam versucht er, den Kopf zu bewegen. Aber sein ganzer Körper scheint wie aus Beton gegossen. Ihm ist schlecht. Galle steigt ihm in die Kehle, brennt ätzend in der Speiseröhre. Er würgt, keucht, bekommt keine Luft. Das Bett wird einfach weitergeschoben. Er hört Stimmen. Jemand ruft, doch er kann die Sprache nicht verstehen. Hustend bäumt er sich auf, ringt nach Luft. Verfilzte rote Haare fallen ihm ins Gesicht.

Ein Pfleger mit stoischem Ausdruck in seinem so glatten, fast kindlichen Gesicht schiebt ihn durch eine Tür. Drei Betten stehen im Raum, alle sind belegt. Häwelmann kann eine schlafende alte Frau erkennen, eine weitere verborgen hinter einem Buch und ein junges Mädchen. Es liegt auf der Seite, die Hand auf den Unterleib gepresst, und achtet ebenso wenig wie die anderen auf den Neuzugang.

Der Pfleger arretiert das Bett gegenüber dem Mädchen an der Fensterfront. Er wendet sich ab, nickt dem Patienten noch einmal zu und geht ohne ein Wort.

Mühsam setzt der Neuankömmling sich auf. Sein Kopf ist bandagiert, ebenso wie die Hände. Er trägt ein kurzes Nachthemd, sonst nichts. Es ist verrutscht und offenbart, dass es sich bei diesem Patienten um eine Frau handeln muss. Fast zu viel der Mühsal, diese Erkenntnis. Soso. Kein kleiner Häwelmann zwischen den Beinen. Gar nichts. Nackt ist sie unter dem Krankenhausfähnchen.

Kalt ist es, obwohl die Sonne durch das alte Fenster scheint. Alles dreht sich, zum Kotzen ist das, zum Kotzen. Sie hat am Fußende eine abgenutzte Petrischale gesehen. Als der Würgereiz wenig später zu stark wird, spuckt sie in den Napf. Die Patientin mit dem Buch sieht kurz zu ihr herüber und fragt etwas, aber sie kann die Frau nicht verstehen.

»Wo … wo bin ich?«

Ihre Stimme klingt fremd. Sie hat das Gefühl, dass sie anders reden müsste. Klarer, nicht so krächzend und abgehackt. Etwas ist mit ihrem Kopf geschehen. Sind das ihre Hände? Ihre Füße? Sie bemerkt mehrere blaue Flecken an den Oberschenkeln und blutverkrustete kleine Schnittwunden, als wäre sie barfuß über eine Bahnböschung gekrochen.

Die Frau mit dem Buch sagt ein paar Worte zu dem Mädchen am Fenster. Das wirft ihr daraufhin einen müden Blick zu. Es ist fünfzehn oder sechzehn, ein bleicher Teenager mit flachsblonden, dünnen Haaren.

»Paulina«, sagt das Mädchen. »Und wer bist du?«

Sie öffnet den Mund und will antworten, aber ihr fällt ihr Name nicht ein. Verflucht. Kann das sein?

»Was ist passiert?«, fragt Paulina. Ihr Deutsch hat einen leichten Akzent.

»Ich weiß es nicht.«

»Wie heißt du?«

»Ich weiß es nicht.«

Ich weiß es wirklich nicht.

»Wo bin ich?«

Paulina wechselt ein paar Worte mit der Bücherfrau. Die zuckt nur mit den Schultern.

»Du bist im *Szpital Kliniczny* in Poznań. Ein Unfall?«

»Ich …« Ich weiß es nicht, wollte sie sagen. »Ja.«

Die Tür wird aufgerissen. Eine Krankenschwester mit einem Klemmbrett tritt ein. Sie trägt eine Brille mit altmodischer Hornfassung und einen Kittel, der für ihre gedrungene Figur zu eng und zu lang ist und den sie deshalb offen lässt. Ihr Haar steckt unter einer Haube. Herrisch blickt sie sich um und durchmisst dann den kleinen Raum mit wenigen Schritten, bis sie vor dem Bett des Neuankömmlings steht. Sie fragt etwas, wiederholt es, erkennt schließlich, dass die Frau mit dem Kopfverband offenbar nicht ihre Sprache spricht.

Paulina antwortet, es entspinnt sich ein kurzer Dialog zwischen dem dünnen Mädchen und dem Dragoner. Der Tonfall ist ärgerlich, auf beiden Seiten.

»Was sagt sie?«

Mühsam steht Paulina auf, sucht mit den Füßen nach einem Paar ausgetretener Schlappen, schlüpft hinein und tastet sich an der Reling ihres Bettes hinüber zum Bett der Frau ohne Gedächtnis.

»Die Schwester will wissen, wie du heißt. Sie müssen die Personalien aufnehmen.«

Neugierig mustert sie die Frau im Bett. Vielleicht erwartet sie, dass das Auftauchen einer Respektsperson – zumindest hält sich die Krankenschwester zweifellos für eine – dem Gedächtnis auf die Sprünge hilft. Nichts da. Das Hirn hat eigene Pläne.

»Ich. Weiß. Es. Nicht.«

Paulina übersetzt. Die Schwester runzelt die Stirn und kritzelt etwas auf das Klemmbrett, das sie wie einen Schild vor der Brust hält.

»Kannst du sie fragen, was passiert ist? Wie bin ich hierhergekommen?«

Wieder redet Paulina, die Schwester knurrt unwirsch ein paar Sätze und klopft mit dem Stift auf das Brett.

»Du hast was am Kopf«, sagt das Mädchen. »Man hat dich am Ufer der Odra gefunden. Im Schilf.«

»Wo?«

»*Gdzie?*«, übersetzt Paulina.

Die Schwester antwortet. Man kann ihr ansehen, dass sie dieses Gespräch für Zeitverschwendung hält, solange die leeren Zeilen auf dem Aufnahmebogen nicht ausgefüllt sind.

»In der Nähe von Cigacice, das ist auf dem Weg von Zielona Góra zur A 2 Richtung Poznań. Ein Lkw-Fahrer hat dich gefunden und mitgenommen. Unterwegs hat er dann gemerkt, dass mit dir was nicht stimmt. Bist du überfallen worden?«

Wie zum Teufel bin ich nach …

»Wo?«

»Cigacice«, wiederholt Paulina geduldig.

… nach Cigacice gekommen? Was wollte ich da? Was ist das für ein Kaff? Und warum bin ich jetzt in einem Krankenhaus in Posen?

»Meine … Kleider?«

Die Schwester ist mit ihrer Geduld am Ende. Sie antwortete nur noch knapp auf Paulinas Frage.

»Voll Dreck. In der Wäscherei.«

»Und meine Schuhe?«

Die Stiefel. Siebenmeilenstiefel. Zauberstiefel. Fluchtstiefel. Wo sind sie hin?

»Jak się Pani nazywa?«

»Wie heißt du? Sie braucht einen Namen«, flüstert Paulina. »Sag ihr einen. Irgendeinen.«

Einen Namen … einen Namen …

»Häwelmann.«

»Häwelmann?«, wiederholt die Schwester irritiert und verfremdet das Wort dabei fast bis zur Unkenntlichkeit.

Sie buchstabiert den Namen.

Wird doch mit einem W geschrieben, oder?

Paulina assistiert, die Schwester schreibt. Währenddessen überstürzen sich die Gedanken im Kopf. Odra. Cigacice. Schilf.

»Vorname?«, fragt Paulina.

Sie lässt sich zurück aufs Kissen fallen, schließt die Augen und hebt die Hand mit einer abwehrenden Bewegung.

»Nazwisko!«

»Name!«

Bildfetzen. Nacht. Sie sieht ihre Füße, die Stiefel sind noch da, ihre Hände, zerschrammt und blutend, will sich an etwas festhalten, damit sie nicht in den Abgrund gezogen wird. Der dunkle Fluss? Nein, es ist etwas anderes. Ein überwuchertes Terrain mit gewaltigen Bäumen und Schlingpflanzen, die nach ihren Knöcheln schnappen. Todesangst. Panik. Schreie. Unmenschliche Schreie.

»Pani Häwelmann!«, ruft die Schwester. »Frau Häwelmann.«

Ein Name. Gib mir einen Namen. Es muss etwas Schreckliches geschehen sein. Man vergisst doch nicht, wie man heißt! Dafür sind die Bilder zu klar, ist das Zittern zu stark, die Angst, die kalte Angst so dicht, dass ich sie spüren kann wie den Atem suchender Gespenster … Weg, nur weg!

Sie fällt in eine Grube. Arbeitet sich wieder heraus. Läuft weiter. Stürzt. Schlägt sich die Knie an scharfen Steinkanten auf. Wo ist sie? Was ist das für ein unheimlicher Ort? Wolkenfetzen jagen über den Mond. Für einen kurzen Moment erhellt sein Silberschein eine gespenstische Szenerie. Monolithen, Steinquader, schräg in der Erde, als wären sie vom Himmel gestürzt und aufgeschlagen. Ein kunstvoll geschmiedetes Eisenkreuz ragt schief aus einer Grube. Sie muss hier weg. Sie muss fliehen. Die grausamen Schreie kommen näher.

»Ein Name!«

Sie hastet weiter, verfängt sich im Gestrüpp. Vor ihr gähnt ein schwarzes Loch. Eingesunkene Erde. Die geborstene Platte ist aus schwarzem Glas. Goldene Buchstaben sind in sie eingeätzt. Namen. Es sind Namen, kaum noch zu entziffern.

»Ich … ich weiß es nicht!«

Sie hetzt weiter. Das Grauen umhüllt sie wie ein schwarzer Schleier. Die Stimmen von Paulina und der Schwester werden leiser. Jemand packt sie am Arm, sie schreit, reißt die Augen auf – und sieht es. Sieht alles.

Ich weiß, wo ich bin.

Zitternd bleibt sie stehen, presst den Körper an einen uralten, knorrigen Baum. Die Schreie sind verstummt. Sie hört das Keuchen ihres eigenen Atems und versucht, die Panikreaktionen ihres Körpers unter Kontrolle zu bekommen. Ihr Puls rast. Das Blut rauscht in den Ohren. Oder ist es der Wind in den Wipfeln der Bäume? Sie sieht sich um.

Die Schatten der Kreuze fallen in tiefe Gruben. Grabsteine, zur Hälfte in der Erde versunken. Die Eisenzäune, die einst die Gräber umstanden hatten, sind entweder umgefallen oder stützen sich gegenseitig in ihrer Schieflage.

Das ist ein Friedhof. Ein vergessener Ort. Versunkene Gräber.

Das leise Klirren von Eisen auf Stein. Es ist noch nicht vorbei. Es wird sie finden. Schritte. Tastend, vorsichtig. Darauf gefasst, das scheue Wild aufzuscheuchen und zu erlegen. Sie muss sich verstecken. Sie braucht Schutz. Vor ihr gähnt ein Abgrund. Uralte, gebrochene Marmorblöcke führen als Stufen hinab. Moos und Erde haben sich in den Rissen und Adern der knöchernen Steine festgesetzt. Rettung oder Falle? Zu spät – sie rutscht aus, fällt.

Schmerz durchbohrt ihr Handgelenk wie glühender Stahl. Sie duckt sich, will aufschreien und beißt sich stattdessen in den geschundenen Knöchel. Todesangst, Schmerz und Panik lassen sie unkontrolliert zittern wie trockenes Laub im Wind. Unter ihr, am Ende der Stufen, ein niedriges, halb verschüttetes Eingangsloch. Das Eisengitter, das es einmal verschlossen hat, liegt daneben. Das Blut rauscht in ihren Ohren, ein wilder, aufgepeitschter Fluss, sie muss ruhiger werden, leiser atmen … Sie kriecht hinab, sieht immer wieder verschreckt nach oben, hält inne und lauscht – die wütenden Schreie werden leiser. Wenn sie noch tiefer hinabsteigt, hinein in das dunkle Loch, ist eine Umkehr ausgeschlossen.

Mit unglaublicher Wucht schlägt Eisen auf Stein. Der Klang wird wieder lauter, nähert sich. Es kommt zurück. Es wird sie finden.

Sie beißt die Zähne zusammen, legt sich auf den Bauch und kriecht durch die schmale Öffnung in einen steinernen Raum. Darin ist es so dunkel wie in der Hölle und stinkt auch so. Unrat bedeckt den Boden. Sie spürt Scherben und Papier. Leise wie eine Katze kriecht sie weiter, bis sie das Ende des Raums erreicht und, die Arme eng um den Körper geschlungen, in Schockstarre verfällt. Mit weit aufgerissenen Augen starrt sie auf das schmale Viereck, durch das sie gekommen ist. Der verräterische Mond, die hinterlistigen Wolken – sie weisen den Weg zu ihrem Versteck. Der Wind heult über die Gräber. Die Himmelsdecke reißt auf. Das silberne Licht gleitet wie ein riesiger Scheinwerfer über den Friedhof, die Kreuze, die steinerne Treppe, den geborstenen Marmor – sein Abglanz streift die Wände der Gruft. Uralte Marmorplatten, verwitterte Buchstaben.

»Ein Name!«

Mathilde, liest sie.

»*Pani* Häwelmann?«

»Mathilde«, flüstert sie.

»Mathilde Häwelmann?«

Sie nickt. Jemand streicht über ihre Hände. Es ist Paulina, die sich zu ihr aufs Bett setzt und sie mitfühlend ansieht.

»Mathilde Häwelmann«, notiert die Schwester. »*Adres?*«

»Berlin«, flüstert die Patientin. »Ich will zurück nach Berlin.«

7

Wenn man einen Termin in der Keithstraße hat, ist man pünktlich. Dass man dann trotzdem fast eine halbe Stunde auf den unbequemen Holzbänken der Mordkommission warten muss, ist wohl Teil des großen Spiels.

Um halb elf konnte ich endlich zu Vaasenburg. Er hatte mittlerweile einen Flachbildmonitor und ein Laptop, davon abgesehen sah das Büro genauso aus wie beim letzten Mal. Das war einige Jahre her, und ich erinnerte mich nicht gerne daran.

»Nehmen Sie Platz. Einen Kaffee?«

Hinter ihm stand eine dieser Pad-Maschinen. Wahrscheinlich von zu Hause mitgebracht, denn nach wie vor glaubte die Polizeipräsidentin, für Mitarbeiter wie Besucher müsse dieses lauwarme Pulvergesöff reichen, das die Automaten im Flur in Plastikbecher mit einem Geräusch ausspuckten, das ähnlich appetitlich klang, wie der Inhalt schmeckte.

»Gerne.«

Vaasenburg war ein schlanker, durchtrainierter, hochgewachsener Mann Anfang vierzig. Immer noch trug er die Haare kurz und kantig wie ein Brikett. Die Falten in seinem Gesicht waren tiefer geworden. Ein jugendlicher Körper mit einem vor der Zeit gealterten Gesicht. Er sah immer noch gut aus. In seiner Gegenwart kam ich mir ständig übergewichtig vor.

Er stand auf, nahm zwei Becher von einem Tablett auf dem Aktenregal und fing an zu reden, während er den Kaffee zubereitete.

»Wir sind unter drei. Ist das klar?«

»Unter drei« bedeutete nach den Statuten der Berliner Pressekonferenz, dass das Gespräch absolut vertraulich war, nur als Hintergrundinformation gedacht und außerdem niemals zitiert werden durfte. Vaasenburg hatte oft mit Journalisten zu tun. Er war der Leiter der Mordkommission. Die Hälfte seines Berufslebens hatte er hinter sich. Er war ein Mann, der den Gedanken brauchte, dass wenigstens die zweite Hälfte nicht vergeblich sein würde.

»Unter drei«, sicherte ich ihm zu.

»Frau Hoffmann wird von den polnischen Behörden mit europäischem Haftbefehl gesucht. Der Vorwurf lautet Beihilfe zum Mord. In der Nacht von Samstag auf Sonntag wurde der Hamburger Gelegenheitsarbeiter Horst Schwerdtfeger auf dem Friedhof von Janekpolana erschlagen. Nach Aussage des Tatverdächtigen, eines ...« Er stellte die erste Tasse auf den Rost und drehte sich kurz zu mir um. »... Jacek Zieliński«, sagte er, wartete auf eine Reaktion, die nicht kam, und setzte sein Tun mit einem beherzten Druck auf den Startknopf fort. »Übrigens in Berlin unter der Adresse von Frau Hoffmann gemeldet ...«

Ich atmete tief ein. Das war schlimmer als befürchtet.

»Frau Hoffmann war in der Tatnacht bei ihm.«

»Dann ist sie in erster Linie Zeugin.«

»Das muss Frau Hoffmann den polnischen Behörden erklären. Sie ist seit Freitag vergangener Woche nicht mehr in ihrer Wohnung aufgetaucht, das haben die Kollegen bereits herausbekommen. Ihr Handy konnte zum letzten Mal in der Tatnacht getrackt werden, und nun raten Sie mal, wo.«

»Auf dem Friedhof von Janekwieauchimmer?«

»Janekpolana. Herr Zieliński sitzt bereits in Poznań in Untersuchungshaft. Er verweigert die Aussage oder hat einen Filmriss, eins so bedauerlich wie das andere. Nur an Frau Hoffmanns Anwesenheit konnte er sich erinnern und hat seiner Anwältin den entscheidenden Hinweis gegeben.«

Wofür ich dir einen Tritt in den Arsch verpassen werde, Jacek.

»Da der Staatsanwalt wie auch die Ermittlungsbehörden der Meinung sind, Zieliński überführt zu haben, sieht es in diesem Zusammenhang für unsere gemeinsame Bekannte nicht gut aus. Auf der Tatwaffe befinden sich Fingerabdrücke. Die gleichen hat man in Zielińskis Schlafzimmer gefunden.«

Und dir dazu, Marie-Luise. Ich dachte, du wärst endgültig durch mit ihm?

»Wie wir alle wissen, ist Frau Hoffmann polizeibekannt und ED.«

Erkennungsdienstlich behandelt. Sie hatte in ihrer aktiven Phase an vielen Demonstrationen teilgenommen und war dabei mehrmals festgenommen worden. Ihre Fingerabdrücke waren gespeichert. Das wusste ich, das wusste Vaasenburg, das wusste auch Marie-Luise.

»Der Abgleich heute Morgen war positiv.«

»Ihre Fingerabdrücke auf der Tatwaffe?«, fragte ich ungläubig.

»Jep.«

»Das heißt gar nichts. Was war es? Eine Pistole? Ein Messer?«

Vaasenburg presste die Lippen aufeinander. Täterwissen. Und ich dachte, wir wären hier »unter drei«. Ich verfluchte Jacek. Es war unverzeihlich, in was er Marie-Luise da hineingerissen hatte.

Sie gehörte zu den Menschen, die auch nach dem Ende einer Beziehung noch Kontakt zu ihren Exlovern hielten. *Wen ich mal geliebt habe, den gebe ich nicht einfach auf,* hatte sie mir einmal mit ihrem Grinsen, frech wie eine Straßenkatze, erklärt. Es hatte geklungen, als wäre ich ohne sie schutzlos den Versuchungen der Hölle ausgeliefert.

Der erste Kaffee war fertig. Vorsichtig balancierte Vaasenburg die Tasse in meine Richtung. Sie war sehr heiß, fast hätte ich sie fallen gelassen.

»Gibt es schon einen Einblick in die Akten? Irgendetwas Näheres zum Tatvorwurf?«

Er zuckte mit den Schultern und wendete sich ab, um die Maschine ein zweites Mal zu bedienen.

»Sie wissen selbst, dass wir in diesem Fall nichts anderes als die ausführende Behörde sind. Wir fahnden nach Frau Hoffmann, nehmen sie fest und liefern sie nach Polen aus. Die deutschen Justiz- und Polizeibehörden sind zur Suche und Festnahme verpflichtet. Sie müssen sich an den ermittelnden Staatsanwalt wenden oder, noch besser, an Zielińskis Anwältin.«

Während sein Kaffee in die Tasse lief, warf er einen kurzen, suchenden Blick auf seinen Monitor.

»Zuzanna Makowska?«, fragte ich.

»Sie kennen die Dame?«

»Frau Makowska war gestern in Berlin. Sie hat Herrn Zieliński nicht erwähnt, aber ebenfalls nach Frau Hoffmann gefragt. Allerdings … Ich hatte nicht den Eindruck, dass es zu dem Zeitpunkt schon so ernst war.«

»Das hat sich durch die Fingerabdrücke geändert. Reine Routine – bingo.«

Ich hasste dieses Wort. Vor allem in diesem Zusammenhang.

»Welche Möglichkeiten haben Sie, in Polen zu ermitteln?«

»Keine.«

»Welche Möglichkeiten habe ich als Anwalt …«

»Keine.«

Er nahm seinen Kaffee und ließ sich auf seinen Schreibtischstuhl krachen. Alles an ihm wirkte müde. Der schwere Blick, die langsamen Bewegungen. Vorsichtig trank er einen Schluck.

»Es sei denn, Sie Wunderknabe haben eine Zulassung als Anwalt in Polen, was ich allerdings bezweifle. Wir müssen sie finden.«

Mir war nicht ganz klar, wen er mit *wir* meinte. Vermutlich sich und seine Kollegen. Wir hatten ein paarmal miteinander zu tun gehabt. Er hatte sich als so loyal erwiesen, wie es der Spagat zwischen seiner hoffentlich noch vorhandenen Sympathie für Marie-

Luise und seinem Beamteneid erlaubte. Im Zweifel stand er für das Grundgesetz und damit die Verfassung. Marie-Luise und ich hatten uns mehr als einmal gehörig über rechtsstaatliche Grenzen hinausgewagt. Ich würde niemals so weit gehen zu behaupten, er hätte darüber hinweggesehen. Das würde ihn beleidigen. Er hatte vorgezogen, das eine oder andere *nicht zu wissen*. Das war ein Unterschied.

»Ihnen ist bewusst, wie lächerlich das ist«, sagte ich. »Ich kenne Jacek Zieliński. Er ist ein rüder Geselle. Ein Automechaniker, der ab und zu einen über den Durst trinkt. Er ist …«

… *mój brat* – mein Bruder. Vor langer Zeit hatte er das einmal zu mir gesagt, voll bis zur Kragenkante mit polnischem Wodka. Wer nimmt schon ernst, was einem in diesem Zustand gesagt wird? Trotzdem hatte ich es nicht vergessen. Mich hatten nicht viele Männer in meinem Leben Bruder genannt. Etwas von diesen Zeiten klang noch in mir nach. Etwas, das mich dazu zwang, mir um Jacek Gedanken zu machen.

»Er ist weder ein Mörder noch ein Totschläger«, fuhr ich fort. »Und Marie-Luise erst recht nicht. Ich weiß nicht, in was die beiden da hineingeraten sind …«

»In einen Mord, Herr Vernau.«

»Wie können Sie da so sicher sein? Was sagt das rechtsmedizinische Gutachten? Ist dieser …«

»Schwerdtfeger, Horst Schwerdtfeger.«

»Ist dieser Herr Schwerdtfeger tatsächlich erschlagen worden? Es gibt immer wieder Unfälle, die aussehen, als ob jemand nachgeholfen hätte. Was genau ist passiert?«

»In der Nacht von Samstag auf Sonntag wurde der Hamburger Gelegenheitsarbeiter …«

»Was ist mit ihm? Hat schon jemand mit seinen Angehörigen gesprochen? Was wollte er in Janekpola? Was hat er mit Jacek zu tun?«

Vaasenburg trank den nächsten Schluck. »Janekpolana«, korrigierte er mich und riskierte damit, dass ich ihm bei nächster Gelegenheit den Hals umdrehen würde.

»Es werden ja wohl kaum polnische Kriminalbeamte in Hamburg ermitteln«, setzte ich nach. »Das machen Ihre Kollegen. Was haben die denn schon herausgefunden?«

»Genau das, was ich Ihnen soeben gesagt habe. Herr Schwerdtfeger ist mit einer beachtlichen Menge Bargeld nach Polen gereist und in einem kleinen Dorf mitten in der Nacht getötet worden.«

»Wurde noch etwas außer dem Geld gestohlen? Sein Wagen vielleicht?«

»Er fuhr einen zwölf Jahre alten Mittelklassewagen mit Hagelschaden, den kein Autodieb mit Verstand geknackt hätte. Diese Theorie können Sie beruhigt ad acta legen.«

Er setzte die Tasse ab. »Wo waren Sie eigentlich in der Nacht von Samstag auf Sonntag?«

»Sicher nicht in Janek*polana*.« Ich gab mir Mühe, Ruhe zu bewahren. Er hatte das Recht, diese Frage zu stellen.

»Genauer, wenn es geht.«

»Ich war im Kino. Ich dachte, in die Ermittlungen mischen Sie sich nicht ein?«

»Wenn's der Wahrheitsfindung dient.«

Ich stand auf. »Sie haben keinen Schimmer, wo Frau Hoffmann steckt. Glauben Sie mir, wenn ich es wüsste, würde ich es Ihnen nicht sagen.«

»Ich weiß.« Er nickte. »Und Sie würden sich anders verhalten. Ich muss Ihnen als Anwalt nicht erklären, wie wichtig es ist, dass Frau Hoffmann sich den Behörden stellt. Wenn sie also Kontakt mit Ihnen aufnimmt oder Sie sie finden, sagen Sie ihr das.«

Ich beugte mich vor und stützte mich mit beiden Händen auf der Schreibtischplatte ab. »Ist Ihnen schon mal der Gedanke gekommen, dass sie sich vielleicht gar nicht stellen kann?«

Er drehte den Monitor weg, damit ich keinen Blick darauf werfen konnte.

»Sie ist seit drei Tagen vermisst«, fuhr ich fort. »Ihr Handy wurde *auf einem Friedhof* in irgendeinem gottverlassenen Kaff gefunden. Ihr Freund sitzt im Knast und redet unzusammenhängendes Zeug. Kommen Sie mir bloß nicht mit einem europäischen Haftbefehl. Was ist da drüben los?«

Er antwortete nicht.

»Und warum Mord? Geht es vielleicht auch eine Nummer kleiner? Herr Vaasenburg! Ich rede mit Ihnen!«

Sein Gesicht mit den tiefen Falten um den Mund wurde noch eine Spur abweisender.

»Frau Hoffmann hat in diesem Jahr Privatinsolvenz angemeldet.«

Ich richtete mich auf. Das wurde ja immer besser. Warum zum Teufel hatte sie mir nichts davon gesagt?

»Dreißigtausend Euro. Mietschulden. Verbindlichkeiten. Zweimal ist sie auf den Gerichtskosten sitzen geblieben, weil sie für Mandanten gebürgt hat.«

Das war typisch Marie-Luise. Immer die anderen und sie selbst zuletzt. Es hatte mich fast in den Wahnsinn getrieben.

»Gut. Sie hat Schulden. Und weiter?«

»Herr Schwerdtfeger hatte dreißigtausend Euro in bar bei der Hamburger Sparkasse abgehoben, zwei Tage bevor er nach Polen gereist ist.«

»Eine Menge Geld für einen Gelegenheitsarbeiter.«

»Damit ist er nach Zielona Góra gefahren und dort in einem Hotel abgestiegen. Das Geld hat er in einem Umschlag gegen Quittung im Safe verwahrt.«

»Und?«

»Am Abend vor seinem Tod hat er den Umschlag abgeholt. Er ist nach Janekpolana gefahren und erschlagen worden. Von dem Geld fehlt bis heute jede Spur.«

»Hat er es vielleicht in ein Spielcasino getragen? Vielleicht lag er zu oft daneben, daraufhin fängt er Ärger an, und schon ist es passiert. Oder er wollte pinkeln, steigt aus, jemand nutzt die Gelegenheit und schlägt ihn nieder. Es gibt tausend Möglichkeiten.«

»Die hat die Spurensicherung ausgeschlossen. Es bleiben nur zwei. Entweder war es Jacek Zieliński oder Marie-Luise Hoffmann. Wahrscheinlich, so vermuten die polnischen Behörden, beide gemeinsam.«

»Er hat sie angegriffen, und Jacek ist dazwischengegangen. Dann war es Notwehr.«

»In dem Fall fehlt immer noch das Geld.«

Ich sah ihn an. Ich wusste, dass er in diesem Moment seinen Job hasste.

»Es ist nicht mehr mit Totschlag getan«, sagte er leise.

Ich nickte. Marie-Luise steckte bis über beide Ohren in einem Raubmord.

8

Der Kakadu krächzte. Mit gesträubter Federhaube trat er von einem Fuß auf den anderen. Palmenfächer bewegten sich in der leichten Brise, die durch die geöffneten Fenster strich. Die Luft war feucht und schwer, sie roch nach Erde und Orchideen. Ein Fahrstuhl führte hinauf in das Blätterdach. Über einen Steg gelangte man quer durch die Halle bis zur Stirnseite des Gewächshauses. Ans Geländer gelehnt beobachtete ich den Vogel, und er beobachtete mich.

Ich war mit Zuzanna im Palmenhaus von Grünberg verabredet. Oder vielmehr im *Palmiarnia* von Zielona Góra. Besser, ich gewöhnte mich gleich an die polnische Bezeichnung. Das Restaurant im Erdgeschoss war noch leer. Ein Kellner schlenderte an den Tischen vorbei, richtete hier eine Serviette, dort ein Glas. Ich war zu früh, weil ich die Fahrtzeit falsch eingeschätzt hatte. In meiner Erinnerung hörte die Autobahn kurz hinter der Grenze bei Frankfurt/Oder auf, und enge, schlaglochübersäte Straßen führten über Dorfanger und Deiche in mäandernden Windungen durch ein vom Fortschritt abgehängtes Land.

Wann war ich das letzte Mal in Polen gewesen? Eine Fahrt mit Marie-Luise nach Danzig, Mitte der Neunziger, die Küste Pommerns entlang. Eine Kirchenruine am Meer, erhaben und einsam. Fischerboote im Schlick. Grauer Putz bröckelte von Fassaden. Es stank nach verbleitem Benzin und Kohle. Drei Tage reisten wir über Leba, Kolberg und Puck in die alte Hansemetropole. Wir liefen Hand in Hand durch die Altstadt, von polnischen Meistern originalgetreu wieder aufgebaut, zündeten eine Kerze in der Marienkirche an, tranken Goldwasser in einer Kneipe am Krantor und liebten uns in einem heruntergekommenen kleinen Schloss am Meer in Sopot. Es war ein Abenteuer gewesen, gewürzt mit junger Liebe und der fieberhaften, freudigen Erwartung, das neue Europa auszupacken wie ein Geschenk.

Küstrin … ebenfalls mit Marie-Luise. Jahre später. Ein Gang durch eine Altstadt, in der nur noch Geister wohnten. Wir tanzten über das verwitterte Parkett des Schlosses zu einer Melodie, die ihr gerade in den Sinn gekommen war, als sie in den Nachthimmel über uns geblickt hatte. Ich erinnerte mich daran, Sehnsucht nach etwas verspürt zu haben, das ich nicht gefunden hatte.

Heute brauchte man von Berlin aus über die neue A 2 gerade einmal zwei Stunden bis Zielona Góra. Ich hatte meinem Navigationsgerät misstraut und mit der doppelten Fahrtzeit gerechnet. Um mir die Zeit bis zu Zuzannas Eintreffen zu vertreiben, hatte ich einen Spaziergang durch die Fußgängerzone der hübschen Altstadt gemacht, vorbei an klassizistischen Bürgerhäusern und einem Museum, das mich irritierte, weil es seine Ausstellung über den Weinanbau gemeinsam mit einem Besuch des mittelalterlichen Folterkellers bewarb. Ich mochte die Stadt. Sie wirkte klein und zufrieden mit sich, hatte viel getan, um Altes zu bewahren, und dem Neuen außerhalb der Stadtmauern seine Chancen gegeben.

Noch im Foyer der Keithstraße hatte ich Zuzanna angerufen und um ein Treffen gebeten. Sie war abweisend bis zur Unfreundlichkeit gewesen. Ich wusste nicht, womit ich diese Aversion hervorgerufen haben könnte. Schon bei unserer ersten Begegnung in der Schlüterstraße hatte sie mich und Marquardt behandelt wie einen persönlichen Feind. Vielleicht fühlte sie sich unterschätzt, nicht ernst genommen. Sie wirkte jung und unerfahren, kaschierte diese Blöße mit Arroganz und fester Stimme. Ich verzichtete bei dem Telefonat auf jede Art von Charme und versuchte es stattdessen mit der höflichen Bitte um eine kurze Unterredung, da es sich bei mir quasi um den einzigen gemeinsamen Freund der beiden Tatverdächtigen handelte und ich ihr vielleicht bei Fragen weiterhelfen könnte. Sie zögerte erst, willigte schließlich aber ein. Ich wäre auch nach Poznań gekommen, doch sie hatte Zielona Góra vorgeschlagen. Ein Treffen auf halber Strecke, wie es Duellanten vereinbarten.

Um kurz vor sechs traf eine achtköpfige Familie ein, dann folgten, als hätten sich alle zur gleichen Zeit verabredet, mehrere junge Pärchen, einige Touristen und eine deutsche Reisegruppe, die offenbar mit Fahrrädern unterwegs war, denn die Teilnehmer wollten sich partout weder von ihren Helmen noch von ihren Rucksäcken trennen. Wahrscheinlich hatten sie um die erste Wache gewürfelt, denn kurz darauf stand einer von ihnen mit einem Glas Wasser in der Hand auf, ging nach draußen und kehrte ohne das Getränk wieder zurück.

Um halb sieben saß ich immer noch allein an meinem Tisch, vor mir ein Glas schlesisches Bier, misstrauisch beäugt von dem Kellner, der an den anderen Tischen bereits die Vorspeisen serviert hatte und wahrscheinlich befürchtete, durch mich aus dem feinjustierten Rhythmus der Speisenfolge herausgerissen zu werden.

Um kurz vor sieben – die anderen Tische bogen sich unter Fleischspießen, in gebackenen Brotlaiben serviertem Bigos, gewaltigen Mengen an Pierogi und Schüsseln mit Śmietana und Roter Bete – hatte ich das zweite Bier auf leeren Magen hinter mir und machte mich mit mehreren unangenehmen Gedanken vertraut. Zuzanna hatte mich versetzt, und ich konnte in diesem Zustand nicht mehr Auto fahren. Der Kellner verstand weder Englisch noch Deutsch und antwortete auf meine Frage nach einem Hotel immer wieder mit »Kubus, Kubus«. Worauf ich mir ein drittes Bier bestellte, das er missbilligend servierte.

»*Dobry wieczór* – Guten Abend.«

Zuzanna war wie aus dem Nichts aufgetaucht. Ich hatte sie nicht kommen sehen. Ich wusste auch nicht, ob sie schon lange vor meinem Tisch gestanden und auf mich herabgeblickt hatte. Sie überlegte wohl, ob sie gleich wieder gehen oder das Risiko einer Unterhaltung auf sich nehmen sollte.

Sie trug ein graues Kostüm mit einer weißen Bluse, der Rock war zerknittert wie nach einer langen Autofahrt. Ihr dunkles Haar war in der Mitte gescheitelt, einige Strähnen hatten sich aus dem kleinen Knoten gelöst. Wenn sie Make-up getragen hatte, so war es im Lauf des Tages verschwunden. Nur unter den Augen, die gerötet und müde wirkten, lagen schwarze Schatten, wahrscheinlich hatte sie sie zu oft gerieben. Viele Mandanten unter Mordanklage hatte sie noch nicht vertreten. Sie erinnerte mich an meine Anfangszeit. Jeder Fall war eine persönliche Herausforderung gewesen, jeder Mandant hatte mir nähergestanden als meine eigene Familie. Ich hatte mir die Tragödien anderer zu eigen gemacht. Es brauchte Zeit, Jahre, Jahrzehnte manchmal, um jenen Abstand zu gewinnen, den Außenstehende als Mitleidlosigkeit verurteilten.

Aber es gab auch das Gegenteil. Wenn man von der Unschuld seines Schützlings nicht überzeugt war. Wenn man verachtete, was er getan hatte. Sich innerlich abwandte, ihm nie die Hand gereicht hatte. Einem die Tat, der Täter zuwider war und man ihn trotzdem verteidigen musste. Dafür gemieden und geschmäht, verachtet und beschimpft wurde. Kindermörder. Geiselnehmer.

Vergewaltiger. Man brauchte diesen Panzer. Zuzanna hatte ihn noch nicht. Doch sie versuchte, alle glauben zu machen, dass sie ihn hätte. Ich wollte wissen, wie sie zu Jacek stand.

»Guten Abend.« Ich erhob mich und bot ihr den leeren Stuhl gegenüber an. Mir war bekannt, dass man in Polen ausgesprochen höflich zu Damen war. »Bitte nehmen Sie Platz. Haben Sie schon etwas gegessen?«

Sie stellte ihre Aktentasche auf den Boden und sah sich flüchtig um. Die Radfahrer musterten uns unverhohlen. Ihnen war aufgefallen, dass ich ein Landsmann war, der sich mit einer hübschen jungen Frau verabredet hatte. Das gab Zunder im fünften Gang bergauf.

»Danke.«

Sie setzte sich. Der nervöse Kellner war in Windeseile mit einer aufgeklappten Speisekarte bei ihr, die sie ungelesen schloss und etwas bestellte, das nicht mehr als ein Glas Mineralwasser war. Das verstand sogar ich.

»Wo ist Frau Hoffmann?«, fragte sie.

»Ich habe keine Ahnung. Bitte machen Sie sich mit dem Gedanken vertraut: Sollte sie auf dem Gebiet der Bundesrepublik festgenommen werden, werde ich sie vertreten. Eine Auslieferung kommt nicht infrage.«

Sie schluckte. Dann nickte sie. »Offene Karten?«

»Offene Karten. Ich weiß nicht, wo sie ist, und mache mir große Sorgen um sie.«

Zuzanna fixierte mich mit ihren müden braunen Augen. »Wir müssen sie finden. Sie war in der Tatnacht bei Herrn Zieliński. Zudem hat sich herausgestellt, dass ihre Fingerabdrücke …«

»Ich bin informiert.« Es war wichtig, ihr von Anfang an klarzumachen, dass ich ein ebenbürtiger Verhandlungspartner war. Sie wusste mehr als ich. Mehr als Vaasenburg. Sie hatte Einblick in die Ermittlungen. Den wollte ich auch. Ich hatte nichts in der Hand, nur: So durfte ich nicht auftreten.

»Ich habe keine Ahnung, wie das geschehen konnte. Aber ich weiß, dass weder Frau Hoffmann noch Herr Zielińksi ein Gewaltverbrechen verübt hat.«

»Also der geheimnisvolle Unbekannte?«

Sie lächelte mich spöttisch an. Ich nickte widerstrebend.

»Wurde in diese Richtung ermittelt?«

»Nein. Die Beweisstücke sind ausreichend.«

»Fingerabdrücke auf der Tatwaffe?«, fragte ich ins Blaue hinein. »Die können von jedem stammen.«

»Am Tatort hat man Fußabdrücke von drei Personen festgestellt. Zwei konnten zugeordnet werden: die Gummistiefel von Herrn Zieliński und die Turnschuhe von Herrn Schwerdtfeger. Die dritten sind wahrscheinlich Cowboystiefel Größe achtunddreißig.«

Marie-Luise hatte sich das Paar von einer Mexikoreise aus Chihuahua mitgebracht. Silberne Spitzen. Sie liebte diese Schuhe. Wahrscheinlich hatte sie die Stiefel sogar im Bett an. Und auf einem Friedhof in Janekpolana.

Noch in Vaasenburgs Büro hatte ich geglaubt, dass das, was die Spurensicherung sichergestellt hatte, jeder einigermaßen gewiefte Anwalt infrage stellen könnte. Inzwischen sah die Sache schon schwerwiegender aus.

Der Kellner stellte im Vorübersegeln ein Glas Wasser ab. Es schwappte über. Als Zuzanna es nahm und einen Schluck trank, blieb ein dunkler, runder Fleck auf der Tischdecke zurück.

»Aber die Waffe …«

»Ein Eisenrohr. Eine lange, rostige Stange. Sie wurde auf dem Hof von Zieliński sichergestellt. Noch nicht einmal das Blut war abgewischt. Darauf fanden sich Fingerabdrücke von Herrn Zieliński und weiteren Personen. Wir warten noch auf die Abgleiche.«

Ich schluckte. »Stand zufälligerweise ein alter Volvo in der Nähe?«

»Nein. Warum?«

Weil Marie-Luise so einen Wagen fuhr. Und diese Eisenstange immer auf dem Rücksitz lag. Die Maschine bockte manchmal. Ein Schlag auf den Motorblock und schon schnurrte sie wieder.

Zuzanna stellte das Glas ab und seufzte. »Sie sind nicht nur ihr Anwalt. Sie sind Freunde. Es muss ein Schock für Sie sein. Aber Sie wissen sicher auch, dass niemand mit einem Schild um den Hals herumläuft, auf dem ›Ich bin ein potenzieller Mörder‹ steht. Ich verurteile Sie nicht, weil Sie an die Unschuld der beiden glauben.«

»An was glauben Sie?«

Sie presste die Lippen aufeinander und wich meinem Blick aus. Tat so, als würde sie die Palmen bewundern, die nahe an den Tischen standen. Einen Vogel im Dickicht beobachten.

»Zieliński leugnet, ist jedoch so gut wie überführt«, sagte sie schließlich. »Vielleicht hatte er wirklich einen Blackout, aber das schützt ihn nicht vor einer Verurteilung. Ich werde auf gefährliche Körperverletzung mit Todesfolge gehen. Wenn …«

»Wenn was?«

»Wenn das Geld wieder auftaucht.«

Wenn nicht, war es um Jaceks Kopf geschehen. Er würde für mindestens fünfundzwanzig Jahre hinter Gitter wandern. Als ob das nicht schon schlimm genug wäre, formulierte Zuzanna meine Befürchtungen klarer, als mir lieb war.

»Die Rolle von Frau Hoffmann muss eindeutig geklärt werden. Ich warte noch auf das Gutachten der Rechtsmedizin. Dann wissen wir mehr. Wie der Schlag ausgeführt wurde, aus welchem Winkel.«

»Wie viele?« Meine Stimme klang heiser. Ich leerte das Bier in einem Zug.

»Einer. Dafür mit großer Wucht.«

»Das spricht gegen eine Frau.«

»Das spricht gegen eine schwache Frau.«

»Verdammt noch mal!«, rief ich. »Auf welcher Seite stehen Sie eigentlich?«

Die Radfahrer, ein Liebespaar und eine Familie mit zwei kleinen Kindern wendeten unisono die Köpfe in unsere Richtung. Zuzanna hob die Augenbrauen. Wenn ich mich nicht täuschte, lag ein minimaler Triumph in ihrem Blick. Das mochte sie also. Andere zur Weißglut bringen. Jacek hätte es kaum schlechter treffen können. Zwei Hitzköpfe, wunderbar.

»Ich verteidige Herrn Zieliński, nicht Frau Hoffmann. Es ist meine Aufgabe, entlastende Hinweise nicht zu ignorieren, sondern in die Ermittlungen einfließen zu lassen. Herr Zieliński hat die Tat nicht allein begangen. Wer weiß, vielleicht wollte er sogar Frau Hoffmann daran hindern zuzuschlagen. Dann bekommt er nur drei Jahre. Und Frau Hoffmann lebenslänglich.«

»Das ist absurd. Sie ist eins sechzig groß und wiegt keine fünfzig Kilo.«

Nun wurde sie sauer. Wahrscheinlich hatte sie sich Marie-Luises Personenbeschreibung gar nicht richtig angesehen. Ich kannte ein Lichtbild von ihr, das nach der Festnahme bei einer Sitzblockade gegen einen Castor-Transport aufgenommen worden war. Wütend, mit zerzausten Haaren und aufgeplatzter Unterlippe starrte sie in die Kamera. Wenn das Foto zur Fahndung verwendet wurde, war es kein Wunder, dass man sie für eine gewaltbereite Schlägerin hielt.

»Und das Geld?«, zischte Zuzanna. »Dreißigtausend Euro. Sie sind verschwunden. Es heißt, Frau Hoffmann hatte in letzter Zeit finanzielle Schwierigkeiten.«

»Das stimmt nicht«, log ich.

»EV, IA, VB«, zählte sie auf.

Eidesstattliche Versicherung, Insolvenzantrag, Vollstreckungsbescheid. Frau Anwältin schien Freunde bei der deutschen Schufa zu haben. Ihr Handy klingelte. Zufrieden mit der Verwüstung, die sie in mir angerichtet hatte, nahm sie das Gespräch an.

Während ich beobachtete, wie ihr Gesichtsausdruck konzentriert und verschlossen wurde, ahnte ich, dass zumindest Jacek bei ihr in guten Händen war. Sie würde alles tun, um ihn zu entlasten – und das ab sofort nur noch auf Kosten von Marie-Luise.

Ich dagegen konnte nichts tun. Mir waren die Hände gebunden. Ich durfte als Anwalt nicht in Polen arbeiten, noch nicht einmal als solcher auftreten. Zuzanna war meine einzige Chance, wenigstens etwas über den Tatverdacht und den Stand der Ermittlungen zu erfahren. Dass sie von Anfang an klargemacht hatte, wie wenig sie von mir hielt, erleichterte die Sache nicht.

Sie runzelte die Stirn, stellte eine Frage, stand auf und verließ den Raum. Ich konnte nicht mehr hören, was sie sprach. Das Stimmengemurmel, die Schreie der Papageien und der Lärm, der aus der Küche hinaus in das Restaurant drang, verwoben sich zu einem verzerrten Klangteppich. Um mich herum ging das Leben weiter. Die Menschen aßen und tranken. Es wurde Abend. Über dem hohen Glasdach wölbte sich ein tiefdunkelblauer Sommernachtshimmel. Ich würde nicht mehr nach Berlin fahren können. Vielleicht wusste Zuzanna ein Hotel … vielleicht wohnte sie auch hier in der Nähe … vielleicht fanden wir eine Bar und konnten über andere Dinge reden … vielleicht … Unter normalen Umständen hätte ich den Gedanken vertieft. Doch solange es kein Lebenszeichen von Marie-Luise gab, ging das nicht.

Bisher gab es nur einen Toten und einen alten Freund, der sich an nichts mehr erinnern konnte oder wollte. Ich musste mit Jacek reden. Ich hatte keine Ahnung, wie ich mir Zutritt in die Haftanstalt verschaffen konnte. Aber irgendeinen Weg musste ich finden. Ich konnte Jaceks Verteidigung unmöglich allein Zuzanna überlassen. Das wäre Marie-Luises Untergang.

Die Zeit bis zur Rückkehr der Anwältin nutzte ich, um Tiffy eine Nachricht auf dem Anrufbeantworter zu hinterlassen. Ich hatte am nächsten Tag nur zwei Termine, die sie hoffentlich verschieben konnte. Ich ging davon aus, dass Marie-Luise innerhalb der nächsten vierundzwanzig Stunden auftauchen würde. Die meisten Vermissten taten das. Oder sie meldeten sich zumindest und erklärten, warum sie untergetaucht waren. Die meisten.

Zuzanna kehrte zurück, beherrscht, doch mit dem flackernden Blick der Jägerin, die ihre Beute ins Visier genommen hatte.

»Was ist?«, fragte ich. »Haben Sie Neuigkeiten von Frau Hoffmann?«

Sie schüttelte den Kopf und gab dem Kellner ein Zeichen, dass sie zahlen wollte.

»Nein. Aber im Krankenhaus von Poznań wurde heute Morgen eine Patientin eingeliefert, auf die ihre Personenbeschreibung passen könnte. Verwirrt und desorientiert.«

»Was werden Sie tun?«

»Abwarten, bis sie identifiziert ist. Das Daktylogramm kann nicht so lange dauern.«

Ihr Vertrauen in den Lauf der Dinge verschaffte mir Zeit. Trotzdem war ich von einer Sekunde auf die andere auf Flucht gepolt. Ich musste mir diese Unbekannte ansehen. Wenn es Marie-Luise war, hatte ich die Chance, als Erster mit ihr zu reden. Ich holte einen Geldschein aus der Hosentasche, reichte ihn dem Kellner und winkte ab, als dieser protestieren wollte.

»Stimmt so«, sagte ich ungeduldig.

Er redete weiter auf mich ein.

»Er will Zloty, keine Euro.« Zuzanna hatte wieder diesen Ausdruck im Gesicht, als hätte ich sie persönlich beleidigt.

»Keine Euro? Warum denn nicht?«

»Weil der Zloty bei uns nach wie vor die gültige Währung ist.«

»Hoffentlich nicht mehr lange«, entgegnete ich.

Zuzanna zahlte, ich steckte mein Geld ein. Sie stand auf, und ich folgte ihr, als ob es das Selbstverständlichste auf der Welt wäre.

Draußen im Foyer bekam sie einen leichten Staubmantel von der Garderobiere. Sie ließ zu, dass ich ihr hineinhalf. Aus der Manteltasche holte sie eine schmale Packung Zigaretten hervor.

»Informieren Sie mich, sobald Sie mehr wissen?«

Sie sagte nichts. Trat hinaus vor die Glastür, wartete aber, bis ich bei ihr war und ihr Feuer geben konnte. Die Zigarette war weiß und unglaublich dünn.

»Warum sollte ich das tun?«, fragte sie schließlich.

»Weil Sie Anwältin sind und keine Ermittlungsbeamtin. Weil Sie Verständnis dafür haben, dass ich mir Sorgen mache.«

Sie verfügte über erstaunlich viele Variationen, ihre schmalen Augenbrauen hochzuziehen. Diese sagte aus: Ich glaube dir kein Wort.

»Wollen Sie gewinnen?«, fragte ich.

»In diesem Fall kann man nicht gewinnen. Nur das Beste bei einem Schuldspruch herausschlagen.«

»Haben Sie denn nicht einen Moment lang versucht, es sich vorzustellen?«

»Nicht bei dieser Beweislage.«

»Die hat gestern noch ganz anders ausgesehen. Und morgen ist ein neuer Tag. Was, wenn die Frau gar nicht Marie-Luise Hoffmann ist? Was, wenn alles ganz anders war? Ich kenne die beiden. Keiner von ihnen ist ein Mörder.«

»Niemand ist ein Mörder. Bis es geschieht.«

Sie stieg die Stufen zum Parkplatz hinab. Ich blieb an ihrer Seite, bis wir einen kleinen, staubverkrusteten Wagen erreichten. Der Wind frischte wieder auf. Ein kalter, unangenehmer Ostwind, der den zarten Hauch von Sommerabend vertrieb. Ich fröstelte.

»Was haben Sie eigentlich gegen mich? Ich will Ihnen doch nur helfen.«

Sie ließ die Zigarette fallen und trat die Glut aus. »Ich brauche Ihre Hilfe nicht.«

»Das hat sich gestern aber noch ganz anders angehört.«

Wütend funkelte sie mich an. »Das war ein Fehler. Es wird nicht mehr vorkommen, verlassen Sie sich darauf. Ich bin durchaus in der Lage, diesen Fall alleine durchzuziehen.«

Das war es also. Irgendein Minderwertigkeitskomplex. Wahrscheinlich war Jacek wie üblich in ein Fettnäpfchen getreten, als er Zuzanna losgeschickt hatte, um gleich bei zwei deutschen Anwälten Hilfe zu holen. Dass die eine von beiden nun selbst bis zum Hals in Schwierigkeiten steckte, befeuerte Zuzannas Angriffslust nur noch mehr.

»Ich muss mit Jacek sprechen«, sagte ich.

»Dann stellen Sie einen Antrag. Auch in Polen gelten Vorschriften.«

Sie holte den Schlüssel heraus und öffnete die Tür. Der Wagen gab ein quiekendes Geräusch von sich und blinkte kurz.

»Das dauert viel zu lange. Morgen. Nehmen Sie mich mit.«

»Wie stellen Sie sich das vor? Das ist völlig ausgeschlossen.«

»Ich trage Ihre Aktentasche. Ich bin Ihr Praktikant.«

Zum ersten Mal, seit wir uns begegnet waren, schlich sich so etwas wie ein amüsiertes Lächeln in ihre Mundwinkel.

»Was versprechen Sie sich davon?«

»Mich wird er nicht belügen.«

»Aha.« Das Lächeln verschwand schlagartig. Sie warf ihre Tasche auf den Beifahrersitz.

»Zuzanna. Sind Sie wirklich hundertprozentig von Jaceks Schuld überzeugt? Oder wollen Sie nicht doch den größeren Triumph, einen Freispruch? Glauben Sie, was in den Polizeiberichten steht?«

»Ob ich dem Staatsanwalt, den Kripobeamten, der Spurensicherung, der Rechtsmedizin … ob ich denen glaube? Ist das Ihre Frage? Ja. Ja, ich glaube ihnen. Allen.«

»Nur Jacek Zieliński nicht.«

Sie schwieg.

»Dann sollten Sie das Mandat niederlegen.«

Sie stieg ein, warf die Tür zu, legte einen missglückten Kavaliersstart hin, würgte den Motor ab, startete neu und holperte in einer Sandwolke davon.

Der König trug eine wuchtige goldene Krone und breitete wohlwollend die Arme aus, mit denen er problemlos ein Mehrfamilienhaus hochheben könnte. Er trug ein schmal gegürtetes Gewand und einen fast bodenlangen Umhang – ein Herrscher mit gerechtigkeitsverheißendem Blick. Schon von weitem konnte man die riesige Statue sehen, und es dauerte, bis ich die Erklärung zu diesem Phänomen gefunden hatte. Es war die größte Christusstatue der Welt. Zu Füßen des über dreißig Meter hohen Standbilds ein Altar aus leeren Autobahnzubringern. Ich sah Jesus noch lange im Rückspiegel. Ich hätte ihn auf einen Gipfel gestellt oder ans Ufer eines breiten Stroms. Jesus sah einsam aus.

In Poznań gab es drei Krankenhäuser und eine Handvoll Privatkliniken, die sich um die Schönheit zahlungskräftiger Kunden aus dem In- und Ausland kümmerten. So hatte es mir mein Smartphone verkündet. Mittlerweile vertraute ich auch meinem Navigationsgerät – ich würde knapp zwei Stunden brauchen. Es würde länger dauern, bis ich wieder nüchtern war. Aber darauf konnte ich keine Rücksicht nehmen.

Den Erlöser im Rücken fuhr ich hinein in eine überwältigende, späte Abenddämmerung. Ein tiefdunkelblauer, hoher Himmel, der sich westwärts im Violett, dann im Türkis und den verhangenen Spektralfarben des Sonnenuntergangs verlor. Wie Scherenschnitte erhoben sich die Wälder auf sanften Hügeln. Kleine Dörfer, dunkel meist, die Häuser mit verschlossenen Fensterläden und zugezogenen Vorhängen. Sie sahen genauso aus wie die brandenburgischen Weiler und Kirchspiele: Dorfstraße, Anger, Friedhof, Gotteshaus. Ab und zu eine flackernde Leuchtreklame.

Dann breite neue Straßen. Es war kurz nach halb elf und die Nacht vollkommen, als ich in Poznań eintraf. Zuverlässig führte mich das Navigationsgerät in die *ul. Grunwaldzka* vor ein majestätisch wirkendes Gebäude, das mit Sicherheit in den zwanziger Jahren des vergangenen Jahrhunderts einem repräsentativen Zweck gedient hatte.

Es war bogenförmig gebaut, ein Grundriss ähnlich einem Bumerang, die abgerundete Fassade geschmückt mit schlanken ionischen Säulen und gekrönt von treppenartigen vertikalen Verzierungen, wie man sie oft im Art déco antraf. Die Klinik lag ein Stück von der Hauptstraße zurückgesetzt, und der so gewonnene Platz war für Feuerwehr und Krankenwagen reserviert. Allerdings nutzten ihn um diese Zeit auch Privatfahrzeuge. Ich stellte meinen dazu und ging zum Haupteingang. Zwanzig Meter weiter, die Straße am rechten Bumerangflügel entlang, stand ein Polizeiauto. Ich konnte nicht erkennen, ob jemand hinterm Steuer saß.

Die hölzerne Tür öffnete sich mit einem Ächzen. Der Gang war breit genug, um eine Ambulanz passieren zu lassen. Ein Neonlicht zu meiner Linken wies den Weg zu einer steinernen Treppe. »*Przyjęcie/Zapowiedź*« stand auf einem Schild. Es sah nach Empfang oder Rezeption aus. Ich stieg hinauf und fand mich in einem langen Gang wieder, müde erleuchtet von milchigen Hängelampen, linker Hand eine verglaste Kabine, davor auf einem Brett eine Klingel, wie sie in kleinen Läden oder Hotelrezeptionen stehen. Weit und breit war niemand zu sehen.

Ich klingelte und wartete.

Es war zweiundzwanzig Uhr achtunddreißig.

Schritte, gedämpft von Gummisohlen, die leise quietschten, näherten sich. Eine Tür im hinteren Teil des verglasten Raumes wurde geöffnet, und eine ältere Frau in weißem Kittel und mit drahtiger Figur näherte sich der Sprechluke.

»*Good evening*«, versuchte ich es auf Englisch. »*My name is Joachim Vernau and I am looking for …*«

»*Niemiec?*«, fragte sie.

Ich zuckte mit den Schultern und ärgerte mich, dass ich in einem Land, das achtzig Kilometer hinter der Berliner Stadtgrenze begann, noch nicht einmal Guten Tag und Auf Wiedersehen sagen konnte.

»Deutschland?«

»*Yes*. Ja. Berlin. Ich suche eine Freundin. Eine Frau. Ende dreißig, rote Haare. Marie-Luise Hoffmann.«

Ihr altersloses Gesicht, umrahmt von braungrauen, kurzgeschnittenen Haaren, verzog sich zu einem Anflug des Bedauerns.

»Keine Auskünfte.«

»Ich bin ihr … ihr Mann«, brachte ich hervor und betete, dass Marie-Luise niemals Wind von dieser Lüge bekommen würde.

»Ehemann?«

»Ja«, log ich dreist weiter. »Urlaub. In … Zielona Góra. Dann war sie weg, plötzlich. Ich mache mir Sorgen.«

»Polizei?«

»Da war ich schon. Sie ist weg. Verschwunden. Bitte helfen Sie mir.«

Es gab noch zwei weitere Krankenhäuser. Aber dieses schien mir das größte und am schnellsten erreichbare zu sein. Der Polizeiwagen vor der Tür beunruhigte mich. Wenn die Frau, auf die Marie-Luises Beschreibung passen sollte, tatsächlich hier lag, dann hatten sie ihr längst die Fingerabdrücke abgenommen. Dann waren die Daten in den Computer eingespeist. Dann war es eigentlich schon zu spät.

»Wie war der Name?«

»Hoffmann, Marie Luise.«

Sie trat zu einem Computermonitor, den ich erst in dem Moment entdeckte, in dem sie ihn aus dem Schlafmodus weckte. Sie scrollte etwas herum und schüttelte dabei ein ums andere Mal den Kopf. Ich hoffte, dass sie von der Nachtschicht war und noch nichts von dem Fahndungsersuchen gehört hatte.

»Nein, tut mir leid.«

»Wirklich nicht? Die Polizei sucht meine Frau bereits. Vielleicht kann sie sich nicht an ihren Namen erinnern.«

»Die Polizei war schon hier.«

Das Herz fiel mir in die Magengrube wie ein zwei Kilo schwerer Eisbrocken. Aus, vorbei. Sie hatten sie. Eher als ich.

»Konnten aber nichts machen, weil sie schläft und die Hände …« Die Schwester suchte nach dem passenden Wort. »Verbunden«, sagte sie schließlich. »Verletzungen. Morgen ist es möglich, morgen wird gewechselt. Dann identifiziert.«

»Morgen«, murmelte ich.

Der Eisbrocken schmolz. Die Polizei war also unverrichteter Dinge wieder abgezogen, weil die Ärzte offenbar verboten hatten, die Verbände abzunehmen und eine verwirrte, desorientierte Person auszuliefern. Ich mochte diese Ärzte. Ich mochte dieses Krankenhaus.

»Bitte«, sagte ich. »Nur für einen Moment.«

»Es ist nicht Frau Hoffmann.«

»Woher wissen Sie das?«

»Sie hat einen anderen Namen. Ähnlich, aber anders.«

»Aber die Haare … rot? So lang? Schmal, circa fünfzig Kilo? Klein wie ein Spatz?«

Die Dame verkniff sich ein Lächeln. »Ähnlich, aber anders. Sie schläft. Sie können nicht zu ihr.«

»Was hat sie?«

»Ich darf es Ihnen nicht sagen. Kommen Sie morgen wieder.«

Ich nickte. »Nach wem soll ich fragen?«

Sie warf einen letzten Blick auf den Monitor. »Nach Mathilde Häwelmann, Zimmer fünfhundertneun.«

»Häwelmann?«

»Häwelmann«, antwortete sie mit einem Lächeln. »Wie Theodor Storm.«

Ich bedankte mich und verließ das Treppenhaus. Bevor ich die Holztür zur Straße erreichte, blieb ich stehen. Das Licht in dem gläsernen Empfang erlosch. Ich zählte bis hundert. Dann folgte ich der breiten Einfahrt, bis ich in einem begrünten Hof stand.

Ich beschloss, den Eingang zum linken Flügel zu nehmen, über den man in ein steinernes Treppenhaus mit abgetretenen Stufen und gelber Ölfarbe an den Wänden gelangte. Das eiserne Geländer mit seinem hölzernen Lauf schien mir noch aus dem Erbauungsjahr zu stammen. Ich sah hoch. Fünf Stockwerke. Mitten in der Nacht. Ich musste mit ihr reden, bevor die Polizei es tat. Sie wusste, was geschehen war.

Häwelmann. Mathilde Häwelmann. Wahrscheinlich wusste sie es doch nicht.

Kopfschüttelnd begann ich den Aufstieg.

Es war dunkel in Zimmer 509. Die Luft war schwül, eine Mischung aus Schweiß, Nachttopf und Desinfektionsmittel. Ich unterdrückte den Impuls, mir irgendetwas vor die Nase zu halten oder das Fenster aufzureißen. Vier Betten, vier Frauen. Ich konnte mir denken, was geschehen würde, wenn ich mich aufs Lager der Falschen setzte.

Ein schnarchender Berg zur Linken, dahinter ein schmales, junges Mädchen, fast noch ein Kind. Das Licht, das die Straßenlaternen unten verbreiteten, reichte in dieser Höhe gerade dazu aus, die Umrisse der Gestalten unter den dünnen Decken auszumachen. Die Frau rechts hatte sich frei gestrampelt. Das Oberteil des Bettes war hochgestellt. Schwer nach Atem ringend warf sie den Kopf von der einen auf die andere Seite. Ich blieb wie angewurzelt stehen und wartete, bis ihr Traum sie wieder in ruhigeres Fahrwasser geleitete.

Hinten rechts am Fenster also. Das war gut. Es bedeutete mehr Licht. Vorsichtig trat ich auf das Bett zu und erblickte Marie-Luise. Ich erschrak, wie sehr sie sich verändert hatte. Die Wangen hohl und eingefallen, die Lippen blutverkrustet. Hämatome im Gesicht. Schnittwunden. Die Nase spitz und weiß, die Augen dunkel umschattet. Ihre Hände waren bandagiert. Regungslos wie eine Puppe lag sie da, die Beine unter dem dünnen Laken steif und gerade. Ich wagte nicht, mich zu setzen. Blieb stehen und sah sie nur an. Spürte, wie ich zornig wurde, wie Wut sich in mir regte, Wut und Hass auf den, der ihr das angetan hatte. Jacek. Wer sonst außer Jacek konnte das gewesen sein?

Bis zu diesem Moment war ich von seiner Unschuld überzeugt gewesen. Doch Marie-Luises geschundener, zerschlagener Körper löste in mir eine Lawine von Gefühlen aus. Ich hätte mich mehr um sie kümmern müssen. Sie war einfach aus meinem Leben gegangen nach dieser einen letzten Nacht vor zwei Jahren. Ich erinnerte mich noch an ihr trauriges Lächeln und ihren Blick, mit dem sie sich verabschiedet hatte. Es geht nicht mit uns. Nicht mit, aber auch nicht ohne. Küss mich. Halt mich. Lass mich allein.

Zwei Jahre hatte der trügerische Frieden gehalten. Zwei Jahre, in denen ich froh gewesen war, mich um meine eigenen Probleme kümmern zu können, statt um Marie-Luises Katastrophen. Ich hatte geglaubt, sie würde es schaffen. Es war ein Fehler gewesen. Ich hätte es nie so weit kommen lassen dürfen.

Sie blinzelte. Rümpfte die Nase. Versuchte in einer müden Bewegung, die linke Hand zu heben, schaffte es nicht.

»Vernau?«, flüsterte sie. »Ich hab dein Rasierwasser nie gemocht.«

Eine kleine Welle der Freude flutete mein Herz. Vorsichtig setzte ich mich auf das Bett, sorgsam darauf bedacht, ihren rechten Arm nicht zu berühren.

»Schschsch«, erwiderte ich.

Die Geräusche der anderen Damen im Zimmer blieben gleich. Ich beugte mich zu ihr hinab. Sie roch nach essigsaurer Tonerde. Das war auch nicht besser.

»Leise«, flüsterte ich. »Was ist passiert?«

Sie riss die Augen auf und starrte mich an. »Ich weiß, wer du bist.«

»Fein. Wir sollten unbedingt herausfinden …«

»Ich weiß, wer du bist!« Sie sah mich an, als wäre ich der Teufel und mir würde gerade ein drittes Horn mitten auf der Stirn wachsen.

Vorsichtig berührte ich ihren Arm. »Das erleichtert vieles. Trotzdem müssen wir dich hier herausbringen. Gegen dich läuft ein Haftbefehl.«

»Vernau. Joachim Vernau. Horror. Vollidiot. Verpiss dich.«

Es stand offenbar schlimmer um sie, als ich angenommen hatte. Vielleicht hatte ihr Kopf auch etwas abbekommen.

»Du kannst hier nicht bleiben. Wir müssen weg. Über die Grenze, und zwar so schnell wie möglich. Ich will nicht, dass du wie Jacek in einem polnischen Knast landest.«

»Jacek?« Ihre Augen rundeten sich, sie dachte nach. Das Ergebnis fiel erfreulicher aus als die Erinnerung an mich. Aber nicht sehr. »Dieser Mistkerl. Hat er endlich seine Sachen abgeholt?«

Die schmale Gestalt in dem Bett gegenüber warf sich von einer Seite auf die andere. Wir sollten verschwinden. Sofort.

»Kannst du aufstehen?«

Sie wollte das Laken zurückwerfen, aber sie konnte mit ihren bandagierten Händen nur schwer greifen. Bei dem Versuch sich aufzusetzen sank sie mit einem Stöhnen zurück.

»Himmel, was ist denn passiert?«

»Leise«, zischte ich. »Wo sind deine Sachen?«

Ich blickte mich um. Es gab keine Schränke. Neben jedem Bett stand ein Stuhl, an der Wand war ein Kleiderhaken befestigt. An allen Haken hing etwas, nur nicht an dem von Marie-Luise.

Sie sah an sich herab. Ich half ihr hoch, nach einigen Mühen konnte sie wenigstens sitzen. Die Beine baumelten über der Bettkante, nackt. Wie befürchtet waren auch sie übersät mit Hämatomen und Schnitten. Auf den schlimmsten Wunden klebten Pflaster.

»Deine Sachen?«, fragte ich noch einmal. So konnten wir unmöglich das Krankenhaus verlassen. Jeder Windstoß würde ihre unbedeckte Kehrseite bloßlegen.

»Ich weiß nicht.« Ihre Stimme klang verwaschen, undeutlich.

Der erste Schreck ließ nach und damit auch die aufputschende Wirkung dieser Überraschung mitten in der Nacht. Wahrscheinlich hatten die Ärzte sie mit Schmerzmitteln und anderem vollgepumpt. Ich hoffte, sie würde die Fahrt nach Berlin verschlafen.

Ich zog meine Anzugjacke aus und hängte sie ihr um die Schultern. Das war auch nicht besser.

»Sie können dich doch nicht so eingeliefert haben? Wo ist deine Tasche? Dein Ausweis? Deine Schuhe?«

Ich wollte sie hochziehen, aber sie rutschte aus meinen Armen wie ein Fisch.

»Keine Ahnung«, murmelte sie.

Das war nicht Marie-Luise. Das war jemand anders in ihrer grauenhaft zugerichteten Gestalt. Ich wusste nicht, wann die Schwestern die Runde machten. Daher wollte ich nur eins: dieses Haus und dieses Land verlassen. Natürlich würden die deutschen Behörden sie ausliefern müssen. Aber bis dahin konnte sie die Zeit in einer gemütlichen Untersuchungszelle in einer Berliner JVA verbringen. Wenn ich es überhaupt so weit kommen lassen würde. Das alles war ein Alptraum, und wir mussten so schnell wie möglich daraus erwachen.

»Nehmt das hier«, flüsterte eine Stimme.

Erschrocken fuhr ich herum. Das dünne Mädchen, fast noch ein Kind, kletterte aus seinem Bett und zog etwas vom Haken, das aussah wie ein Kleid.

»Danke.« Zögernd nahm ich das Geschenk an. »Das ist deins?«

»*Tak* – ja. Beeilt euch. Heute war die Polizei hier. Sie wollen sie holen, sobald sie … *gotowy do transportu* …«

»Transportfähig ist?«

»Ja. Mathilde?«

In sich zusammengesunken, wie ein kaputter Hampelmann, saß Marie-Luise auf dem Bett. Es war seltsam, diesen altmodischen Namen aus dem Mund des Mädchens zu hören. Noch irritierender, dass sie damit Marie-Luise meinte.

»Helfen Sie mir«, flüsterte das halbe Kind.

Ich versuchte, Marie-Luise das Kleid über den Kopf zu streifen und nicht hinzusehen, was sonst noch mit diesem Körper geschehen war. Der Stoff war aus Jersey, wir kämpften eine Weile damit herum.

»Warum hilfst du uns?«, fragte ich das Mädchen.

»Ich mag keine *policja*. Hat sie es getan?«

»Was?«

»Das Schlimme. Das, warum die Polizei hier war.«

»Nein«, sagte ich bestimmt und versuchte, Marie Luise auf die Beine zu stellen, damit unsere unbekannte Retterin den Stoff in Richtung Knie ziehen konnte. »Was weißt du?«

»Nur das, was sie erzählt, wenn sie schläft.«

»Und was ist das?«

Das Mädchen war fertig. Im fahlen Widerschein der Straßenlaternen wirkte ihr Gesicht geisterhaft weiß. Große, dunkle Augen standen darin wie Kohlenstücke. Sie hielt eine Hand an den Bauch. Ich blickte an ihr herab, das zerknitterte Nachthemd hinunter auf ihre mageren Knie und die nackten, kleinen Füße.

»Es ist …«

Marie-Luise fiel zurück aufs Bett. Das ganze Gestell wackelte. Die Frau an der Tür wandte langsam den Kopf in unsere Richtung und sah uns an. Ich hob beruhigend die Hände.

»Ihr müsst los«, flüsterte das Mädchen und warf der Frau ein paar leise Worte auf Polnisch zu. Sie drehte sich wieder weg.

Ich hob Marie-Luise hoch. Halb wach hing sie in meinen Armen und blinzelte mich an.

»Lass mich los, Vernau«, knurrte sie. »Wo du bist, will ich nicht sein.«

»Ruhe. Halt bitte den Mund.«

Sie versuchte, auf die Beine zu kommen, und hätte dabei um ein Haar eine Wasserflasche vom Nachttisch gefegt. Das Mädchen fing sie in letzter Sekunde auf. Ich lauschte, atemlos. Das

Schnarchen ein Bett weiter hatte aufgehört. Jemand wälzte sich mit dem Gewicht eines Walrosses von einer auf die andere Seite. *Freeze.* Wir wagten kaum zu atmen.

Nach einer Minute fing das Schnarchen wieder an.

»Hat Jacek endlich seine Sachen abgeholt?«, fragte Marie-Luise in normaler Lautstärke.

Ich hielt ihr die Hand vor den Mund. »Still. Kein Wort. Du machst, was ich sage. Dieses eine Mal. Verstanden? Hast du mich verstanden?«

Etwas an meinem Ton musste sogar ihrem vernebelten Gehirn signalisiert haben, dass sie jetzt besser die Klappe hielt.

»Wie heißt du?«, fragte ich das Mädchen.

»Paulina«, antwortete sie. »Paulina Szymańska. Aus Poznań.«

»Du bekommst das Kleid zurück, ich verspreche es dir.«

Gemeinsam schafften wir Marie-Luise bis zur Tür. Paulina öffnete sie und spähte hinaus.

»Nehmt die kleine Treppe links. Sie führt in den Keller und die Garagen von den Krankenwagen. Die Ausfahrt ist offen. Vielleicht Kamera. Vielleicht nicht.«

»Danke«, sagte ich. Sie wollte die Tür hinter uns schließen. »Was ist das Schlimme?«

Paulina wich meinem Blick aus. Sie sah zu Boden.

»Geister«, murmelte sie. »Mathilde hat die Geister über den Gräbern gesehen.«

Damit verschwand sie hinter der Tür, so schnell, so leise, so leicht wie ein Gespenst.

10

Was ich auf der Hinfahrt an Zeit herausgeholt hatte, verlor ich auf der Rückfahrt doppelt. Ich mied die Autobahn, weil die Mautstellen mit Kameras ausgerüstet waren und ich nicht eines schlechten

Tages im Laufe eines abgekoppelten Verfahrens ein grobkörniges Foto erklären wollte, das mich mit einer fliehenden Tatverdächtigen an meiner Seite beim Ziehen eines Tickets zeigte.

Das Navigationsgerät, seiner Autobahnfunktion beraubt, rächte sich und führte mich über halsbrecherische, kaum befestigte Waldwege und Spurrinnen von Traktoren, die aus unerfindlichen Gründen als befahrbare Straßen gekennzeichnet waren. Nach drei Stunden – die letzten zwei Kilometer waren wir über einen Radweg auf einem Deich gerumpelt, und ich hatte mir strikt verboten, nach links und rechts in die Dunkelheit zu spähen – verlor sich das Licht der Scheinwerfer in einer feuchten Nebelbank. Instinktiv bremste ich, keine Sekunde zu spät. Vor uns lag die Warthe. Ein Wegweiser verkündete optimistisch »Słońsk 4 km«, wies aber direkt ins Wasser.

Fluchend stieg ich aus und kletterte die Böschung hinab. Ich stand am Ufer des dunklen Flusses. Armdicke Ketten verloren sich im schwarzen Wasser. Offenbar gab es eine Fähre, aber nicht in dieser Nacht und wohl kaum für ein Auto geeignet. Wo zum Teufel waren wir? Ich hörte, wie Marie-Luise mühsam und erst nach mehreren Anläufen die Beifahrertür öffnete. Barfuß stapfte sie vorsichtig über Unkraut und Steine zu mir herab. Auf den letzten Metern reichte ich ihr die Hand, um sie zu stützen.

»Ach du Scheiße«, murmelte sie.

Ich legte ihr meine Jacke um die Schultern. So standen wir nebeneinander, lauschten dem Gluckern und Fließen des Flusses und einem Vogel, der am anderen Ufer sein frühes Lied begann.

Wütend kickte ich nach einem Stein. »Wir sind nicht weit von der Grenze. Aber ich habe keine Ahnung, wie ich übers Wasser wandeln soll.«

»Bist du durch Landsberg?«

»Keine Ahnung.«

»Gorzów Wielkopolski?«

»Was?«

»So heißt die Stadt auf Polnisch.«

»Möglich. Der nächste Ort ist Witnica.«

»Witnica«, sagte sie. Ihre Stimme klang gepresst. »Dann können wir bei Küstrin rüber.«

Sie war wieder wach, aber die Schmerz- und Beruhigungsmittel verloren ihre Wirkung.

»Wie geht es dir?«

»Beschissen wäre geprahlt. Was machen wir eigentlich mitten in der Nacht in der polnischen Wildnis?«

»Ich bringe dich in Sicherheit.«

»Vor was?«

Ihre Augen flackerten, als sie mich ansah. Tief in ihr saß die Angst.

»Das musst du doch wissen.«

»Ich?«, fragte sie. Am Ufer ragte ein Baumstumpf aus der schwarzen Erde. Vorsichtig ging sie darauf zu und setzte sich. »Hast du noch deinen Notfallvorrat?«

Ich ging zurück zum Wagen, öffnete den Kofferraum und holte den Verbandskasten heraus. Zwei Päckchen Mull hatte ich entfernt, stattdessen lagen dort eingebettet eine angebrochene Packung Zigaretten, Streichhölzer und eine kleine Flasche billiger Cognac. Mir fiel auf, dass der Kasten seit Jahren mit mir herumfuhr, ohne dass ich den Inhalt einmal erneuert oder ersetzt hätte. Und dass ich, sollte ich in dieser Nacht in eine Verkehrskontrolle geraten, wahrscheinlich größere Sorgen haben würde.

Ich nahm ihn mit hinunter zu Marie-Luise. Sie befreite gerade mit zusammengebissenen Zähnen die rechte, nicht ganz so schwer verletzte Hand und betrachtete die tiefe, halb verkrustete und gerötete Wunde.

»Ist das ein Schnitt?«, fragte sie.

»Eher ein Riss. Gib mir ein Pflaster, das ist besser.«

Ich verklebte ihre Handfläche, so gut es in der Dunkelheit ging. Dann zündete ich ihr eine Zigarette an und öffnete den Flaschenverschluss. Während sie rauchte, nahm sie ab und zu einen Schluck Cognac. Als sie mir die Flasche anbot, schüttelte ich nur den Kopf. Ich fuhr einen Fluchtwagen.

»Schmutzpartikel«, sagte sie. »Rostiges Eisen. Mein Gott, wer hat mich denn so zugerichtet?«

Das schwache, mondlose Licht reichte nicht aus, um mehr als das zu erkennen, was ich schon im Krankenhaus gesehen hatte.

»Mir kommt es wie ein Unfall mit anschließender Fahrerflucht vor. Du bist nicht zusammengeschlagen worden. Vielleicht bist du vor einen Traktor gelaufen?«

»Quatsch.«

Sie wies auf ihren Kopf. »Ich habe eine Riesenbeule. Was mich wirklich verrückt macht: Ich weiß nicht, wie es passiert ist.«

Sie stieß den Rauch aus und sah ihm nach. Ich schwieg. So lange, bis es ihr auffiel.

»Was ist?«

»Du und Jacek …«

»Was ist mit mir und Jacek?«, fragte sie scharf.

»Ihr leidet beide offenbar unter Amnesie.«

»Was hat mein Zustand mit Jacek zu tun? Auf der Fahrt ist es mir wieder eingefallen. Ich hab ihm seine Kisten gebracht, weil er sie monatelang trotz Aufforderung nicht abgeholt hat, und wollte am nächsten Tag zurück. Ich weiß nur noch, dass ich in seinem Haus eingeschlafen und im Krankenhaus wieder aufgewacht bin.«

Die Hand, die die Zigarette zum Mund führte, zitterte.

»Jacek sitzt in Untersuchungshaft.«

»Was hat er denn diesmal angestellt? Seinen Wein ohne Steuerbanderole verkauft?«

»Raubmord. Es ging um Geld.«

Sie verschluckte den Rauch und hustete. »Das ist nicht dein Ernst.«

»Auf dich ist ein Haftbefehl ausgestellt.«

»Ach nee.« Sie stieß ein verächtliches Schnauben aus und sah mich an. Dann begriff sie, dass ich es ernst meinte. »Das kann doch nicht wahr sein. Ich habe eine ordentliche Privatinsolvenz angemeldet. Meine Lizenz ist futsch. Das ist bitter. Aber ich werde bestimmt was anderes finden. Weißt du, ich habe schon länger darüber nachgedacht, noch mal ganz von vorne anzufangen. Ich bin bei null, in jeder Hinsicht. Vielleicht gehe ich ins Ausland.«

»Nicht, solange Interpol dich sucht.«

»Interpol? Jetzt mach mal halblang.«

»Jacek hat eine ziemlich schlaue Anwältin. Sie will ihn raushauen, und das gelingt ihr am ehesten, wenn sie ihn zum Handlanger herabstuft. Du warst in der Tatnacht bei ihm. Damit stehst du als Tatverdächtige ganz oben auf der Liste.«

»Auf welcher Liste? Vernau, ich habe keine Ahnung, von was du redest. Ich will nach Hause, okay? Geht das? Kannst du mich nach Hause bringen?«

»Nein«, sagte ich leise.

Sie nahm einen letzten Zug und warf die Kippe in den Fluss. Ich hörte das Zischen, als die Glut erlosch. Morgenwind streichelte die Wipfel der Bäume. Im Osten färbte sich der Himmel dunkelrot.

»Warum nicht?«

»Weil die Polizei dort auf dich wartet und nach Polen ausliefert. Ich möchte, dass du dich an einem sicheren Ort versteckst, bis du wieder eins und eins zusammenzählen kannst.«

»Du machst Witze. Vernau, ich warne dich. Mach keine Witze mit mir. Nicht hier. Nicht jetzt.«

Das Wasser schlug an die Eisenketten, wirbelte und plätscherte um sie herum. Noch war es Nacht, noch war der Morgen nicht gekommen. Im Tageslicht sah alles anders aus. Klarer, unbarmherziger. Die Nacht war ein Weichzeichner. Wir waren auf der Flucht. Ich hatte keine Pläne gemacht. Mein einziger Wunsch war, Marie-Luise aus der Schusslinie einer überambitionierten Anwältin und eines Polizeiapparates zu bringen, der, einmal angelaufen, kaum noch zu stoppen war. Nun saßen wir am Ufer eines dunklen Flusses, über den keine Brücke führte, und wussten nicht mehr weiter. Nicht schlimm. Aber spätestens nach Sonnenaufgang katastrophal.

»Ich hab niemanden umgebracht«, sagte sie leise. »Das kann ich gar nicht. Und Jacek ... Jacek kann Eisen biegen und einen Wagen ohne fremde Hilfe aufbocken. Vielleicht tötet er auch jemanden, wenn er ihn in Rage gebracht hat. Aber doch nicht wegen Geld. Wie viel denn eigentlich?«

»Dreißigtausend. Sie sind von einem Horst Schwerdtfeger aus Hamburg.«

»Schwerdtfeger ... nie gehört ...«

Sie wollte so gerne überzeugt sein. Hundertprozentig. Aber es gelang ihr nicht. Ich spürte, dass sie mehr erlebt hatte, als sie mir weismachen wollte.

»Was ist passiert? Erzähl es mir, ganz genau.«

»Ich hatte drei Kisten im Wagen. Apropos: Wo ist der Volvo?«

»Keine Ahnung.«

»Schallplatten, seinen Röhrenreceiver, ein paar Klamotten. Dinge, an denen er gehangen hat. Vor einem Jahr ist er weg. Er wollte nach Hause, hat er gesagt. Ich wusste gar nicht, dass Jacek ein Zuhause hat.«

»Janekpolana?«

Überrascht sah sie mich an. »Ja. Kennst du das Dorf?«

»Nein. Aber dort ist es passiert. Dort auf dem Friedhof ist Schwerdtfeger erschlagen worden.«

»Auf dem Friedhof ... Ein unheimlicher Ort. Ganz verlassen, seit so langer Zeit. Die Gräber versinken in der Erde, die Kreuze sind schief, die Steine geborsten. Was er da wohl wollte?« Sie rieb sich nervös den rechten Ellenbogen. Wahrscheinlich gab es keine Stelle an ihrem Körper, die ihr nicht wehtat. »Da ist es passiert?«

»Ja. Sagt Vaasenburg. Aber er weiß auch nur, was die pol-

nischen Behörden ihm mitgeteilt haben. Er *muss* dich festnehmen, das ist dir sicher klar.«

»Hältst du mich eigentlich für verrückt?«

»Definitiv.«

»Ich meine so verrückt, dass ich wirres Zeug rede?«

»Ständig. Paulina sagte, du hättest Geister gesehen. Was haben
sie dir in diesem Krankenhaus gegeben?«

»Sei bitte *ein* Mal ernst. Wenn ich dir sage, ich hätte wirklich
einen Geist gesehen. Was würdest du tun?«

»Mir das Gleiche verschreiben lassen wie dir.«

»Du bist … bescheuert.«

Sie sackte enttäuscht in sich zusammen. Grub die Zehen in den
weichen Ufersand. Ich tat weiterhin so, als würde ich sie nicht
ernst nehmen. Sollte sie sich ärgern, sollte sie mich verfluchen
wie ihre Traumgespinste von versinkenden Friedhöfen. Sie musste endlich in der Realität ankommen. Bis jetzt hörte sie sich an,
als hätte sie in den Wäldern die falschen Pilze gesammelt und mit
einem Omelett verspeist.

»Okay. Was genau hast du gesehen?«

»Blödsinn. Nichts. Hab geträumt, wahrscheinlich.«

»Was ist vorher passiert? Bevor du geträumt hast?«

Sie zuckte mit den Schultern, zog die Knie an, schlang die Arme
darum, zitterte wieder. Ich wusste nicht, was mit ihr los war. Entweder hatte sie ein Trauma, größer als der Lake Michigan, oder
es waren die Medikamente oder pure Erschöpfung.

»Jacek und ich haben gestritten. Er wusste, wie es mir finan-
ziell geht. Er schuldet mir für ein Jahr die Miete und hat nur die
Schultern gezuckt. Es hat ihn nicht interessiert. Nie interessiert
irgendjemanden, wie es mir geht und wie ich zurechtkomme.«

Ich versuchte ihrem anklagenden Blick nicht auszuweichen.
»Ein Wort, Marie-Luise.«

»Worte, ja, von denen habe ich genug. Vielen Dank, ich brauche Geld.«

»Warum hast du dich nie gemeldet, wenn es dir so schlecht geht?«

»Macht es dir Spaß?«

»Was?«, fragte ich verwirrt.

»Mich fertigzumachen?«

»Ich will, dass du wieder auf die Beine kommst. Können wir uns darauf einigen und an diesem Punkt einen Strich drunter machen?«

Sie beugte den Kopf auf die Knie, saß eine Weile stumm da, schaukelte sacht vor und zurück. Ein verirrtes, verängstigtes Kind im Wald. Schließlich redete sie weiter.

»Endlich ging er mal an sein Telefon. Da war sowieso alles zu spät. Er hat mir vorgeschlagen, seine Sachen auf dem Flohmarkt zu verkaufen. Ich weiß doch, wie sehr er daran hängt. Bevor der Gerichtsvollzieher kam, habe ich alles in den Volvo gepackt und bin losgefahren. Ich war auch neugierig, was Jacek sich unter Zuhause vorstellt. Als ich es gesehen habe, habe ich ihn verstanden. Mir hat nie etwas gehört. Kein Haus, keine Hütte, keine Wohnung. Aber er hat auf einmal von Wurzeln geredet. Das hat mir gefallen. Er hat sich über die Schallplatten gefreut wie ein Kind und gesagt, er würde seine Schulden in Wein abbezahlen. Wusstest du, dass er unter die Winzer gegangen ist?«

»Jacek?« Bei ihm konnte ich mir viel vorstellen. »Hier?«

»Hier. Rund um das Haus seines Vaters gab es früher mal Weinberge. Die bebaut er nun wieder. Er ist gut, dieser polnische Wein. Wirklich gut.«

»Polnischer Wein?«, fragte ich ungläubig.

»Das ist bei den meisten in Vergessenheit geraten. Die Gegend rund um Grünberg war mal ein bekanntes Weinanbaugebiet. Ein paar junge Winzer haben angefangen, die alte Tradition wiederaufleben zu lassen. Die meisten haben sich rund um Zielona Góra angesiedelt, Jaceks Weinberg liegt ein bisschen weiter nördlich, in seinem Heimatdorf. Wenn wir über diesen blöden Fluss hinüberkämen, könnten wir ihn uns ansehen.«

»Das ist in der Nähe?«, fragte ich erstaunt. Bei Wein fielen mir immer nur Rhein, Neckar und Mosel ein. Bordeaux. Die Rhone. Das Wallis. Die Toskana und die Marken. Sicher nicht das schlesische Grünberg.

»Na ja. Ich denke mal, eine knappe halbe Stunde Fahrt. Ach so, wir müssen ja wieder zurück, um zur Brücke zu kommen.«

»Welche Brücke?«

»Bei Landsberg, Gorzów Wielkopolski. Dann runter Richtung Zielona Góra, an der Oder …« Sie brach ab, griff sich an die Stirn. »Cigacice«, murmelte sie. Bevor ich fragen konnte, ob das ein polnischer Fluch war, erklärte sie: »Ein Fischerdorf. Nicht weit von … Janekpolana.«

»Was hast du?«

Sie stöhnte leise. »Ich habe einen Lkw auf der Straße angehalten. Unterwegs … ich habe wohl eine Gehirnerschütterung. Mir wurde schlecht. Ich dachte, er fährt nach Berlin, und bin eingeschlafen … oder ich war kurz weggetreten, keine Ahnung. Aber er ist in die falsche Richtung. Ein netter Kerl, er wollte weiter nach Weißrussland. Aber das wäre dann doch zu weit weg gewesen … Er hat mich in Posen am Krankenhaus abgesetzt, mehr weiß ich nicht mehr.«

Eine Gehirnerschütterung konnte durchaus zu Amnesie führen. Meist nur vorübergehend, trotzdem wartete ich ungeduldig darauf, dass Marie-Luise sich an mehr erinnerte. Jacek wollte nicht reden, sie konnte nicht.

Ich stand auf und half ihr hoch. Mit ihren zerzausten, verklebten Haaren, den Bandagen und Pflastern, dem kurzen Kleid und meiner viel zu großen Jacke sah sie unendlich verloren aus.

»Vergiss die Weinberge. Wir fahren auf dem schnellsten Weg nach Berlin. Du musst untertauchen.«

Während wir die Böschung hochkletterten, dachte sie nach. Schließlich fragte sie: »An welchen Ort hast du gedacht?«

»Ich weiß es nicht. Bei mir suchen sie zuerst. Wahrscheinlich hat Vaasenburg auch schon einen Posten vor Mutters Tür gestellt. Kevin … ich weiß gar nicht, wo Kevin wohnt.«

»In einer WG in Weissensee. Das will ich ihm nicht antun.«

»Hast du sonst noch eine Idee?«

Sie schüttelte langsam den Kopf und blickte auf ihre nackten, verletzten Füße. »Wenn ich den erwische, der mir meine Stiefel geklaut hat …«

Wahrscheinlich waren sie schon längst auf dem Weg nach Minsk. Ich hielt ihr die Wagentür auf, sie wollte einsteigen, überlegte es sich dann aber anders.

»Nicht nach Berlin.«

»Warum denn nicht?«, fragte ich ungeduldig.

Uns lief die Zeit davon. In einer Stunde würde die Sonne aufgehen, bis dahin wollte ich über Küstrin oder Słubice auf sicherem Boden sein.

»Ich weiß, wo ich sicher bin.«

»Wo denn?«

»Dort, wo sie mich garantiert nicht suchen werden.«

»Und das wäre?«

»In der Siedlung von Johannishagen. Oder, wie es hier heißt, der *osada* Janekpolana.«

11

Die ersten Sonnenstrahlen überfluteten ein Land von überwältigender Schönheit. Dem Flusslauf der Oder folgten nicht enden wollende, dunkle Wälder. Sie wechselten sich ab mit sanften grünen Wiesen und weiten Feldern, in weiter Ferne, selten, sehr selten, die Spitze eines Kirchturmes. Wilde Einsamkeit, wohin das Auge sah.

Janekpolana war ein kleines Dorf, kaum ein Dutzend Häuser drängten sich zwischen dem Ufer der Oder und dem Fuß einer kleinen Anhöhe aneinander. Den Hang entlang schraubten sich uralte Terrassen hinauf. In den verwitterten Stein krallten sich junge Bäume, die Natur hatte das Terrain längst zurückerobert. Das musste der Weinberg gewesen sein. Die Straße führte schnurgerade durch den Ort und machte hinter dem letzten Haus eine scharfe Biegung nach links. Jeder, der schneller als vierzig fuhr, würde unweigerlich im Fluss landen. Deshalb hatte man die Biegung vor langer Zeit mit einer niedrigen Felsensteinmauer bewehrt. Dahinter öffnete sich breit das Tal des Stroms. Uralte Bäume standen im Wasser, ihr Blätterdach neigte sich über der silbrig schimmernden Oberfläche. Wildgänse flatterten auf. Ich hielt an, um den Anblick zu genießen.

Marie-Luise, die in einen kurzen Schlaf hinübergedämmert war, der sie mehr angestrengt haben musste, als dass er ihr Erholung verschafft hatte, blinzelte und folgte meinem Blick. Eine Weile saßen wir schweigend nebeneinander. Die Sonne entlockte den Wellen zarte Nebelschleier, die sich über den sandigen Uferbänken auflösten. Der breite, ungezähmte Fluss bot einen Anblick wie am ersten Schöpfungstag. Die Welt hatte uns gerade ein Geschenk gemacht.

»Schön, nicht wahr?« Sie räusperte sich, um ihre Kehle freizubekommen. »Das müsste man zum Welterbe ernennen.«

Ich nickte und startete den Motor. Langsam fuhr ich die Straße weiter. Hinter der Biegung standen zwei Häuser. Ein größeres, in früheren Zeiten wahrscheinlich das Herrenhaus, und ein kleineres, vielleicht ein Verwaltungsgebäude. Das weitläufige, steinige Gelände deutete darauf hin, dass dieses Ensemble wohl einst zusammen errichtet worden war. Die *osada*. Die Siedlung von Janekpolana. Sie schmiegte sich an den Fuß des Weinberges, der nun hoch aufragte und zur Rechten steil abfiel. Die Hänge sahen bewirtschaftet aus. Zur Rechten verlor sich die einstmals gepflegte Anlage in wucherndem Gebüsch und hohen Bäumen.

Ich parkte den Wagen auf dem großen Platz vor dem Haus und

stieg aus. Alle Achtung. Wenn das Jacek gehörte, dann schien der Junge tatsächlich sein Glück gemacht zu haben.

Es war nichts Besonderes, eigentlich. Es gab viele Häuser dieser Art im Umland von Berlin. Lange Zeit hatte die Gegend zur Mark Brandenburg gehört. Nun war sie Teil der Wojewodschaft Lebus, wie Marie-Luise mir erklärt hatte. Ein klassizistischer Bau, zwei Stockwerke hoch, mit kleinen Flügeln links und rechts des säulenverzierten Eingangs. Vielleicht war er in früheren Zeiten als Schule oder Kindergarten genutzt worden. Und lange davor als bescheidener Landsitz eines Gutsherrn. Geld hatte gefehlt, Geld und Farbe, und so war das Haus in einen desolaten Zustand geraten, der sich erst beim Nähertreten offenbarte. Trotzdem: Jemand hatte begonnen, sich darum zu kümmern. Auf der linken Seite zumindest waren die Fensterläden erneuert worden. Die Eingangstür war abgeschliffen, wenn auch noch nicht neu gestrichen oder versiegelt. Das Dach sah marode, aber sanierungsfähig aus. Ich wusste, dass die Zeit der Schnäppchen auch in Polen längst vorüber war. Vor mir lag ein kleiner Edelstein, der eigentlich nur aufpoliert werden musste.

»Das ist Jaceks Haus?«

Marie-Luise war ausgestiegen und neben mich getreten. »Ja. Das heißt, es wird ihm eines Tages gehören. Sein Vater lebt noch, Marek. Er ist zweiundachtzig und wohnt da drüben.« Sie wies mit der linken, noch immer bandagierten Hand auf das kleine Verwaltungsgebäude.

Wie das Haupthaus war es aus Ziegeln erbaut, die anschließend glatt verputzt worden waren. Der Putz löste sich an einigen Stellen. Windschief und ein wenig geduckt schien es sich im Schatten des Gutshofes kleiner machen zu wollen. Unkraut und wilde Blumen wucherten ungehindert rund um die Mauern. In diesem Zustand bot es ein herzergreifend liebliches Bild. Eine Schubkarre, ein Leiterwagen, Gartenbaugeräte mit einfachen Holzgriffen standen oder lagen davor. Ein Anblick, bei dem Stylisten modischer Landliebe-Magazine wahrscheinlich vor Freude gejauchzt hätten.

Ich bemerkte die erbrochenen Siegel der polnischen Polizei an beiden Eingangstüren, am großen wie am kleinen Haus. Wahrscheinlich hatten sie auch die Kapelle durchsucht, dort aber kein Siegel hinterlassen.

Langsam stieg Marie-Luise die Steinstufen empor und drückte vorsichtig die Klinke hinunter. Die Tür war nicht abgeschlossen.

»*Stój!*« Der Ruf hallte über den Hof.

Erschrocken fuhr ich zusammen und drehte mich um. Ein alter Mann kam, einen Rechen drohend erhoben, auf uns zu. Er hinkte und schien nicht bei Kräften zu sein, was seiner drohenden Geste etwas Rührendes verlieh.

»Marek! Leg das Ding weg. Ich bin es, Marie-Luise!«

Der Mann, dünn und gebeugt wie ein Hirtenstock, ließ den Rechen sinken. Er trug ein graues Unterhemd, darüber einen ausgeblichenen Arbeitsoverall. Er hatte schlohweiße Haare, die ihm in alle Himmelsrichtungen vom Kopf abstanden. In seinem länglichen, faltenzerfurchten Gesicht blitzten braune Augen unter buschigen Brauen. Jaceks Augen.

»Wer ist das?« Sein Deutsch war wohlartikuliert und bedacht.

»Ein Freund. Joachim Vernau aus Berlin. Ein Freund von Jacek und mir. Erkennst du mich, Marek? Marie-Luise?«

»Mar… Marysia …« Marischa, klang es aus seinem Mund. »Ja … Wo ist Jacek jetzt? Was haben sie mit ihm gemacht? Hast du Nachricht von ihm?«

»Nein. Aber Herr Vernau wird ihm helfen.«

Große Versprechungen. Ich hätte sie am liebsten angefahren, den Mund zu halten. Der Mann machte sich Sorgen. Bisher hatte ich noch nicht einmal die Chance gehabt, seinen Sohn auch nur aus der Ferne zu sehen. Wahrscheinlich wusste er gar nicht, was man ihm zur Last legte.

Prompt geschah, was immer geschah, wenn man mich wie Kai

aus der Kiste oder als letzten Trumpf aus dem Ärmel zog. Marek lächelte mich vertrauensvoll an. Er nahm den Rechen in die Linke und reichte mir die rechte Hand. Sie war kräftig und schwielig. Dabei musterte er mich von oben bis unten.

»Guten Morgen«, sagte ich. »Verzeihen Sie, wenn wir hier so überraschend auftauchen.«

»Gut, gut«, murmelte der alte Mann. Er wandte sich um und schlurfte auf das kleine Haus zu. Als er es erreicht hatte, stellte er den Rechen an die Hauswand und drehte sich zu uns um. »*Proszę wejść* – Treten Sie ein.«

Das Haus war noch kleiner, als es von außen den Anschein erweckte. Drinnen roch es nach alter Kleidung, Schlaf und Kaffee. Auf dem Tisch in der winzigen Küche stand eine Kanne mit angeknackster Tülle. Marek suchte in den offenen Regalen nach Bechern. Marie-Luise half ihm dabei, bevor Mehl, Tee, Siebe und Töpfe auf dem Boden landeten.

Wir setzten uns an den Tisch. Das Erdgeschoss schien nur aus diesem und einem weiteren, ebenfalls sehr kleinen Raum zu bestehen. Darin erkannte ich eine Liege und Regale bis unter die Decke, die sich unter Büchern bogen. Alles war voll mit Büchern. Sie stapelten sich auf einem kleinen Tisch neben dem Bett, auf dem Bett, auf dem Boden, lagen aufgeschlagen und durcheinander auf dem Fensterbrett, sogar im Backofen entdeckte ich einen Stapel. Marek setzte Prioritäten. Keine Ahnung, wo er nachts schlief. Wahrscheinlich auf Büchern.

»Wo ist Jacek?«, fragte er.

Marie-Luise warf mir einen Blick zu, der mich traf wie ein klebriger Pott Pech. Dein Job, hieß das. Erklär du es ihm.

»Herr … Zieliński?«, fragte ich. Marek nickte. »Ihr Sohn ist in Poznań in Untersuchungshaft. Er soll einen Mann erschlagen haben, hier, in Janekpolana.«

»Der Mann vom Friedhof«, murmelte Marek. »Der verfluchte Mann.«

»Nun, jetzt ist er tot. Die Polizei …«

»Er ist nicht tot.«

»Bitte?«

Marek schlürfte einen Schluck Kaffee und machte Marie-Luise ein aufforderndes Zeichen, uns einzuschenken. »Er kommt immer wieder. Immer wieder. Er ist verflucht.«

Die lieblichen Auen der Oder erschienen mir nicht wie eine Brutstätte für Zombies. »Horst Schwerdtfeger ist tot. Seine Leiche liegt in der Rechtsmedizin von Poznań. Kannten Sie ihn?«

Marek dachte nach. »Natürlich. Natürlich kenne ich meinen Sohn. Wo ist er jetzt?«

»Es hat wohl einen Kampf zwischen Ihrem Sohn und dem Mann aus Hamburg gegeben«, fabulierte ich munter drauflos. »In der Nacht von Samstag auf Sonntag. Haben Sie davon etwas mitbekommen?«

Er wackelte mit dem Kopf und deutete auf sein rechtes Ohr. »Ich höre nicht mehr so gut. Es ist schwer zu unterscheiden.«

»Was?«

»Was die Toten und was die Lebenden sagen.«

Marie-Luise schüttete still einen Löffel Zucker aus einem alten Marmeladenglas in ihren Kaffee und rührte um. Als sie meinen verstohlenen Blick bemerkte, hob sie die Schultern.

»Also, haben Sie etwas gehört? Hat die Polizei mit Ihnen geredet?«

»Ja, ja, sie haben meinen Sohn geholt. Was ist mit ihm? Wann kommt er wieder?«

»Ich weiß es nicht.«

Der Kaffee schmeckte gut. Über Jahre hinweg hatte ich nichts anderes getrunken als verwässerten Cappuccino. Noch nicht mal den bekamen die Deutschen hin.

»Was war mit Marie-Luise?« Er sah auf meine Begleitung. Dann fuhr er sich mit der Hand über die gefleckten Bartstoppeln an seinem Kinn. »Wollt ihr heiraten?«

Marie-Luise verschluckte sich an ihrem Kaffee. Einige beherzte Schläge auf den Rücken halfen.

»Wen?«

»Jacek. Er ist schon über vierzig, aber kräftig. Ledig. Katholisch. Keine Kinder. Wer soll das alles erben?«

»Ich … ich weiß es nicht. Ich war nur auf Besuch. Ich bin *eine* Freundin, aber nicht *seine* Freundin. Das weißt du doch, Marek. Das hat er dir doch erklärt. Oder?«

»Du hast unter seinem Dach geschlafen. Ich habe es gesehen.«

»Was hast du noch gesehen?«

»Euer Lagerfeuer«, sagte der Alte und grinste verschmitzt.

Marie-Luise schob sich verlegen eine Haarsträhne aus dem Gesicht. »Ja, das Lagerfeuer. Daran erinnere ich mich. Er hat seine Gitarre geholt und gespielt. Danach bin ich ins Bett gegangen. Allein, Marek.«

»Und dann?«, fragte ich.

Ein einsamer Ort in einem einsamen Landstrich. Märchen von Geistern und Gräbern. Ein alter Mann erblickt vom Fenster aus seinen Sohn mit einer Frau. Vielleicht lächelt er. Vielleicht ist er glücklich, dass Jacek, der verrückte Rumtreiber, jemanden mit nach Hause gebracht hat. Das ist ernst. Dem Vater eine Frau vorstellen. Der Alte geht ins Bett und hängt seinen Träumen von Enkeln nach. Die Frau steigt in die Dachkammer. Und Jacek … Jacek schürt das Feuer, hütet die Glut, vertreibt die Geister – und hat um zwei Uhr nachts eine Begegnung mit einem fremden Mann auf dem Friedhof.

»Dann … hab ich geschlafen. Das muss der Wein gewesen sein, Marek. Er ist wirklich gut.«

Der alte Mann brummte. Ihn interessierte nicht der Wein, sondern sein Sohn.

»Warst du betrunken?«, fragte ich. Hoffentlich hatten sie ihr im Krankenhaus Blut abgenommen. Manchmal lag die Rettung in so einfachen Dingen.

»Nein … ja. Ich weiß es nicht. Betrunken? Nein. Angetrunken, ja. Wir haben zwei Flaschen geleert, davon hatte Jacek das meiste intus.«

Sie log. Ich spürte es, ich roch es geradezu. Sie hatte etwas gesehen, und sie konnte sich erinnern. Vielleicht nicht an alles. Aber auf jeden Fall an das, was ihr eine solche Angst eingejagt hatte, dass sie mitten in der Nacht davongelaufen war und bis jetzt nicht darüber reden wollte, was es gewesen war.

»Wo hast du geschlafen?«

»Drüben, im Haupthaus.«

»Dürfen wir hinein?« Ich stellte diese Frage Marek. »Marischa muss sich ausruhen.«

Der alte Mann überlegte und nickte dann. »Wann kann ich Jacek sehen?«, fragte er. »Das ist mein Sohn. Was ist mit ihm passiert? Leute haben ihn geholt.«

»Sie werden ihn bald besuchen können. Das verspreche ich Ihnen.«

Ich stand auf. Auch Marie-Luise erhob sich. Ich folgte ihr hinaus in einen gleißenden Sonnenaufgang.

Von dem Siegel am Haupthaus waren nur noch Fetzen übrig. Ich vermutete, dass der alte Mann in seiner unbekümmerten Art dafür verantwortlich war. Drinnen sah es auf eine merkwürdige Weise unbewohnt und doch wieder belebt aus. Vielleicht lag es daran, dass Jacek, planlos wie er war, an allen erdenklichen Stellen mit den Renovierungsarbeiten begonnen, aber kaum eine abgeschlossen hatte. Tapetenbahnen waren halb von den Wänden gerissen, ein fleckiger Spiegel stand auf dem Boden in einer Ecke des kleinen Vorraums, wo er niemandem nutzte. Die Tür rechts war geschlossen. Ich wandte mich nach links, weil dort gar keine Tür im Rahmen war und ich das Rascheln hörte, mit dem Marie-Luise sich durch dünne Plastikfolien kämpfte, die auf dem Holzboden lagen. Vor langer Zeit waren die Bretter einmal ochsenblutrot gestrichen gewesen. Nun waren sie abgenutzt, voller

Farbkleckse und Staub. Das musste das Wohnzimmer gewesen sein. Eine uralte, potthässliche Couch mit Kunstlederbezug stand unter einer leeren Fensteröffnung. Die Flügel lagen auf einem Tapeziertisch und sollten wohl abgeschmirgelt werden. Ein Durchgang führte in ein zweites, kleineres Zimmer, das auch nicht besser aussah. Dahinter befanden sich die Wirtschaftsräume – eine Küche, aus sämtlichen Restbeständen ehemaliger Mangelwirtschaft zusammengestellt, aufgequollener Pressspan und Kunststofffurnier, eine Unzahl von verrosteten Vorratsdosen und Einmachgläsern mit blassem, undefinierbarem Inhalt. Ich hatte den Verdacht, dass hier bis vor kurzem Marek gewohnt hatte. So sahen Küchen von echten Männern aus.

Marie-Luise nahm einen Alutopf vom Gasherd und stellte ihn in den Spülstein, in dem sich dreckiges Geschirr zu einer Installation türmte, die Mutter und Hüthchen bestimmt entzückt hätte.

»Wie lange wird hier schon auf diesem Niveau gebastelt?«

Zweifelnd sah sie sich um. »Ein Jahr. Aber Jacek war die meiste Zeit im Weinberg. Früher hat er im Herbst immer am Rhein bei der Weinlese geholfen. Er kennt einige Winzer dort, und er hat sich viel abgeguckt. Er ist fest davon überzeugt, dass er hier eine Zukunft gefunden hat.«

Mein zweifelnder Blick verfing sich in einer halb aus der Wand gerissenen Steckdose.

»Er hat geschuftet wie ein Irrer. Du solltest den Weinberg mal sehen. In diesem Jahr wollte er durchstarten, gemeinsam mit ein paar anderen Winzern aus der Gegend. Er brauchte nur …«

Marie-Luise ließ Wasser über Teller und Töpfe laufen. Es prallte irgendwo ab und spritzte auf ihren Oberkörper. Schnell drehte sie den Hahn zu.

»Was?«, fragte ich. »Was hat er gebraucht? Geld?«

Sie starrte in das Becken. Plötzlich drehte sie sich um und funkelte mich wütend an. »Du glaubst, er lauert wie ein Raubritter hinter der Biegung auf ahnungslose Heimattouristen, um sie nachts auf den Friedhof zu locken und auszurauben?«

»Er ist Schwerdtfeger begegnet.«

»Also ist er schuldig, ja? Und wenn nicht er, dann ich. Raubmord. Bonnie und Clyde in Janekpolana. Ihr habt sie doch nicht mehr alle.«

»Niemand hat …«

»Warum sitzt Jacek dann im Knast? Warum soll ich verhaftet werden?«

»Weil man eure Spuren am Tatort gefunden hat!«, rief ich wütend. »Weil Jacek noch nicht mal die Tatwaffe beseitigt hat! Die Klamotten nicht entsorgt, einfach alles so stehen und liegen gelassen. Er war es. Und du hast ihn dazu angestiftet!«

Sie griff nach einem Teller und warf ihn an die Wand. Der nächste folgte.

Ich hob die Arme, um die Splitter abzuwehren. »Hör auf!«, schrie ich.

Aber sie hörte nicht auf. Sie zertrümmerte das Geschirr und warf auch noch den Topf nach mir. Dabei rief sie: »Das ist nicht wahr! Ihr lügt! Ihr lügt!«

Bis sie schluchzend zusammenbrach.

Ich wartete, dann schob ich mit dem Fuß ein paar Scherben weg und setzte mich neben sie.

»So sieht es die Staatsanwaltschaft. Jaceks Pflichtverteidigerin wird außerdem alles tun, um dir die Schuld in die Schuhe zu schieben.«

»Meine Schuhe …«, schluchzte sie. »Meine Stiefel! Wenn ich das Schwein erwische!«

»Du musst untertauchen. Wenigstens so lange, bis ich mit Jacek gesprochen habe. Er weiß, was passiert ist. Bei dir bin ich mir nicht ganz so sicher.«

»Danke«, schnaubte sie.

»Was verschweigst du mir?«

»Nichts!«

»Zeig mir, wo du geschlafen hast.«

Die zweite Küchentür führte in ein schmales Treppenhaus. Sie stieg in den ersten Stock. Langsam, auf jeder zweiten Stufe verschnaufend, wie eine alte Frau.

Das Dachgeschoss hatte nur zwei Räume. Aus irgendeinem Grund beruhigte es mich, dass Jacek und Marie-Luise offenbar getrennte Schlafzimmer hatten. Beim einen stand die Tür offen. Ein ungemachtes Bett, Kleiderhaufen auf dem Boden, die wüste Unordnung eines Junggesellen, der überstürzt das Bett verlassen haben musste, weil die Polizei wohl nicht erst höflich um Einlass gebeten hatte. Das andere Zimmer hatte wahrscheinlich Marek gehört. Die Möbel waren uralt, dunkles Holz, und auf dem abgetretenen Linoleum lag ein Flickenteppich.

Marie-Luise ging zum Fenster und öffnete es. Ich stellte mich neben sie. Wir waren, von der Straßenseite aus gesehen, auf der rechten Seite des Hauses, direkt gegenüber der kleinen Kapelle. Dahinter begann ein wild überwuchertes Gelände.

»Das ist der Friedhof.«

Ich strengte mich an, und nach einiger Zeit konnte ich ein, zwei Steinbrocken ausmachen, wenn ich mich nicht täuschte.

»Das war mal ein Friedhof, wolltest du sagen.«

»Es war der Friedhof von Johannishagen. So hieß der Ort früher. Wenn du magst, schauen wir ihn uns nachher an.«

»Was hast du gesehen? Spukt es dort?«

Ich spürte, wie sie wieder zu zittern begann. Sie taumelte. Wenn ich sie nicht aufgefangen hätte, wäre sie gefallen. Ich packte sie unter den Armen und zog sie die drei Schritte zum Bett. Dort setzte ich sie vorsichtig auf der Matratze ab, legte sie hin und breitete die Daunendecke über ihr aus.

»Ich bin so müde«, flüsterte sie.

»Das ist ja auch kein Wunder. Du solltest ins Krankenhaus.«

»Nein. Denk noch nicht mal dran. Hier bin ich sicher.«

Ich hatte meine Zweifel. Sie waren mit Jacek noch nicht durch.

»Was, wenn die Polizei weitere Fragen an Marek hat und mein Auto sieht? Was, wenn sie dich hier entdecken? Du bist flüchtig, das könnte sich kontraproduktiv auf deine Glaubwürdigkeit auswirken.«

»Ich bin entführt worden.« Das müde Lächeln um ihre geschwollenen Lippen sollte witzig sein. »Gegen meinen Willen hast du mich aus dem Bett geholt, über den Rücken geworfen und in diese Einöde gebracht. Punkt.«

»Du bleibst hier, verstanden? Du gehst nicht auf die Straße, nicht ins Dorf, nirgendwohin.«

»Und wenn ich dich erreichen muss?«

»Vergiss es. Ich komme heute Abend wieder. Spätestens morgen, dann sehen wir weiter. Vielleicht kann Marek dir etwas zu essen bringen.«

Ich wollte aufstehen. Ihre Hand fuhr vor und hielt mich fest.

»Hast du einen Plan?«

»Ich muss mit Jacek reden. Dann sehen wir weiter.«

»Vielleicht war dieser Horst Schwerdtfeger nicht allein. Du musst herausfinden, was er hier wollte.«

»Das werde ich. Schlaf jetzt. Sofort.«

Zu meiner größten Verwunderung tat sie widerspruchslos, was ich ihr gesagt hatte.

Es war kurz vor acht, als ich in mein Auto stieg und Janekpolana verließ. Eine Stunde später, ich fuhr immer noch über die Landstraße, klingelte mein Handy. Ich sah auf das Display und grinste.

»Wo ist sie?«, fauchte Zuzanna.

»Wer?«

»Tun Sie doch nicht so. Sie waren gestern Abend im Krankenhaus. Und heute Morgen ist die Frau verschwunden.«

»Sie meinen Mathilde Häwelmann?«

»Ich meine Marie-Luise Hoffmann.«

»Das war sie nicht«, log ich ungerührt.

»Woher wollen Sie das wissen? Waren Sie dort? Haben Sie mit ihr gesprochen? Ich weiß, dass sie es war. Warum sonst hätte sie fliehen sollen?«

»Ist sie weg?«, fragte ich so verdutzt wie möglich.

Zuzanna schien kurz vor der Explosion zu stehen, hatte sich aber immer noch in der Gewalt. »Ja, sie ist weg.«

»Glauben Sie mir, diese Frau Häwelmann hätte Ihnen auch nicht weiterhelfen können.«

»Ich kann Sie wegen Strafvereitelung drankriegen.«

»Versuchen Sie es.« Ich setzte den Blinker, um im dichten Berufsverkehr die Spur zu wechseln. »Sie haben nichts in der Hand.«

»Oh doch. Es gibt Zeugen, die Sie im *szpital* gesehen haben. Sogar Ihren Namen haben Sie genannt.«

»Ich habe nichts zu verbergen.«

»Ich würde lachen, wenn Sie witzig wären. Frau Hoffmann wird früher oder später gefasst. Helfen Sie uns. Das hilft auch Ihnen.«

»Ich will mit Jacek Zieliński sprechen.«

Sie schwieg. Ich ließ ihr die Zeit, um endlich zu begreifen, dass sie nicht mehr diejenige war, die die Bedingungen diktierte.

»Herr Vernau, selbst wenn ich es wollte … es geht nicht.«

»Es geht. Wir haben beide ein Interesse daran, die Wahrheit herauszufinden. Oder?«

»Die Wahrheit steht in meinen Untersuchungsberichten.«

»Dann verspreche ich Ihnen, dass ich von Berlin aus jedem einzelnen Komma in Ihren Berichten einen eigenen Prozess widmen werde. Entweder arbeiten wir gegeneinander oder miteinander. Der geringste gemeinsame Nenner dürfte doch sein, einen Justizirrtum zu vermeiden.«

»Es wird keinen Justizirrtum geben!«, fauchte sie.

»Ich werde mich nicht in Ihre Arbeit einmischen. Ich will nur mit Herrn Zielińksi reden. Sie können gerne dabei sein.«

»Ich lege jetzt auf.«

»Ich bin Frau Hoffmanns Anwalt. Ab jetzt geht alles, was diesen Fall betrifft, auch an mich. Und vergessen Sie Ihre Theorie, Frau Hoffmann die Schuld in die Schuhe zu schieben, um für Herrn Zielińksi einen Freispruch zweiter Klasse herauszuschinden. Hören Sie sich meinen Vorschlag an.«

»Ich bin gespannt.«

»Wir arbeiten zusammen. Wir tauschen unsere Erkenntnisse ehrlich miteinander aus. Sollte sich tatsächlich herausstellen, dass die Vorwürfe berechtigt sind, erhalten Sie von mir alle Unterstützung, die Sie brauchen.«

»Ich brauche keine …«

»Aber wehren Sie sich bitte nicht gegen meine berechtigten Zweifel am Tathergang. Ich kenne sie alle beide, Frau Hoffmann und Herrn Zielińksi. Lassen Sie mich mit ihm reden. Dann weiß ich mehr.«

»Wo ist sie?«

»An einem sicheren Ort.«

»So viel zum ehrlichen Austausch.«

Ich schwieg.

»Ist sie in Deutschland oder in Polen?«

»In Berlin«, sagte ich.

Ich wusste, dass innerhalb der nächsten dreißig Minuten nicht nur meine Wohnung, sondern auch Marquardts Kanzlei, Kevins WG und Mutters Loft Besuch bekämen. Hoffentlich ließen sie wenigstens bei Mutter das SEK im Wagen.

»Ich will mit ihr reden. Arrangieren Sie ein Treffen.«

»Zu dem Sie gleich die Polizei mitbringen?«

»Nein. Ich verspreche es.«

»Gut. Dann will ich jetzt zu Jacek Zieliński.«

»Das geht nicht. Ich habe Termine.«

»Ich werde genau zehn Minuten vor der Untersuchungshaftanstalt auf Sie warten«, sagte ich freundlich. »Wenn Sie innerhalb dieser Frist nicht auftauchen, fahre ich nach Berlin zurück. Dies ist das einzige Angebot zur Zusammenarbeit, das Sie jemals von mir erhalten werden. Ich würde Ihnen raten, es anzunehmen.«

»Sind Sie von allen …?«

»Und ich sage Ihnen noch etwas: Frau Hoffmann ist unschuldig. Das werde ich beweisen. Sie haben aufs falsche Pferd gesetzt. Bevor Sie noch mehr Porzellan zerschlagen, freunden Sie sich lieber mit dem Gedanken an, dass ich derjenige bin, mit dem Herr Zieliński reden wird. Mit Ihnen hat er das bisher nicht getan, oder?«

Ich hörte, wie sie scharf einatmete. Wahrscheinlich hatte ich sie an den Rand der Weißglut getrieben. Sie war eine unerfahrene Anwältin, aber eine taffe, intelligente Frau. Das Kräftemessen hätte mir Spaß gemacht, wenn es dabei nicht um die Köpfe von zwei Freunden gegangen wäre.

»Gut. Ich komme. Geben Sie mir eine Viertelstunde Zeit.«

»Mit Vergnügen.«

Ich legte auf und suchte mir einen Parkplatz gegenüber der Justizvollzugsanstalt von Poznań.

Johannishagen im April 1945

Rosa, lieb Röschen mein,

*hast du meine Briefe bekommen? Ich schreibe dir jeden Tag beim
Schein der Kerzen hier unten in der Kälte. Sie stapeln sich unter
der Kiste, »unserer Kiste«, und jedes Mal, wenn ich mit der Hand
über das rissige Holz fahre, weiß ich, es ist noch nichts verloren.*

*Magda pfeift wie ein Zeisig, bevor sie die halb verschütteten
Treppen nach unten schleicht, damit ich mich nicht erschrecke.
Wenn jemand kommt und nicht pfeift, so sagt sie, solle ich beten,
denn das ist niemand, der es gut mit mir meint ... Ach, lieb Rosa,
beten tue ich, den lieben langen Tag und die noch längeren Nächte. Die Zeit vergeht unendlich langsam. Manchmal glaube ich
Stimmen zu hören. Deine Stimme, lieb Rosa, wie du fröhlich sin-
gend durchs Haus läufst, die Kinder an deinem Schürzenband ...
»Hand in Hand geh'n wir zwei durch die schöne Welt, und die
Sonne lacht hinter uns her, weil die eine dem andern so gut gefällt, freut uns beide das Dasein so sehr ...«*

*Ich muss weinen, mein Lieb. Immer, wenn ich glaube, deine
Stimme zu hören. Manches Mal träume ich von dir und fühle
deine kühle Hand tröstend auf meiner Stirn. Dann weiß ich, dass
du bei mir bist, auch wenn mir jede Nachricht von euch fehlt und
mich die Sorge um euer Wohl fast umbringt. Doch ich schreibe
auch, jeden Tag einen Brief. Vier sind es wieder geworden, seit
Magda das letzte Mal hier unten war. Ich habe Angst, sie kehrt
eines Tages nicht wieder. Jedes Mal bekommt sie eine Kleinigkeit
von mir. Wir spielen beide Scharade. Ich gebe ihr einen Goldring*

oder einen hübschen Anhänger, sie bringt die Briefe zur Post und kauft auf dem Schwarzmarkt einen Kanten Brot und eine Handvoll Kartoffeln für sich und mich. Meinen Anteil kocht sie, und ich muss mir die kleinen, kalten Knollen einteilen, ohne zu wissen, wann sie wiederkommt. Noch habe ich vierzehn Schmuckstücke. Noch ist also Zeit. Doch habe ich Angst, dass die kleinen Schätze nicht genug sein könnten, um sie ein weiteres Mal bei Nacht aus dem Haus zu locken. Sie sagt, sie riskiert Leib und Leben für mich. Vielleicht auch für den Schmuck, aber ohne ihn würden wir beide verhungern. Nur was geschieht, wenn das letzte Kleinod aus meiner in ihre Hand gewandert ist?

Dann wäre ich ganz allein. Du wunderst dich, mein Lieb, dass dein Walther so verzagt klingt? Dass du ihn gar nicht mehr kennst, den fröhlichen Burschen mit den blitzenden Augen, der, wenn er vom Weinfest in Grünberg zurückkam, den Gehstock in die Ecke geworfen und dich auf Händen durch die Luft gewirbelt hat … Ich bin ein Schatten, mein Lieb, ein Gespenst. Ich weiß nicht, welche Nachricht dich aus der Neumark und Schlesien erreicht – die Gebiete unterstehen bereits der polnischen Zivilverwaltung, auch wenn im Reich wohl tapfer gekämpft wird. Es wird nicht aller Tage Abend sein. Mit dieser Gewissheit versuche ich mich zu trösten.

Magda hat mir von den Jeschkes erzählt, die zurückgekommen sind. Ihr Vieh verstreut in den Wäldern, im Haus wohnen Fremde, und die Jeschkes wussten nicht wohin und sind nach Vietz, wo sie unter der Bahnhofsbrücke schlafen und auf ein Wunder warten, vielleicht auch auf den Endsieg. Es ist ein Kommen und Gehen, oft gegen den Strom, sagt sie, sodass das Durcheinander vor allem hier, vor der Oder, wo alles sich staut, ins Unermessliche steigt. Magda ist in meinem Hades die einzige Verbindung zur Oberwelt. Fast scheint es mir, als hätte sich dieser Tage die Erde um einhundertachtzig Grad gedreht. Was oben, ist unten, was unten, oben … Ich bin zwar im Dunkeln, aber solange Magda mich nicht verrät, ist mein Versteck sicher.

Die Hölle ist draußen, vor der zerborstenen Tür. Es gibt keine Lebensmittelkarten für Deutsche, der Typhus grassiert. Viele erfrieren auf den Transporten, Kinderleichen werden aus Zugfenstern geworfen, in Berlin kommen Waggons mit Toten an ... und dann die Nachrichten, unfassbare Nachrichten von dem, was wir den Polen und Juden angetan haben. Lieb Rosa, wir haben hier in Johannishagen friedlich miteinander gelebt. Du und Gott, ihr seid mein Zeuge, nie hab ich eine Hand erhoben, nie hab ich jemanden gering geachtet. Diejenigen, die dieses Grauen angerichtet haben, sind schon längst geflohen und waren die Ersten, die ihre Pfründe in Sicherheit brachten. Geblieben sind die Alten, die Armen, die kleinen Leute, Frauen und Kinder. An denen wird nun Rache genommen, und Magda sagt, dies sei gerecht. Sie nennen es »die Entdeutschung«. Sie will sich »polonisieren«.

Die Liebe zu ihrem Zygfryd scheint etwas abgekühlt. Dennoch will sie bleiben. Sie weiß nicht, wohin ins Reich. Ich habe ihr angeboten, ihr einen Brief an deinen Vater mitzugeben, aber sie hat abgelehnt. Hamburg steht in Flammen, heißt es. Ihre Eltern leben in Gipsthal. Sie sind zu alt für eine Flucht. Es ist schon eine erschreckende Zeit, voller verstörender Wunder. Als sie zu uns kam, damals, noch vor dem Krieg, war sie ein mageres Mädchen, das um Arbeit für Brot bat und mich mit »Herr« anredete. Als ich zurückkehrte, war sie die Herrin und ich der rechtlose Knecht. Nun sitzen wir manchmal zusammen, bei einer Flasche von dem Roten, dem einfachen, den sie einst mit den Rolltüchern und den eingemachten Bohnen vergraben und nun wieder herausgeholt hat, denn von unserem ist nichts geblieben außer Scherben und zersplitterten Fässern, und freuen uns beim Kerzenlicht, dass die Russen die Milchkannen mit diesen Schätzen nicht entdeckt haben.

Als ich gezogen wurde, vom Weinberg weg mitten in der Lese, trotz meinem steifen Bein, da hab ich geschworen, meinem Lande treu zu dienen. Bei meiner Ehre, das weißt du, und Treu und Ehr sind keine leeren Worte für mich. Ich will nicht lamentieren, mein

Lieb. Auch nicht einstimmen in den Tragödienchor, der düster singt: Es wird kein gutes Ende nehmen ... Mein Lieb, ich glaube fest an Gott, und wenn sein Weg mich in die Dunkelheit geführt hat, so will ich dieses Schicksal klaglos auf mich nehmen. Er wird mich auch wieder hinausführen.

Ungeduldig warte ich auf eure Nachricht, doch Magda, die gute Magda, wie traurig schüttelt sie den Kopf, wenn sie in mein Versteck kommt. Vielleicht werden eure Zeilen abgefangen? Ich habe ja keine Adresse mehr. Es gibt mich wohl auch nicht, tot soll ich sein, so sagte sie mir. Tot, gefallen an der Burschener Schleife, dies war die letzte verbürgte Nachricht von mir, die dich erreichte. Kummer und Zweifel nagen an mir. Magda schwört, dass sie meine Briefe zur Post gebracht hat. Sie schwört auch, dass nun fremde Leute in unserem Hause sitzen.

Ich glaubte ihr nicht, und so schlich ich eines Nachts hinaus, um mich zu überzeugen. Das Haus, Röschen, unser Haus!, es bietet nicht den Flüchtlingen Obdach, sondern Siedlern. Vier Familien sollen es sein, zwei Dutzend Menschen wohl, sie drängen sich bis unters Dach. Im Kutscherhaus auch, obwohl es dunkel dalag. Doch ich sah Wäsche auf der Leine, und ein Hund schlug an, diese Schätze zu bewachen. Magda hat jetzt eine Kammer unterm Dach im Haus der Jeschkes drüben in Johannishagen. Das war ein kurzer Traum, den sie mit ihrem Zygfryd geträumt hat ...

Dann ging ich ins Dorf. Ach, hätte ich es nie getan! Die Brücke ist zerstört. Es gab wohl Kämpfe, die Hälfte der Häuser ist zerschossen, die andere verbrannt. So ist es wahr, was wir noch letzten Sommer von Onkel Siegfried aus Lublin hörten, dass die Menschen ihre Höfe verlassen hatten, um nach Westen zu ziehen (und von der SS zum Teil an den Haaren wieder zurückgezerrt wurden), und dass die Evakuierung viel zu spät, im Donner nahender Geschütze, angeordnet wurde ... Wie gut, dass du nach Weihnachten aufgebrochen bist, keine Stunde, keine Minute zu spät. Was Magda unter Tränen stammelte, lässt mir immer noch das

Herz gefrieren. Die Köhlers und die Reichlings wurden nach Sibi-
rien deportiert ... Noch liegt der Schnee, noch ist es nicht vorbei,
mein Lieb. Man sagt, im Frühjahr, wenn es taut, wird der Fluss all
die Toten freigeben.

Nun ist es April, und bald wird der Frühling kommen. Doch
kommt der Sieg? Wer redet noch davon in diesem verwüsteten
Land? Die rote Fahne hängt an den Fenstern, und die polnische
Miliz hat freie Hand. Diebes- und Räuberbanden ziehen durchs
Land. Ein Dekret hat den Deutschen jedes Eigentum genommen,
so auch uns, lieb Rosa. Ich kann keine Bahnkarte mehr kaufen,
selbst wenn ich Dokumente hätte, und Polen dürfen Deutschen
nicht mehr die Hand geben. Man spricht davon, dass die Reichs-
mark ungültig wird. Hab keinen Groschen mehr, also rührt es
mich nicht.

Ich muss in meinem Versteck bleiben. Die Geheimpolizei
nimmt alle deutschen Männer fest, wer vermeintlich ein »Hit-
lerist« ist, wird erschossen. Dabei sind die echten schon längst ge-
flohen. Wer hiergeblieben ist, tat es in gutem Glauben an seine
Unschuld. Sich keines Polen gegenüber schuldig gemacht zu ha-
ben, kein Nationalsozialist zu sein – das waren die meisten. Der
gute Jeschke, die fleißigen Reichlings ... Die Miliz durchkämmte
die Häuser. Alle zwischen siebzehn und fünfzig sollten sich mel-
den und kamen ins Arbeitslager, Frauen in Offiziersbordelle ...
mit Zwang und Gewalt wurden die Letzten über die Grenze de-
portiert. In Johannishagen umstellten Soldaten nachts die Häuser.
Mit Gewehrkolben wurden die Leute aus dem Haus geprügelt und
mussten unterzeichnen:

Wir gehen freiwillig.

Wir stellen keine Ansprüche an den polnischen Staat.

Wir versprechen, niemals wiederzukommen.

Magda sagt, bald sprengen sie die letzten Brücken. Lieb Rosa,
ich habe Angst. Es ist zu spät, zum Heer zurückzukehren, und
zu spät, um sich bei der Miliz zu melden. Ich muss abwarten, bis

Ruhe einkehrt und die Bauern wieder aufs Feld ziehen. Dann werde ich nachts über die Furt bei Küstrin gehen. Die Kiste muss vorerst hierbleiben, und wir werden sie holen, eines Tages, wenn wieder Frieden ist. Wir sind nicht verloren, solange das Reich nicht verloren ist.

Ich küsse dich,
mein Lieb, unter Tränen.

12

Jacek Zieliński trug offenbar Kleidung, die man ihm aus Janek-polana gebracht hatte: eine weite, helle Maurerhose und ein är-melloses T-Shirt, darüber ein helles Hemd mit ausgefranstem Kragen. Seine dunklen Augen blickten klar und wach, die schul-terlangen Locken hatte er zu einem Pferdeschwanz gebunden. Er sah aus wie ein Pirat auf dem Trockenen. Sogar sein Gang, mit dem er sich auf uns zubewegte, erinnerte an einen Seemann: o-beinig, geschmeidig, kraftvoll. Zuzanna schien er Angst ein-zuflößen oder einzuschüchtern. Sie versteifte sich und hielt die Aktenmappe wie einen Schild vor ihre Brust. Mir wäre es viel-leicht ähnlich gegangen, denn seine wilden Tätowierungen und der muskulöse Körperbau gaben ihm eine fast animalische Aus-strahlung. Aber ich kannte ihn. Seine Augen leuchteten auf, als er mich erkannte, und ein strahlendes Grinsen breitete sich in sei-nem gebräunten Gesicht aus, in das sich ganz langsam die Falten eines exzessiv genossenen Lebens eingruben. Es war, als hätten wir uns erst vor ein paar Tagen zum letzten Mal gesehen – und nicht vor ein paar Jahren.

»Joe!«, rief er, weil er, genau wie ich, meinen Vornamen nicht mochte.

Die Vorführbeamten nahmen ihm die Handschellen ab. Er rieb sich die Stellen, obwohl sie ihm nicht wehtun konnten. Es war ein minimales Zeichen von Unsicherheit.

»*Pani* Makowska«, fuhr er fort. Sein Lächeln bekam genau je-nen Drall ins Unverschämte, das ich bei ihm nicht leiden konnte. Wahrscheinlich, weil es so gut wie nie seine Wirkung verfehlte.

»Frau Doktor, Advokatin der Herzen, ich danke Ihnen. Haben Sie auch Frau Hoffmann gefunden?«

Er sprach deutsch. Zuzanna gefiel das nicht.

»*Niestety nie* – leider nicht«, antwortete sie knapp. »Aber Herr Vernau wird dazu sicherlich mehr wissen.«

Sie zog einen Stuhl zu sich heran und setzte sich an den Tisch. Ich nahm neben ihr Platz, Jacek uns gegenüber. Er schob seine Pranken weit über die Mitte, als wollte er sein Territorium abstecken. Zuzanna öffnete ihre Aktenmappe, nahm ein paar unbedeutende Unterlagen und einen Notizblock heraus und markierte damit ihre Seite.

»Wo ist Marie-Luise?«, fragte Jacek. Seine Stimme klang rau.

Ich wusste, dass er sich seit drei Tagen in einem unwürdigen, stocknüchternen Zustand befand, trotzdem hörte er sich an, als hätte er die letzten Nächte in Gesellschaft mehrerer Flaschen Wodka verbracht. Oder er hatte sich in der Einsamkeit seiner Zelle und der Ausweglosigkeit seiner Situation heiser geschrien, was unwahrscheinlich war.

»In Sicherheit«, antwortete ich und erntete einen bösen Seitenblick von seiner Anwältin. »Vorerst.«

»Herr Zieliński«, mischte sich Zuzanna ein. »Haben Sie uns endlich etwas über den Tathergang zu sagen?«

Jacek achtete nicht auf seine Anwältin, würdigte sie noch nicht einmal eines Blickes. »Was sagt Marie-Luise?«

»Ich kann es nicht wörtlich wiederholen, aber es war irgendetwas mit ins Knie.« Damit gab ich eher meinen Gefühlen als denen von Marie-Luise Ausdruck. Aber angesichts dessen, in was Jacek uns da hineingeritten hatte, war es noch harmlos ausgedrückt.

»Wirklich?«, fragte er. »Das ist alles?«

Zuzanna schob mir den Block herüber. »Wenn Sie schon mein Assistent sind, dann machen Sie sich gefälligst Notizen.«

Jacek nickte mir grinsend zu. »Du bist ihr Assistent?«

»Ja. Und ich bin ihr dankbar, dass sie sich darauf eingelassen hat. Aber jetzt bitte, so genau und ausführlich wie möglich: Was hat sich in der Nacht von Samstag auf Sonntag in Janekpolana ereignet?«

Er lehnte sich zurück und sah an die Decke. Wir waren im dritten Stock, keine Gitter vor den Fenstern, doch sie lagen zu hoch, um sie mit der Hand zu erreichen. Das matte Licht eines verhangenen Sommertages fiel herein und machte mich müde. Ich rieb mir über die Augen und griff nach dem Stift, den Zuzanna mir ebenfalls herüberschob.

»Marie-Luise hat mir ein paar von meinen Sachen gebracht. Wir haben ein Feuer gemacht, draußen. Wie früher. Vor dem Haus.«

»Zeugen?«

»Weiß ich, welche Spanner am Ufer auf der Lauer liegen? Keine Ahnung.«

»Und dann?«

»Wir haben zwei Flaschen Wein getrunken, meinen Wein.« Er kam wieder nach vorne.

Zuzanna zuckte zusammen, doch er schien es nicht zu bemerken. Er sah nur mich an. Es war extrem unhöflich.

»Der erste Jahrgang. Er ist gut, wirklich gut. Wenn es hier nicht so kompliziert mit der Steuer wäre, könntest du ihn längst in deinen Schickeria-Läden trinken. Ich brauche einen abschließbaren Raum für den Prüfer, einen abschließbaren Keller, abschließbare Bücher ... Alles, was Europa bringt, sind neue Gesetze zum Abschließen.«

»Herr Zieliński, die Tatnacht.«

Er sah sie noch nicht einmal an, wenn sie mit ihm redete.

»Um Mitternacht ist sie ins Bett. Ich bin draußen geblieben. Habe noch weitergetrunken. Warum auch nicht? Ich kann auf meinem Grund und Boden machen, was ich will!«

Zuzanna blätterte in ihren Unterlagen. »Das entspricht ungefähr dem bei Ihrer Verhaftung festgestellten Blutalkoholwert von zwei Komma zwei Promille.«

Zu wenig für echte Schuldunfähigkeit. Jacek war Alkohol gewohnt.

»Also kein Filmriss«, sagte ich. »Was dann?«

»Ich habe etwas gehört, auf dem Friedhof. In letzter Zeit sind dort merkwürdige Dinge passiert. Lichter, Stimmen … Vor ein paar Jahren, so haben sie erzählt, sind dort Partys abgegangen mit schwarzen Leuten.«

»Schwarze Leute?« Zuzanna erlangte langsam ihre Sicherheit wieder. Ihr Mandant redete und ging niemandem an die Gurgel. Er ignorierte sie lediglich. Ich hoffte, ihr Selbstwertgefühl würde das verkraften.

»So ähnlich wie deine Vampire, diese Nosferatu. Weißt du noch?«

Natürlich erinnerte ich mich. Mein Ausflug in die Berliner Unterwelt hatte mir einen legendären Auftritt als Ghul der Domäne Nord beschert, die Bekanntschaft mit einem Bettelprinzen und der Schwarzen Königin. Rollenspiele, eine harmlose Freizeitbeschäftigung, so hatte ich geglaubt. Bis einer der Spieler die Grenzen überschritten und Tod und Verderben gebracht hatte.

»Jedenfalls«, fuhr er fort, »war es keine Party. Jemand hat dort herumgeschnüffelt. Es ist nicht meine Sache, da nachzusehen. Aber der Friedhof liegt nah am Haus. Also dachte ich, schau nach, mach ihnen klar, wer hier der Herr ist und dass dieser Ort kein Spielplatz ist.«

»Jugendliche?«, fragte ich.

Er hob die Schultern. »Ich weiß es nicht, denn ich bin gar nicht richtig dazu gekommen. Ich hab mir eine Eisenstange gegriffen …«

»Die Tatwaffe«, klinkte Zuzanna sich ein.

»Nein.«

Jacek wandte den Kopf und sah sie an. Es war ein böser Blick.

Er sagte: Komm mir nicht in die Quere. Und erzähl schon gar keinen Mist. Zuzanna versuchte, diesen Blick zu parieren, aber es gelang ihr nicht. Er schüchterte sie ein. Ich verstand das nicht. Jacek konnte ihr nicht gefährlich werden. Zwei Beamte beobachteten jede seiner Bewegungen. Außerdem war ich auch noch da.

»Haben Sie ein Foto davon?«, fragte ich sie.

Hektisch suchte sie in ihrer Mappe und schob es, als sie es gefunden hatte, zu mir. Ich zeigte es Jacek. Er nickte widerwillig.

»Ja, so eine könnte es gewesen sein. Aber die liegen hier überall herum.«

»Auf dieser Stange wurden deine Fingerabdrücke festgestellt.«

»Dann wird sie es wohl gewesen sein.«

»Weiter.«

Er kratzte sich hinter den Ohren und fuhr sich dann mit beiden Händen durch die Haare. Ein, zwei weitere Strähnen lösten sich aus dem Pferdeschwanz und fielen ihm lockig in die Stirn.

»Der Friedhof ist nicht groß. Aber ein ziemlich vertracktes Gelände. Man muss aufpassen, wo man hintritt, damit man nicht auf einmal mit einem Fuß in einem Gerippe steht. Seit Kriegsende ist da nichts mehr gemacht worden. Die Gräber versinken in der Erde. Deutsche Gräber«, setzte er hinzu, als ob das eine Entschuldigung wäre.

»Deutsche Gräber?«, wiederholte ich.

»Ja, es war ein evangelischer Friedhof. Er liegt zu weit außerhalb des Ortes, hinter der Biegung. Deshalb ist er geblieben. Die Kapelle auch. Die Leute wollten dort wohl nicht in die Kirche gehen.«

»Weil sie nicht katholisch war?« Meines Wissens hatte man in Polen nach Kriegsende viele evangelische Kirchen umgewidmet, da fast neunzig Prozent der Bevölkerung römisch-katholischen Glaubens war. Für mich persönlich machte das keinen Unterschied. Es betete sich in allen Kirchen, Tempeln, Moscheen und Synagogen gleich, unter freiem Himmel wie im Bett vorm Schlafengehen, wenn man es denn brauchte. Ich war kein Kirchgänger. Ich lebte in Zeiten, in denen Menschen sich aus religiösen Gründen gegenseitig umbrachten und für den Tod Andersgläubiger beteten. Früher hätte ich jeden, der mir das für das beginnende einundzwanzigste Jahrhundert prophezeit hätte, für verrückt erklärt.

Jacek schüttelte den Kopf. »Nein. Sie haben den Ort gemieden wegen dem, was fünfundvierzig dort passiert ist. Geistergeschichten, Gruselstorys. Als ob die Wirklichkeit damals nicht schon schlimm genug gewesen wäre. Mein Vater kam als Neunjähriger nach Janekpolona, nachdem die Russen uns aus Lemberg vertrieben hatten. Meine Familie hat damals alles verloren. Als es hieß, in den zurückgewonnenen Gebieten würden Siedler gebraucht, machte er sich auf den Weg und fing hier ganz von vorne an. Alle in Janekpolana kamen von irgendwoher. Aus der Ukraine, aus dem Baltikum, aus Wolhynien, aus allen Himmelsrichtungen, in die man sie vertrieben oder deportiert hatte. Sie kamen in stumme Dörfer. Es gab keine Geschichte, keine Vergangenheit. Niemand war mehr da, der sie erzählen konnte. Also haben die Leute ihre eigenen Legenden mitgebracht. Der Große Christoph aus Livland würde dort Blätter in Gold verwandeln, sagten die einen.«

Jacek beugte sich noch weiter vor. Er senkte die Stimme.

»Manche glaubten, der unglückliche Viktor würde dort kurländische Erde verstreuen, die er vom Grab Maijas aus Turaida mitgenommen hatte. Wieder andere schworen, die Geister der letzten Sudauer Heiden hätten sich dort versammelt. Einer behauptete steif und fest, die erfrorenen Weiber von Lviv würden ihre Klagelieder singen und die Tataren verfluchen. Oder der Prager Golem sollte auf dem Friedhof umgehen …«

»Der Prager Golem ist eine jüdische Legende«, unterbrach ich seine Märchenstunde.

»Von mir aus. Ist doch egal. Dann war es eben ein Klassentreffen der Geister aus aller Herren Länder.«

Zuzanna räusperte sich. »Sie hatten offenbar keine Angst, dort nachts herumzustreifen.«

»Soll ich Angst vor dem Geflüster alter Weiber haben?«, fragte er ärgerlich zurück. »Steine reden nicht. Da haben sich die Leute ihre eigenen Geschichten mitgebracht.«

»Was war denn fünfundvierzig?«, fragte ich. »Abgesehen vom Kriegsende.«

»Keine Ahnung. Es interessiert mich auch nicht. Keiner geht freiwillig dorthin, schon gar nicht nachts. Bis plötzlich jemand auftaucht und da rumschnüffelt.«

»Horst Schwerdtfeger?«, fragte ich.

»Wer soll das sein?«

Zuzanna seufzte ungeduldig. »Das wissen Sie doch ganz genau. Der Mann, den Sie in der Nacht von Samstag …«

Jacek schlug mit der Faust auf den Tisch. Die Beamten legten sofort die Hände auf ihre Waffen.

»Ich habe niemanden umgebracht, ist das endlich mal klar?«

»Dann erklären Sie uns *endlich*, Herr Zieliński, was in jener Nacht geschehen ist!«

Er hob die Hände, die Beamten entspannten sich wieder.

»Ich bin los, um nachzusehen. Kaum war ich auf dem Friedhof, hat mir jemand eins übergebraten. So war es. Als ich wieder aufgewacht bin, hab ich Marie-Luise schreien hören. Die Stange war weg. Bis ich wieder auf den Beinen war, war auch Marie-Luise verschwunden. Ich schwöre.«

Ich legte den Bleistift auf den Block. »Jacek, du willst uns doch nicht allen Ernstes weismachen, dass man dich niedergeschlagen hat und du dich, zur Pflege deiner Wunden, anschließend ins Bett gelegt hast?«

»Hier!« Er deutete wild gestikulierend auf seinen Hinterkopf. »Da, du kannst es sogar noch spüren.«

»Wurde das festgehalten?«, fragte ich seine Anwältin, die begann stirnrunzelnd ihre Papierberge zu durchwühlen.

»Ich hab sie gesucht! Überall! Aber dann habe ich ihr Auto gehört und wie sie weggefahren ist … Was sollte ich denn machen? Das waren keine Geister, das waren Menschen!«

»Das war Horst Schwerdtfeger.« Zuzanna holte ein weiteres Foto aus ihren Unterlagen. Es zeigte den Toten.

Er war ein kräftiger Mann gewesen, mit derben Gesichtszügen, einem kantigen Kinn, einer außergewöhnlich großen Nase und kurzen, gelichteten Haaren. Vielleicht war sein Gesicht liebenswert gewesen, wenn er gelacht hatte. Getrocknetes Blut klebte an seiner Schläfe. Ein Schlag, hatte Zuzanna gesagt. Ein einziger, kräftiger Schlag, und vom Gesicht eines Menschen blieb nur noch die Totenmaske.

»Hast du diesen Mann gesehen?«

»Nein. Ich habe niemanden gesehen. Wie oft soll ich das denn noch sagen?«

»Dann sind wir wieder so weit wie am Anfang.« Zuzanna warf mir einen Blick zu, in dem ich eine gewisse Selbstzufriedenheit zu erkennen glaubte.

»Hat man dich untersucht?«, fragte ich barsch. »Hast du eine Wunde am Kopf oder irgendetwas anderes, das deine Version beweist?«

»Meine Version«, wiederholte Jacek spöttisch.

»Mir erscheint sie glaubwürdig.« Zuzanna würde es vermutlich auch noch glaubwürdig erscheinen, wenn der livländische Christoph und der Prager Golem sich gegenseitig der Tat bezichtigten. Sie wollte, dass Marie-Luise schuldig war.

»Begreifst du eigentlich nicht, in was du sie da hineinreitest?«, fragte ich. »Marie-Luise ist in einem Posener Krankenhaus zu sich gekommen, nachdem sie einen schweren Schock und massive Verletzungen erlitten hat. Und du lässt zu, dass man ihr den Tod von Horst Schwerdtfeger in die Schuhe schiebt?«

»Nein«, protestierte er verwirrt. »Ich habe mir Sorgen um sie gemacht. Sie haut ab, mitten in der Nacht, lässt alles stehen und liegen, und mich holen sie am nächsten Morgen mit Handschellen aus den Federn. Was, wenn der Kerl sie doch noch erwischt hat?«

»Welcher Kerl?«, fragte ich, leise vor Wut.

»Der, der das getan hat.« Jacek deutete auf das Foto. »Ich wollte nur, dass man sie findet. So schnell wie möglich, und dass es ihr gut geht.«

Zuzanna senkte sich noch tiefer über irgendein offiziell aussehendes Schreiben, das in diesem Moment sicherlich niemanden interessierte.

»Du hast sie ans Messer geliefert. Gegen Marie-Luise wurde ein internationaler Haftbefehl erlassen. Sie wird wegen Beihilfe zu räuberischer Erpressung bis hin zum Mord gesucht. Denn ihre Fingerabdrücke befanden sich ebenfalls auf der Tatwaffe.«

»Das kann nicht sein.«

»Es ist aber so.«

»Welche noch?«

Zuzanna sah hoch. »Keine.«

»Keine?«, fragte ich und warf einen Blick auf das in polnischer Sprache verfasste Papier. »Unmöglich. Wenn es die Stange ist, die jahrelang in Marie-Luises Volvo gelegen hat, müssten sogar meine darauf sein.«

»Keine weiteren aktenkundigen Fingerabdrücke«, gab sie widerstrebend zu.

»Das heißt doch nur, dass alle anderen, die diese Stange in der Hand hatten, noch nicht erkennungsdienstlich behandelt worden sind. Richtig?«

Sie nickte. Es fiel ihr schwer.

»Also können wir davon ausgehen, dass der Mörder ein bis dato unbeschriebenes Blatt ist.«

»Ich bin aber der Ansicht, dass Frau Hoffmann …« Zuzanna verschluckte, was sie sagen wollte, denn jetzt ging Jacek ein Licht auf.

»Du«, sagte er.

In diesem Moment wusste ich, er würde durchdrehen.

Ich wollte aufstehen und zu ihm, doch er war bereits aufgesprungen und kam um den Tisch herum, noch bevor die Beamten eingreifen konnten.

»Du hast sie verpfiffen? Ja? Du warst das?«

Der erste war bei ihm und riss ihn zurück.

»Warum?«, brüllte er. »Sie hat nichts getan! Gar nichts! Sie hat mir nur meine Sachen gebracht!«

Zuzanna raffte ihre Papiere zusammen und stopfte sie in ihre Tasche. Die Beamten schleiften Jacek zur Tür.

»Sie ist unschuldig!«, brüllte er. Und noch bevor ich etwas unternehmen konnte, schrie er: »Ich war's!«

»Halt den Mund!« Mein Ruf kam zu spät.

Er sah die Polizisten an und sagte: »*Zrobiłem to.*«

Die beiden zerrten ihn hinaus. Die schwere Tür fiel hinter ihnen donnernd ins Schloss.

»Was?«, fragte ich verwirrt und wütend. »Was hat er gesagt?«

Sie stand auf. Mit einer nervösen Geste strich sie sich die Haare aus dem Gesicht. »*Cholera*«, murmelte sie.

»Cholera?«

»Das heißt: ganz großer Mist. Es ist … Er hat …«

»… gestanden«, vollendete ich den Satz.

Nach dem ersten Schock und der ersten Zigarette draußen vor der Tür beschlossen Zuzanna und ich in einer Art Waffenstillstand, Jaceks Geständnis nicht gehört zu haben. Ich wusste nicht, was die beiden Beamten aussagen würden, wenn sie eine Vorladung bekämen. Diese allerdings lag in Zuzannas Hand.

»Ich werde im Moment nichts weiter veranlassen«, versicherte sie mir, immer noch bleich und nervös. Ihr Plan, Jaceks Unschuld zuungunsten von Marie-Luise zu beweisen, war geplatzt. Wenn es uns nicht gelänge, ihn daran zu hindern, würde er alle Bluttaten dieser Welt gestehen.

»Gehen Sie jetzt doch wieder auf schuldig?«, fragte ich, immer noch gereizt. Irgendwann musste sie sich auf eine Strategie festlegen. Je eher, desto besser.

»Sie kennen ihn. Ich sehe nur einen Berserker.«

War Jacek schuldig? Könnte er, um Marie-Luises Leben zu retten, jemanden töten? Wir wussten immer noch nicht, was sich auf dem Friedhof zugetragen hatte.

»War der Leichenfundort auch der Tatort?«

Sie nickte. »Zwischen der Kapelle und dem Eingang des Friedhofs. Das Gelände ist natürlich abgesucht worden, aber man hat sich dabei hauptsächlich auf das Areal rund um den Tatort konzentriert.«

»Vielleicht …«, … müsste das Gelände noch einmal abgesucht werden, hätte ich um ein Haar gesagt. Gerade rechtzeitig fiel mir ein, dass es in diesem Falle ratsam wäre, die Tatverdächtige nicht in direkter Sichtachse versteckt zu halten. »… sollten wir uns noch einmal genauer um das Opfer kümmern«, sagte ich stattdessen. »Wer hat die Familie vom Tod benachrichtigt?«

»Das wird die Hamburger Polizei getan haben, nehme ich an.«

»Was können Sie mir über die Angehörigen von Horst Schwerdtfeger sagen?«

Sie warf ihre Zigarette in den nächsten Gully und ging langsam auf ihren Wagen zu.

»Er hat eine Schwester. Der Vater ist vor Kurzem verstorben. Die Mutter schon vor längerer Zeit. Mehr weiß ich nicht.«

Wir einigten uns darauf, dass ich versuchen würde, mehr über Horst Schwerdtfeger und seinen kurzen Besuch in Polen herauszufinden. Vor allem aber, woher das Geld stammte und wofür er es gebraucht hatte.

Zuzanna wollte sich um die Fingerabdrücke und einen internationalen Abgleich kümmern. Zum Abschied fragte sie mich noch einmal nach Marie-Luise. Ich nahm ihr den Autoschlüssel aus der Hand und öffnete für sie die Fahrertür.

»Wie würden Sie sich verhalten«, ich reichte ihr den Schlüssel mit einer angedeuteten Verbeugung, »wenn Frau Hoffmann Ihre Mandantin wäre und Herr Zieliński meiner? Würden Sie mir ihren Aufenthaltsort verraten?«

Sie ergriff den Schlüssel mit einem eisigen Lächeln. »Nein. Natürlich nicht.«

13

Bis ich wieder in Berlin ankam, war ein Teil meines Zorns verraucht. Jacek stolperte von einer Torheit in die nächste. Das einzig Beruhigende war, dass er in U-Haft nichts Schlimmes mehr anstellen konnte.

Ich hatte mich für die Autobahn entschieden und war deshalb nicht noch einmal in Janekpolana vorbeigefahren. Ein gewiefter Fahnder hätte eins und eins zusammengezählt, daran hätte auch nichts geändert, wenn ich eine Abfahrt früher oder später genommen hätte. Ich vertraute darauf, dass Marie-Luise in Sicherheit war und keiner auf die Idee käme, sie in unmittelbarer Nähe des Tatortes zu suchen.

Ich erreichte meine Wohnung am frühen Nachmittag und legte mich zwei Stunden aufs Ohr. Danach war ich fit genug, um kurz in der Kanzlei vorbeizugehen. Marquardt hatte einen Auswärtstermin, und Tiffy war gerade im Begriff, Feierabend zu machen. Meine Termine – nichts Weltbewegendes, eher erste Rechtsberatungen als tatsächliche Mandate – hatte sie auf die nächste Woche verlegt. Ich bedankte mich bei ihr, bevor ich die Tür hinter mir zuzog, Vaasenburg anrief und direkt mit der Tür ins Haus fiel.

»Wann habe ich als Frau Hoffmanns Anwalt Einsicht in das Fahndungsersuchen?«

»Sobald Sie mir eine unterschriebene Vollmacht von ihr vorlegen.«

Ich trat zum Fenster und sah hinunter auf den Kurfürstendamm. Ich liebte diese Straße. Sie war bunt, laut, schrill und billig
und dann wieder behäbig, bürgerlich und protzend. Man konnte
spüren, wie diese Ecke rund um den Olivaer Platz von den Russen profitierte, die sich in großer Zahl in Charlottenburg nieder-
gelassen hatten. In der Leibnizstraße gab es einen Laden mit aus-
gesuchten kostbaren Ikonen. Manchmal verbrachte ich dort halbe
Nachmittage, während mir der Inhaber Sergej Heiligengeschich-
ten erzählte, die denen von Jacek in nichts nachstanden.

»Ich werde eine Aufhebung oder vielmehr eine Außervollzug-
setzung des Haftbefehls beantragen.«

Den Antrag an die Generalstaatsanwaltschaft hatte ich bereits
hochgeladen. Ein Auslieferungsverfahren war kein Strafverfahren.
Die Schuld des Angeklagten wurde nicht überprüft. Ein Prozess
würde klären, ob dieser Rechtshilfe für Polen überhaupt nachge-
gangen werden durfte. Ich wusste, wie er ausgehen würde. Aber bis
es so weit war, konnte ich Marie-Luise wenigstens die Rückkehr
nach Berlin ermöglichen und, mit etwas Glück, die Auslieferungs-
haft ersparen. Polen als EU-Land hielt definitiv die völkerrechtli-
chen Mindeststandards ein. Sie würde einen Richter, einen Anwalt
und rechtliches Gehör bekommen. Drei Jahre vielleicht, nach zwei
Dritteln und guter Führung wäre sie wieder draußen. Dafür bekäme Jacek lebenslänglich. So sah es aus. Aber ich würde alles Men-
schenmögliche in Bewegung setzen, damit es nicht dabei blieb.

»Tun Sie das«, erwiderte Vaasenburg. »Wo ist sie?«

»An einem sicheren Ort. Ich bin nicht zur Offenbarung verpflichtet. Wer hat eigentlich Schwerdtfegers Angehörige vom Tod
des Mannes informiert?«

»Ich nicht.«

»Die Schwester lebt in Hamburg, nicht wahr?«

»Schon möglich«, antwortete er, merklich distanziert.

»Hat man die Familie zu den Gründen befragt, warum Herr
Schwerdtfeger mit so viel Bargeld nach Polen gereist ist?«

»Das weiß ich nicht.«

»Waren die Kollegen aus Polen denn schon dort?«

»Das weiß ich nicht.«

»Herr Vaasenburg, ich brauche etwas, mit dem ich eine drohende Auslieferung verhindern kann. Frau Hoffmann hat mit dem Mord nichts zu tun.«

»Sie wollen Detektiv spielen? Lassen Sie die Hände davon.«

»Das kann ich nicht. Sie wissen selbst, dass ich nicht viel mehr als eine Verzögerung herausschlagen kann.«

»Das polnische Justizsystem ist hervorragend.«

»Die Ermittler glauben an eine Schuld von Herrn Zieliński und Frau Hoffmann.«

»Glauben …«, wiederholte Vaasenburg, und ich hoffte, er würde mir nicht wieder mit seinen philosophischen Anmerkungen kommen.

»Verdammt, ja! Es gibt Beweise! Doch sie sind nicht stichhaltig! Wenn ich Frau Hoffmann helfen soll, muss ich mehr wissen. Warum ist Schwerdtfeger nach Polen gereist? Was hatte er mit dem Geld vor? Wen hat er getroffen? Konnte er Polnisch? Wie hat er sich verständigt? Er muss Helfer gehabt haben. Es muss noch jemand existieren, der von seiner Reise wusste. Vor allem aber von deren Ziel und Zweck.«

»Zeigen Sie mir die Vollmacht.«

»Kann ich sie faxen?«

Er gab mir eine Nummer und legte auf. Ich öffnete das entsprechende Formular, füllte es aus und setzte, nachdem der Drucker die Bögen ausgespuckt hatte, schwungvoll meinen und krakelig Marie-Luises Namen darunter. Dann ging ich zu Tiffys Schreibtisch und schickte alles an Vaasenburg.

Mein Handy klingelte keine halbe Minute später.

»Bis auf eine Schwester keine lebenden Verwandten. Sie heißt Maria Fellner und lebt ebenfalls in Hamburg. Ortsteil Harburg, Knappenstraße vier c.«

»Danke.« Ich wollte auflegen.

»Herr Vernau?«

»Ja?«

»Halten Sie mich auf dem Laufenden.«

»Nur, wenn es meine Mandantin erlaubt und ihr nicht schadet.«

Er schwieg. Ich dachte schon, er würde kommentarlos das Gespräch beenden, dann sagte er: »Ich meinte, wenn es geht … Informieren Sie mich bitte als Ersten. Ich bin für Sie rund um die Uhr erreichbar.«

Er machte sich Sorgen.

»Ich werde daran denken.«

Dann suchte ich die nächste Zugverbindung nach Hamburg heraus und machte mich fluchend auf den Weg zum Hauptbahnhof.

14

Man muss sich die Verkehrssituation in Berlin ein Vierteljahrhundert nach der Wende ungefähr so vorstellen: Wanderbaustellen schleppen sich über wichtige Magistralen. Schlaglöcher werden geflickt, die spätestens im nächsten Frühjahr doppelt so groß wiederauftauchen. Die S-Bahn fährt ebenso zuverlässig und pünktlich wie die Züge der Deutschen Bahn. Von den ehemals drei Flughäfen wurde einer geschlossen und konzeptlos der jauchzenden Jugend überlassen. Tegel existiert noch, aber nur aufgrund einer narkoleptischen Flughafenplanung, die das großartig angekündigte und von niemandem gewollte Schönefelder Drehkreuz in den märkischen Sand gesetzt hat. Der Bahnhof Zoo ist zur Regionalbahnhaltestelle degradiert, zugunsten eines ungeliebten, schwer zu erreichenden, zugigen, unübersichtlichen Hauptbahnhofs im Regierungsviertel – wo sonst?

Damit war der gesamte Westen Berlins vom Fernverkehr abgehängt worden. War Tegel erst einmal geschlossen, ging es ohne Auto oder Fahrrad aus dieser Stadt nur noch über den Osten hinaus. Ein Umstand, den man bei aller Liebe zu unseren Brüdern und Schwestern als Westberliner nur zähneknirschend akzeptierte.

Um von Charlottenburg nach Hamburg zu gelangen, fuhr man also eine halbe Stunde quer durch die Stadt, nur um in einen Fernzug zu steigen, der genau dieselbe Strecke erneut zurücklegte. Jedes Mal keimte in mir das Gefühl von Demütigung und Wut. So hässlich der Bahnhof Zoo auch war, so dunkel die Ecken um ihn herum, er war das schlagende Herz der Mauerstadt gewesen. Sein Bedeutungsverlust war nicht mit vernünftigen Gründen zu erklären.

Dennoch kam ich nach knapp zwei Stunden Fahrt am stolzen, zentral gelegenen, übersichtlichen, an ein hervorragend funktionierendes öffentliches Personennahverkehrssystem angeschlossenen, dem *Palais des Machines* der Pariser Weltausstellung von 1889 nachempfundenen Hamburger Hauptbahnhof an und nahm die nächste S-Bahn zum Harburger Rathaus. Von dort waren es nur noch ein paar Minuten zu Fuß. Ich hatte keine Telefonnummer von Maria Fellner. Wahrscheinlich hatte sie, wie so viele, ihren Festnetzanschluss abgeschafft und nutzte nur noch das Handy.

Kurz vor acht stand ich vor einem mehrstöckigen, abgewohnten Mietshaus aus den siebziger Jahren. Ich klingelte, jemand betätigte den Summer, der Lautsprecher neben der Klingel plärrte »Vierter Stock links, letzte Tür«, und genau dort erwartete mich eine schwer enttäuschte Mittvierzigerin im Hausanzug, die mein Kommen mit leeren Händen skeptisch zur Kenntnis nahm.

»Wo ist denn die Pizza?«, fragte sie.

Sie war eine kräftige Frau, und ich glaubte, Ähnlichkeit zu den Zügen ihres verstorbenen Bruders zu erkennen. Zumindest hatten beide struppige, dunkle Haare.

»Es tut mir leid. Mein Name ist Joachim Vernau. Ich komme wegen Ihres Bruders Horst. Horst Schwerdtfeger.«

Das breite, gutmütige Gesicht verdüsterte sich. »Was wollen Sie?«

»Ich bin Anwalt und hätte noch die eine oder andere …«

»Ich habe kein Geld«, fiel sie mir barsch ins Wort. »Und Horst hatte auch keins. Wenn das Ihre Frage ist, dann haben Sie die Antwort.«

Sie schloss die Tür. Ich hörte, wie die Klingel in ihrem Flur schrillte und sie mit jemandem sprach. Wenig später fuhr der Fahrstuhl nach unten und kehrte mit einem Pizzaboten zurück.

»Für Fellner?«, fragte ich.

Der kleine Mann nickte und stellte die Warmhaltebox auf den Boden. Er war flink und geschickt.

»Einmal Salami, einmal Caprese mit extra Knoblauch. Macht dreizehn achtzig.«

Ich gab ihm fünfzehn Euro, er überließ mir zwei Pappschachteln, aus denen es so verführerisch duftete, dass mir der Magen knurrte. Ich hatte nicht nur zu wenig geschlafen, sondern auch zu wenig gegessen.

Während der kleine Mann wieder nach unten fuhr, klingelte ich erneut. Wütend riss Frau Fellner die Tür auf. Ich lächelte sie freundlich an.

»Ich würde Sie gerne zum Essen einladen.«

Statt einer Antwort drehte sie sich um und rief »Wolfgang?« in die Wohnung. Ein unartikuliertes Brummen, übertönt vom hektischen Geschrei einer Castingshow im Fernsehen, kam zurück.

»Es dauert nicht lange«, fuhr ich fort. »Und die Pizza soll doch nicht kalt werden.«

Stirnrunzelnd trat sie zur Seite und hielt die Tür auf.

»Hier entlang?«, fragte ich und folgte den Geräuschen.

Ich kam in ein enges Wohnzimmer mit farbenfroher Couchgarnitur, Gardinen vor den Fenstern, einer Tür zum Balkon und einem gewaltigen Flachbildschirm, auf dem sich gerade ein pick-liger Hänfling an einer Coverversion von Bon Jovi versuchte. Im einzigen Sessel saß ein halb kahler, runder Mann, der mich er-staunt anblinzelte.

»Wolfgang?«, fragte ich und reichte ihm die freie Hand. »Ich bin Joachim. Joachim Vernau aus Berlin.«

Wolfgangs Händedruck war schlaff. Er versuchte, sich aus sei-ner halbrömischen Liegeposition aufzusetzen, wobei ihm sein Bauch die meisten Schwierigkeiten machte. Seine Füße suchten die Pantoffeln, die unter den Couchtisch gerutscht waren.

Ich stellte die Kartons darauf ab. Maria Fellner drängte sich nun auch in das kleine Zimmer. Ich schätzte, dass die ganze Woh-nung kaum mehr als vierzig Quadratmeter hatte.

»Darf ich Platz nehmen?«

Wolfgang wechselte einen Blick mit seiner Gattin. Die zuckte mit den Schultern, griff nach der Fernbedienung und schaltete das TV-Gerät nicht etwa aus, sondern machte nur den Ton leiser.

»Bitte sehr.«

Ich öffnete den ersten Karton. »Wer hatte Salami?«

»Ich«, sagte Wolfgang. Er nahm seine Bestellung entgegen wie einen Schierlingsbecher.

»Dann ist Caprese für Sie, nicht wahr? Mit extra Knoblauch?«

Sie setzte sich, nahm den Karton und öffnete ihn misstrauisch. Als sie sah, dass es sich tatsächlich um eine Pizza handelte, hielt sie ihn unschlüssig in meine Richtung.

»Wollen Sie vielleicht ein Stück?«

»Gerne.«

Ich griff zu. Am liebsten hätte ich ihr die ganze Pizza aus der Hand gerissen. Zwei Minuten lang aßen wir schweigend.

»Horst Schwerdtfeger«, begann ich und nahm eine der dünnen Papierservietten, die mir der Bote überlassen hatte, um mir To-matensoße vom Hemd zu wischen. »Er war Ihr Bruder?«

Sie nickte. »Mein Halbbruder.«

»Aha.« Ich wusste nicht, ob das eine wichtige oder eine unwichtige Information war. »Sie sind seine einzige Verwandte, nicht wahr?«

»Mütterlicherseits ja.«

»Wussten Sie, warum er nach Polen wollte?«

Sie schob das nächste Stück Pizza in den Mund. Plötzlich füllten sich ihre Augen mit Tränen. Sie kaute, schluckte, stellte dann den Karton auf den Tisch.

»Warum wollen Sie das wissen? Das war doch ein Pole, der das getan hat. Wahrscheinlich wollte er ihm das Auto klauen.«

»Das wurde unbeschadet sichergestellt. Soll ich mich um die Überführung nach Hamburg kümmern?«

Wolfgang tauchte hinter seinem aufgeklappten Karton auf. »Ja, das wär gut«, schnaufte er. »Bevor es noch wegkommt. Da drüben ist ja nichts sicher.«

»Wir müssen die Beerdigung bezahlen«, sagte Maria entschuldigend. »Unter zweitausend Euro kriegt man nichts, ich hab mich schon erkundigt. Das bricht uns das Genick. Horst hatte doch nichts. Und sein Toyota war alt, vielleicht bekommen wir ja noch fünfhundert Euro dafür. Wir haben noch nicht mal den Fernseher ganz abbezahlt. Wolfgang ist Frührentner, und ich verdiene kaum was, trotz Mindestlohn.«

»Das ist bitter«, sagte ich.

»Mindestlohn«, schnaubte Wolfgang. Offenbar schuf nichts so schnell Vertrauen wie ein gemeinsamer Feind. Als äußerst zuverlässig erwiesen sich in solchen Fällen die Bundesregierung und deren nichtsnutzige Adjutanten. »Jedes Jahr, wenn wir den Rentenbescheid von der BfA bekommen, könnte ich die ganze Bude in die Luft jagen.«

Ich nickte. Frau Fellner bot mir noch ein Stück an. Während ich aß, ließ Wolfgang sich über das marode Sozialsystem aus, das seine Bürger wie Vampire aussaugte. Ich wartete, bis er sich genügend beruhigt hatte, um weiterzuessen.

139

»Sie wissen, dass Ihr Bruder oder Schwager Geld bei sich hatte?«

Beide, Mann und Frau, wechselten einen schnellen Blick. Wahrscheinlich wollten sie einem Fremden gegenüber nicht damit herausrücken, dass das schwarze Schaf irgendwo in einen Topf mit Gold getreten war, der … vielleicht … eventuell … ihnen gehören könnte. Ich verstand sie nur zu gut.

»Hab davon gehört«, murmelte sie. »Keine Ahnung, woher er das hatte. Hoffentlich finden sie es. Der Mörder sitzt ja schon. Eigentlich ist es jetzt unser Geld.«

Sie stockte. Maria Fellner machte nicht den Eindruck einer bösen, habgierigen Person. In ihrem bescheidenen Leben kam eine Summe von dreißigtausend Euro einfach nicht vor. Wenn es den Schmerz um den verstorbenen Bruder linderte, dann hätte das Geld wenigstens noch einen Sinn gehabt.

»Woher hatte er es?«

»Das hat er mir nicht gesagt. Wir hatten lange Zeit nur wenig Kontakt zueinander. Er war immer schon schwierig. Verschlossen. Hat viel angefangen, vieles aufgehört. Ihm hat der Vater gefehlt.«

»Was war mit seinem Vater?«

Frau Fellner hob unsicher die Schultern. »Horst ist unehelich auf die Welt gekommen. Damals, in den sechziger Jahren, war es für meine Mutter noch eine Schande. Kein Mann guckte sie mehr an, alle dachten, sie sucht nur einen Ernährer. Acht Jahre später hat sie dann meinen Vati kennengelernt und geheiratet. Und dann kam ich. Vati hat sich redlich Mühe mit Horst gegeben, aber … es hat irgendwie nicht funktioniert. Und mit uns beiden Kindern auch nicht. Wir waren altersmäßig zu weit auseinander. Als ich in die Schule kam, war er ja schon fast aus dem Haus. Heute denke ich, bei all dem Zeug über Frauen im Beruf und alleinerziehende Mütter – Horst hätte eine Familie gebraucht. Ich hab sie gehabt.«

Wolfgang schob eine freie Pranke auf ihr Knie und tätschelte es wohlwollend. Ich hätte Frau Fellner erklären können, dass die Vater-Mutter-Kind-Konstellation allein keine Garantie auf eine glückliche Kindheit war. Ich hätte ihr erzählen können, wie es bei uns zu Hause ausgesehen und wie oft ich meinen Vater zum Teufel gewünscht hatte. Aber ich ließ es bleiben, weil in Horsts Fall wohl einiges schiefgelaufen war.

»Wann haben Sie ihn zum letzten Mal gesehen?«

Wieder der schnelle, scheue Blick zu ihrem Mann. Obacht, dachte ich. Sie holt sich Rückendeckung für eine Lüge.

»Zu seinem Geburtstag. Vor vier Wochen. Das war sein Fünfzigster, deshalb waren wir da. Nicht, Wolfgang?«

Wolfgang brummte zustimmend. Ich war mir sicher, dass sie etwas verschwieg.

»Wir haben ihn besucht. Er hat ja sonst niemanden, mit dem er feiern kann. Weihnachten ist er auch immer allein. Aber irgendwie …«

»Ich hol mal ein Bier«, sagte Wolfgang und wuchtete sich aus seinem Sessel. »Wollen Sie auch eins?«

»Ja, gerne.«

Kaum war er zur Tür hinaus, fragte ich: »Was war mit Horst?«

Frau Fellner senkte die Stimme, damit ihr Gatte nicht mitbekam, was sie mir anvertraute. »Ich hab ihm immer was zugesteckt. Wolfgang sollte das nicht wissen, er und Horst haben sich nie leiden können.«

»Hatten Sie danach noch einmal Kontakt?«

»Nein«, sagte sie schnell. Zu schnell.

»Konnte er das Geld gespart haben?«

Mein Gegenüber schnaubte einen verächtlichen Ton aus. »Gespart. Er hatte noch nicht mal einen Job. Immer mal ein paar Wochen oder Monate, dann Stütze. Er hat ja auch nie was Richtiges gelernt.«

»Vielleicht eine Frau?«

Sie schüttelte den Kopf. »Er hatte es nicht so mit Frauen. Nein, nicht, was Sie jetzt denken. Er hatte in der Hinsicht eigentlich gar kein Interesse. Und ganz offen, eine nette Frau hätte sich auf ihn sicher nicht eingelassen. Sein größtes Glück waren Süßigkeiten und Fernsehen. Er mochte Schokolade so gerne.«

Plötzlich fing sie wieder an zu weinen. Ich hatte nichts anderes als eine weitere Papierserviette parat und reichte sie ihr. Wolfgang kam aus der Küche, in jeder Hand eine geöffnete Bierflasche. Er setzte sich mit einem Schnaufen, das danach klang, als hätte er gerade nach einem anstrengenden Tag in der Schmiede den Hammer aus der Hand gelegt.

»Hör doch auf«, mahnte er. »Seit zwanzig Jahren geht das schon so. Immer dieses Geheule, sobald die Rede auf Horst kommt.«

»Er ist tot!«, schluchzte sie.

Wolfgang hob sein Bier und nahm einen gluckernden Schluck. »Wer sich in Gefahr begibt …«

Erstaunlich behände drehte sie sich zu ihm um. »Was redest du denn da für einen Schwachsinn? Gefahr! Gefahr!«

Wolfgang setzte die Flasche ab und schaute betroffen auf seine Hände.

»Das Gefährlichste in Horsts Leben war, jedes Jahr den Balkon neu zu bepflanzen!«

»Trotzdem ist er …«, wagte er noch einzuwenden.

»Ich weiß, was er ist!«

Sie sprang auf und lief hinaus. Ich hörte, wie eine Tür aufgerissen und laut zugeschlagen wurde. Betreten schob Wolfgang seine Flasche auf dem Tisch hin und her.

»Dieser Nichtsnutz«, grummelte er. »Seit wir uns kennen, geht es um Horst. Jahrelang haben wir ihn mit durchgeschleift. Nie ist was von ihm zurückgekommen. Aber er ist ja ihr Bruder. Ja.«

»Ihr Halbbruder«, warf ich ein.

»Kommt nichts Gutes bei rum, sag ich. Der hätte irgendwann lernen müssen, auf eigenen Füßen zu stehen. Na ja.«

»Was war an seinem Fünfzigsten?«

Ich traute Wolfgang zu, offener über die Familiengeheimnisse der Halbgeschwister zu reden. Ich hatte mich nicht getäuscht. Und tatsächlich: Jetzt sah er kurz über die Schulter, ob Mariechen auch nichts mitbekam von dem, was er loswerden wollte.

»Er hat blödes Zeug geredet. Ständig hatte er irgendwelche Pläne. Wenn sie schiefgingen, war er nicht dran schuld, sondern der Rest der Welt.«

»Welche Pläne waren das denn?«

»Keine Ahnung. Ich mach was ganz Großes, hat er getönt. Bei Horst musste es immer das ganz Große sein. Dabei ist er schon im Kleinen nicht zurechtgekommen, der alte Prahlhans.«

»Was ganz Großes«, murmelte ich. Mir schwante Böses, ich hatte aber noch keine Ahnung, aus welcher Richtung. Etwas musste sich in Horsts belanglosem, von Scheitern und Versagen geprägtem Leben ereignet haben. Nur ein paar Wochen vor seinem Tod.

»Hat er vielleicht irgendeine Andeutung gemacht?«, fragte ich.

Wolfgang, der gerade nach seiner Flasche greifen wollte, hielt mitten in der Bewegung inne. »Keine Ahnung. Vielleicht hatte es was mit seinem Vater zu tun. Der alte Hagen ist im Mai gestorben. Ende Mai, als es grade mal ein paar Tage schön war. Scheiß Wetter, nicht?«

»Hagen?«, fragte ich erstaunt. »Wer ist das?«

»Der Vater vom Horst. Schwerdtfeger hieß Mariechens und Horsts Mutter. Karin Schwerdtfeger. Die hat sich von dem alten Hagen ein Kind andrehen lassen. Damals war er natürlich noch nicht alt. Anfang zwanzig oder so. Und sie grade mal achtzehn. Hagen macht Karin Schwerdtfeger ein Kind und lässt sie sitzen. Später heiratet er, eine richtig gute Partie. Lässt aber all die Jahre nichts von sich hören. Ein Schwein, wenn Sie mich fragen. Horst hat bis zum Schluss nichts anderes mitgekriegt, als dass sein leiblicher Vater nichts mit ihm zu tun haben wollte.«

»Ach.« Das wurde ja immer interessanter. »Vielleicht hat er geerbt?«

Späte Einsicht und Reue, das gab es. Und es würde das Geld erklären.

»Möglich. Tatsache ist, dass der alte Hagen sein Leben lang so getan hat, als hätte er nur eine Familie. Die richtige. Ehefrau und zwei Kinder. Was davor war, hat ihn nicht interessiert. Es gab keinen Kontakt und kein Geld. Ich glaube, er hat Marias Mutter noch nicht mal richtig Unterhalt gezahlt. Vielleicht wollte er in seiner letzten Stunde was wiedergutmachen?« Er nahm die Flasche und trank.

»Und?«

»Als Maria ihren Bruder das letzte Mal am Telefon hatte, klang er ziemlich kleinlaut. Irgendein Anwalt hatte ihm wohl Hoffnung gemacht, und dann hieß es: Satz mit x, war wohl nix.«

»Ein Erbstreit.«

»Nee, es gab ja nichts zu vererben.«

»Weil jemand anders alles bekommen hat?«

»Weil sein Vater damals was unterzeichnet hat, dass er nichts vom Familienvermögen seiner Frau abkriegt. Er war ein ganz armer Schlucker, so hieß es plötzlich. Alles Geld hatte seine Frau, und als die gestorben ist, bekamen es die Kinder. Der alte Hagen muss eine ganz arme Sau gewesen sein, so wollte man es Horst jedenfalls weismachen. Dabei hat er die letzten Jahre als Witwer in einem Heim gelebt, für viertausend Euro im Monat. Da stimmt doch was nicht.«

Er trank den letzten Schluck aus seiner Flasche und schüttelte immer noch den Kopf, als könne er selbst jetzt kaum glauben, wie Horst über den Tisch gezogen worden war.

»In welchem Heim?«

»Warum wollen Sie das wissen?«, knurrte er.

»Ich bin fest davon überzeugt, dass der Tod Ihres Schwagers kein Raubmord war.«

»Was dann?«

»Genau das versuche ich herauszufinden. Wenn ich Glück habe, werde ich dabei auf das Geld stoßen. Auf die dreißigtausend Euro, die Ihnen gehören.«

Wolfgang starrte mich an. Wahrscheinlich hatte man den beiden keine großen Hoffnungen gemacht, von Horst mehr als einen verbeulten Toyota zu erben.

»*Und* ich kümmere mich um das Auto«, fiel es mir gerade noch rechtzeitig ein.

»Das war … warten Sie. Mariechen hat es sich aufgeschrieben. Sie hat einen Strauß zur Beerdigung geschickt. Moment, ich such mal die Rechnung dafür raus.« Er stand auf. Schubladen wurden aufgezogen, Papier raschelte. »Haus Emeritia in Berlin.«

»In Berlin? Nicht in Hamburg?«

»Nee, Berlin. Die Hagens sind zwar nach dem Krieg nach Hamburg, aber als der Alte geheiratet hat, sind sie nach Berlin, wegen der Zulage oder so. Die hatten da ein Werk, ist aber schon längst geschlossen.«

»Wann genau ist der alte Hagen gestorben?«

»Das war im Mai. Denken Sie, da wäre ein Danke für die Blumen gekommen? Nur so eine blöde Karte. Gedruckt. Das war's. Hier.« Er reichte mir das Schreiben.

»Darf ich es mitnehmen? Sie bekommen es wieder.«

»Von mir aus. Ich hab gleich gesagt, das ist eine Riesenschweinerei. Das kann doch nicht sein. Und jetzt, wo Horst tot ist, hören wir, dass er dreißigtausend Euro dabeihatte. Mannomann. So viel Geld. Das hätte Mariechen eigentlich geerbt. Und was kriegt sie? Einen Haufen Schulden. Die zwei ehelichen Kinder vom alten Hagen haben Horst doch bloß die abgenagten Knochen hinterlassen.«

Ich fand die dreißigtausend Euro ebenfalls bemerkenswert. Das war viel Geld. Kein Wunder, dass Mariechen und Wolfgang hin- und hergerissen waren zwischen aufrichtiger Trauer und ehrlicher Wut.

»Und seine Ehefrau? Hagens Frau? Also die, die er statt Karin Schwerdtfeger geheiratet hat?«

»Mariechen? Biste bald fertig?«, rief Wolfgang in herzerfrischender Anteilnahme Richtung Flur. Die Tür zum Bad öffnete sich. »Fragen Sie meine Frau. Ich hab mich aus dem Mist rausgehalten. Ist nicht meine Welt. War auch dem Horst seine nicht. Das hat ihm schließlich das Genick gebrochen.«

»Er wurde umgebracht.« Mariechen tauchte im Türrahmen auf, zerknüllte ein Kosmetiktuch aus Papier in der Hand und wischte sich damit über die Augen. »Erschlagen.«

»Wahrscheinlich ist er betrunken hingefallen. Mord. Das glaubt doch keiner, dass ausgerechnet jemand wie Horst umgebracht werden soll. Warum?«

»Wegen des Geldes?«, fragte ich.

»Ja. Das Geld.« Sie ließ sich mit einem Seufzer wieder neben mich auf die Couch fallen und warf einen Blick auf die Reste der Pizza. »Ich weiß nicht, wo er es herhat. Auch noch in bar, hat man uns gesagt.«

»Von seinem Vater wahrscheinlich. Ausbezahlt«, warf Wolfgang ein und legte verschämt den Arm um sie. Wahrscheinlich fürchtete er sich, zu viel geredet zu haben. »Und die anderen sitzen jetzt in ihrer Villa am Lago … Lago Dingsbums.«

»Maggiore«, ergänzte Mariechen. »Das stand letztes Jahr in der Bunten. Als John geheiratet hat. Diese, na, hilf mir doch mal.«

»Italienische Prinzessin?«, warf ich, dem Ernst der Lage durchaus nicht angemessen, in den Ring.

»Genau! Eine *contessa*! Er hat sie auf dem Internat in der Schweiz kennengelernt. Jetzt wohnen sie in Deutschland. Obwohl, ich kann mir nicht vorstellen, dass sie mit dem Klima hier zurechtkommt.«

Entweder hatten die Italiener zu viel Nachwuchs, oder ich hatte eine gesellschaftliche Entwicklung verpasst. Abgesehen davon war es rührend, welche Sorgen sich Maria Fellner in ihrer kleinen

Sozialwohnung um die zarte Gesundheit blaublütiger Damen in nordischen Wettern machte.

»Wer ist John?«, fragte ich. Die zweite Familie des alten Hagen begann mich zu interessieren.

Wolfgang nahm den Arm wieder runter und nickte seiner Gattin zu. »Der Herr wollte wissen, was mit dem Hagen seiner Frau ist. John ist der Sohn von Waldi und dem alten Hagen. So nenn *ich* sie, die feine Dame. Feine Verwandtschaft.«

»Waltraud«, korrigierte Mariechen. »Eine geborene Camerer, ja. Die, die diese Heckenscheren und Motorsägen herstellen. *Camerer – Präzision aus Leidenschaft.*«

Ich kannte den Werbespruch. Camerer war für Schneidemaschinen das, was Mercedes fürs Auto und Tempo fürs Naseputzen war. Das war eine Wendung, die ich nicht erwartet hatte. Der alte Hagen, Vater eines ungeliebten unehelichen Sohnes, war also mit einer Heckenscherenprinzessin aus der Camerer-Dynastie verheiratet gewesen. Plötzlich war viel Geld im Spiel, und der Ehevertrag, den die beiden soeben angedeutet hatten, wurde plausibel. Ich spürte, ich witterte, dass hinter Horsts bescheidener Lebensgeschichte auf einmal ganz andere Dimensionen auftauchten, von denen der Verstorbene bis kurz vor seinem Tod nichts geahnt hatte.

»Das sind Multimillionäre«, sagte ich.

Mariechen nickte gequält.

»Aber Waltraud ist vor zwei Jahren gestorben. Sie war älter, zehn Jahre glaube ich. Helmfried war jünger. Keine Ahnung, warum wir ihn immer ›den Alten‹ genannt haben. Letztes Jahr hat er seinen Siebzigsten gefeiert.«

»Wer ist Helmfried?«, fragte ich, weil ich die unübersichtlichen Familienverhältnisse nicht verstand.

»Dem Horst sein Vater. Helmfried Hagen, der alte Hagen.«

»Warum hat Ihr Bruder so lange nichts von dieser neuen Familie gewusst?«

»Das hat niemand gewusst. Woher auch? An diese Leute kommt man doch nicht ran. Von denen weiß man doch nichts.«

Wolfgang stieß einen Seufzer aus. Ich stellte mir vor, wie es war, am Rande der Armutsgrenze in einer beengten Hochhauswohnung zu leben und plötzlich zu wissen, dass man mit den *Camerers – Präzision aus Leidenschaft* verwandt war.

»Ist ja auch egal«, wiegelte Mariechen ab. »Mutti hat mir nicht viel erzählt. Es ging mich ja auch nichts an. Und Horst hat lange gedacht, sein Vater wäre ein armer Schlucker. Bis das Amt meinte, es könnte sich das Geld, das mein Bruder jeden Monat bekommen hat, von einem direkten Verwandten holen. Ich sage Ihnen, meine Mutter, damals hat sie noch gelebt, war fix und fertig. Die hatte doch selbst nur so eine kleine Rente. Also sind sie an den Vater. Und dabei hat sich rausgestellt, der alte Hagen hat Geld. Viel Geld. Zumindest *hatte* er es.«

»Wo der Teufel hinscheißt …«, kommentierte Wolfgang.

Ich setzte Mariechens Einverständnis voraus und nahm ein Stück kalte Pizza.

»Also hat der alte Hagen schließlich für seinen Sohn Unterhalt gezahlt? Obwohl sich die beiden nie begegnet sind?«

»Dreihundertzweiundzwanzig Euro.« Wolfgang nickte. »Als Überweisung. Kein persönliches Wort, nichts. Manchmal hab ich Horst verstanden. Dass er so wütend war. Na ja. Das Schicksal hat es ja dann wohl geradegerichtet.«

Mariechen funkelte ihn wütend an. »Wie, geradegerichtet?«

»Ich mein ja nur. Alles Geld der Welt hilft nichts, wenn die Kinder sich nicht um dich kümmern und du alt und krank ins Heim musst.«

»Hagen hatte Parkinson.« Mariechen beruhigte sich, weil Wolfgang nicht ihren Bruder gemeint hatte. »Nach Waltrauds Tod konnte er sich nicht mehr selbst versorgen. Also ist er in ein Heim. Aber kein normales. Sondern eines, in dem sie so tun, als hätten sie Gäste und das alles wäre nichts anderes als ein Hotel.«

»Eine Altersresidenz«, erklärte ich.

Beide nickten.

»Gesetzt den Fall, ich möchte Näheres über dieses Erbe erfahren. An wen kann ich mich wenden?«

Beide sahen sich an, als ob sie vom jeweils anderen die Antwort erwarteten.

»An Sabine Camerer«, meinte Mariechen. »Oder an John? Das sind seine Halbgeschwister, die Kinder aus Helmfrieds Ehe mit Waltraud Camerer. Dann gibt es da noch Eleonore, die Schwester vom alten Hagen. Die ist mit einem Lohbeck verheiratet und hat auch zwei Kinder. Aber die sind schon vor langer Zeit nach Kanada und machen da irgendwas mit Holz. An Kettensägen kommen sie ja günstig ran, nicht? Warum wollen Sie das wissen? Warum sind Sie eigentlich hier?«

»Ich bin Anwalt. Und ein Freund des Tatverdächtigen. Ich hoffe, dass ich ihm irgendwie helfen kann.« Ihm und Marie-Luise.

»Was?« Wolfgangs rundes Antlitz verdüsterte sich. »Und da wagen Sie sich hierher und fragen uns aus?«

»Ich bin ebenso an der Wahrheit interessiert wie Sie.«

Mariechen klappte den Pizzadeckel zu. Der Hinweis war klar: Unter diesem Dach würde ich nichts mehr zu essen bekommen.

»Dieser Pole hat meinen Bruder umgebracht. Wir hatten nicht viel gemeinsam, aber ich hab ihn gemocht. Ich will, dass der Mann seine gerechte Strafe bekommt. Gehen Sie. Sofort.«

Ich verabschiedete mich schnell und höflich, auch ich hatte es eilig. Noch im Aufzug notierte ich mir die Namen, die die beiden mir verraten hatten: der alte Helmfried Hagen. Waltraud, seine Frau, eine geborene Camerer, vor ihm verstorben. Ihre gemeinsamen Kinder Sabine und John. Keiner von den dreien trug den Namen Hagen, was ebenfalls bemerkenswert war. Irgendwo im verzweigten Geäst des Stammbaums hielt sich auch noch eine Eleonore versteckt.

Ein Bastard hatte in dieser Familie keinen Platz, auch wenn er

Hagens Erstgeborener gewesen war. Das hatte Waltraud-*Präzision-aus-Leidenschaft* noch zu Lebzeiten gekonnt verhindert. Horst wurde mit einer lächerlichen Summe abgespeist und kam wenig später in Polen auf tragische Weise ums Leben. Bevor ich mich in Spekulationen verstieg, brauchte ich mehr Fakten. Vor allen Dingen brauchte ich jemanden, der sich im italienischen Gotha ebenso auskannte wie im komplizierten Geflecht deutschen Familienrechts.

15

Ich hätte bis zum nächsten Tag warten können. Als ich um halb elf am Berliner Hauptbahnhof ausstieg, überlegte ich, gleich weiter nach Janekpolana zu fahren. Aber ich war zu erledigt. Ein Handy-Shop hatte noch offen, der Verkäufer, ein smarter junger Mann mit flinken Augen und noch schnellerer Zunge, plapperte unentwegt und wollte mir zu den beiden billigen Klappgeräten diverse Tarifkombinationen aufschwatzen. Ich blieb bei zwei Prepaid-Karten mit je fünfzehn Euro Guthaben. Er verabschiedete mich fröhlich und ließ hinter mir den Rollladen herunter.

Ich war versucht, Marquardt mit einem der neuen Telefone anzurufen. Nachdem ich eine unfassbar hohe Parkgebühr bezahlt und meinen Wagen ausgelöst hatte, entschied ich mich dagegen und fuhr persönlich bei ihm vorbei.

Marquardt schrieb an seiner Doktorarbeit. Das Unterfangen zog sich nunmehr seit einigen Jahren hin und hatte erfolgreichere Zeiten gesehen. Es hatte sogar schon kurz vor dem Abschluss gestanden – da ereilte die bestürzte Öffentlichkeit die Nachricht, dass Personen von respektablem Rang und Ansehen bei ihren Dissertationen geschummelt hatten. Daraufhin unterzog Marquardt seine Arbeit einer eingehenden Prüfung und begann quasi noch einmal von vorne. Wer immer seinen Doktor auf ehrliche

Art und Weise gemacht hat, wird wissen, dass es nur wenig gibt, das zeitraubender ist. Und so sah ich beruhigt den Lichtschein in seinem Arbeitszimmer, als ich sein Haus in Zehlendorf erreichte.

Auf mein Klingeln öffnete seine Frau Marion. Sie war seit unserem letzten Treffen noch ein wenig runder geworden, trug aber, der späten Stunde des Tages angemessen, kein knallfarbenes Kostüm, sondern einen samtschwarzen Nicki-Hausanzug.

»Joachim?«, fragte sie. »Ist was passiert?«

»Ich muss kurz mit Sebastian sprechen. Es dauert nicht lange.«

»Hat das nicht bis morgen Zeit? Du weißt doch, er arbeitet.«

»Ich auch, Marion. Darf ich?«

Damit trat ich an ihr vorbei in den bedrückend engen Flur. Das Haus war ein Neubau, man hatte dabei an Familien gedacht und möglichst viele Zimmer auf möglichst engem Raum untergebracht. Das Wohnzimmer war das größte. Es ging direkt in eine amerikanische Küche über, die Marquardt bei seinen gelegentlichen Einladungen gepflegt verwüstete, weil er der Meinung war, ein verhinderter Sternekoch zu sein.

In der Luft lag noch ein Hauch von Grillhähnchen. Offenbar war es an diesem Abend frugaler zugegangen.

»Ist er oben?«, fragte ich.

»Ja. Zieh bitte die Schuhe aus!«, rief sie mir hinterher.

Ich dachte nicht daran. Männer wurden nicht geboren, um beige Auslegware zu schonen.

Ich kannte den Weg. Oben befanden sich Tiffys Zimmer, das Schlafgemach der Eheleute, eine Art Hauswirtschaftsraum, der hin und wieder, räumte man das Bügelbrett in den Schrank, zur Heimreise unfähigen Gästen als Behelfsunterkunft angeboten wurde, und Marquardts Büro. Ich wusste, was er für dieses Haus bezahlt hatte. Zehn Kilometer weiter, in Brandenburg, gab es für das gleiche Geld wunderschöne Anwesen mit großen Gärten und hervorragender S-Bahn-Anbindung (Letzteres nehme ich angesichts der aktuellen Verkehrsinfrastruktur Berlins wieder zurück), sagen wir also, mit einem von Frühjahr bis Herbst funktionierenden Schienenersatzverkehr. Was die armen Menschen im Winter taten, wenn gar nichts klappte, entzog sich meiner Kenntnis.

Aber es musste Zehlendorf sein. Die Hälfte des Gartens ging für die Terrasse drauf, die andere Hälfte für Marions Vorstellung von üppig blühenden Hortensien, die auf engstem Raum zusammengepfercht waren. Das ganze Grundstück hatte knapp sechshundert Quadratmeter. Die Zimmer unterm Dach waren winzig. Marquardts Büro befand sich zudem unter der Schräge. Als ich leise klopfte und die Tür öffnete, tanzte ein Spruch von Cato über den Bildschirm: *Verum gaudium res severa est* – Wahre Freude ist eine ernste Sache.

Auf seinem Bauch ruhte der achte Band von *Das Lied von Eis und Feuer*. Er schlief. Vorsichtig nahm ich den Wälzer, markierte die Seite mit einem Bleistift und legte sie auf den Tisch. Marquardt erwachte.

»Guten Abend«, sagte ich. »Deine Sekundärliteratur?«

Dabei kam ich an die Tastatur. Der Cato-Spruch verschwand, stattdessen erschien ein Standbild aus *Mad Men*.

Marquardt schreckte hoch. »Vernau? Wie viel Uhr …?« Er sah, dass sich vor dem Fenster Dunkelheit ausbreitete.

»Kurz nach elf. Ich bin gerade aus Hamburg zurückgekommen und wollte dich unter vier Augen sprechen.«

»Hätte das nicht Zeit bis morgen gehabt?«

»Ich muss vielleicht heute Nacht schon zurück nach Polen. Ich habe Marie-Luise an einen sicheren Ort gebracht. Sie kann im Moment nicht nach Deutschland einreisen. Gewisse formaljuristische Entscheidungen verhindern das.«

»Was?« Er tastete nach seinem Brillengestell, für das er den Gegenwert eines Einkäraters hingelegt hatte. Behauptete er.

»Haftbefehl.«

»Sch… Was zum Teufel ist passiert?«

Ich brachte ihn, so kurz es ging, auf den aktuellen Stand. Während ich redete, wurde er zunehmend wacher. Als ich auf unsere Flucht zu sprechen kam, pfiff er anerkennend.

»Mann, da wäre ich gerne dabei gewesen. Die wirklich tollen Sachen macht ihr immer ohne mich.«

Es klang, als hätten wir ihn beim Räuber-und-Gendarm-Spielen in eine Pfütze gestoßen. Dabei fing er schon an zu jammern, wenn ich nachts an menschenleeren Kreuzungen bei Dunkelgelb über die Ampel fuhr.

»Keine Ahnung, gegen wie viele polnische Gesetze ich dabei verstoßen habe.«

Er wies auf seine Sammlung *Internationales Verfahrensrecht* hinter ihm. Der Raum war so klein, dass er die Bücher mit ausgestrecktem Arm vom Schreibtisch aus erreichen konnte.

»Nimmt sich nichts. Das dürfte hüben wie drüben das Gleiche sein … Raubmord?« Er wurde ernst. »Ich würde für niemanden die Hand ins Feuer legen, das weißt du. Schon gar nicht für Marie-Luise. Ich halte sie durchaus für fähig, einen kräftigen Mann einen Kopf kürzer zu machen. Wenn sie ihn im Bett einer anderen erwischt hat. Aber Geld? Geld und Marie-Luise? Das passt nicht zusammen.«

Ich war unendlich erleichtert. Insgeheim hatte ich Marquardt misstraut. Er war ein loyaler … nun, Freund wäre zu viel gesagt. Kollege. Ein freundschaftlich verbundener Kollege aus Studienzeiten. Es tat gut zu hören, dass er, was die Einschätzung der katastrophalen Lage anging, auf meiner Seite stand.

Er bückte sich und öffnete die Tür eines Rollcontainers unter dem Schreibtisch. Dahinter verbarg sich ein Campingkühlschrank. Er holte zwei Flaschen Bier heraus und öffnete sie mit einer einzigen geschickten Handbewegung.

»Wo steckt sie jetzt? Nein, sag's nicht. Je weniger ich weiß, umso besser. Prost.« Wir stießen an. Dabei fiel sein Blick auf den Monitor. »Jeden Abend nehme ich mir vor zu arbeiten. Aber kaum sitze ich hier, schlafe ich ein. Ich hab wirklich alles versucht. Kaffee.

Musik. Dreieckskissen. Ich hab sogar überlegt, einen Wünschelrutengänger zu holen.«

»Einen Wünschelrutengänger.«

»Ja. Vielleicht verläuft hier eine Wasserader.«

Ich hatte eher den Verdacht, es hing mit der Alternative zusammen: kuschlige Abende auf der Couch mit Marion.

»Wie lange arbeitest du jetzt schon an der zweiten Version?«

»Vier Jahre.«

»Gib es auf.«

»Geht nicht. Ich hab es überall rumerzählt.«

»Manche Leute arbeiten morgens.«

»Fitnessstudio.«

»Leg das auf abends. Einschlafen auf dem Crosstrainer fällt schwer.«

»Ja.« Er starrte gedankenverloren auf das Standbild.

»Camerer. Sagt dir der Name etwas?«, fragte ich.

»Hmmm«, bejahte er nachdenklich. »*Präzision aus Leidenschaft*. Kettensägen und Rasenmäher glaube ich. Hatten die nicht mal ein Werk in Berlin? Warum?«

»Ich suche ihren Anwalt.« Ich nahm an, bei den Camerers verhielt es sich so wie bei allen anderen Snobs mit Hang zum italienischen Adel: Ihre Rechtsvertreter betreuten auch die angeheirateten Familienprobleme.

Marquardt trank. Dann stellte er die Flasche ab und griff zu einem Karteikartenroller. Dieses heutzutage antiquiert anmutende Utensil leistete auch mir noch hervorragende Dienste. Nicht jeder Kontakt eignete sich dazu, ihn auf Computerlaufwerke zu bannen. Er zog eine Visitenkarte heraus, die vermutlich noch von Zenas Crane persönlich in Kupfer gestochen worden war.

»Frommen, Engelhardt, Sinter, Hamburg, Berlin«, las ich. »Cordt Sinter. Erbrecht, Familienrecht, Ligitation, Reputationsmanagement und Prävention. Was heißt das?«

»Er sitzt im Brunnen und fängt das Kind auf. Zieht hinter den

Kulissen die Strippen. Verhindert schlechte Berichterstattung, lanciert Medienberichte, versucht, die Öffentlichkeit zu manipulieren. Erinnerst du dich noch an Anastasia?«

»Die letzte Zarentochter?«

»Die Sechsjährige, die sich mit einer Kettensäge vier Finger abgetrennt hat. Die Dinger hatten eine mangelhafte Kindersicherung. Jeder normale Fabrikant wäre noch auf dem Gerichtsflur gelyncht worden. Sinter hat der Familie des Mädchens eine sechsstellige Summe geboten. Daraufhin haben sie die Klage zurückgezogen.«

»Das geht doch gar nicht.«

»Geht nicht gibt's nicht. Sinters Wappenspruch. Er hat damals auch die Geschichte mit dem Kettenwerk in Pakistan gedreht. Es gab Gerüchte, dort würden Zulieferteile für Panzer gefertigt. Reine Spekulation, nachdem er sich reingehängt hat … Was hast du mit den Camerers zu schaffen? Es gibt kaum eine Familie, die so zurückgezogen lebt wie sie. Der eine Aldi vielleicht noch. Keine Fotos, nichts, was nach draußen dringt.«

»Der Sohn soll geheiratet haben. Eine italienische Prinzessin.«

»Keine echte«, brummte Marquardt. »Eine bürgerliche Geschiedene, die sich vorher einen palagonischen Greis geangelt und ihn ins Grab gevögelt hat. Das gilt nicht. Ihr Mann John Camerer hat nichts mit dem Unternehmen zu tun. Er hat sich auszahlen lassen, und es wird nicht lange dauern, bis er auch die letzte Million unter die Leute gebracht hat. Er ist das schwarze Schaf der Familie, und er mag diese Rolle. Solange er noch das Geld hat, sie entsprechend auszufüllen. Der Rest der Sippe hält sich bedeckt. Was willst du von Sinter?«

»Er muss mit Horst Schwerdtfeger einen Deal ausgehandelt haben.«

»Wer ist das noch mal?«

»Das Mordopfer«, erklärte ich geduldig, obwohl ich den Namen schon mehrmals erwähnt hatte. »Der Mann, den Jacek und

Marie-Luise angeblich beraubt und gemeinsam um die Ecke gebracht haben.«

»Tatsächlich? Das war doch ein, nun ja, etwas glückloser Geselle, nicht wahr?« Auch das hatte ich ihm vor ein paar Minuten bereits ausführlich erklärt. »Was hat der Mann denn mit Sinters Kanzlei zu tun?«

»Schwerdtfeger war die Jugendsünde von Helmfried Hagen. Helmfried Hagen hat später Waltraud Camerer geheiratet.«

Marquardt stieß einen leisen Pfiff aus. »Mannomann. Wer hätte das gedacht. Denkst du, dass Sinters Reputationsmanagement etwas mit Schwerdtfegers Tod zu tun hat?«

»Vielleicht. Nicht direkt. Schwerdtfeger wusste erst seit kurzem, wer sein Vater war und in welche Familie der hineingeheiratet hat. Es ging um Unterhalt, und der Vater musste für seinen Sohn wohl zähneknirschend das Minimum zahlen.«

»Aber die haben doch Millionen?«

»Angeblich soll sein Vater mit Waltraud Camerer einen Ehevertrag geschlossen haben, der diesen quasi mittellos gemacht hat. Erst als er starb, flossen wohl dreißigtausend Euro. Das ist noch eine unbewiesene Behauptung. Aber woher soll ein arbeitsloser Gelegenheitsarbeiter wie Schwerdtfeger eine für seine Verhältnisse so hohe Summe in bar haben? Kann es sein, dass der Mann übers Ohr gehauen worden ist?«

Marquardt nickte. »Mit an Sicherheit grenzender Wahrscheinlichkeit. Dreißigtausend Euro. Viel Geld für einen armen Schlucker. Verdammt wenig, wenn er den Pflichtteil bekommen hätte. Dann wäre er als Millionär gestorben. Sorry. Man wird zynisch in diesem Beruf, nicht wahr?«

Sein Blick bat um Absolution. Ich schüttelte erwartungsgemäß den Kopf.

»Du doch nicht.«

»Du auch nicht, Vernau. Prost.«

Wir leerten die Flaschen. Bevor Marquardt sich nach der

nächsten Ladung bückte, fragte ich mich, ob wir dem Motiv von Schwerdtfegers Mörder gerade einen entscheidenden Schritt näher gekommen waren.

»Ich würde Sinter gerne sprechen.«

»Das wollen viele. Gelingt aber nur wenigen. Was willst du von ihm? Erfahren, wie er den armen Horst im Auftrag der Camerers um die Ecke gebracht hat?«

»Erstens das. Zweitens muss es dafür einen Grund geben. Warum Polen?«

Er öffnete die nächsten beiden Flaschen. »Vielleicht wollte der verleugnete Sohn einmal im Leben die Sau rauslassen. Ein Mädchen?«

»Er hatte es nicht so mit Frauen.«

»Schwul?«

»Nein. Er war gar nichts. Überhaupt nichts. Kein Interesse. So was gibt es. Viele sind damit lange Jahre glücklich verheiratet.«

Mein Gegenüber verschluckte sich an seinem Bier. Als er wieder sprechen konnte, fragte er: »Vielleicht wollte er sein Leben ändern?«

Ich stand auf, ging ans Fenster und sah den Nachbarn auf die Terrasse. In einem aufblasbaren Kinderpool dümpelten Gummienten.

»Horst Schwerdtfeger war ein Loser. Sein Vater hat sich nie zu ihm bekannt. Als die Mutter später heiratet, findet er keinen Anschluss. Zwei Familien, zu denen er eigentlich gehören sollte. Und beide zeigen ihm die kalte Schulter.«

»Der arme Horst.«

Ich drehte mich kurz zu Marquardt um. Der hob entschuldigend die Flasche.

»Zynismusanfall. Sorry. Ich kann nichts dagegen tun.«

»Dann stirbt der kalte, ferne Vater.« Ich legte etwas Melodramatisches in meine Stimme. »Die Camerers hätten die Chance, wenigstens jetzt dem schwächsten ihrer Kinder etwas Gutes zu tun. Stattdessen schicken sie Sinter. Horst geht mit dreißigtausend Euro nach Hause und fährt wenig später nach Polen. Warum? War das sein Lebenstraum? Ich würde als Erstes nach Malle fliegen und es ordentlich krachen lassen. Oder mir ein neues Auto kaufen. Zentnerweise Schokolade. Doch Horst Schwerdtfegers erste Amtshandlung ist, nach Janekpolana zur fahren und sich dort auf einem Friedhof erschlagen zu lassen. Vielleicht waren die dreißigtausend Euro nur die offizielle Wiedergutmachung. Vielleicht gab es noch etwas Inoffizielles. Irgendetwas, das der Alte seinem Sohn auf dem Totenbett ins Ohr geflüstert hat.«

»Name?«

Marquardt nahm vor seinem Computer Haltung an.

»Helmfried Hagen.«

»Ach, Mensch … ja, der Hagen-Zweig. Das sagt mir was. Hab ich schon mal gehört. War so eine Art Handtaschenträger seiner Frau … Waltraud. Waltraud Camerer. Sie ist vor zwei Jahren gestorben. Nichts über sie, kaum was über ihren Mann. Aber hier, Johns Hochzeit. Sie haben in Potsdam nachgefeiert, damit es am Lago Maggiore nicht so teuer wurde. Ich glaube, ich war eingeladen, konnte aber nicht. Eines der wenigen Male, in denen der Clan an die Öffentlichkeit getreten ist. War überall in den Zahnarztblättern.«

Ich ging zu ihm und betrachtete die Auswahl, die Marquardt hochgeladen hatte. Eine Menge Leute in hocheleganten Kleidern.

»Das ist John.«

Er zeigte auf einen Mann Ende vierzig, Anfang fünfzig vielleicht, mit schmalen, markanten Gesichtszügen. Blondes, kurzes Haar, gerade modisch genug geschnitten, um sich von den Älteren abzuheben. Groß, schlank, dunkler Maßanzug. Er sah zu Boden, wahrscheinlich war das Terrain uneben. Sie mussten in einem parkähnlichen Garten sein. Neben ihm, eingehängt an seinem Arm, lief eine überschlanke, gut zwanzig Jahre jüngere Frau. Der Schleier ihres Hutes bedeckte das halbe Gesicht, die dunklen Haare hatte sie im Nacken zu einem Knoten geschlungen. Ein schönes Paar. Eins, auf das sich die bunten Blätter stürzten, weil um es herum eine Aura aus Schönheit, Grandezza und Geld schimmerte.

»John Camerer. Tut so, als wäre er Unternehmensberater. Veronica, auch Nicky genannt, seine Frau. Die schwarze Witwe. Ein ehemaliges Dessousmodel, das sich einen senilen *conte* geangelt hat.«

Ich sah Horst Schwerdtfeger vor mir, den Mann mit den groben Zügen und der blutverkrusteten Wunde im Schädel. Ich sah Mariechen und Wolfgang in ihrem engen, kleinen Wohnzimmer. Der Vergleich mit Nicky und John kam zu einem einzigen brutalen Ergebnis: Es gab keine Schnittmenge. Das waren Welten, wie sie verschiedener nicht sein konnten.

»In welchem Verwandtschaftsverhältnis stand Horst Schwerdtfeger zu ihm?«

»Zu John? Sie waren Halbbrüder, würde ich sagen. Durch den Vater blutsverwandt. Genau wie sie … Sabine, Johns Schwester. Drei Jahre älter als er.«

Sabine war ebenfalls blond, schlank und groß. Wahrscheinlich hatten sich bei den Geschwistern die Gene der Mutter durchgesetzt. Sie verzichtete allerdings auf ein modisches Auftreten. Ihr Stil war ganz hanseatisches Understatement. Mit griesgrämigem Gesicht stand sie unter einem Sonnenschirm und hielt ein Glas Wasser in der Hand.

»Und Mariechen?«

Es dauerte einen Moment, bis Marquardt auf Horsts Schwester kam.

»Mann, das ist aber auch ein Durcheinander. Also, Horst und Mariechen haben unterschiedliche Väter, aber dieselbe Mutter. Sabine, John und Horst haben denselben Vater, aber unterschiedliche Mütter. Sagen wir mal so: Ein verwandtschaftliches Verhältnis von Mariechen zu den Camerers existiert nicht.«

»Was ist im Erbfall?«

»Mariechen beerbt Horst. Allerdings nur, wenn er was zu vererben hat.«

»Sein Vater ist als Witwer gestorben. Was bedeutet das erbrechtlich?«

»Eigentlich geht sein Vermögen, wenn er denn eins hatte, zu gleichen Teilen an seine Kinder, sofern er kein Testament gemacht hat. Horst, Sabine und John. Mariechen geht natürlich leer aus. Erst nach dem Tod ihres Halbbruders kann sie ihn beerben. Hätte er was vom Camerer-Vermögen bekommen, wäre sie die Nutznießerin. Meinst du, sie hat ihren Bruder …?«

»Nein.« Davon war ich hundertprozentig überzeugt.

Marquardt klickte ein anderes Foto an. »Helmfried Hagen. Der fruchtbare Vater. Damals schon sehr krank.«

Ein breitschultriger, einst hochgewachsener Mann, gebeugt wie eine Weidenrute im Wind. Von der Statur her musste er einmal wesentlich kräftiger gewesen sein. Dunkle, drahtige Haare, büschelweise von Grau durchsetzt. Ein kantiges Gesicht, gewaltige Nase. Die Ähnlichkeit zu Horst war trotz seines geschwächten Körpers verblüffend. Gequälte, gehetzte Augen. Jemand stützte ihn. Eine Frau im Trenchcoat, streng zurückgekämmte, helle Haare, wesentlich jünger als er.

»Wer ist das?«

»Keine Ahnung. Eine Pflegerin vielleicht.«

»Sieht sehr vertraut aus.«

»Das würde jemand in seiner Situation nicht wagen. Helmfried Hagen war Zaungast der Familie. So jemand geht nicht auf die Hochzeit seines Sohnes und nimmt die Geliebte mit.«

Weitere Fotos. Unbekannte Gesichter. Marquardt erklärte mir, dass es sich bei den Gästen zum Teil um Angehörige des alten Hamburger Kaufmannadels handelte, zum Teil um Mitglieder der Berliner Gesellschaft. Die Hochzeit hatte deshalb in Sanssouci stattgefunden, weil John in Berlin lebte. Noch ein Foto vom alten Hagen. Er saß, die junge Frau stand hinter ihm.

»Eine Tochter?«, mutmaßte ich. »Wer weiß, wie viele Halbgeschwister unser Horst noch hat.«

Marquardt vergrößerte das Bild. Die Aufnahmen waren von Profis durch die Büsche geschossen worden, in der Hoffnung, damit Geld zu verdienen. Sie waren von hervorragender Qualität.

»Schau dir ihre Uhr an. So ein billiger bunter Plastik-Hugo. Geht gar nicht. Es muss eine Angestellte sein oder so was. Hier ist noch eins.«

Der abgemagerte, gebeugte Helmfried Hagen traf sich, gestützt auf seine junge Helferin, mit einer älteren Dame. Marquardt kniff die Augen zusammen und musterte die beiden. Sie wirkten vertraut, jedoch nicht vertraulich.

»Keine Ahnung. Sie sieht ihm irgendwie ähnlich. Ebenfalls groß und breit. Das gleiche Haar und dieser Riesenzinken.«

Riesenzinken war übertrieben. Beide, Helmfried und die Unbekannte, hatten ausgeprägte, kräftige Nasen. Wie Horst, setzte ich in Gedanken hinzu. Ich sah auf meinen Zettel.

»Das muss Eleonore sein. Die Schwester vom alten Hagen. Den Namen hat mir Mariechen genannt. Heute heißt sie Lohbeck und lebt in Kanada.«

»Willst du klagen?«

»Gegen wen?«

»Mariechen gegen die Camerers. Als Erbin ihres Bruders stünden die Chancen gar nicht so schlecht.«

»Dafür muss ich erst wissen, was Sinter mit ihrem Bruder ausgemacht hat. Das könnte man eventuell anfechten.«

Marquardt drehte sich mit seinem Stuhl vom Monitor weg in meine Richtung. »Ich würde abraten und einen außergerichtlichen Vergleich anstreben. Nur mit einer weitaus höheren Summe als die, mit der sie Horst Schwerdtfeger abgespeist haben.«

»Wenn das Geld wirklich von ihnen kam, stellt sich die Frage, wo in diesem ganzen Familiengeflecht die Verbindung zu Polen ist.«

»Viel Glück. Sie sind mit allen Wassern gewaschen. Sinter und seine Kollegen werden dich mit Klagen überziehen, bis du deinen eigenen Namen nicht mehr weißt. Hier.« Er tippte auf die Visitenkarte. »Reputationsmanagement. Prävention. Der riecht dich und Stress, und dann hast du keine Chance.«

Ich ärgerte mich, weil Marquardt immer wieder durchblicken ließ, dass die großen Fische eigentlich in seinem Teich schwammen. *Er* hätte natürlich eine Chance. *Ich* hingegen … Es musste einen Weg geben. Natürlich würde Sinter nie die Geheimnisse seiner Mandanten ausplaudern. Aber Anwälte waren eitel. Sie wollten immer gewinnen, und sie wollten, dass die Welt von ihren Triumphen erfuhr. Wenn es schon nicht die Welt war, dann sollten wenigstens ihre Mandanten wissen, was für tolle Hechte sie als Anwälte beschäftigten.

Marquardt deutete auf das Abbild des alten Mannes und die unbekannte Blonde im Trenchcoat. »Kümmere dich lieber um Hagen. Da ist was zu holen. Wie gerät der Typ an eine der reichsten Frauen Deutschlands? Warum lässt er seinen Erstgeborenen im Stich? Was ist nach seinem Tod ins Rollen gekommen?«

»Wer ist diese Frau?«

»Genau.« Er lehnte sich zurück und sah noch einmal auf die Unbekannte. »Wer ist diese Frau?«

»Mailst du mir die Fotos?«

»Klar.«

»Ich muss mit Sinter sprechen.«

»Vergiss es. Der redet nicht mit dir. Sogar ich …« Er rieb sich mit dem Zeigefinger über die Nase. »Warte mal. Mir kommt gerade eine Idee. Ich könnte mal checken, ob mein zukünftiger Schwiegersohn irgendeine Verbindung zu Johns Gattin hat. In zwei Wochen kommt er nach Berlin.«

»Das dauert mir zu lange. Marie-Luise braucht unsere Hilfe sofort.«

Wahrscheinlich würde sie mir den Hals umdrehen. Sie hatte

ein gespaltenes Verhältnis zu Marquardt. Ganz verachten konnte sie ihn nicht. Aber Hilfe von ihm annehmen – unmöglich.

»Ich rede mit Tiffy. Sie kann sich ja schon mal umhören.«

»Wann?«

»Na, jetzt nicht.« Er sah auf seine Uhr. »Mitternacht. Sie zieht um die Häuser. Spätestens in Mailand ist Schluss mit lustig.«

»Morgen früh?«

»Sobald sie ansprechbar ist.«

Ich verabschiedete mich und versuchte, den Weg hinunter so leise wie möglich zu gehen. Im Wohnzimmer lief der Fernseher. Marion lag auf der weißen Ledercouch, ein Glas Rotwein neben sich, und starrte auf eine Comedyshow, bei der Lachsalven im Sekundentakt abgeschossen wurden.

Im Vergleich zu Mariechen und Wolfgang kamen die beiden schlechter weg. Ich schloss die Haustür hinter mir und klappte den Kragen hoch. Es war kühl und feucht. Ein Sommer, der sich verweigerte. Nebel kroch durch tropfende Hortensien und streckte seine dunstigen Finger über die Straße. Ich dachte an Marie-Luise und Jacek. Und an Sinter. An eine junge Frau am Arm von Helmfried Hagen. An vier Menschen, die Geschwister waren und nichts miteinander zu tun hatten, weil ihre Mutter das verhindert hatte.

An Horst, der sich keine Schokolade gekauft hatte, sondern einen Traum erfüllen wollte. Und der dafür mit seinem Leben bezahlt hatte.

16

Ein ungestümer Wind riss die Wolkendecke auf. Dahinter zeigte ein strahlend blauer Himmel, zu was er in der Lage wäre, wenn es diese ständigen Tiefdruckgebiete nicht gäbe. Immer wieder blitzte die Sonne herab und überraschte in diesen kurzen Minuten mit ihrer Wärme. Als ich das Auto abschloss, mein Gesicht für einen Moment nach oben hob und die Augen schloss, fühlte ich die Verheißung eines Sommertages auf der Haut.

Nach einer unruhigen, viel zu kurzen Nacht war ich verspätet aufgestanden. Für heute hatte ich mir vorgenommen, Marie-Luise in Janekpolana zu besuchen, ihr ein Handy dazulassen, Sinter mit irgendeiner Lüge, die ich mir noch zurechtlegen musste, zu einem Treffen zu zwingen, die Camerers wenigstens dazu zu bringen, Horsts Beerdigungskosten zu übernehmen, und schließlich auch Helmfried, den alten Hagen, nicht ganz aus den Augen zu verlieren. Für einen Anwalt ohne Mandat ein ganz schönes Programm.

Das Haus Emeritia war eine herrschaftliche Villa, von der verglaste Gänge zu weiteren, wesentlich moderneren Gebäuden abgingen. Im Haupthaus selbst waren der Empfang, die Bibliothek, der Speise- und der Theatersaal sowie weitere Gemeinschaftsräume untergebracht. Die eigentlichen Zimmer der Bewohner befanden sich in den Dependancen, die Usambara, Clemantia, Lilia, Hortensia oder, wahrscheinlich für die Herren, Zeder und Teak hießen. Den Weg zum Eingangsportal säumten pummelige Engel und füllhornschwenkende Fortunen, umgeben von der verschwenderischen Blütenpracht üppiger Rank- und Zierpflanzen. Es duftete nach Rosen, Tau und feuchter Erde. Auf dem gepflegten englischen Rasen stand ein Holzpavillon. Es war klar, dass der Eindruck vermittelt werden sollte, es ginge mit dem hochherrschaftlichen Ambiente auch drinnen so weiter.

Doch der Blick durch die Glastüren in die Gänge zu den Nebengebäuden offenbarte, dass es von da an Schluss war mit Hirschgeweih, Wandteppichen und Bronzeleuchtern. Schmucklos, praktisch, modern, abwaschbar, allenfalls ein Gummibaum hier und dort. Ich wollte gerade die Tür öffnen und aus reiner Neugier den rechts liegenden Zugang zum Haus Usambara betreten, als eine Dame die breite, geschwungene Treppe hinunterkam und rief: »Wo wollen Sie denn hin?«

»Zu Herrn Hagen«, sagte ich und bemühte mich um mein vertrauenerweckendstes Lächeln.

Die Frau erreichte die Halle und kam auf mich zu. Sie streckte mir die Hand entgegen. »Carola Wittich, ich bin die Leiterin vom Dienst. Sie meinen Helmfried Hagen?«

»Ja.« Ich bedauerte, dass ich nicht an ein Usambaraveilchen gedacht hatte. »Mein Name ist Joachim Vernau. Meine Mutter und Herr Hagen sind Schulfreunde. Und nun, da sie etwas gebrechlich wird, wollte ich Herrn Hagen besuchen und mir dabei Ihr Haus ansehen. Ich könnte mir vorstellen, dass die beiden sich sehr freuen würden, demnächst Nachbarn zu sein.«

Frau Wittich war eine Frau, der man beim Einstellungsgespräch gesagt hatte, sie solle elegant, aber keinesfalls übertrieben auftreten. Sie musste Anfang vierzig sein, nicht gerade hübsch, aber angenehm anzusehen, mit offenem, aufmerksamem Blick und einem netten Lächeln. Ihre dicken, fast drahtigen Haare waren mittelbraun und von ersten grauen Strähnchen durchzogen. Entweder hatte sie Naturlocken, oder sie schaffte es, sich jeden Morgen eine perfekte Wasserwelle zu legen, die entfernt an einen Pudel erinnerte. Sie wirkte üppig, ohne dick zu sein, trug ein figurbetontes sommerliches Leinenkostüm, das weder aufdringlich noch bieder wirkte, und gegen die Frühkälte einen hellblauen Pashminaschal. Sie duftete frisch nach Maiglöckchen und Zitrone.

Ihr nettes Lächeln verschwand und machte einer betrübten Miene Platz. »Es tut mir sehr leid, aber Herr Hagen weilt nicht mehr unter uns.«

»Ist er umgezogen?«

»Nein.« Sie sah sich um. Durch den Glasgang rechts schlich eine uralte, gebeugte Frau mit Rollator langsam auf das Haupthaus zu. Der Gang zur Linken war leer. »Er ist vor kurzem verstorben.«

»Oh. Das tut mir aber leid. Meine Mutter wird es schwer treffen. Sie hat immer so von ihm geschwärmt. Der Helmfried mit den kurzen Hosen, so hat sie ihn genannt.«

Ihr Lächeln kam wieder. »Sie kannte ihn aus Grünberg?«

»Aus … äh … ja«, antwortete ich überrascht.

»Die Weinstadt des Ostens. Wir haben einmal einen Busausflug in die Gegend gemacht. Wunderschön. Herr Hagen stammte aus der Gegend.«

Ich nickte. In meinem Kopf überschlugen sich die Gedanken. Ich konnte kaum glauben, dass ich so früh an diesem jungfräulichen Tag bereits mein Goldkorn geschürft hatte. Der alte Hagen kam aus Grünberg, heute Zielona Góra. Nicht weit davon entfernt, am Ufer der Odra, lag Janekpolana. Nicht die Camerers, die Hagens wiesen also den Weg nach Polen.

Frau Wittich bemerkte, dass ich kurz abgelenkt war, und schob es auf die schlechten Neuigkeiten. »Kann ich Ihnen eine Tasse Kaffee anbieten?«

Kaffee war immer gut. Es bedeutete: Ich habe ein paar Minuten Zeit für dich, um dir all das zu erzählen, was dich brennend interessiert. Vorausgesetzt, du fragst mich so geschickt aus, dass ich keine Lunte rieche. Ich nahm das Angebot dankend an und folgte Frau Wittich durch die Halle bis zu einer dunkel glänzenden Holztür neben dem Treppenaufgang.

Das Büro war hell gestrichen, mit zarten, fast durchsichtigen Gardinen vor den Fenstern. Der Schreibtisch, ein monströses Gründerzeitstück, stand mitten im Raum. Bis auf eine Lampe und das Telefon war er leer. Dahinter entdeckte ich einige niedrige, modernere Regale. Davor standen zwei Stühle. Frau Wittich entschied, dass dies wohl kein offizielles Gespräch mit eventuellem Vertragsabschluss sei – oder sie machte das immer so, um das anfängliche Fremdeln zu brechen –, und bat mich, auf der dominanten, seniorengerechten Sitzgruppe rechter Hand Platz zu nehmen. An der Wand hingen Kunstdrucke, die entzückende Mädchen mit Biedermeierhütchen in üppig blühenden Gärten zeigten oder einfach nur bunte Blumensträuße. Auf dem Couchtisch lagen Prospekte. Während Frau Wittich ans Telefon ging und Kaffee bestellte, blätterte ich sie kurz durch. Seniorenstifte, Pflegeheime.

Frau Wittich legte auf. »Wir bieten ein breites Betreuungsspektrum. Angefangen von Seniorenwohngemeinschaften bis hin zur First-Class-Intensivpflege. Wir wollen zudem auch einige Hospize gründen. Der Bedarf ist hoch.«

Ich legte die Prospekte zurück. »Wer ist wir?«

»Die Emeritia Betriebsgesellschaft GmbH. Wir überschreiten deutlich die gesetzlich normierten Leistungsstandards.«

»Auch bei den Preisen?«

»Natürlich. Pflege ist harte Arbeit. Sie muss bezahlt werden. Dazu kommen der überproportionale Personalschlüssel und der Zeitaufwand, den wir für unsere Gäste einkalkulieren. Wir sind, nach Hotelmaßstäben gerechnet, in der Vier- bis Fünfsternekategorie. Werfen Sie einem Luxushotel vor, dass es andere Preise nimmt als eine Pension?«

»Nein. Ich werfe niemandem etwas vor.«

»Wissen Sie, ich war zwölf Jahre alt, als meine Großmutter gestorben ist. Sie litt an Demenz. Es gab keine Möglichkeit für meine Eltern, sich um sie zu kümmern, also kam sie in ein Altenheim. So hieß das damals. Von einem Tag auf den anderen habe ich sie verloren.« Sie setzte sich mir gegenüber in einen Sessel.

»Warum?«

»Ich fürchtete mich, dieses Haus zu betreten. Es roch dort nach Urin. Die alten Leute lagen in Eisenbetten. Sie durften nichts von ihrer Habe behalten. Ob jemand aß oder trank, ob er sich wundgelegen oder in die Hose gemacht hatte, war egal. Meine Großmutter verlor in wenigen Wochen rapide an Gewicht. Sie, die immer so adrett gewesen war und nach Lavendelpuder geduftet hatte, stank nun nach altem Schweiß und Exkrementen. Das war nicht mehr meine Omi. Das war ein Mensch, der bei lebendigem Leib …« Sie brach ab.

Ich wusste nicht, ob sie diese Geschichte jedem erzählte, der zweifelnd dieses Haus betrat. Wenn es so war, dann machte sie es richtig gut. Wenn nicht, dann saß jemand vor mir, der tatsächlich einen Grund hatte, ein Luxusheim für den Lebensabend zu leiten.

»Ich habe sie nur einmal besucht und danach nie wieder. Sie ist nach einem halben Jahr gestorben. Nicht an ihrer Krankheit, sondern an der gesellschaftlich tolerierten unterlassenen Hilfeleistung. Heute ist es anders. Es gibt Richtlinien und Kontrollen und wirklich sehr gute Heime. Ich kann Ihnen gerne eine Liste geben und Empfehlungen aussprechen, wenn Sie etwas Erschwinglicheres für Ihre Mutter suchen. Auch der Medizinische Dienst kann Ihnen weiterhelfen. Aber die Ängste bleiben tief verwurzelt. Ins Heim … das ist für viele immer noch eine Horrorvision. Aber wir werden immer älter, der so oft beschworene Familienzusammenhalt existiert doch kaum noch. Haben Sie Kinder?«

»Nein.«

»Wer wird sich um Sie kümmern, wenn Sie es einmal nicht mehr selbst können?«

»Darüber habe ich mir noch keine Gedanken gemacht.«

»Wenn ich Ihnen einen guten Rat geben darf: Schieben Sie es nicht zu lange auf. Wir haben im Moment eine Wartezeit von zwei bis drei Jahren auf ein Apartment, zwei Jahre auf ein Zimmer. Das Alter und den Ruhestand sollte man genauso planen wie seine berufliche Karriere. Denken Sie darüber nach.«

»Das werde ich, wenn es an der Zeit ist.«

»Vorher«, sagte sie mit Nachdruck. »Tun Sie das vorher. Ich habe mein Apartment bereits angezahlt. In zwanzig Jahren gehört mir ein Teil dieser Einrichtung, und die monatliche Belastung ist bei weitem nicht so hoch. Vorsorge ist die beste Sorge.«

Sie nahm einen Prospekt und reichte ihn mir. »Werfen Sie wenigstens einen Blick darauf. Wir werden alle nicht jünger.«

Ich konnte mir beim besten Willen nicht vorstellen, in eine Altersresidenz zu ziehen. Viel eher in eine späte Hippie-Kommune in den Weiten Brandenburgs.

»Wie alt ist Ihre Mutter?«

»Ähm … zweiundsiebzig, glaube ich.«

Sie lächelte verstehend. »Und ihr Allgemeinzustand?«

»Gut«, antwortete ich wahrheitsgemäß. »Sie liebt Musik und moderne Kunst, ist immer noch sehr kreativ.«

»Ach, da wäre sie bei uns genau richtig. Wir haben ein sehr breit gefächertes Kulturangebot. Kammermusik, Klavierkonzerte, Gesangsdarbietungen, Aquarellmalkurse, gemeinsame Museumsbesuche …«

Schneidbrenner, Flammenwerfer, Molotow-Cocktail-Workshops …

»Was kostet das?«, fragte ich.

Frau Wittich setzte zu einer weit ausholenden Beschreibung all der Vorteile und inkludierten Leistungen an, die dieses und die anderen Häuser zu bieten hatten. Als sie beim dreigängigen Mittagsmenü mit mehreren Auswahlkomponenten im kultivierten Restaurant angekommen war, klopfte es leise.

»Herein?«

Eine junge Frau in einem etwas zu weiten Baumwollkleid, von fahlem Blond und blasser Gesichtsfarbe, kam mit einem Tablett ins Zimmer. Sie trug keinen Trenchcoat. Sie trug einen gestärkten blassvioletten Baumwollkittel und Gesundheitsschuhe.

»Der Kaffee?«, fragte sie.

Die Frau stellte das Tablett auf dem Couchtisch ab und arrangierte Besteck, Geschirr und einen Teller mit Konfiseriekeksen. Sie hatte dünne, aber muskulöse Arme und lächelte mich flüchtig an. Es war die Frau, die den alten Hagen auf die Hochzeit seines Sohnes begleitet hatte. Das zweite Goldkorn. Ich konnte mein Glück kaum fassen. Als sie die Kaffeekanne anheben wollte, winkte Frau Wittich ab.

»Das mache ich. Danke, Krystyna. Herr Vernau möchte sich im Anschluss eventuell unser Musterapartment ansehen. Hätten Sie einen Moment Zeit und könnten es ihm zeigen?«

»Selbstverständlich. Bitte kommen Sie an den Empfang, ich erwarte Sie dort.«

Krystyna schlüpfte hinaus.

»Eine Polin?«

»Ja, aber mit exzellenten Deutschkenntnissen. Darauf bestehen wir.« Sie schenkte den Kaffee ein. »Wo waren wir stehengeblieben?«

»Bei Herrn Hagen«, sagte ich. »Könnten Sie mir etwas über seinen Tod erzählen? Meine Mutter wird es wissen wollen.«

»Das ist verständlich. Aber leider darf ich Ihnen über Herrn Hagens Gesundheitszustand keine Auskunft geben. Sagen wir mal so: Er war krank.«

»Also ist er sanft entschlafen?«

Frau Wittich bot mir Milch und Zucker an. »Ja.«

»Hatte er denn oft Besuch von seinen Kindern?«

Ich merkte, dass ihr meine Fragen nicht gefielen.

»Bitte verstehen Sie mich. Wer bei uns lebt, hat ein Recht auf Diskretion.«

»Herr Hagen hatte einen Sohn, Horst. Er ist letzte Woche ums Leben gekommen. Ich bin auch hier, weil ich seinem Vater unser Beileid aussprechen und unsere Unterstützung anbieten wollte.«

»Wie schrecklich!« Offenbar hatte sie noch nichts von Horst Schwerdtfegers Schicksal gehört. »So ein eleganter, stattlicher Mann. Er hat doch letztes Jahr erst geheiratet?«

»Das war John«, korrigierte ich sie sanft. »Sein zweiter Sohn.«

»Ja. Ja, natürlich. Da fällt mir ein … Es sind noch einige Dinge von seinem Vater da, die dringend abgeholt werden sollten. Wir bewahren sie gerne eine Weile auf, aber unsere Kapazitäten sind natürlich begrenzt.«

Auf diese Dinge hätte ich sehr gerne ein Auge geworfen. Aber Frau Wittich schien mir nicht die Person zu sein, die sie mir zeigen würde.

»Nun«, begann ich Phase zwei meiner Befragung, »wenn meine Mutter hier einzieht, wird sie über kurz oder lang sowieso alles erfahren, und das nicht unbedingt aus berufenem Munde. Sie ist ein extrem neugieriger Mensch. Vielleicht könnten Sie mir doch noch etwas über Helmfried Hagens Tod erzählen?«

»So schnell geht das nicht, Herr Vernau.« Sie hatte ein erstaunliches Namensgedächtnis. »Zunächst müssten wir Ihre Frau Mutter auf die Warteliste setzen.«

»Zunächst sollte sie sich die Einrichtung einmal ansehen.« Mir kam eine Idee, für die meine Mutter wahrscheinlich zu Methoden der Züchtigung greifen würde, die sie bisher noch nie angewendet hatte. »Gibt es denn die Möglichkeit, hier Probe zu wohnen?«

»Aber selbstverständlich. Wir haben Gästeapartments, die auch den Freunden und Verwandten unserer Bewohner zur Verfügung stehen. Die Nacht kostet einhundertundneun Euro, inklusive der Teilnahme an all unseren Mahlzeiten.«

»Pro Person?«, fragte ich. Das konnte eine teure Recherche werden.

»Pro Apartment. Es handelt sich um unsere Musterwohnungen. Im Moment sind sie nicht belegt. Wir bieten ein und zwei Zimmer an, dazu die voll ausgestatteten Apartments mit modernsten Einbauküchen.«

Ich trank meinen Kaffee und rechnete mich um Kopf und Kragen. »Ich muss meiner Mutter erst einmal die Nachricht vom Tod ihres Schulfreundes schonend beibringen. Wer weiß, vielleicht möchte sie ja hierherkommen, um von ihm Abschied zu nehmen?«

Frau Wittich sah mich an. Sie verstand mich nicht.

»Die beiden haben viele Erinnerungen geteilt. Nicht nur an die Schule.« Ich begann bereits, das Briefing meiner Mutter vorzubereiten. Sandkastenspiele. Gemeinsame Kommunion. Ein erster scheuer Kuss hinter einer Wildrosenhecke, ganz genau so einer, wie sie ein mäßig begabter Künstler auf das Aquarell hinter Frau Wittichs Kopf gebannt hatte. Schwimmen in der Oder, Kirschen aus Nachbars Garten klauen, ein junges Kätzchen im Heuschober entdecken und ähnlicher austauschbarer Kinderkram.

»Verstehe. Mit diesen Dingen haben wir ebenfalls Erfahrung. Es kommt vieles zurück im Alter. Nicht nur die schönen Erinnerungen. Wenn Ihre Frau Mutter aus Schlesien stammt, wird sie die Folgen von Flucht und Vertreibung schmerzhaft gespürt haben.«

Okay. Dann auch das noch.

»Ja.«

»Wir arbeiten mit hervorragenden Psychologen zusammen.«

Ich stand auf und reichte ihr die Hand. »So schlimm ist es nun auch wieder nicht.«

Sie erhob sich ebenfalls. »Das zu glauben ist das Vorrecht der nachfolgenden Generationen. Und unser großer Irrtum.«

17

»Krystyna Nowak« stand auf ihrem Namensschild. Sie ordnete Prospekte in einem Ständer neben der Treppe. Dort befand sich auch ein Empfangssekretär mit zwei Schwanenhalsstühlen. Als sie mich aus Frau Wittichs Büro kommen sah, unterbrach sie ihre Arbeit.

Ihre Chefin verabschiedete sich von mir. »Bitte richten Sie Ihrer Frau Mutter unbekannterweise mein Beileid aus. Wir würden uns sehr freuen, wenn sie uns bald einmal besuchen würde, um sich einen Eindruck von unserer Einrichtung zu machen.«

»Das wird sie. Sehr bald wahrscheinlich.«

»Sie ist uns jederzeit willkommen. Wie gesagt, im Moment liegen keine Reservierungen für die Gästeapartments vor.«

Krystyna legte die letzten Prospekte auf dem Schreibtisch ab. »Wenn Sie mir bitte folgen würden?«

Sie lief schnell, aber nicht hastig. Wir verließen das alte, schöne

Haus durch den linken Glasgang. Der Usambara-Neubau war gar nicht so schlimm, wie er von außen ausgesehen hatte. Hell, groß und luftig, mit einem Atrium, das wohl auch als Gesellschaftsraum genutzt wurde. Die Wände waren cremeweiß gestrichen, hier und dort mit goldfarbenen Akzenten. Genauso sah der zweite Bau aus, Haus Clemantia, das man ebenfalls durch einen Glasgang erreichte und in dem sage und schreibe vier Aufzüge für drei Etagen eingebaut waren. Krystyna rief einen, und alle drei Türen öffneten sich gleichzeitig. Sie ließ mich vortreten.

Kaum standen wir in der Kabine, holte ich einen Fünfzigeuroschein aus der Tasche und reichte ihn ihr. Überrascht sah sie mich an.

»Ich möchte den Nachlass von Helmfried Hagen sehen.«

Abwehrend hob sie die Hände. »Oh, das, also … das geht nicht. Das kann ich nicht.«

Ich steckte ihr den Schein in die Kitteltasche. Nicht, dass mir dieses Gehabe gefiel. Ich musste mein Geld zu hart verdienen. Aber ich hoffte, dass es Krystyna Nowak ebenso ging.

»Vielleicht findet sich ja noch ein Weg, oder?«

»Nein. Nicht … Nicht jetzt. Das geht nicht. Wirklich nicht.«

Ich nahm das *nicht jetzt* als klares Ja. Wir würden uns wiedersehen. Krystyna ahnte das, denn sie drückte noch einmal ungeduldig auf den Knopf, als ob sie ihrem Gefängnis dadurch schneller entkäme.

»Wie ist er gestorben?«

»Warum wollen Sie das wissen?«

»Meine Mutter und er waren befreundet. Ich will keine Lügen hören.«

Der Aufzug hielt. Wir waren im dritten Stock. Krystyna ging voraus und suchte aus einem Schlüsselbund den richtigen heraus. Eine ältere Dame begegnete uns, frisch wie der Morgen, im Sportanzug und mit einem Handtuch um die Schultern.

»Guten Tag, Frau Reichert. Wieder zum Yoga?«

»Guten Tag, Christina. Ja, die alten Knochen. Wo ist denn Hanni?«

»Sie wird schon im Speisesaal sein. Einen schönen Tag noch, Frau Reichert.«

»Ihnen auch, Christina!«

Frau Reichert erwischte gerade noch unseren Fahrstuhl.

»Wir bieten Yoga, Entspannungskurse, aber auch Zirkeltraining und Schwimmen an. Haben Sie unseren Pool schon gesehen?«, fragte die Pflegerin und öffnete die Tür.

»Nein.«

Ich betrat einen geräumigen, hellen Raum, ungefähr so individuell wie ein Hotelzimmer. Hochwertiger Teppichboden, Chenillevorhänge, geschmackvolle Sitzecke, ein tipptopp gemachtes extra hohes Bett in einer abgeteilten Schlafecke. Die Küchenzeile mochte ebenfalls teuer gewesen sein, war allerdings höchstens zur Zubereitung von Rühreiern geeignet. Die Frau trat an eine Verbindungstür und öffnete sie.

»Sie können auch zwei Räume nutzen. Vor allem Eheleute schätzen es, ihr eigenes Reich zu haben.«

Nichts da. Wenn meine Mutter und Hüthchen bereits seit längerer Zeit in einem Zimmer schliefen, konnten sie das hier auch.

Krystyna schloss die Tür wieder, ging zum Bett und strich über die Decke. »Das ist unser Apartment Typ A, geeignet für ein bis zwei Personen. Allerdings, für zwei wäre es wie gesagt auf Dauer doch etwas eng. Typ B hat insgesamt fünfundvierzig Quadratmeter …«

»Wie ist er gestorben?«

Sie klopfte das Kissen auf.

»Krystyna. Es ist wichtig. Bitte. Seien Sie barmherzig.«

Barmherzigkeit war ein großartiges Argument, um die Schmach zu vergessen, soeben fünfzig Euro angenommen zu haben.

Sie seufzte. »Er hatte Parkinson.« Sie sah mich nicht an. »Wahrscheinlich wurde die Krankheit zu spät festgestellt. Er hat sehr gut auf die Medikamente reagiert. Aber niemand hat etwas von seinen Schluckbeschwerden mitbekommen.«

»Also ist er erstickt? Hier?«

Das warf kein gutes Licht auf das Haus Emeritia.

»Das darf ich nicht sagen. Niemandem.«

Ich nahm Krystyna das Kissen weg. Sie zitterte. Plötzlich stiegen ihr Tränen in die Augen.

»Haben Sie ihn gut gekannt?«

Sie nickte schnell und zog ein Taschentuch hervor, mit dem sie sich über die Augen wischte. »Er war ein Herr. Ein guter Mensch.« Jetzt liefen die Tränen richtig. »Er mochte Schokolade. Und Kekse. Am liebsten beides zusammen.«

Die Lust auf etwas Süßes. Das Einzige, was er seinem Sohn weitervererbt hatte.

»Ich … ich habe sie ihm gekauft.«

Sie ließ sich in einen Sessel fallen. Ihre Schultern bebten. Sie nahm sich den Vorfall richtig zu Herzen, und das rührte mich.

»Er hat sie nachts gegessen, und dabei ist es dann passiert.« Ihre hellen Augen, eine Mischung aus Grün und Blau, blickten mich verzweifelt an. »Er hat noch versucht zu klingeln. Die … diese Krankheit ist tückisch. Die Bewegungsabläufe sind … eingeschränkt. Er hat den Knopf nicht drücken können.« Wieder schluchzte sie auf. »Er hätte die Kekse nicht essen dürfen.«

Ich nickte. Sie fühlte sich schuldig und war sichtlich getroffen.

»Ich habe ihn gefunden, aber da war es schon zu spät. Deshalb, bitte, sagen Sie Ihrer Frau Mutter nicht, was geschehen ist. Sagen Sie ihr, er ist eingeschlafen und nicht wieder aufgewacht.«

Genau das würde ich nicht tun.

»Und seine Sachen?«

Sie knüllte das Tuch zusammen und steckte es weg. »Das geht zu weit.«

Ich beanspruchte noch einmal alle Fantasie, zu der ich fähig war. »Meine Mutter hat ihm vor langer Zeit ein besticktes Schnupftuch geschenkt. Vielleicht hat er es aufgehoben?«

Krystyna dachte nach, dann schüttelte sie den Kopf. »Nein. Kein Tuch. Es tut mir leid. Es ist immer so schwer, wenn man die Menschen kennenlernt und sie dann sterben. Entschuldigen Sie bitte.«

Sie stand auf und ging ins Badezimmer, das neben der Küchenzeile lag. Ich hörte, wie Wasser rauschte.

Der zweite rätselhafte Todesfall. Ich ließ Krystyna allein. Mehr würde *ich* nicht erfahren. Den Rest musste ich anderen überlassen.

18

Ich erwischte Zuzanna offenbar auf dem Weg ins Büro, denn sie hörte sich gehetzt an und war etwas außer Atem. Sie hatte schlechte Laune, aber ich verbuchte die Annahme meines Anrufs als Fortschritt auf dem steinigen Weg unserer ganz persönlichen deutsch-polnischen Freundschaft.

»Ich muss wissen, wie die Besitzverhältnisse in Janekpolana waren.«

»Warum denn das?« Ihre Stimme klang gereizt.

»Ich vermute, dass Horst Schwerdtfeger eine Art Heimattourist war. Er hat eine kleine Summe Geld geerbt. Vielleicht wollte er ein Haus kaufen.«

»Und?«

»Vielleicht wollte er es *zurück*kaufen.«

»Mit dreißigtausend Euro?«

Ich verkniff mir die Bemerkung, dass ich auf meiner Fahrt übers Land Gebäude gesehen hatte, für die fünfzig Cent noch zu viel gewesen wären. Übrigens auf beiden Seiten der Grenze.

»Sein Vater hieß Helmfried Hagen.«

»Moment.« Ich hörte das Klicken eines Kugelschreibers. »Hagen.«

»Falls es in Janekpolana einmal ein Haus gegeben hat, das einer Familie Hagen gehört hat, wäre das doch ein erster Hinweis.«

»Auf was?«

»Auf das Motiv.«

Stille. Ich hörte, wie sie tief Luft holte.

»Hagen kam aus Grünberg«, fuhr ich fort. »So abwegig scheint mir der Gedanke also nicht zu sein.«

»Sie meinen ... Ich kümmere mich darum.« Sie legte auf.

Verdutzt starrte ich den Hörer an. Was hatte ich falsch gemacht? Auf welche Fährte hatte ich sie gesetzt? Sosehr ich mir den Kopf zerbrach, ich kam nicht darauf.

Meine nächste Aufgabe bestand darin, an Cordt Sinter heranzukommen. Auf seiner Internetseite präsentierte er sich mit einem beeindruckenden Lebenslauf. Studium an der FU Berlin, Erstes juristisches Staatsexamen mit »voll befriedigend« – na ja –, Zweites Staatsexamen ebenso. Danach Ausbildung zum Berufungsanwalt, Singularzulassung – sieh an! –, Promotion über, ab da wurde es interessant, »die zivilrechtlichen Auswirkungen der Herstellung der Deutschen Einheit auf die Bodenreform des Lubliner Komitees«. Nach dem Wegfall der Singularzulassung am Oberlandesgericht spezialisierte er sich auf Völkerrecht. Dann sattelte er um. Wechselte die Sozietät. Vom Völkerrecht zum Müllmann. Ein Anwalt, der den Dreck anderer Leute unter den Teppich kehrte. Die kleine Anastasia ...

Es war noch nicht einmal zehn, und ich war schon erledigt. In der Kaffeeküche braute ich mir einen doppelten Espresso. Warum hatte Sinter das Metier gewechselt? Warum trat ein Völkerrechtler in eine Kanzlei ein, die sich hauptsächlich um den guten Ruf anderer Leute kümmerte?

Ich ging zurück in mein Büro und wählte die Nummer von Sinters Kanzlei. Sofort hatte ich die frische Stimme einer jungen Frau am Apparat. Ich bat darum, zu Cordt Sinter durchgestellt zu werden, und sie fragte selbstverständlich, in welcher Angelegenheit.

»Das ist etwas heikel«, sagte ich.

»Das sind fast alle unsere Fälle«, antwortete sie mit genau der Prise persönlichem Mitgefühl, die Hilfesuchende brauchten.

»Es geht um die Vereinbarung, die Herr Sinter im Auftrag der Familie Camerer und Hagen mit Herrn Horst Schwerdtfeger geschlossen hat.«

Ich sagte das in jenem Ton, den ich bei Marquardt immer heimlich bewunderte: als ob ich jedes Komma dieser Vereinbarung selbst gesetzt hätte, obwohl ich in Wirklichkeit nichts anderem als einer Vermutung nachging.

»Camerer und Hagen, sagen Sie?«

Ich konnte fast sehen, wie sie Habachtstellung annahm.

»Ja. Ich vertrete Maria Fellner, geborene Schwerdtfeger. Sie steht in direkter Erbfolge von Horst Schwerdtfeger, dem unehelichen Sohn von Helmfried Hagen. Er ist letzte Woche überraschend verstorben.«

»Verstehe. Ich kann Ihnen einen Termin mit unserem Notar nächste Woche anbieten. Er wird Ihnen sagen können, ob es eine solche Vereinbarung gegeben hat.«

»Das kann auch Herr Sinter.«

»Es tut mir leid, aber …«

»Zudem brauche ich Einsicht in den Ehevertrag von Helmfried Hagen mit Waltraud Camerer sowie in alle testamentarischen Verfügungen.«

»Das ist nicht …«

»Ich bin mir sicher, dass wir zu einer Einigung kommen werden, mit der alle Parteien zufrieden sind. Die Dringlichkeit meiner Anfrage rührt von einem Angebot her, das Frau Fellner von einer großen deutschen Boulevardzeitung vorliegt. Ein Angebot im gemäßigten sechsstelligen Bereich. Ich bin von ihr beauftragt, die Alternativen auszuloten.«

»Verstehe.«

Gut.

»Die Frist für dieses Angebot läuft morgen Mittag ab.«

»Ich werde es ausrichten.«

Besser.

»Ich nehme an, Herr Sinter würde es begrüßen, wenn wir gleich einen Termin ausmachen könnten. Heute noch.«

»Sie haben Glück. Donnerstag und Freitag hält sich Herr Sinter in Berlin auf.«

Dann hat er Glück, Mädchen, nicht ich.

»Heute Nachmittag um vierzehn Uhr? Das ist der einzige Slot. Sonst ginge es erst wieder nächste Woche.«

Sie war ehrlich. Ich wollte Sinters Terminkalender nicht unnötig durcheinanderbringen. Etwas Entgegenkommen am Anfang würde den guten Willen, den ich zeigte, unterstreichen.

Ich hoffte, Marie-Luise würde bis zum Abend durchhalten, und sagte zu. Vielleicht hatte ich gerade die nächste Tür zu den Familiengeheimnissen der Camerers aufgestoßen. Es gab noch viele weitere. Aber ich suchte nur die eine, hinter der sich verbarg, was der alte Hagen seinem unehelichen Sohn außer einem lächerlichen Geldbetrag noch vermacht hatte. Warum er ihm einen polnischen Floh ins Ohr gesetzt hatte. Ich war in Goldkorn-Laune. Ich war der Größte. Es lief einfach alles, und spätestens nachdem ich Sinter gegrillt hatte, wären Marie-Luise und meinetwegen auch Jacek trotz der Fingerabdrücke aus dem Schneider.

Ich wurde aus meinen Gedanken aufgeschreckt, weil Tiffy erschien, frisch wie der Frühlingsmorgen, in Gesellschaft ihres übernächtigt wirkenden Vaters.

»Ich habe Giorgio eine Nachricht hinterlassen«, zwitscherte sie. Giorgio musste ihr zukünftiger Gatte sein. Andere Männer mit italienischen Vornamen dürfte es seit der Verlobung nicht mehr in ihrem Leben geben. »Er wird bestimmt etwas über diese falsche *contessa* wissen.«

Marquardt verschwand grußlos in seinem Büro.

»Er arbeitet so viel«, flüsterte sie. »Seine Doktorarbeit.«

Ich schloss meine Bürotür und überlegte, wie ich die Zeit bis vierzehn Uhr hinter mich bringen könnte, ohne einzuschlafen. Ich rief die Fellners an. Wolfgang war am Apparat.

»Herr Vernau«, waren seine ersten Worte. »Entschuldigen Sie bitte, wenn wir gestern unhöflich waren.«

»Kein Problem.«

»Es ist nur, wenn Sie es schaffen, dass Mariechen nicht wieder als Einzige auf allem sitzenbleibt, das wäre schön.«

Mir gefiel der Gedanke ebenfalls. Vor allem der an die sechsstellige Summe, die ich in den Ring geworfen hatte. Aber davon wollte ich den beiden gegenüber noch nichts erwähnen. Es würde nur Hoffnungen wecken, von denen niemand wusste, ob sie sich erfüllen würden. In diesem Fall ging es schließlich um einen ganzen Sack voll Gold.

»Was halten Sie für den Anfang davon, wenn die Camerers Horsts Beerdigung übernehmen würden?«

»Geht das denn?«

»Seine anderen Halbgeschwister sind ebenso enge Verwandte wie Ihre Frau. Wenn Sie möchten, frage ich für Sie mal an. Dadurch entstehen Ihnen keine Kosten.«

Und ich hätte einen Grund, mir John und Sabine vorzunehmen.

»Wirklich nicht?«

»Wirklich nicht. Ich verzichte auf mein Honorar.«

Zumindest für das erste Schreiben. Wahrscheinlich würden sie nicht reagieren. Dann könnte tatsächlich eine rechtliche Auseinandersetzung daraus werden.

»Haben Sie ein Faxgerät? Sie müssen mir eine kurze Vollmacht schicken, damit ich den Brief aufsetzen kann.«

»Nein. Aber der Kiosk unten.«

Ich gab ihm unsere Nummer. Kaum hatte ich aufgelegt, setzte

ich das Schreiben an Sabine und John Camerer auf. Es enthielt im kältesten Anwaltsdeutsch die Aufforderung, die Beerdigungskosten für ihren Bruder Horst Schwerdtfeger zu übernehmen.

19

Erst löste sich nur eine Zinne. Dann brach der ganze Turm zusammen. Das Kind jauchzte, patschte mit seinen kleinen Händen auf die Reste der Stadtmauer und rief: »Noch mal! Noch mal!«

Zuzanna Makowska schüttelte den Kopf. »Ich habe keine Zeit, *rybko* – Fischlein. Ich muss arbeiten.«

Das süße Gesicht des Mädchens, das Zuzanna so schmerzhaft liebte wie noch nie einen Menschen zuvor, verzog sich. Gleich würde Alicja weinen, und das konnte sie nicht ertragen. Schnell stand sie auf und ging in die Küche, wo ihre Mutter gerade gekochte Rote Bete schälte.

»Musst du schon gehen?«

Weronika Makowska hatte dunkelviolette Finger. Nie benutzte sie Handschuhe, selbst bei solchen Arbeiten nicht. Es würde Tage dauern, bis die Farbe verschwunden war.

»Ja. Ich muss noch zu einem Mandanten ins Gefängnis.«

Ihre Mutter war eine moderne, bodenständige Frau. Auch wenn sie nicht mehr die Figur eines jungen Mädchens hatte und sich die Zeichen der Zeit in ihrem lebhaften Gesicht immer tiefer eingruben, war sie mit Anfang fünfzig nach wie vor noch hübsch anzusehen. Nur wenn sie lachte, hielt sie sich mittlerweile die Hände vor den Mund. Ihr fehlte ein Schneidezahn. Es würde Monate dauern, überhaupt einen Termin bei einem der wenigen Zahnärzte, die noch in Zielona Góra praktizierten, zu bekommen.

Jedes Mal, wenn Zuzanna diese Geste der Scham bei ihrer hübschen Mutter bemerkte, wuchs ihr Zorn. Es gab genug Zahnärzte und Kieferchirurgen. Es gab auch moderne Praxen, die auf dem neusten Stand der Medizin waren und den Patienten den höchsten Behandlungsstandard garantierten. Doch sie konnten es nicht bezahlen. All das war für die wenigen Reichen und die vielen Normalverdiener aus anderen EU-Staaten, für die polnische Implantate und Kronen ein Schnäppchen waren.

Doch im Moment lächelte Weronika nicht, sie runzelte die Stirn.

»Muss das sein?«

Sie mochte nicht, dass ihre Tochter mit Schwerverbrechern zu tun hatte. Zuzanna erinnerte sich nur ungern an die Diskussionen. Ihre Eltern hatten das Studium in Kraków unter großen Entbehrungen mitgetragen. Natürlich glaubten sie, dadurch ein Mitspracherecht bei Zuzannas Berufswahl zu haben. Dass sie sich ausgerechnet auf Strafrecht spezialisiert hatte und nicht eine glänzende Karriere in einer Wirtschaftskanzlei anstrebte, war eine herbe Enttäuschung und Grund zu ständiger unterschwelliger Besorgnis.

»Er wird von zwei kräftigen Wachoffizieren in Schach gehalten. Außerdem bin ich seine Anwältin. Er braucht mich.«

Schön wär's. Zuzanna nahm eine Möhre aus dem Hängekorb und biss zu. Sie hatte keinen Hunger, aber der Gedanke, in zwei Stunden wieder Jacek Zieliński gegenüberzusitzen, machte sie nervös. Vor allem wenn sie daran dachte, was sie ihm unter die Nase halten würde.

Joachim Vernau aus Berlin. Sie wurde nicht schlau aus diesem Mann. Er hielt Zieliński für unschuldig und spielte ihr gleichzeitig ein wunderbares Mordmotiv in die Hände. Wahrscheinlich wollte er damit seine Freundin entlasten, Marie-Luise Hoffmann. Eine merkwürdige Dreieckskonstellation. Wer hatte hier eigentlich was mit wem? Zieliński offenbar mit Hoffmann, und das passte Vernau nicht.

Sie zermalmte das nächste Stück und fragte sich, ob das, was da in ihrem Bauch grummelte, Eifersucht auf eine flüchtige Mord-verdächtige war. Die Frau befand sich in der desolatesten aller denkbaren Situationen und hatte gleich zwei Typen an der Hand, die alles für sie tun würden. Zuzannas Ex zahlte noch nicht ein-mal Alimente, und zu Alis Geburtstag war er auch nicht gekom-men. Das war das Schlimmste. Ein Kind anzulügen, das nach sei-nem Papa fragte. Es gab Momente, da spürte Zuzanna durchaus Mordlust in sich.

»Bleib doch wenigstens noch bis zum Essen.«

»Ich kann nicht. Ich muss nach Poznań zurück. Das war reiner Zufall, dass ich heute hier zu tun hatte.«

Ihre Mutter begann, die Rote Bete in kleine Würfel zu schnei-den. »Ist wenigstens alles zu deiner Zufriedenheit verlaufen?«

»Ja. Ich musste zum Grundbuchamt, wegen eines Auszugs.«

Ihre Mutter schüttelte missbilligend den Kopf. Besagtes Do-kument, der *wyciag z księgi wieczystej*, war noch vor einigen Jah-ren ein gefürchtetes Damoklesschwert gewesen und hatte vielen Menschen schlaflose Nächte beschert.

All jenen nämlich, die ihre Häuser vom polnischen Staat ge-pachtet hatten. Der *Bodenstreit*, ein böses Wort. Ein altes Wort. Ein deutsches Wort. Angst ging um. Die größte Angst bei jenen, die am meisten verloren hatten. Im Grunde musste man diesen verfluchten Idioten von der Preußischen Treuhand dankbar sein, dass sie vor Jahren die Eigentumsfrage bis vor den Europäischen Gerichtshof getrieben – und mit Pauken und Trompeten verloren hatten. Seitdem herrschte endlich Rechtssicherheit.

Doch es hörte nicht auf. Das Sticheln, das Rumoren, das Pro-zessieren. Gewiss, es hatte Ungerechtigkeit gegeben. Aber von wem war sie ausgegangen? Und was konnten die Leute aus Ost-polen für das, was die Alliierten ausgeheckt hatten? Ein ganzes Drittel des Staatsgebietes war damals, 1945, an die Sowjetunion gefallen. Zuzanna sah noch immer die großen Karten vor sich, auf die der Lehrer mit seinem Stock gezeigt hatte. Dafür hatte

Polen die deutschen Gebiete östlich von Oder und Neiße bekommen. Dort siedelten sie sich an, die Vertriebenen aus der Ukraine und Weißrussland, die Opfer Stalins, und misstrauten den Versprechen der Dritten Republik ihr ganzes restliches Leben lang.

Zuzanna hatte tiefes Mitgefühl mit diesen Leuten. Die Jungen waren anders. In diese Republik hineingeboren, Staatsbürger eines freien, vereinten Europas, stolz und selbstbewusst. Ein paar Ewiggestrige konnten sie nicht erschüttern. Aber die Eltern, die Großeltern. Die Alten, die zitterten, wenn sie von dem erzählten, was sie in ihrer Jugend erdulden mussten. Eine verlorene Jugend, so hatte ihre geliebte *babcia* gemurmelt. Ihre Großmutter hatte als Achtjährige die eigenen Eltern begraben müssen. Verlust war der große gemeinsame Nenner.

»Das bringt nichts Gutes«, sagte Weronika stirnrunzelnd, obwohl sie gar nicht wusste, worum es sich handelte. »Ich bin froh, dass mit unserem Haus alles seine Richtigkeit hat.«

Das Haus war ein kleiner Bungalow aus den sechziger Jahren am Stadtrand mit einem nachträglich aufgesetzten Dachgeschoss. Früher einmal von saftigen Wiesen und grünen Wäldern umgeben, war er mittlerweile von den gierigen Armen eines wuchernden Industriegebietes umzingelt. Direkt nebenan befand sich eine Spedition. Der Krach und der Dreck der Lkws waren manchmal unerträglich.

»Mama!«

Ali kam in die Küche gerannt und umklammerte ihre Beine. Zuzanna hob das Mädchen hoch, drückte es an sich und küsste ihm die Tränen von den Wangen.

»Nicht weggehen!«

»Aber ich komme doch wieder. Bis dahin passt *babcia* auf dich auf.«

»Ich will nicht! Ich will nicht!«

Wütend presste die Kleine die Hände gegen Zuzannas Brust. Wie ein Aal wand sie sich, bis Zuzanna sie mit einem Seufzer zu

Boden gleiten ließ. Ali kroch unter den Küchentisch. Dort würde sie bleiben, bis ihre Mutter gegangen wäre. Jedes Mal ein Drama, jedes Mal zwei zerschnittene Herzen, ein großes und ein kleines.

»Du solltest nach Zielona Góra ziehen.«

»Es gibt hier zu wenig zu tun. Die Leute sind zu brav.« Zuzanna trat auf ihre Mutter zu und küsste sie auf die Wange.

»Deshalb mache ich mir Sorgen um dich, *moje dziecko* – mein Kind. Was ist das für ein Mann, den du da vertrittst? Ein Mörder. Ich kann den Gedanken nicht ertragen, dass du jeden Tag einem Mörder begegnest.«

»Er sitzt in Untersuchungshaft. Er hat das Recht auf einen Anwalt.«

»Warum du? Warum kann das nicht jemand anders machen?«

Weil ich das Geld brauche? Weil dies mein erster großer Prozess sein könnte? Alles wird gut. Er hat gestanden. Die Beweisstücke bestätigen seine Schuld. Und dieser Grundbuchauszug – er ist das Motiv. Das letzte Steinchen im Mosaik. Auch in Janekpolana ist die Angst umgegangen … Ich werde für Jacek Zieliński ein mildes Urteil herausschlagen, denn es war eine Tat im Affekt aus gutem Grund. Jeder wird das verstehen, auch die Richter.

Das Einzige, das sie nicht verstand, war Vernau. Warum hatte der Berliner Anwalt, der von Zielińskis Unschuld überzeugt war, ihr dieses letzte fehlende Puzzleteil auf dem Silbertablett serviert?

»Es ist, wie es ist. Mama, wir haben doch schon so oft darüber geredet. Ich komme dann am Wochenende.« Sie ging in die Hocke und streckte die Arme aus. »Komm zu mir, Ali. Gib deiner Mami einen Kuss.«

Die Kleine hatte die Knie angezogen und schüttelte trotzig den Kopf. Mit einem Seufzen erhob sich Zuzanna und griff nach ihrer Aktenmappe.

»Bis Samstag.«

Weronika legte das Messer weg und wischte sich die Hände an ihrer Schürze ab. Als ob das gegen Rote Bete helfen würde. Sie hob die Arme, um Zuzanna nicht zu berühren, und küsste ihre Tochter auf beide Wangen. »Bis Samstag.«

Ali schluchzte leise und bekam einen Schluckauf. Zuzanna spürte, wie ihr ebenfalls die Tränen in die Augen stiegen. Hastig wandte sie sich ab und lief hinaus.

Der Ruf »Mama! Mama!« gellte in ihren Ohren, bis sie um die Ecke gebogen war.

20

Krystyna Nowak wartete bis zur Mittagspause. An diesem Tag war sie mit der Frühsitzung an der Reihe. Es gab zwei Tischzeiten, und sie hatte die Aufsicht über die erste. Die ersten Gäste trafen um kurz vor zwölf ein. Sie hatte eine blütenweiße Halbschürze angezogen und begrüßte die Eintreffenden an der Tür zum Speisesaal.

»Guten Tag, Herr Neuner. Wie geht es Ihnen? Darf ich Sie zu Ihrem Platz bringen?«

»Guten Tag, Frau Kahl-Westermann. Ist Ihre Migräne schon besser geworden?«

»Guten Tag, Frau Schurmeister. Heute ist ein Päckchen für Sie gekommen. Darf ich es Ihnen später auf Ihr Zimmer bringen?«

Ihr Deutsch war gut geworden, sehr gut. Das kam vom Zuhören. Krystyna kannte die Lebensgeschichten der meisten in- und auswendig. Frau Schurmeister hatte mit ihrem Mann ein Einrichtungshaus geleitet. Entstanden war es aus der kleinen Schreinerei ihres Vaters in Wittenau. Im Krieg waren sie ausgebombt worden. Es faszinierte Krystyna, mit welcher Entschlossenheit diese Frauen darangegangen waren, die Trümmer zur Seite zu räumen und noch mal ganz von vorne anzufangen. Sie sind so gründlich, dachte sie dann. So eisern. Wie sie Kriege führen, so verlieren sie sie auch. Und fangen einfach von vorne an.

»Danke, Christina. Das ist sehr nett von Ihnen.«

Frau Schurmeister begrüßte ihre Freundinnen aus dem zweiten Stock. Alles Witwen, die nun zum zweiten Mal im Leben ganz alleine waren. Natürlich, sie hatten Kinder und Kindeskinder. An den Feiertagen war manchmal ganz schön Betrieb. Doch das Jahr bestand nicht nur aus Feiertagen. Es hatte viele Wochen, viele, viele lange, einsame Wochen.

Als die letzten Nachzügler eingetroffen waren, verließ Krystyna ihren Platz und ging von Tisch zu Tisch. Hier ein paar freundliche Worte, dort ein kleiner Scherz – vor allem die Herren wollten sich und den anderen beweisen, dass sie auch im hohen Alter noch galant sein konnten.

Krystyna wusste, dass ein Platz an diesem Tisch das Drei- bis Vierfache ihres Monatseinkommens kostete. Aber sie verdiente hier in Deutschland eben auch das Drei- bis Vierfache einer Altenpflegerin in Zielona Góra. Das Essen war viel besser, die Unterkunft ebenfalls, außerdem kamen die Trinkgelder hinzu für all die kleinen Geheimnisse. Einen *Playboy* für Herrn Neuner. Zigaretten für Frau Schurmeister. Schokokekse für … nein. Nicht daran denken.

Sie hob die Serviette auf, die einer Dame vom Schoß gefallen war, und besorgte ihr eine neue. Sie goss Wasser nach und ermahnte zum Trinken. Sie half mit, die Suppenteller abzuräumen, und überprüfte, ob die Schonkostmahlzeit auch bei dem betreffenden Adressaten ankam. Sie war kompetent und zurückhaltend, aufmerksam und hilfsbereit.

»Unser Engel«, flüsterte Frau Heckel ihr zu, als sie ihr das Fischbesteck neben den Teller legte. Die alte Frau tätschelte ihr die Hand.

Krystyna lächelte. Ihre Augen brannten noch von den Tränen, die sie um den alten Hagen geweint hatte. Dieser Mann, Vernau, hatte sie völlig durcheinandergebracht.

Helmfried Hagens Platz am dritten Fenstertisch war nicht

lange leer geblieben. Nun saß ein ehemaliger Bundeswehrmajor dort. Kerzengerade, mit verkniffenem Mund, ungesellig und abweisend. Wahrscheinlich kam er nicht damit zurecht, von so vielen Damen umgeben zu sein. Drei saßen an seinem Tisch, und es würde nicht lange dauern, bis sie ihn aus seiner Zurückhaltung weg hin zu den Bridge- und Rommé-Abenden gelockt haben würden.

Sie schenkte Frau Heckel aus ihrer Flasche Riesling ein halbes Glas nach. Am Saalende wurden bereits die Teller des Hauptgerichts abgetragen. Als Dessert gab es heute Mousse au Chocolat.

Nicht daran denken. Bloß nicht.

Verstohlen blickte sie auf ihre Uhr. Als der Käsewagen hereingerollt wurde, nutzte sie den Moment und schlüpfte hinaus. Sie durchquerte die Haupthalle eilig, um beschäftigt zu wirken, denn sie wollte nicht angesprochen und schon gar nicht gesehen werden.

Unter der breiten Treppe befand sich der Kellereingang. Sie öffnete die Tür mit ihrem Generalschlüssel, sah sich noch einmal um und schlüpfte dann hindurch. Die kühle, erdige Luft ließ sie frösteln. Sie tastete nach dem Lichtschalter und lief die schmale Treppe hinunter. Zur Linken befand sich der Weinkeller. Darin konnten die Gäste des Hauses Emeritia ihre eigenen edlen Tropfen lagern. Sie überlegte, ob der alte Hagen dort noch ein Fach hatte. Vielleicht sollte sie das den Koch fragen, der gleichzeitig als Sommelier fungierte.

Sie wandte sich nach rechts, wo sich Stühle stapelten, ausgemusterte Sonnenliegenpolster, Christbaumständer, Pappkartons mit verstaubten Vorhängen und anderes im Moment nicht gebrauchtes Zeug. Sie lief an einem Regal vorbei, in dem hunderte Gläserkartons standen. Schließlich erreichte sie die Tür neben dem Sicherungskasten. Sie war ebenfalls abgeschlossen, ließ sich aber mit dem Generalschlüssel problemlos öffnen.

Krystynas Herz pochte, als sie den altmodischen Kippschalter

umlegte und eine nackte Glückbirne an der niedrigen Decke auf-
flammte. Sie stand in einem ehemaligen Vorratskeller. Die Regale
waren ordentlich gezimmert, die Wände mit ockerfarbenen Fliesen belegt, deren Glasur vom Alter mit Craquelé überzogen worden war. Auf den Regalböden standen, sorgfältig nebeneinander
aufgereiht und beschriftet, graue, stabile Pappschachteln, denen
selbst die feuchte Luft nichts anhaben konnte. Die letzten Hinterlassenschaften von verstorbenen Gästen, die niemand abgeholt hatte.

Krystyna interessierte sich nicht dafür. Sämtliche Kartons, so
stand es in den Kondolenzschreiben, die den Hinterbliebenen zu-
gingen, wurden nach Ablauf einer Frist ungeöffnet vernichtet.

Hagens Kiste stand in einem der unteren Fächer. Krystyna
musste sich bücken, um den Deckel anzuheben. Sie hielt den
Atem an, als ihr Blick auf den Bilderrahmen fiel, der zuoberst
lag. Das Foto seiner Eltern. Walther und Rosa, so waren ihre Namen, das hatte der alte Hagen ihr erzählt. Er hatte ihr vertraut.
Und sie hatte …

Die Tür hinter ihr fiel zu. *Rumms.*

Krystynas Blut erstarrte zu Eis. Der Schock erreichte ihre
Haarwurzeln, ihre Nervenenden, ließ jede Faser ihres Körpers
gefrieren. Langsam, ganz langsam erhob sie sich und ging zur Tür.
Blieb stehen, lauschte. Versuchte, die Panik zu unterdrücken. Sie
streckte die Hand nach der Klinke aus.

Die Tür ließ sich öffnen. Mit jagendem Puls blickte sie in die
Kellerflucht – es war niemand zu sehen. Sie war allein. Sie ließ
die Tür los, trat einen Schritt zurück und beobachtete, was pas-
sierte. Langsam, ganz langsam wollte sie von alleine wieder ins
Schloss fallen.

Mit einem Aufatmen machte Krystyna sie hinter sich zu und
ging zurück zum Regal. Sie zog den Karton heraus und stellte ihn
auf den Boden. Dann durchwühlte sie Hagens letzte Schätze, bis
sie gefunden hatte, wonach sie suchte: den Schlüssel.

Ein Schlüssel ohne Schloss. Sie musste ihn in Sicherheit bringen. Dieser Mann, der heute aufgetaucht war. Sie hatte gewusst, dass etwas mit ihm nicht stimmte. Wie er sie angesehen hatte, als sie in Frau Wittichs Büro gekommen war. Seine Fragen zu Hagens Tod. Das Märchen von seiner Mutter und dem bestickten Schnupftuch. Es streckte mehr hinter seinen Fragen. Viel mehr. Es war ein Irrtum, dass sie geglaubt hatte, die Geister ließen sich einschließen. Von wegen. Sie kamen aus allen Ecken, und alle wollten diesen Schlüssel. Sie dachte an Lenka, ihre süße Tochter, die ein Jahr in Amerika studieren wollte und ein Auto brauchte. An ihren Jüngsten, Tom, der von Diesel-Jeans und Hollister-Sweatshirts träumte. Von einem iPod. Einem eigenen Laptop. Das Geld würde nicht reichen, um mitzuhalten. *Du warst treu, Mama. Treu bis zum Ende. Ich bin schlau.*

Das Metall klirrte leise, als sie das Diebesgut in ihre Schürzentasche gleiten ließ. Wenn sie an den Moment dachte, als sie ihn zum letzten Mal in der Hand gehalten hatte, wurde ihr übel.

Er hätte nicht mehr lange gelebt. Ich war sein Engel. Sein Todesengel. Er hat noch nicht einmal mehr das Messer öffnen können.

Krystyna legte den Deckel auf den Karton und schob ihn zurück. Wenn ihn bisher niemand abgeholt hatte, würde es auch in nächster Zukunft nicht geschehen. Die Leute kümmerten sich nicht um ihre Alten. Sie gierten nach dem letzten Schmuck, nach einer abgetragenen goldenen Armbanduhr, nach Bargeld, Aktien, vielleicht noch nach einem Pelz. Aber nicht nach den Fotos, den Briefen, den Postkarten, dem Taschenmesser. Sie hatten alles schon längst geholt und den Rest der Putzbrigade überlassen, die die Schubladen leerte, die Matratzen anhob, den Kleiderschrank ausräumte und selbst die kleinsten Verstecke fand. Natürlich auch den Safe. Alles wurde ausgeräumt. Alles wanderte in die Pappkartons.

Krystyna wusste, dass manche Kisten schon zehn Jahre und länger hier unten standen. Sie wurden nicht vernichtet. Sie wurden irgendwann nach oben gebracht, geöffnet, und wenn etwas dabei war, das zu behalten oder zu verkaufen sich lohnte, so wurde es behalten oder verkauft. Der Rest kam in den Müll.

Sie verließ den Raum, schaltete das Licht aus und schloss sorgfältig ab. Dann durchquerte sie den Keller und stieg die Treppe hoch. Auf halbem Weg ging das Licht aus. Sie fragte sich, ob es seit Neuestem auch eine Zeitschaltuhr für den Keller gab, und tastete sich ärgerlich weiter nach oben. Es fehlten noch fünf Stufen, da wurde die Tür geöffnet. Das Licht blendete sie. Sie konnte die Gestalt, die über ihr stand, nicht erkennen. Rasch wappnete sie sich mit einer Ausrede.

»Christina.«

Sie hob eine Hand, um ihre Augen besser vor der Helligkeit zu schützen. Es war die Hand, mit der sie sich am Geländer festgehalten hatte. Die Hand, die ihr fehlte, als der Schlag sie traf und sie die vielen Stufen hinunter ins Dunkel stürzte.

21

Cordt Sinters Kanzlei befand sich in einem gläsernen Palast nahe am Schiffbauerdamm, mit direkter Sicht auf die Bundespressekonferenz und das Bundesministerium der Finanzen. Kurze Wege, dachte ich, als ich im Konferenzraum am Fenster stand und darauf wartete, entweder in Sinters Büro gelassen zu werden – gutes Zeichen – oder ihm an diesem großen, für zwölf Personen ausgelegten Tisch gegenüberzusitzen – schlechtes Zeichen. Ich merkte, wie die Müdigkeit begann, aus meinen Gliedern langsam in meinen Kopf zu steigen. Die junge Frau, deren Namen ich just in dem Moment vergessen hatte, in dem sie ihn mir sagte, hatte mir einen mittelmäßigen doppelten Espresso serviert und mich dann allein gelassen.

Zehn nach zwei. Sinter grillte *mich*. Das war zumindest schon einmal geklärt. Ich befand mich in seiner Höhle, hier war er das Alphatier. Ich wünschte mir einen zweiten Espresso, vierfach dieses Mal, hatte aber keine Lust, hinauszugehen und die Dame in diesem Labyrinth von gleichen Gängen und gleichen Türen wiederzufinden.

Ich nahm mir eine Flasche Mineralwasser. Obwohl die Sonne noch immer hinter den Wolken verschwunden war, hatte sie den Raum aufgeheizt. Es roch nach Teppichkleber und Kunststoff.

Um zwanzig nach zwei wurde die Tür aufgerissen, und ein nach Rasierwasser duftender Mann mit feuchten Wangen trat ein. Er war etwas größer als ich, zweifellos sportlich, trug feinsten Zwirn und Maßschuhe. Seine Haare waren kurz und eisgrau. Erstaunlicherweise machte diese Farbe sein Gesicht jünger. Er musste Ende fünfzig sein, aber er wirkte frisch und jugendlich.

»Herr Vernau?«

Er reichte mir die Hand und erwiderte meinen Druck herzhaft.

»Cordt Sinter?«, fragte ich, obwohl ich ihn sofort erkannt hatte.

»Ja. Nehmen Sie Platz. Meine Mitarbeiterin sagte mir, es geht um Hagen und Camerer. Ist das richtig?«

Er zog den Stuhl am Kopfende des Tisches weg, um sich zu setzen. Ich wählte einen zwei Plätze von ihm entfernt.

»Ja. Ich bin Anwalt, und meine Mandantin …«

»Bevor wir weiterreden: Ich bin befugt, im Namen *meiner* Mandanten jeden Erpressungsversuch abzulehnen. Jeden. Falls Sie noch einen Kaffee wünschen? Ich betrachte unser Gespräch damit als beendet.«

Dafür hättest du dich nicht hinsetzen müssen.

Ich holte die Vollmacht von Mariechen und Wolfgang hervor. Sie hatten sie mit der Hand geschrieben.

Hiermit bestätigen wir, dass Herr Anwalt Fernau unsere Interessen vertreten darf. Hochachtungsvoll.

»Frau Maria Fellner ist die Schwester von Horst Schwerdtfeger. Die Halbschwester. Horst Schwertfeger ist letzte Woche gestorben. Unerwartet und gewaltsam. Das macht den Verlust um ein Vielfaches schmerzhafter. Frau Fellners Verwandtschaftsverhältnis zu dem Verstorbenen ist das gleiche wie das ihres Bruders zu John und Sabine Camerer.«

»Es tut mir leid, Sie zu unterbrechen. Es existiert kein Verwandtschaftsverhältnis zwischen den Camerers und …«

Ich drehte die Vollmacht um, damit er sie lesen konnte. Sie war glücklicherweise so allgemein gehalten, dass ich damit wahrscheinlich sogar das bescheidene Konto der Fellners räumen könnte. Mit ihr bekam ich Zugang zu all den verschwiegenen und vertuschten Vereinbarungen, mit denen sich die Camerers den Rücken freigehalten hatten. Vielleicht würde Sinter mich nicht sofort ins Herz schließen. Aber nach diversen Nadelstichen, Einschreiben, Prozessdrohungen und – ganz wichtig! – dem kleinen Wink mit der Presse würde er seine Zurückhaltung irgendwann aufgeben.

»… den Fellners.«

»Das ist richtig. Jedoch nur auf den ersten Blick. Da Horst Schwerdtfeger nach dem Ableben seines Vaters ebenso erbberechtigt war wie Sabine und John und er keine Kinder hinterlässt, steht Maria Fellner in der Erbfolge …«

»Verzeihen Sie. Uns ist nicht bekannt, dass Helmfried Hagen noch einen Sohn hatte.«

»Dann fragen Sie beim Sozialgericht in der Invalidenstraße nach. Er hat seinem Sohn Unterhalt gezahlt. Urteilsbegründung und Aktenzeichen liegen vor.«

»Er konnte mit dem ihm zur Verfügung stehenden Geld machen, was er wollte. Auch Bedürftige unterstützen. Das hat er immer und sehr diskret getan. Er war ein Mann mit einem großen Herzen.« Sinter nickte bedächtig, als riefe er sich sämtliche positiven Charaktereigenschaften des alten Hagen noch einmal ins Gedächtnis. »Dennoch, von einem weiteren Sohn außer seinem ehelichen ist uns nichts bekannt. Wir kennen das. Es geschieht oft, dass sich nach dem Tod von vermeintlich reichen Leuten vermeintliche Erben melden.«

»Die Vaterschaft ist anerkannt worden.« Zumindest hatte mir Mariechen das hoch und heilig versichert.

»Tatsächlich? Nun, auch in diesem Fall kann ich Ihnen keine Hoffnungen machen. Helmfried Hagen war mit Waltraud Camerer verheiratet. Aus dynastischen Gründen haben sie und die beiden gemeinsamen Kinder den Namen der mütterlichen Linie behalten. In Kreisen wie jenen der Camerers ist es zudem nicht unüblich, einen Ehevertrag abzuschließen. Nach dem Tod seiner Gattin haben die Kinder, Sabine und John, deren Vermögen geerbt. Aus diesem Kapital haben sie den Unterhalt des Vaters bestritten. Helmfried Hagen selbst war arm wie eine Kirchenmaus.«

»Woher hatte Horst Schwerdtfeger die dreißigtausend Euro, wenn nicht von seinem Vater? Nach Hagens Tod hat ein Treffen mit einem Anwalt stattgefunden. Das waren Sie.«

Wenn ich erwartet hätte, dass Cordt Sinter meine Vermutung bestätigen würde, sah ich mich getäuscht. Er hob fragend die Schultern und warf einen deutlichen Blick auf seine Armbanduhr.

»Es existiert kein Ehevertrag«, sagte ich.

Natürlich gab es einen. In solchen Familien lud man sich ohne anwaltlichen Rat noch nicht mal gegenseitig zum Abendessen ein. Diesen Vertrag galt es anzufechten, denn er kam einer faktischen Enterbung von Horst gleich. Zweite, aber unwahrscheinliche Annahme: Sollten der gute Helmfried und die brave Waltraud wirklich auf einen Vertrag verzichtet haben, wäre Horst noch vor seinem Tod Millionär gewesen. Egal, ich musste wissen, wie die rechtlichen Verhältnisse in dieser Ehe gewesen waren. Also bluffte ich, dass sich die Balken bogen.

Der Präventionsmeister erhob sich. »Ich werde den Fall vor das Erbschaftsgericht bringen.«

»Lassen Sie es. Das verursacht bloß Kosten und Ärger.«

»Über Ersteres brauchen sich meine Mandanten keine Sorgen zu machen.«

Ich stand ebenfalls auf. »Ich hätte *Ihren* Mandanten Zweiteres gerne erspart. Soweit ich weiß, hat Sabine Camerer nach dem Tod ihrer Mutter den Vorstandsvorsitz der Camerer AG und Co. KG übernommen. Außerdem ist sie Vorstand für Produktion und Materialwirtschaft.«

»Ja?«

»Das Kettenwerk in Pakistan … ist die Entscheidung bereits unter ihrer Führung gefallen?«

Sinter, schon fast an der Tür, verharrte. Sein freundliches, leicht herablassendes Lächeln bekam etwas Verkrampftes. Ich hatte meine Hausaufgaben gut gemacht.

»Fragen Sie in der Abteilung für Presse- und Öffentlichkeitsarbeit der Camerer-Werke nach.«

»Ich frage Sie. Die Befürchtung einer Handvoll investigativer Journalisten, in diesem Werk würden nicht etwa harmlose Sägeketten, sondern auch Panzerteile hergestellt, konnte ja zerstreut werden. Das war gute Arbeit. Mein Kompliment.«

Er wartete ab, was als Nächstes käme. Jetzt war er wach. Jetzt hatte ich ihn.

»Das war das letzte Mal, dass Camerer in den Schlagzeilen war. Danach ist Ruhe eingekehrt, sieht man mal von Johns Hochzeit ab. Seine Schwester möchte bestimmt, dass es so bleibt.«

»Herr Vernau, ich suche nach der Drohung hinter Ihren Worten und kann sie nicht finden.«

»Da ist auch keine. Sie haben eine Zusammenarbeit abgelehnt. Frau Fellner hat morgen einen Termin mit dem Chefreporter eines großen Boulevardblattes. Vermutlich hat die Firma Camerer ihre PR-Strategie geändert und wird nichts gegen ein bisschen Presse einwenden. Im Großen und Ganzen wird es darum gehen, wie der Clan zu seinen verarmten unehelichen Kindern steht. Sie mit dreißigtausend Euro abspeisen und zur Hölle schicken. Polen sehen und sterben. Ich verspreche Ihnen, alle Namen werden richtig geschrieben.«

Ich nahm meine Tasche und wandte mich nun ebenfalls zum Gehen. Er öffnete die Tür – und schloss sie wieder.

»Ich muss Rücksprache halten«, sagte er.

»Kein Problem.«

»Was genau will Frau Fellner?«

»Den Pflichtteil ihres Halbbruders aus dem Erbe von Waltraud Camerer.«

Das war absurd. Ein anständiger Anwalt würde ablehnen und *mich* zum Teufel schicken. Aber wie in jedem guten Pokerspiel musste der Einsatz stimmen. Ich setzte Mariechen. Sie war mein Schlüssel zu den Camerers. Mit ihrer Hilfe – auch wenn sie noch gar nichts davon wusste – bekam ich Einblick in die Familienkonstruktion.

Ich siedelte den Streitwert dieses chancenlosen Prozesses angesichts eines vorsichtig geschätzten Familienvermögens zwischen zwanzig und sechzig Millionen Euro bei mindestens fünfhunderttausend an.

»Das ist ausgeschlossen«, sagte Sinter knapp.

»Es bleibt unsere Forderung. Machen Sie uns ein Angebot.«

»Ich brauche mehr Zeit. Frau Camerer ist auf Geschäftsreise. So schnell geht das nicht.«

»Sie werden doch bis morgen Nachmittag eine Entscheidung darüber haben, ob wir in Verhandlungen treten oder nicht. Alles Weitere werden wir sehen.«

»Eventuell. Richten Sie Frau Fellner bitte unser Beileid zu ihrem Verlust aus.«

»Das werde ich. Das Gleiche bitte an Frau Camerer.«

Ich wollte die Tür öffnen, aber da fragte er: »Gibt es schon etwas Neues bei den Ermittlungen?«

»Leider nein. Sie können sich vorstellen, wie es ihr geht.«

»Ja. Natürlich.« Sinter runzelte die Stirn, als dächte er gerade über die Eröffnung einer Trauerrede nach. Zweimal setzte er an und brach ab, als ob ihm die Worte fehlten. »Wir tun alles in unserer Macht Stehende, um dieses schreckliche Verbrechen aufzuklären. Ja, Horst Schwerdtfeger war auch der Halbbruder von Sabine und John. Auch sie hat dieser Verlust getroffen. Ich habe immer dazu geraten, Tragödien dieses Ausmaßes nicht hinter hohen Mauern zu verarbeiten. Die Menschen wollen wissen, wer die Camerers sind. Auch Reiche haben Tränen. Bittere Tränen. Da findet man endlich den geliebten Bruder, und prompt reißt der Tod, jäh und brutal, die Geschwister auseinander.«

Ich glaubte, ich hätte mich verhört. Auch Reiche haben Tränen? Seit wann das? Dann begriff ich, dass Cordt Sinter seine Strategie längst ausgetüftelt hatte. Wahrscheinlich lag sogar schon der ganze Artikel, der in den nächsten Tagen in genau derselben großen Boulevardzeitung erscheinen würde, fertig in einer Datei seines Computers bereit. Redaktionsgemacht wäre allenfalls noch die Schlagzeile. *Todesfluch über Millionärsfamilie* oder *Familientragödie – Bruder ermordet, bevor Schwester ihn kennenlernen konnte. Die bitteren Tränen der Sabine Camerer* und so weiter und so fort.

Cordt Sinter verzog die schmalen Lippen zu einem angedeuteten, mitfühlenden Lächeln.

»Das sind spät geweinte Tränen«, brachte ich schließlich hervor.

Sinter nickte. Er ging zurück zum Konferenztisch, wo er seine Mappe liegen gelassen hatte, und öffnete sie. »In den nächsten Tagen wird dieses Foto erscheinen. Es sei denn, Frau Fellner erhebt Einspruch.«

Er reichte mir die Aufnahme. Sie war grobkörnig und zeigte ein Straßencafé. »*Kuchnia Marche*« stand auf der Markise. Das war polnisch. Viele Plätze waren besetzt. Sinter legte seinen manikürten Zeigefinger auf einen Tisch gleich neben dem Eingang. Dort saßen Maria Fellner, Horst Schwerdtfeger und ein Mann, der dem Fotografen den Rücken zudrehte. Ich sah ihn nur von hinten, trotzdem wusste ich sofort, wer es war. Die Erkenntnis traf mich wie eine Faust in die Magengrube.

Ich ließ das Bild sinken und versuchte, mir nichts anmerken zu lassen.

»Frau Fellner war mit ihrem Bruder in Polen?«

»Am Tag seines Todes.«

»Wer ist der Mann?«

»Der Mann? Einen Moment, es gibt noch eine zweite Aufnahme.«

Er ging zurück zum Tisch.

»Warum wurde Horst Schwerdtfeger überwacht?«

Sinter kam mit einem weiteren Foto zurück. »Das habe ich veranlasst. Es gab Grund zur Sorge, dass er sich seiner Familie gegenüber ebenso illoyal verhalten würde wie Frau Fellner.«

»Sie meinen damit … das *illoyale* Verhalten von Horst Schwerdtfeger und Marie Fellner gegenüber den Camerers?«

»Ich meine Leute, die nichts, aber auch gar nichts mit meinen Mandanten zu tun haben und trotzdem glauben, sie wären Kühe, die man ungestraft melken kann.«

»Ungestraft?«, wiederholte ich. »Horst Schwerdtfeger wurde ermordet. Meinen Sie das?«

Sinter lächelte. Verbindlich, offen, wie Menschenfreunde so lächeln, wenn Gossenpinscher wie wir ihnen an die Hosenbeine pinkeln.

»Nein. Ich meine das hier.«

Die Aufnahme zeigte den dritten Mann von vorne. Es war Jacek Zieliński.

22

Die Wurzeln des Baumes ragten aus dem Wasser wie bleiche Hände. Gurgelnd und sprudelnd suchte der Fluss sich seinen Weg durch abgebrochene Äste und Treibholz, das sich in den runden Steinen verkeilt hatte und einen natürlichen Staudamm bildete. Der Wind warf Blätter aus den Baumkronen, die herabfielen wie Almosen in den Hut eines Bettlers.

Marie-Luise zog die viel zu große Windjacke noch enger um sich. Wir saßen am Ufer der Oder. Vor uns der wilde Fluss und die dunklen Wälder. Hinter uns die Wegbiegung nach Janekpolana, Jaceks Weinberg und die *osada*, das alte Herrenhaus mit seiner Dependance. Das Dorf schmiegte sich weiter rechts an den Hang, in dem einen oder anderen Fenster brannte schon Licht. Ich fragte mich, wie viele Menschen dort wohnten. Fünfzig vielleicht? Würde es sich lohnen, mit ihnen zu reden? Hatten sie etwas bemerkt, das der Polizei entgangen war? Oder würden auch sie mir uralte Geschichten und Märchen aus der verlorenen Heimat erzählen?

Es schien, als ob der Horizont hier weiter wäre als anderswo und die Wolken wie in einem Wettrennen über den Himmel jagten. Immer wieder tauchte die dünne Sichel des zunehmenden Mondes auf, als ob er sich nur vergewissern wollte, dass es noch nicht Zeit für seinen großen Auftritt war. Das nächste Tief war im Anmarsch. Wir alle sehnten uns nach dem Sommer, doch er benahm sich wie ein scheuer Gast, dem man aus Versehen auf die Füße getreten war. Irgendwo drückte er sich noch herum, man wusste, er war da, aber er zeigte sich nicht.

»Es war wirklich Jacek auf dem Foto? Kein Zweifel?« Marie-Luise zog eine Notfallzigarette aus dem zerquetschten Päckchen. Wahrscheinlich hatte sie darauf geschlafen.

»Kein Zweifel.«

»Demnach hat er Schwerdtfeger gekannt. Und die Schwester. Was wollten die beiden von Jacek?«

»Das werde ich erfahren, wenn seine Anwältin sich das nächste Mal meldet. Sie müsste eigentlich schon längst aus dem Knast zurück sein.«

Ich hatte mich entschlossen, an diesem Tag nicht mehr nach Poznań zu fahren. Sollte Zuzanna Jacek mit den neusten Entwicklungen konfrontieren. Ich hatte Angst, ihm in die Augen zu schauen und dort etwas zu entdecken, das ich nicht sehen wollte. Jacek, mein Bruder.

Sie versuchte, sich die Zigarette anzuzünden. Es dauerte eine Weile und brauchte eine halbe Packung Zündhölzer. »Und der alte Hagen, sein Vater, war aus Zielona Góra?«

»Ja. Grünberg. Aus der Gegend um Grünberg, so hieß es.«

Sie drehte sich um und sah links hinauf zum Herrenhaus. »Vielleicht hat es ihm mal gehört.«

»Auch das müsste Jaceks Anwältin mittlerweile wissen.«

»Aber … das ist doch alles Schnee von gestern. Es hat den Lastenausgleich gegeben. Das Potsdamer Abkommen. Die Anerkennung der Oder-Neiße-Linie von 1950 durch die DDR und 1970 nach dem Warschauer Abkommen durch die Bundesrepublik. Den Zwei-plus-Vier-Vertrag 1990, ohne den es die deutsche Einheit nicht gegeben hätte.«

»Und die Preußische Treuhand«, warf ich ein. »Ihr Kreuzzug gegen Polen ist gerade mal ein paar Jahre her.«

Marie-Luise spuckte in den Fluss. »Die Klagen vor dem Europäischen Gerichtshof für Menschenrechte sind abgelehnt worden.«

»Dafür ist vielen Einzelklagen stattgegeben worden.«

»Sag mal, bist du jetzt unter die Revisionisten gegangen?«

Ich schüttelte den Kopf. »Nein. Aber ich weiß, dass es Fälle gegeben hat, bei denen im Grundbuch noch die deutschen Besitzer standen. Das hat die Chancen auf eine Rückgabe erhöht.«

»Rückgabe«, wiederholte sie. »Du glaubst also wirklich, es existiert was zum Zurückgeben?«

»Nein. Überhaupt nicht. Ich lege bloß Fakten dar. Es gibt immer wieder Bestrebungen Einzelner, ihr verlorenes Eigentum zurückzubekommen.«

»Dann frag dich doch mal, warum sie es verloren haben. Meine Großeltern waren Kommunisten. Dafür ist mein Opa sogar für sechs Wochen ins KZ gekommen. Von ihrem Haus in Küstrin existieren nur noch die Grundsteine. Soll ich da einen Pflock mit der deutschen Fahne reinrammen und sagen: Das ist meins? Den Nazis, den neuen und den alten, muss man dafür in den Arsch treten. Immer und immer wieder. Und wenn sie fragen, warum, gleich noch eins hinterher.«

Sie rauchte wütend, in tiefen, schnellen Zügen.

»Dass dieses faschistische Gesindel sich heute überhaupt noch aus der Deckung traut. Diese Schmach und Schande, dieses unermessliche Leid … Wem haben wir es denn zu verdanken? Und dann kriechen sie wieder aus ihren Löchern und morden vor aller Augen, und der Verfassungsschutz bleibt einfach auf dem rechten Auge blind. Dieses unsägliche Herumeiern, ob die NPD nun verboten werden kann oder nicht. Ich habe es so satt. Und wir müssen diese Leute dulden, die immer noch krakeelen: Ich bin stolz, ein Deutscher zu sein.«

Ich sah auf den Fluss und dachte daran, wie viel Blut hier hinuntergeflossen sein musste. Und an Stalins Terror im Osten, der Millionen Menschen das Leben gekostet hatte.

»Sie haben es nie verwunden«, fuhr Marie-Luise fort, ruhiger und leiser jetzt. »Das war ihre Heimat. Sogar dieses Wort haben uns die Nazis weggenommen. Hast du eine Heimat?«

Ich dachte an Berlin. An die kleine Wohnung am Mierendorffplatz. An eine Kindheit, an der das Wirtschaftswunder vorübergegangen war. An kurze Hosen und lange Sommer. An den Kleingarten hinter dem Rohrdamm und an Pfirsiche, so groß wie Fußbälle. An Sonntage, die so lang und ruhig und still waren, dass sie nie zu enden schienen. An das Kopfsteinpflaster in der Kaiserin-Augusta-Allee, das im Regen glänzte, und an viele kleine Geschäfte, die verschwunden und von denen nur noch die heruntergelassenen Rollläden geblieben waren. Ich dachte an den Geruch von Holz und Kohle und gelben Smog im Winter. An Wachttürme und Selbstschussanlagen. Ans Schlittschuhlaufen auf der Spree, an Lagerfeuer hinter der Böschung des Westhafens. Ich dachte an vieles, wenn ich an Berlin dachte, aber nicht an Heimat.

»Ich weiß es nicht. Vielleicht ein Zuhause.«

Daran wollte ich nicht denken. Es war eine moderne Mietwohnung, in der es im Winter warm war und in der mein Bett, mein Tisch, mein Schrank und meine Mikrowelle standen.

»Meine Großeltern hatten eine. Als sie sie verloren haben, ist ein Teil von ihnen kaputtgegangen. Wenn ich hier sitze, dann kann ich sie verstehen. Aber es geht gar nicht ums Haben, sondern ums Sein. Ich bin hier. Ich kann leben, wo ich will. Arbeiten, wo ich will. Das ist Europa. Das ist die Zukunft. Das ist vielleicht die größte Leistung unserer Generation.«

»Vielleicht wollte Schwerdtfeger genau das Gleiche«, sagte ich.

»Und dann hat Jacek ihn hierhergelockt und ihm eins über den Schädel gegeben? Nein. Das ist unmöglich.«

»Was, wenn es Notwehr war?«

»Dann muss es einen Angriff gegeben haben. Nur warum?«

Marie-Luise nahm einen letzten Zug und warf die Kippe ins Wasser. Sie sah etwas besser aus. Die blauen Flecken nahmen langsam eine gelblich-grüne Farbe an, die Wunden verschorften. Sie trug eine meiner Jeans und einen Pullover. In Paulinas Kleid wäre sie erfroren.

Ich versuchte noch einmal, Zuzanna zu erreichen, aber sie nahm den Anruf nicht an. Vielleicht war sie doch noch im Gefängnis, und das Telefon wartete in einem Schließfach am Eingang darauf, wieder abgeholt zu werden.

»Lass uns reingehen. Es wird kalt.« Ich stand auf und half ihr auf die Füße.

Wir überquerten die Straße, ohne nach links oder rechts zu sehen, weil man ein Auto schon in weiter Entfernung gehört hätte. Im Laufen warf ich einen Blick auf das Dorf, bevor es von der Biegung verschluckt wurde. Die Häuser schienen enger zusammengerückt zu sein, so, als ob sie beieinander Schutz suchten. Aus einigen Schornsteinen stieg zarter Rauch. Es war Hochsommer, und man musste heizen.

»Hast du genug Decken?«, fragte ich.

»Ja.«

»Reicht das Essen?«

Ich hatte ihr zwei Tüten mit Vorräten mitgebracht. Alles Dinge, die man ohne viel Aufwand verzehren konnte. Brot. Wurst. Käse. Gemüse. Obst. Erdnüsse. Müsliriegel. An der Kasse in Frankfurt/Oder hätte ich mich am liebsten mit aufs Rollband gelegt. Ich war müde und gereizt. Meine Niederlage bei Sinter hatte diesen Tag, der mit einem Höhenflug begonnen hatte, in einem schmerzhaften Aufprall enden lassen.

»Bis wann? Wie lange soll ich noch hierbleiben?«

»Ich weiß es nicht«, gab ich unfreundlich zurück. Natürlich half ich Marie-Luise. Aber ich musste dabei ja nicht die Laune eines Zirkusclowns versprühen. »So lange, bis ich mir sicher sein kann, dass sie dich nicht in Handschellen abführen.«

Sie warf mir einen kurzen Blick zu. Ich versuchte ein Lächeln, das misslang.

»Das Haus ist unheimlich.« Wir hatten die andere Straßenseite erreicht und blieben stehen. Sie betrachtete die Fassade mit den leeren Fensterhöhlen. »Es knarrt nachts. Es sind so viele Geräusche hier.«

»Hast du Angst?«

»Ja.«

Ich sah hinüber zu Mareks Kate. Obwohl die Sonne noch nicht

ganz untergegangen war, lag sie im tiefen Schatten des Weinbergs. Ein Schwarm Stare oder Krähen stieg auf, so genau konnte ich das nicht unterscheiden. Es wirkte leer.

»Wir Stadtmenschen haben keine Ahnung mehr, wie Natur sich anhört«, sagte ich ihr.

Sie stieg die Stufen zum Eingang hoch. »Bleibst du heute hier? Dann könnten wir noch eine Flasche Wein aufmachen. Irgendwo hat Jacek sogar selbstgebrannten Aprikosenlikör.«

Es klang harmlos, doch das Unausgesprochene, Unbewältigte stand zwischen uns.

»Lieber nicht, ich will heute Abend noch zurück. Irgendwann wird sich Zuzanna melden. Vielleicht hat sie ja schon sein schriftliches Geständnis.«

»Niemals«, sagte sie und ließ mich stehen.

Ich wusste nicht, ob ich ihr folgen sollte. Meine Beine waren schwer wie Stein, die Muskeln in Rücken, Nacken und Armen schmerzten. Ich brauchte Schlaf, um wieder klar denken zu können.

Ich hatte Marie-Luise nichts von Jaceks Geständnis in der U-Haft gesagt. Die Situation war schon schlimm genug für sie. Er war ein Lügner. Er hatte uns alle belogen. Ich wusste nicht, aus welchem Grund, denn ich hatte gehofft, dass er wenigstens mir gegenüber offen sein würde. Stattdessen zog sich die Garotte immer enger um seinen Hals.

War Jacek unschuldig? Jein. Ich war immer noch davon überzeugt, dass er kein Mörder war. Aber die Möglichkeit einer Tat im Affekt oder einer Notwehr stand im Raum. Täter und Opfer hatten sich gekannt. Das änderte alles. Ich traute Sinter eine Menge zu, jedoch kein gefälschtes Foto.

Nur warum hatte der Anwalt Horst Schwerdtfeger überwachen lassen? Angeblich, um einer Erpressung zuvorzukommen. Also musste es einen Grund dafür geben, der gewichtiger war als eine kleine Erbschleicherei. Wovor hatten die Camerers Angst? Was konnte ihnen gefährlich werden? Gab es eine geheime Vereinbarung zwischen dem alten Hagen und seinem unehelichen Sohn?

Wenn ich schon bei Sinter nicht weiterkam … dann vielleicht bei Krystyna. Sie schien sich wirklich Vorwürfe zu machen und hatte den alten Herrn gemocht. Frau Wittich war nicht korrumpierbar. Sie würde die Geheimnisse ihrer Schützlinge wenn nötig mit dem Flammenschwert verteidigen. Die Pfleger dagegen …

Ich ging ins Haus.

»Marie-Luise?«

Keine Antwort. Ich stieg die Treppen hoch zu den beiden Schlafzimmern unterm Dach. Sie lag in ihrem Bett und starrte an die Decke.

»Ich hau mich mal kurz aufs Ohr«, sagte ich.

»Tu das.«

Ich betrat Jaceks Zimmer und warf mich auf sein Lager. Es roch nach Erde und Mann. Eine kratzige Decke lag auf dem Fußboden, sie reichte aus, um mich wenigstens etwas zu wärmen. Ich tastete nach meinem Handy und hoffte, Zuzanna würde mich mit ihrem Anruf wecken.

23

Ein kalter Luftzug strich durchs Zimmer. Ich riss die Augen auf und fand mich in fast vollkommener Dunkelheit. Nur das bleiche Viereck des Fensters war zu erkennen. Und ein Schatten, der es verdunkelte, der Umriss einer klumpigen, untersetzten Gestalt. Kein Mensch konnte so missgestaltet sein wie dieses Ding. Der kleine Kopf saß auf einem massigen Buckel, zerklüftet wie ein Felsbrocken. Im ersten Moment glaubte ich, der livländische Christoph stünde dort. Dann bewegte sich die Gestalt leichtfüßig und kam auf mich zu.

»Bist du wach?«, flüsterte sie.

Ich griff nach meinem Handy und aktivierte die Taschenlampenfunktion. Marie-Luise beugte sich über mich, um die Schultern hatte sie meine verdrehte Jacke gelegt. Das war es, was im Dunkeln ihre Silhouette so verändert hatte.

»Mach das aus. Sofort!« Ich gehorchte. »Ich hab wieder was gehört. Draußen, auf dem Friedhof.«

Sie schlich zum Fenster und spähte hinaus. In meinem Kopf rumpelten noch die Überreste eines merkwürdig realen Traums, in dem ich über einen See gerudert war. Oder war es ein Fluss gewesen? Ich musste ans andere Ufer, so schnell wie möglich, und etwas von der Panik, die ich in dem Traum gespürt hatte, begleitete mich auch noch in die ersten Augenblicke nach dem Erwachen hinein. Mühsam stand ich auf und humpelte wie ein alter Mann zu ihr. Meine Schultern waren völlig verkrampft. Wahrscheinlich vom Rudern.

»Da!«

Ihr Zeigefinger stieß in die Dunkelheit. Ich kniff die Augen zusammen und betrachtete die schwarze Masse unter meinem Fenster, aus der sich langsam die Wipfel der Friedhofsbäume und das Ziegeldach der Kapelle erhoben.

»Ich sehe nichts.«

»Jetzt ist es wieder weg.«

Wir blieben nebeneinander stehen. Ich konnte hören, wie sie atmete. Ein leises Rauschen kam auf, als der Wind über die Wipfel strich. Einmal glaubte ich, die zerborstene Ruine eines Grabsteins zu entdecken. In allen Ecken lauerten Schatten.

Einer bewegte sich.

»Links«, flüsterte ich. »Ist das eine zweite Kapelle?«

Ein Dach, ein Kreuz. Schmale, hohe Fenster. Eine Gestalt strich um die Ecke, blieb vor dem Eingang stehen.

»Nein, ein Mausoleum mit Gruft. Dort liegt Mathilde.«

»Welche Mathilde?«

»Das ist doch egal!«, zischte sie.

»Ich gehe nachsehen. Du bleibst hier.«

Ich wollte mich abwenden, um hinunterzugehen. Ihre Hand fuhr vor und klammerte sich an meinen Arm.

»Nein!«

»Lass mich los. Da unten streunt jemand rum, und ich will wissen, wer das ist.«

»Nein!«

Sie schlang beide Arme um mich und hielt mich fest. Ich spürte, wie sie zitterte. Die Berührung lähmte mich. Ich brauchte einen Moment, bis ich vorsichtig eine Hand heben und ihr über den Kopf streichen konnte.

»Ist ja gut«, murmelte ich. »Keiner tut dir was.«

Sie vergrub das Gesicht an meiner Brust, als ob ich der Einzige wäre, der ihr noch Schutz bieten könnte. Ich war überrumpelt und überfordert. Es war, als wäre sie nie fort gewesen aus meinen Armen.

»Das ist nicht wahr.« Ihre Stimme klang gedämpft aus meinem Pullover. Trotzdem hörte ich die Angst, spürte ihre hilflose Verzweiflung. »Genauso war es, als es passiert ist. Ich bin aufgestanden, um nachzusehen. Sein Bett war leer.«

»Jacek war nicht im Zimmer?«

Schnelles, hektisches Kopfschütteln.

»Ich habe geglaubt, er hätte mich gerufen. Davon bin ich aufgewacht. Ich bin runter und dachte, ich soll ihm vielleicht helfen, das Lagerfeuer auszumachen. Aber es war schon aus. Niemand war da. Und dann waren da diese Schreie ...«

»Welche Schreie?«

»Erst Jacek. Er hat irgendwas gebrüllt. Ich konnte die Worte nicht verstehen. Aber ich hab Angst bekommen. Neben dem Eingang lag die Eisenstange. Ich hab sie aufgehoben. Ich rief: Jacek? Und noch mal: Jacek? Er brüllte: Marie-Luise! Da ich ich bin los.«

»Du bist auf den Friedhof?«

Schnelles, hektisches Nicken. »Ich wusste ja nicht, was mich dort erwartet hat. Ich dachte, Jacek wäre irgendwo reingefallen und käme ohne meine Hilfe nicht mehr raus. Das ist lebensgefährlich da drüben. Ich bin los, und dann ...«

Sie verkrampfte sich noch mehr. Ich legte meine Arme um sie und hielt sie fest, wiegte sie sanft hin und her.

»Und dann?«

»Ich konnte kaum was sehen. Ich hab ihn gerufen. Auf einmal schrie er, gar nicht weit weg. Hau ab!, schrie er. Verschwinde! – Was ist los?, hab ich gerufen. Und da ... da kam dieser Schrei. So etwas Unmenschliches, Tierisches. Es brach durch die Büsche wie ein ... Wolf? Ich weiß es nicht. Ich hab nur den Schatten gesehen, der aus einem der Gräber gestiegen ist. Es war ein so unheimlicher Anblick, dass ich erst dachte: Jetzt wirst du verrückt. Ich schrie nach Jacek, aber der war irgendwo weiter weg. Da hab ich die Stange fallen lassen und bin losgerannt. Ich wusste nicht, wohin, ich hatte null Orientierung. Alles ist überwuchert, es gibt keinen Weg mehr. Ich bin über Grabsteine gestolpert und einmal, einmal bin ich mit dem Fuß stecken geblieben und da ... Oh Gott.«

»Schschsch.«

»Ich dachte, ich breche in einen morschen Sarg ein! Es war so unheimlich. So grauenhaft! Und dieses Monster war die ganze Zeit hinter mir her.«

»Hast du irgendetwas erkennen können?«

Sie hob den Kopf. »Ich hatte Todesangst. Es war stockfinster. Ich bin wahrscheinlich in Gerippe getreten und über Totenköpfe gestolpert. Und die ganze Zeit über weißt du, du wirst entweder erschlagen oder wahnsinnig. Nein, ich habe nichts erkennen können. Ich bin über einen Friedhof gejagt worden, der in der Erde versinkt. Einmal wäre ich fast in die Spitzen eines Eisenzauns gefallen. Hier.« Sie zeigte mir eine böse Schramme am Unterarm. »Ich hätte mich auch aufspießen können. Das ist verrückt, völlig verrückt. Es ist schon bei Tag ein unübersichtliches Gelände. Und bei Nacht der Irrsinn.«

»Und dann?«

Sie löste sich aus meinen Armen. »Dann habe ich diese halb verfallene Gruft von Mathilde Irgendwas gefunden und bin rein. Eine Sackgasse. Wenn er mich dort gefunden hätte …«

»Es war ein Mann?«

»Ja. Ganz bestimmt. Eine Frau hätte anders gebrüllt.«

»Was hat er gebrüllt?«

»Ich habe es nicht verstanden.«

»Polnisch oder deutsch?«

»Ich habe es nicht verstanden! Wann bist du zum letzten Mal zu Tode gehetzt worden? Du hörst deinen Atem, die Geräusche, wenn du hinfällst und dich wieder aufrappelst, du hörst das Blut in den Ohren rauschen, du machst dicht. Dicht!«

»Okay. Und dann?«

»Dann … ist er an der Gruft vorbeigelaufen. Als ob er jemanden suchen würde. Mich oder jemand anders.«

»War es Jacek?«

Ihre Augen weiteten sich. »Nein! Es war nicht Jacek!«

»Wo war er?«

»Das … das weiß ich nicht. Es wurde ruhig. Ganz ruhig. Ich habe abgewartet. Dann bin ich raus aus der Gruft. Ich dachte, wenn ich ganz schnell ins Haus laufe, die Tür zuschließe und die Polizei anrufe … Ich bin zurückgeschlichen, bis zur Kapelle … und da hat er mich gesehen.«

»Wer?«

»Der … Schatten. Er ist aus einem Grab gestiegen, als ob er dort gelegen und auf mich gewartet hätte. Er war groß, fast zwei Meter. Und er hatte die Stange in der Hand und hieb damit an die Mauer, und er schrie, er schrie! Ich bin los, zu meinem Auto. Jacek hatte den Schlüssel stecken lassen, um Radio zu hören. Das war mein Glück. Ich hab den Wagen gestartet und bin los, keine Ahnung, wohin. Ich war nur noch Panik. Ich bin die Straße runtergerast und hab nicht nach links und rechts gesehen. Da ist es dann passiert. Ich habe eine Kurve nicht gekriegt. Der Volvo muss immer noch irgendwo halb in der Oder stecken. Ich bin raus, es war bei Cigacice, alles schlief, alles war dunkel. Ich musste weg. Bin zur Straße gerannt, gelaufen, gerannt, gelaufen … Irgendwann kam der Lkw. Und dann bin ich im Krankenhaus von Poznań wieder aufgewacht.«

»Schatten aus dem Grab.« Ich wusste nicht, was ich sagen sollte. »Marie-Luise, ich glaube dir jedes Wort. Aber weißt du, wie sich das anhört?«

»Ja.« Sie fuhr sich mit der Hand über die Nase. »Ich bin nicht verrückt. Es hat sich genau so zugetragen.«

»Ich glaube dir. Trotzdem hört es sich in meinen Ohren so an, als ob ihr alle in Panik wart. Dein Verfolger hatte vielleicht nur Angst.«

»Nur Angst?«, fragte sie ungläubig.

»Ja. Vielleicht dachte er, *du* bist der Geist, der aus den Gräbern kommt.«

»Und Schwerdtfeger?«, zischte sie. »Das war ein Irrer da draußen! Er hätte uns alle umgebracht, wenn er uns erwischt hätte!«

Ein Geräusch kam von draußen. Sie zuckte zusammen, löste sich von mir und verbarg sich neben dem Fenster. Ich trat auf die andere Seite und spähte vorsichtig hinaus.

Da sah ich es. Eine Gestalt glitt an der Kapellenmauer vorbei, so schnell, dass ich an eine Sinnestäuschung geglaubt hätte, wenn Marie-Luise nicht ebenfalls vor Schreck scharf eingeatmet hätte.

»Was war das?«

Ich drehte mich zu ihr um. »Du gehst jetzt in dein Zimmer und schließt die Tür ab. Ich schleiche mich runter.«

»Nein!«

»Leise! Das da unten ist nicht der unglückliche Viktor.«

»Wer?«

»Das ist ein Mensch. Einer, der nicht gesehen werden will. Ich wäre dir dankbar, wenn wir ihn in dem Glauben lassen könnten, bis ich ihn gestellt habe.«

»Ruf die Polizei!«

»Was denkst du, wo sich der nächste Revierposten befindet? Und was soll ich ihm auf Deutsch erzählen? Ich könnte Marek aufwecken, aber er würde bloß wieder mit seinen Verfluchten anfangen, und das klingt auch nicht sehr glaubwürdig. Also? Hast du eine bessere Idee?«

»Vielleicht warten, bis er wieder weg ist?«

Wir traten vom Fenster zurück in die Dunkelheit des Zimmers. Ich konnte ihre Angst beinahe mit den Händen greifen. Wie eine schwarze Wolke stand sie im Zimmer und verschattete ihren Verstand.

»Hier ist ein Mann erschlagen worden«, sagte ich leise.

»Eben. Es ist Wahnsinn, was du vorhast.«

»Die Wahrscheinlichkeit, dass der Täter an den Ort des Geschehens zurückkehrt, ist hoch. Vielleicht bekommen wir diese Chance nie wieder.«

»Was denn für eine Chance? Er hat Jacek erwischt, einen Baum von einem Mann! Und Schwerdtfeger ist tot! Willst du der Nächste sein?«

»Willst du ein Leben lang den Falschen im Knast besuchen?«

Sie schwieg.

»Oder bist du jetzt auch von seiner Schuld überzeugt?«

»Natürlich nicht. Wir gehen zusammen.«

»Du bleibst hier. Und wenn ich dich festbinden muss.«

»Dann nimm wenigstens das Brotmesser mit. Es liegt in der Spüle. Wenn du in zehn Minuten nicht da bist, setze ich mich mit aufgeblendeten Scheinwerfern hinters Steuer von deinem Auto und fahre hupend und blinkend über die Gräber. Ich schwör's. Wo steht es eigentlich?«

Ich schob sie aus der Tür hinüber in ihr Zimmer. »Hinterm Haus.«

Ich wollte nicht, dass jemand einen fremden Wagen mit Berliner Nummernschild bemerkte. Ich beglückwünschte mich zu dieser Entscheidung und gab ihr den Schlüssel, geriet aber auf dem Weg nach unten in Zweifel.

Wer auch immer dort draußen herumgeisterte, er hatte bereits einen Menschen auf dem Gewissen.

Ich weiß drei Dinge über dich. Du hast getötet. Ob aus Angst, Panik oder Berechnung – du wirst es wieder tun. Du bist zurückgekommen, weil du etwas nicht zu Ende gebracht hast. Wenn du der Täter bist, dann ist Jacek unschuldig.

Das Messer war lang und schwer. Es hatte einen Holzgriff und war über die Jahre hinweg gut geschliffen worden. Ich wog es in der Hand. Es gab mir Sicherheit. Ich fragte mich, ob ich bereit war, es zu benutzen, und ob ich überhaupt dazu kommen würde, wenn der Angriff von hinten erfolgte. Und ich überlegte ein letztes Mal, was es bringen würde, jetzt hinauszugehen an einen Ort, an dem noch nicht einmal die uralten Geister aus aller Herren Länder zur Ruhe kamen. Es war verrückt. Selbst wenn ich jemanden überraschen würde, ich könnte ihn weder fesseln noch in Gewahrsam nehmen. Alles, was ich erreichen würde, wäre, einen Täter in die Flucht zu schlagen.

Dann habe ich immerhin dein Gesicht gesehen. Da draußen ist etwas, das du haben willst. Wenn ich weiß, was es ist, dann weiß ich, warum das alles geschehen ist.

Im Schutz der Dunkelheit verließ ich das Haus. Sie legte sich um mich wie ein Mantel, und die Nacht war auf meiner Seite.

24

Der Wind war kühl, fast schneidend. Der dünne Mond hatte sich wieder hinter den Wolken versteckt. In Janekpolana mussten einige Straßenlampen brennen. Ein schwacher Lichtschein, mehr

Ahnung als Gewissheit, schimmerte hinter dem Weinberg. Mareks Haus war dunkel. Ich hoffte, der alte Mann würde schlafen und von den Geistern des Friedhofs in seinen Träumen verschont bleiben.

Die Luft roch nach Pilzen, Moos und Farn, erdig und feucht. Und nach verrottenden Blättern. Ich schlich über das unbefestigte, halbwegs ebene Terrain von Jaceks Haus in Richtung Friedhof. Nach ungefähr zwanzig Metern begann kniehohes Gras zu wuchern, das in niedrige Büsche und Gestrüpp überging. Die ersten Gerten und Zweige konnte ich noch zur Seite schieben, doch ein paar Schritte weiter stand ich vor einer grünen Wand. Vielleicht war sie einmal eine Hecke gewesen. In den vergangenen Jahrzehnten waren die dornigen Zweige ineinandergewuchert und zu einem dichten Geflecht verwachsen. Es gab kein Durchkommen. Ich musste einsehen, dass der einzige Zugang zu dem alten Friedhof vorne an der Straße lag, wo vor der Kapelle ein verrostetes, schief in den Angeln hängendes hohes Gartentor einen knappen Meter breit geöffnet war. Efeu, Stechginster und Kirschlorbeer rankten sich um die eisernen Schmiedespitzen. Nur wenige Stäbe waren noch zu erkennen. Den Rest hatte die Natur verschluckt.

Ich blieb stehen und lauschte. Wenn Marie-Luise die Geräusche im Haus schon unheimlich waren, dann hätte sie spätestens jetzt die Flucht ergriffen. Direkt neben mir raschelte etwas im Laub. Ein dünner Zweig knackte. Ein Luftzug streichelte den Efeu, und die Blätter bewegten sich wie hundert winkende Hände. Vorsichtig tastete ich mich an dem Tor vorbei. Der Oberholm hatte sich an einer Seite gelöst und hing, grotesk verbogen, mitten im Weg. Die verrosteten Ornamente waren zum Teil herausgebrochen, die Füllstäbe sahen angenagt und instabil aus. Eine einzige unachtsame Berührung, und das brüchige Tor würde mitsamt dem Zaun umfallen.

Falls es früher einen Weg gegeben hatte, so war nur noch ein Trampelpfad geblieben. Ich trat ein – und mir stockte der Atem.

Meine Augen hatten sich mittlerweile an die Dunkelheit gewöhnt, doch bei diesem Anblick war es eher ein Nachteil. Ich hatte das Gefühl, auf einem vergessenen Filmset zu stehen. Kreuze und Grabsteine ragten aus der Erde, die meisten zur Seite geneigt, einige bereits umgefallen. Der Boden hatte sich über den Särgen gesenkt, dadurch waren rechteckige, längliche Gruben entstanden. Unter jeder von ihnen ruhte ein Toter. Ich erkannte eine dicke schwarze Platte aus geborstenem Glas. Darauf waren goldene Lettern eingraviert, die ich nicht lesen wollte. Obwohl mir mein Verstand sagte, dass mir hier von den Toten weniger Gefahr drohte als von den Lebenden, war es zu dieser Stunde ein verwunschener, geradezu furchteinflößender Ort.

Als ich weiterging, verlor sich der Trampelpfad. Langsam begriff ich, was Marie-Luise auf ihrer Flucht durchgemacht hatte. Das dichte Gestrüpp und die zerbrochenen Steinumrandungen machten es unmöglich, zwischen einem Weg und einem Grab zu unterscheiden. Die Sarggruben mussten für eine Fliehende wie Fallen gewesen sein.

Sie ist über Gräber gelaufen.

Um ein Haar wäre ich in einen knöchelhohen Eisenzaun getreten. Es war ein Irrgarten. Ein Labyrinth. Ich sah hoch. Keine zehn Meter entfernt erhob sich ein großer, massiver Schatten aus der Dunkelheit. Die Kapelle.

Es war ein kleiner Bau. Schlicht, mit einem von Moos und Flechten überwucherten Ziegeldach. An der Vorderseite befand sich ein winziger Glockenturm ohne Glocke. Die Holztür war geschlossen.

Ich rührte mich nicht vom Fleck und wartete darauf, dass sich aus den Geräuschen etwas herausfiltern ließ, von dem ich darauf schließen konnte, dass Viktor, Christoph, der Golem und ich in dieser Nacht nicht die einzigen Anwesenden waren. Der Messergriff schmiegte sich in meine Hand. Zur Krönung, als hätte der Regisseur dieses Stilllebens wirklich nichts ausgelassen, ließ auch noch ein Waldkauz sein klagendes Locken ertönen.

Ein Kratzen. Ein Schürfen. Das leise Klingen von Metall auf Stein. Meine Hand um den Messerschaft verkrampfte sich. Jemand war in der Kapelle. Ich vertraute darauf, dass die geschlossene Tür meine Schritte dämpfte, und schlich weiter. Dabei wäre ich um ein Haar in eine Grube gefallen und fand erst in letzter Sekunde die Balance wieder. Je näher ich kam, desto deutlicher schälten sich die Einzelheiten aus der Dunkelheit. Die Tür war aus schweren, dunklen Balken gefertigt, die in Neunzig-Grad-Winkeln miteinander verkragt waren. Beschläge und Klinke waren aus Eisen.

Ich spähte durch das Schlüsselloch. Lichtreflexe huschten über die Wände der kleinen Kapelle und warfen geisterhafte Schatten. Sie war leer, noch nicht einmal Bänke waren mehr geblieben. Nur am anderen Ende des Raumes stand ein schlichter Altar. Davor hockte eine schwarze Gestalt. In diesem Moment wandte sie den Kopf in meine Richtung. Das Letzte, was ich erkennen konnte, bevor mich ein gleißender Lichtstrahl mitten in die Netzhaut traf, war eine furchterregende Fratze aus einer Fieberphantasie von Edvard Munch: weiße Augenschlitze, platte Nase, dunkles Mundloch. Vor Schreck trat ich einen Schritt zurück, stolperte und ließ das Messer fallen. Es war kein lautes Geräusch, doch in meinen Ohren dröhnte es wie eine Abrissbirne.

Mit einer einzigen geschmeidigen Bewegung sprang die Gestalt auf. Sie trug eine Stirnlampe und hatte so den Vorteil, überall Licht zu haben, wohin sie den Kopf auch wendete. Ich hatte genug gesehen. Ich drehte mich um und rannte zurück zum Tor, hörte, dass hinter mir die Tür aufgerissen wurde und jemand schrie. Nicht schrie. Brüllte. Unverständliche Laute keiner Menschen Zunge. Das gurgelnde Gebrüll ließ mir das Blut in den Adern gefrieren. Und dann, schlagartig, schien es, als ob in gleißendem, irrlichterndem Schein die Geister den Gräbern wie Furien entstiegen.

Schatten wirbelten durcheinander, zogen sich grotesk in die Länge, tanzten über die Fassade. Mein überforderter Verstand brauchte einige kostbare Sekunden, bis ich erkannte, dass die Ursache für diesen Spuk Autoscheinwerfer waren, die jenseits der grünen Mauer aufblendeten.

»Hierher!«, gellte Marie-Luises Ruf zu mir.

Ich rannte weiter, stolperte über einen Zaunrest und fiel der Länge nach hin. Der Schmerz, der durch mein linkes Knie jagte, war mörderisch. Ich wagte nicht zurückzublicken. Ich wollte auch nicht wissen, warum das Monster mich nicht verfolgte, sondern nichts anderes tat, als zu brüllen.

»Mach das Licht aus!«

Wenigstens das begriff sie. Die Scheinwerfer erloschen, und die Schatten verschmolzen wieder mit der Dunkelheit, die nun allerdings noch tiefer und schwärzer erschien. Ich kam auf die Beine und rannte auf das Friedhofstor zu. In letzter Sekunde erinnerte ich mich an den verbogenen Holm, sonst hätte ich mich noch geköpft. Marie-Luise öffnete die Beifahrertür, ich warf mich ins Auto, brüllte »Los!«, und sie gab Gas. Wir schlingerten auf die Straße und rasten durch Janekpolana, als wäre der Leibhaftige hinter uns her.

»Was war los?« Ihre Stimme flatterte vor Angst. »Hast du es gesehen? War es wieder da?«

Mein Knie schmerzte wie Hölle. Hoffentlich war nichts gebrochen. Vorsichtig tastete ich die Stelle ab und beugte das Bein. Es fühlte sich an, als wäre die Kniescheibe in tausend Teile zerschmettert, aber wahrscheinlich war es nicht mehr als eine saftige Prellung.

»Kein *Es*«, schnaufte ich. »Ein *Er*.«

»Was hast du gesehen?«

»Einen Mann. Höchstwahrscheinlich einen Mann. Groß, schlank. Er hatte eine Sturmhaube auf.«

Ich holte mein Handy heraus und wählte Zuzannas Nummer. Als ich ihren Anrufbeantworter hörte, unterbrach ich die Verbindung und wählte erneut.

Erst nach dem vierten Mal ging sie ans Telefon. Ihre Stimme klang schlaftrunken und ärgerlich.

»*Halo?*«

»Vernau am Apparat. Ich habe soeben einen Unbekannten in der Kapelle von Janekpolana überrascht. Sie müssen die Polizei informieren und eine Fahndung auslösen.«

»Was?«

»Ein Mann. In der Kapelle auf dem Friedhof. Mit Maske. Er hat dort etwas gesucht. Im Boden unter dem Altar. Er ist es.«

»Wer?«

»Es ist derselbe Mann, den Jacek Zieliński dort in der Nacht von Samstag auf Sonntag überrascht hat. Zumindest führt er sich genauso irre auf, wie die Zeugen es beschrieben haben.«

»Moment.« Ich hörte, wie eine raschelnde Decke zurückgeschlagen wurde und sie durch die Wohnung lief. »Es ist kurz nach drei Uhr morgens. Sind Sie nüchtern?«

»Der Mann, der Horst Schwertfeger erschlagen hat, ich glaube, ich habe ihn gesehen. Er sucht etwas. Und das befindet sich in der Kapelle. Wenn die Polizei schnell ist, erwischt sie ihn vielleicht noch. Alarmieren Sie eine Streife. Lösen Sie eine Ringfahndung aus. Unternehmen Sie etwas, aber tun Sie es schnell.«

Eine Kühlschranktür wurde geöffnet. Ich hörte, wie Flaschen klirrten.

»Und wie soll ich das erklären? Dass mir der große Unbekannte in meinem Traum erschienen ist, während ich in Poznań, zwei Stunden von Janekpolana entfernt, im Bett liege?«

»Machen Sie es anonym.«

»Machen Sie es selber. Bis eine Streife kommt, ist der arme Mensch, den Sie dort zu Tode erschreckt haben, über alle Berge. *Dobranoc* – Gute Nacht.«

»Nein!«, rief ich. Marie-Luise fuhr erschrocken zusammen. »Nicht auflegen, bitte. Ich bin diesem Mann eben begegnet. Ich war dort. Ich habe ihn gesehen. Ich …« Ich unterdrückte einen Fluch.

»Ja?«

»Ich musste verschwinden. Mein Messer liegt noch dort. Ich hatte ein Messer dabei. Zum Schutz.«

»Das kann ich nicht glauben. Sie streifen um diese Uhrzeit über einen Tatort? Sie sind bewaffnet? Sie überraschen einen Mann, trampeln über den Friedhof und wollen, dass ich die Polizei alarmiere? Was, wenn es ein gläubiger Mensch war, den Sie in seiner Zwiesprache mit Gott gestört haben?«

Ein Wegweiser tauchte auf und huschte, kaum dass ihn die Scheinwerfer erfasst hatten, vorüber. »*Kostrzyn nad Odrą* 24 km« stand darauf.

»Zuzanna. Ich kann Ihnen nur sagen, was ich gesehen habe. Schicken Sie eine Streife hin und lassen Sie den Mann festnehmen.«

»Herr im Himmel. Mit welcher Begründung?«

»Störung der Totenruhe. Vandalismus. Mordverdacht.«

Ich hörte, wie sie eine Flasche an den Mund setzte und trank. Sie dachte nach. Ich wollte ihr keine Zeit zum Nachdenken geben. Es waren nur noch vierundzwanzig Kilometer bis Küstrin.

»Herr Vernau«, begann sie. Sehr freundlich, zu freundlich. »Wo sind Sie gerade?«

»Das tut nichts zur Sache.«

»Was machen Sie um diese Uhrzeit in Janekpolana?«

»Das tut …«

»Geben Sie sie mir.«

»Wen?«

Marie-Luise drehte ruckartig den Kopf zu mir. Sie musste zumindest einen Teil von Zuzannas Worten verstanden haben.

»Frau Hoffmann. Ich will mit ihr reden.«

»Frau Hoffmann ist nicht in Polen.«

Sie würde es in genau zehn Minuten auch nicht mehr sein, wenn wir weiter in diesem Tempo über die schmale Straße rasten. Ich legte einen Finger auf den Mund. Marie-Luise nahm es mit einem weiteren kurzen Seitenblick zur Kenntnis. Sie fuhr wie eine gesengte Sau.

»Wenn Sie den Mörder von Horst Schwerdtfeger finden möchten, dann informieren Sie jetzt unverzüglich die Polizei.«

»Ich bin die Anwältin des mutmaßlichen Mörders.«

In diesem Moment machte Marie-Luise den Mund auf. Ich konnte nichts dagegen tun.

»Hören Sie auf zu diskutieren!«, schrie sie. »Fangen Sie endlich diesen Wahnsinnigen! Er hat mich fast umgebracht, hören Sie? Er hat mich fast umgebracht!«

»Geben Sie sie mir!«

»Nein!«, schrie ich.

Alles lief aus dem Ruder. Es war zu spät. Zum Auflegen, zum Marie-Luise-Würgen, für alles. Ich hörte, wie am anderen Ende eine Kühlschranktür so heftig zugeschlagen wurde, dass die Flaschen schepperten.

»Das hat Konsequenzen!«

»Die wird es haben.« Ich versuchte, wenigstens einen Rest von Ruhe zu bewahren. »Aber nicht für uns. Das verspreche ich Ihnen.«

Ich legte auf. Marie-Luise hatte Tränen in den Augen, als sie mit neunzig Stundenkilometern eine Haarnadelkurve nahm. Ich wurde von einer auf die andere Seite geschleudert und hätte fast aufgeheult vor Schmerz. Mein Handy landete auf dem Boden.

»Langsam! Marie-Luise! Fahr langsamer!«

Sie trat das Gaspedal durch. Wir rasten durch eine geisterleere Ortschaft mit grauen Häusern und heruntergelassenen Fensterläden, die von zwei Straßenlaternen in depressives Gelb getaucht wurden. Wir passierten die einzige Kreuzung mit qualmenden Reifen. Ein Schlafwandler hätte keine Chance gehabt.

»Fahr langsamer!«

»Nein. In zehn Minuten ist höchstwahrscheinlich die Grenze dicht.«

Ich sah auf die Uhr. Wenn Zuzanna mit all unseren Friedhofs-geschichten genauso wenig anfangen konnte wie jeder andere vernünftige Mensch, würde sie vielleicht den polnischen Grenz-schutz und den Zoll alarmieren. Aber sie konnte nicht wissen, welchen Übergang wir nehmen würden. Küstrin oder Słubice schien wegen der Nähe zu Janekpolana am wahrscheinlichsten. Dann gab es da noch Guben, Forst, Schwedt, Görlitz ... Blieb die Frage, ob sie sich genauso lächerlich machen wollte wie wir. Ich vermutete, nein. Also gab es auch keinen Grund, so zu rasen.

»Wenn du den Mund gehalten hättest ...«, fing ich an, doch Marie-Luise ließ mich nicht ausreden.

»Oh ja. Entschuldige. Es geht ja nur um fünfzehn Jahre Knast für mich. Aber willkommen im Club. Jetzt sind wir immerhin schon drei, die den Geist in Aktion erlebt haben. Vielleicht wer-den wir ja noch eine Volksbewegung, und Janekpolana wird zum Wallfahrtsort. Man wird uns verehren und Opfergaben darbrin-gen, weil wir die Verfluchten sehen. Nur, es wird uns nichts nüt-zen, wenn nicht mal Leute wie *deine* Anwältin einen Funken In-teresse an der Wahrheit haben!«

Jetzt ging *das* wieder los. Marie-Luise funkelte mich wütend an.

»Schau auf die Straße!«

Wir verließen den Ort, sie gab Gas, ich wurde in den Sitz ge-presst.

»Wohin willst du eigentlich?«

»Ich nehme die A 2 über Frankfurt Oder.«

»Das ist Wahnsinn. Alle Mautstellen an den Auffahrten sind kameraüberwacht.«

»Die vor der Grenze nicht.«

Das nächste große Schild verwies tatsächlich auf die Autobahn. Wir würden die letzte Auffahrt in wenigen Minuten erreichen.

»Warum nicht Słubice?« Die frühere Dammvorstadt von Frankfurt/Oder erschien mir für eine Flucht wesentlich geeig-neter. Tankstellen, Sexshops, Vierundzwanzig-Stunden-Restaurants und Supermärkte, all das würde ablenken. Der Polenmarkt hatte um diese Uhrzeit noch geschlossen. Dennoch waren die Parkplätze dort sicher voll mit Truckern und Reisenden. Dort konnten wir untertauchen.

»Zu viele Leute. Bis wir durch die Stadt auf der anderen Seite sind, vergeht zu viel Zeit. Eine Autobahn kann man nicht so schnell abriegeln.«

Ich glaubte nicht daran. Selbst wenn Zuzanna die Polizei benachrichtigte, blieb es fraglich, ob unseretwegen innerhalb kürzester Zeit sämtliche Grenzposten besetzt werden könnten. Ich vermutete eine ganz andere Taktik: Nun, da sie wusste, dass Marie-Luise bei mir war, genügte es, wenn sie Vaasenburg aus dem Bett warf.

Tatsächlich: Als wir wenig später die hellerleuchtete Zubringerbrücke erreichten, war von Polizei und Grenzschutz keine Spur. Marie-Luise raste über die Oder, und ich sah die blauen Autobahnschilder mit den vertrauten Namen vorbeifliegen. In weniger als einer Stunde wären wir in Berlin.

Ich warf einen letzten Blick in den Rückspiegel. Außer einigen Lkws war niemand unterwegs. Es war halb vier, und irgendwo hinter meinem Rücken würde bald die Sonne aufgehen.

»Wir haben es geschafft«, sagte ich.

Marie-Luise schüttelte den Kopf. »Du vielleicht. Verdammt, wo soll ich denn jetzt hin?«

Ich lehnte mich zurück und rieb mein schmerzendes Knie.

25

Drei Stunden später, gegen sieben Uhr morgens, stand Zuzanna Makowska auf dem Hof der *osada* Janekpolana und versuchte, ihre Gefühle unter Kontrolle zu bringen. Ob die Zigarette dabei half, war fraglich. Sie war übermüdet und gereizt. Sie sehnte sich nach Kraków zurück, in die unbeschwerten Tage ihrer Studentenzeit und die Vorlesungen in Rechtsmedizin. Sie waren für ihr Examen nicht unbedingt notwendig gewesen. Die reine Neugier hatte sie in dieses Seminar getrieben. Professor Jan Raphael war kein attraktiver Mann, und die Fotos von Leichen, die er gleich zu Beginn auf die Leinwand projiziert hatte, waren abstoßend und erschreckend gewesen. Doch dann hatte sie den Klang seiner Stimme gehört. Leise und ruhig, wie kaltes Wasser über Flusskiesel. Er hatte schlanke, schöne Hände. Zuzanna ertappte sich dabei, dass sie mehr auf seine Körpersprache achtete als auf die Worte, die aus seinem Mund kamen. Sie blieb und wurde seine eifrigste Studentin.

Er war Wissenschaftler durch und durch. Am Ende des Semesters bedauerte er, dass sie sich nicht für ein Medizinstudium entschieden hatte.

»Ich will den Lebenden helfen«, hatte sie erwidert.

Sie erinnerte sich daran, wie die Röte ihr ins Gesicht geschossen war, weil der große Raphael sie angesprochen hatte. Da war sie schon längst unsterblich verliebt in ihn, und niemand hatte an Poznań gedacht.

»Ich auch.«

Der Blick seiner Augen, grau und klar, verfing sich in ihrem. Für zwei Sekunden schien es, als ob es nur sie beide gäbe inmitten der hastenden, rufenden, sich am Eingang zum Vorlesungsraum drängelnden Studenten.

Ein grauer Kastenwagen kam um die Biegung und hielt auf das Haus zu. Zuzanna warf die Zigarette auf den Boden und erstickte die Glut mit einem Tritt. Näher am Tatort hätte sie das nicht gemacht, um die Spuren nicht zu verschmutzen.

Zwei Männer stiegen aus und kamen auf sie zu. Sie stellten sich als Mitarbeiter der Ermittlungsabteilung der Staatsanwaltschaft Zielona Góra vor. Während sie die Overalls überstreiften und ihre Koffer aus dem Laderaum holten, trafen ein Polizeiauto und ein

Zivilfahrzeug ein. Die Polizisten stellten den Wagen quer auf die Zufahrt, damit nach ihnen niemand mehr hereinfahren oder sie ungesehen passieren konnte.

Aus dem unscheinbaren Audi stieg ein Mann, Ende vierzig, korpulent, der zehn Meter gegen den Wind nach Rasierwasser roch. Er gab Zuzanna eine weiche Hand und sah sich um. Sie erinnerte sich in letzter Sekunde an seinen Namen. Marian Sobczak. Staatsanwalt der Bezirksstaatsanwaltschaft Zielona Góra, Ermittlungsabteilung V. Er war alles andere als begeistert gewesen, dass der Mord von Janekpolana den Kollegen in Poznań in den Schoß gefallen war. Aber das dortige Gefängnis war für einen längeren Aufenthalt besser geeignet. Es war eine bürokratische Entscheidung gewesen. Dennoch musste für Sobczak ein schlechter Beigeschmack geblieben sein. Er sah missgelaunt aus. Das wäre Zuzanna auch, wenn sie die Drecksarbeit für die Kollegen erledigen müsste, die sich um diese Stunde noch einmal im Bett umdrehten.

»Herr Sobczak. Gut, dass Sie die Herren gleich mitgebracht haben.«

Normalerweise wäre er allein gekommen, allenfalls mit der *policja*, um dann zu entscheiden, ob er die Spurensicherung anfordern würde. Dass er die beiden morgenmüden Techniker im Schlepptau hatte, gefiel ihr.

»Einen wunderschönen guten Morgen, Frau Makowska. Schön, Sie so bald wiederzusehen.«

Sie hatten ein kurzes Briefing Anfang der Woche gehabt. Normalerweise wurde das schriftlich gehandhabt. Im Moment allerdings war Zuzanna jeder Vorwand recht, um nach Zielona Góra zu fahren. Sie war gleich nach Vernaus Anruf unter die Dusche gestiegen und hatte sich auf den Weg gemacht. Die Belohnung war der wunderschöne Moment gewesen, als ihr kleines Mädchen die Augen aufgeschlagen und die Ärmchen um ihren Hals geschlungen hatte. Das gemeinsame Frühstück mit ihren Eltern und der Weg mit Ali zum Kindergarten hatten keine halbe Stunde gedauert. Nun war sie hier. Dreißig Minuten Glück mussten für den Rest des Tages reichen.

»Die Freude ist ganz meinerseits.«

Er wirkte vielleicht gemütlich wie ein Bär, war jedoch mindestens genauso angriffslustig. Die kleinen, dunklen Augen in seinem runden Gesicht blitzten in einer Mischung aus amüsiertem Ärger und Ungeduld angesichts der Zumutung, zu dieser Stunde an diesem einsamen Flecken das Tagwerk zu beginnen.

»Wo soll sich der Vorfall abgespielt haben?«

Sie wies auf den überwucherten Eingang zum Friedhof und die Bäume, aus denen der Glockenturm der Kapelle ragte. »Dort. Ich habe gleich Ihre Kollegen informiert, aber als sie kamen, war der Einbrecher schon weg. Als Nächster standen Sie auf meiner Liste.«

Er grunzte nur. Mit einer knappen Kopfbewegung wies er die Polizisten an vorauszugehen. Die Kriminaltechniker warteten noch auf genauere Anweisungen.

Sie folgten den beiden Männern, die vor dem schiefen Gartentor am Eingang des Friedhofs auf sie warteten. Sobczak pulte einen Kaugummi aus seinem Papier und steckte sich den Streifen in den Mund.

»Wie ich schon sagte, heute Nacht war jemand in der Kapelle. Herr Vernau hat beobachtet, wie er sich am Boden unter dem Altar zu schaffen gemacht hat. Es könnte sein, dass es ein weiterer Tatbeteiligter war.«

»Vernau?«

»Der Anwalt der flüchtigen Marie-Luise Hoffmann.«

»Ein deutscher Anwalt?« Sobczak holte einen kleinen Notizblock hervor und zog die Kappe seines Filzschreibers mit den Zähnen ab. »Was hat er hier zu suchen?«

»Das wüsste ich selber gerne. Nach Ihnen.«

»Nach *Ihnen*, *Pani* Makowska.«

Sobczak hielt ihr das Tor weit genug auf, damit sie hindurchschlüpfen konnte, ohne von einem herausragenden Eisenteil aufgeschlitzt zu werden. Er wartete, bis sie den Eingang passiert hatte, dann zwängte er sich selbst hindurch. Die beiden Männer vor ihnen blieben stehen. Einer wies auf den Boden. Dort lag ein Messer.

»Das hatte Herr Vernau heute Nacht bei sich.«

»Und es dann bei der Flucht vor dem Gespenst verloren?« Sobczak kaute mit einem amüsierten Grinsen.

Einer der Kollegen steckte das Messer in eine Plastiktüte.

»Ja. Da wir alle nicht an Geister glauben, würde es mich interessieren, wer sich dort gestern Nacht zu schaffen gemacht hat.«

»Um Herrn Zieliński zu entlasten? Seine Freunde tun offenbar eine Menge für ihn. Vielleicht lassen sie es auch nachts ein bisschen spuken.«

Zuzanna schüttelte den Kopf. »Das glaube ich nicht. Herr Vernau und Frau Hoffmann sind beide Anwälte. Sie wissen, was es heißt, eine Ermittlung zu manipulieren.«

»Hoffentlich.«

Die Polizisten betraten die Kapelle. Einer drehte sich kurz zu ihnen um und machte eine abwehrende Handbewegung. Jetzt nicht, hieß das. Sie verließen den Trampelpfad und liefen einige Meter auf das Friedhofsgelände. Die Techniker lümmelten vor ihrem Wagen herum.

»Herr Vernau war der Augenzeuge?«

»Ja. Frau Hoffmann ist bei ihm. Ich gehe davon aus, dass sie die letzten beiden Tage drüben im Haus verbracht hat.«

»Das werden wir uns gleich mal ansehen. Wo hält sie sich derzeit auf?«

»Ich weiß es nicht. Wahrscheinlich ist sie längst in Berlin.«

Sobczak nickte. »Dann werden wir sie bald haben.«

Träum weiter. Du kennst Vernau nicht.

Sie strich sich eine Haarsträhne zurück. Ihre Hand roch immer noch nach seinem Rasierwasser.

»Wie kommt es eigentlich, dass der Anwalt von Frau Hoffmann Sie mitten in der Nacht angerufen hat?«

»Er hat um Hilfe gebeten. Vernau spricht kein Polnisch. Wie sollte er den Kollegen klarmachen, was er auf diesem Friedhof gesehen hat?«

»Hm. Ja. Was.«

Der Staatsanwalt blickte sich um. Am frühen Morgen hatte es geregnet. Nicht viel, aber einige Tropfen lösten sich immer noch aus dem Blätterdach über ihnen. Die Spurensicherung würde sich freuen.

»Ein merkwürdiger Ort«, sagte er. »Steht der Friedhof unter Denkmalschutz?«

»Das weiß ich nicht.«

Einige der alten, fast vergessenen Gottesäcker in Polen wurden mittlerweile instand gesetzt. Dieser nicht. Ihr Blick verfing sich im dichten Spinnweb, das ein Steinkreuz eingehüllt hatte. Wassertropfen glitzerten in dem Netz. Wenn Sobczak vom Verfall rings um ihn herum berührt war, so ließ er sich das nicht anmerken. Sie fröstelte. Der Anblick der versunkenen Gräber machte sie traurig.

»*Den Heldentod fürs Vaterland.*« Sobczak deutete auf einen durchgebrochenen Grabstein. *Vaterland* und *Heldentod* klangen aus seinem Mund sehr deutsch.

»Er ist neunzehnhundertsiebzehn gestorben«, sagte sie und wies auf das Todesdatum. »Im Ersten Weltkrieg.«

Der Staatsanwalt runzelte die Stirn, sagte jedoch nichts. Sie steckte die Hände in die Taschen ihres Trenchcoats, sehnte sich nach einer Zigarette und einem Kaffee und fror. Sie waren hier, weil ein Pole einen Deutschen erschlagen hatte und sie den Polen als Anwältin vertrat. Dieses Verbrechen war noch nicht aufgeklärt, so weit war sie mittlerweile gekommen. Dass es sich bei dem Tatort ausgerechnet um einen vergessenen, uralten und fast im Erdreich versunkenen Friedhof handelte, hatte eine Bedeutung. Es konnte einfach kein Zufall sein, dass Horst Schwerdtfeger hier ums Leben gekommen war und nicht in dem Haus, das keine fünfzig Meter entfernt lag.

Sie dachte an den Grundbuchauszug und daran, ob sie ihn Sobczak zeigen sollte. Wahrscheinlich ja. Aber nicht jetzt. Wenn sich herausstellen sollte, dass weitaus mehr Leute an der Tat beteiligt gewesen waren, konnte das für Jacek Zieliński von Vorteil sein.

Der größere der beiden Polizisten erschien in der Kapellentür und nickte ihnen zu. Für den kurzen Rückweg musste Sobczak Zuzanna seinen Arm reichen – sie wäre mit ihren hohen Absätzen sonst gestolpert. Als sie angekommen waren, reichte man ihnen blaue Plastiküberzieher für die Schuhe. Während sie ihre überstreifte und dabei die Entscheidung verwünschte, an diesem Morgen ausgerechnet nach einem Paar Pumps gegriffen zu haben, ging Sobczak vor. Sie folgte ihm.

Drinnen war es erstaunlicherweise wärmer als draußen. Der Geruch von feuchtem Staub und Moder stieg ihr in die Nase. Der Raum war keine zwanzig Meter lang und vielleicht acht Meter breit. Auf dem Boden lagen alte, abgetretene Steinfliesen. Grober Putz verschwand unter dicken Schichten weißer Farbe, hier und da aufgesprengt von glitzernden Salpeterblüten. Wo er abgefallen war, rieselte sandiger Mörtel aus den Fugen zwischen den Ziegelsteinen.

Am Ende des Raumes stand ein steinerner, schlichter Altar, zu dem eine Stufe führte. Der zweite Polizist war in die Knie gegangen und begutachtete eine schwere Steinplatte, die beinahe fugenlos in den Boden eingelassen war.

»Hier scheint ein Zugang zu einem Kellerraum zu sein«, sagte der erste zu Sobczak. Es ärgerte Zuzanna, dass die beiden sie offenbar gar nicht wahrnahmen. »Wir brauchen ein Brecheisen.«

»Dann holen Sie eins«, sagte der Staatsanwalt. »Und fragen Sie die Herrschaften draußen, ob sie die Güte hätten, sich uns anzuschließen.« Der Mann nickte und ging hinaus. Sobczak wandte sich an den knienden Kollegen. »Und?«

»Hier hat jemand versucht, in die Fugen zu kommen und diese Platte aufzuhebeln. Es gab mal einen Griff. Damit wäre es ein Kinderspiel gewesen.«

Er deutete auf Vertiefungen in der Platte. An einer Stelle war ein längliches Loch. Vielleicht ein Schlüsselloch.

»Wann?«

»Nach dem Abrieb und den frischen Kratzern zu urteilen, vor Kurzem.«

»Gestern Nacht?«, fragte Zuzanna.

Der Mann, ein schlanker Enddreißiger mit einem blonden Schnurrbart – wer trägt eigentlich in diesem Jahrhundert noch Schnurrbärte?, fragte sie sich –, blickte sie kurz an, gab die Antwort aber seinem Vorgesetzten.

»Gemach, gemach. Die haben ja noch gar nicht angefangen.«

Der Blonde stand auf und streckte sich. Seine Bewegungen waren langsam.

Er würde mich in den Wahnsinn treiben.

Zuzanna begann den Raum abzuschreiten. Den Blick am Boden, die Nichtachtung des Polizisten im Rücken. Sie fand nichts. Am Eingang stieß sie fast mit den Technikern zusammen. Einer wich ihr unsicher aus und ließ sie vor. Sie trat hinaus ins Freie, verließ den Friedhof, schlängelte sich durch das Eingangstor und zündete sich eine Zigarette an.

Sei nicht so empfindlich. Du hast hier eigentlich nichts zu suchen. Sei froh, dass Sobczak dich nicht gleich nach Hause geschickt hat.

Sie hörte, wie in der Kapelle das Brecheisen hinfiel und jemand fluchte. Dann war es eine Weile still. Sie betrachtete das Haus. Hübsch, aber zu groß für einen allein, dachte sie. Mal sehen, was wir dort noch von Frau Hoffmann finden. Sie war neugierig, und sie wusste, dass das unprofessionell war.

Hinter dem Haus erhob sich ein Hügel. Wein wuchs auf den Terrassen. Sie fragte sich, ob das Jacek Zielińskis Werk war. Es sah ordentlich und irgendwie auch vielversprechend aus. Sie stellte sich vor, wie der Pirat die Weinreben gepflanzt, beschnitten und gehegt hatte. Sie wartete darauf, es lächerlich zu finden. Doch es war ein Bild, das zu ihm passte. Wein. Hanglage. Harte Arbeit, aber guter Lohn. Es würde ein schwerer Rotwein sein. Dunkel wie die Nacht und mit einem Duft nach Harz, Efeu und Brombeeren. Er würde auf der Zunge explodieren.

Die Reste eines Lagerfeuers malten einen schwarzen Kreis auf die helle, festgetretene Erde. Der Gedanke an die knisternden Flammen und zwei Menschen, die die Nacht gemeinsam mit einer Flasche Wein damit verbrachten, die Geister zu vertreiben, weckte eine leise, ziehende Sehnsucht. Sie wünschte sich, jemanden zu haben, der für sie ein Feuer entzündete. Der Holz schlug und die Glut schürte, an dessen Seite sie den Schatten der Nacht trotzen konnte.

Jetzt ist es aber gut. Dieser Fall wird langsam persönlicher, als er jemals hätte werden dürfen. Kümmere dich nicht um die Asche. Kümmere dich um das, was darunter verborgen liegt.

Hinter dem Hauptgebäude stand ein Häuschen. Es sah unbewohnt und verfallen aus. Doch im oberen Stock war das Fenster geöffnet, und eine Gardine bewegte sich. War es der Morgenwind, der mit ihr spielte? Sie fragte sich, wer dort wohnte. Vielleicht war es ein Zeuge. Hatte die Polizei ihn vernommen? In den Kopien der Protokolle war dieses Haus nicht erwähnt worden.

Zuzanna ging über den Hof, vorbei an dem einstmals prächtigen Herrenhaus, und hielt auf die Kate zu. So klein, so geduckt … wahrscheinlich für die Verwalter oder höhere Dienstboten. Deputantenhaus nannte man das. Früher hatten die Junker dort die Kutscher untergebracht, den Schmied oder den Stellmacher. Mamsell, Kindermädchen, Hofmeister und Hauslehrer lebten meist mit der Herrschaft unter einem Dach. Obwohl …

Sie drehte sich noch einmal zum Haupthaus um. Es war zu klein für einen solchen Personalaufwand. Kein Schloss, kein Jagdsitz, eher eine große, alte Villa, eine von vielen, deren Instandhaltung sich vor allem in ländlichen Gebieten für die Besitzer kaum noch lohnte. Es war nicht protzig, wirkte auch nicht reich, es fügte sich ein in die Gegend und könnte vielleicht, wenn der Weinberg denn genug abwarf, wieder ein Schmuckstück werden. Es brauchte eine große Familie mit vielen Kindern.

Doch um den Weinberg kümmerte sich keiner mehr, solange sein Besitzer im Gefängnis saß. Zuzanna stand vor einem Versuch. Vor einem abgebrochenen Anfang. Vielleicht hätte Zieliński erst einmal mit diesem Häuschen beginnen sollen, das aussah, als würde es jeden Moment zusammenbrechen. Es gab einen Vorgarten, der sie in seiner Verwahrlosung an den Friedhof erinnerte. An die Wand gelehnt verrottete eine uralte Schubkarre. Im wuchernden, struppigen Gras stolperte sie über einen Rechen und wäre beinahe in die Zinken getreten. Doch es gab einen Weg. Alte Felssteinplatten, überwuchert von Moos und Flechten. Sie lauschte, ob Sobczak nach ihr rief oder sie vermisste. Vielleicht verpasste sie gerade etwas. Aber sie war nicht Howard Carter und die Kapelle nicht das Grab des Tutanchamun. Wahrscheinlich waren die anderen froh, wenn sie eine Weile ungestört arbeiten konnten.

Der Anstrich der Holztür war abgeblättert und verblasst, das Holz rissig, die Klinke und das Schloss waren uralt. Sie suchte nach einer Klingel oder einem Namensschild, fand jedoch nichts. Die Polizei hatte das Haus versiegelt, aber das schien hier niemanden zu interessieren. Ein Fetzen klebte noch am Rahmen, mehr nicht.

»*Halo?*« Sie klopfte. »Ist da jemand?«

Zuzanna streckte die Hand aus, um die Klinke hinunterzudrücken. Dann hielt sie inne. Ihr war, als hätte sie aus den Augenwinkeln eine Bewegung wahrgenommen. Sie drehte sich um. War jemand im Herrenhaus?

Eine Tür schlug zu. Laut, wie nach einem Luftzug. Erst glaubte sie, es käme aus der Kapelle. Dann hörte sie, wie ein Fenster geschlossen wurde. Jemand hielt sich in dem großen Haus versteckt.

Ich sollte Sobczak rufen.

Doch das kam ihr albern vor. Es war früher Morgen, in Rufnähe befanden sich fünf kräftige Männer, denen es eine Freude wäre, einer schwachen Frau aus der Klemme zu helfen.

»Ist da jemand?«, rief sie, dieses Mal in Richtung Herrenhaus. Es blieb still. Sie balancierte mit ihren hochhackigen Schuhen durch das Unkraut zurück. Fast wäre sie umgeknickt, als sich ihre Absätze in den Grasnestern verhakten. »Kommen Sie raus. Ich habe Sie gesehen. Ich will mit Ihnen reden!«

Zuzanna kämpfte sich durch zerbrochene Weinfässer, wäre beinahe in einen Komposthaufen gefallen, rostige Drahtrollen schlangen sich um ihre Knöchel. Die Schuhe konnte sie wegwerfen.

Dann ein leises, schabendes Klirren. Es klang, als ob sie jemand hineinlocken wollte, weg von den anderen.

Es ist Tag. Sobczak lacht sich tot, wenn ich jetzt die Polizei kommen lasse. Mir wird nichts passieren.

Sie stieg die Stufen hinauf. Sah, dass auch dieses Siegel erbrochen war. Öffnete die Tür. Das Quietschen der rostigen Angeln schrillte in ihren Ohren. Sie stand in einem quadratischen Vorraum. Die breite Treppe, die einst nach oben geführt hatte, war mit Holzbrettern verbarrikadiert. Links ging es in ein leeres, großes Zimmer. Der Boden war bedeckt mit einer dicken Schicht Staub und Holzabschliff. Sie erkannte Fußspuren, zusammengeknüllte Plastikfolie und zwei Tischböcke, auf denen ein altes Fenster lag. Sie blieb stehen und rührte sich nicht vom Fleck. Da. Da war es wieder. Es kam von rechts, hinter einer weiteren geschlossenen Tür. Das Klirren. Leise. Heimtückisch.

»*Halo?* Kommen Sie raus. Ich habe Sie gehört.«

Stille. Sie ging zur Tür, drückte die Klinke hinunter und spähte durch den Spalt.

In diesem Moment trat die Sonne hervor, und durch die fast blinden Scheiben fiel in rechteckige Blöcke geschnittenes, diesiges Licht auf … Türen. Alte Türen, deren Anstrich abblätterte, mit tiefen Rissen im Holz und verrosteten Beschlägen. Sie lehnten an den Wänden, von denen sich die Tapete gelöst hatte. Sie waren nachlässig aufeinandergestapelt. Das Holz einer völlig kaputten Tür lag mitten im Weg. Zweiflügelige Türen standen wie Paravents mitten im Raum. So viele alte Türen. Was war das nur für ein Haus? Was hatte das zu bedeuten?

Vorsichtig trat sie ein. Weiter hinten entdeckte sie einen Stapel alte Fensterläden. Wahrscheinlich brauchte Jacek Zieliński sie für die Renovierung. Sie lief mitten in ein Spinnennetz hinein und schauderte. Die Türen sahen aus, als ob sie seit Jahrzehnten auf ihre Weiterverarbeitung warteten. Eine war besonders schön und besonders zerstört. Zweiflügelig, hoch und schwer, mit reichen, geschnitzten Verzierungen aus dunkler Eiche. Man hatte sie mit Äxten malträtiert, um sie aufzubrechen. Die Bruchstellen und die tiefen Kerben waren nachgedunkelt, mehrere Einschusslöcher ließen darauf schließen, dass es Soldaten gewesen waren. Sie stand neben dem vorderen Fenster an die Wand gelehnt. Der verbogene Messingbeschlag des Schlosses war so lang wie ihr Unterarm. Sie konnte sehen, wo das Eisen tief ins Holz getrieben worden war, um dieses mächtige Schloss zu brechen. Den Spuren nach war es gelungen. Ob die Tür einmal zu einer Kirche gehört hatte? Der kleinen Kapelle vielleicht? Sie versuchte sich zu erinnern, doch sie hatte nicht darauf geachtet. Die Messingarbeit im Jugendstil war außergewöhnlich detailreich. Trotz der Zerstörung konnte sie Ranken und geschwungene florale Ornamente erkennen, sogar Weinreben, die sich nach oben hin zu einer Traube verjüngten. Darauf saß ein Vogel. Ein Rabe? Eine Krähe? Das Weinmuseum von Zielona Góra fiel ihr ein. Die Türen zu den Weinkellern großer Güter waren so gestaltet. Jedes Haus hatte sein eigenes Wappen. Wem dieses wohl gehört haben mochte? Ob Jacek Zieliński vorhatte, das zerstörte Schmuckstück zu restaurieren und eines Tages in seinen eigenen Weinkeller einzubauen?

Wieder dieses schabende Kratzen. Sie fuhr herum.

Der Boden in diesem Raum bestand nicht aus Holz, sondern aus alten Steinfliesen. Und über den Stein schabte Eisen. Das Geräusch kam von hinten und kroch wie eine böse Schlange in Zuzannas Ohren. Sie spürte, wie ihr eine Gänsehaut den Rücken hinunterrieselte. Es kam näher. Jemand benutzte die Türen als Sichtschutz und schlich sich wie durch einen makabren Irrgarten an sie heran.

»Kommen Sie raus!«

Oder doch lieber nicht? Sie war wie erstarrt. Wusste nicht, wo er sich versteckt hatte. War der Weg zu den anderen noch zu schaffen? Sie hielt den Atem an. Da. Er stand direkt hinter der schweren Eichentür, und irgendetwas sagte Zuzanna, dass es ein Mann war. Nur das dicke Holz trennte sie noch voneinander. Leise trat sie einen Schritt zurück.

»Ich tue Ihnen nichts. Ich will Ihnen helfen.«

Worte gegen Eisen. Wahnsinn gegen Vernunft. Würde er sich darauf einlassen? Es war die letzte Frage, die Zuzanna Makowska sich stellte, bevor er aus der Deckung kam.

Lieb Rosa, mein Lieb,

wie lange bin ich schon hier unten? Ich habe die Tage nicht gezählt, die Wochen, die Monate. Der Bart verfilzt, die Haare lang, die Kleider Lumpen. Wenigstens unterscheide ich mich so nicht von den vielen Heimatlosen, den Waldmenschen, den Wolfskindern, die einer ungewissen Zukunft harrend am Ufer der Oder gestrandet sind.

Auf dem Szaberplac, *dem Markt in Grünberg, wo all das Plündergut seinen Besitzer wechselt, habe ich etwas gefunden, das mich sehr berührt hat – Leintücher, bestickt mit unserem Wappen. Es trieb mir die Tränen in die Augen. Sie waren, gestärkt und gebügelt und nach Kölnisch Wasser duftend, so wie du es liebtest, aufgelegt im Bade. Erinnerst du dich? Bilder tauchen auf, so sehnsuchtssüß: Friedel und Elli in der Wanne, du schrubbst ihnen den Sommerstaub von der Haut und hüllst sie ein in das weiße Tuch. Dann bringst du sie mir, stramm gewickelt wie Moses im Binsenkörbchen. Mein Herz jauchzte, wenn die kleinen rosigen Arme sich befreiten und sich um meinen Hals schlangen. Wie geht es meinen beiden Kleinen? Erzählst du ihnen vom Vater? Sag ihnen, dass ich lebe. Doch sag ihnen nicht, wie.*

Hatte kein Geld, die Tücher zu kaufen. Noch drei Nadeln sind geblieben. Jene mit dem Saphir von Tante Sophie und Onkel Oskar, du hast sie zu unserer Verlobung bekommen, Großmutters Brusttuchspange und die kleine goldene, die, die ich dir aus Hirschberg mitgebracht habe, als ich die Fässer mit unserem Jo-

hannishagener Nickerchen begleitete. Ist es wirklich erst drei Jahre her? Während ich dies schreibe, beim flackernden Schein der vorletzten Kerze, erscheint mir die Erinnerung wie eine Sage aus uralter Zeit. Was wird von uns bleiben, mein Lieb? Was wird von unserem Volke bleiben, das in den Untergang taumelte und die letzten Mahner noch erschlug?

Die Gehenkten sind verschwunden. Ob man sie begraben hat? Der Friedhof liegt verwaist und geplündert. Fremde Soldaten waren es, die Gold und Schätze suchten. Die kleinen Gräber haben sie verschont – hab keine Sorge, der letzten Ruhe unserer Lieben wurde nichts angetan. Doch das Mausoleum und die Gruft der Jeschkes – möge der Herr mir verzeihen, aber ich habe nicht die Kraft ... Ich bin allein, mein Lieb. Die Menschen haben andere Sorgen. Sie kümmert, woher sie ein Stück Brot bekommen, einen Sack Kartoffeln, ein Dach über dem Kopf. So schloss ich nur notdürftig die zertrümmerten Särge. Mögen andere sich der armen Seelen annehmen. Ich muss meine letzten Kräfte schonen. Es soll noch Wege über die Oder geben, so flüstert man auf dem Szaberplac. Sind doch seit Wochen alle Brücken gesperrt.

Noch immer treffen Gespanne ein, und Gutgläubige hoffen, mit ihrer Habe das andere Ufer der Oder zu erreichen. Weit gefehlt. Sie werden ausgeplündert und zu Sammelpunkten getrieben, und oft wird ihnen selbst das Letzte genommen. Ich habe gehört, dass Paul Löbe Schlesien in einem Viehwaggon verlassen musste. Gerhard Hauptmann ist schon vor drei Wochen in seinem Haus in Agnetendorf gestorben, und in der Stunde seines Todes soll der Mob unter dem Sterbezimmer Freudentänze aufgeführt haben ... trotz sowjetischer und polnischer Schutzbriefe ... nichts genutzt ... Seine letzten Worte sollen gewesen sein: Bin ich noch in meinem Haus? Hauptmann! Der Literaturnobelpreisträger! Von den Russen wie den Amerikanern verehrt! Seit Wochen liegt sein Leib unbestattet in einem Zinksarg in seinem Arbeitszimmer. Er wollte in der Heimat begraben werden. Sein letzter Wunsch wird *nicht in Erfüllung gehen. Aber den Sarg ziehen lassen wollen sie auch nicht …*

So gibt es viele Schicksale, mein Lieb, wo Hass über Menschlichkeit triumphiert. Doch muss ein Volk, das gemeinsam dieses Grauen begann, das Grauen auch gemeinsam erdulden.

Also richtet sich in meinen schwarzen Nächten mein Zorn gegen mich selbst und gegen mein Volk. Aber mein Entsetzen ist ebenso groß, dass auch den Siegern alles Maß abhandengekommen ist. Breslauer Juden sind durch Grünberg gezogen, dem Schlimmsten entronnen. So sollte man meinen, dass diese armen Menschen, die dem Tode ins Auge sahen, bei den neuen Herren Gehör und Hilfe fänden. Ich habe Juden gesehen, geschunden und schikaniert von uns, geschunden und schikaniert von den Siegern … Nichts wird sie von dieser Schuld freisprechen, auch nicht die finstere Wirrnis dieser düsteren Tage. Doch wir, die Deutschen, haben die Hydra entfesselt. Die lemäische Schlange erhebt ihr fürchterliches Haupt nun über alle und reißt statt Vieh die Menschen … wahllos.

Oh Rosa, mein Lieb, welche Verbrechen hat unser Volk auf sich geladen! Was an diesen Höllenorten geschehen ist, in Treblinka, in Majdanek, in Auschwitz, ich kann es nicht beschreiben … Gott spuckt auf uns. Gott wendet sich ab. Gott wird uns vergessen, denn wir sind seiner Gnade nicht wert. Dennoch bete ich, für dich, mein Lieb, für die Kinder. Ich lege unsere Kinder in seine Hände, ich flehe um Gnade, denn sie sind die Schwächsten und Unschuldigsten. Ich fürchte mich, dass unsere große Schuld uns alle einholt und wir sie tragen müssen, wir Verdammten, bis ins siebte Glied. Ich fürchte mich vor der Rache derer, denen wir solches Leid angetan haben. Nie habe ich mich geschämt, ein Deutscher zu sein, denn nie tat ich jemandem ein Leid. Sogar im Stand machte ich mir in die Hosen, und kein Russe ist durch meine Hand gefallen. Mit den Polen waren wir stets in guter Nachbarschaft. Und dennoch, dennoch tragen wir alle das Schandmal.

So schleiche ich über den Szaberplac, ein Gespenst unter vie-

len. Ich halte die Ohren offen und höre hier und da noch Deutsch. Manchmal flüstere ich zurück von Geistern und Verlorenen, die sich auf dem Friedhof und im dunklen Berg von Johannishagen tummeln. Soll mir niemand zu nahe kommen. Sehe ich doch selbst aus wie ein Geist, ein Schatten meiner selbst …

Und keine Nachricht von dir, mein Lieb. Von den Kindern. Magda drängt mich, mein Versteck zu verlassen. Sie muss ihrem Zygfryd etwas erzählt haben, denn sie warnt mich, dass ich hier nicht mehr sicher sei. Ihr hübscher Pole ist im neuen Repatriierungsamt, und er sagt wohl, um Platz zu schaffen für all jene, die der Russe aus ihrer alten Heimat vertrieben hat, müssen die Deutschen gehen. Ausnahmslos. Wenn es sein muss, auch mit Gewalt. Die Armee selbst hat den Befehl gegeben, mit den Deutschen zu verfahren, so wie wir mit ihnen verfahren sind.

Ich frage mich, wie ich verfahren bin und welchen Tadel ich mir eingestehen muss. So sehe ich Alina, Beata, Witold und Tadeusz mit Friedel im Apfelbaum der Jeschkes, sie spielten gemeinsam, und ihr Jauchzen klingt immer noch in meinen Ohren. Ich sehe Eugeniusz, Wojciech und Krzysztof, die jeden Freitag ihren Lohn bekamen – und deine sorgenvolle Stirn, wenn es für uns kaum reichte. In Odereck hatten sie Fremdarbeiter auf den Feldern, aber wir konnten all die Jahre die Unseren halten und ernähren. Magda sagt, sie reden immer noch gut von uns, die Männer vom Weinberg. Allerdings nur, wenn keine Miliz in der Nähe ist, denn gut von Deutschen zu reden kann auch für Polen recht gefährlich werden. Dennoch tröstet der Gedanke, nicht von allen gehasst zu werden, weil man eine deutsche Mutter hatte.

Zygfryd kann niemanden schützen, sagt Magda. Wir haben das Recht in unvorstellbarem Maße gebrochen. Nun gibt es auch kein Recht mehr für uns. In der Dunkelheit meines Verstecks klingen ihre Worte wie ein Todesurteil. Doch es gibt Hoffnung, so meine ich. Es gibt Gerüchte. Wie zwitschernde Spatzen fliegen sie von einem zum anderen. Denn nicht nur die Deutschen leiden. Auch die vielen Heimatlosen aus dem Osten, alles Polen, die brutal aus ihrer Heimat vertrieben wurden und nun ebenfalls ihrer gesamten Habe beraubt und geschunden ankommen. Der Hunger ist groß, die Verzweiflung jedoch übertrifft alles. Der Ruf nach Recht wird laut und lauter. Es heißt, die Sieger würden sich treffen, in Potsdam, noch in diesen heißen Sommerwochen, und dann würde alles geregelt.

Dann wird es ruhiger werden, dann wird der Frieden endlich, endlich kommen. Wir werden aufbauen, was zerstört wurde. Unsere Familien finden wieder zusammen, und jeder wird einen Platz haben, der seinen Fähigkeiten entspricht. Wir werden vereint sein, eines Tages. Was verloren ist, kann ersetzt werden. Ich kaufe dir ein Fuder weiße Leinentücher, goldene Spangen und seidene Schuh. Wir haben alles, was wir für einen Neuanfang brauchen. Wenn Frieden ist, werden alle nach ihren Schätzen graben. Und wir, wir beginnen einfach da von vorne, wo unser Urahn Johannes einst begann, als er Breslau verließ, in Königsberg sein Glück machte und mit seiner Hochzeitskiste in dieses schöne Fleckchen Erde kam. Hier soll mein Weinberg sein, das waren seine Worte. Mag sein Vermächtnis auch in diesen Tagen nicht allzu viel wert sein, so wird es doch wieder der Grundstock unseres Kellers werden. Bewahre den Schlüssel wohl. Ist auch alles verloren und in Trümmern, Johannes' Kiste wird die Zeiten überdauern und noch unsere Kindeskinder an die Anfänge der Hagens an der Oder erinnern.

Sag, lieb Rosa, werden im Hamburger Hafen schon wieder Schiffe beladen? Gibt es genug zu essen für euch? Magda hat mir Brot und eine Wurst für den Saphir versprochen. Ich werde ihn ihr geben, wenn sie wiederkommt. Mag sie das Brot und die Wurst vergessen, wenn sie nur diesen Brief in eure Hände bringt.

Ich küsse dich inniglich.

Mein Liebstes, mein Einziges.

Ewig dein Walther

26

»Wie weit ist es denn noch?«

»Wir sind gleich da.«

Ich wartete nur darauf, dass Hüthchen in Mutters Klagelied mit einem *Ich muss mal* einstimmte. Verkniffen genug sah sie aus. Es war Freitagmittag. Fürs Wochenende hatte der Wetterdienst eine vorsichtige Prognose in Richtung Dauerregen gegeben. Es schien, als wäre die halbe Stadt auf der Flucht in den Süden. Die andere Hälfte wollte einfach nur nach Hause.

Wider Erwarten hielt Hüthchen den Mund. Glücklicherweise. Was ich in den letzten Stunden mitgemacht hatte, würde in einem Vernehmungsprotokoll zum Tathergang wohl mit »verbaler Auseinandersetzung« bis hin zu »Androhung von Gewalt« beschrieben werden. Ich hatte Hüthchen nicht bedroht. Trotzdem tat sie, als würde ich meine eigene Mutter galant aufs Schafott begleiten und hätte auf den Stufen auch noch eigenhändig einen roten Teppich ausgelegt. Die Diskussion gab einen Vorgeschmack darauf, was mich erwartete, wenn es eines fernen Tages wirklich ernst würde.

»Ins Heim.«

Hüthchen starrte aus dem Fenster. Um ihren herben Mund hatte sich ein Zug gegraben, den man allenfalls bei Bankrotteuren zu sehen bekam, die ihrem gepfändeten Zweitwagen hinterherblickten.

Ich schnaubte. »Ich habe es euch jetzt stundenlang erklärt. Frau Huth, wenn Sie nicht wollen, dann müssen Sie nicht.«

»*Ich* werde Ihre Mutter nicht alleine lassen«, zischte sie.

Wir fuhren im Stop-and-go die Clayallee hinunter. Zehlendorf begann behäbig zu werden. Rechts der Grunewald, links die großen, schönen Häuser der Gründerzeit.

»Es ist ja nur für ein Wochenende.«

Meine Hände krampften sich ums Lenkrad. Ich war für solche Auseinandersetzungen nicht geschaffen. Mit meiner Mutter kam ich klar. Sie war sofort einverstanden gewesen, raus ins Grüne zu kommen. Marmorbad. Vollpension. Room Service. Boxspring-Bett. Pool im Keller. Yoga gegen Osteoporose. Erst als herauskam, dass es sich nicht um ein Hotel, sondern um eine Seniorenresidenz handelte, hatte ihre Begeisterung schlagartig abgenommen.

»Ihr müsst euch bloß mit den anderen ein bisschen gut stellen und diese Krystyna um den Finger wickeln. Alle dort haben den alten Hagen noch gekannt. Es gibt kein anderes Gesprächsthema außer Krankheiten. Also wird Hagen geredet haben, oder man hat über ihn geredet. Wenn euch irgendetwas erzählt wird, das vielleicht merkwürdig klingt, dann meldet euch. Hier.«

Ich reichte meiner Mutter eines der beiden neuen Handys. Sie nahm es, drehte es, musterte es, als wäre es eine Handgranate und könnte jeden Moment explodieren.

»Du kennst dich doch aus mit den Dingern. Oder?«

»Mir hat mein altes Telefon immer gereicht«, sagte sie mit dünner Stimme.

Dann klappte sie ihre Handtasche auf, ließ es hineinfallen und holte ein Taschentuch hervor. Bestickt. Sie knüllte es zusammen und tupfte sich die Nase ab. Aber mich konnte sie nicht täuschen. Sie heulte nicht. Sie tat nur so.

»So eins hast du ihm übrigens geschenkt.«

»Ein Handy?« Irritiert betrachtete sie das Tuch.

»So ein besticktes Schnupftuch. Dem alten Hagen. Bevor ihr euch verabschiedet habt, damals, vor der großen Flucht. Am Oderufer hast du es ihm zugesteckt und geflüstert: ›Vergiss mich nicht.‹«

Mutter stopfte das Taschentuch zurück und klappte die Handtasche zu. »Das könnte ich genauso gut zu dir sagen.«

»Mutter …«

»Ich gehe ja in dieses Heim!«

»Eine Fünfsterneseniorenresidenz.«

»Ich werde für dich die Ohren offen halten.«

»Und ganz diskret alles über den alten Hagen herausfinden.«

»Jedenfalls werde ich *nicht* lügen.«

»Okay«, sagte die fremde Frau auf der Rückbank. Jedes Mal, wenn ich sie im Spiegel sah, erschrak ich. »Fahr zurück. Gute Idee, aber es klappt nicht.«

Marie-Luise trug ein uraltes Kleid meiner Mutter aus den sechziger Jahren, das die Jahrzehnte nur deshalb überlebt hatte, weil es damals achtzig Mark gekostet hatte und von einer Schneiderin genäht worden war. Meine Mutter war einmal eine bildhübsche, schlanke Frau gewesen. Nein, das war sie eigentlich immer noch. Doch das Alter stauchte die Menschen, daher hatte sie um die Mitte etwas zugelegt.

Das Kleid passte Marie-Luise wie angegossen. Anders war es mit den Schuhen. Sie fielen eine Nummer zu groß aus, dafür waren sie robust, bequem, beige, atmungsaktiv, extraweit, gesund und zum Schnüren. Was die Verwandlung perfekt machte und mich ständig irritierte, war die Frisur. Die wilden roten Locken hatte sie glatt zurückgekämmt und zu einem Knoten gesteckt. Mehr nicht, trotzdem sah sie aus wie eine Gouvernante. Wie eine Gouvernante, die im Clinch mit einer Heckenschere gelegen hatte. Die Schnitte und blauen Flecken waren immer noch zu sehen. Doch sie waren gut abgeheilt. Wir hatten uns auf einen Fahrradunfall geeinigt, falls jemand nach der Ursache fragen sollte.

Es gab keinen besseren Ort, um unterzutauchen. Mochte Marie-Luise mit allen Haftbefehlen der Welt gesucht werden, mochte man unsere Wohnungen, die Kanzlei und Whithers Loft rund um die Uhr bewachen – niemand würde sie im Haus Emeritia suchen. Es war keine *gute* Idee. Sie war *genial*. Allerdings nur, wenn alle mitspielten. Meine Mutter war jetzt schon am Rande eines Nervenzusammenbruchs.

»So habe ich das doch nicht gemeint!«

»Natürlich nicht, Frau Vernau.« Marie-Luise saß hinten rechts neben Hüthchen. Sie beugte sich vor, um besser mit mir sprechen zu können. »Du verlangst zu viel von ihnen. Sie sind grundehrliche Leute. Sie sind nicht so wie du.«

»Es reicht! Ich reiße mir hier …« Ich holte tief Luft. »Wollt ihr wirklich, dass die Polizei sie kriegt?«

Mutter presste die Lippen aufeinander. Hüthchen, das konnte ich im Rückspiegel erkennen, starrte aus dem Fenster. Natürlich. Jetzt hielt sie sich raus.

Marie-Luise ließ sich zurück in den Sitz fallen. »Lass sie. Das wird nichts. Ich kann ja nicht vierundzwanzig Stunden am Tag um sie herum sein und darauf achten, dass sie irgendein Schnupftuch nicht mit einer Tabakdose verwechseln.«

»Genau das wäre aber dein Job.«

Mutter versuchte, sich zu Marie-Luise umzudrehen. »Ist es denn wirklich so schlimm? Sie werden richtig gesucht?«

»Schlimmer«, sagte ich düster. Ich setzte den Blinker und parkte am Straßenrand zwischen all den Karossen, die hier zum Kauf angeboten wurden. Dann wandte ich mich an die renitenten Hinterbänkler. »Ich habe es euch nun schon hundertmal erklärt. Sie muss für eine Weile von der Bildfläche verschwinden. Ich muss etwas über den alten Hagen herausfinden. Ihr beide seid die Einzigen, die uns helfen können. Außerdem ist das mein Muttertagsgeschenk. Nachträglich.«

Hüthchen stieß einen verächtlichen Laut aus. »Ins Heim. Ein schönes Geschenk.«

»Nur für ein paar Tage.« Am liebsten hätte ich sie gewürgt. »Das kostet mich für euch drei zusammen in zwei Zimmern zweihundertzwanzig Euro.«

»Was?«, entfuhr es meiner Mutter. »Pro Person?«

Nein, wollte ich sagen, aber dann zuckte ich nur bescheiden mit den Schultern. Es war trotzdem ein harter Brocken. »Ich sagte doch: Luxus. Wie im Hotel. Mit Vollpension. Wenn wir uns beeilen, kommt ihr noch rechtzeitig zur eleganten Teestunde. Fräulein Mathilde wird euch anschließend zur Verdauung etwas im Park spazieren führen.«

Das Fräulein schüttelte den Kopf bei diesen Aussichten und motzte düster dreinblickend vor sich hin.

»Abgesehen davon«, zog ich die Daumenschrauben weiter an, »habe ich im Voraus bezahlt. Das Geld ist verloren, ich bekomme es nicht wieder.«

Wer Eltern aus der Kriegsgeneration hat, der weiß, dass Vergeudung eine Todsünde ist.

»Er liefert uns ab und wird uns vergessen!«, prophezeite Hüthchen.

»Nein. Nicht bei achttausend Euro im Monat für euch beide zusammen.«

Frau Huth riss die Augen auf. Mutter schlug die Hand vor den Mund.

»Acht… achttausend Euro?«

»Monat für Monat. Wenn wir das Zweizimmerapartment nehmen, und davon gehe ich aus. Ihr wollt doch nicht ins Gerede kommen, oder? … Frau Huth, sosehr ich Sie schätze, seien Sie versichert, dass ich Sie so schnell wie möglich dort wieder heraushole. Und meine Mutter ebenso. Ich verspreche Ihnen hoch und heilig, Sie werden niemals ins Haus Emeritia einziehen.«

Frau Huth begriff. Langsam, aber sie begriff. Auch Mutter bekam nun ansatzweise eine Vorstellung von der prekären Lage. Meiner prekären finanziellen Lage.

»Ja dann«, sagte sie. »Wenn er schon bezahlt hat …«

Hüthchen verschränkte die Arme vor der Brust. »In Gottes Namen«, quetschte sie hervor. »Aber nur dieses eine Wochenende.«

»Gut.« Ich startete den Wagen und fädelte mich wieder in den Verkehr ein. »Du, Mutter, kennst den alten Hagen aus Johannishagen. Kannst du dir das merken?«

»Hagen und Johannishagen ist ja so schwer nun auch wieder nicht.«

»Genau. Du warst aber noch sehr klein, kannst dich daher an wenig erinnern.«

»Nur an das handbestickte Schnupftuch«, warf Marie-Luise ein. Dieses Detail meiner Erzählung hatte es ihr besonders angetan. In jedem zweiten Satz hackte sie darauf herum. »Hättest du nicht so einen Unsinn erzählt, müssten wir uns jetzt nicht auch noch darüber den Kopf zerbrechen.«

Herr, gib mir Geduld.

»Ich fahre fort. Der kleine Helmfried mit den kurzen Hosen, so hast du ihn immer genannt. Wer nachfragt, kriegt einen deiner waidwunden Blicke und ein gehauchtes ›Bitte nicht, die Erinnerungen lasten zu schwer‹. Oder so ähnlich.«

Mutter nickte. Mit Hauchen und schmerzlichen Erinnerungen kannte sie sich aus.

»Er hatte Parkinson. Ich glaube, mit seinem Krankheitsverlauf war etwas faul. Oder die Ärzte haben übersehen, wie krank er schon war. Finde raus, wer ihn behandelt hat. Außerdem will ich die Gerüchte erfahren. Wer hat den alten Hagen besucht? Wie oft kamen seine Söhne? War auch die Tochter mal da? Wie war das Verhältnis untereinander? Jede Einzelheit, jede kleine Begebenheit interessiert mich. Du bekommst zusätzlich zweihundert Euro Taschengeld.«

»Nein! Das ist doch alles schon so teuer.«

»Nicht für dich. Damit schmierst du das Personal. Allen voran Krystyna Nowak. Eine blonde, schlanke Frau Ende dreißig. Sag ihr, wie tragisch das alles ist, dass du zu spät gekommen bist. Du hättest Helmfried Hagen so gerne wiedergesehen. Du hast ihn geliebt, vergiss das nicht. Es ist deine große, große Tragödie … Mutter?«

Sie hatte wieder das Taschentuch in der Hand.

»Was ist?«

»Es *ist* tragisch. Wenn dem Herrn etwas zugestoßen ist, was ihm nicht hätte zustoßen dürfen …«

»Dann sagst du mir Bescheid. Oder Marie-Luise. Sie lässt euch nicht aus den Augen. Sie ist rund um die Uhr an eurer Seite. Sie ist …«

»Ja«, kam es von der Rückbank. »Was bin ich eigentlich?«

Ich suchte ihre Augen im Rückspiegel. »Eine Gesellschafterin. Mädchen für alles.«

»Und Frau Huth?«

Ich konzentrierte mich auf den Verkehr. Mutter und Hüthchen warteten darauf, wie ich ihre eingeschworene Lebensgemeinschaft etikettieren würde.

»Eine Freundin.«

Hüthchen räusperte sich.

»Eine gute Freundin. Okay?«

Ich versuchte mich zu erinnern, was Hüthchen anhatte. Nur mit Mühe hatte ich ihr den Kaftan und diese merkwürdige Kopfbedeckung ausgeredet. Ich erinnerte mich daran, dass der echte alte Adel Wert darauf legte, möglichst abgeranzt herumzulaufen. Deshalb hatte ich ihr eine Cordhose und eine uralte Lederjacke aus dem fast vergessenen Fundus meines Vaters verordnet, den ich vor langer Zeit einmal aus ihren Klauen gerettet hatte. So verbiestert, wie sie aussah, hätte sie durchaus auch als *Herr* Huth durchgehen können.

»Und?«, raunzte sie mich an. »Haben Sie für mich auch so eine Räuberpistole auf Lager?«

»Natürlich.« Wir erreichten die Querstraße, ich bog ab. »Sie haben sich beide auf der Flucht kennengelernt. Mutter aus Schlesien, Sie, Frau von Huth, aus Ostpreußen. Ihr kennt sicher diese Filme: Flucht, Winter, Pferde, Russen.«

Alle starrten mich an. Damit trieb man wohl keine Scherze.

»Ja, Entschuldigung. Aber hat es da nicht von pflichtbewussten, ihr Fußvolk innig liebenden Adeligen nur so gewimmelt? Leider haben sie es mit der Pflicht dem Führer gegenüber meistens ebenso genau genommen. Oder? Erinnert euch an diese blonde Schauspielerin in diesem Flucht-Event-Film. Schnee in den Haaren, Sorge im Blick, verbotene Liebe zu knackigen Zwangsarbeitern …«

Ich brach ab. Zu viel Zynismus. Marquardt war ansteckend. Als das Thema Flucht und Vertreibung in den letzten Jahren größer diskutiert wurde, war ich erstaunt über die Rolle der edlen Retter, die zur Hauptsendezeit dem ostpreußischen und pommerschen Adel per se und flächendeckend zuerkannt worden war. Sicher hatte es Ausnahmen gegeben. Ehrenhafte Menschen, die Verantwortungsgefühl besessen hatten. Viel zu viele aber waren ihrer mittelalterlichen Haltung, dem Lehnsherrn und Führer *Treue für Treue* zu schwören, verbunden geblieben. Bis in den Untergang.

»Das geht nicht.« Hüthchen bockte wieder. »Ich war damals erst acht.«

»Dann machen Sie sich einfach ein paar Jahre älter. Das wird Ihnen sicher nicht schwerfallen, oder?«

»Das geht trotzdem nicht. Schlesien und Ostpreußen sind zwei unterschiedliche Richtungen.«

»Dann sind Sie sich eben im Flüchtlingslager begegnet. Oder beim Bund der Vertriebenen. Kaffeefahrten, Schlesierlied, Ostpreußenwimpel, ein bisschen Deutschland-den-Deutschen-Gemurmel …«

Hüthchen sog entsetzt die Luft ein. Auch meine Mutter starrte mich an, als müsste sie gerade erschüttert zur Kenntnis nehmen, welch großer Unbekannter ihr eigener Sohn war.

Marie-Luise schaltete sich ein. »Nun lass es gut sein, bitte. Jeder zweite Berliner ist ein Schlesier, heißt es. Diese Lügengeschichten fliegen uns schneller um die Ohren, als wir rennen können.«

»Ich wollte euch nur zu interessanten Gesprächspartnern machen. Wo kommen Sie eigentlich her, Frau Huth? Aus Berlin?«

»Aus Graudenz in Pommern. Ich war eine Goethe-Schülerin.«
Ich drehte mich kurz um. »Na, sehen Sie. Passt doch.«

Vor uns tauchte das Haus Emeritia auf. Ich hielt am Straßenrand gegenüber.

»Sie haben keine Ahnung, Herr Vernau«, sagte Frau Huth.
»Keine Ahnung.«

27

In der Luft hing noch der Duft von Braten, Rotkohl und Savon
de Marseille. Doch der Speisesaal war leer, nur zwei Küchenmäd-
chen wechselten gerade die Tischdecken aus und räumten das
letzte Geschirr ab. Hinter einer großen Schwingtür klapperten
Töpfe. Ich geleitete meine kleine Reisegruppe zum Empfang, bat
sie, Platz zu nehmen, und machte mich auf die Suche nach Frau
Wittich. Ich fand sie im Garten hinter dem Haus, wo sie einer
älteren Dame im sportlichen Golfdress beim Rasenschach Züge
ins Ohr flüsterte, obwohl diese mit Pauken und Trompeten verlieren würde. Ihr Gegner war ein hochgewachsener Mann mit geradem Rücken und den zackigen Bewegungen eines ehemaligen
Soldaten, der sich dandymäßig einen Wollschal um den Hals geschlungen hatte. Es war kühl, aber alle, die sich im Freien aufhiel-
ten, machten einen gesunden und abgehärteten Eindruck.

Frau Wittich entdeckte mich und entschuldigte sich. Ihr Blick
fiel auf die drei Neuankömmlinge, die sich natürlich nicht gesetzt
hatten, sondern hinter mir her trotteten.

»Na, so was!«, rief sie fröhlich aus. Am liebsten hätte sie wohl
noch in die Hände geklatscht. »Dass wir Sie schon so bald in unserem Haus begrüßen dürfen!«

»Das ist meine Mutter, Hildegard Vernau. Sie hatten ja gesagt,
das Apartment ist im Moment frei. Da wollten wir die Gunst der
Stunde nutzen.«

Mutter trat vor. Es hätte nicht viel gefehlt, und sie hätte einen Knicks gemacht. »Mein Sohn hat mir so viel erzählt von ... von ...«

»Und mir erst, Frau Vernau. Da werden wir viel Stoff für Unterhaltungen haben, nicht?«

Mutter sah mich an. Ich überging ihr stummes Flehen um Hilfe und wandte mich an Hüthchen.

»Darf ich vorstellen? Ingeborg Huth.« Das *von* ließ ich doch lieber weg. Aus rein juristischen Gründen. »Sie ist eine sehr enge Freundin meiner Mutter.«

Wenn Frau Wittich darin etwas Ungewöhnliches sah, so ließ sie es sich nicht anmerken.

»Herzlich willkommen, Frau Huth.«

»Und das ist ...«

Das Fräulein trat vor. »Mathilde. Ich begleite die beiden Damen, achte auf die Medikamentengabe und dass es ihnen auch sonst an nichts fehlt.«

Frau Wittich runzelte minimal die Stirn. »Nun ... Sie wissen aber, dass unser Belegungskonzept das Mitbringen von Hausangestellten nicht vorsieht. Wir haben unser eigenes Personal.«

Zwei ältere Damen, die eine hochgebrechlich und zudem mit einem sadistischen Augenoptiker gestraft – anders konnte ich mir dieses Ungetüm von Brillengestell auf ihrer zarten Nase nicht erklären –, die andere hübsch zurechtgemacht und frisiert, äugten zu uns herüber. Überall im Garten standen verschnörkelte weiße Eisenstühle an runden, ebenso verschnörkelten Tischen. Noch war es trocken, und bis zur Teestunde konnte die Zeit lang werden.

»Natürlich«, sagte ich. »Während ich das Gepäck hole, könnte Krystyna, sofern sie Dienst hat, den Damen vielleicht die Zimmer zeigen?«

Das Lächeln in Frau Wittichs Gesicht verschwand. »Bitte folgen Sie mir ins Haus. Wie müssen noch einige kleinere Formalitäten klären.«

Gehorsam liefen wir im Gänsemarsch zurück in die Empfangshalle. Das dunkle Holz glänzte, die Blumengestecke wirkten wie von einem Staatsbegräbnis geklaut. Mutter und Hüthchen sahen sich eingeschüchtert um. Ich hoffte, dass ihnen dieses Gefühl spätestens in dem modernen Anbau abhandenkam. Für zweihundert Euro sollten sie die Pracht genießen und nicht ehrfurchtsvoll bestaunen.

»Gregor wird Sie hinaufbegleiten. – Gregor?«

Ein junger, hochaufgeschossener Mann mit schmalem Gesicht und dunklen, kurzgeschorenen Haaren kam aus dem Speisesaal. Er trug eine weiße, kurze Kochjacke, wahrscheinlich ein Auszubildender. Seine Augen waren gerötet. Vielleicht vom Zwiebelschneiden, denn ihn umfing ein schwacher Duft nach frischem Gemüse und Fleischbrühe.

»Könnten Sie die Damen bitte nach Clemantia begleiten?«

Er vollführte einen angedeuteten Diener. »Aber selbstverständlich, Frau Wittich. Es wird mir ein Vergnügen sein.«

»Das Gepäck ist noch im Wagen«, ergänzte ich und reichte ihm den Schlüssel.

Während die Damen ihm folgten, führte mich Frau Wittich ins Büro. Ich hoffte, dass die vorübergehende Unterbringung im Haus Emeritia nicht meldepflichtig war. Das hätte Fräulein Mathilde in Schwierigkeiten bringen können.

»Zahlen Sie bar oder mit Kreditkarte?«

»Wie? Ach so. Ja. Mit Kreditkarte.« Ich hoffte, das Limit war noch nicht überschritten.

Frau Wittich hielt wieder auf ihr Büro zu.

»Ist Krystyna dieses Wochenende gar nicht da?«

Die Leiterin sah schnell über die Schulter und öffnete die Tür. »Bitte, nicht hier draußen.«

Während ich eintrat, beschlich mich eine Vorahnung. Mit Krystyna stimmte etwas nicht. Wir setzten uns wieder auf die Couch.

»Wo ist sie denn?«

»Frau Nowak ist … leider … nicht mehr unter uns.«

»Hat sie gekündigt?«

»Nein. Schlimmer, viel schlimmer. Sie ist tot.«

»Tot.«

»Ein Unfall.«

»Ein Unfall.« Viel mehr, als das Gesagte zu wiederholen, gelang mir nicht. »Ein Verkehrsunfall?«

»Sie ist die Kellertreppe hinuntergestürzt.«

»Wann?«

»Gestern. Kurz nachdem Sie da waren. Wir können es alle immer noch nicht fassen.«

Mord. Das war der erste Gedanke, der mir durch den Kopf schoss. *Sie müssen hier weg,* war der zweite. *Du bist wahnsinnig, wenn du sie hierlässt.*

»Es ist eine steile, enge Treppe. Krystyna Nowak muss ausgerutscht sein. Frau Reichert hat sie gefunden. Auf dem Weg in den Garten. Die Kellertür stand offen, sie hat hineingesehen und … Die Ärmste steht wohl immer noch unter Schock. Sie und Frau Nowak haben sich so gut verstanden.«

»Wie ist das passiert?«

»Wir wissen es nicht. Glauben Sie mir, es ist ein großer Verlust für uns alle. Sie hinterlässt einen Mann und zwei Kinder. Nun ja, die beiden studieren schon, aber dennoch …«

Frau Wittich legte die Fingerspitzen aneinander. Todesnachrichten sanft und einfühlsam zu übermitteln gehörte zu ihrem Standardrepertoire. Trotzdem half es nicht über den Eindruck hinweg, dass im Haus Emeritia ziemlich viel gestorben wurde.

»Schrecklich. Ganz schrecklich. Mit ihrem Verdienst hat sie ihre ganze Familie unterstützt. Sie war nur zwei Jahre bei uns. Wir legen großen Wert darauf, dass unser Personal zufrieden ist. Eine hohe Fluktuation verunsichert unsere Gäste, die zu jedem von uns eine enge Bindung aufbauen.«

Ich starrte immer noch auf das Aquarell, das hinter ihr an der Wand hing. Ein Kind im Rosengarten. Selbstvergessen roch es an einer Blüte, trug einen romantischen Hut und ein Spitzenkleidchen.

»Ihre Karte, bitte.«

»Was? Ja. Verzeihen Sie.«

Ich riss mich vom Anblick des Bildes los und holte meine Kreditkarte heraus. Frau Wittich nahm sie entgegen und ging zu ihrem Schreibtisch.

»Ihrer Mutter wird es hier bestimmt gefallen. Und Frau Huth ebenso, da bin ich überzeugt. Wie lange wollen die Damen bleiben?«

Keine Minute länger.

»Das Wochenende über. Das müsste reichen, um sich einen ersten Eindruck von Ihrer Einrichtung zu machen.«

Frau Wittich holte ein Lesegerät unter der Schreibtischplatte hervor und steckte meine Karte hinein. Während sie wartete, dass der Beleg ausgedruckt wurde, hätte ich das Büro am liebsten fluchtartig verlassen.

Das Gerät piepte.

»Oh.« Stirnrunzelnd musterte Frau Wittich das Display. »Ihre Karte funktioniert nicht. Haben Sie noch eine andere?«

Ich reichte ihr meine EC-Karte. Mein Konto war hoffnungslos überzogen. Ich hoffte, dass mein Dispo mit dieser Abbuchung nicht den Todesstoß erhielt.

»Jetzt funktioniert es.«

Sie reichte mir den Apparat, damit ich die Geheimnummer eintippen konnte. Die nächste halbe Minute war erfüllt von gespanntem Schweigen. Endlich ratterte der erlösende Papierstreifen aus dem Schlitz. Frau Wittich übergab mir meine Kopie mit einem erleichterten Lächeln.

»Natürlich hätten Sie auch per Rechnung zahlen können.«

Natürlich nicht. Sonst hättest du das erwähnt.

»Wo finde ich meine Mutter?«

»Haus Clemantia, zweiter Stock. Zimmer zweihundertdrei und zweihundertvier. Sie waren ja schon dort. Einfach durch den Garten oder durch Haus Usambara. Ich wünsche Ihrer Frau Mutter und ihrer Begleitung einen angenehmen Aufenthalt. In einer halben Stunde servieren wir den Tee. Für die Terrasse ist es leider ein wenig zu kühl, deshalb bitten wir in den Speisesaal.« Sie begleitete mich zur Tür und reichte mir die Hand. »Es tut mir wirklich, wirklich leid, dass Sie Krystyna nicht mehr sehen konnten.«

Den ganzen Weg bis ins Haus Clemantia wusste ich nicht, wie ich meine Mutter hier wieder herausholen sollte. Ich konnte ihr unmöglich die Wahrheit sagen. Sie war sensibel, was Todesfälle anging. Ihr ganzer Freundeskreis lag bereits unter der Erde. Tief in meinem Herzen war ich über Frau Huths robuste Gesundheit sogar erleichtert – sie sah nicht aus, als ob sie in den nächsten zwanzig Jahren vorhätte, das Zeitliche zu segnen.

Als ich aus dem Fahrstuhl stieg, hörte ich schon die Stimmen. Hell und fröhlich, dazwischen ein gackerndes Lachen. Zu meinem größten Erstaunen standen Mutter und Hüthchen im Flur, um sie herum vier oder fünf weitere Damen, die sich ausgiebig mit den Neuankömmlingen beschäftigten. Marie-Luise war nirgendwo zu sehen.

»Sie sollten vorsichtig mit ihr sein«, sagte ein Schäfchen der kleinen Herde und wies auf die Frau gleich daneben, in der ich die Dame mit der gewaltigen Brille wiedererkannte. »Sie schummelt beim Bridge.«

»Bridge!«, rief meine Mutter mir mit leuchtenden Augen zu, als sie mich entdeckte. »Sie spielen hier Bridge!«

»Und Rommé, Canasta, Poker …«, fuhr die Brille vielsagend fort. »Ist das Ihr Sohn?«

»Ja.« Meine Mutter legte mir eine Hand auf den Arm.

Ich trat in ihr Apartment ein und wartete darauf, dass sie mir folgte. »Mutter? Ich muss mit dir reden.«

»Gleich, Junge. Gleich.«

Marie-Luise war gerade dabei, die kleinen Koffer auszupacken. Ich schloss die Tür. Das Lachen und die Gespräche drangen nur noch gedämpft herein.

»Sie müssen hier weg«, sagte ich.

Sie nahm einen Kulturbeutel und ging ins Bad. »Warum das denn? Das geht jetzt nicht. Du siehst doch, sie haben schon Anschluss gefunden.«

Ich folgte ihr in die winzige Nasszelle. Hübsch war sie. Neue Fliesen, glänzende Armaturen. Die Dusche ebenerdig, alles rollstuhl-, behinderten- und pflegegerecht.

»Krystyna Nowak ist tot.«

»Die Pflegerin?«

»Ja. Sie ist gestern die Kellertreppe hinuntergefallen.«

Marie-Luise sah mir aus dem Spiegelschrank über dem Waschbecken in die Augen.

»Ist das wahr?«

»Frau Wittich hat es mir gerade erzählt. Warum sollte sie lügen? Außerdem hat eine Hausbewohnerin die Leiche entdeckt. Das macht die Runde.«

»Ein Unfall?«

»Ich weiß es nicht.« Ich ging in die Dusche, spielte mit dem Vorhang herum. »Es ist passiert, kurz nachdem ich mit ihr gesprochen hatte. Sie war Hagens engste Betreuerin. Sie hat ihm die Kekse gekauft, an denen er angeblich erstickt ist.«

»Schmierseife.« Marie-Luise warf einen Blick auf eine Gebissreinigerröhre und stellte sie ins rechte Fach. »Hier wird doch dauernd und überall gewischt.«

»Oder ein schneller Stoß. Egal, was es gewesen ist, ich glaube nicht mehr an Zufälle. Meine Mutter ist hier nicht sicher.«

Sie öffnete die linke Tür des kleinen Schrankes und räumte die Toilettenartikel ein. »Sie ist sicher, solange niemand sie in Verbindung zum alten Hagen oder Krystyna bringt.«

»Aber genau in diese Richtung habe ich sie gebrieft.«

»Ich werde sie gegenbriefen. Mach dir keine Sorgen.«

»Frau Wittich kennt die Geschichte mit dem Schnupftuch. Das wird die Runde machen.«

»Ich bin rund um die Uhr bei ihnen. Lass ihnen doch die Freude. Es sind nur zwei Tage.«

»Das gefällt mir nicht.«

Die Flurtür ging auf. Mutter und Hüthchen traten ein, verabschiedet von Lachen und lauten Rufen.

»Gleich gibt es den Tee!« Meine Mutter hatte rote Wangen und blitzende Augen. So hatte ich sie schon lange nicht mehr gesehen. »Danach spielen wir eine Partie Bridge. Was machst du denn in der Dusche?«

»Ich kann kein Bridge«, erwiderte Hüthchen.

»Ich wollte es dir so oft beibringen. Es macht wirklich Spaß. Ist es nicht schön hier?« Sie trat ans Fenster und zog die Gardine auf.

Ich verließ die Nasszelle und stellte mich neben Marie-Luise. »Krystyna Nowak ist tot.«

Erschrocken fuhr meine Mutter herum. Sogar Hüthchen, die gerade im Begriff war, die Willkommensschale mit Süßigkeiten zu plündern, drehte sich zu mir um.

»Sie ist die Kellertreppe hinuntergefallen.«

»Oh mein Gott.« Mutter tastete sich zu einem der beiden Sessel, die rechts neben dem Fenster standen. »Erst der alte Hagen, dann Krystyna … Das ist ja schrecklich!«

»Genau. Mir wäre es daher lieber, ihr würdet eure Sachen gar nicht erst auspacken.«

Hüthchen steckte sich vorsorglich einen Keks in den Mund. Kauend plumpste sie in den Sessel neben meiner Mutter. Ich setzte mich ihnen gegenüber auf die Bettkante.

»Es tut mir sehr leid. Aber ich fürchte, eure Sicherheit ist hier nicht gewährleistet. Ihr solltet Frau Nowak ausfragen, und nun ist sie tot. Für alle Leute hier steht ihr in enger Verbindung mit zwei nicht ganz geklärten Todesfällen. Was ist, wenn es wirklich einen Täter gibt und ihr die Nächsten seid?«

»Warum denn? Was haben wir denn getan?«

»Nichts. Gar nichts. Mir wäre lieb, wenn es so bliebe.«

»Und das Geld?«

Das tat weh. Ich überlegte, ob ich alles noch stornieren konnte. Hüthchen schluckte und schüttelte energisch ihr eisgraues Haupt.

»Also erst rein, dann raus. So geht es nun auch nicht, Herr Vernau.«

»Ich habe nicht gewusst, was mit Frau Nowak passiert ist. Sonst wären Sie gar nicht hier, Frau Huth.«

»Es war doch ein Unfall?«, fragte meine Mutter. »Oder? War es etwa kein Unfall?«

Ich seufzte.

Marie-Luise kam zu mir und setzte sich neben mich. »Das wissen wir nicht.«

Meine Mutter drehte sich zu Hüthchen um. »Das könnte man doch sicher herausfinden, oder?«

Bevor Hüthchen nicken und die Miss Marple in meiner Mutter wecken konnte, ging ich dazwischen. »Ihr findet gar nichts heraus. Packt den Kram wieder ein, wir gehen.« Ich stand auf.

»Es ist nur ein einziges Wochenende«, sagte Marie-Luise. »Soll ich vielleicht zu dir? Dort suchen sie mich doch zuerst. Ich werde deine Mutter und Frau Huth nicht aus den Augen lassen. Wir bleiben in Kontakt, rund um die Uhr. Sollten wir etwas herausfinden …«

»Ihr sollt nichts herausfinden!«

»Ich will meinen Tee.« Mutter holte wieder dieses unsägliche Taschentuch aus ihrer Handtasche. »Du kannst ja mitkommen und auf uns aufpassen. Aber ich habe Verabredungen getroffen. Verbindlichkeiten. Ich bin keine Schachfigur auf deinem … deinem …«

»Brett«, ergänzte Hüthchen.

257

»Tee.« In diesem Haus waren vielleicht zwei Morde geschehen, und meine Mutter gelüstete es nach Tee. »Gut. Trinken wir Tee. Danach reden wir weiter.«

Draußen vor der Tür hatten sich die Nachbarn verzogen, aber die Aufzüge waren in Betrieb. Schräg gegenüber verließ gerade der Schachspieler sein Zimmer. Er hatte sich umgezogen und trug nun ein leichtes Nachmittagsjackett zu einem weißen Hemd und einer dezenten Krawatte, die er im Gehen noch einmal richtete. Er blieb stehen, um dem Gänsemarsch hinter mir den Vortritt zu lassen.

»Ah!«, rief er aus, als hätte er bei Leuthen die Österreicher entdeckt. Mutter und ich zuckten zusammen. »Das sind also die Neuankömmlinge?« Er reichte jeder, auch Marie-Luise, die Hand und deutete eine leichte Verbeugung an. »Jürgen Trautwein mein Name. Meine Verehrung.«

Gemeinsam erwischten wir einen Fahrstuhl. Trautwein ging voran und geleitete die Schar sicher in den großen Speisesaal. Auf einem kleinen Podium hinten in der Ecke stand ein Klavier. Der Pianist versuchte sich gerade an »G'schichten aus dem Wienerwald«.

»Wo möchten Sie gerne sitzen, Frau Vernau? Am Klavier? Oder eher am Fenster?«

»Am Fenster wäre hübsch«, flötete sie.

Herr Trautwein blieb bei uns. Das führte zu einigem Getuschel, denn eigentlich saß er einen Tisch weiter, mit drei anderen Damen, die sich gerade die Hälse verrenkten. Mir war das alles zu viel Aufmerksamkeit. Am liebsten hätte ich Mutter, Hüthchen und Das Fräulein in eine Abstellkammer oder besser gleich ins Auto verfrachtet. Gregor eilte herbei und überreichte mir die Schlüssel.

Ein hübsches Mädchen in adrettem Kittel kam zu uns und nahm die Bestellung auf. Kaffee oder Tee. Die Damen nahmen Tee, die Herren Kaffee. Trautwein fing schon an, mir väterlich zuzunicken.

»Außerdem können Sie heute zwischen Butterstreuselkuchen, Frankfurter Kranz und Erdbeersahne wählen.«

Es dauerte eine Weile, bis diese Herausforderung bewältigt war. Dann war das Mädchen weg, und Trautwein ließ die Katze aus dem Sack.

»Sie sind eine Bekannte von Herrn Hagen? Verzeihen Sie, ich will Ihnen nicht zu nahe treten.«

Mutter schenkte mir wieder einen dieser hilflosen Blicke.

»Der Verstorbene und meine Mutter stammen beide aus Grünberg«, sagte ich. »Beide Kinder, als der Krieg sie auseinanderriss. Sind Sie ihm noch begegnet?«

»Nein, leider nicht. Ich bin erst nach seinem Ableben hier eingezogen. Sie wollen sicher ein wenig über ihn erfahren, nicht wahr?«

»Lieber nicht«, unterbrach ich ihn. »Es ist zu schmerzlich für sie. Abschied … ein scharfes Schwert.«

»Oh ja.« Trautwein lehnte sich zurück, weil der Kaffee serviert wurde. »Das kenne ich. Meine Frau ist vor einem Jahr verstorben. Krebs. Was sage ich Ihnen.«

»Mein Beileid«, murmelte Mutter.

Marie-Luise stand auf, sagte: »Ich habe vergessen, mir die Hände zu waschen«, und ging hinaus.

»So werden es immer weniger. Freuen wir uns deshalb, wenn der Zufall uns das Geschenk neuer Freundschaft schenkt. Meine Damen?«

Er hob die Kaffeetasse. Glücklicherweise kam in diesem Moment der Tee. Eine der Späherinnen am Nebentisch wurde immer unruhiger. Schließlich stand sie auf und kam zu uns.

»Oh! Ist hier gerade frei geworden?«

Bevor ich widersprechen konnte, lächelte Mutter sie auch schon an. »Frau Reichert! Ja, nehmen Sie doch kurz Platz. Unsere Ma… Mathilde kommt bestimmt gleich wieder, aber bis dahin …«

Frau Reichert setzte sich. Nun trug sie eine bequeme Gabardinehose und eine rosafarbene Polyesterbluse. Ihr graues, dünnes Haar hatte ein Meister seines Fachs zu großen Wellen aufgetürmt. Sie lächelte, doch ihre Hände fuhren nervös über die Tischdecke.

»Hoffentlich kommt der Arzt bald. Ich brauche unbedingt etwas zum Schlafen.«

Ich probierte den Kaffee. Er war dünn und keinesfalls geeignet, mich um die Nachtruhe zu bringen.

»Vielleicht kann Ihnen Krystyna etwas bringen?«, fragte meine Mutter liebenswürdig. Unter dem Tisch trat sie mir auf den Fuß. Bin ich nicht die zweite Mata Hari?, sollte das heißen. Ich verschluckte mich. Frau Reichert starrte Mutter an, Tränen füllten ihre Augen.

»Krystyna … Sie wissen es noch nicht?«

»Was?«, fragten Mutter und Hüthchen wie aus einem Mund.

Es klang, als hätten sie wochenlang für die Seniorentheatergruppe geübt. Frau Reichert stand auf, wankte theatralisch. Sofort sprang Gregor herbei und geleitete sie sicher hinaus.

»Was hat sie denn?«, fragte Mutter. »Ist etwas mit der jungen Frau? Sie hat meinem Sohn gestern die Zimmer gezeigt. Er hat die ganze Zeit von ihr geschwärmt!«

Die Erdbeersahne kam. Herr Trautwein stellte vorsichtig seine Tasse ab und rang nach Worten, um die traurige Nachricht in angemessener Form zu überbringen.

»Krystyna Nowak ist gestern die Treppe hinuntergestürzt. Frau Reichert hat sie gefunden. Es war ein glatter Genickbruch. Schnell und schmerzlos.«

Die Brillenschlange am Nebentisch wartete, bis das Mädchen gegangen war, dann beugte sie sich zu uns herüber. »Schon wieder eine Beerdigung. Vor zwei Monaten erst Herr Hagen, und jetzt …«

»Waren Sie dabei? Bei der Beerdigung?« Mutters Frage hätte einen Tick zu begeistert geklungen, wenn nicht alle noch unter dem Eindruck der dramatischen Ereignisse gestanden hätten.

»Natürlich! Ich habe ihn nicht allzu gut gekannt. Aber das macht man doch so, nicht wahr? Frau Wittich hat einen wunderschönen Kranz gespendet. Und erst das Gesteck von seinen Kindern, so etwas habe ich noch nicht gesehen. Links und rechts, fast zwei Meter hoch. Da war Geld dahinter, sage ich Ihnen.«

Trautwein nickte. »Die Camerers.«

»Ja. Feine Leute, die Kinder.« Die Augen hinter den dicken Gläsern wirkten groß wie Golfbälle. »Sabine, John und sein Frau. Veronica heißt sie, nicht wahr? Eine italienische Prinzessin oder so was. Genauso hat sie auch ausgesehen. Die Haltung, der Blick, die Grazie … Nur der eine, der war merkwürdig.«

Ich wurde hellhörig. »Wen meinen Sie?«

Die Dame pickte mit der Gabel in ihrem Streuselkuchen herum. »Der hat nicht dazu gepasst. Alle waren so fein angezogen, nur er … Dabei ist auch er ein Sohn von Herrn Hagen. Erstaunlich, nicht wahr?«

»Woher wissen Sie das?«, fragte ich verblüfft. Offenbar gab es in solchen Häusern nichts, was geheim blieb. Meine Frage war wohl zu direkt.

Die kleine Frau zog den Kopf zwischen die Schultern und sah nun aus wie eine Schildkröte mit Riesenbrille. »Ich will nicht indiskret sein.«

Ich holte Luft – und sagte nichts, denn meine Mutter legte ihre Hand auf meine und nickte ihr bestätigend zu.

»Sie haben ja so recht. Man muss wirklich nicht alles ans grausame Licht der Öffentlichkeit zerren. Mir wäre es auch lieber gewesen, wenn mein Sohn nichts von mir und Herrn Hagen erzählt hätte.«

Trautwein unterbrach seinen Dienst an der Gabel. »Sie und Herr Hagen?«

»Nein.« Meine Mutter lächelte bescheiden und zog ihre Hand wieder weg. »Nicht, was Sie denken. Eine Kinderei. Jugendliches Necken. Mehr nicht. Deshalb freue ich mich, dass er mit seinen

Kindern so ein Glück hatte. Schön, ein wenig über ihn zu erfahren, nachdem ich zu spät gekommen bin, um ihn noch einmal wiederzusehen.«

Die Brillenschlange fuhr ihren Hals langsam wieder aus. »Mein Beileid. Das wusste ich nicht.«

»Es ist so lange her, dass es schon gar nicht mehr wahr ist. Ich habe nur einen Sohn. Er ist Anwalt. Das ist auch nicht schlecht, oder?«

Trautwein und die Brillenschlange nickten. Hüthchen aß.

»Helmfried hatte also zwei Kinder? Einen Sohn und eine Tochter?«, fragte meine Mutter so unschuldig, dass ich meinen Ohren kaum traute.

»Drei«, flüsterte die Dame verschwörerisch. »Aber mit dem dritten stimmt etwas nicht. Kurz vor dem Tod von Herrn Hagen war er hier, der eine Sohn. Der, der so anders gewirkt hat. Er wollte seinen Vater sehen. Aber Frau Wittich hatte Anweisung, ihn nicht hereinzulassen. Wer weiß, aus welchen Gründen.«

Trautwein brummte zustimmend.

»Daher wusste Krystyna, dass Hagen noch einen Sohn hatte. Sie hat den Auftrag bekommen, ihn wegzuschicken. Ist das nicht eine Tragödie? Er hat sich sehr aufgeregt, der Sohn. Ich saß draußen im Pavillon und habe alles mitbekommen. Nur wenig später ist der Vater tot, und es hat keine Aussöhnung gegeben.«

»Ja«, stimmte meine Mutter zu. »So war er schon als Kind. Nachtragend. Sehr nachtragend. Im Guten wie im Schlechten. Ich erinnere mich noch, wie einmal die Nachbarsjungen seinen Roller …«

»Mutter?«, unterbrach ich sie. »Noch etwas Schlagsahne?«

Sie verstand und lehnte ab.

»Krystyna hat den verlorenen Sohn gekannt?«, fragte ich.

»Hieß er so?« Die Brillenschlange wandte sich an Trautwein, der dazu allerdings nichts sagen konnte. »So ein kräftiger, dunkler Mann. Er sieht seinem Vater sehr ähnlich. Während die beiden anderen wohl eher nach der Mutter kommen. Schöne Menschen. Wirklich schöne Menschen.«

»Nun ist also auch Frau Nowak tot«, brachte ich das Gespräch zurück aufs Wesentliche. »Eine Tragödie jagt die andere.«

»Hoffentlich nicht.« Trautwein machte eine kurze Pause und tupfte sich unsoldatisch den Mund mit einer geblümten Papierserviette ab. »Wobei ich in diesem Fall doch noch die eine oder andere Frage hätte.«

»Tatsächlich?« Mutter führte die Teetasse an die gespitzten Lippen, und einen Moment lang erinnerte sie mich an die Queen, eine etwas jüngere Queen vielleicht, die beim High Tea mit dem neusten Palastklatsch versorgt wird.

»Ja. Sie war im Keller.«

»Im Keller? Was ist denn dort unten?«

»Nun, dort liegen die Weinflaschen. Und die Sonnenschirme, die gerade nicht benötigt werden. Und …«

Wir steckten die Köpfe noch enger zusammen.

»… die Sachen all derer, die vor uns gegangen sind.«

Er fuhr mit seiner Gabel in die Erdbeersahnetorte, bajonettierte ein viel zu großes Stück und schob es sich in den Mund.

»Die Hinterlassenschaften, meinen Sie? Werden die denn nicht abgeholt?«, fragte Mutter.

Trautwein kaute, schluckte und spülte dann mit dem Rest seines Kaffees nach. »Eigentlich schon. Doch im Falle von Herrn Hagen wohl nicht. Ich nehme an, und das sage ich Ihnen unter dem strengsten Siegel der Verschwiegenheit, dass Frau Nowak sich an den Sachen vergriffen hat. Herr Hagen war mit einer Camerer verheiratet. Camerer? Na, klingelt's? *Präzision aus Leidenschaft.*«

»Sie hat geklaut«, stellte Hüthchen fest. »Kommt das hier öfter vor?«

»Nein. Nein! Glauben Sie mir, das gesamte Personal ist in höchstem Maße vertrauenswürdig. Dennoch würde ich Ihnen raten, Ihre Wertsachen in den Safe zu legen. Man kann nie wissen. Einbrecher machen auch vor höheren Stockwerken nicht Halt.«

»Einbrecher?«, japste Hüthchen entsetzt.

Die Idee hätte ich auch haben können. Komm alten Damen nicht mit Mord, komm ihnen mit Einbruch. Dann wären die Koffer und Damen schon längst wieder auf dem Weg zurück nach Mitte.

»Keine Sorge.« Herr Trautwein strich über die Serviette, die er sich in den Hemdkragen gesteckt hatte. »Ich wohne ja auf demselben Flur. Außerdem ist das Gelände gut bewacht. Ich habe mich erkundigt. Die meisten Menschen legen Wert auf Komfort. Aber ich sage immer: Wichtiger ist die Sicherheit. Und hier sind Sie sicher.«

»Das hat Frau Nowak wohl auch gedacht«, sagte ich. »War sie nicht die Pflegerin von Herrn Hagen? Dann wusste sie, was ihm gehört hat und im Keller gelagert ist.«

Trautwein durchbohrte mich mit seinem Blick. »Man soll nichts Böses über die Toten sagen.«

»Ich weiß. Trotzdem bevorzuge ich, bei der Wahrheit zu bleiben.«

»Da hätten Sie aber wenig Freude bei Ihrer Beerdigung«, giftete Frau Huth. Sie hatte ihren Streuselkuchen aufgegessen und sah sich um, ob an anderen Tischen schon der Nachschlag verteilt wurde.

»Was meinen Sie damit?«, wandte Trautwein sich an mich. »Kannten Sie Frau Nowak?«

»Ich habe mir doch diese Einrichtung hier angesehen. Sie hat mich dabei begleitet. Wir haben über den alten Hagen geredet. Dabei kam heraus, dass sie ihm die Kekse besorgt hat, an denen er erstickt ist.«

»Welche Kekse?«

»Die Schokoladenkekse. Er hat doch so gerne Süßes gegessen.«

Trautwein widmete sich nachdenklich seinem Kuchen. »Das ist

merkwürdig«, sagte er schließlich. »Mir hat man gesagt, er hätte sie gestohlen.«

Oha. Abgründe taten sich auf.

»Sie meinen«, fragte ich leise, als suchte ich nach Worten, um diesen Gipfel an Verworfenheit zu beschreiben, »die Bewohner stehlen sich hier gegenseitig die Süßigkeiten?«

»Fragen Sie Frau Reichert, wenn sie wieder ansprechbar ist. Die Arme hat schon genug mitgemacht. Sie ist hundertprozentig der Überzeugung, dass Hagen nachts in ihrem Zimmer war und ihr die Kekse ganz hinten aus der Schreibtischschublade gestohlen hat. Würde man nicht täglich mit ungesühnten Abscheulichkeiten in aller Welt konfrontiert, könnte man glatt sagen, die Vergeltung folgte auf dem Fuß.«

Er säbelte ein weiteres Stück ab und führte es zum Mund. Mir schien der Gedanke ein wenig weit hergeholt, dass die göttliche Strafe für das Stehlen von Schokokeksen das Ersticken an denselben war. Hagen hatte das nicht nötig. Allein die Vorstellung, ihn nachts mit seinem Diebesgut über die Flure schleichen zu sehen, war absurd.

»Ich bevorzuge After Eight«, fuhr Trautwein fort. »Ich schließe meine Packung jetzt in den Safe.«

»Das ist eine gute Idee.« Mutter sah zu Hüthchen. »Das machen wir auch. Du bist schon fertig?«

Trautwein grinste. »Machen Sie schnell, wenn Sie noch eins haben wollen. Der Kuchen ist abgezählt. Nach zwei Stück ist Schluss. Wir sind hier ja nicht all inclusive an der Costa Blanca.«

Hüthchen kniff den Mund zusammen. Meine Mutter hatte ihren Kuchen noch nicht einmal zur Hälfte aufgegessen, ich meinen noch gar nicht angerührt. Marie-Luise hatte gar keinen bestellt.

»Möchten Sie, Frau Huth?« Ich bot ihr meinen Teller an.

»Nein, danke.«

Trautwein nickte. »Mäßigung, sage ich immer.« Und schob den letzten Bissen hinein.

Ich mochte ihn. Als Soldat hatte er sein Land verteidigt. Jetzt verteidigte er seinen Kuchen.

»Also … hat man die Kekse denn bei ihm gefunden?«

»Reste, soweit ich weiß. Fragen Sie Frau Reichert. Die beiden kannten sich wohl etwas besser. Nach diesem Vorfall war sie natürlich nicht mehr so gut auf ihn zu sprechen. Spätestens zum Abendessen ist sie sicher wieder unten.«

»Zum Abendessen sind wir leider nicht mehr …«

Ich wurde unterbrochen, noch bevor ich unsere Abreise öffentlich machen konnte. Mein Handy klingelte. Es war Zuzanna.

»Wenn mich die Herrschaften einen Moment entschuldigen wollen?«

Ich wurde huldvoll entlassen und stieß am Eingang mit Marie-Luise zusammen. Ich nahm sie am Arm und zog sie mit hinaus in die Empfangshalle.

»Zuzanna Makowska«, flüsterte ich.

Sie nickte. Ich stellte auf Lautsprecher.

»Ja?«

»Herr Vernau? Ich wollte Sie kurz darüber informieren, dass Herr Zieliński unter Auflagen aus der Untersuchungshaft entlassen worden ist.«

»Ach.« Mehr brachte ich nicht heraus.

Marie-Luise zog die Augenbrauen zusammen, wie immer, wenn sie einer Sache nicht traute.

»Ich versuche gerade, bei Herrn Bezirksstaatsanwalt Sobczak die Außerkraftsetzung des Haftbefehls gegen Frau Hoffmann zu erwirken. Sobald das geschehen ist, braucht die Polizei im Zuge der Rechtshilfe ihre Zeugenaussage. Wollen Sie das übernehmen, oder wird Ihre Kollegin nach Poznań kommen? Dann würde ich gerne einen Termin mit ihr ausmachen, denn ich wäre gerne dabei.«

Marie-Luise schüttelte wild den Kopf.

»Ich erledige das. Wen haben Sie …«

»Danke. Das ist eigentlich alles. Jacek Zieliński ist schon auf

dem Weg nach Janekpolana. Ich denke, unsere nicht sehr fruchtbare Zusammenarbeit ist hiermit beendet.«

»Warum?«, fragte ich. »Was haben Sie da draußen gefunden?«

»Wir haben einen neuen Tatverdächtigen. Er wurde inzwischen festgenommen und dem Haftrichter vorgeführt.«

Ich hielt den Atem an. Marie-Luise kam mir so nahe, dass ich
den Geruch von Mutters Kölnisch Wasser riechen konnte, der
immer noch an ihrem Kostüm haftete.

»Es ist Marek Zieliński. Jaceks Vater.«

28

Zuzanna Makowska legte auf. Im gesamten Gebäude der Woi-
wodschaftskommandantur herrschte Rauchverbot. Sie wartete
darauf, zur Vernehmung von Marek Zieliński aufgerufen zu werden. Im Moment kümmerte sich noch der Amtsarzt um den alten Mann.

Das *komisariat policji II* war ein ehemaliger Plattenbau, von
außen einigermaßen renoviert, innen frisch gestrichen. Dennoch
haftete dem Kasten etwas Trostloses an. Wahrscheinlich empfan-
den das alle Außenstehenden, die eine *komenda miejska* betraten. Das Linoleum war noch nicht alt, es glänzte feucht, weil eine
Raumpflegerin gerade ihre Runden zog. In der Pförtnerloge hing
eine riesige Uhr. Der Sekundenzeiger drehte ebenfalls gleich-
mäßig seine Runde. Nur auf der Zwölf verharrte er für einen Moment, um dann in die nächste Minute zu starten. Der Wachmann
trug Uniform und eine graublaue Mütze mit dem weißen Adler.
Er war in etwas vertieft, das Zuzanna von ihrem Standpunkt aus
nicht erkennen konnte – und sie auch nicht interessierte.

»Ich gehe mal kurz vor die Tür.«

Der Mann hob den Kopf, musterte sie und nickte. Er hatte ein
rundes, flächiges Gesicht und schwere Tränensäcke unter den

Augen. Am auffälligsten war seine kleine Nase. Als hätte er sie mit jemandem getauscht, dachte Zuzanna, und irgendein hübscher Mensch muss nun mit seinem Zinken herumlaufen.

Es war windig und kühl. Meteorologisch gesehen war Hochsommer. Deshalb war es auch nicht richtig kalt, doch der Wind zerrte an ihrer dünnen Jacke, wehte ihr die Haare ins Gesicht und blies immer wieder die Flamme ihres kleinen Einwegfeuerzeuges aus. Sie sah hinüber zu ihrem Wagen und überlegte, ob sie einsteigen und drinnen rauchen sollte, als ein schwarzer BMW mit Berliner Kennzeichen auf den Parkplatz direkt daneben fuhr. Ein hochgewachsener, schlanker Mann mit kurzen eisgrauen Haaren stieg aus. Er ließ den Blick über die Plattenbaufassade gleiten, ging dann zum Kofferraum, öffnete ihn und holte einen Mantel und einen Aktenkoffer heraus. Zuzanna hatte solche Leute schon immer bemerkenswert gefunden. Männer, die ihre Pilotenkoffer, Frauen, die ihre lackierten Einkaufstüten in leeren, ausgesaugten Kofferräumen verstauten. Ein Auto gab mehr Auskunft über den Besitzer als Kleidung, Wohnung und Beruf zusammen.

In ihrem Kofferraum sammelte sich Sperrmüll.

Der Mann eilte durch den böigen Wind auf den Eingang zu. Bevor die Tür hinter ihm zufiel, bekam sie mit, wie er dem Pförtner seinen Ausweis zeigte und nach Marek Zieliński fragte. Das war interessant. Sie steckte ihre Zigaretten ein und ging zurück ins Haus.

Der Pförtner sprach kein Deutsch. Der Mann versuchte es noch einmal.

»Ich bin … *adwokat*. Mein, ähm … Klient … Marek Zieliński.«

»Ich bin nicht befugt, Ihnen Auskunft zu geben«, parlierte der Pförtner in schönstem Polnisch. Wohl wissend, dass der Mann nur Bahnhof verstand.

Zuzanna, mehr von Neugier als von Hilfsbereitschaft getrieben, schaltete sich ein. »Entschuldigen Sie bitte. In welcher Angelegenheit sind Sie hier?«

Der Mann lächelte erleichtert. Er hatte hellblaue, fast graue Augen und ein schmal geschnittenes Gesicht. Er sah gut aus. Und er war in einem Alter, in dem man eine Menge dafür tun musste. Offenbar hatte er die Zeit und das Geld dafür.

»Mein Name ist Cordt Sinter. Meine Kanzlei sitzt in Berlin und hat eine Dependance in Krakau. Ich bin im Besitz einer polnischen Zulassung. Sind Sie die Dolmetscherin?«

Sie wandte sich an den Pförtner. »Hat jemand einen Dolmetscher bestellt?«

»Für wen?«, fragte der.

»Für wen?«, erkundigte sich Zuzanna bei dem Neuankömmling auf Deutsch.

»Für Marek Zieliński.«

Zuzanna versteifte sich. Also hatte sie sich nicht verhört. Wie konnte das sein? Die Festnahme in Janekpolana war um halb neun am Morgen erfolgt. Jetzt war es früher Nachmittag. Sie war sich sicher, dass der alte Mann, den sie im Herrenhaus in desolatem Zustand angetroffen hatte, noch nicht einmal wusste, wie ein Handy aussah. Er war auch nicht in die Nähe eines Telefons gekommen. Eigentlich hatten sie eher Erste Hilfe geleistet, statt eine Befragung durchgeführt. Wie kam also dieser geschniegelte Anwalt zu der Information, dass Marek, ein bitterarmer alter Mann, in der Kommandantur von Zielona Góra saß und auf seine Einweisung in ein Krankenhaus wartete? Woher wusste dieser Lackaffe, dass es um eine Anklage ging? Wer hatte ihn informiert?

»Kommen Sie von Herrn Vernau?«

Ein Ausdruck von minimaler Irritation huschte über Sinters Züge. »Von wem?«

»Joachim Vernau aus Berlin. Er ist ebenfalls Anwalt.«

Er kann es nicht gewesen sein. Ich habe ihn eben erst informiert, und er schien sehr überrascht.

Sinter entspannte sich. »Nein. Nein, wirklich nicht. Ich kenne Herrn Vernau. Aber wir haben nichts miteinander zu tun. Arbeiten Sie auch für ihn?«

Nein, Trottel. In diesem Land üben Frauen nicht nur dienende Berufe aus.

»Ich will Ihnen nicht zu nahe treten, aber Marek Zieliński hat bereits einen Anwalt.«

Mich. Erzähl mir jetzt nicht, dass du gerne und umsonst für alte Männer in der polnischen Provinz arbeitest.

Sinter sah sie an, als würde er sie in diesem Moment zum ersten Mal wahrnehmen. »Das muss ein Irrtum sein. Die Familie Zieliński wird schon lange von unserer Kanzlei vertreten.«

Ach, wirklich? Wo wart ihr denn, als Jacek in Poznań im Knast saß? Was ist so wichtig an dem Alten, dass du dich extra mit deinem dicken Wagen hierher in Bewegung gesetzt hast?

Ihr Lächeln gelang nur unter Anstrengung. »Welch ein Zufall. Ich habe für seinen Sohn gearbeitet.«

»Ah ja. Dann können wir beide ja gleich weitermachen. Es ist mir ein Vergnügen, Frau …«

»Makowska«, brachte sie einigermaßen freundlich hervor. »Darf ich fragen, wie Sie so schnell an die Information der Festnahme gelangt sind?«

Sinter wandte sich von der Pförtnerloge ab und stellte seinen Aktenkoffer neben einer kleinen Sitzgruppe in der Ecke ab. Auf dem Tisch lagen Flugblätter der Polizei.

»Sagen wir mal, die Drähte zwischen Berlin und Grünberg sind nicht so lang.«

»Ich denke, Sie kommen aus Krakau?«

»Nein, nein, aus Berlin. Krakau ist unser zweites Standbein. Polen und Deutschland verbindet eine tiefe Freundschaft. Ab und zu kommt es selbst bei den besten Freunden zu Meinungsverschiedenheiten. Dann sind wir da. Bitte sehr.«

Er reichte ihr eine Visitenkarte. Sie warf keinen Blick darauf, steckte sie aber sorgfältig in die Hosentasche.

»Danke.«

Die Familie Zieliński war ihr ein Buch mit sieben Siegeln.

Schon bei Jacek hatte sie sich gewundert, dass er so viele Anwälte kannte. Und Marek, dieser kleine Mann in seinem ausgewaschenen Overall, Marek, der Einmachgläser, Drahtrollen, Autoreifen und Dachpappe hortete und sich wahrscheinlich seit Jahren keine neuen Strümpfe mehr leisten konnte – Marek ließ also angeblich einen Anwalt aus Berlin antanzen, der mit Sicherheit ganz andere Mandanten betreute und ganz offensichtlich keine Ahnung vom polnischen Rechtssystem hatte. Eigentlich war sie nur hier, weil die Überführung auf die Polizeidienststelle von Zielona Góra eine gute Gelegenheit war, Ali vom Kindergarten abzuholen. Außerdem hatte sie Mitgefühl mit dem alten Zieliński gehabt. Er hatte so verloren gewirkt. So gebrechlich. Bis er ihr gezeigt hatte, wie er einen Mann erschlagen hatte …

Wahrscheinlich würde er gar nicht in Untersuchungshaft kommen. Sie hatte sofort darauf bestanden, ihn in eine Klinik einzuweisen. Sobczak war dagegen gewesen. Bis auch er Zeuge geworden war, welche Geschichten Marek erzählte. Unheimliche, schreckliche Geschichten … Marek Zieliński war nur auf den ersten Blick harmlos. Auf den zweiten offenbarte sich eine zutiefst gespaltene, geschundene Seele. Man musste vorsichtig mit ihm umgehen. Sehr vorsichtig. Ob Sinter das konnte? Was wollte ein Anwalt, der zehn Meilen gegen den Wind nach Geld stank, von einem alten, kleinen Mann?

Das Telefon des Pförtners klingelte. Er hob ab und murmelte ein paar Worte. Im selben Moment öffnete sich weiter hinten eine Glastür, und ein *funkcjonariusz policji* eilte auf sie zu.

»*Jesteś adwokatem Marka Zielińskiego?*«, fragte er Sinter.

Zuzanna entging nicht, dass auch dieser Beamte sich wie selbstverständlich an den weltgewandt wirkenden Mann und nicht an die windzerzauste Frau wandte.

»Er will wissen, ob Sie der Anwalt von Marek Zieliński sind«, übersetzte sie.

Sinter bejahte und zeigte einen Ausweis der polnischen Anwaltskammer. Sie fragte sich, wie er, der keine drei Worte Polnisch sprach, an dieses Ding gekommen war.

»Das ist meine Übersetzerin. Frau …«

Zuzanna schluckte. Dann streckte sie dem Beamten die Hand entgegen. Sie hatte den Gefangenen bis zum Eingang begleitet, ab da hatte ein Arzt den alten Mann in seine Obhut genommen, und Sobczak war zurückgekehrt in sein Büro. Niemand kannte sie hier. Sie beschloss, Sinter in seinem Irrtum zu belassen und sich diesem Besuch anzuschließen, unter welchem Vorwand auch immer.

»Makowska. Zuzanna Makowska.«

»Folgen Sie mir bitte.«

Der Beamte begleitete Zuzanna und Sinter durch die Glastür und dann über das Treppenhaus in den ersten Stock. Dort gab es mehrere Großraumbüros, die hell und freundlich wirkten und Zeugnis ablegten von der Liebe des Behördenmitarbeiters zur Grünpflanze. Vor einer Tür blieb ihr Begleiter stehen und klopfte an. Ihnen öffnete ein Mann in Offiziersuniform, der einen halben Kopf kleiner als Zuzanna war, rastlose, helle Augen und runde Wangen hatte und den sie sofort als zu jung für diese Aufgabe einstufte.

Er stellte sich als Karol Krajewski vor, *podkomisarz* und leitender Ermittler. Die Unterlagen aus Poznań hatte er teils im Computer eingesehen, teils als Fax bekommen. Er war, nicht zuletzt weil Schwerdtfegers Fall eigentlich in seinen Zuständigkeitsbereich gehört hätte, bestens informiert. Auf dem Weg in den Verhörraum erklärte er, was er von der Sache hielt. Oder was er glaubte, dem Anwalt des Inhaftierten mitteilen zu können.

»Ein verwirrter, alter Mann. Geständig. Aber was will man machen, in diesem Alter und dieser Verfassung? Wir warten eigentlich nur noch auf den Krankenwagen. Der Arzt verbietet die Vernehmung. Das Wichtigste hat er bereits Herrn Staatsanwalt Sobczak gesagt. Vielleicht bekommen Sie ja noch etwas aus ihm heraus. Mir erscheint er traumatisiert, aus Kriegstagen. Was ist damals in Janekpolana eigentlich passiert?«

»Ich weiß es nicht«, sagte Zuzanna. Ihr gefiel es, Sinter ein wenig zappeln zu lassen und Polnisch zu reden, während der Lackaffe mit gespitzten Ohren sichtlich ungeduldig neben ihnen herlief. »Ich bin froh, dass Sie behutsam mit ihm umgehen. Vielleicht kann er es uns sagen, wenn er Vertrauen fasst.«

»*Może.*«

»Was sagt er?«, fragte Sinter ungeduldig.

»Wahrscheinlich wird es nicht zur Anklageerhebung kommen. Marek Zieliński wirkt desorientiert und nicht zurechnungsfähig. Ein Arzt hat ihn als nicht vernehmungsfähig eingestuft.«

Sinter nahm das mit einem knappen Nicken zur Kenntnis. »Dann kann ich ihn ja gleich mitnehmen.«

Wohin denn? Was soll dieser Aktionismus?

Sie erreichten eine weitere Tür am Ende des Flurs. Krajewski hielt sie auf und ließ Zuzanna als Erste eintreten.

Der alte Mann saß am Tisch. Er war gewaschen und rasiert. Dadurch sah er nicht mehr ganz so erschreckend aus. Ob die Kleidung, die er trug, aus seinem eigenen Fundus stammte, wusste sie nicht. Die Sachen waren ihm zu groß. Vielleicht war er einst genauso kräftig wie sein Sohn gewesen. Doch er war abgemagert und in sich zusammengefallen. Die Hände hatte er gefaltet auf den Tisch gelegt. Sein rechter Daumen strich nervös über den linken. Er sah kaum hoch, als sie eintraten.

»Ihr Anwalt ist da.«

Krajewski bat sie, Platz zu nehmen. Der Raum war weiß gestrichen. Eine Neonlampe hing von der Decke. Der Tisch war einfach, die Stühle waren hart.

»Guten Tag, Herr Zieliński.« Sinter wollte Marek die Hand reichen, aber der reagierte nicht.

Der Anwalt holte eine Mappe aus seinem Koffer und legte sie auf den Tisch. Darauf deponierte er einen Montblanc-Füller.

»*Dzień dobry* – Guten Tag«, sagte Zuzanna leise. »Erinnern Sie sich an mich, Herr Zieliński? Ich habe Sie heute Morgen in Ihrem Haus gefunden.«

Krajewski kniff die Augen zusammen und musterte sie, doch er hielt den Mund. Glücklicherweise.

»Herr Zieliński? Wie geht es Ihnen? Hat man Sie gut behandelt? Brauchen Sie etwas?«

Marek schüttelte langsam den Kopf. Sie erinnerte sich, wie erschrocken er sie angestarrt hatte, als er plötzlich vor ihr aufgetaucht war. In einem Zimmer voller alter Türen. Jacek, der Sohn, musste sie gesammelt haben. Vielleicht wollte er sie einbauen in dieses Haus, das den beiden irgendwann über den Kopf gewachsen war. Vielleicht hatte sich der Sohn auch viel zu lange viel zu wenig gekümmert. Hatte gar nicht bemerkt, dass Marek, der alte Mann in dem viel zu weiten Overall, sich Verstecke suchte, in die er sich verkriechen konnte. Nur mit Mühe und großer Vorsicht war es Zuzanna gelungen, ihn dazu zu bringen, ihr das Werkzeug zu geben. Das brauchte er zum Schutz, wie er meinte.

Vor wem?, hatte sie gefragt. Was macht Ihnen Angst?

Da hatte er zu dem Fenster gewiesen, das in Friedhofsrichtung lag. Vor den Geistern, hatte er geantwortet. Sie kommen wieder und wieder. Und man muss sie erschlagen …

Der alte Mann hob den Kopf und blinzelte. »Ich will nach Hause«, sagte er. »Lassen Sie mich gehen.«

Sinter räusperte sich. »Entschuldigung, aber so geht das nicht. Ich möchte, dass Sie eins zu eins übersetzen und keine Privatunterhaltungen führen.«

Jawoll, hätte Zuzanna am liebsten geantwortet. »Er möchte nach Hause«, sagte sie stattdessen.

Sinter nickte. »Das wollen wir alle. So schnell wie möglich. Herr Zieliński, Sie haben ein Geständnis abgelegt?«

Sie sagte auf Polnisch: »Hat man Sie offiziell vernommen? Wurden Sie dabei auf Ihre Rechte hingewiesen?« Sie erinnerte sich nicht, dass Sobczak das getan hatte. Damit wäre seine Aussage schon mal vom Tisch.

Krajewski bedachte sie mit einem bösen Blick.

»Ja, ist ja gut. Ich frage ja nur.«

Ihr Gegenüber murmelte etwas.

»Ich kann Sie nicht verstehen.«

»Sie kommen wieder. Immer wieder. Man muss sie erschlagen. Krach machen. Sie mögen keinen Krach. Und man muss auf der Hut sein. Sonst holen sie dich aus deinem Bett, ehe du dich's versiehst, und alles ist weg, alles verloren …« Marek sah sie an. Plötzlich war sein Blick klar. »Alles ist verloren.«

Zuzanna hatte das Gefühl, in einen Gletscher zu schauen. Genauso hatte er sie angesehen, als die beiden Polizisten in dieses verrückte Zimmer gestürmt waren, um ihn festzunehmen. Er hatte ausgeholt und mit dem Stemmeisen eine halbe Tür zertrümmert. Spätestens in diesem Moment war ihr klar geworden, welche Kräfte in diesem alten Mann schlummerten. Und welche fürchterlichen Ängste.

Sie wandte sich an Sinter. »Er hat alles gestanden. Aber die Aussage ist nicht rechtskräftig.«

Sinter nickte. Für einen Moment sah er sehr zufrieden aus. »Fragen Sie ihn, zu welcher Tür dieser Schlüssel hier gehört.« Er holte ein Ungetüm aus Eisen und Messing aus seiner Tasche.

Krajewski beugte sich vor und nahm es Sinter aus der Hand. »Was ist das?«

»Was ist das?«, fragte Zuzanna auf Deutsch.

Der Anwalt lächelte. »Ein Schlüssel. Das sehen Sie doch. Fragen Sie ihn, wohin er gehört.«

Tastend, zitternd schob Marek seine Hand zu Krajewski und wollte nach dem Schlüssel greifen. Der Kommissar sah fragend zu Sinter, der nickte wohlwollend.

»Eine Kindheitserinnerung«, erklärte der Deutsche freundlich. »Mein Mandant braucht ab und zu vertraute Dinge um sich.«

Du kennst ihn doch gar nicht. Was soll dieses Theater?

Ehe der Polizist reagieren konnte, hatte Marek den Schlüssel geschnappt. Interessiert betrachtete er den Anhänger.

»Sehen Sie? Er erinnert sich. Los. Fragen Sie. Fragen Sie!«

Zuzanna beugte sich vor. »Marek, was hat dieser Schlüssel mit dem Toten auf dem Friedhof zu tun?«

Der alte Mann schüttelte den Kopf. Er zitterte. Er hatte Angst. »Ich wollte das nicht tun«, wimmerte er mit kleiner Stimme. »Ich wollte es nicht.«

»Was, Marek?«

»Ich hab gewusst, dass er wiederkommt. All die Jahre hab ich es gewusst.«

»Was sagt er?«, bellte Sinter.

Zuzanna fuhr zu ihm herum. »Er weiß es nicht«, zischte sie wütend. »Er sagt immer wieder, dass er es nicht wollte.«

»Dass er was nicht wollte?«

»Den Mord natürlich.«

»Welchen Mord? Fragen Sie ihn, welchen Mord!«

»Wie bitte?«

»Sagen Sie mal, für was werden Sie eigentlich bezahlt? Welchen Mord!«

Zuzanna beugte sich vor, so weit es ging, und legte eine Hand auf Mareks Arm. »Was haben Sie nicht gewollt?«

Der alte Mann ließ die Hände sinken und legte den Schlüssel auf den Tisch. »Alle sind tot«, flüsterte er. »Alle.«

»Hat dieser Schlüssel etwas mit den Toten zu tun?«

Marek nickte.

»Was?«

»Er schließt das Tor zu ihnen auf.«

Zuzanna schob das schwere Ding zurück zu Sinter. Dabei fiel ihr der Anhänger auf. Ein Rabe, der auf einer Traube saß. Mit einem Mal hatte sie eine Tür vor Augen. Eine große, herrliche, barbarisch zerstörte Tür.

»Woher haben Sie diesen Schlüssel?«

Ihr Herz klopfte so stark, dass sie Angst hatte, Sinter könnte es bemerken. Oder dass der Kommissar es bemerken könnte, der so tat, als ob er genauso wenig Deutsch verstand wie Sinter Polnisch. Dabei hatte sie die ganze Zeit schon das Gefühl, dass der junge Kriminalist mehr mitbekam, als er zugab.

Doch der Anwalt war zu wütend, um auf sie zu achten. »Das geht Sie nichts an. Sie sollen ihn nach dem Mord fragen!«

»Ich verstehe Sie nicht.«

»Dafür werden Sie auch nicht bezahlt. Ist das klar? Fragen Sie ihn, ob er sich erinnert. Fragen Sie ihn nach dem Weinkeller.«

»Was?«

Sinter presste die Kiefer zusammen. Es sah aus, als würde er kleine Kieselsteine mit seinen Zähnen zermalmen. »Ich will wissen, woran er sich bei diesem Schlüssel erinnert. Los.«

»Marek«, sagte Zuzanna leise. »Wohin führt die Tür, die zu diesem Schlüssel gehört?«

Marek schüttelte den Kopf. Wieder und wieder. »Ins Dunkle«, murmelte er. »Ins Dunkle und ins Leere und zu den Toten.«

Krajewski blickte scharf von einem zu anderen. »Was hat das zu bedeuten?«

»Ich nehme an«, antwortete ihm Zuzanna, »dass dieser Schlüssel etwas mit seinem Trauma zu tun hat. Im weitesten Sinne könnte es uns vielleicht verraten, warum Herr Zieliński glaubt, dass ständig Tote wiederkehren, die er erschlagen muss.«

»Ich verstehe. Aber sollte man das nicht lieber einem Fachmann überlassen?« In seinem Ton schwang unmissverständlich mit, was er von Sinter hielt.

»Ich bin mit Ihnen völlig einer …«

Sinter unterbrach sie. »Was ist?«

»Er kann sich nicht erinnern.«

»Sie lügen. Fragen Sie ihn. Er muss es wissen.«

»Warum ist das so wichtig?«

Der Anwalt griff über den Tisch und steckte den Schlüssel gemeinsam mit Aktenmappe und Füller in seinen Koffer. Schluss mit der Scharade, schien er damit sagen zu wollen. Sein Gesicht war wie aus Stein gemeißelt, doch in ihm brodelte es. Er war es gewohnt, dass andere in seiner Gegenwart spurten.

Das hier ist nicht dein Terrain.

»Sie sind keine Übersetzerin.«

Ach. Wenigstens das hast du begriffen.

»Und Sie sind nicht sein Anwalt. Zeigen Sie uns Ihre Legitimation.«

»Oh ja. Selbstverständlich.«

Sinter holte seinen Ausweis hervor und legte ihn vor Krajewski und Marek auf den Tisch, der das Plastikkärtchen verständnislos ansah.

Sie wandte sich an Marek. »Herr Zieliński. Haben Sie diesen Mann als Ihren Anwalt angefordert?«

Kopfschütteln.

»Wer hat ihn dann informiert?«

Schulterzucken.

Sinter steckte die Karte weg. »Was sagt er?«

»Er möchte Ihre Vollmacht sehen«, log sie.

»Ich brauche keine Vollmacht. Ich bin hier, weil ich die Familie des ermordeten Horst Schwerdtfeger vertrete.«

»Eben noch haben Sie gesagt …«

»Was interessiert mich mein Geschwätz von eben. Bis eben waren Sie auch noch Dolmetscherin. Wenn es jemals zu einem Prozess kommt, bin ich der Anwalt der Nebenkläger. Glücklicherweise ist die Staatsanwaltschaft von Zielona Góra deutlich kooperativer als die Polizei. Also hören Sie jetzt mit diesem Zuständigkeitsgerangel auf. Ich habe ein Recht, mir ein Bild über den Stand der Ermittlungen zu machen!«

»Aber nicht so! Nicht, indem Sie sich fälschlicherweise als Anwalt dieses Mannes ausgeben! Warum wollen Sie ihn mitnehmen?«

»Übersetzungsfehler«, sagte er mit einem triumphierenden Grinsen.

»Verlassen Sie sofort diesen Raum!« Zuzanna wandte sich an Krajewski und fuhr auf Polnisch fort: »Ich bin die Pflichtverteidigerin seines Sohnes. Ich möchte gerne auch dem Vater zur Seite stehen. Falls nichts dagegenspricht, möchte ich Einsicht in Sobczaks Protokoll haben. Ich war heute Morgen bei der Festnahme dabei.«

Der Kommissar nickte. »Von meiner Seite aus spricht nichts dagegen, sobald Sie sich mit einem Mandat legitimieren können. Wer ist dieser Mann, dieser Sinter? Kennen Sie ihn?«

»Nein. Er vertritt auf deutscher Seite die Nebenklage. Also die Gegenseite. Er hat sich mit falschen Angaben zu seiner Person hier Zutritt verschafft.«

Krajewski nickte. »Interessant. Ich wusste gleich, dass mit dem Mann etwas nicht stimmt.«

Sinter wagte einen letzten Angriff. »In welche Klinik soll Herr Zieliński gebracht werden? Wann haben wir die Möglichkeit, mit ihm zu sprechen?«

»Gar nicht«, antwortete Zuzanna wütend, um dann weiter mit dem Polizisten zu reden. »Ich weiß nicht, was er vorhat. Ich traue ihm nicht. Werfen Sie ihn raus.«

Sie lächelte Sinter böse an. Krajewski zog die Lippen zusammen.

»Was werden Sie mit Marek Zieliński machen?«, fragte sie ihn.

»Er wird in eine Klinik kommen.« Das Wort Psychiatrie hing unausgesprochen im Raum. »Er hat gestanden, diesen Schwerdtfeger Samstagnacht erschlagen zu haben. So, wie er sich bei seiner Festnahme gewehrt hat, ist es ihm zuzutrauen. Er war derjenige, der den Overall und die Stiefel anhatte. Seine Fingerabdrücke sind ebenfalls an der Tatwaffe gefunden worden. Der DNA-Abgleich wird zu demselben Ergebnis kommen. Als sein Sohn festgenommen wurde, ist er einfach in irgendwelche Klamotten gesprungen, die irgendwo herumlagen. Das konnten die Kollegen nicht wissen.«

Ja, dachte Zuzanna. Das hat noch nicht einmal Jacek Zieliński gewusst, als er in einen der ausgewaschenen blauen Overalls und ein Paar Arbeitsstiefel geschlüpft ist, bevor sie ihn im Streifenwagen nach Poznań gebracht haben. Doch er hat es geahnt. Irgendwann muss es ihm aufgegangen sein. Er hat die ganze Zeit seinen Vater geschützt. Wahrscheinlich kennt er diese Geschichten seit seiner Kindheit. Geschichten von bösen Menschen, die immer wieder aus den Gräbern kommen, ihnen alles wegnehmen wollen und erschlagen werden müssen.

Ich habe mich in ihm getäuscht.

Der Gedanke versetzte ihr einen Stich. Ich habe ihm nicht geglaubt, dachte sie, und er hat es die ganze Zeit gespürt, während er für seinen Vater den Kopf hingehalten hat.

Verrückt. Ein Irrenhaus.

»Also dann?« Sinter blickte siegessicher von einem zum anderen.

»*Nie*«, sagte Krajewski und stand auf.

Na endlich. Das wurde aber auch Zeit.

Sinter stand ebenfalls auf. »Das heißt nein. So viel Polnisch verstehe ich immerhin. Ich werde mir das nicht bieten lassen. Sie hören von mir. Ich komme wieder.«

»Ich würde Ihnen raten, so schnell keinen Fuß mehr in die Kommandantur zu setzen«, konterte Zuzanna. »Es könnte sein, dass Sie nicht wieder herauskommen.«

»Das letzte Wort ist noch nicht gesprochen.« Er verließ den Raum.

Sie wandte sich an Jaceks Vater. »Auf Wiedersehen, Herr Zieliński.«

Der alte Mann reagierte nicht.

»Danke«, sagte sie zu Krajewski. »Sein Sohn wird mich als Anwältin bestimmen und wahrscheinlich auch die gesetzliche Vertretung übernehmen. Bitte informieren Sie mich, falls er noch etwas zu den Vorfällen auf dem Friedhof sagt.« Sie wandte sich an Marek. »Gleich wird jemand kommen und Sie ins Krankenhaus bringen. Dort sind Sie sicher und können sich ausruhen.«

»Wo ist mein Sohn?«

»Er ist inzwischen in Poznań entlassen worden und wird bald hier sein.«

Mareks dünne Lippen verzogen sich zu einem Lächeln. Krajewski begleitete sie noch hinaus, was Zuzanna zu schätzen wusste. Sie wäre ungern auf dem Parkplatz noch einmal Sinter in die Arme gelaufen. Doch der schwarze BMW war verschwunden. Erleichtert holte sie ihren Autoschlüssel aus der Handtasche.

»Passen Sie gut auf Herrn Zieliński auf. Ich glaube, es steckt wesentlich mehr dahinter als eine Geschichte aus alten Tagen.«

Der Kommissar blieb am Eingang stehen. Als sie sich zu ihm umwandte, um sich zu verabschieden, sagte er: »Geschichten aus alten Tagen haben eine lange Halbwertszeit.«

Sie wollte nicht fragen, aus welcher Gegend seine Familie stammte. Das wäre der Kürze und dem Grund ihrer Bekanntschaft nicht angemessen gewesen.

Ein Mann kam über den Parkplatz gerannt, hastig, mit fliegendem Mantel. Er stürmte die Treppe hoch, an ihnen vorbei, und noch bevor die Tür zufiel, hörten sie, wie er mit dem Pförtner sprach.

»Ich bin der Dolmetscher für Herrn Sinter. Ist er schon da?«

Krajewski, die Hände hinter dem Rücken verschränkt, drehte sich flüchtig nach dem hektischen Mann um und zuckte gleichgültig mit den Schultern. Dann nickte er Zuzanna freundlich zu.

Sie eilte die Stufen hinunter zu ihrem Wagen.

29

Jacek wartete im Haus.

Ich hatte die Fahrt von Berlin nach Janekpolana in weniger als eineinhalb Stunden geschafft. Bestleistung. Die Strecke hatte mich abgelenkt, denn der neue Tatverdächtige war ebenso gut oder schlecht wie der alte. Ich wusste, dass mehr hinter dem Mordfall Schwerdtfeger steckte und dass eine ganze Menge Leute gerade hinter meinem Rücken dabei waren, den Verdacht ausschließlich auf einen hilflosen alten Mann zu lenken. Ich wusste nur nicht, warum.

Ein Anruf bei Zuzanna brachte auch keine Klarheit. Sie war verändert. Kooperativer. Vielleicht weil sie nicht mehr das Gefühl hatte, sich beweisen zu müssen. Ich ahnte, dass die Freilassung von Jacek sie im gleichen Maße erleichterte, wie sie die Festnahme von Marek besorgte. Dass sie allen Grund dazu hatte, war mir spätestens dann klar, als sie mir von ihrem Besuch auf der Kommandantur von Zielona Góra erzählte.

»Wir holen ihn da raus«, sagte ich, als sie fertig war.

Einen Moment blieb es still am anderen Ende der Leitung. Ich hatte *wir* gesagt. Das war eine Anmaßung. *Ich* konnte von Deutschland aus so gut wie gar nichts tun.

»Ja«, sagte sie. »Wir holen ihn da raus.«

Ich war so verblüfft, dass ich vergaß, mich von ihr zu verabschieden.

Jacek war nüchtern. Er saß in der Küche vor einem Glas Wasser, das ich im ersten Moment für Wodka hielt. Er stand auf, umarmte mich schweigend, drückte mich an sich, dass meine Knochen knackten, und ließ mich dann unvermittelt los. Er spülte ein zweites Glas ab und goss mir aus einer Karaffe ein. Auch Wasser. Gut. Wodka wäre im Moment äußerst kontraproduktiv gewesen.

»Wie geht es deinem Vater?«, fragte ich.

»Ich konnte ihn auf dem Weg hierher kurz sehen. Sie bringen ihn gerade in die Psychiatrie. Angeblich nur zur Beobachtung. Er wird nie wieder rauskommen. Das weiß ich.«

»Warum?«

»Weil sie ihn für gemeingefährlich halten.«

Ich wollte nicken, hielt mich jedoch gerade noch zurück. »Hast du eine Ahnung, wer Sinter informiert haben könnte?«

»Wen?«

»Den zweiten Anwalt, der bei ihm aufgetaucht ist und der ihn am liebsten gleich mitgenommen hätte. Doktor Cordt Sinter aus Berlin.«

»Sinter? Dieser Arsch?«

»Kennst du ihn?«, fragte ich verwundert.

Jacek stieß einen verächtlichen Laut aus. »Er sitzt in Berlin und Kraków, als selbsternannter Tempelritter, der die deutschen Ostgebiete zurückerobern will.«

»Ist das sein Ruf?«

»Ja. Und er hat ihn sich wirklich mit Fleiß verdient. Was wollte dieser Drecksack von meinem Vater?«

Offenbar war Jacek nicht auf dem Laufenden, oder Zuzanna hatte noch nicht mit ihm darüber gesprochen. Ich begann mit Horst Schwerdtfeger, der erst vor Kurzem herausgefunden hatte, dass die Familie seines Vaters zu den reichsten in Deutschland gehörte, und der sogar noch kurz vor dessen Tod von ihm abgewiesen worden war. Ich fuhr fort mit dem rätselhaften Dahinscheiden des alten Hagen vor zwei Monaten und der Rolle, die eine unter mysteriösen Umständen zu Tode gekommene Pflegerin namens Krystyna Nowak dabei gespielt hatte.

»Nowak?«, unterbrach er mich stirnrunzelnd. »Krystyna Nowak? So eine kannte ich mal. Wir sind in dieselbe Schule gegangen, in Cigacice. Da hieß sie noch Kosecka. Hat dann einen Fischer geheiratet. Ist sie das? Blond? Läuft wie ein Pferd, immer trab, trab?«

Ich beschrieb sie ihm, wobei ich ihren Gang nicht erwähnte.

»Das ist sie! Die Welt ist klein. Krystyna aus Cigacice …«

Ich war genauso verblüfft wie Jacek. Immer mehr Fäden liefen in dieser Gegend zusammen. Hagen, Krystyna, Jacek, Sinter, Mariechen, Schwerdtfeger – alle hatten irgendetwas miteinander zu tun und stolperten beinahe übereinander. Der Einzige, den ich befragen konnte, saß mir gegenüber. Aber er verschwieg mir etwas. Das war mir schon in der Untersuchungshaft aufgefallen. Schon damals hatte ich geahnt, dass er jemanden schützen wollte. Marie-Luise, natürlich. An seinen Vater hatte ich zu diesem Zeitpunkt nicht gedacht.

»Später ist sie nach Zielona Góra und hat eine Ausbildung zur Krankenschwester oder Altenpflegerin gemacht. Sie ist auch tot?«

Ich erzählte alles, was ich wusste. Jacek rieb sich dabei immer wieder über die Augen. Sie waren rot und entzündet. Die ganze Geschichte ging ihm näher, als er zugeben wollte.

»Ich glaube nicht, dass sie was mit dem Tod von diesem Hagen zu tun hatte«, sagte er, als ich fertig war. »Warum? Das ergibt alles keinen Sinn.«

Er dachte eine Weile nach.

»Vielleicht hat er ihr etwas erzählt?«, unterbrach ich sein Schweigen.

»Was denn?«

»Oder sie ihm?«

Jacek wich meinem Blick aus.

Eine Weile beobachtete ich eine Ameisenstraße, die über dem Spülbecken die Wand entlangführte. Schließlich sagte ich: »Den Hagens hat mal das Haus hier gehört, stimmt's?«

Jacek stand auf und holte eine angebrochene Packung Knäckebrot aus dem Hängeregal. Er bot mir eines an, ich lehnte dankend ab. Die Packung in der Hand trat er an das halb blinde Fenster, von dem aus man, wäre es geputzt, den Weinberg hätte erkennen können.

»Dieses hier, das Deputantenhaus und der Weinberg. Die ganze *osada*. Alles hat mal den Hagens gehört. Bis zum Juni fünfundvierzig. Dann sind wir gekommen.« Er blieb mit dem Rücken zu mir stehen und biss ein Stück Knäckebrot ab.

»Was ist mit den Hagens passiert?«

»Die waren weg.«

Ich wartete, ob er mehr dazu sagen würde als diesen einen Satz. Doch es kam nichts. Ich fragte mich, ob es für ihn jemals ein Thema gewesen war, wer vorher in diesen Häusern gelebt hatte. Wenn ja, dann war es eines, das Jacek nicht mit mir teilen wollte.

»Wie ist es zu dem Treffen mit Horst Schwerdtfeger gekommen?«

»Wir sind uns schon einmal begegnet. Es ist eine Weile her. Ende Mai stand er plötzlich hier vor der Tür. Auf meinem Grund und Boden.«

Jacek drehte sich um und fixierte mich scharf, als ob ich Einspruch erheben wollte. Ich dachte nicht daran.

»Erst hat er gesagt, er wollte sich gerne ein bisschen umschauen. Familiengeschichte und so. Das passiert öfter. Damit müssen wir leben. Ich habe ihm erlaubt, in den Weinberg zu gehen. Das hat er auch gemacht. Später war er auf dem Friedhof. Dann habe ich ihn hinter dem Kutscherhaus rumkraxeln sehen. Ich dachte mir noch, mit dem stimmt was nicht. Am Nachmittag kam er zurück, ziemlich fertig und dreckig. Weiß der Geier, was er gesucht hat. Die Leute haben ja die merkwürdigsten Erinnerungen. Jedenfalls fragte er, ob er sich auch das Haus ansehen dürfte und den Keller. Eigentlich hatte ich nichts dagegen. Er war ein armes Schwein. Keine Ahnung, welchen Floh ihm sein Vater ins Ohr gesetzt hat. Was das mal für ein Palast war oder wie auch immer.«

»Sein Vater? Er hat dir von Helmfried Hagen erzählt?«

»Ja. Der Alte hätte ihm auf dem Sterbebett von diesem schönen Ort erzählt.«

»Das kann nicht sein.«

»Gut möglich, dass er gelogen hat. Er wusste nämlich kaum was. Ich hab ihm auf den Zahn gefühlt, und dabei kam raus, dass er von Familiengeschichte keine Ahnung hatte. Da wurde ich stutzig. Jetzt ist mir das klar … er hat ihn ja nie zu Gesicht bekommen.«

»Was weißt du von den Hagens?«

Ich war gespannt, ob er seine Zurückhaltung aufgeben würde.

Jacek warf die Knäckebrotpackung auf den Tisch, die angebissene Scheibe dazu und setzte sich wieder. »Ein paar von denen liegen drüben auf dem Friedhof. Josef, Wilhelm, Friederike und noch zwei. Johannes ist der Älteste. Wurde siebzehnhundertachtundachtzig in Breslau geboren und ruht da, in Staub und Asche im siebenundfünfzigsten Jahr seines Alters, zumindest steht es so auf einem der umgefallenen Grabsteine. Einen von denen hätte er doch wenigstens kennen müssen, oder?«

»Auch eine Mathilde?«

»Mathilde? Die mit der schönen Gruft? Nein. Das waren die Jeschkes. Reiche Bauern mit Hang zum Großbürgertum. Die hatten ihre Ländereien drüben auf der anderen Seite der Odra. Dazu eine Pferdezucht vom Feinsten. Die haben auch die Kapelle gestiftet, vor über hundert Jahren.«

»Du kennst dich ja gut aus mit der Geschichte von Janekpolana.«

»Ich lebe hier. Okay, noch nicht sehr lange. Ich habe mich wenig gekümmert, auch um Marek. Aber das wird jetzt anders. Das ist mein Land. Und es hat eine Geschichte, die nicht erst neunzehnhundertfünfundvierzig begonnen hat. Meine Großeltern, meine Eltern, für die war das hier der absolute Neuanfang. Bloß nicht dran rühren, was früher war. Die hatten alle das Schlimmste mitgemacht. Aus dem Haus getrieben, deportiert, von den Sowjets verschleppt. Die Hälfte von uns ist draufgegangen in dieser Zeit. Die andere Hälfte kam hierher und wollte nichts als neu anfangen. Da hat keiner gefragt, wem das vorher gehört hat. Die Deutschen haben das Land verlassen.«

»Sie mussten das Land verlassen.«

»Glaub mir, es war besser so. Sonst hätte keiner überlebt. Mein Großvater hat mir als Kind ab und zu was erzählt. Sie haben im Freien unter der Bahnbrücke geschlafen, die Polen *und* die Deutschen. Sie sind erfroren, verhungert oder haben sich Typhus eingefangen. Alle sind sie hier gestrandet, am Ufer der Odra. Kein Vor, kein Zurück. Das war wie eine riesige Welle, die gegen eine Mauer kracht. Monate vor Kriegsende war hier, hinter der Front, die Hölle. Wie hätte man das regeln sollen?«

Ich wusste es nicht.

»Mein Großvater ist übers Land gezogen und hat die deutschen Straßenschilder entfernt und die alten Wegmarken. Aber als es an den Friedhof ging, hat er sich vor den Eingang gestellt und gesagt: Bis hierhin und nicht weiter. Das war lebensgefährlich damals. Trotzdem hat er den Friedhof gerettet. Das war für ihn eine Frage der Ehre. Die Russen hatten schon angefangen, die Gräber zu plündern. Dann kamen die Eisendiebe und haben die Grabkreuze rausgerissen. Irgendwann wäre nichts mehr übrig gewesen. Das hätten die Toten nicht verdient, hat er gesagt. Frag mal, was aus den anderen Friedhöfen geworden ist. Die gibt es alle nicht mehr. Trotzdem, ein paar Jahre später hat er seine Frau in Cigacice begraben, auf dem katholischen Friedhof. Das wollte er nicht, dass sie hier … Es wollte keiner mehr da begraben sein.«

Er griff unter den Tisch und holte eine halb volle Weinflasche hervor. Sie hatte kein Etikett. Mit einem Nicken wies er auf mein Wasserglas.

»Trink aus.«

Ich trank. Jacek schenkte mir roten Wein ein. Er roch nach Sommer, altem Holz, Steinen in der Sonne und wilden Heckenrosen. Ich probierte. Er schmeckte sogar noch besser. Der Nachhall war samtig, mit einem Hauch eigenwilliger Schärfe.

»Meiner.« Jacek schleuderte seinen Wasserrest in hohem Bogen ins Spülbecken und schenkte sich ein. »Dornfelder, Regent,

Zweigelt. Das ist der Wein dieser Erde. Im zwölften Jahrhundert haben Mönche die ersten Weinstöcke in die Gegend hier gebracht. Der Weinberg von Johannishagen ist fast zweihundert Jahre alt. Sein Keller war sogar mal berühmt. Jede Menge Mouton, Yquem, Lafite-Rothschild und solche Granaten. Vor hundertfünfzig Jahren ist in Grünberg die erste deutsche Sektkellerei entstanden. Das war die Toskana von Preußen. Geh ins Museum und schau dir an, was davon geblieben ist. Ein paar alte Fässer. Probierkelche aus Bauernsilber, Pressen, Etiketten, ein Dutzend alte Postkarten. In dieser Gegend stand die größte Cognac-Brennerei östlich des Rheins. Grünberg und Wein, das hat neunhundert Jahre lang zusammengehört. Und dann, mit einem Schlag, war alles weg. Sechs Hektar lagen allein in Janekpolana brach. Jahrzehntelang. Wenn es Sommer war in Berlin, hab ich immer die Werkstatt geschlossen und bin an den Rhein, weißt du noch?«

»Ja.«

Er hob das Glas. Wir stießen an.

»Weinlese. Immer wenn ein Winzer gehört hat, aus welcher Ecke ich kam, wurden seine Augen ganz groß. Johannishagen? Der Hagener Weinkeller? Die waren immer ganz enttäuscht, wenn ich erzählt habe, dass die Russen mit den Weinfässern das Gleiche gemacht haben wie im Winterpalast des Zaren neunzehnhundertsiebzehn. Alles gesoffen oder alles kaputt gemacht. Aber dann: Du hast einen Weinberg hinterm Haus? Mensch, mach was draus! Bau an! Leg los! Schlag Wurzeln! Genau das war es. Wurzeln schlagen in diese brache Erde, meine Erde. Mein Land. Trotzdem nicht vergessen, wie viele das vor mir schon getan haben und warum sie nicht mehr hier sind.«

Sein Glas war leer. Er goss sich nach und hielt mir auffordernd die Flasche entgegen. Ich lehnte ab. Ich musste heute noch nach Berlin zurück. Er schenkte mir ein. Widerspruch war zwecklos.

»Ein Winzer aus Andernach hat mir einen Kredit gegeben. Dreißigtausend Euro.«

Ich verschluckte mich. »Wie viel?«

»Dreißigtausend. Ist viel. Ja! Sehr viel. Du hättest es mir nicht gegeben, was?«

»Ich … ich habe nicht so viel.«

»Von dem Geld hab ich mir vor vier Jahren die Reben gekauft, dazu Fässer und Geräte und all das Zeug, das man so braucht. Jetzt, endlich, trägt es Früchte.«

»Wollte Horst Schwerdtfeger bei dir einsteigen?«

»Einsteigen? Du meinst einbrechen?«

»Nein. In dein Geschäft einsteigen. Er hatte dreißigtausend Euro dabei. Die sind verschwunden.«

Jaceks Augen wurden schmal. Er funkelte mich wütend an. »Also doch. Du hast mir nie geglaubt.«

»Ich habe dir immer geglaubt, Jacek. Aber jetzt geht es statt dir deinem Vater an den Kragen. Also beantworte bitte meine Fragen und stell dich nicht an wie ein kleines Mädchen, das ich beim Pinkeln gestört habe! Wo ist das Geld?«

»Ich habe es nicht.«

»Aber du wusstest davon.«

»Nein!«

»Was ist passiert?«

»Nichts. Erst mal nichts. Er ist von seiner Rumschnüffelei zurückgekommen und wollte ein Bier. Okay, kriegt er ein Bier. Mit Wein hatte er nichts am Hut, gar nichts. Dann wollte er sich das Haus und den Keller ansehen. Ich war fast schon so weit, es ihm zu erlauben, da kam mein Vater. Ich weiß noch, wir standen vorne am Eingang. Schwerdtfeger schwadronierte irgendwas, dass wir wohl jemanden brauchen, der uns unter die Arme greift. Ausgerechnet der. In dem Moment ist Marek aufgetaucht. Was dann passiert ist, verstehe ich bis heute nicht.«

Jacek fuhr sich mit seinen Pranken durch die Haare.

»Er war im Lager. So nenne ich den Raum gleich rechts, wenn du reinkommst. Da stapelt sich Zeug, das man vielleicht noch

gebrauchen kann. Alte Türen und Fenster. Die muss man nur ab-
schleifen und streichen, dann sehen sie wieder aus wie neu. Ich
hab einfach keine Zeit dafür. Im Winter vielleicht. Jetzt bin ich im
Weinberg. Das geht alles nicht so schnell. Deshalb habe ich die
Sachen ins Trockene gebracht. Sobald die Lese vorbei ist, kümmere ich mich um den Kram.«

Er grinste unsicher. »Okay, sag ich jedes Jahr. Aber dieses Mal
mach ich es auch.«

»Marek war also im Lager. Hier im Haus. Ist er da öfter?«

Ich erinnerte mich an den Grund für Jaceks Verhaftung, seine
Freilassung und die Festnahme seines Vaters. Jacek hatte sich am
Sonntagmorgen im Beisein der Polizei das übergezogen, was irgendwo in der Diele an Anziehbarem herumlag. Leider hatte sein
Vater genau diese blutbefleckte Kleidung in der Nacht getragen,
in der er Schwerdtfeger erschlagen haben sollte. So schnell konnte eine angeblich hundertprozentige Indizienkette reißen – und
sich dem Nächsten um den Hals legen.

»In den letzten Jahren, ja. Kommt häufig vor. Er lebt noch im
Kutscherhaus, aber er schläft hier. Irgendwie mag er das lieber.
Ich glaube, er sucht meine Nähe. Hätte ich nie geglaubt. Wir wa-
ren nicht so eng. Aber das Alter verändert die Leute. Ja.«

Er trank das Glas in einem Zug leer. Als er sich nachschenken
wollte, bemerkte er, dass die Flasche leer war. Mit einem ärgerli-
chen Seufzen lehnte er sich zurück.

»Ich hab ihm eine Matratze reingelegt. Er kann kommen und
gehen, wann er will. Ihm gefällt das. Muss ihn an seine Jugend
erinnern, auch alles drunter und drüber. Höhlen bauen. Wahrscheinlich ist es das. Seine Höhle. Hinter ein paar an die Wand
gelehnten Türen.«

»Was ist dann passiert?«

»Dann? Ach so. Ja. Schwerdtfeger quatscht mir ein Ohr ab. Auf
einmal steht mein Vater im Flur und starrt ihn an, als wär er der
Leibhaftige. Zittert am ganzen Körper. Schreit: Weg, Verfluch-

ter! Richtig dramatisch. Im Ernst. Weg, Verfluchter! Ich hab erst mal gar nichts kapiert. Schwerdtfeger auch nicht. Der grinst erst noch, er hat ja kein Wort verstanden. Plötzlich hat mein Vater ein Brecheisen oder einen Wagenheber oder eine Langfeile in der Hand und geht auf Schwerdtfeger los. Ich hab nicht gewusst, ich schwöre, dass mein Vater noch solche Kraft hat. Schwerdtfeger macht, dass er rauskommt. Ich habe meinen Vater erst mal beruhigt. Er ist weg, hab ich ihm gesagt. Wirklich. Er kommt auch nicht mehr wieder. Mein Vater war völlig außer sich. Da, Joe, wusste ich zum ersten Mal, dass etwas mit ihm nicht stimmt.«

»Hatte er das schon mal?«

Jacek dachte nach. »Nein. Nicht so. Ich glaube, als Kind war er mal eine Zeit lang in einem Spital. Meine Mutter hat es mir erzählt, wenn er seine fünf Minuten hatte.«

»Was waren das für fünf Minuten?«

»Von einer Sekunde auf die andere wurde er unendlich traurig. Einfach nur traurig. Er weinte. Das war nicht gut. Ich kannte meinen Vater als starken, beherrschten Mann. Dieses Weinen hat mich völlig aus der Fassung gebracht. Meine Mutter müssten wir fragen. Die wusste mehr über ihn als er selbst. Aber sie ist vor fünf Jahren gestorben. Die Traurigkeit hat ihn dann auch verlassen, jedenfalls für lange Zeit. Und auf einmal bricht etwas auf, und ein riesiger Zorn kommt dazu. Ich weiß nicht, warum. Er kannte diesen Mann doch gar nicht. Trotzdem hätte er ihn beinahe umgebracht.«

»Glaubst du, er hat Schwerdtfeger bei seiner Rückkehr auf dem Friedhof erwischt und ihn in dieser seltsamen Rage getötet?«

Und dass er Marie-Luise fast in die Oder gejagt hat und mich zu Tode erschreckt?

Wieder rieb Jacek sich über die Augen. »Keine Ahnung. Aber wenn er es getan hat, dann hatte er Gründe. Ich kenne sie nicht. Mein Vater ist sanft wie ein Lamm. Vielleicht hat das alles gar nichts mit dem armen Schwein zu tun. Etwas an Schwerdtfeger hat meinen Vater wieder zu dem Kind von damals gemacht.«

»Was ist geschehen?«

»Was?« Verwirrt sah er mich an.

»Als Marek ein Kind war und er in die Klinik musste.«

»Ich weiß es nicht!«, rief er. Dann sagte er ruhiger: »Wir haben nie darüber geredet.«

»Über was nicht?«

Jacek ballte die Faust, bis seine Knöchel weiß unter der sonnenverbrannten Haut hervortraten.

»Über das alles. Die Flucht. Die Vertreibung, wie ihr das nennt. Die Umsiedelung, die Repatriierung. So nennen wir das. Es ist kein Thema. Weder in unserer Familie noch in der Öffentlichkeit. Nur wenn ihr ankommt und das wiederhaben wollt, was uns gehört. Dann wehren wir uns.«

»Keiner will etwas wiederhaben.«

»Ach ja? Dann will ich dir mal erzählen, wie die Sache weitergegangen ist.«

Er stand auf und öffnete einen Einbauschrank, in dem uralte Vorräte und noch älteres Geschirr zu bedenklich instabilen Türmen aufeinandergeschichtet waren. Unter einer Blechdose fand er, wonach er gesucht hatte. Einen Brief. Er reichte ihn mir.

Es war ein Brief von der Rechtsanwaltskanzlei Sinter, Berlin/ Krakau. Wie viele Kanzleien hatte Sinter eigentlich noch? Diese hier kümmerte sich um ganz andere Probleme als Reputationsmanagement.

»Doktor Cordt Sinter. Kultur- und Restitutionsrecht, Völkerrecht, Persönlichkeitsrecht. Vertretung von Heimatvertriebenen gegen Vertreiberstaaten«, las ich rechts vom Briefbogen ab.

Jacek spuckte aus. »Vertreiberstaaten. Klingt wie Schurkenstaaten, nicht? Lies. Und dann sag mir noch mal ins Gesicht: Keiner will was wiederhaben.«

Das Schreiben war in Polnisch und Deutsch. »Sehr geehrter Herr Zieliński«, las ich den Teil vor, den ich aussprechen konnte. »Mein Mandant Horst Schwerdtfeger hat uns in Rechtsnachfolge seines verstorbenen Vaters Helmfried Hagen mit der Restitution bzw. Entschädigung des seit neunzehnhundertfünfundvierzig vorenthaltenen Eigentums der Siedlung Johannishagen und den dazugehörigen landwirtschaftlichen Nutzflächen beauftragt. Begründet wird der Restitutionsanspruch mit der Verletzung des Persönlichkeitsrechtes sowie dem Anwendungsbereich der Rehabilitierungsgesetzgebung bei Beschwerden von Personen gleich gelagerter Vertreibungssachverhalte zum EGMR und dem UN-Menschenrechtsausschuss.« Ich ließ den Brief sinken. »Das ist der größte Quatsch, der mir in meiner gesamten Laufbahn jemals untergekommen ist.«

»Erklär das mal den Leuten, die auch so einen Brief bekommen haben.«

Ich las weiter und fasste den Unsinn in meinen Worten zusammen. »Er will, dass Schwerdtfeger sich einen Eindruck vom Erhalt der Bausubstanz machen kann und Zutritt zu allen Bereichen der Siedlung Johannishagen bekommt. Damit meint er wohl die beiden Häuser und den Weinberg, um einen Streitwert festsetzen zu können. Schmeiß den Wisch ins Feuer oder putz dir die Hände damit ab.«

Jacek lehnte sich mit verschränkten Armen an die Spüle. »Damit schafft man sich Freunde.«

Ich seufzte. »Du weißt ganz genau, dass die überwältigende Mehrheit der Deutschen kein Interesse daran hat, das infrage zu stellen, was vor Jahrzehnten beschlossen und nach der Wende auch noch einmal bekräftigt worden ist.«

»Weiß ich das?«

»Ja, Jacek, das tust du.«

»Ich weiß es vielleicht von dir. Oder von Marie-Luise. Sie hat mir das von ihrer Familie in Küstrin erzählt, und es tut mir wirklich leid für sie. Aber was ist mit all den anderen? Das ist der Grund, weshalb unsere Eltern und Großeltern dem Boden nicht getraut haben, auf dem sie gegangen sind. Warum dieses Thema nie angeschnitten wurde. Weil wir uns von den Deutschen nicht vorhalten lassen müssen, wir hätten ihnen dieses Land *gestohlen*! Da! Da hast du es schwarz auf weiß!«

Wütend wies er auf den Brief. Leute wie Sinter waren dafür verantwortlich, dass ein ganz übler, stinkender Bodensatz immer noch brodelte und stetes Gift auf das zarte Pflänzchen der deutsch-polnischen Freundschaft tröpfelte. Und dass ganz Polen – und Tschechien – im Dreieck gesprungen waren, als das Zentrum gegen Vertreibungen seine Arbeit aufgenommen hatte.

Ich las mir Sinters Aufschneiderei noch einmal genau durch. »Hier geht es nicht um eine Rückgabe. Hier geht es um den Zugang zu deinem Haus.«

»Ja und? Man darf sie gar nicht erst reinlassen. Das sagen alle.«

»Hättest du diesen Brief Marie-Luise oder mir gezeigt, hätten wir dir gleich sagen können, dass das nichts ist als ein Schuss ins Blaue. Es geht nicht um eine Rückgabe oder Enteignung. Die ist rechtlich nicht durchzusetzen.«

»Das hat es aber gegeben.«

»In einigen wenigen Einzelfällen. Und auch nur, wenn ihr nicht im Grundbuch …« Ich brach ab.

»Was?«, fragte Jacek.

»Ihr steht doch im Grundbuch?«

Jacek blähte die Nüstern, was ihm sehr gut stand und mich an Captain Jack Sparrow erinnerte, aber das half uns im Moment nicht weiter.

Ich griff zu meinem Handy und rief Zuzanna an. Glücklicherweise meldete sie sich nach dem dritten Klingeln.

»*Halo?*«

»Was steht im Grundbuch?«

»Wie? Ach so, ja …«

Ich hörte, wie im Hintergrund ein Lkw startete und ein kleines Kind lachte.

»Einen Moment.«

Dann knirschten Schritte über einen sandigen Boden. Schließlich klappte eine Tür. Es war still.

»Herr Vernau? Sind Sie noch dran?«

»Ja. Was haben Sie herausgefunden?«

»Keine so guten Neuigkeiten. Im Gegenteil. Wäre Jacek Zieliński noch in Untersuchungshaft, könnte die Anklage den Grundbuchauszug als Tatmotiv heranziehen.«

Ich warf Jacek einen zornigen Blick zu. Solche Dinge waren wichtig, und er hatte sich nicht darum gekümmert.

»Und jetzt ist es Marek. Frau Makowska, wer ist Eigentümer der Siedlung Janekpolana?«

»Der polnische Staat. Die Zielińskis haben die *osada* im Juni neunzehnhundertfünfundvierzig quasi für null gepachtet. Das hat man damals in vielen Fällen so gehandhabt, weil es bis zum Potsdamer Abkommen keine sichere Rechtslage gab.«

»Und danach?«

»Die meisten haben spätestens nach dem gescheiterten Versuch der Preußischen Treuhand ihren Besitz umschreiben lassen. Das war vor ein paar Jahren hier ein großes Thema.«

»Das heißt, würde der frühere Eigentümer auf Rückgabe klagen, er hätte eine reelle Chance?«

»Ich bin in dieser Sachlage der falsche Ansprechpartner. Ich glaube nicht. Aber es hat Fälle gegeben, wo Klagen aufgrund dieser Rechtslage stattgegeben wurde. Ich …« Sie verstummte.

»Was hatten Sie vor?«, fragte ich.

»Ich wollte den Auszug so lange nicht erwähnen, bis die Anklage von alleine darauf gekommen wäre.«

Oder besser gesagt: keine schlafenden Hunde wecken. Jacek hatte mit Zuzanna einen richtig guten Griff gemacht, das erwies sich bei jedem unserer Gespräche aufs Neue.

»Danke.«

»Aber … ich bin zu spät gekommen. Vor mir war schon jemand im Grundbuchamt.«

»Sinter?«, fragte ich überrascht.

»Nein. Staatsanwalt Marian Sobczak aus Zielona Góra. Ein guter Mann, sagen die Leute.«

»Und was sagen Sie?«

»Ein guter Mann«, wiederholte Zuzanna. »Was gibt es Neues?«

»Sinter hat Schwerdtfeger nach Janekpolana ins Haus der Zielińskis geschickt. Ich habe ein Schreiben seiner Kanzlei in Krakau vorliegen, in dem er Jacek Zieliński mit einem Gerichtsverfahren droht. Dies ist meiner Meinung nach nur ein Vorwand, um Schwerdtfeger den Zutritt zum Haus zu ermöglichen. Zieliński hat abgelehnt. Damit haben wir den Grund, warum das Mordopfer sich vor seinem Tod nachts hier und auf dem Friedhof herumgetrieben hat. Wir wissen aber nicht, was er gesucht hat. Schwerdtfeger und Marek Zieliński sind sich vor einiger Zeit schon einmal begegnet. Der alte Herr hat sich ziemlich aufgeregt.«

»Das ist leider häufiger so. Die meisten Eigentümer haben nichts dagegen, wenn Heimattouristen vorbeikommen. Oft entstehen daraus auch sehr berührende Begegnungen. Aber es schallt immer so aus dem Wald heraus, wie man hineinruft. Sagen Sie nicht so?«

»Ja. So sagen wir. Trotzdem erscheint es mir als Motiv zu dünn.«

Sie dachte einen Moment nach. »Mir auch.«

»Krystyna Nowak kam aus Cigacice«, fiel mir noch ein.

»Ach, das ist ja ganz in der Nähe.«

»Eben. Jacek kannte sie. Wahrscheinlich kannte sie auch Janekpolana und die Geschichte dieses Hauses. Es gibt einen vagen Hinweis darauf, dass Marek als Kind etwas Schlimmes geschehen ist.«

Jacek stieß sich vom Waschbecken ab und kam auf mich zu. »Moment. Mit wem redest du?«

»Mit deiner Anwältin. Die sich übrigens auch sehr um deinen Vater sorgt.«

»Okay. Gut. Aber lass diese alten Sachen raus, ja?«

»Diese alten Sachen sind der Schlüssel zu dem, was passiert ist und euch nacheinander in den Knast bringt. Wenn du es nicht weißt, müssen wir es auf andere Weise herausfinden.«

Grummelnd wandte er sich ab und ließ kaltes Wasser über fettverkrustete Pfannen laufen.

»Ich bin wieder dran«, sagte ich zu Zuzanna.

»Sie meinen, Krystyna könnte etwas über die Vergangenheit gewusst haben?«

»Das ist durchaus möglich.«

»Ich werde mich darum kümmern. Aber nicht heute. Ich bin gerade erst bei meiner Familie angekommen.«

»Natürlich. Danke, dass Sie uns unterstützen.«

»Kein Problem. Ich werde am Wochenende rausfahren und auch kurz bei Jacek vorbeikommen. Irgendwie müssen wir seinem Vater helfen.«

»Glauben Sie, er hat es getan?«

»Ich fürchte, ja. Seine Aussagen sind wirr. Wir müssen ihn zum Reden bringen. Ich glaube, das würde ihm helfen.«

Nicht nur ihm, dachte ich, nachdem ich aufgelegt hatte und auf Jaceks breiten Rücken starrte.

»Was hältst du eigentlich von ihr?«, fragte er, ohne mich anzusehen.

»Sie ist genau die richtige Anwältin für deinen Vater.«

»Das meine ich nicht.« Er zog eine fast leere Flasche Spülmittel unter einem Stapel dreckiger Töpfe hervor und verdünnte den Rest mit Wasser. »Ich meine, was du meinst, also so als Frau.« Er schüttelte die Flasche wie einen Cocktailshaker und sah mich erwartungsvoll an.

»Also …«

Jacek hatte mich in dieser Hinsicht nie um Rat gefragt. Ich ahnte, dass er etwas von mir hören wollte, das nichts mit ihrer Fachkompetenz zu tun hatte. Aber auf keinen Fall etwas Anzügliches.

Ich hatte mir über Zuzanna als »Frau« bisher wenig Gedanken gemacht. »Sie ist sehr hübsch.«

»Ja? Findest du? Sie ist mager. Sie müsste mehr essen.«

Er drehte sich wieder um und schüttete das Gemisch über dem Geschirr aus. Dann suchte er eine Spülbürste.

»Ich glaube, du solltest dir weniger Gedanken um Zuzannas Figur als um eure Zukunft machen. Du hast dich noch einmal mit Schwerdtfeger getroffen. Sinter hat Horst Schwerdtfeger überwacht. Es gibt ein Foto von euch in Zielona Góra.«

Wütend warf er die Bürste ins Becken.

»Verdammt!«, rief ich. »Sag mir endlich, was du weißt! Alles! Ich will jede Einzelheit wissen, hörst du?«

Langsam drehte er sich zu mir um. »Jemand von diesem Scheißbüro in Kraków hat angerufen und Druck gemacht. Ich sagte, sie können mich mal. Ich schaff mir eine Knarre an, wenn das so weitergeht. Da wurden sie katzenfreundlich und meinten, Schwerdtfeger könnte sich ein Joint Venture vorstellen.«

»Horst Schwerdtfeger?«, fragte ich verblüfft. »Ein Joint Venture?«

»Ja. Sie haben uns Geld angeboten. Ich hab der Sache nicht getraut, aber … mir steht das Wasser bis zum Hals. Ich kann den Wein nicht verkaufen, weil die Rechtslage mit der Steuer kompliziert und teuer ist. Ich hab mir das alles einfacher vorgestellt.«

»Aha.«

»Also haben wir uns getroffen. Er hatte eine Frau dabei. Angeblich seine Schwester. Maria hieß sie. Die hatte ein Auge auf ihn, damit ich ihn nicht über den Tisch ziehe. Über die Summe haben wir nicht geredet, aber dieser Schwachkopf meinte, Geld wäre kein Problem. Er hätte starke Partner. Dann hat er gekichert. Ich glaube, er hatte ein Rad ab. Seine Schwester war vernünftiger. Die schien dem allem nicht zu trauen, genau wie ich. Ich hatte die ganze Zeit das Gefühl, *ich* sollte verladen werden. Die hatten ja von noch weniger eine Ahnung als ich. Ich hab abgelehnt.«

Gut. Eine der wenigen weisen Entscheidungen mit Weitblick in Jaceks Leben.

»Woher hatte Schwerdtfeger das Geld?«

»Hat er nicht gesagt. Interessiert mich auch nicht. Immer wieder war Thema, dass er hier reinwollte. Das ist mir auf den Senkel gegangen. Ich will das nicht. Das ist mein Land, mein Haus, mein Grund und Boden.«

»Stand er unter Druck?«

»Druck?« Jacek gab den unwürdigen Versuch, Geschirr zu spülen, auf. Er setzte sich wieder zu mir an den Tisch. »Ja. Wenn du mich so fragst, ich glaube, er hatte Druck. Vielleicht von seiner Schwester. Die wollte ständig abbrechen und gehen. Irgendwann ist ihr der Kragen geplatzt, und sie meinte, er soll aufhören mit dem Mist und mit seiner Kohle eine Kreuzfahrt machen.«

»Seiner Kohle?«, fragte ich.

»Ja. Da hat er sie angefaucht und meinte, das ginge sie gar nichts an. Und er würde Leute kennen, da würde sie nur von träumen. Die haben sich nur noch gestritten. Da bin ich aufgestanden und abgehauen.«

»Zeig mir den Weinberg«, sagte ich. Vielleicht kam mir dabei eine Idee, wonach Schwerdtfeger gesucht haben könnte.

Jacek grinste mich an. »Ich dachte schon, du würdest nie fragen.«

30

Es war ein elender Aufstieg. Während Jacek vor mir wie ein junges Reh Terrasse um Terrasse erklomm, hechelte ich außer Atem hinter ihm her. Als wir den Gipfel erreichten, lief mir, trotz der scharfen Brise, die dort oben wehte, der Schweiß den Rücken hinunter.

Doch der Anblick entschädigte für die Mühe. Zu unseren Füßen schlängelte sich das silberne Band der Oder von Horizont zu Horizont. Die Wolken jagten über einen sommerblauen Nachmittagshimmel. Sanft gewellte Wiesen und Felder wechselten sich ab mit dunklen Wäldern, die wild und urwüchsig bis ans Wasser reichten.

Der Weinberg mündete auf seinem Gipfel in eine flache Ebene. Kniehohes Gras tanzte mit dem Wind. Über uns flog ein Schwarm Stare. Sein Ziel lag im Süden. Richtung Zielona Góra, vielleicht auch zu einem der kleinen Dörfer mit den spitzen Kirchtürmen. Er breitete sich elegant aus wie ein Tuch und zog sich dann wieder zu einer dichten Formation zusammen. Es war ein Anblick für Könige. Das und das weite Land zu unseren Füßen.

»Schön«, schnaufte ich.

Jacek stand nah am Abhang, hoch aufgerichtet wie ein Piratenkapitän am Bug seines Kaperschiffs, den rechten Fuß auf einen Stein gesetzt. Wäre ich Bildhauer oder Maler, würde ich sagen: so bleiben und keinen Millimeter rühren. Das Herz dieses heimatlosen Herumtreibers hatte seinen Anker ausgeworfen. Er war angekommen.

»Vier Hektar Hanglage Süd«, sagte er. »Dazu nächstes Jahr zwei Hektar Südost, wenn ich das schaffe.«

Ich trat vorsichtig neben ihn. Der Weinberg war eine Herausforderung. Die Südostlage schmiegte sich wie eine schützende Hand um die Siedlung und den Friedhof. Doch die Terrassen waren zerfallen und von Unkraut überwuchert, an manchen Stellen hatten kleinere Erdrutsche die mühselige Arbeit von Generationen zerstört. Den Rest hatten die Zeit, eine gefräßige Natur und die Witterung erledigt.

»Das ist es wert, nicht? Die ganze Mühe. Den Schweiß. Die Arbeit.«

Er nickte. »Vielleicht steigt noch Wendel von Cigacice ein. Der zieht das richtig professionell auf. Mit Hotel und Restaurant und so. Hat sein Geld mit Möbeln gemacht, und jetzt versenkt er es im

Wein. Vielleicht auch bei mir. Ist aber noch ein mächtiges Stück Weg.«

»Der weiteste Weg beginnt mit dem ersten Schritt.«

»Danke. Schlaumeier. Komm im Herbst zur Lese und hilf mit Taten statt mit Worten.«

»Mach ich.«

Überrascht sah er mich an.

»Ja, mach ich. Versprochen. Wenn ich dafür ein paar Kisten von deinem Roten bekomme?«

»Klar. Ich hab auch noch Aprikosenschnaps.«

»Nein, danke.«

»So schlecht ist er nun auch wieder nicht.«

Langsam begannen wir den Abstieg über den wieder aufgebauten Südhang. Jacek blieb ab und zu stehen und zeigte mir die Rebstöcke. Während er mir seine Arbeit erklärte, gelangten wir auf sehr gemächliche Weise nach unten zur Straße. Sie führte rechts nach Janekpolana. Vor einigen Häusern standen Autos. Ich erkannte eine einsame Bushaltestelle.

»Hast du Kontakt zu den Leuten?«

»Wenig. Irgendwie ist ihnen die *osada* suspekt. Mir ist es recht.«

Wir wandten uns nach links, kamen hinter die Biegung und waren nur noch zwanzig Meter vom Kutscherhaus entfernt, als mir im Hang dahinter etwas auffiel, das ich vorher noch nicht gesehen hatte. Im Berg gähnte ein dunkles Loch. Bisher hatte die kleine Kate den Blick darauf verstellt. Man sah es erst, wenn man sich, am Fuß des verwilderten Weinbergs entlang, der Siedlung von hinten näherte.

»Was ist das?«

»Der alte Weinkeller. Willst du ihn sehen?«

Der Eingang war ungefähr dreimal drei Meter groß und erinnerte an das Mundloch eines Stollens. Jacek ging voran und schlug eine Bresche durch die Brennnesseln und Disteln. Als wir davorstanden, erkannte ich die zerborstenen Reste eines gepflasterten Weges, der einstmals vom Keller am Kutscherhaus vorbei in den Hof geführt haben musste. In die Stützquader links und rechts waren Zargen eingelassen. Der Rost hinterließ tropfende Spuren auf den Steinen. Es sah aus wie uraltes getrocknetes Blut.

»Die Tür habe ich gerettet«, verkündete Jacek stolz. »Schon vor Jahren. Die war völlig kaputt. Irgendwann setze ich sie wieder ein, und dann mache ich eine Weinbar aus dem Keller.«

Keine schlechte Idee. Wenn das Gut erst einmal florierte, kämen sicher Besucher, die nicht nur Wein kaufen, sondern ihn auch probieren wollten. Doch bis es so weit war, musste noch viel getan werden. Der Raum hinter dem Eingang war riesig. Der Boden bestand aus festgetretener Erde, die Wände waren dunkel von Staub und Spinnweben. Zerbrochenes Holz, Glasscherben und halb verbranntes Papier rotteten vor sich hin.

»Schwarze Leute?«, fragte ich und deutete auf die Hinterlassenschaften. Jacek schüttelte den Kopf.

»Nein. Die trauen sich nicht hierher. Eher auf den Friedhof. Aber nicht in den alten Weinkeller. Mein Großvater hatte ein Auge drauf. Keiner wollte Stress mit ihm. Alles hier drin ist noch so wie vor siebzig Jahren.«

Ich bückte mich nach einem der Papierreste. Er musste aus einer Zeitung stammen, uralt, vergilbt, von der Feuchtigkeit zerfressen. Ich meinte, noch ein paar polnische Worte lesen zu können, vielleicht irrte ich mich auch.

»Das ist alles so geblieben?«

»Na ja, nicht ganz. Die Russen haben den Keller wohl als Erste entdeckt. Was dann kam, kannst du dir denken. Alles leergesoffen. Die Nächsten waren die Siedler. Die haben sich geholt, was sie noch gebrauchen konnten. Als mein Großvater kam, waren sogar die leeren Fässer weg. Bis auf die ganz hinten an der Wand. Er hat die Tür verrammelt und Holz davorgesetzt, damit auch wirklich keiner reinkam. Die Leute dachten, hier wäre noch was zu holen, ständig trieben sich irgendwelche Gestalten hier herum. Dabei haben die meisten, die was zu verstecken hatten, ihre Schätze im Wald vergraben, damit sie besser rankommen.«

Er ging ein paar Schritte in die Dunkelheit hinein. Wenig später flammte Licht auf. Es kam von einer Baustellenlampe. Das Stromkabel schlängelte sich auf dem Boden an mir vorbei durch den Eingang hinaus Richtung Kutscherhaus.

»Komm. Ich will dir was zeigen.«

Er nahm die Lampe vom Haken und ging voraus. Die Gewölbedecke war mindestens fünf Meter hoch. An den Wänden waren noch Bohrlöcher zu erkennen und der eine oder andere rostige Holm, der aus dem rieselnden Putz ragte.

»Siehst du das?«

Ich blinzelte ins Schwarze. Jacek hielt die Lampe hoch und leuchtete die Rückwand des Kellers ab. Dort eingelassen befand sich eine niedrige Tür.

»Was ist das?«

»Ein Versteck. Es war früher hinter den Fässern, denke ich mir. Deshalb hat man es auch nicht gleich gefunden. Jemand hat da ein paar Wochen oder Monate überlebt. Frag mich nicht, wie, denn es ist kalt und feucht und finster. Irgendwann hat es die arme Sau erwischt.«

»Da lag ein Toter?«, fragte ich entsetzt. Die Vorstellung, in dieser Dunkelheit über Wochen hinweg dahinzuvegetieren, ließ mich schaudern.

»Ja«, raunte Jacek. »Der Zombie von Janekpolana. Bei Vollmond kriecht sein verwester Leib aus den Tiefen des Berges und holt sich die kleinen Kinder.«

Er legte die Lampe auf den Boden ab, weil die Leitung nicht länger reichte. Unsere Schatten wurden zu Riesen. Aus den Tiefen seiner Hosentasche förderte er ein Feuerzeug zutage und ging voran.

Die Tür ließ sich ohne Probleme öffnen. Sie hing nur noch halb in den Angeln, Jacek musste sie vorsichtig zur Seite heben, damit sie nicht ganz zerbrach. Ich folgte ihm in ein enges Geviert aus rohem, unverputztem Felsenstein. Der Boden bestand aus Fliesen, uralt, uneben und feucht. Ich trat auf Glasscherben. In der rechten Ecke lag etwas, das aussah wie eine völlig in sich zusammengesunkene Gestalt. Erst beim zweiten Blick erkannte ich, dass es Lumpen waren. Ein, zwei alte Decken, wie mit dem Fuß zur Seite geschoben. In der Mitte des Raumes stand eine leere Holzkiste. Altdeutsche Buchstaben waren eingebrannt. Ich strich Staub und Dreck weg und versuchte, die Worte zu entziffern.

»Johannis… Johannishagener Nickerchen«, sagte ich. »Das war mal eine Weinkiste.«

»Ja. Er hat sie als Tisch benutzt. Siehst du die abgebrannten Kerzen? Und hier …« Er bückte sich und hob einen fast bis zum Ende abgenutzten dreikantigen Bleistiftstummel auf. »Er hat geschrieben. Ohne Ende. Am Anfang noch mit Tinte, später mit Bleistift. Von den Dingern liegt ein Dutzend hier rum. Dazu die ganzen Späne vom Spitzen. Aber weißt du, was seltsam ist? Ich habe nichts gefunden.«

»Das ist sicher schon längst in alle Winde zerstreut.«

»Nein. Mein Großvater hat dieses Versteck entdeckt, als er die letzten Weinfässer abgebaut hat. Hier hat einer gesessen und sich die Finger wund geschrieben. Sogar der Scheißeimer stand noch in der Ecke, hat er erzählt, aber nirgendwo eine Spur von dem, was er geschrieben hat.«

Jacek legte den Kopf in den Nacken und begutachtete die Decken, dann die Wände, dann mich.

»Er ist abgehauen, irgendwann. Ich glaube, Marek hat ihn damals gesehen.«

»Wen?«

»Den, der hier drin war. Er war nicht die ganze Zeit hier. Sonst hätte mein Großvater mehr gefunden. Essensreste und Lumpen und Zeug. Und das, was er geschrieben hat. Nein, er ist immer wieder raus. Wahrscheinlich, um sich was zu essen zu besorgen oder Leute zu treffen, die sich auch versteckt haben. Dabei muss mein Vater ihn gesehen haben. Er war noch ein Kind. Acht, neun Jahre alt. Kommt mit den Trecks aus dem Osten, sieht Dinge, die Kinder niemals sehen dürften, hört Sachen, die Kinder niemals hören dürften. Anfangs waren meine Großeltern im Kutscherhaus. Er war oben unterm Dach. Von dort schaut man direkt auf diesen Weinkeller.«

»Seit wann weißt du das?«

»Seit er Schwerdtfeger angegriffen hat. Da ist mir alles wieder in den Sinn gekommen. Das, was er als Kind erlebt hat und worüber nie jemand geredet hat.«

»Gibt es so etwas wie ein Dorfarchiv?«

Jacek setzte sich auf die leere Weinkiste, die unter seinem Gewicht ächzte, aber sie hielt. Die Flamme zuckte noch einmal, dann ging sie aus. Das Licht der Baustellenlampe leuchtete geisterhaft durch die schmale Türöffnung und häufte die Schatten aufeinander.

»Nein. Ich hab dir doch gesagt, hier war die Stunde null.«

»Hast du je versucht, mit deinem Vater zu reden?«

»Ja. Hab ich. Nach dieser Verfluchten-Sache. Er macht dann sofort dicht. Dieses ganze Gerede von den Geistern aus den Gräbern, das hat lange keinen Sinn ergeben. Für mich war das jedes Mal Märchenstunde. Aber dann, urplötzlich, steht er diesem Geist leibhaftig gegenüber. Und der Geist heißt Schwerdtfeger. Wie passt das zusammen?«

»Er hat …«, setzte ich an, überlegte noch einmal und fuhr dann fort: »Er hat nicht Horst gesehen. Sondern jemanden, dem Horst ähnelt. Was ist dir von den Vorbesitzern bekannt?«

Er schnaufte ärgerlich. »Nichts. Die Namen auf dem Friedhof. Das, was in Zielona Góra im Museum gelandet ist. Was die Winzer drüben am Rhein erzählen, mehr nicht. Ich will gar nicht mehr wissen.«

»Lass uns zurückgehen in die Vergangenheit. In den Sommer

neunzehnhundertfünfundvierzig. Die Zielińskis erreichen Johannishagen. Wer war das alles?«

»Meine Großeltern mit ihrem Sohn. Marek.«

»Er war acht, höchstens neun Jahre alt. Sie bekommen das Kutscherhaus. Wir sind immer noch im Sommer dieses Jahres. Die Eigentümer haben die Siedlung verlassen. Wann?«

»Weiß ich nicht«, brummte er.

»Da die Hagen-Kinder überlebt haben, gehe ich vom Anfang desselben Jahres aus. Die Kinder heißen Helmfried und Eleonore. Der Vater ist im Krieg, wahrscheinlich. Die Mutter gelangt mit den Kleinen nach Hamburg. Sie kehren nie mehr zurück.« Ich ging langsam zum Ausgang. »Konnte ein Fremder von diesem Versteck wissen?«

»Nein. Ausgeschlossen. Alle, die sich hier ausgekannt haben, waren weg.«

»Alle bis auf einen. Ich glaube, dass einer der Hagens hier das Kriegsende erlebt hat.«

»Warum ist er nicht raus? Das wäre doch am einfachsten gewesen. Warum hat er sich versteckt?«

»Dafür kann es viele Gründe geben. Vielleicht war er ein bekannter Nazi. Vielleicht war sein einziger Makel, Grundbesitzer zu sein. Vielleicht hat er nicht geglaubt, dass dies das Ende war. Eine Menge Leute haben das nicht geglaubt. Sie dachten, nach ein paar Monaten würden die Russen weiterziehen, die Polen nach Hause gehen, und der ganze Spuk hätte ein Ende.«

»Spuk?«

»Aus der Sicht derjenigen, die hier gelebt haben, ja. Nachdem die Russen weiter in Richtung Berlin marschiert sind, sind viele, die geflohen waren, wieder umgekehrt. Sie dachten, sie könnten zurück in ihre Häuser und auf ihre Felder. Doch das ging nicht mehr.«

»Weil wir uns alles unter den Nagel gerissen haben? Meinst du das?«

»Nein.« Wie dünn war das Eis, wie nah die Geschichte. »Nein. Das meine ich nicht. Aber ich glaube, du würdest genauso handeln. Du würdest auch nicht glauben wollen, dass du alles verlierst.«

»Ich bin kein Nazi. Sie wussten, was passieren würde.«

»Waren damals alle Nazis?«

Ich hörte sein verächtliches Schnauben.

»Wer auch immer sich hier versteckt hat, er kannte sich aus. Er muss deinen Großeltern noch über den Weg gelaufen sein. Siebzig Jahre später schneit plötzlich sein Enkel hier herein. Und Marek, halb blind, halb wahnsinnig vor Angst, glaubt, ihn leibhaftig und wiederauferstanden vor sich zu sehen.«

»Das ist noch nicht alles«, sagte Jacek leise. »Mein Vater will noch etwas. Er will, dass all die Verfluchten von damals und heute totgeschlagen werden.«

Ich brauchte einen Moment, bis ich begriff.

»Marek war ein Kind«, sagte ich hilflos. »Die Hagens sind kräftige Leute. Er wird doch nicht auf dieses arme Schwein losgegangen sein, das sich hier versteckt gehalten hat?«

Jacek stand auf und kam zu mir an die Tür. »Nein. Das ist absurd. Völliger Quatsch. Warum sollte er das tun?«

Ja, dachte ich, während Jacek die Lampe wieder aufnahm und zum Ausgang voranging. Warum sollte ein kleiner Junge im Jahr 1945 so etwas tun?

31

»Zuza?«

Ihre Mutter stand am Fuß der Treppe zum Dachgeschoss, in der Hand Zuzannas klingelndes Handy. Zuzanna schreckte hoch. Um ein Haar wäre sie selbst eingeschlafen.

»Telefon!«

Zärtlich befreite sie sich aus Alis Umarmung. Das Mädchen schlief noch nicht ganz. Seine Augenlider zitterten, als Zuzanna vorsichtig ihren Arm zurückzog, in den sie das Kind gebettet hatte.

»Wer ist denn dran?«, rief sie leise und verließ das Kinderzimmer, in dem sie früher gewohnt hatte. Jetzt war es Alis Reich, aber die Möbel und ein Teil der Spielsachen und Stofftiere waren geblieben. Es machte sie glücklich, dass so vieles aus ihrer eigenen Kindheit überdauert hatte.

Weronika warf einen Blick auf das Display. »*Bałwan*«, las sie stirnrunzelnd ab. Schneemann. Das hieß so viel wie Vollidiot.

Zuzanna warf einen schnellen Blick über die Schulter nach Ali. Wenn das Handy noch länger klingelte, würde das Kind aufwachen. Sie lief die Treppe hinunter und riss ihrer Mutter den Apparat aus der Hand.

»*Halo?*«

»Vernau noch mal. Entschuldigen Sie die Störung. Ich bin wieder auf dem Weg nach Berlin. Ich hätte noch eine Bitte an Sie.«

Sie lief in Strümpfen vor die Tür und tastete ihre Jeans nach den Zigaretten ab. Weronika beobachtete es und ging kopfschüttelnd ins Wohnzimmer.

»Hören Sie, ich habe Ihnen doch gesagt, ich kümmere mich morgen um alles.«

Noch immer, vor allem in Momenten wie diesen, beschlich sie das Gefühl, dass er sie nicht ganz für voll nahm.

Ich bin nicht dein Laufbursche. Wenn du kein Privatleben hast, ich habe eins. Keins, mit dem ich vor dir angeben würde. Aber es ist mir wichtig. Sehr wichtig.

»Es tut mir leid. Ich wollte nicht stören. Ich dachte nur, es würde Sie interessieren. Falls Sie morgen nach Cigacice fahren.«

»Ich fahre morgen nach Cigacice.«

Sie hatte vorgehabt, Ali und ihre Eltern mitzunehmen, wenn das Wetter es zuließ. Der kleine Ort lag nicht weit von Janekpolana, romantisch eingebettet zwischen Odra und sanften grünen Hügeln. Sie konnten Fisch direkt aus dem Rauchfang essen und eines der breiten handgeschreinerten Holzboote mieten, mit denen man den Fluss hinauffahren konnte bis nach Górzykowie zum *Stara Winna Góra*, dem alten Weinberg. Der größte von den vielen, die mittlerweile wieder bewirtschaftet wurden, mit Restaurant, Kellerbesichtigung und Weinprobe. Zwischendurch wäre sie für eine Stunde verschwunden und hätte bei den Nowaks vorbeigeschaut, die ausfindig zu machen in so einem kleinen Ort kein Problem gewesen wäre. Vielleicht wäre noch Zeit gewesen, Jacek kurz Guten Tag zu sagen und mit ihm darüber zu reden, wie es mit seinem Vater weitergehen würde und ob er sich vorstellen konnte, was sie sehr hoffte, ihr Mareks Vertretung anzuvertrauen.

»*Kochanie* – Schatz?« Ihre Mutter stand hinter ihr und hielt ihr ein Paar Pantoffeln entgegen.

Sie nickte ihr dankbar zu, ließ sie auf die Erde fallen und schlüpfte hinein.

»Falls die Nowaks mit Ihnen reden«, fuhr er unbeeindruckt fort, »versuchen Sie bitte auch herauszufinden, ob sie etwas über die Art und Weise wissen, in der das Eigentum auf die neuen Besitzer, die Zielińskis, übertragen worden ist. Ich denke, in diesen kleinen Dörfern wird man über die *osada* und den Weinberg geredet haben.«

»Sie meinen nach dem Potsdamer Abkommen?«

»Ja. Eventuell auch davor. Kurz davor.«

»Das ist ein ganz heikles Thema.«

»Ich weiß. Dennoch muss es angesprochen werden.«

Sie schüttelte eine Zigarette aus dem Päckchen und zündete sie sich umständlich an.

»Wegen des Grundbucheintrages? Ist er das Mordmotiv?«

Dieses Szenario beschäftigte sie mindestens so sehr wie Vernau. Konnte eine Situation derart eskalieren, dass sie in Mord und Totschlag endete? Sie rief sich Marek Zieliński ins Gedächtnis, diesen dünnen, verwirrten alten Mann. Kein milder Mensch, meinte sie zu erkennen. Ein introvertierter Eigenbrötler, der viel zu lange von seinem Sohn allein gelassen worden war und sich in seine Wolfshöhle hinter den alten, nutzlosen Türen zurückgezogen hatte. Wenn dann jemand wie Horst Schwerdtfeger auftauchte, bullig, groß, vielleicht wütend und unbedacht – es könnte durchaus zu einer Auseinandersetzung gekommen sein. Das löste allerdings noch nicht die Frage, was Schwerdtfeger nachts auf dem Friedhof zu suchen gehabt hatte und warum Marek ihm gefolgt war. Vielleicht würden sie es nie erfahren. Der Mann redete wirr, und er schien große Angst vor dem Deutschen gehabt zu haben.

»Sinter hat die Daumenschrauben angesetzt und Schwerdtfeger als trojanisches Pferd vorgeschickt. Wir müssen über zwei Tatbestände Klarheit erlangen: zunächst darüber, was Schwerdtfeger in Janekpolana wollte, und dann, warum Sinter ihn dorthin geschickt hat. Der eigentliche Grund.«

»Sie meinen, es ging gar nicht ums Haus?«

»Nein. Es geht um den Zugang zum Haus. Deshalb ist es auch so wichtig zu erfahren, was geschehen ist, als die Hagens die Siedlung verlassen haben.«

»Wie soll ich das denn herausfinden?«

»Gibt es nicht irgendwelche Archive? Kirchenbücher? Irgendjemand, der sich noch an die Hagens erinnert?«

»Das ist unwahrscheinlich. Sehen Sie, die Umsiedelung ist damals nicht geordnet verlaufen. Das war, selbst wenn man den besten Willen zum Maßstab genommen hätte, nicht zu leisten. Bis neunzehnhundertsiebenundvierzig mussten fast alle Deutschen das Land verlassen.«

»Fast alle? Also sind einige geblieben?«

Zuzanna warf einen Blick ins Haus. Sie wollte nicht, dass ihre Mutter mitbekam, worüber sie redete. Weronika konnte ein paar Brocken Deutsch. »Gezwungenermaßen«, sagte sie leise. »Ja, es ist nicht gerade ein Ruhmesblatt unserer Geschichte. Aber einige mussten bleiben und mithelfen, die gesamte Infrastruktur aufzubauen. Erst danach durften sie gehen.«

»Und dann?«

»Es gab mehrere Ausreisewellen. In den siebziger Jahren war das vorerst beendet. Ihr Eigentum wurde als sogenanntes verlassenes oder herrenloses Gut konfisziert. Erst in den neunziger Jahren hat man die verbliebene deutsche Minderheit anerkannt.«

»Also sind nicht alle sofort ausgereist, umgesiedelt oder vertrieben worden. Was ist mit diesen Leuten passiert?«

»Die wurden damals, wohlgemerkt, wir reden von damals, von der Zeit während und nach dem Ende des Krieges, polonisiert. Sie bekamen polnische Vor- und Zunamen. Die Verwendung der deutschen Sprache war untersagt. Das hat sich heutzutage geändert, glücklicherweise. Vergessen Sie bitte nicht den historischen Kontext. Die Alliierten hatten das zur Bedingung gemacht. Die wiedererlangten Gebiete sollten vor einer erneuten Kontrolle durch die Deutschen geschützt werden. Das konnte nicht mit einer polnischen Besatzung gelingen, sondern nur durch eine vollständige Eingliederung in das neue Polen.«

Er schwieg.

Okay, ich klinge wie eine Lehrerin vom Lyzeum. Es ist aber auch ein schwieriges Thema.

»Das heißt, wenn jemand von den alten Bewohnern geblieben ist, trägt er heute einen polnischen Namen.«

»Mit an Sicherheit grenzender Wahrscheinlichkeit ja.«

»Es wäre wichtig, so jemanden zu finden.«

»Ich kann es versuchen. Nur machen Sie sich bitte keine allzu großen Hoffnungen. Die Familie von Krystyna Nowak ist in Trauer. Und so schnell jemanden in Cigacice oder Janekpolana aufzutreiben wird schwer. Ich kann schlecht von Tür zu Tür gehen und fragen, wer von den Einwohnern als Deutscher geboren wurde. Oder wie stellen Sie sich das vor?«

»Ich weiß es nicht.«

Er klang ratlos. Das wunderte sie, denn Vernau war in ihren Augen jemand, der ziemlich schnell auf alle Fragen eine Antwort hatte, mochte sie richtig sein oder nicht.

»Sie wollen Marek Zieliński helfen«, begann sie vorsichtig. »Aber diesem Thema sollte man sich nur sehr behutsam nähern. Vor allem, wenn man aus Deutschland kommt.«

»Es würde mir nie einfallen, ein ganzes Volk über einen Kamm zu scheren. Ist es zu viel verlangt, Ähnliches von anderen zu erwarten?«

»Nein. Doch so schnell geht das nicht mit dem Vergessen. Alte Wunden werden immer wieder aufgerissen. Ich werde alles versuchen, damit Sie an der Vernehmung von Marek teilnehmen können, falls es jemals dazu kommt. Ich glaube, es war einfach ein unglückliches Zusammentreffen, das eskaliert ist.«

»Das glaube ich nicht.«

Sie zog an ihrer Zigarette. »So? Was soll es denn sonst gewesen sein?«

»Ein Déjà-vu.«

»Ein Déjà-vu?«, fragte sie ratlos.

»Marek hat in Horst Schwerdtfeger jemanden wiedererkannt, dem er neunzehnhundertfünfundvierzig schon einmal begegnet ist.«

»Das verstehe ich nicht. Wen soll er erkannt haben?«

»Schwerdtfegers Großvater. Den alten Eigentümer der Siedlung Johannishagen.«

Ihr kam Rauch in die Augen, und sie musste blinzeln.

»Walther Hagen hat sich im Weinberg versteckt gehalten. Weit über das Kriegsende hinaus. Marek war damals ein kleiner Junge. Er hatte vom Fenster des Kutscherhauses einen direkten Blick auf Walther Hagens Versteck. Ich bin mir sicher, dass die beiden sich begegnet sind. Sonst hätte er Schwerdtfeger nicht angegriffen. Die Hagens sehen sich in der männlichen Linie sehr ähnlich. Groß, kräftig, dunkelhaarig.«

»Sie denken ...«

»Ich will wissen, was sich damals abgespielt hat. Warum der Friedhof gemieden wurde. Und was aus Walther Hagen geworden ist.«

»Letzteres ist Ihr Job. Das werden Sie in Deutschland wohl schneller herausfinden als ich in Cigacice.«

»Okay, dann haben wir ja eine wunderbare Arbeitsteilung.«

Sie musste gegen ihren Willen lächeln. Einen Moment überlegte sie, wie es wäre, wenn sie öfter zusammenarbeiten würden. »Was, wenn wir gefunden haben, was wir suchen?«

»Dann wissen wir, ob Marek die Tat begangen hat.«

»Ob? Nicht warum?«

»Ich bin ein großer Anhänger der Unschuldsvermutung«, sagte er und legte auf.

Sie ließ die Zigarette auf den Boden fallen und trat sie aus. Bevor sie ins Haus ging, atmete sie tief ein und aus und wickelte ein Pfefferminzbonbon aus. Ihre Mutter hasste es, wenn sie nach Rauch roch. Es war kurz nach fünf. In einer halben Stunde würde ihr Vater von der Arbeit nach Hause kommen. Um sieben gab es Essen. Ali schlief. Cigacice war mit dem Auto keine Viertelstunde entfernt.

Sie änderte den Kontakt in ihrem Telefonbuch von Vollidiot auf Vernau. Dann rief sie ihrer Mutter zu, dass sie noch einmal kurz wegmüsste und sie mit dem Essen nicht auf sie warten sollten. Es gab zwei wichtige Gründe, diesen Besuch nicht auf die lange Bank zu schieben. Der eine war Marek. Der andere, dass auch sie Unschuldsvermutungen mochte.

32

Ich kam kurz vor sieben in Berlin an und warf noch einen Blick in die verwaiste Kanzlei, die ich in dieser Woche kaum von innen gesehen hatte. Tiffy war so nett gewesen, meine Post ungeöffnet als kleinen Stapel auf meinem Schreibtisch zu hinterlassen. Dazu hatte sie einen Zettel geschrieben.

Lieber Herr Vernau,
Giorgio sagt, John und Nicky sind sehr nett. Giorgio kennt
Nicky nicht sehr gut, aber er kennt jemanden, der sie von Mar-
bella her kennt. Da war sie DJ oder so was und hat ihren ersten
Mann kennengelernt. Sie ist später nach London und hat da
bei einem Auktionshaus gearbeitet. Christie's war es aber nicht.
Ich glaube, Popper oder Hopper oder so. Jetzt arbeitet sie in der
Fasanenstraße. Ich habe eine Einladung, aber wir können nicht
hin. Ich habe unsere Hochzeitsliste beigelegt. Sie müssen nur
ankreuzen, was Sie übernehmen wollen. Ich will den Picknick-
korb von Vuitton, aber Giorgio meint, das KPM wäre besser.
Liebe Grüße Tiffany

Ich nahm die Liste zur Hand. Das Günstigste war eine silberne Babyrassel von Christofle. Das Teuerste ein Lalique-Tafelaufsatz im Gegenwert eines Mittelklassewagens.

Ich rief meine Mutter auf dem Handy an, aber niemand nahm ab. Ich versuchte es noch dreimal, beim vierten Mal hatte ich Marie-Luise am Apparat.

»Wie geht es unseren Heimatvertriebenen?«

»Gut. Deine Mutter verzockt grade den letzten Rest Bares.«

Ich fuhr hoch. »Ich dachte, du schaust ihr auf die Finger?«

»Tu ich ja auch. Ich gewinne es beim Backgammon zurück. Da ist die Reichert nicht halb so gut, wie sie glaubt. Ein ewiger Kreislauf. Hier geht nichts verloren.«

Ich hatte mir vom Haus Emeritia anderes erwartet als eine als Altersresidenz getarnte Spielhölle. »Sag ihr, sie soll auf der Stelle Schluss machen. Das geht vom Weihnachtsgeld ab.«

»Weihnachtsgeld!«, prustete sie.

»Ist alles in Ordnung?«

»Bestens. Gleich gibt's den Freitagskrimi. Sie müssen sich noch umziehen.«

»Fürs Fernsehen?«

»Ja. Höhepunkte strukturieren den Tag. Mach dir keine Sorgen. Es geht ihnen blendend.«

Ich hatte ihnen zwar verboten, in der Vergangenheit des alten Hagen herumzustochern, aber vielleicht waren sie ja zufällig an die eine oder andere Information gekommen. Dann würde sich die Ausgabe wenigstens ideell amortisieren.

»Sonst noch was?«

»Es liegen Schokokekse als Lockmittel auf der Fensterbank.«

»Was?«

Sie kicherte. »War ein Witz, Vernau. Ein Witz!«

Unzufrieden legte ich auf. Dem Fräulein schien es ja blendend zu gehen. Mein Blick fiel auf die Hochzeitsliste. Eine Babyrassel für hundert Euro. Ich drehte den Zettel um, in der Hoffnung, irgendwo etwas in der Größenordnung von zwei Garfield-Tassen oder einem Satz Teelichter zu entdecken. Mit einer Heftklammer war eine Karte befestigt. Ein Auktionshaus in der Fasanenstraße.

PRÄSENZAUKTION – HIGHLIGHTS FÜR IHREN KELLER!
Verehrte(r) Weinfreund(in),
wir beehren uns, Sie zu unserer Jahresauktion mit 840 Lots
und einem unteren Katalogwert von 500.000 Euro einzuladen,
darunter allein 72 Lots mit 100 Parker-Punkten.

Es folgten eine Aufzählung großer Bordeaux-, Burgund- und Bordelais-Weine sowie Datum und Uhrzeit. Die Auktion lief seit zwei Stunden. Wenn ich die lebensfrohe italienische *contessa* treffen wollte, dann … jetzt.

Fünfzehn Minuten später quetschte ich mich, nachdem ich mich am Eingang registriert hatte, durch vollbesetzte Reihen und bekam noch einen Platz im hinteren Drittel des nüchternen Raumes. Ich hatte erwartet, dass man die zur Versteigerung stehenden Weine auch zu sehen bekäme, stattdessen wurden Fotos auf eine Leinwand geworfen.

Am Pult stand eine schmale Frau im dezenten Kostüm mit Hornbrille. Die dunklen Haare trug sie madonnenhaft in der Mitte gescheitelt, ihre Stimme kam verzerrt über die Lautsprecher. Sie rasselte gerade die Eckdaten einer Ladung Mouton Rothschild Jahrgang 2000 herunter, die ersten Gebote lagen unter dreitausend Euro. Von italienischem Akzent keine Spur.

Das Publikum hätte auch zu einer Briefmarkenauktion gepasst. Keine exzentrischen Milliardäre, keine monokeltragenden Snobs. Wesentlich mehr Männer als Frauen. In einer der vorderen Reihen glaubte ich einen prominenten Restaurantbesitzer zu erkennen, aber ich konnte mich auch irren.

»Dreitausendneunhundert. Jemand viertausend? Viertausend für die zweiundfünfzig. Viertausendeinhundert?«

Ich überlegte, zum Spaß den Arm zu heben und was ich mir damit einbrocken würde, am Ende dieses Abends sechs Flaschen Wein nach Hause zu tragen, deren Wert mein augenblickliches Monatseinkommen bei weitem überstieg. Die Flaschen wechselten den Besitzer für sagenhafte fünftausendzweihundert Euro. Ich blätterte in meinem in Englisch gehaltenen Katalog und entdeckte ein Foto der hübschen Auktionatorin: Veronica Francesca Verasia-Camerer, Countess of Oderzo. Sie sah sehr elegant und sophisticated aus, doch so schnell, wie sie weiter vorne die Eckdaten der nächsten Kiste Wein herunterratterte, hätte sie auch eine Fischauktion leiten können.

Ich musste nicht mehr lange leiden. Der nächste Aufruf war wieder ein Mouton Rothschild, doch diese Kiste ging für gerade einmal neunhundert Euro weg. Die Leute standen auf. Lange Schlangen bildeten sich vor einem Schalter rechts neben der Bühne. Die Contessa stieg herab, ein Glas Mineralwasser in der Hand, und wartete, bis die Gäste vor ihr sich in den Vorraum oder gleich auf die Straße begaben. Als sie an meiner Reihe vorbeikam, sprach ich sie an.

»*Contessa* Oderzo?«

Sie war einen Kopf kleiner als ich und bestimmt um die Hälfte leichter. Die Brille hatte sie abgenommen. Das Wasserglas stellte sie auf einen leeren Stuhl und löste das tragbare Mikrofon von ihrem Blazerkragen.

»*Si?*«

»Mein Name ist Joachim Vernau. Ich bin Anwalt und hätte Sie gerne für eine Minute gesprochen.«

»In welcher Angelegenheit?«

»Es geht um Johannishagen«, sagte ich. »Und um Ihren Schwiegervater. Mein Beileid zu Ihrem Verlust.«

»Kommen Sie von Sinter?«

Ich überlegte nicht lange. »Ja.«

»Verstehe. Hat das nicht bis nächste Woche Zeit?«

»Leider nein.«

Ich wollte gerade umständlich ausholen und weiträumig umschiffen, warum ich den Anwalt ihrer Familie sowie genau diese Familie verdächtigte, im Zusammenhang mit einigen ungeklärten Todesfällen inner- und außerhalb besagter Familie zu stehen, da fragte sie leise: »Dann gibt es also Neuigkeiten?«

»In gewisser Weise, ja«, antwortete ich. *Aber die werden dir nicht gefallen. Denn die wichtigste wird sein, dass ich euch nahe komme. Sehr nahe.* »Hauptsächlich die eine oder andere Nachfrage. Sie verstehen, wir wollen ganz sichergehen.«

»Aber natürlich.« Sie sah auf eine ebenso dezente wie teure Armbanduhr. »Das ist auch in unserem Interesse. Was halten Sie von einem Glas Wein?«

33

Zuzanna hatte keinen Regenschirm mitgenommen, und diese Unüberlegtheit rächte sich. Schon auf halbem Weg schoben sich die grauen Wolken übereinander, und aus einem ersten zaghaften Tröpfeln wurde ein ergiebiger Landregen. Die Scheibenwischer arbeiteten auf Höchststufe, dennoch musste sie das Tempo drosseln, um einigermaßen sicher weiterzufahren. Regenschleier lagen wie graue, nasse Vorhänge über der Odrabrücke mit ihren geschwungenen Eisenbögen. Vom Dorf am anderen Ufer nahm sie zunächst nur vereinzelte Lichter wahr. Sie überquerte die Brücke in nördliche Richtung, blieb auf der S 3 und warf im Vorüberfahren einen schnellen Blick auf die Fischerhäuser und die vertäuten Kähne am Ufer, die sanft auf den regengepeitschten Fluten schaukelten. Cigacice war klein. So klein, dass sie den Ort über die Schnellstraße schon wieder verlassen hatte, bevor sie es richtig mitbekam. Fluchend wendete sie und bog bei der nächsten sich bietenden Gelegenheit nach rechts ab, um in das Dorf hineinzugelangen.

Das buckelige Kopfsteinpflaster verlangsamte die Fahrt noch mehr, sodass sie schließlich im Schritttempo voranschlich und die beschlagenen Scheiben immer wieder freireiben musste. Kein Mensch war auf der Straße. Sie kam an einer roten Backsteinkirche vorbei, mit bleiverglasten gotischen Fenstern und einem spitzen, schiefergedeckten Turm, der im Regen glänzte wie schwarzes Glas. Es gab kaum mehr als ein halbes Dutzend Kreuzungen, eine bescheidener als die andere. Fast schon wieder am Ortsausgang angelangt setzte sie den Blinker nach links, weil sie dort das Ufer der Odra vermutete. Auch wenn es regnete, die Skipper ließen ihre Boote mit Sicherheit nicht gänzlich unbewacht. Irgendjemand würde schon zu Hause sein und ihr sagen können, wo sie die Nowaks fand.

Nach wenigen Metern verengte sich der Weg zwischen zwei niedrigen Häuschen und führte steil bergab. Zwar traute sie ihren Bremsen, aber die Nässe und das abgefahrene Reifenprofil könnten auf dem Rückweg Probleme bereiten. Seufzend zog sie den Zündschlüssel ab und blieb noch einen Moment sitzen. Sie beobachtete, wie die Rinnsale auf der Scheibe ihren Weg nach unten suchten. Kleine Bäche, die im Zickzack aufeinandertrafen und sich vereinigten, ohne dabei größer zu werden.

Schließlich gab sie sich einen Ruck und stieg aus. Glücklicherweise hatte sie noch daran gedacht, ihre Joggingschuhe anzuziehen. Sie sprintete zum nächsten Haus, rutschte dabei auf dem Kopfsteinpflaster aus und fand erst im allerletzten Moment das Gleichgewicht wieder.

Klingeln gab es nicht, auch keine Namen an der Gartenpforte. Aber das Bild eines furchterregenden Mastinos mit gefletschtem Maul. Vorsicht Hund!

Weder Hund noch Herr war bei diesem Wetter draußen. Sie öffnete die kleine Pforte und lief zur Haustür. Unter dem Windfang war es wenigstens trocken. Sie klopfte und rief so lange, bis ein noch junger Mann mit misstrauischem Blick ihr öffnete.

»Ja?« Er scannte sie von oben bis unten ab. Wahrscheinlich überlegte er, welche Verrückte da vor ihm stand und bei diesem Wetter ein Boot mieten wollte.

»Ich suche die Familie Nowak. Können Sie mir sagen, wo ich sie finde?«

»Nowak?« Er wies mit dem Daumen hinunter zum Fluss. »Das letzte Haus links. Aber ein Boot werden Sie heute nicht bekommen. Sie haben geschlossen. Ein Trauerfall.«

»Ich weiß«, sagte Zuzanna. »Deshalb bin ich hier.«

»Ach so.« Der Mann trat vor die Tür. »Sind Sie eine Freundin von Krystyna?«

»Nein. Ich bin Anwältin.« Sie hatte sich entschlossen, keine Lügengeschichten zu erzählen.

»Stimmt was nicht?«

»Doch. Alles in Ordnung. Danke!«

Der Weg führte über eine Biegung hinunter zu einem schlammigen Parkplatz. In den Schlaglöchern hatten sich tiefe Pfützen gebildet. Wenn der Wind darüberfuhr, kräuselte sich die Wasseroberfläche wie eine Gänsehaut.

Das Haus der Nowaks lag ungefähr fünfzehn Meter vom Ufer entfernt und leicht erhöht. Sie fragte sich, ob das gegen das Hochwasser ausreichte. Doch der etwas in die Jahre gekommene Neubau sah intakt und gepflegt aus. Auf einem Schild an der Hauswand war zu lesen, dass man hier Boote für Tagesausflüge, aber auch stundenweise mieten konnte.

Es gab eine Klingel. Ihr Klang war ein melodischer Gong, so laut, dass er gehört werden musste. Tatsächlich dauerte es keine halbe Minute, bis ein junges Mädchen die Tür aufriss. Es war dünn und groß, ein ungelenker Teenager mit zu langen Armen, der noch nicht wusste, wie er das Beste aus sich herausholen konnte.

»Ja?«

»Guten Abend. Entschuldigen Sie die Störung. Mein Name ist Zuzanna Makowska. Ich bin Anwältin und hätte einige Fragen im Zusammenhang ...«

Sie sah, dass das Mädchen rotgeweinte Augen hatte. Es war hübsch, mit glatten, schulterlangen blonden Haaren, heller Haut und einigen Sommersprossen auf der Nase. Aber es war traurig, und Zuzanna wusste, warum.

»Es tut mir so leid. Krystyna Nowak war Ihre Mutter?«

»Ja. Entschuldigen Sie bitte. Um was geht es?«

Zuzanna sah sich um. »Vielleicht dürfte ich Ihnen das drinnen erläutern?«

Das Mädchen nickte und ließ sie herein. Zuzanna trat in einen engen Flur mit einer überlasteten Garderobe voller nasser Jacken. Aus dem Wohnzimmer drang Stimmengewirr, das schlagartig verebbte, als sie auftauchte.

Um einen Couchtisch voller Gläser und mit einem großen, fast leeren Aschenbecher in der Mitte saßen acht Leute. Es mussten Verwandte und Freunde der Familie sein. In dem Mann, der für eine matte Begrüßung aufstand, vermutete sie Krystynas Gatten.

»Nowak«, sagte er. Alles an ihm war traurig. Die hängenden Schultern, das längliche Gesicht, der Schnauzbart, der dünn über den Mundwinkeln nach unten hing.

»Zuzanna Makowska. Mein Beileid.«

Die anderen, die auf dem Sofa und in den Sesseln saßen, murmelten etwas.

»Es tut mir leid, wenn ich störe.« Sie blieb im Raum stehen – einem typischen Wohnzimmer, das von bescheidenem Auskommen und dem Streben nach Harmonie geprägt war – und wartete ab, ob man ihr einen Platz anbieten würde. Das Mädchen drängelte sich zurück aufs Sofa und knuffte einen Teenager zur Seite. Der junge Mann, schmächtig, zudem noch von Akne geplagt, rutschte widerwillig nach rechts.

»Setzen Sie sich doch. Ich bin Lenka, und das ist mein Bruder Tom. Mein Vater Michal, mein Großvater Zygfryd. Freunde von meiner Mutter.«

Zuzanna zwängte sich zwischen die Armlehne und Tom. Sie nickte Zygfryd zu, einem rüstigen Mann mit schlohweißem Haarkranz, dessen gesunde Gesichtsfarbe nicht über den Schicksalsschlag hinwegtäuschen konnte, der ihn und seine Familie ereilt hatte. Versammelt hatten sich noch vier weitere Gäste. Zwei Frauen, die eine mit extrem rot gefärbten, dünnen Haaren und grobknochigen Händen, die andere weicher, füllig, mit einem runden Gesicht und einem wie zum Lachen gemachten Mund, den der Schmerz verschlossen hatte. Die Männer neben ihnen schienen ihre Ehegatten zu sein. Fischer, nahm sie an. Oder Schiffer, wenn die Touristen kommen. Kräftige Schultern hatten beide, von Wind und Wetter gegerbte, herbe Gesichter. Der Mann der

Rothaarigen legte seinen Arm um ihre Schulter, der andere zündete sich eine Zigarette an, stieß den Rauch aus und starrte dabei auf den Boden.

Offenbar war sie mitten in ein Familien- und Freundestreffen geplatzt. Sie fühlte sich unwohl, vor allem, weil sie als Einzige die Tote nicht gekannt hatte und auch noch gewisse Absichten verfolgte.

»Ja.« Sie wusste nicht, wie sie anfangen sollte. »Ich entschuldige mich noch einmal für die Störung. Ich würde Sie nicht in Ihrer Trauer aufsuchen, wenn ich nicht einige wichtige Fragen hätte.«

»Stimmt was nicht?«, fragte Lenka.

Es waren dieselben Worte, die ihr Nachbar oben an der Straße benutzt hat. Das Mädchen hatte einen schnippischen, aggressiven Ton, den Zuzanna ihr auf der Stelle verzieh.

»Nein. Doch. Also, es geht um einen Mann, den Krystyna Nowak in dem Heim betreut hat, in dem sie zuletzt arbeitete.«

Sie holte tief Luft, um zu einer langatmigen Erklärung anzusetzen, da sagte Zygfryd: »Sie sind wegen dem Unfall hier?«

Alle Köpfe wandten sich ihm zu. Zuzanna sah ihn erstaunt an. Das ging ja schneller, als sie erwartet hatte. Zygfryd nickte den anderen beruhigend zu, als ob er ihre Einwürfe schon im Vorfeld abwehren wollte. Lasst mich nur machen, sollte das heißen. Ich habe die Sache im Griff.

»Ja«, antwortete Zuzanna gedehnt.

»Und?«

»Wie?«

»Was haben Sie mitgebracht?«

Sie hob entschuldigend die Hände. »Nichts. Ich habe nur ein paar Fragen …«

»Dann gehen Sie am besten gleich wieder. Und wagen Sie nicht, noch einmal mit leeren Händen hier aufzutauchen. Meine Enkelin hat sich nichts zuschulden kommen lassen. Für diesen Unfall muss jemand geradestehen. Sagen Sie das Ihren Auftraggebern.«

Alle Blicke richteten sich auf Zuzanna. Die Feindseligkeit stand beinahe greifbar im Raum. Was erwarteten diese Leute von ihr? Hätte sie Geld mitbringen sollen? Ein Grabgesteck? Ein Gesprächsangebot von Krystynas Arbeitgeber? Sie versuchte, sich von den Reaktionen nicht aus dem Gleichgewicht bringen zu lassen.

»Es tut mir leid, aber ich verstehe Sie nicht.«

Michal versuchte ein bitteres Lachen, es misslang.

»Ich vertrete Marek und Jacek Zieliński.«

»So. Sie kommen gar nicht von Krystynas Arbeitsstelle?«, fragte der alte Mann. »Was wollen Sie dann von uns?«

»Es geht um den Mord in Janekpolana letzte Woche.«

Die Rothaarige wollte aufstehen, vielleicht diskret den Raum verlassen. Ihr Mann hielt sie zurück. Wahrscheinlich war das der Moment, in dem es für alle extrem spannend wurde. Da wollte man nicht diskret sein. Da wollte man kein Wort verpassen.

Zygfryd blieb vorsichtig. Er wägte jedes seiner Worte genau ab. »Wir haben davon gehört.«

»Dann wissen Sie auch, dass der Tote der uneheliche Sohn von Helmfried Hagen war. Mir geht es nicht um Vereinbarungen.« Sie lächelte vertrauenerweckend. »Ich will Marek helfen. Und seinem Sohn. Wenn ich Sie so ansehe, könnte ich mir vorstellen, dass Sie einen Rat ebenfalls gut gebrauchen könnten.«

Es wurde so still, dass Zuzanna das Ticken der Uhr in der Eichenanbauwand hören konnte.

»Okay. Erinnern Sie sich an etwas Ungewöhnliches? Hat Krystyna Ihnen etwas erzählt, das sie beunruhigt hat? Oder hat Hagen mit ihr über Janekpolana gesprochen?«

»Wir müssen gehen.« Die Rothaarige entwand sich dem Griff ihres Mannes.

Sie stand auf und wartete, dass die anderen Externen es ihr nachmachen würden. Mit mürrischem Gesicht folgten erst ihr Mann, dann die zweite fremde Frau und deren Gatte. Sie verabschiedeten sich mit Küssen und Umarmungen von den Kindern, mit Händeschütteln und Schulterklopfen von den Herren. Die Frauen versprachen, alles für die Trauerfeier zu arrangieren, auch ihre Männer boten Hilfe an. Wohl nicht zum ersten Mal, denn Michal winkte ungeduldig ab. Lenka brachte sie zur Tür. Als sie zurückkehrte, blieb sie stehen und starrte feindselig auf Zuzanna herab.

»Ich muss leider noch einmal auf Krystyna und Herrn Hagen zurückkommen«, begann sie, wurde aber von Lenka sofort unterbrochen.

»Das ist ein Haus in Trauer. Verstehen Sie? Unsere Mutter hat rund um die Uhr gearbeitet, oft sogar das Wochenende durch. Sie hat immer davon geträumt, einmal auszuschlafen. Einmal ausschlafen! Und wenn sie Urlaub hatte, hat sie Oma gepflegt. Rund um die Uhr! Mich interessieren diese Leute in Janekpolana nicht. Kann sie nicht wenigstens jetzt Frieden haben?«

Der Vorwurf war nicht nur gegen Zuzanna gerichtet, und sie nahm ihn auch nicht persönlich. Michal saß stumm da, die Unterarme auf die Knie gelegt, ein gebrochener Mann, an dem die Vorwürfe seiner Tochter abprallten. Wahrscheinlich hatte es diese Diskussionen schon lange gegeben. Der Bootsverleih dürfte nicht allzu viel abwerfen, das Fischen in der Odra erst recht nicht. Krystyna hatte ihre Familie über Wasser gehalten. Viele Männer und Frauen gingen nach Deutschland, um dort zu arbeiten. Wer in Berlin einen Job fand, hatte noch Glück. Wer sich aus Warschau, Lodz oder Lublin aufmachte und irgendwo in Westdeutschland landete, schaffte es oft noch nicht einmal, übers Wochenende zurück zu seiner Familie zu fahren.

Wofür das alles?, fragte sich Zuzanna nicht zum ersten Mal. Die Möbel in diesem Wohnzimmer waren recht neu. Ein großer Flachbildschirm stand auf einer niedrigen Fernsehkommode. Die Kinder waren topmodisch gekleidet. Sie selbst wohnte in Poznań zur Untermiete und in Zielona Góra bei ihren Eltern. Irgendwann würde es besser werden, hatte sie sich immer wieder gesagt. Wie oft musste Krystyna diesen Gedanken gehabt haben, wenn sie Mann und Kinder allein gelassen hatte, um in Berlin zu arbeiten? Und wann wurde aus besser werden genug?

»Ich wünsche Ihrer Mutter von Herzen Frieden. Bitte glauben Sie mir das. Es kann nicht in Ihrem Sinn sein, dass ein Mord in Ihrer direkten Nachbarschaft, nur ein paar Kilometer weiter, ungesühnt bleibt. Vielleicht hat Ihre Mutter etwas gesehen oder gehört und hier, im Kreis ihrer Familie, darüber gesprochen.«

Während sie mit Lenka redete, hörte sie, wie Zygfryd tief Luft holte, doch es war nur ein abgrundtiefer Seufzer.

»Ich habe Krystyna nicht gekannt«, fuhr sie fort. »Aber sie hat sich aufopferungsvoll um hilflose Menschen gekümmert. Wäre sie noch am Leben, würde sie bestimmt alles tun, um uns zu helfen.«

Oder nicht? Michal sah sie gar nicht mehr an. Zygfryds Miene war wie in Stein gemeißelt. Die Einzigen, die offen ihre Gefühle zeigten, waren die Kinder. Sie sind nicht eingeweiht, schoss es ihr durch den Kopf. Sie wissen von nichts. Wie alt mochten sie sein? Siebzehn? Achtzehn? Dann waren sie alt genug, unangenehme Wahrheiten zu verkraften. Oder Michal sollte sie rausschicken. Wenn Krystyna sich auf eine Dummheit eingelassen hatte, dann mussten jetzt die Karten auf den Tisch.

»Horst Schwerdtfeger ist vor gut zwei Monaten zu Jacek Zieliński gekommen. Er wollte sich das Haus und den Weinberg ansehen, hat aber offenbar nicht gefunden, was er suchte. Wenig später ist der alte Hagen im Heim gestorben. Krystyna war bei ihm.«

Michal schüttelte den Kopf, als ob er das alles nicht hören wollte.

»Letzte Woche kommt Schwerdtfeger noch einmal nach Janekpolana und wird auf dem Friedhof erschlagen. Krystyna hat einen Arbeitsunfall. Das sind mittlerweile drei Tote in recht kurzer

Zeit. Und es scheint, es wurde noch immer nicht gefunden, was alle suchen.«

Michals Schultern begannen zu beben, das war die einzige Reaktion.

»Haben Sie gewusst, dass Verwandte von Hagen Marek und Jacek mit einer Enteignung gedroht haben? Einer Rückabwicklung zugunsten der früheren Besitzer?«

Zygfryd mahlte mit dem Unterkiefer, als ob Zuzannas Worte Kieselsteine wären.

»Was ist so wichtig an Janekpolana? Warum mussten drei Menschen sterben?«

»Es war ein Unfall!«, platzte es aus Lenka heraus. »Was wollen Sie? Meine Mutter hat nichts Unrechtes getan! Nie!«

»Aber sie hat doch bestimmt etwas gehört oder gesehen. Was? Hat sie darüber gesprochen? Ist Ihnen etwas aufgefallen in den letzten Wochen? Oder war Krystyna vorsichtig?«

Sie sah in die Runde.

»War sie vorsichtig?«

»Nein!«, schrie Michal und sprang auf. Es gab nicht viel Platz in diesem vollen Zimmer, sodass er nur wenige Schritte auf und ab laufen konnte. »Sie war nicht vorsichtig! Ich habe ihr gesagt, lass es sein. Wirf es weg. All diese alten Geschichten, es kommt nichts Gutes dabei heraus. Nichts Gutes.« Er vergrub das Gesicht in den Händen. Seine Schultern zuckten.

Lenka fuhr sie an. »Das haben Sie nun davon. Gehen Sie. Hauen Sie ab! Es war ein Unfall! Ein Unfall!«

Sie umarmte ihren Vater. Der umklammerte sie wie ein Ertrinkender. Lenka sah Zuzanna hasserfüllt an. Da siehst du, was du angerichtet hast, sollte dieser Blick sagen. Sie führte ihren Vater aus dem Zimmer. Damit blieben nur noch Zygfryd und Tom. Der Junge hatte die Hände gefaltet und ließ nervös die Daumen kreisen. Plötzlich sprang er auf und folgte den beiden anderen. Er tat es so hastig, als wäre er auf der Flucht.

»Gut«, sagte Zuzanna. »Ich gehe. Wenn Sie alle hundertprozentig der Überzeugung sind, dass es ein Unfall war, dann gehe ich.«

Sie wartete, aber Zygfryd erhob keinen Einspruch.

»Marek Zieliński wird des Mordes angeklagt und verschwindet für immer in der Psychiatrie. Dann wird es so sein. Entschuldigen Sie die Störung.«

Sie wollte aufstehen. In diesem Moment fuhr seine Hand vor und hielt sie fest.

34

»Und?«

Die *contessa* setzte das Glas ab, schwenkte es sacht in der Hand und sah mich erwartungsvoll an. Ich sollte jetzt wahrscheinlich etwas über granatrote Tränen und rassige Finesse murmeln, dazu den Abgang lobend erwähnen und den Duft von Veilchen oder Brombeeren nicht vergessen. Alle Rotweine schmeckten offenbar nach Brombeeren oder Steinpilzen oder sonstigem Obst und Gemüse.

»Gut«, sagte ich stattdessen.

Sie hatte einen 2006er Ribera del Duero bestellt, nachdem ich ihr die Weinkarte überlassen hatte. Ich hoffte, dass sie vom Einkommen eines Anwalts eine realistische Vorstellung hatte.

»Glauben Sie nicht, ich würde die Kostbarkeiten, die ich versteigere, auch trinken. Aber ab und zu darf ich zu einer Weinverkostung im kleinen Kreis. Da lernt man, das Gute vom Besonderen zu unterscheiden.«

Wir waren in einem kleinen, aber sehr renommierten Weinlokal am Savignyplatz. Vor uns standen eine Käseauswahl und ein Korb mit frischem Weißbrot.

»Versuchen Sie mal den Brillat-Savarin. Er ist köstlich.«

Sie lächelte mich an. Ihre Umgangsformen, ihr gesamtes Auftreten ließen auf einen hervorragenden Schliff schließen. Wahrscheinlich hatte sie ihn an der Seite ihres ersten Gatten erhalten. Ich überlegte, ob ich bei einer Heirat mit einer italienischen *contessa*, egal ob echt oder nicht, meinen Namen behalten würde.

»Entschuldigen Sie mich kurz. Ich bin gleich wieder da. Und dann reden wir.«

Sie stand auf und lief zu den Waschräumen, als wäre der schmale Gang zwischen den Tischen mit den rot-weiß karierten Tischdecken ein Laufsteg. Ich vertrieb mir die Zeit bis zu ihrer Rückkehr, indem ich die Hälfte des Käses und das gesamte Brot aufaß. Als sie wiederkam, duftete sie nach Chanel N° 5.

Sie ließ sich vom Kellner etwas Wein nachgießen, und ich bestellte Brot. Dann strich sie ihre Haare zurück, die so glatt und glänzend waren wie dunkle Seide. Nicky war eine schöne Frau. Winzig kleine Fältchen in ihren Augenwinkeln verrieten, dass sie Ende zwanzig sein mochte. Sie trug dezente Perlenohrstecker und mehrere goldene, aber keinesfalls auffällige Ringe. Ihr Gesicht war von einer im Sommer unüblichen Blässe, doch das konnte auch am schlechten Wetter liegen.

Die ganze Zeit hatte ich überlegt, wie ich sie am besten aufs Glatteis führen konnte. Doch je länger ich ihr gegenübersaß, desto schwerer fiel mir diese Strategie. Sie wirkte offen und aufrichtig. Vielleicht hatte sie keine Ahnung, auf was sie – oder John oder Sabine – sich mit Sinter eingelassen hatte.

»Johannishagen«, begann ich. »Heute heißt es Janekpolana. Der Weinberg wird wieder bewirtschaftet.«

»Oh, davon habe ich gehört. Natürlich wird dort nie ein Grand Cru wachsen, aber ich hoffe, dass die Gegend an ihre alte Tradition anknüpfen kann. In Sachsen wird ganz Hervorragendes geleistet. Warum sollte das nicht auch in Schlesien gelingen?« Sie lächelte mich herzenssüß an und trank einen Schluck Wein. »Wir beobachten das mit großem Interesse. Sie sagten, es gibt neue Entwicklungen?«

Ich überlegte, mit welcher Eröffnung ich am wenigsten verraten und ihr am meisten entlocken konnte.

»Marek Zieliński wurde festgenommen.«

Sie hob fragend die Augenbrauen. »Wer ist das?«

»Ihm und seinem Sohn Jacek gehört das Gut. Oder die Siedlung, wie es heißt. *Die osada Janekpolana.*«

»*Osada* Janekpolana. Das klingt hübsch. Fast schon argentinisch. Auf die *osada.*«

Sie hob ihr Glas und stieß mit mir an, stellte es jedoch, ohne zu trinken, wieder ab. »Wie heißt der Weinberg?«

»Früher einmal Johannishagener Nickerchen. Muss man Weinen solche Namen geben?«

»Nein. Das war eine Mode und ist vorbei. Heute reichen Winzer, Jahrgang und Traube. Kenner wissen dann schon, was sich dahinter verbirgt. Das Johannishagener Nickerchen dürfte wahrscheinlich dieselbe Klassifizierung gehabt haben wie der Oppenheimer Krötenbrunnen oder die Liebfrauenmilch. Haben Sie ihn probiert?«

»Das Nickerchen? Nein. Aber den jungen Wein von den jungen Reben. Er ist hervorragend.«

»Vielleicht sollte ich einmal einen Scout dorthin schicken? Die Sommeliers mancher Restaurants sind ständig auf der Suche nach Neuheiten. Schlesischer Wein könnte ein Hit werden.«

»Herr Zieliński würde sich freuen. Woher können Sie so gut Deutsch? Sie sprechen ohne Akzent.«

»Das war harte Arbeit, glauben Sie mir. Ich kam als Veronika Franziska in einer holsteinischen Kleinstadt zur Welt und sprach Platt vom Feinsten. Meine Eltern wollten mir die bestmögliche Ausbildung ermöglichen und schickten mich nach England, was ich aber wegen der dort herrschenden Witterung nur ein Jahr aushielt. Danach kam ich in die Schweiz. Und von dort nach Italien. Es ist nicht wichtig, wo man herkommt. Es ist nur wichtig, wohin man will.«

»Die Zeitungen schreiben von Ihnen als italienische *principessa*.«

»Eine gewisse Art von Zeitungen, ja. Mal *baronessa*, mal *principessa*, tatsächlich bin ich eine Gräfin. Eigentlich darf ich den Titel nach meiner Heirat mit John nicht weiterführen. Verraten Sie mich bitte nicht.« Die holsteinische *contessa* lächelte mich verschwörerisch an. »Ich achte sehr auf mein Privatleben. Es gibt keine Skandale, keine dunklen Flecken auf meiner Weste. Ich bin nicht interessant. Ich verdiene mir sogar meinen eigenen Lebensunterhalt. Wie langweilig.«

»Wie langweilig«, wiederholte ich lächelnd.

»Warum wurde dieser Mann festgenommen?«

»Ihm wird der Mord an Horst Schwerdtfeger vorgeworfen.«

»Ein Mord? Wie furchtbar! An einem Horst …?«

»Schwerdtfeger. Sagt Ihnen der Name nichts?«

»Sollte er mir etwas sagen?«

Der Kellner brachte einen neuen Brotkorb. Sie nahm eine Scheibe heraus und knabberte possierlich daran herum.

»Er war der uneheliche Sohn Ihres Schwiegervaters. Johns Halbbruder.«

Sie legte das Brot ab. Runzelte die hübsche Stirn. »John hat einen Bruder?«, fragte sie ungläubig.

»Hat er Ihnen nie etwas davon erzählt?«

Sie schüttelte ratlos den Kopf. »Nein. Ich kann mich jedenfalls nicht erinnern. Vielleicht hat er es auch getan. Ich weiß es nicht. Mein Gott. Sein Bruder ist tot? Ermordet? Weiß mein Mann davon?«

Ich vermutete, dass solche Ereignisse selbst bei den Camerers nicht unerwähnt blieben, deshalb wunderte ich mich über ihre Reaktion.

»Ermordet, auf dem Friedhof von Janekpolana. Auf der Suche nach …« Ich brach ab und hoffte, sie würde meinen Satz vervollständigen. Das tat sie aber nicht.

»Das ist ja schrecklich. Unfassbar. Woher hat er davon gewusst?«

Wovon?, hätte ich am liebsten gefragt. Stattdessen zuckte ich
nur vielsagend mit den Schultern.

»Jemand muss geplaudert haben«, spekulierte ich.

»Das kann nicht sein. Ich lege für uns alle die Hand ins Feuer.
Niemand hat auch nur ein einziges Wort darüber verloren.«

Worüber? Eines wenigstens war klar: Es gab etwas, wonach alle
aus diesem Clan, allen voran Sinter, suchten. Etwas, das so wert-
voll – oder so gefährlich – war, dass diese Suche mindestens einen
Menschen das Leben gekostet hatte. Ich versuchte, mit dem fort-
zufahren, was ich mir bis jetzt zusammenreimen konnte.

»Trotzdem scheint Horst Schwerdtfeger gewusst zu haben, wonach er Ausschau halten sollte. Ziemlich genau sogar. Er hat es
nur nicht gefunden.«

»Wie kann er davon erfahren haben?«

Das, liebes Kind, möchte ich von dir wissen.

»Vielleicht durch seinen Vater?«, half ich ihr auf die Sprünge.

»Helmfried? Helmfried … ja. Das ist möglich. Wir haben ja
erst nach seinem Tod davon erfahren. Und immer geglaubt, wir
wären die Einzigen. Sinter hat uns das hoch und heilig versprochen. Aber …« Der Zweifel kroch in ihre Stimme.

Ab jetzt musste ich vorsichtig sein. Sie hatte etwas bemerkt.
Wahrscheinlich, dass ich nicht halb so viel wusste, wie ich sollte.

»Wer weiß noch davon?«

»Ich habe keine Ahnung.«

»Warum wollten Sie mich sprechen?«

»Um Sie über den neusten Stand auf dem Laufenden zu halten.«

Sie presste die Lippen aufeinander und starrte beinahe verzweifelt auf ihr Brot. »Irgendetwas stimmt da nicht«, sagte sie.
Als sie aufsah, hatte sich ihr Gesichtsausdruck verändert. Er war
hart und entschlossen.

»Ich muss mit John reden«, sagte sie. »Wir sind davon ausgegangen, dass wir den exklusiven Zugriff haben. Aber das war
falsch. Sie hat uns belogen.«

»Wer?«

Ein Schatten fiel auf unseren Tisch. Nicky sah hoch und nickte
dem Mann zu, der sich, ohne zu fragen, zu uns setzte.

»Krystyna Nowak«, sagte John.

35

Viel später, als Zuzanna das Protokoll über jenen Abend im Haus
der Nowaks schrieb und nach Worten suchte, die das Geschehene
nüchtern beschreiben könnten, stellte sie fest, dass es ihr nicht gelang. Wie sollte man aus der Sicht von heute einen Vorgang beur-
teilen, der sich vor siebzig Jahren in den entsetzlichen Wirren des
Kriegsendes und der Repatriierung ereignet hatte? Aus wessen
Sicht? Verständnis für den einen wäre Verrat am anderen, und
auch wenn sie geneigt war, ihre Sympathie den Neuankömmlingen zu schenken, so empfand sie zugleich tiefes Mitgefühl für den
Mann, der hinter die Front geraten war, um in seinem Versteck
langsam in den Wahnsinn zu gleiten.

»Die Hagens waren angesehene Leute«, hatte Zygfryd die Geschichte begonnen, die ihr einzigartig erschien und die sich dennoch in die ungezählte Reihe all jener Vorkommnisse einreihte,
die in diesen furchtbaren Zeiten geschehen waren. Während Zuzanna zuhörte und sich immer wieder Notizen machte, fragte sie
sich, wann er wohl auf Krystyna käme und was dieser Rückblick
mit dem Tod seiner Tochter zu tun hatte.

»Seit Generationen haben sie den Weinberg bewirtschaftet.
Eine Weile waren sie sogar kaiserliche Hoflieferanten und für
all die feinen Herrschaften im Umkreis sowieso. In ihrem Keller lagen die edelsten Tropfen aus den besten Lagen Europas. Im

Weinberg wurde Polnisch und Deutsch gesprochen, beim großen Erntefest saßen alle zusammen an langen Tafeln vor dem Haus, und Lenkas Mutter, die Vorarbeiterin war, trug die Erntekrone, einen Haferkranz mit Weinreben. Am Abend warfen sie Leinsamen auf die Dielen im Haus. Beim Drauftreten wurde das Öl herausgepresst, und das Holz glänzte wie Parkett. Hagens Frau tanzte mit dem Kutscher und Hagen mit dem Hausmädchen, jeder mit jedem. Dann gab es Schwarzsauer. Das beste Schwarzsauer, das ich je gegessen habe.«

»Sie waren dabei?«

»Ich war ein Kind, ein Junge. Ein *Steppke*, so haben sie gesagt. Dann kam der Krieg. Ich fand mich wieder in einem Stollen in Thüringen, einer Außenstelle des KZs Buchenwald, wo ich Raketen zusammenbauen musste für die Nazis und fast verhungert wäre und sie die Menschen gleich auf dem Laufband gehenkt haben. Dreißigtausend sind damals gestorben, in Nordhausen. Ich habe Kalk auf die Leichen geschüttet. Wer das tat, bekam einen Kanten Brot extra. Ich hatte Hunger.«

Er fuhr sich über die Augen, und Zuzanna ließ ihm den Moment, um die Fassung wiederzuerlangen. Sie sah sich um.

Zygfryd hatte sie über eine enge Stiege mit nach oben in das niedrige Dachgeschoss genommen. Es war ein kleines, reinliches Zimmer, in das er sie geführt hatte. Darin war gerade genug Platz für einen Kleiderschrank aus hellem Holz, ein Ehebett und zwei Nachtschränke. Um aus dem winzigen Fenster zu sehen, musste man sich auf das Bett stellen. An der gegenüberliegenden Wand hing ein Kreuz. Daneben eine gerahmte Anerkennungsurkunde des polnischen Ministerpräsidenten Bolesław Bierut aus dem Jahr 1949 für Zygfryds Verdienste im *Państwowy Urząd Repatriacyjny*, dem Repatriierungsamt, und ein kleiner Kasten mit dem *Krzyż Zasługi*, dem Verdienstkreuz in Bronze. Gedenken hinter Glas.

Auf dem Ehebett lagen nur ein Kissen und eine Decke.

»Entschuldigung«, sagte er.

Sie nickte. Es gab keine Familie in diesem Land, die der Krieg verschont hatte.

»Die Amerikaner sind im April fünfundvierzig gekommen. Ich war achtzehn und sah aus wie fünfzig. Ich bin sofort zurück. Ich hatte Angst … Ich befürchtete … Ich mochte Lenka, damals schon.«

»Lenka?«, fragte sie verwirrt. Seine Enkelin war unten geblieben.

»So hieß auch meine Frau.« Er fuhr mit der Hand über die leere Seite des Bettes.

»Sie hatten Angst, sie wäre nicht mehr hier? Dass ihr etwas zugestoßen ist?«

»Ja. Nach allem, was ich gehört hatte, mussten die Deutschen das Land so schnell wie möglich verlassen.«

Zuzanna glaubte, sie hätte sich verhört. »Ihre Frau war … Deutsche?«

Der alte Mann nickte. »Ja. Ihr Name war Magdalena Schröder.«

»Magdalena«, wiederholte Zuzanna. »Aus Magdalena wurde Lenka.«

Lenka war die polnische Abkürzung dieses Namens. Sie dachte an das junge Mädchen, das noch immer unter Schock stand und jetzt auch noch die Familie trösten musste. Es trug den Namen seiner Großmutter. Lenka. Magdalena.

»Magda, so hieß sie auf dem Gut. Sie ist geblieben, bis zuletzt. Sogar noch darüber hinaus. Ich weiß, was die Deutschen unter Nibelungentreue verstehen. Ich wusste es, als ich Lenka wiedersah. Sie ist immer wieder zurück ins Haus. Anfangs noch trug sie Kleider, schöne Kleider, aus Seide. Doch als ich sie fragte, woher sie sie hat, hat sie sich geschämt. Ich mochte das nicht. Das waren Sachen, die den feinen Leuten gehört hatten. Wir waren doch anders, oder? Wir wollten anders sein.«

Er schenkte Zuzanna einen hilflosen Blick, den sie nur mit einem Nicken beantworten konnte. Sie wusste nicht, wie sie in einer solchen Situation gehandelt hätte. Als Dienstmädchen, das auf einmal Herrin des Hauses war. Wahrscheinlich hätte sie auch als Erstes die Schränke und Truhen durchstöbert. Junge Mädchen blieben junge Mädchen. Ob sie heutzutage in knallengen Leggins über den Krakówer Schlossplatz schlenderten oder damals der Versuchung, einmal ein seidenes Kleid zu tragen, nicht widerstehen konnten. Und dann kam ein junger, ernsthafter Mann, der das Schlimmste überlebt hatte. Der an nichts anderes dachte als den Wiederaufbau seines Landes. Wann hatte er sich in Magdalena verliebt? Noch vor seiner Deportation? Hatte er in den Stollen von Nordhausen, im Angesicht des Todes, an eine Deutsche gedacht?

»Ab und zu hatte sie eine Spange oder eine Brosche, mit der sie auf dem Schwarzmarkt das Nötigste kaufen konnte. Ihre Familie ist im Februar fünfundvierzig über die Odra, sie wollten zu Verwandten in die Nähe von Dresden. Später haben die Leute erzählt, man hätte den Feuerschein der brennenden Stadt bis Jelenia Góra gesehen. Hirschberg hieß der Ort damals, und ich weiß nicht, ob es wahr ist, aber Lenka hat in dieser Nacht alle ihre Leute verloren, und so ist sie hiergeblieben.«

Er holte tief Luft.

»Ich hätte mir gerne eingeredet, es wäre wegen mir gewesen. Oder meinetwegen, weil sie nicht mehr wusste, wohin. Doch eines Tages habe ich sie erwischt. Sie trug einen Korb mit Kartoffeln und rotem Düngesalz aus Kali, das einzige Salz, das man in dieser Zeit bekommen konnte. Damit lief sie zum Weinberg von Johannishagen, so hieß das Dorf damals. Ich hielt sie an, und sie musste mir zeigen, was sie im Korb hatte. Die Sachen hatte sie eingetauscht gegen die Kleider und den Schmuck. Ich sagte ihr auf den Kopf zu: Du versteckst einen Deutschen. Das ist Hochverrat. Das bringt dich ins Lager. Denn wer sich damals versteckt hielt, der hatte auch allen Grund dazu.«

Zuzanna blickte auf ihre Notizen.

»War Hagen ein Nazi?«

»Walther Hagen? Er war in der Partei. Also war er einer. Vielleicht hat er gedacht, das hilft ihm. Aber es half nichts. Irgendwann kam der Moment, wo den Deutschen der Krieg wichtiger war als der Wein. Butter oder Kanonen, nicht? Butter oder Kanonen. Und alle brüllen: Ja, wir wollen den totalen Krieg! Hagen war zu alt für den Krieg, dachte er. Doch zum Schluss haben sie auch die alten Männer und die Kinder geholt. Er kam an die *Pętla Boryszyńska*. In die Bunker.«

In den Ostwall an die Burschener Schleife. Jedes Mal, wenn Zuzanna auf ihrem Weg von Poznań nach Zielona Góra an den großen Schildern vorüberfuhr, ärgerte sie sich. Die Bunker wurden angepriesen wie Abenteuerspielplätze. Väter kamen mit ihren Söhnen dorthin, um Panzer zu fahren. Ganze Trupps machten sich in Tarnkleidung auf, um in den Wäldern Schlachten nachzuspielen. In den Treppenschächten der gewaltigen unterirdischen Anlage gab es Freeclimbing-Kurse. Die Andenkenbuden verkauften Wurfmesser und Nachbauten der MGs 34 und 42. Handgranaten, Munition, Feldbetten – es fehlte nur noch die SS-Uniform. Auch die gab es unter so manchem Ladentisch. Nicht zum ersten Mal fragte sie sich, was ein Psychologe dazu sagen würde. Welche Antwort er wohl hätte auf die Frage, warum die Insignien und Hinterlassenschaften der Nazis, die für Völkermord und Knechtschaft standen, bei einigen ihrer Landsleute eine solche Verzückung auslösten.

»Und dann? Wie kam es, dass er sich auf seinem Gut verstecken konnte?«

Zygfryd und sie saßen nebeneinander auf dem Bett. Sie hätte gerne die Beine ausgestreckt, aber dafür gab es keinen Platz.

»Hagen muss irgendwie hinter die Front geraten sein. Ich weiß nicht, wie er es geschafft hat, aber er ist zurück nach Janekpolana, ohne dass sie ihn geschnappt haben. Zurück in den Weinberg. Dort saß er und wartete.«

»Wie lange?«

»Bis er gestorben ist.«

»Wie ist er gestorben?«

Einen Moment lang befürchtete sie, Zygfryd würde ihr eröffnen, dass er Hagen an die Wand gestellt hatte. Sie mochte den alten Mann. Gegen alle Widerstände hatte er in einer Zeit, in der es fast unmöglich gewesen war, eine Deutsche geliebt und geheiratet. Er hatte sie beschützt, obwohl ihr Volk ihm so viel Schreckliches angetan hatte. Er versuchte, in seiner Erinnerung Gerechtigkeit walten zu lassen, und auch wenn es ihm nicht ganz gelang, war es doch auch ein Versuch, Mensch zu bleiben in schlimmsten Zeiten. Aber sie war nicht sicher, ob Zygfryd seine schützende Hand über Walther Hagen gehalten oder sie gegen ihn erhoben hatte.

»Wie ist er gestorben?«, wiederholte sie.

»Halt den Mund!«

Lenka musste sich angeschlichen haben. Wie lange sie schon draußen vor der Tür gestanden hatte, wusste Zuzanna nicht. Offenbar lange genug, um wie eine Furie ins Zimmer zu platzen und ihrem Großvater ins Wort zu fallen.

»Lenka!«, entfuhr es ihm. »Was machst du denn hier?«

»Ich bewahre dich davor, dich um Kopf und Kragen zu reden! Hör auf! Bist du wahnsinnig? Wie kannst du ihr, einer Fremden, Dinge anvertrauen, die niemanden etwas angehen!«

»Ich bin Anwältin. Ich unterstehe der Schweigepflicht. Alles, was in diesem Raum gesprochen wird …«

»… ist: Raus hier. Gehen Sie. Lassen Sie meinen Großvater in Ruhe. Und meine tote Mutter. Hören Sie auf. Hören Sie auf!«

»Lenka!« Zygfryd sah erschrocken zu seiner Enkelin. »Beruhige dich.«

»Nein! Kann sie uns nicht in Ruhe lassen? Muss sie hierherkommen? Mama liegt noch nicht mal unter der Erde, und sie … sie …«

Das Mädchen brach schluchzend zusammen. Zygfryd breitete

seine Arme aus. Sie glitt hinein und weinte an seiner Schulter. Es war herzzerreißend.

Immer wieder strich er ihr beruhigend über den Kopf. »Ist ja gut, meine Kleine. Ist ja gut.«

Zuzanna klappte ihren Notizblock zu. Das Mädchen tat ihr unendlich leid. Trotzdem ärgerte sie sich, dass Lenka im unpassendsten Moment hereingeplatzt war.

»Ich kann später wiederkommen. Ich muss sowieso noch nach Janekpolana und mit Jacek reden. Sein Vater ist in der Psychiatrie und …«

»Da gehört er auch hin!« Lenka richtete sich auf und schoss einen ebenso tränenblinden wie hasserfüllten Blick auf Zuzanna ab.

Zygfryd wollte sie wieder an sich ziehen, aber sie entwand sich unwillig seiner Umarmung, als würde sie sich dieses Momentes der Schwäche schämen.

»Nein, Lenka.« Ihr Großvater ließ sie gehen. Sie stand auf und lehnte sich, um Haltung ringend, an die Wand. »Das wäre nicht recht. Marek Zieliński hat genug mitgemacht. Sein ganzes Leben wurde zerstört. Er kann nicht büßen für Taten, die andere begangen haben. Man hätte diese Dinge …« Er rang nach Worten. Lenka sah störrisch an ihm vorbei aus dem kleinen Fenster. »Man hätte viel früher darüber reden sollen.«

»Das ging ja nicht. Es hieß ja immer schschsch – still, still.«

»Aus gutem Grund, mein Kind. Du darfst ihr deshalb nicht böse sein.«

Zuzanna wollte abwiegeln. ›Das ist doch kein Problem‹ oder ›Ich nehme das nicht persönlich‹ sagen. Bis ihr auffiel, dass es gar nicht mehr um sie ging.

»Böse? Nein. Ich bin nicht böse. Ich habe ja kein Recht auf die Wahrheit. Mein ganzes Leben lebe ich in diesem Haus. Und nie war *diese* Wahrheit ein Thema. Dann taucht sie hier auf, diese Anwältin, und plötzlich redest du wie ein Wasserfall.«

»Weil etwas geschehen ist, das …«

»Sie hätte es nicht gewollt! Nicht vor einer Fremden! Und Mama auch nicht!«

»Doch. Das hätte sie. Spätestens jetzt, nachdem all das Furchtbare in Janekpolana geschehen ist.«

Zuzanna sah verwirrt von einem zum anderen. »Entschuldigen Sie bitte, aber von wem reden Sie?«

»Von Lenka«, sagte Zygfryd leise. »Von meiner Frau.«

36

John Camerer wählte einen einfachen Rioja. Er stellte sich vor, und ich tat so, als hätte ich ihn noch nie gesehen. Marquardts Fotos hatten ihm geschmeichelt. In Wirklichkeit sah Hagens ehelicher Sohn schmaler und älter aus. Seine blauen Augen wanderten immer wieder ab, als ob sie den Raum nach jemandem absuchen würden, der nicht kam. Er machte einen gehetzten Eindruck, auch wenn er versuchte, wie die Ruhe in Person zu wirken. Ein gutaussehender Mann auf der Flucht, kam es mir in den Sinn. Oder in Eile. Einer nervösen, mühsam verborgenen Eile.

Während Nicky so tat, als wäre es das Normalste der Welt, dass wir drei uns nach Feierabend gemeinsam die Kante gaben, brachte ich kaum ein Wort hervor. Sie musste ihn angerufen haben, als sie auf der Toilette gewesen war, eine andere Möglichkeit außer Telepathie gab es nicht. Doch die kurze Plauderei über die Ergebnisse der heutigen Auktion war beendet, als John seinen Rioja bekam und den Brillat-Savarin in zwei Bissen verspeist hatte. Er saß neben Nicky, mir gegenüber.

»Lassen Sie uns offen miteinander reden«, sagte er und wischte sich die Hände an seiner Serviette ab. »Sie sind in die Vorfälle involviert, vielleicht können Sie uns weiterhelfen. Krystyna Nowak hat uns hinters Licht geführt.«

»Krystyna Nowak ist tot.« Ich wartete auf eine Reaktion.

Nicky tat so, als ob sie betroffen in ihren Rotwein starren würde, aber mir konnte die *contessa* nichts mehr vormachen. Sie war mit allen Wassern gewaschen. Schlau, gerissen, sehr charmant. Eine gefährliche Mischung. Ich war auf sie hereingefallen.

John warf die Serviette neben den Brotkorb. »Das ist sehr bedauerlich, denn ich hätte die Dame sehr gerne noch gesprochen. Ich weiß, worauf Sie hinauswollen. Wir haben mit ihrem Tod nichts zu tun.«

»Wer ist wir?«

»Frau Verasia-Camerer und ich. Nehmen Sie uns als Stellvertreter der Familie.«

»Dürfte ich erfahren, welches Interesse die Camerers an Johannishagen haben?«

»Es handelt sich um Familienbesitz.«

Ich stieß ein ärgerliches Schnauben aus. »Hören Sie auf. Und selbst wenn – die Hagens waren nur angeheiratet, oder?«

»Auch sie sind ein Teil der Familie.«

»Was steht in Helmfried Hagens Testament?«

»Alles den Kindern.«

»Also war auch Horst Schwerdtfeger bedacht?«

»Ja. Erstaunlicherweise. Es war nicht leicht für Sabine und mich. Eben noch eröffnet uns Herr Sinter, dass wir beide einen Bruder haben, einen Halbbruder, wohlgemerkt, und dann wird er auch noch bedacht. Herr Schwerdtfeger hat ebenso wie ich und Sabine dreißigtausend Euro bekommen. Aber noch nicht einmal daran konnte er sich erfreuen. Denn das Geld wurde ihm ja in Polen geraubt, bevor man ihm den Schädel eingeschlagen hat.«

»Bitte«, flüsterte Nicky. »Bitte nicht. Ich ertrage es nicht, bei Tisch über solche Dinge zu reden.«

Mit nonchalanter Beiläufigkeit nahm John ihre Hand und drückte einen flüchtigen Kuss darauf. »Verzeih.«

Die beiden spielten ihre Rolle als zartes Eheweib und beschützender Gatte hervorragend. Und noch etwas fiel mir auf: die Hast, mit der John Horsts plötzlichen Geldsegen erklären konnte. Ich vermutete, dass er Angst hatte, man würde im Laufe der Ermittlungen die Herkunft des Geldes aufdecken und herausfinden, dass es aus einer Berliner Kanzlei kam. Ein gefälschtes Testament konnten Sinters Notare jederzeit aus dem Ärmel schütteln. Das war ein Leichtes. Wahrscheinlich hatte der alte Herr sogar ein Sparkonto besessen, von dem die Summe stammte. Ich kam nicht umhin, einen widerwilligen Respekt für Sinters Geschick zu entwickeln, mit dem er John den Weg nach Janekpolana ebnen wollte. Es zumindest versucht hatte. Was für drei Menschen, Schwerdtfeger, Krystyna und, wie ich annehmen musste, den alten Hagen, den Tod bedeutet hatte. Ob John sich darüber im Klaren war? Wohl kaum.

Nach dem zweiten Glas Wein verließ ihn seine Nervosität, und eine Art weltmännische Arroganz blitzte auf. Ich kannte das. Ich fühlte mich wohler, wenn ich unterschätzt wurde.

»Das war alles?«, fragte ich.

»Ja. Mehr hatte er nicht. Richten Sie das bitte auch Maria Fellner aus, wenn Sie ihr das nächste Mal unhaltbare Versprechungen machen. Herr Sinter hat uns informiert. Lächerlich. Mein sogenannter Halbbruder hatte nichts zu vererben. Zumindest nichts aus unserem Besitz.«

»Erst will ich den Ehevertrag sehen.«

Ein derartiges Dokument zu fälschen wäre schon komplizierter. Bei solchen Dingen verstanden die Camerers bestimmt keinen Spaß.

»Herr Vernau.« John legte beide Ellenbogen auf den Tisch und beugte sich vor.

Jetzt reden wir mal Tacheles, sollte das wohl heißen. Nicky nippte an ihrem Wein und checkte zwischendurch den Zustand ihrer manikürten Fingernägel. Ich neigte aufmerksam lauschend den Kopf.

»Wir sind doch beide Profis. Ich gebe Ihnen den guten Rat, die

Sache ruhen zu lassen. Diese Vereinbarung existiert, und sie ist hieb- und stichfest, denn meine Mutter hat sie von Sinters Notariat aufsetzen lassen. Dem unterlaufen keine Fehler.«

»Warum sollte Horst Schwerdtfeger nach Johannishagen?«

»Sollte er das? Ich habe keine Ahnung.«

»Was hat Krystyna Nowak Ihnen angeboten?«

»Das werden Sie von mir nicht erfahren. Trinken Sie Ihren Wein aus. Wie ich meine Frau kenne, hat sie eine ziemlich teure Flasche ausgesucht.«

»Warum sollte Ihr Anwalt Marek Zieliński aus dem polnischen Polizeigewahrsam mitnehmen? Was hatten Sie vor mit dem alten Mann?«

Nicky, die gerade einige Brotkrümel vom Tisch in ihre Hand strich, hielt mitten in der Bewegung inne.

John grinste. »Diese polnische Zicke, nicht? Zuzanna? Hat sie Ihnen das gesteckt? Ich kenne Herrn Sinter schon lange. Aber noch nie hat ihn jemand so aus der Fasson gebracht. Arbeiten Sie mit ihr zusammen?«

Es war sein Grinsen, das mich wütend machte.

»Was hatten Sie mit Marek Zieliński vor? Wollten Sie ihn erschrecken? Ihm Angst einjagen? Die Höllenangst, die ihn dazu gebracht hat, bei Horst Schwerdtfeger rotzusehen? Hätten Sie ihn geschlagen? Ihn bedroht? Ihn zusammen mit Sinter nach Janekpolana geschleift und ihm eine Waffe an den Kopf gehalten?«

»Schluss.«

John zischte das so böse, dass ich tatsächlich innehielt. Nicky ließ die Brotkrümel auf die Erde fallen und wischte sich die Hände ab.

»Vielleicht sollten wir ihn ins Boot holen«, sagte sie. »Er kennt die da drüben ziemlich gut. Vielleicht kann er mit Finderlohn etwas bewirken.«

»Ihn?« Ihr Mann schüttelte den Kopf. Der Gedanke schien ihn zu amüsieren.

»Ich will nicht, dass alten Männern etwas passiert. Wirklich nicht.«

Im ersten Moment fiel ich wieder auf sie herein. Dann bemerkte ich das minimale Lächeln, das in ihrem Mundwinkel nistete. Sie hatte keinen Vorschlag gemacht. Sie hatte gerade eine ernste Drohung ausgesprochen.

»Sagen Sie denen da drüben, niemand will diesem Marek etwas tun. Ihm nicht und auch seinem Sohn nicht. Wir wollen nur …«

»Nicky. Halt den Mund.«

»Was wollen Sie von *denen da drüben*?«, fragte ich. Noch eine Drohung würde ich nicht zulassen.

John nahm sein Messer und näherte sich damit einem weiteren Stück Käse.

»Frau Nowak hat uns etwas aus dem Hagen'schen Familienbesitz angeboten.« Er schnitt ein Stück ab. »Wir haben uns darauf eingelassen. Sinter hat den Transfer übernommen. Frau Nowak hat uns Exklusivität zugesichert … und geliefert.«

»Was?«

»Das werden Sie nicht erfahren, Herr Vernau. Es spielt auch keine Rolle. Wir haben unseren Teil der Vereinbarung eingehalten. Frau Nowak dagegen nicht. Sie wollte uns über den Tisch ziehen.«

»Aha.«

»Herr Vernau, ich sehe Ihrer Miene an, was Sie uns unterstellen. Wir haben mit dem Tod von Frau Nowak nichts zu tun. Es war ein Unfall.«

Er sagte das so überzeugend, dass ich fast geneigt war, ihm zu glauben.

»Wann sind Sie und Ihr Anwalt mit Frau Nowak in Verhandlungen getreten?«

»Vor zwei Wochen ungefähr. Die Übergaben wurden quittiert, die Treffen sind in Protokollen festgehalten.«

»Was wollte sie?«

»Geld. Was sonst?«

»Und Sie haben gezahlt?«

»Ja.«

»Wie viel?«

Er schüttelte den Kopf. »Über die Modalitäten haben wir Stillschweigen vereinbart.«

»Für was?«

»Herr Vernau, bitte.«

»Haben Sie Herrn Schwerdtfeger nach Janekpolana geschickt?«

»Nein.« Er steckte sich den Käse in den Mund.

Ich sah zu Nicky. »Aber Sie.«

»Ich?« Sie riss ihre schönen braunen Augen auf. »Ich höre davon zum ersten Mal.«

»Eben haben Sie mir noch gesagt …«

»Eben war ich auch noch völlig verwirrt. Verstehen Sie mich bitte nicht falsch. Sie überfallen mich geradezu, erzählen mir von schrecklichen Morden und Verhaftungen und schockieren mich damit zutiefst. Natürlich wusste ich, dass Krystyna Nowak anscheinend eine Erpressung versucht hat. Es ging um Erbstücke aus dem Eigentum der Hagens. Eigentlich völlig wertlos, aber ideell bedeutend. So war es doch, oder?«

John nickte.

»Daraufhin haben wir, John, ich und Sabine, Herrn Doktor Sinter gebeten, alles in seiner Macht Stehende zu tun, um diese Familienerbstücke wieder in unsere Hand zu bekommen. Leider ist es uns nicht vollständig gelungen.«

Ihnen fehlte also noch ein Puzzleteil. Kein Wunder, sonst würden sie nicht derart hirnlos in Janekpolana herumstochern.

»Ich kann ja mal die Augen offen halten, wenn ich wieder drüben bin.« Ich meinte das ironisch.

Doch Nicky sprang tatsächlich darauf an. »Nichts Wichtiges eigentlich«, erklärte sie. »Niemand kann etwas damit anfangen. Aber John hat sehr an seinem Vater gehangen. Was meintest du?«

344

Betont hilfesuchend wandte sie sich an ihren Mann. »Irgendwelches altes Zeugs.«

John nickte und goss sich das dritte Glas Rioja ein.

»Und Sie glauben, Herr Schwerdtfeger hat sich dafür den Schädel einschlagen lassen?«, fragte ich. Die beiden kamen mir vor wie verschlagene Katzen, die dachten, ich würde den zerbrochenen Milchkrug nicht bemerken.

»Wir wissen nicht, was er da drüben wollte«, schaltete sich John wieder ein. »Wir wussten ja noch nicht einmal, dass er und diese erpresserische Altenpflegerin unter einer Decke steckten. Es könnte durchaus sein, dass er seinen Besitz zurückkaufen wollte. Irgendjemand muss ihm eingeredet haben, dass es eine Chance gäbe.«

»Ich vermute, die betreffende Person sitzt gerade an unserem Tisch.«

John versuchte ein gewinnendes Lächeln, das bei mir nicht ankam. »Erwischt. Einen Versuch war es wert. Ich wollte den armen Mann nicht so hängen lassen. Sein ganzes Leben vaterlos, dann erbt er ein kleines Vermögen, und zum ersten Mal regt sich in ihm der zaghafte Wunsch, die Heimat seiner Ahnen wiederzusehen. Und was geschieht, als er dort an die Tür klopft? Er wird mit Schimpf und Schande vom Hof gejagt. Das ist doch keine Art, oder? Daher wollten wir ihm helfen, sich den verlorenen Besitz wenigstens einmal anzusehen. Immerhin hat er ja, wenn auch auf eine etwas abenteuerliche Weise, zur Familie gehört.«

»Du bist so süß!«, rutschte es Nicky heraus.

John nickte ihr zu, als hätte er nach diesem Vortrag auch keine andere Art von Applaus erwartet.

»Wenn ich das Ausmaß Ihrer Güte recht verstanden habe«, begann ich, »dann hatte Frau Nowak also zuerst Kontakt zu Herrn Schwerdtfeger.«

»Ja.«

»Herr Schwerdtfeger hatte keinen Kontakt zu seinem Vater?«

»Nein. Meine Mutter war eine sehr bestimmende Person. Wer sich auf diese Familie einlässt, tut das mit Haut und Haaren. Ihr Wort war selbst nach ihrem Tod bindend.«

»Also war es Frau Nowak, die Herrn Schwerdtfeger von Janekpolana erzählt hat? Nicht sein eigener Vater?«

»Johannishagen war Vaters Geburtsort, mehr nicht. Er hatte keinerlei Verbindung zu diesem Gut, weil er es als Dreijähriger verlassen hat. Er hatte auch keinen Kontakt zu seinem unehelichen Sohn. Es gab eine Unterhaltsklage, er verlor. Er zahlte. Mehr nicht. Bitte verwenden Sie diese Information nicht außerhalb dieses Kreises. Sie sehen, ich spiele mit offenen Karten.«

Dennoch hatte sich die Familie für ein paar wertlose Erinnerungsstücke an das alte, längst vergessene Weingut auf eine Erpressung eingelassen und den Tod des schwächsten, dämlichsten Familienmitgliedes billigend in Kauf genommen. Je mehr John die ganze Sache herunterspielte, desto klarer wurde mir, dass sie ein enormes Ausmaß haben musste.

»Zusammengefasst: Frau Nowak und Herr Schwerdtfeger haben sich gefunden und es erst einmal hinter Ihrem Rücken auf eigene Faust versucht.«

»Was?«, fragte John verblüfft, aber er konnte mich damit nicht aufs Glatteis locken.

»Als sie nicht weiterkamen, haben sie sich an die Familie gewendet.«

»Das sind reine Vermutungen. Frau Nowak wollte mit uns ins Geschäft kommen. Wahrscheinlich hat sie nur versucht, über Schwerdtfeger an unsere Familie heranzukommen.«

»Hatte sie es Herrn Hagen gestohlen?«

»Nein. Er hat es nie besessen.«

»Ich werde herausfinden, was es war. Aber es würde uns allen helfen, wenn Sie mich nicht weiter im Dunkeln tappen lassen.«

John sah zu Nicky. Ich konnte seine Gedanken beinahe laut hören. Sieh mal, Süße, jetzt haben wir ihn so weit.

Nicky holte tief Luft und stieß einen Seufzer aus. »Briefe«, sagte sie. »Alte Liebesbriefe.«

37

»Briefe?«, wiederholte Zuzanna ungläubig. »Ihre Frau hat die Briefe dieses Mannes herausgeschmuggelt? Sonst nichts?«

»Er hat sich die Finger wund geschrieben. Das war das Einzige, was ihm noch geblieben ist in seinem Versteck. So ein Stapel.« Er zeigte ihr die Höhe mit Daumen und Zeigefinger an. »Ich hab nichts davon gewusst. Überhaupt nichts. All die vielen, vielen Jahre hat sie es mir nicht erzählt. Aber dann …«

Lenka hatte sich zu seinen Füßen in den schmalen Spalt zwischen Bett und Wand gequetscht. Zygfryd strich ihr unbeholfen über den Arm. Das Mädchen hatte sich beruhigt. Zuzanna vermutete, dass es genauso erpicht darauf war wie sie, endlich die ganze Geschichte zu erfahren. Was hatte es mitbekommen? Wie viel Geflüster belauscht? Was daraus geschlossen, dass gewisse Themen vermieden worden waren? Neugier, Furcht und großes Mitgefühl wechselten sich in den Zügen des jungen Dings ab.

Da denkt man immer, sie interessieren sich für nichts. Aber das stimmt nicht.

Der Großvater wandte sich an seine Enkelin. »Weißt du noch, *kochanie*, als deine Großmutter anders wurde?«

Lenka nickte. »Oma hat viel geweint und wusste nicht, warum. So hat es angefangen, vor ein paar Jahren. Mama ist es zuerst aufgefallen. Sie hat mich eines Abends zur Seite genommen und mir von Ronald Reagan erzählt.«

»Der amerikanische Präsident«, erklärte Zygfryd.

Zuzanna wusste, wovon die Rede war. »›Ich beginne nun die Reise in den Sonnenuntergang meines Lebens‹«, zitierte sie. Alzheimer. »Es muss schrecklich gewesen sein.«

Lenka zuckte mit den Schultern. »Ja. Natürlich ist es schrecklich. Auf der einen Seite. Aber andererseits … Ich denke, die Leute haben eine furchtbare Angst vor dieser Krankheit, sie wird … dämonisiert. Oma wurde anders, das stimmt. Aber es gab nach wie vor wunderschöne Momente. Letzten Sommer haben wir oft draußen vorm Haus gesessen und auf den Fluss geschaut. Wenn es ganz schlimm war, habe ich mir immer gesagt, jetzt ist die Zeit gekommen, etwas zu geben. Ich glaube, das hat sie gespürt. Auch ganz zum Schluss, als sie nicht mehr wusste, wer wir waren. Sie hat die Liebe gespürt.«

Das Mädchen wurde rot und senkte den Blick.

»Ach Lenka, Lenka …« Zygfryd vergrub den Kopf in den Händen.

Für ihn musste der schleichende Tod seiner Frau ganz besonders schlimm gewesen sein. Einen Moment lang wusste Zuzanna nicht, ob er seine Enkelin oder seine Frau Magdalena, das hübsche, eigensinnige Ding aus Janekpolana, meinte.

»Dann ist sie anders geworden.« Das Mädchen hatte sich entschieden, die Wahrheit zu sagen, oder vielmehr, seinen Teil zur Wahrheit beizutragen. Wenn man sie je herausfinden wird, dachte Zuzanna. Jeder hat eine andere Vorstellung von ihr.

»Sie hat angefangen, Deutsch zu reden. Ich habe sie nicht verstanden. Mama hat sich krankschreiben lassen und war bei ihr. Sie hat beinahe ihren Job dafür verloren. Wie kann das denn sein? Hätte sie Oma allein lassen sollen? Sie war bei ihr. Irgendwann fingen die beiden an, Deutsch miteinander zu reden. Ich wusste, dass Oma Deutsche war. Das war nie ein Thema. Alle haben sie gemocht, keiner hatte was gegen sie.«

Zygfryd sah zu Boden. Zuzanna konnte sich denken, dass das nicht immer so gewesen sein mochte. Es hatte sicher Schwierigkeiten gegeben, vor allem zu Beginn ihrer Ehe. Es musste eine große Liebe gewesen sein. Gegen alle Vernunft. Erst recht gegen alle Vorurteile. Eine Liebe, um die sie gekämpft hatten, mit allen

Mitteln und allen Gefühlen. Mit Mut und Tapferkeit, mit Wegsehen und Schweigen. Vielleicht sogar mit etwas viel Schlimmerem, das Zygfryd bis heute quälte.

»Ich habe Mama gefragt, über was redet ihr eigentlich? Mama meinte, alte Menschen gehen zurück in ihre Jugend. Oma würde ihr Sachen erzählen, die sie noch nie jemandem erzählt hat. Sie wären sich nahe, meinte sie, auch wenn Oma uns nicht mehr erkennen würde. Doch auch das ging vorbei. Plötzlich wurde Oma unruhig. Sie stand nachts auf und geisterte im Haus herum. Dann hat sie unten geschlafen, im Wohnzimmer, weil wir Angst hatten, sie fällt eine Treppe …«

Lenka brach ab. Sie biss sich auf die Lippen. Ihr war eingefallen, wie Krystyna ums Leben gekommen war.

»Wir wollten nicht, dass sie sich etwas antut. Aber wir konnten nicht rund um die Uhr auf sie aufpassen. Sie ist manchmal abgehauen. Erst lief sie nur durchs Dorf. Dann lief sie stundenlang das Ufer entlang. Alle Leute wussten, was los war. Wenn jemand sie gesehen hat, hat er uns sofort angerufen oder sie gleich nach Hause gebracht. Einmal ist sie fast bis Zielona Góra gekommen, weißt du noch?«

Zygfryd versuchte ein Lächeln unter Tränen. »Sie war immer gut zu Fuß.«

»Ich hab sie immer gefragt: Oma, wohin willst du? Dann hat sie mich angesehen, und ich merkte, sie weiß nichts mehr. Sie findet sich überhaupt nicht mehr zurecht. Zur Post, sagte sie dann. Mädchen, weißt du, wo die Post ist?«

»Zur *Post*«, flüsterte Zygfryd das deutsche Wort.

»Warum? Was war denn mit der Post?«

»Sie hat die Briefe nie abgeschickt.«

Welche Briefe?, wollte Zuzanna fragen. Dann fiel es ihr wieder ein.

»Die Briefe, die Walther Hagen in seinem Versteck geschrieben hat?«

»Das konnte sie sich nicht verzeihen. Es hat ihr zugesetzt bis zum Schluss. Niemand konnte ihr helfen. Wir wussten ja gar nicht, was sie meinte. Zur Post? Welche Post? Wir sind mit ihr zur Post gegangen, aber sie stand davor und wusste nicht mehr, was sie dort wollte. Erst nach ihrem Tod haben wir es erfahren, fast ein Jahr später, als wir den Wäscheschrank ausgeräumt haben. Walther Hagen hat ihr damals seine Briefe anvertraut. Und sie hat ihm versprochen, sie abzuschicken. Aber was hätte sie tun sollen, in diesen schlimmen Zeiten? Sie war Deutsche. Die Deutschen durften keine Post versenden, schon gar nicht nach Deutschland. Die Grenze war dicht. Es gab Kuriere, aber die waren teuer. Von dem bisschen, das sie auf dem Schwarzmarkt für Hagens letzte Habe bekam, hat sie sich und ihn durchgebracht. Monatelang. Was sollte sie tun? Ihm sagen, dass seine Familie ihn für tot hält? Ihm die letzte Hoffnung nehmen?«

»Sie hätte sie ... sie hätte sie vielleicht jemandem mitgeben können?«

»Die meisten, die in Deutschland ankamen, hatten nicht mehr bei sich als das, was sie am Leib trugen. Das änderte sich erst zwei Jahre später, als die Situation sich etwas entspannte. Bis dahin waren die Züge ein Selbstbedienungsladen für marodierende Banden und die korrupte Miliz. Wer von den Deutschen auch nur annähernd in Verdacht stand, ein Nazi zu sein oder kollaboriert zu haben, kam ins Lager. Das Risiko, mit den Briefen eines Unbekannten, eines ehemaligen Gutsbesitzers und NSDAP-Mitglieds erwischt zu werden, war zu groß. Ich bin mir sicher, sie hat es versucht. Aber wenn ich etwas am Leib hinüberschmuggeln will, dann habe ich nicht viele Möglichkeiten. Ein Brief von einem Fremden an eine Fremde, nein, dieses Risiko wäre ich in dieser Situation auch nicht eingegangen.«

»Also hat sie sie aufgehoben. Warum?«

»Es waren Liebesbriefe«, sagte Lenka. »Schreckliche, schauerliche Briefe, aber Liebesbriefe. Er hat darin beschrieben, wie er sich

versteckt hielt und was mit seinem Haus passiert ist. Ich habe …
ich habe das noch nie aus dieser Sicht gesehen. Er hat mir leidge-
tan. Sie waren immer noch versiegelt. Oma hat sie nie gelesen.«

»Lesen und Schreiben war nicht ihre Sache.«

»Später schon!«, protestierte seine Enkelin. »Sie hat mir das
Märchen vom Schlangenkönig vorgelesen und *Die Pestjungfrau*
und …«

»Später, ja. Aber sie wollte ihr ganzes Leben nicht wissen, was
in den Briefen steht. Es wäre besser gewesen, wir hätten sie ungeöffnet verbrannt. Dann wäre das alles nicht passiert. So ein
Stapel.« Wieder machte er die andeutende Handbewegung. »Sie
hat sie all die Jahre ganz hinten im Schrank versteckt. Ich wusste
nicht, was drinsteht. Aber Krystyna konnte sie lesen. Sie hat sie
uns übersetzt. Es war … sehr berührend.«

»Oma hatte es ihm versprochen. Er hat all die Briefe an seine
Frau geschrieben, die gar nicht wusste, dass er noch lebt. Für sie
war er gefallen.«

»Woher wissen Sie das?« Die Frage richtete Zuzanna an Zygfryd.

»Aus der Registratur. Im Repatriierungsamt mussten wir so
schnell wie möglich Klarheit über die Besitzverhältnisse erlangen. Die Siedlung Johannishagen war ein begehrtes Objekt bei
den Neuankömmlingen. Die ehemaligen Besitzer, Rosa Hagen
und ihre zwei Kinder – Ende vierundvierzig ausgereist. Walther
Hagen – gefallen. Der Bescheid lag im Standesamt, er ist im Januar fünfundvierzig an Rosa nach Hamburg geschickt worden,
mit einem der letzten Postzüge. Aber Walther Hagen hat überlebt. Er muss im März hier eingetroffen sein, nachdem er eine
Odyssee entlang der Frontlinie hinter sich hatte. Wahrscheinlich
wollte er sich zu einem Kampfverband durchschlagen, aber die
gab es nicht mehr. Da hätte er schon bis Berlin gemusst, um doch
noch den Heldentod zu sterben. So ist er nach Johannishagen zurückgekehrt. Lenka lebte dort noch, als Einzige. Ich hab ihr das

Kutscherhaus sichern können, aber es war klar, dass es nicht von Dauer sein konnte. Sie wollte da nicht weg. Sie war treu. Ja. *Treu.*«

»Liebesbriefe.«

Zuzanna wusste nicht, was sie davon halten sollte. Wegen ein paar Liebesbriefen setzte sich doch niemand aus Deutschland in Bewegung. Wegen ein paar Liebesbriefen wurde doch Sinter nicht aktiv. Deshalb konnte doch niemand erschlagen worden sein, deshalb war Krystyna doch nicht in den Tod gestürzt.

»Was ist mit den Briefen geschehen? Sind sie noch hier?«

»Nein. Mama wollte sie den rechtmäßigen Eigentümern zurückgeben.«

»Wann?«

Lenka sah zu ihrem Großvater. Der nickte ihr aufmunternd zu.

»Vor ein paar Wochen. Sie wollte sie aus dem Haus haben. Denn in den Briefen war noch von etwas anderem die Rede. Von etwas, das in der Siedlung versteckt ist. Walther Hagen hat nie geschrieben, was es war. Aber es muss einen Schlüssel dazu geben. Und eine Tür. Das hat er angedeutet. Etwas, das heute sehr viel wert sein könnte.«

Langsam kam Licht in das Dunkel um Janekpolana. Es ging nicht nur um Heimattourismus. Es ging um etwas, das dort in den letzten Kriegstagen in Sicherheit gebracht worden war. Was konnte das sein? Schmuck? Juwelen? Silberbestecke? Immer noch waren Schatzgräber in den Wäldern unterwegs. Doch wenn tatsächlich einmal eine alte Milchkanne auftauchte, dann fanden die enttäuschten Sucher darin kaum etwas anderes als Einmachgläser und bestickte Leinenhandtücher.

»Krystyna wollte herausfinden, was das ist«, stellte Zuzanna fest.

»Nein«, sagte Zygfryd schnell. Zu schnell. »Wir waren uns alle einig, dass es das nicht mehr gibt. Es ist viel vergraben worden in dieser Zeit. Und viel gefunden. Es gehört demjenigen, dem die Siedlung jetzt gehört.«

»Den Zielińskis. Warum hat sie nicht mit den beiden darüber geredet?«

Zygfryd seufzte. »Wir … wir gehen uns aus dem Weg. Man muss die alten Geschichten nicht immer wieder aufrühren.«

Zuzanna nickte zögernd. »Eine Frage hätte ich noch. War es Zufall, dass Krystyna und Helmfried Hagen sich im Heim begegnet sind?«

»Ja. Eine Ironie des Schicksals«, antwortete Lenka. »Der Rabe und die Traube. In einem der Briefe ist das erwähnt. Mama wollte es erst gar nicht glauben, doch dann kam raus, dass der alte Mann, den sie betreut hat, in der *osada* Janekpolana geboren wurde, neunzehnhundertzweiundvierzig, als Sohn des Gutsbesitzers. Er hatte diesen Schlüssel. Den hat sie sich mal geborgt.«

»Woher weißt du das?«, fuhr der alte Mann sie an. »Sag nicht, dass deine Mutter gestohlen hat!«

»Sag ich doch gar nicht. Aber sie hatte ihn mal dabei, in ihrer Handtasche. Ich bin im Flur dagegengekommen, sie ist heruntergefallen, und da habe ich ihn entdeckt. Ein schwerer, alter Schlüssel mit einem Anhänger. Rabe und Traube.«

Zuzanna kannte diesen Schlüssel. Sie wusste auch, in wessen Besitz er war und wie verzweifelt die verschwundene Tür immer noch gesucht wurde. »Wann war das?«

»Vor gut zwei Monaten. Sie hat mich überrascht, wie ich im Flur alles wieder zusammengesammelt habe. Sie sagte, ein Verwandter von Hagen hätte sie darum gebeten.«

»Darum gebeten, den Schlüssel zu borgen?«

»Ich … ich weiß es doch auch nicht. Sie war sehr nervös. Bitte, es war doch nur der Schlüssel! Sie hat ihn zurückgebracht. Das weiß ich. Als sie die Woche darauf wiederkam, hatte sie ihn nicht mehr dabei.«

»Ist dir bei ihrer Rückkehr etwas aufgefallen?«

»Sie war traurig. Der Mann, dem der Schlüssel gehört hat, ist gestorben. So etwas kommt immer wieder vor, aber dieses Mal hat es Mama besonders mitgenommen. Einmal habe ich sie nachts in der Küche weinen gehört. Ich bin zu ihr und habe sie gefragt, was los ist. Da sagte sie, dass ihr dieser Tod besonders nahegeht, weil es der Sohn von dem Mann war, der die Briefe geschrieben hat.«

»Hat sie ihm die Briefe vor seinem Tod gezeigt?«

»Nein.«

»Das ist seltsam.«

»Warum? Wenn Sie das alles gelesen hätten! Es war schrecklich! In den Augen dieses Mannes ist sein Vater im Krieg geblieben. Wahrscheinlich hat er ihn sogar noch als Held verehrt. Und dann soll er auf einmal halb verhungert und fast wahnsinnig in einem Keller krepiert sein?«

»In einem Keller?«

»Oder sonst wo!« Lenka schrie fast. Ihr Großvater machte wieder ein beruhigendes Geräusch, aber sie ließ sich nicht darauf ein. »Sie glauben uns nicht. Stimmt's? Sie glauben uns nicht!«

»Doch. Ich glaube Ihnen.« Zuzanna stand auf. »Wo sind die Briefe?«

Lenka senkte den Kopf. »Sie sind weg.«

»Alle?«

»Alle!«

»Wirklich? Hat Krystyna nicht doch noch irgendwo welche versteckt?«

Das Mädchen begann zu weinen. »Denken Sie, wir wären nicht auf die gleiche Idee gekommen? Dass Mama versucht hat, die Briefe an die Hagens zu verkaufen? Ich hab das viele Geld nie gewollt. Nie. Wir hätten es auch ohne geschafft.«

Zuzanna beugte sich zu dem Mädchen hinab. Ihr Herz klopfte so stark, dass sie glaubte, es würde ihr aus der Brust springen.

»Welches Geld?«

Lenka schüttelte wild den Kopf.

»Welches Geld? Lenka! Sagen Sie die Wahrheit! Das ist wichtig!«

Mühsam, taumelnd erhob sich Zygfryd und ging um das Bett

herum auf die andere Seite zu einem Nachttisch. Er zog die Schublade auf. Sie fiel ihm aus den Händen und landete auf dem Bettvorleger. Zuzanna sprang auf, um ihm zu helfen. Er stand da und starrte auf das, was zu seinen Füßen ausgebreitet lag. Fassungslos ging sie in die Knie und begann, die Geldscheine aufzusammeln. Es waren neue Fünfhunderteuroscheine, und bei zwanzig hörte sie auf zu zählen, denn sie wusste, welche Summe auf dem Boden lag. Dann tastete ihre Hand unter das Bett, weil dort, von der Überdecke fast verborgen, noch etwas lag.

»Was ist das?«, fragte sie und hielt Zygfryd ein dünnes, glatt gefaltetes, vom Alter mürbe gewordenes, eng beschriebenes Blatt Papier entgegen. »Was ist das?«

Zygfryd schluckte. »Das ist … den wollte sie noch nicht weggeben. Das ist der letzte Brief von Walther Hagen.«

38

Der starke Regen war in ein sanftes, penetrantes Nieseln übergegangen. Es war noch nicht spät, und wäre dies ein Sommerabend gewesen, wie man ihn eigentlich hätte erwarten können, dann hätte sie noch nicht einmal die Scheinwerfer einschalten müssen. Doch die Wolkendecke war dicht geschlossen, eine irritierend frühe Dämmerung senkte sich herab. Die Bäume hatten Laub verloren, gelbgrüne Blätter, die nassglänzend auf dem Kopfsteinpflaster und ihrem Auto lagen. Aus einigen Schornsteinen stieg weißer Rauch. Zuzanna fröstelte. Kaminfeuer im Hochsommer. Irgendwie schien ihr der Gedanke passend zu dem, was sie gerade gehört hatte. Ein Mord mit einem siebzig Jahre alten Motiv. Nichts fügte sich, wie es sollte, die Zeit trieb mit ihnen Schabernack.

Sie fuhr zurück zur S 3 und hätte nach rechts abbiegen müssen, um über die Brücke zurück nach Zielona Góra zu gelangen.

Stattdessen lenkte sie den Wagen weiter geradeaus, auf die kleine, mit Schlaglöchern und Pfützen übersäte Straße Richtung Górzykowo. Sie verbot sich, darüber nachzudenken, was sie gerade tat. Sie folgte einfach dem Licht der Scheinwerfer, das die aufsteigenden Nebelfetzen über dem Asphalt zerteilte, und konzentrierte sich darauf, nicht aus Versehen rechts in die Odra zu fahren, die sich breit, dunkel und ungezähmt in der Einsamkeit verlor. Als sie Janekpolana erreichte, ließ sie den Wagen an der einzigen Bushaltestelle im Ort rechts ausrollen, schaltete den Motor aus und betrachtete die kleinen Häuser links und rechts der Straße, hinter denen sich der Weinberg wie ein schützender Wall erhob.

Sie holte ihr Handy aus der Tasche und überlegte, ob sie anrufen sollte. Vielleicht war er gar nicht zu Hause. Warum war sie hier?

Weil sein Vater ein Mörder ist. Weil niemand so eine Erkenntnis alleine wegstecken kann.

Sie legte das Handy zur Seite und ärgerte sich, dass sie sich selbst belog. Den Wagen ließ sie stehen. An diesem Abend würde kein Bus mehr kommen. Falls doch, war immer noch genug Platz. Sie schloss noch nicht einmal ab, weil es dem Unterfangen einen weiteren Anstrich von Improvisation verlieh. In zehn Minuten bin ich zurück, dachte sie. *Zumindest war es kein Raubmord.* Trotzdem blieb eine nagende Unzufriedenheit, weil sie Mitgefühl mit den Nowaks hatte und ihnen in ihrer Trauer nicht auch noch die Polizei ins Haus wünschte. Aber auch dies war geschehen, sie hatte den Beamten noch die Tür geöffnet, und wieder bewies das Schicksal ein verdammt schlechtes Timing.

Die letzten Häuser kamen in Sicht, dann die Biegung. Mit ihren Turnschuhen war sie so leise wie der sanfte Regen. Sie musste sich zurückhalten, um nicht schneller zu gehen, denn plötzlich war sie aus einem nicht ersichtlichen Grund außer Atem. Als sie den Ausläufer des Weinberges umrundet hatte und die Siedlung vor sich liegen sah, blieb sie einen Moment stehen.

Im Herrenhaus brannte Licht. Er ist da, dachte sie. Kehr um.

Doch dann lief sie weiter, über den weiten Vorplatz bis zu den Stufen. Sie warf einen schnellen Blick auf den Friedhof. Still und verlassen lag er da, nur das Absperrband vom Morgen leuchtete im Dunkeln und versperrte Eindringlingen – hoffentlich – den Weg zur Kapelle.

Es gab keine Klingel. Sie klopfte leise und wartete, aber niemand öffnete ihr. Vorsichtig drückte sie die Klinke hinunter und schob die Tür auf. Sie sollte rufen. Sich irgendwie bemerkbar machen. Nicht dass sie die Nächste wäre, die eine Eisenstange über den Schädel gezogen bekam.

Das Licht kam aus dem Raum rechts. Aus dem Türenzimmer. Noch immer schauderte sie bei der Erinnerung an den alten Mann, der plötzlich völlig außer sich vor ihr aufgetaucht war.

Das ist nicht richtig. Du kannst dich hier nicht einfach so einschleichen.

Ein schleifendes Geräusch erklang, doch es wirkte anders und vertraut. Sandpapier auf Holz. Eine Diele knarrte, als sie die halb offene Tür berührte, aber er hörte sie nicht. Er stand, den Rücken ihr zugewandt, vor zwei Holzböcken, auf denen ein Fenster lag. Mit weit ausholenden, regelmäßigen Bewegungen schliff er den Rahmen ab. Er trug ein offenes Hemd, darunter ein T-Shirt und eine weite blaue Arbeitshose. Die Haare hatte er wieder zu einem Pferdeschwanz gebunden. Sie sah, dass er auch ein Tattoo im Nacken hatte. Ein schmales Tribal, und für einen schwachen Augenblick überkam sie die Lust, es zu berühren.

Sie räusperte sich. Jacek hielt inne und drehte sich zu ihr um. Seine dunklen Augen wurden schmal. Wahrscheinlich fragte er sich, warum sie nicht gerufen oder geklopft hatte. Plötzlich kam sie sich unglaublich dumm vor.

»Guten Abend. Ich hoffe, ich störe nicht.«

Er legte den Block mit dem Schmirgelpapier auf das Fensterglas und wischte sich mit dem Ärmel das Gesicht ab. Er war von oben bis unten staubbedeckt.

»Ich war grade in der Gegend … also, ich war *wirklich* in der Gegend. In Cigacice. Und da dachte ich …«

Umdrehen. Gehen. Und wenn er dich jemals darauf anspricht, einfach behaupten, er hätte wohl schlecht geträumt.

»Ja?«

»Ich …« Sie hustete. »Mein Gott, ist das staubig hier.«

Jacek warf einen Blick auf das Fenster, dann auf den Schleifblock, dann sah er sie wieder an.

»Ich schleife einen Fensterrahmen ab.«

»Ah. Ja. Es geht voran, nicht?« Sie machte zwei, drei Schritte und tat dabei so, als ob sie die Türen bestaunen würde. »Bis Sie die alle fertig haben … So viele Türen hat das Haus doch gar nicht, oder?«

»Sind Sie hier, um meine Türen zu zählen?«

Gut. Hervorragend. Du machst dich wirklich zum Affen.

»Nein. Ich wollte Ihnen eigentlich mitteilen, was ich in Cigacice von der Familie Nowak erfahren habe. Und zwar bevor die Polizei und der ermittelnde Staatsanwalt damit zu Ihnen kommen. Aber wenn ich störe, kann ich auch am Montag wiederkommen oder morgen anrufen.«

Sie wollte sich umdrehen, da sagte er: »Nein. Bleiben Sie. Kommen Sie mit.«

Er ging in den hinteren Teil des Raumes, wo sich ein schmaler Durchgang zur Küche verbarg. Sie folgte ihm und warf im Vorübergehen einen Blick auf seine Arbeit. Es war ein alter Fensterrahmen mit Messingbeschlägen, die er bereits abmontiert und zur Seite gelegt hatte.

Er arbeitete durchdacht und sorgfältig. Aus irgendeinem Grund freute sie das.

In der Küche sah es aus, als wäre vor Jahren ein Wirbelsturm durchgebraust und niemand hätte sich seither die Mühe gemacht, wieder aufzuräumen. Im Spülbecken stapelte sich schmutziges Geschirr. Jacek suchte zwei Gläser heraus, wusch sie ab und stellte sie auf den Tisch. Dort standen bereits eine halb volle Weinflasche und ein ziemlich voller Aschenbecher.

»Nehmen Sie Platz.«

Sie setzte sich vorsichtig auf einen Stuhl aus Aluminiumrohr, dessen Polsterung aufgerissen war.

»Ein Glas Wein?«

»Ich bin mit dem Auto da.«

»Also ein halbes Glas.«

Er schenkte ihr zwei Fingerbreit ein. Sich selbst machte er das Glas voll. Er zog sich einen zweiten Stuhl heran, drehte ihn mit der Lehne nach vorne und legte die Arme darauf ab. Dann nahm er sein Glas und wies mit einer Handbewegung auf ihres. Sie hob es hoch und schnupperte daran. Junger Rotwein. Nicht schlecht.

»Also.« Er nahm einen großen Schluck und behielt das Glas in den Händen. »Was gibt es Neues?«

»Die dreißigtausend Euro sind wieder da.«

»Wo?«

»Im Haus der Nowaks, im Schlafzimmer von Zygfryd. Es lag in der Schublade seines Nachttischs.«

Jacek hob die Augenbrauen. »Darf ich fragen …«

»Nicht, was Sie denken. Zygfryd ist fast neunzig Jahre alt. Seine Frau Magdalena ist letztes Jahr gestorben. Sie war, vor langer, langer Zeit, Dienstmädchen auf diesem Weingut.«

»Deutsche oder Polin?«

»Deutsche. Aber sie ist geblieben. Zum einen, weil sie sich in Zygfryd verliebt hatte und er sich in sie. Zum anderen, weil eines Tages, wahrscheinlich im Frühjahr fünfundvierzig, ein halb verhungerter Mann hier aufgetaucht ist. Ihr einstiger Gutsherr. Walther Hagen.«

»Wie?«

»Wie er hier aufgetaucht ist? Ich weiß es nicht. Vielleicht steht es in den Briefen, die er in seinem Versteck geschrieben hat. Diese

Briefe vertraute er Magdalena an. Sie sollte sie auf die Post bringen. Aber es gab keine Post mehr nach Deutschland zu dieser Zeit. Sie hat es ihm verschwiegen. Sie hat ihm auch verschwiegen, dass er für seine Familie längst tot war. Gefallen an der Burschener Schleife.«

»Wo waren seine Leute?«

»Die Ehefrau hat mit den Kindern Janekpolana neunzehnhundertvierundvierzig verlassen.«

Jacek drehte das Glas zwischen seinen Handflächen. Sie waren voller Schwielen, hatten einige Schrammen und Kratzer. Trotzdem waren es schöne Hände. Kräftige Hände. Hände, die etwas aufbauen, etwas erschaffen sollten. Er war über vierzig. Und alles, was er auf der Habenseite seines Lebens verbuchen konnte, waren ein heruntergekommenes Haus und ein kleiner Weinberg, der zurzeit noch nicht mal einen Mann ernähren konnte. Es wird Zeit, dachte sie. Zeit, dass du aus deinem Leben etwas machst.

»Und er? Der Mann? Hagen?«

»Er ist wohl irgendwo hier gestorben.«

»Joe meint, Marek und der Mann wären sich begegnet.« Er ließ sie nicht aus den Augen, als er den nächsten Schluck trank. »Er meint, etwas könnte zwischen den beiden vorgefallen sein, damals.«

»Wie alt war Marek damals?«

»Neun.«

Sie hob die Schultern. »Ich habe Zygfryd für morgen ins Krankenhaus bestellt. Ich glaube, er weiß mehr über diese Zeit als wir alle zusammen.«

»Wird er kommen?«

»Der Staatsanwalt wird die Formulierung der Anzeige gegen ihn von seiner Kooperationsbereitschaft abhängig machen, verlassen Sie sich darauf. Im Moment knabbert er an Beihilfe zur Erpressung und Hehlerei. Nach dem Gespräch morgen wissen wir mehr. Vielleicht kann er sich daran erinnern, ob Marek als Junge eine Begegnung mit dem ehemaligen Besitzer der *osada* hatte. Außerdem müssten wir herausfinden, was aus Walther Hagen geworden ist. Ich vermute, dass er hier irgendwo gestorben ist.«

»Dann müsste ich ja seine Knochen irgendwo gefunden haben.« Er grinste.

»Haben Sie das?«

Das Grinsen verebbte. »Nein. Tut mir leid, damit kann ich nicht dienen. Weder hier noch im Kutscherhaus noch im Weinberg. Und auf dem Friedhof liegen auch keine offenen Särge.«

»Ich weiß. Ich war da.«

»Haben Sie was gefunden? In der Kapelle?«

»Nein. Nichts. Nur Scherben von kaputten Weinflaschen. Wer weiß, wer da unten alles gefeiert hat.«

»Ich nicht.«

»Wir haben sie auf jeden Fall ins Labor geschickt.«

Er versuchte wieder ein Lächeln, und dieses Mal gab sie es zurück.

»Magdalena hat die Briefe aufgehoben«, fuhr sie fort. »Sie hat sie nie geöffnet. Erst nach ihrem Tod im Mai wurden sie gefunden.«

»Vor drei Monaten?«

»Ja. Die Zeitabfolge ist interessant. Die Briefe werden entdeckt. Horst, das spätere Opfer, kommt zum ersten Mal hierher. Kurz darauf stirbt Helmfried Hagen im Heim. Im selben Heim, in dem Krystyna arbeitet. Dann bekommen Sie Druck von Sinter, damit Sie Horst Schwerdtfeger weitersuchen lassen. Horst stirbt. Krystyna stirbt. Auslöser für all das müssen die Briefe gewesen sein.«

»Kriege ich die auch mal zu sehen, wenn schon alle Welt Bescheid weiß?«

»Sofern sie wieder auftauchen.«

»Sie sind weg?«

»Ja. Wahrscheinlich ist Krystyna dem Geheimnis von Janekpolana als Erste auf die Spur gekommen. Es hat etwas mit einem uralten Schlüssel zu tun, den sie bei ihrem Schützling Helmfried gesehen hat.«

Jacek runzelte die Stirn, dann schüttelte er den Kopf. »Welches Geheimnis? Welcher Schlüssel?«

»In den Briefen waren Hinweise, dass auf diesem Gelände etwas sehr Wertvolles versteckt war. Haben Sie eine Idee, was das sein könnte?«

»Nein. Wirklich nicht. Sonst sähe es hier anders aus.«

Sie glaubte ihm.

»Ich vermute, dass Krystyna nach dem Tod von Helmfried Hagen Kontakt zu seiner Familie aufgenommen hat. Sie hat ihnen die Briefe verkauft. Horst Schwerdtfeger wurde nach Polen geschickt, um Krystyna das Geld zu geben. Dabei sollte er auch nach dem verlorenen Schatz suchen.«

»Hier?« Jacek sah sich übertrieben um.

»Ja, hier.«

Sie trank ihren Wein in zwei Zügen. Er schmeckte gut. Frisch, fruchtig, leicht.

»Ihrer?«

»Meiner.«

Sie beugte sich vor. »Jacek«, sagte sie. Er blickte ihr direkt in die Augen. Für einen Moment glaubte sie, darin etwas aufflackern zu sehen, das sie nicht deuten konnte. Begehren?

Hör auf. Wenn du schon einen Mann brauchst, dann keinen, der gleich in mehrere mysteriöse Todesfälle verwickelt ist.

»Ich habe den Schlüssel gesehen. Und ich kenne die Tür.«

»Ach ja?«, fragte er leise. »Dann zeig sie mir.«

Er kam näher. Sie roch Seife, Wein, Schweiß und Holz. Dann spürte sie eine spitze, glühende Lanze in ihrem Leib, die direkt in ihren Schoß zielte. Sie wagte kaum zu atmen. Er stellte das Glas ab, hob die Hand, wollte sie berühren – und sie stand auf.

»Kommen Sie.«

Sie ging zurück in den Arbeitsraum. Erst dort konnte sie tief durchatmen. Sie hörte, dass er ihr folgte. Für einen kurzen Moment überkam sie die Angst, dass sie sich getäuscht haben könnte. Dass es ein Irrtum war, der sie noch einmal hierhergeführt hätte. Nein. Sie stand immer noch da. Groß, dunkel, wunderschön, zerstört.

»Das ist sie.«

Er blieb hinter ihr stehen. Sie meinte, seine Körperwärme durch die Kleidung spüren zu können. Sein Atem traf ihren Hals, und ein Schauer rieselte ihren Rücken hinunter.

»Was liegt dahinter verborgen?«, flüsterte sie.

»Das habe ich mich auch schon gefragt«, sagte er heiser. Es klang, als ob er nicht die Tür, sondern etwas ganz anderes meinen würde.

Sie trat einen Schritt zur Seite, um aus seinem Bannkreis zu kommen, und holte Walther Hagens Brief hervor. Er war so klein zusammengefaltet, dass er in die Zellophanhülle ihrer Zigarettenschachtel passte.

»Dann wird es Zeit, dass wir das Geheimnis lüften.«

39

Liebesbriefe. Nach dieser Eröffnung hatte Nicky mich angesehen, als müsste ich sofort in Tränen der Rührung ausbrechen. Ich tat es nicht. Liebesbriefe standen nur dann in direktem Zusammenhang mit Mord, wenn jemand sich durch ihre Existenz bis aufs Blut gereizt fühlte. Nach siebzig Jahren sollten selbst solche Emotionen eigentlich abgekühlt sein.

»Wegen eines Bündels Liebesbriefe musste Krystyna Nowak sterben?«

John musterte mich kühl. »Ich weiß nicht, weshalb Krystyna Nowak sterben *musste*. Mir sind die Hintergründe dieses Todesfalles nicht bekannt. Soweit ich weiß, ist sie unglücklich gestürzt.

Wenn Ihre verstiegene Fantasie tatsächlich einen Zusammenhang konstruieren will, dann ist das für uns zum denkbar ungünstigsten Zeitpunkt geschehen. Wir hätten mit Sicherheit gewartet, bis die Dokumente vollständig sind.«

»John! So was sagt man nicht! Noch nicht mal im Spaß!«

»Also geben Sie zu, dass Sie und Frau Nowak eine Geschäftsbeziehung hatten.«

Nicky seufzte ungeduldig. »Aber ja. Das haben wir doch schon mehrfach erklärt. Vielleicht hatte sie noch andere Kunden? Wer weiß? Es könnte durchaus sein, dass sie sich des Öfteren am Nachlass ihrer Schutzbefohlenen vergriffen hat. Das spricht für einen zweifelhaften Charakter. Ich finde, man müsste der Polizei einen Tipp geben.«

»Nicky«, seufzte John. »Keine Polizei. Okay?«

»Gut. Wollt ihr noch was trinken? Ich würde sonst langsam aufbrechen.«

Mein Handy vibrierte. Eine Nachricht von Zuzanna. Während ich sie unter dem Tisch las, bestellte John die Rechnung.

Krystyna Nowak hat die 30.000 Euro bekommen. Polizei informiert, ist schon unterwegs. Schwerdtfeger war der Bote. Ich habe den letzten Brief gefunden. Wir sind dem Geheimnis von Janekpolana auf der Spur. Wie weiter?

Ich sah hoch, direkt in Johns blaue Augen. Ahnte er, was sich da gerade zusammenbraute? Ich versuchte mir nichts anmerken zu lassen.

Vorsicht, schrieb ich zurück. *Ich will die Ratten aus den Löchern jagen. Geben Sie mir Zeit bis morgen früh. Dann habe ich einen Plan.*

»Etwas Wichtiges?«, fragte der Mann, der für alte Liebesbriefe über Leichen ging.

»Mein Büro«, antwortete ich.

Die Antwort kam umgehend. *In Ordnung. Hoffentlich einen, der funktioniert.*

Ich musste lächeln. Zuzanna Makowska aus Polen gefiel mir. Ich verabschiedete mich kurz und knapp. Das Zahlen überließ ich John.

40

Der Pullover roch nach Lenor und Mama. Mama …

Lenka weinte leise. Am ersten Abend hatte sie sich überhaupt nicht beruhigen können. Tom hatte unbeholfen versucht, Trost zu spenden, aber er war ein Jahr jünger als sie und nicht gut in solchen Dingen. Papa hatte gar nichts gesagt. Auch nicht, als die Leute vom Beerdigungsinstitut gekommen waren und wissen wollten, was Krystyna im Sarg tragen sollte. Als ob es darauf noch ankäme. Schließlich hatte sie ihnen das dunkelblaue Kleid mitgegeben. Sie wusste nicht, ob ihre Mutter es mochte. Es war einfach das, was sie bei Familienfesten und offiziellen Anlässen anzog. Das letzte Mal hatte sie es im Lyzeum angehabt, bei Lenkas Abschlussfeier. Vor einem Jahr war das gewesen.

Ihre Eltern hatten ihr ein Auto versprochen, wenn sie mit dem Studium an der Viadrina beginnen würde. Doch der letzte Sommer war kein guter gewesen. Viel Regen, wenig Touristen. Wir müssen noch warten, hatte Krystyna gesagt. Warten …

Manchmal kam es ihr vor, als ob sie ihr ganzes Leben in diesem kleinen Kaff gewartet hätte. Warten, dass das Wetter besser wurde. Warten, ob Piotr irgendwann auffallen würde, dass sie ihn mochte. Warten, bis es Freitag wurde und sie zu viert in Karols kleinem Fiat ins *Seventh Heaven* fahren konnten. Warten, dass endlich ein Studienplatz in Betriebswirtschaft frei wurde. Warten, warten, warten.

Such dir schon mal was Hübsches aus!, hatte ihre Mutter vor ein paar Tagen geheimnisvoll gesagt. Was Kleines, nicht so teuer, aber robust. Lenka war ihr um den Hals gefallen. Es gab noch

Wunder. Einer der Heiminsassen hatte ihrer Mutter eine kleine Summe vererbt. Das sei nicht erlaubt, hatte sie gesagt, deshalb dürfe das auch niemand wissen.

Hatte sie da schon geahnt, dass ihre Mutter gelogen hatte? Nein. Alles war in Ordnung gewesen, und sie hatte geglaubt, vor Glück zu platzen, als sie bei Kaminskis Gebrauchtwagen einen kleinen Smart entdeckt hatte. Sie wusste noch, wie sie nach Hause gestürmt war, lachend, überglücklich, und dann war ihr Vater ihr aus dem Wohnzimmer entgegengekommen, und sie hatte sofort gewusst, dass etwas Schlimmes passiert war.

In all den Kummer und Schmerz war diese verfluchte Anwältin geplatzt und hatte ihren Vater derart in die Enge getrieben, dass er Dinge erzählt hatte, die nicht wahr sein konnten. Hatte geschickt irgendwelche Fangfragen gestellt, bis ihr Großvater, ihr eigener Großvater, behauptet hatte, Mama wäre eine Diebin gewesen. Eine Erpresserin. Und das Geld, das ganze Geld, war weg. Zurück blieb der Scherbenhaufen, den Lügen anrichteten.

Die Anwältin hatte die *policja* gerufen, und ganz Cigacice war an den Fenstern gewesen und hatte zugesehen. Die Männer hatten das Geld eingesackt, und dieser Kommissar, dem sie nur deshalb widerspruchslos gehorcht hatte, weil er kaum älter war als sie, hatte sie und ihren Vater am Montag nach Zielona Góra vorgeladen.

Mutter hatte nichts anderes getan, als diese verfluchten Briefe loszuwerden. Das war Finderlohn. Ihr Finderlohn! Für dieses wirre Zeug, das ein Nazi auf der Flucht zusammengeschmiert hatte und das siebzig Jahre lang gut versteckt hinter der Bettwäsche darauf gewartet hatte, endlich in die richtigen Hände zu kommen. Wahrscheinlich hatten sich seine Angehörigen gefreut, nach so langer Zeit endlich etwas über ihn zu erfahren. Diese Scheißnazis. Ihre Mutter hatte nichts Unrechtes getan. Sie hatte niemanden erpresst, sie hatte nichts gestohlen. Sie war die ehrlichste, liebevollste Mutter, die man sich vorstellen konnte.

An diesem Punkt angelangt drohte der Kummer Lenka zu überwältigen. Sie drückte den Pullover vor den Mund und brüllte einen dumpfen Schrei hinein, krümmte sich zusammen und wurde vom Weinen geschüttelt. Irgendwann beruhigte sie sich wieder. Sie stand auf und ging in die Küche, um ein Glas Wasser zu trinken.

Der Regen hatte aufgehört. Die Nacht hatte sich über die Odra gesenkt. Die Boote lagen sacht schaukelnd am Ufer, als wäre der Fluss eine Mutter und würde sie in ihren Armen wiegen. Ein Gedanke, bei dem Lenka erneut die Tränen in die Augen stiegen. Nie wieder würde sie Krystynas Stimme hören. Nie wieder ihre hastigen Ermahnungen, bevor sie das Haus verließ, um zehn lange Tage in Berlin zu arbeiten und alten Deutschen die Schnabeltasse zu halten. Sie hat hierhergehört, dachte das Mädchen. Zu uns. Aber da war das Auto, das sie sich gewünscht hatte. Und Tom träumte von einer Vespa, einer himmelblauen Vespa. Wahrscheinlich war er schwul, ihr kleiner Bruder. Sie hatte ihn noch nie mit einem Mädchen gesehen. Außerdem wollten sie dieses Jahr in den Urlaub. Ein letztes Mal alle gemeinsam, bevor die Kinder aus dem Haus waren. Nicht nach Łeba auf einen engen Campingplatz, sondern nach Rhodos oder Mallorca oder Scheißwasdrauf. Es würde diesen Urlaub nicht geben.

Sie setzte sich mit dem Glas in die Essecke. Noch eine Erinnerung an Krystyna, die diese Eckbank und den Tisch auf Raten gekauft hatte. Wer würde sie jetzt bezahlen? Wie würde überhaupt alles weitergehen? Der Sommer war noch nicht vorbei, aber Michal hatte schon das Schild »Nieczynny – Geschlossen« am Verleih aufgehängt. Diese Anwältin hatte alles kaputtgemacht. Dies war ein Haus der Trauer, und sie marschierte herein und erzählte etwas von Schuld und Sühne und Recht und Unrecht. Ihre Mutter hätte das Geld zu Unrecht genommen, von Angehörigen des Mannes, den sie gepflegt hatte. Was war daran unrecht?

Den letzten Brief hatte sie auch noch mitgenommen. Lenka

versuchte, sich daran zu erinnern, was darin gestanden hatte. Der Nazi war entdeckt worden. Er hatte geahnt, dass seine Zeit nun gekommen war, oder so ähnlich. Die Schnitter kommen, hatte diese Kuh übersetzt. Und dass sein Vermächtnis immer noch im Weinkeller sei, aber niemand es finden würde, der nicht den Schlüssel dazu hätte.

Lenka interessierte sich nicht dafür, was den Nazi sonst noch gequält hatte. Ermahnungen an die Kinder, brav und gehorsam zu sein. Der Mutter helfen, immer schön beten und den Vater nicht vergessen und so weiter und so fort. Sie wusste auch nicht, warum die Anwältin ihren Großvater auf einmal so merkwürdig angesehen hatte.

»Haben Sie davon gewusst?«

Wovon? Lenka hatte nur Bahnhof verstanden. Zygfryd war noch stiller geworden, und diese Kuh hatte tatsächlich die Frechheit besessen, ihn morgen, am Samstag, ins Krankenhaus zu bestellen, um mit diesem Marek zu reden. Marek, der Alte aus Janekpolana, der das einzig Richtige gemacht hatte, da waren sich alle einig: diese gierigen Verbrecher vom Hof zu jagen, die einem das bisschen nehmen wollten, das man sich in langer, mühseliger Arbeit aufgebaut hatte.

Lenka überlegte, warum ihre Mutter den letzten Brief nicht auch weggegeben hatte. Warum war er der Anwältin so wichtig, dass sie ihn der Polizei gegenüber nicht erwähnt hatte? Sie hatte ihn einfach eingesteckt. Wer war hier der Dieb? Als Lenka höflich eingeworfen hatte, dass dieses uralte Schreiben immer noch Eigentum der Familie Nowak sei, war die Frau richtig fuchsig geworden. Hier geht es um mehr als ein Stück Papier, hatte sie gesagt. Um viel mehr. Ihr Großvater hatte bloß auf seine Hände gestarrt und seitdem kein Wort mehr gesprochen.

Lenka hatte sich geärgert, dass sie so viel erzählt hatte. Vor allem die Sache mit dem Schlüssel. Die schien offenbar wichtig gewesen zu sein. Ein Schlüssel. Der letzte Brief. Das Vermächtnis. Und Mama. Mama, die nachts im Flur stand und flüsternd telefonierte.

Das Mädchen trank noch einen Schluck Wasser, weil seine Kehle rau und trocken war vom vielen Weinen. Dann schlich sie in den Flur. Dort stand das Telefon. Die meisten Leute, mit denen sie gesprochen hatte, hatten angerufen, als die Todesnachricht die Runde machte. Sie drückte auf das Symbol für Wahlwiederholung, und die Nummer von Onkel Jerzy in Zielona Góra erschien. Die nächste war ein Anschluss in Cigacice. Tom hatte mit der Schule telefoniert und sich abgemeldet. Weiter. Zwei Nummern aus der Gegend, wahrscheinlich das Beerdigungsinstitut und die Kranzbinderei. Dann Krystynas Handy. Lenkas Hand zitterte, als sie die vertraute Zahlenkombination auf dem Display schimmern sah. Dies war die Trennung zwischen vorher und nachher. Gewählt am Donnerstagmittag, als sie noch geglaubt hatte, ihre Mutter sei bei der Arbeit. Trauer und Schmerz wollten sie überwältigen. Am liebsten hätte sie Krystynas Handy angerufen, nur um die geliebte Stimme auf der Mailbox zu hören. Aber der Speicher fasste bloß zehn Nummern. Dieser Anruf würde den letzten Eintrag löschen, und vielleicht war es der, den sie suchte.

Es war der achte. Eine Nummer mit der Vorwahl 0049. Krystyna hatte sie am letzten Sonntag um dreiundzwanzig Uhr neunundvierzig gewählt.

Sonntags, kurz vor Mitternacht. Jetzt war es halb eins. Der Besitzer dieses Anschlusses in Deutschland würde an den Apparat gehen. Wenn irgendeine Chance bestand, Krystynas gute Absichten zu beweisen, dann würde er abheben. Sie müsste nur das tun, was diese Anwältin Krystyna unterstellt hatte: Geld verlangen. Und dafür verraten, wo der letzte Brief gelandet war. Natürlich würde die Person am anderen Ende der Leitung empört auflegen. Dann war alles gut. Dann hatte es nie eine Erpressung gegeben.

Und wenn nicht? Es ist Finderlohn, dachte sie. Er steht uns zu. Uns allen. Mama wollte es so.

Sie holte tief Luft. Ihr Herz war völlig aus dem Rhythmus und klopfte so schnell, als wolle es ihr gleich aus der Kehle hüpfen. Sie lauschte auf die Stille im Haus. Alle schliefen. Wie konnten sie nur schlafen? Dann erinnerte sie sich daran, dass der Arzt Michal starke Beruhigungstabletten gegeben hatte. Und Zygfryd bekam ohne sein Hörgerät überhaupt nichts mehr mit. Nur Tom könnte noch wach sein. Aber dort, wo unter seiner Zimmertür ein Streifen Licht in den Flur fallen würde, war es dunkel.

Sie drückte auf Wahlwiederholung. Es knackte und rauschte, dann ertönte ein gedämpftes elektronisches Freizeichen. Sie zuckte zusammen und war einen Moment versucht, den Hörer auf die Gabel zu werfen. Sie wollte plötzlich keine Wahrheit mehr.

»Ja?« Eine Männerstimme. Kalt, skeptisch, unfreundlich.

Sie kramte alles Deutsch zusammen, dessen sie in dieser Situation noch mächtig war. »Ich weiß, was Sie suchen.«

»Wer sind Sie?«

»Ich bin die Tochter meiner Mutter.«

41

»Also hier. In der linken Brust. Oder doch in der rechten?«

Mutter lag auf dem Bett. Neben ihr stand ein unangerührtes Tablett mit mehreren Sorten Wurst und Käse, Bircher Müsli, frischem Obst, liebevoll aufgeschnittenen Gurken und Tomaten. Außerdem Butter, zu kleinen Blumen geformt, dazu Rührei mit Käse und Tomaten. Frau Huth saß am Tisch und hatte sich ein weichgekochtes Ei bestellt, das sie gerade köpfte.

»Links«, sagte ich. »Herzinfarkt ist links. Oder? Frau Huth? Sagen Sie doch auch mal was!«

»Links«, mampfte sie.

»Also. Die Schmerzen strahlen in den Arm. Außerdem hast du … Atemnot. Atemnot ist immer gut. Hast du das verstanden?«

Ihr Blick flitzte zu dem Tisch am Fenster, auf dem Gregor die Tabletts abgestellt und sich mit einem galanten Kratzfuß verabschiedet hatte. Es war neun Uhr. Frühstück, Arzt, Wittichs Büro, packen, Vaasenburg. In dieser Reihenfolge. Vielleicht auch erst Wittichs Büro und dann Arzt. Bei diesen beiden Punkten war ich flexibel.

»Kann ich nicht erst was frühstücken?«

»Ich glaube, nach einem Herzinfarkt hat man keinen Hunger.«

»Muss es denn gleich so was Ernstes sein? Ich habe doch immer diesen Ischias.«

»Ischias reicht nicht. Der Arzt soll herkommen, und zwar sofort. Also?«

Meine Mutter tastete nach dem Telefonhörer, hob ab und legte wieder auf.

»Was ist?«

»Ich kann das nicht.«

»Was kannst du nicht?«

Ich hatte sie, quasi mit der Hand am Brotkorb, wieder ins Bett geschickt. Hunger macht leidend, dachte ich. Ein wenig Leidensfähigkeit war im Moment genau das, was ich von ihr brauchte.

»Ich kann nicht lügen. Vor dir. Mein ganzes Leben habe ich versucht dir beizubringen, wie man ein anständiger Mensch wird.«

Hinter meinem Rücken hörte ich Hüthchen in ihr Müsli hüsteln.

»Und jetzt zwingst du mich zu lügen und zu betrügen und …«

Ich nahm ihre Hand und hielt sie eine Weile fest. So lange, bis ich mir ihrer Aufmerksamkeit sicher war.

»Mutter. Menschen sind böse, das wissen wir alle. Menschen lügen, betrügen, und ab und zu bringen sie sogar andere um. Ein Mann sitzt im Gefängnis. Er ist über achtzig Jahre alt. Er hat viel mitgemacht. Als Kind hat er seine Heimat und fast seine ganze Familie verloren. Er wurde, wie Millionen andere auch, irgendwo an Land gespült. Davon wissen wir nichts, denn es ist jenseits der polnischen Grenze passiert, und welches Schicksal die Leute dorthin verschlagen hat, ist hierzulande kaum bekannt. Sein ganzes Leben hat er gelitten, denn es sind Dinge geschehen, die man vielleicht verdrängen, aber nicht vergessen kann. Man könnte doch meinen, jetzt ist es endlich mal gut, oder? Nein. Ist es nicht. Menschen sind gierig. Menschen vergessen, was sie anderen antun, nur um an ihr Ziel zu kommen. Der alte Mann hat vielleicht jemanden getötet. Warum? Er wurde noch einmal zurück in den Wahnsinn getrieben, und er tat das, was er schon einmal getan hat: böse Geister vertreiben. Geister, die ihm oder seiner Familie zu nahe gekommen sind und vor denen er panische Angst hatte. Er wird verurteilt werden, und niemanden wird es interessieren. Aber ich will wissen, was ihn dazu getrieben hat. Wer ihn so manipulieren konnte. Warum es zu dieser Tragödie gekommen ist. Denn ich glaube, es ist noch nicht vorbei. Ich will diese Menschen dingfest machen und den alten Mann aus dem Gefängnis holen. Ich will wissen, was hier, in diesem schönen Haus, mit dem alten Hagen und Krystyna passiert ist. Und wenn ich dafür lügen muss, so glaube ich, der Herr wird mir verzeihen. Genauso wie dir, Mutter.«

Nach dieser Rede ließ ich ihre Hand los. Es war still im Zimmer. Zumindest so lange, bis Frau Huth sagte: »Ich war in Graudenz und musste auch fünfundvierzig weg. Dafür interessiert sich niemand.«

Geduldig drehte ich mich zu ihr um. »Aber Sie sitzen nicht im Gefängnis, sondern an einem Tisch mit gestärkten Servietten und silbernem Besteck. Sie haben zudem die Auswahl zwischen Brombeer- und Aprikosenmarmelade und der kleinen Aufschnittplatte. Das ist der Unterschied.«

Mutter richtete sich auf. »Das haben wir auch nicht alle Tage!«

»Ich weiß. Trotzdem ist eure Situation alles in allem nicht unkomfortabel. Oder? Zumindest bewegt ihr euch in relativer Freiheit und seid am Leben.«

»Links«, brummte Hüthchen. »Und hecheln. Wie damals, als du diesen Menschen hier auf die Welt gebracht hast.« Mit einem letzten bösen Blick widmete sie sich wieder ihrem Frühstück.

Ich musste lächeln. »Danke, Frau Huth. Also?«

Mutter hechelte. Ich hob den Hörer ab und drückte ihn ihr in die Hand.

»Ich gehe mal nach nebenan und sehe nach, wie sich Das Fräulein heute befindet.«

Mutter nickte mir dankbar zu. Ich öffnete die Verbindungstür und hörte sie noch, exakt so leidend, wie ich mir das vorgestellt hatte, sagen: »Einen Arzt. Ich brauche einen Arzt!«

Ich schloss die Tür hinter mir, tappte zum Fenster und zog die Verdunkelungsvorhänge auf. Marie-Luise warf sich mit einem gequälten Laut auf die andere Seite. Sie trug eines von Mutters Nachthemden. Auf dem Boden stand die Seifenschale aus dem Duschbad, die sie zum Aschenbecher umfunktioniert hatte. Darin lag, neben einigen Kippen, der Rest eines ordentlichen Joints.

»Bist du wahnsinnig? Das sind Nichtraucherzimmer!«

Direkt über ihr an der Decke war ein Rauchmelder installiert. Nicht auszudenken, wenn er mitten in der Nacht losgegangen wäre, und dann auch noch aus so einem absolut intolerablen Grund.

»Lass mich«, raunzte sie.

»Wo hast du dieses Zeug her?«

»Welches Zeug?«

»Haschisch. Marihuana. Gras. Was auch immer.«

»Gras. Das Beste, was mir seit langem untergekommen ist.« Sie hob das Kopfkissen zum Schutz gegen das Licht und blinzelte mich an. »Von Gregor. Steht bei der Reichert auf dem Balkon. Sie hat einen grünen Daumen.«

»Gregor lässt sein Gras bei älteren, harmlosen Damen auf dem Balkon wachsen?«

»Älter ja. Harmlos? Was denkst du denn? Er besorgt die Seeds, die Reichert gießt, und stellt die Pflanzen abends unter ihre ziemlich helle Leselampe. Sie machen fifty-fifty. Sie sagt, nichts hilft besser gegen die Schmerzen in den alten Knochen. Außerdem hört sie Velvet Underground und Janis Joplin. Also bitte. Daran sollten wir uns langsam mal gewöhnen. Die älteren Damen von heute haben in Woodstock oben ohne im Schlamm getanzt. Ich bin sowieso für eine Drogenfreigabe ab fünfundsechzig. Wer bis dahin unbeschadet durchs Leben gekommen ist, wird ja wohl auch mit Gras umgehen können.«

Ich entsorgte die Reste in ihrem Badezimmer. Nachdem die Toilettenspülung alle verräterischen Indizien vernichtet hatte, ging ich zurück und riss das Fenster auf.

»Los, hoch jetzt. Meine Mutter hat gerade einen Herzinfarkt.«

»Was?«, rief sie entsetzt.

»Keinen echten. Ich will den Arzt sprechen.« Der Radiowecker zeigte neun Uhr vierzehn. »Er hat auch den alten Hagen behandelt und müsste am besten wissen, ob er unter Schluckbeschwerden litt.«

Sie stieg aus dem Bett, reckte und streckte sich und gähnte wie eine Katze.

»Mach hinne. Los. Du bist ihre Pflegerin. Also solltest du bei seinem Eintreffen zumindest neben ihr stehen.«

Genauso geschah es. Es klopfte um exakt neun Uhr siebenundzwanzig, und ein etwas untersetzter, gemütlicher Endsechziger mit rundem Kopf und Halbglatze spähte ins Zimmer.

»Frau Vernau?«, fragte er.

»Ja.« Ich deutete auf sie. »Ich bin der Sohn. Ihre Pflegerin, eine Freundin.«

Er trat ein, nickte Hüthchen und Marie-Luise zu und stellte seinen Arztkoffer neben dem Bett ab.

»Ich bin Doktor Scheuermann. Dürfte ich darum bitten, dass Sie mich und die Patientin vielleicht für einige Minuten allein lassen?«

Ich ging zur Tür und schloss sie.

»Nehmen Sie Platz, Herr Doktor. Ich habe einige Fragen an Sie.«

»Sicher, sicher. Aber zunächst möchte ich mich um die Patientin kümmern.«

Meine Mutter setzte sich auf und verlangte nach dem Frühstückstablett, das Marie-Luise ihr reichte. »Mir geht es schon viel besser.« Dann nahm sie ein Croissant und biss ihm die Spitze ab.

Marie-Luise deutete auf den zweiten Stuhl am Fenster, gegenüber von Frau Huth. »Es wird nicht lange dauern. Es geht um Helmfried Hagen. Uns sind da einige Ungereimtheiten aufgefallen«, sagte sie.

»Ungereimtheiten?« Scheuermann sah uns irritiert an und blieb stehen.

Ich beschloss, nicht lange um meine Vermutung herumzureden. »Haben Sie den Totenschein ausgestellt?«

Scheuermann wirkte überrumpelt. »Ja. Also, ja, das habe ich. Warum?«

»Was stand darauf? Tod durch Ersticken, weil mit seinen Schluckreflexen etwas nicht stimmte? Ich bin kein Arzt, bitte klären Sie mich auf.«

»Das kann ich nicht wegen der ärztlichen Schweigepflicht. Was wird das hier eigentlich? Warum bin ich hier?«

Marie-Luise reckte angriffslustig das Kinn. »Weil wir nicht an diese Todesursache glauben. Wir werden eine Exhumierung beantragen. Wir gehen davon aus, dass Herr Hagen ermordet wurde.«

»Er… ermordet?« Scheuermann nahm das Angebot sich zu setzen nun doch an. »Wie kommen Sie denn darauf?«

»Das wollen wir von Ihnen erfahren.«

»Ermordet? Ja, um Himmels willen! Wissen Sie, welchen Verdacht Sie da aussprechen?«

»Ja«, sagte ich ungerührt. »Deshalb: Helfen Sie uns, die Sache aufzuklären. Oder rechnen Sie damit, demnächst vor Gericht zu stehen. Dann ist Schluss mit den vielen Privatpatienten. Ganz abgesehen davon, dass die Polizei sich jeden einzelnen Totenschein, den Sie in Ihrer Laufbahn ausgestellt haben, genau ansehen wird.«

»Erlauben Sie mal!«, protestierte er. »Was unterstellen Sie mir?«

Marie-Luise lächelte ihn an. »Vorerst gar nichts. Also, in welchem Stadium seiner Krankheit befand sich Herr Hagen?«

»Er …« Scheuermann schluckte. Verwirrt sah er zu Hüthchen, in der irrigen Annahme, vielleicht aus dieser Richtung Hilfe zu erhalten. Ihr finsterer Blick verhieß allerdings genauso wenig Gutes. »Er war krank, ja, aus meiner Sicht jedoch gut auf die Medikamente eingestellt. Eine Dysphagie lag meines Erachtens allenfalls im Anfangsstadium vor. Er konnte noch relativ klar und deutlich sprechen. Doch das kann täuschen. Als ich ihn nach seinem Dahinscheiden untersucht habe, befanden sich Bolusrückstände im vorderen Rachenbereich. Das ist typisch für diese Erkrankung …«

»Aber nicht in diesem Stadium?«, unterbrach ich ihn.

Scheuermann zuckte hilflos mit den Schultern. »Was ist schon typisch bei dieser Krankheit? Jeder kann sich mal verschlucken.«

»Warum haben Sie keine rechtsmedizinische Untersuchung angeordnet?«

»Eine Obduktion? Warum denn das? Herr Hagen war ein betagter Mann, zudem an Parkinson erkrankt. Es war offensichtlich, dass eine natürliche Todesursache vorlag. Alles andere wäre … es wäre ein zutiefst beunruhigender Gedanke für alle hier.«

Mutter stellte das Tablett weg, schlug die Decke zurück und suchte mit den Füßen ihre Pantoffeln. »Er war alt. Mehr muss man also als Arzt nicht wissen. Alles andere würde ja zu Unruhe führen. Und die will man hier nicht haben, denn nur ruhige, glückliche Alte, die nach ordnungsgemäßem Krankheitsverlauf sanft entschlafen, sind gut fürs Geschäft. – Ingeborg? Wir gehen. Ich möchte keine Minute länger in einem Haus sein, das die *Ruhe* seiner Bewohner über die *Wahrheit* stellt.«

Hüthchen warf ihr Messer auf den Teller. Scheuermann zuckte zusammen. Beide verließen hocherhobenen Hauptes das Zimmer, um sich nebenan wahrscheinlich die Ohren an der Tür plattzupressen.

»Nicht doch! Nein!« Scheuermann erkannte wohl gerade, was da auf ihn zukam. »Es war so absolut offensichtlich! So … absolut normal bei dieser Krankheit!«

»Aber doch sicher nicht in diesem Stadium!«, protestierte ich erneut. »War Hagen in der Lage, nachts in ein anderes Zimmer zu gehen und dort etwas zu stehlen?«

»Ohne Rollator oder Gehhilfe? Nachts? Nein.«

Marie-Luise stand auf. »Er wurde erstickt, und dann hat ihm jemand diese Kekse in den Mund geschoben. Ich denke, den Rest klären Rechtsmedizin und Polizei. Es wird eine Untersuchung geben. Sie können gehen.«

Scheuermann stand auf. Er tat mir leid. Alle taten sie mir leid, die reuigen Sünder, die fassungslos vor dem Scherbenhaufen standen, den sie selbst angerichtet hatten. Doch dieses Gefühl verging schnell. Er nahm seine Tasche und verließ das Zimmer.

Es war neun Uhr vierundvierzig.

»Ich gehe jetzt zu Frau Wittich. Kümmerst du dich um die beiden?«, fragte ich.

Marie-Luise nickte. »Was hast du vor?«

»Jacek und Zuzanna haben den letzten Brief vom alten Hagen aufgetrieben.«

»Himmel, was steht drin?«

»Ich weiß es nicht. Aber wir werden es bestimmt bald erfahren.«

42

Frau Wittich überwachte gerade das Eindecken der Tische. Sie hatte ihr freundlichstes Lächeln schon aufgesetzt, als ich es ihr mit wenigen Worten verdarb.

»Frau Wittich, ich werde nun zur Polizei gehen und Anzeige erstatten. Zum einen, weil Helmfried Hagen und Krystyna Nowak vor Ihren Augen in diesem Haus ermordet worden sind. Zum anderen wegen illegalem Anbau und Vertrieb von Drogen.«

Eine Besteckkiste knallte unter ohrenbetäubendem Lärm auf den Boden. Gregor stand da wie zur Salzsäule erstarrt. Frau Wittich fuhr erschrocken herum, sah die Bescherung und fuhr Gregor an.

»Bring das in Ordnung! – Herr Vernau, ich glaube, ich habe Sie nicht ganz verstanden.«

»Soll ich es noch einmal wiederholen, oder wollen wir in Ihr Büro gehen?«

Sie überlegte. Schließlich entschied sie sich für den Weg der vorläufigen Schadensbegrenzung. »Kommen Sie.«

Zum ersten Mal durfte ich vor ihrem Schreibtisch Platz nehmen. Keine Kuschelstunden mehr auf der Couch.

»Was haben Sie vorzubringen?«

»Helmfried Hagen ist keines natürlichen Todes gestorben. Möglich, dass Sie und Herr Doktor Scheuermann das gerne so hätten. Eine Obduktion wird das klären.«

»Haben Sie Beweise für diese Ungeheuerlichkeit?«

Noch nicht einmal jetzt gelang es Frau Wittich, richtig böse auszusehen. Sie wirkte einfach nur geschockt, mehr nicht.

»Selbstverständlich. Hagens Anamnese passt nicht zu seinem Tod. Sie wurde passend gemacht. Ich werde zur Polizei gehen. Zudem sollte Frau Reichert ihr Zimmer nicht mehr betreten. Die Spurensicherung wird in ihrer Schreibtischschublade die Fingerabdrücke von Krystyna Nowak finden. Und auf dem Balkon eine Anpflanzung von Cannabis Sativa.«

Sie sah mich etwas begriffsstutzig an. »Ja? Und? Was erhoffen Sie sich davon? Krystyna hatte Zugang zu allen Zimmern.«

War Cannabis hier eine geduldete Zimmerpflanze? Frau Wittich ging nicht weiter auf die botanischen Experimente ihrer Gäste ein. Wahrscheinlich weil sich im Moment wesentlich Dunkleres über ihrem ondulierten Kopf zusammenbraute als ein paar Haschwölkchen. Das zumindest hatte sie begriffen. Ich machte es ihr noch klarer.

»Frau Nowak war in der Nacht in Frau Reicherts Zimmer, nachdem sie Herrn Hagen umgebracht hat. Sie musste den Todesfall vertuschen. Und was eignet sich in diesem Fall besser als eine Dysphagie? Sie hat Frau Reichert Schokoladenkekse aus der Schublade gestohlen und sie dem toten Mann in den Mund gesteckt.«

»In … den Mund gesteckt?«, flüsterte Frau Wittich. »Krystyna? Unsere Krystyna? Warum?«

»Vielleicht hat er sie bei etwas überrascht, und sie wollte ihm nur den Mund zuhalten. Das ist möglich. Plötzlich war er tot. Stellen Sie sich das einmal vor. Ein alter Mann, von seiner eigenen Pflegerin zum Schweigen gebracht. Kann das sein? Darf das sein? Tot bleibt tot. Also lässt sie es so unverfänglich wie möglich aussehen. Und Ihr Arzt würde auch dann noch eine natürliche Todesursache bescheinigen, wenn das Opfer mit seinem eigenen Kopf unter dem Arm aufgefunden würde.«

»Das ist ein ungeheuerlicher Verdacht! Unhaltbar!«

»Nur wenn man Herrn Hagens Krankheitsbild nicht beachtet. Es schließt eine Dysphagie aus.«

»Ich werde Herrn Doktor Scheuermann zu uns bitten.«

»Ich glaube, er hat das Haus bereits verlassen und kontaktiert gerade seinen Anwalt.«

Sie griff zum Telefon, wählte, wartete, legte schließlich auf.

»Merkwürdig. Er ist doch in Bereitschaft. Da müsste er doch … Sie verrennen sich da in etwas.«

»Nein.«

»Sie irren sich.«

»Nein.«

»Und Krystyna …«

»Krystyna ist tot. Das ist der zweite ungeklärte Fall. War Herr Doktor Scheuermann da auch so schnell zur Stelle?«

»Ja, natürlich. Aber dann kam selbstverständlich die Polizei, wie das in solchen Fällen üblich ist. Ein Unfall. Ich bin neulich erst selbst auf den Stufen vorm Haus ausgerutscht. Sie wollte etwas im Keller holen …«

»Was?«

»Das weiß ich nicht.«

»Also hatte sie keinen Auftrag?«

»Nein. Nicht, dass ich wüsste.«

»Wenn es ein Arbeitsunfall war, stehen der Emeritia nicht unerhebliche Schadensersatzforderungen ins Haus. Das weiß Frau Nowaks Familie hoffentlich.«

Frau Wittich presste die Lippen aufeinander. Offenbar wusste Familie Nowak das nicht.

»Wenn es Mord war, dann frage ich mich, wer in diesem Haus Grund hatte, Krystyna Nowak aus dem Weg zu räumen.«

»Niemand. Dafür lege ich meine Hand ins Feuer. Krystyna war überall beliebt. Jeder hat sie gemocht.« Die Heimleiterin stand auf und ging ans Fenster.

Offenbar brauchte sie Zeit, um einen Entschluss zu fassen. Ich konnte sehen, dass Mutter und Hüthchen gerade in den Garten gingen und sich Herr Trautwein bereits auf die beiden gestürzt hatte. Alle plapperten aufgeregt miteinander. Die Neuigkeit würde sehr schnell die Runde machen. In einer Viertelstunde würde in Wittichs Büro die Hölle los sein. Wahrscheinlich hatte sie ganz ähnliche Gedanken. Sie drehte sich zu mir um.

»Herr Vernau, ich danke Ihnen für Ihre Offenheit. Ich werde Ihren Beschwerden nachgehen, das verspreche ich Ihnen. Wir selbst sind am meisten daran interessiert, solche Verdachtsmomente auszuräumen. Wenn eine Kriminelle sich hier einschleichen konnte, dann nur, weil sie uns über ihre Absichten getäuscht hat.«

»War Krystyna Nowak die einzige Kriminelle hier?«

Sie überging diesen Einwurf. »Überlassen Sie das uns. Wir werden das diskret, aber sehr gründlich untersuchen. Sagen Sie, wie gefällt es Ihrer Mutter in unserem Haus?«

»Sie hat bereits gepackt.«

»Schon? Wollte sie nicht das Wochenende bleiben?«

»Sie fühlt sich hier nicht mehr sicher.«

Ich stand auf, ging zu ihr und stellte mich neben sie. Gerade trafen auch Frau Reichert und die Brillenschlange ein. Mutter erzählte etwas, woraufhin die Brillenschlage erschrocken die Hand vor den Mund schlug.

Just in diesem Augenblick geschah es. Zum ersten und einzigen Mal sollte ich bei Frau Wittich Anzeichen von Unsicherheit entdecken. Mit allem konnte sie umgehen. Klagen, Prozesse, Schadensersatzforderungen, aber nicht damit: zwei alten Damen, die gerade im Begriff waren, Usambara, Clemantia, Teak und Zeder so richtig aufzumischen. Frau Wittich bekam einen leidenden Zug um den Mund.

»Die Emeritia ist ein großes Unternehmen mit über zwanzig Einrichtungen. Dennoch habe ich gewisse Kompetenzen in meiner Eigenschaft als Direktorin dieses Hauses. Wenn es mir gelänge, Sie und Ihre Frau Mutter von der Aufrichtigkeit unserer Bemühungen zu überzeugen, könnten wir, zu einem späteren Zeitpunkt selbstverständlich«, sprich: wenn genügend Gras über die Sache gewachsen ist, »über eine Reduzierung reden, die Ihren Einkommensverhältnissen entgegenkäme.«

»Was heißt das?«

»Tausendfünfhundert. Für zwei Zimmer monatlich.«

»Ist das ein Bestechungsversuch?«

»Nein! Natürlich nicht! Aber … überlegen Sie es sich. Ihre Vorwürfe sind haltlos. Wenn Ihre Frau Mutter nun rufschädigend gegen uns zu Felde zieht, kann das durchaus auch für sie unangenehme Folgen haben.«

»Jetzt drohen Sie mir auch noch?«

Verzweifelt wandte sie sich ab und ließ sich in ihren Schreibtischstuhl fallen. »Nein. Drehen Sie mir doch nicht ständig das Wort im Munde herum! Ich meine doch nur, es wäre für alle Beteiligten besser, erst einmal ruhig Blut zu bewahren.«

»Das tue ich gerade. Guten Tag.«

Ich verließ das Büro und ließ die Tür angelehnt. Wahrscheinlich brauchte sie einen Moment, um zu verdauen, was ihr blühte. Ich wollte gerade hinaus zu Mutter und Hüthchen, da hörte ich, wie sie den Telefonhörer abnahm und hastig eine Nummer wählte. Ich war gespannt, wen sie anrufen würde.

»Guten Tag.« Ihre Stimme klang gepresst. »Entschuldigen Sie, wenn ich störe. Ein Anwalt ist bei mir aufgetaucht, Herr Vernau. Er glaubt, mit dem Tod Ihres Vaters stimmt etwas nicht.«

Ihres Vaters? Wen zum Teufel hatte sie am Apparat?

»Den Unfall von Frau Nowak will er auch untersuchen lassen. Was soll ich denn um Himmels willen jetzt tun?«

Ich lauschte mit angehaltenem Atem. Sprach sie mit John? Oder mit Sabine? Offenbar redete ihr Gesprächspartner ihr gerade gut zu. Kopf hoch, wird schon wieder, mach mal halblang oder Ähnliches. Ich hörte, wie sie seufzte und immer wieder ja, ja sagte.

Ich riss die Tür auf, war in zwei Schritten am Schreibtisch und entwand ihr den Hörer.

»Wer ist da?«

Am anderen Ende wurde aufgelegt. Ich drückte auf die Wahlwiederholung. Es erschien eine Hamburger Rufnummer, mehr konnte ich auf die Schnelle nicht erkennen. Frau Wittich schnappte das Kabel und riss mit beherztem Schwung die Telefonschnur aus der Buchse.

»Frau Wittich?«

So etwas hatte ich noch nicht erlebt. Verblüfft legte ich auf. Das war mein Fehler.

Sie sprang hoch, stieß mich weg, schnappte das Telefon und rannte mit wehender Strippe aus der Tür. Ich folgte ihr, aber sie war in ihren flachen Slippern einfach schneller als ich mit meinen Ledersohlen. Sie raste durch die Empfangshalle, durchquerte den Speisesaal und warf sich gegen die Schwingtür, der ich drei Sekunden später erst einmal ausweichen musste. Als ich ihr nachsetzen konnte, war sie schon an einem beleibten, mäßig wachen Koch vorbei, der gar nicht so schnell mitbekam, was seine Chefin da tat. Sie riss den riesigen Backofen auf, in dem fünf Prager Schinken brutzelten, und warf das Telefon hinein. Dann pfefferte sie die Tür zu und stellte sich davor.

Ich konnte nicht anders, als zwei riesigen Suppentöpfen ausweichen und dann direkt vor ihr zum Stehen kommen. Sie schützte den Ofen mit ausgebreiteten Armen. Ich kam nicht an ihr vorbei.

»Mit wem haben Sie telefoniert?«

»Hinaus! Herr Reinhardt! Werfen Sie diesen Mann hinaus! Auf der Stelle!«

Der Koch betrachtete nachdenklich das Messer, mit dem er gerade Suppengrün gechoppt hatte. Schließlich legte er es zur Seite und wischte sich die Hände an seiner Schürze ab.

»Es ist besser, Sie sagen es mir. Die Polizei wird im Handumdrehen den Verbindungsnachweis haben.«

»Das ist ungeheuerlich! Ihre ganzen Vorwürfe und Mutmaßungen entbehren jeglicher Grundlage! Ich höre mir das nicht länger an. Haben Sie verstanden? Verlassen Sie sofort unser Haus.«

Ich versuchte, einen Blick an ihr vorbei ins Innere des Ofens zu werfen. »Das setzen Sie Ihren Gästen doch nicht heute Abend vor, oder?«

Sie drehte sich um. Das Telefon begann an der Oberfläche zu brutzeln. Ein beißender Plastikgestank breitete sich aus.

»Nun machen Sie schon!«, bellte sie ihren Koch an. »Das ruiniert ja noch das ganze Essen.«

Der Mann warf mir einen entschuldigenden Blick zu, streifte

sich zwei ellenbogenlange Isolierhandschuhe über, öffnete den Ofen und holte das schmurgelnde Gerät heraus. Unter Frau Wittichs triumphierendem Blick warf er es in eine Spüle und brauste es ab. Es zischte, stinkender Qualm stieg aus dem Becken. Frau Wittich begann zu husten.

»Das stelle ich Ihnen natürlich in Rechnung. Da ist die Tür.«

»Wenn Sie noch dazu kommen, Frau Wittich.«

Ich verließ die Küche und machte mich daran, meine Schar einzusammeln. Es spielten sich herzzerreißende Abschiedsszenen ab, untermalt von wiederholten Versprechungen, sich bald, ganz bald zu besuchen. Die ganze Rückfahrt nach Mitte erwartete ich, Vorwürfe zu hören. Doch es blieb still. Jeder hing seinen eigenen Gedanken nach.

Ich überlegte, ob Jacek und Zuzanna wohl schon fündig geworden waren. Es war verdächtig still um die beiden. Mein letzter Stand der Dinge war, dass sie sich getroffen und gemeinsam Walther Hagens Brief gelesen hatten. Irgendetwas lief zwischen den beiden. Wahrscheinlich wussten sie es selbst noch nicht. Aber wenn ich mich an unser Treffen in der Untersuchungshaftanstalt erinnerte, an Zuzannas Nervosität und Jaceks Unverschämtheiten, wenn ich weiter darüber nachdachte, wie sehr Zuzanna sich ins Zeug gelegt hatte, um ihm zu helfen, und wie Jacek das langsam zu dämmern schien – ganz abgesehen davon, dass ich spätestens bei seiner Frage nach *Zuzanna als Frau* hätte hellhörig werden sollen –, dann schien sich etwas ganz und gar Unwahrscheinliches anzubahnen zwischen der jungen Anwältin und dem ewigen Herumtreiber. Wenn Jacek etwas brauchte, dann eine Frau, die ihm das Wasser reichen konnte. Das Leben schenkte nicht viele Chancen. Er bekam gerade eine, vielleicht die größte seines Lebens. Sesshaft werden, einen Weinberg urbar machen, ein Sohn werden, der seinem Vater am Ende eines langen und schweren Lebens zur Seite stand. Und Zuzanna.

Wenn ihnen die Camerers das nicht alles nehmen würden. Sabine kam mir in den Sinn. Die öffentlichkeitsscheue Erbin. Jemand anders kam mit dieser Vorwahl nicht infrage. Ich würde ihr ein für alle Mal einen Strich durch die Rechnung machen. Das war ich Jazek schuldig. Und mir. Schließlich wollte ich polnischen Wein aus Janekpolana bis ans Ende meiner Tage.

Doch für so eine Person brauchte ich die Exekutive an meiner Seite. Vaasenburg musste mir helfen, an die Frau heranzukommen.

»Da wären wir.«

Ich fuhr links ins absolute Halteverbot und wunderte mich, dass die Fotogalerie schon wieder verschwunden und dafür ein Teppichladen eingezogen war. Schöne Teppiche. Bunte Muster, Koi-Karpfen, wilde weiße Pferde. Früher hatte man sich traubenessende Jungen an die Wand gehängt.

Ich hielt meiner Mutter die Wange für den Abschiedskuss hin. Sie tat wie geheißen.

»Was habt ihr vor? Ihr geht doch zur Polizei?«, fragte sie anschließend.

»Sobald du ausgestiegen bist.«

Marie-Luise half ihnen noch, die kleinen Koffer hineinzutragen. Wenig später kehrte sie zurück und löste mit ein paar ungeduldigen Handbewegungen die strenge Frisur.

»Und?«, fragte ich.

»Ich glaube, sie trauern der Gesellschaft ein wenig nach. Nicht dem Luxus, nicht dem Yoga. Aber dieser Art von nebeneinander und trotzdem miteinander wohnen.«

»Viertausend Euro. Dazu garantiert natürliche Todesursachen.«

»Ja, ich weiß. Wohin jetzt?«

»Nach Wannsee.«

43

Vaasenburg hatte samstags Schießtraining. Die Anlage befand sich unweit des S-Bahnhofs. Hier übten auch die GSG 9, die Scharfschützen und mehrere Bogensportvereine. Sie lag versteckt am Ende eines langen Uferweges, den kein Mensch ohne Ziel und neue Stoßdämpfer je eingeschlagen hätte. Am Ende angelangt öffnete sich das Dickicht zu einem großen Parkplatz, hinter dem mehrere Hallen und ein abgesperrtes Freigelände lagen.

Es war trocken und zumindest etwas wärmer. Neben uns hielt zeitgleich ein Bogenschütze. Er grüßte knapp, schulterte seinen Rucksack und marschierte Richtung Freigelände.

»Und nun?«

Wir waren um dreizehn Uhr auf dem Parkplatz verabredet. Marie-Luise nutzte die Viertelstunde, die uns noch blieb, um die vorletzte Zigarette aus ihrem Päckchen zu rauchen und in ihrem Sechziger-Jahre-Kleid die Blicke sämtlicher Männer, die an uns vorbeikamen, auf sich zu ziehen. Ich musterte die anderen Wagen und eine Harley-Davidson, ein ausgesprochen schönes Stück.

Schließlich öffnete sich die Tür der Halle links, und vier Leute, unter ihnen Vaasenburg, kamen heraus. Er entdeckte uns sofort, verabschiedete sich schnell von den anderen und kam auf uns zu.

»Herr Vernau, Frau Hoffmann. Wie geht es Ihnen?« Er begrüßte uns mit Handschlag.

»Gut«, erklärte Marie-Luise mit strahlendem Lächeln. »Sie hätten mich doch nicht wirklich eingebuchtet?«

»Worauf Sie sich verlassen können.«

Er ging zu einem unauffälligen Mittelklassewagen ein paar Meter weiter und warf seine Sporttasche in den Kofferraum. Wir folgten ihm, um ihm erst gar keine Gelegenheit zur Flucht zu geben.

»Die dreißigtausend Euro von Horst Schwerdtfeger sind wiederaufgetaucht«, sagte ich. »Bei der Familie einer Altenpflegerin in Polen.«

»Gut. Wissen die Kollegen dort schon Bescheid?«

Marie-Luise bejahte. »Damit ist der Raubmord wohl vom Tisch.«

»Das ist nicht meine Entscheidung.« Er warf die Klappe des Kofferraums zu. »Wenn ich Ihnen einen Rat geben darf ...«

»*Ich* bin hier der Anwalt«, schaltete ich mich ein. »Der Mord an Herrn Schwerdtfeger in Janekpolana war gar kein Mord, sondern eine Verkettung sehr unglücklicher Umstände. Die Folge davon, und ab da wird es für Sie vielleicht interessant, sind jedoch zwei weitere Todesfälle, deren Umstände ich gerne untersucht haben möchte.«

»Von mir?«, fragte er skeptisch.

»Sie sind der Leiter der Mordkommission. Horst Schwerdtfegers Vater ist der erste. Sein Name war Helmfried Hagen. Er hat in einer Seniorenresidenz in Zehlendorf gelebt. Er war krank, aber nicht so krank, dass er in seinem Bett erstickt wäre. Er wurde von seiner Pflegerin getötet.«

Vaasenburg verschränkte die Arme. »Wie kommen Sie darauf?«

»Durch die Aussage seines Arztes und einer Mitbewohnerin. Der Arzt heißt Doktor Scheuermann und wird Ihnen gegenüber seine Zweifel zur Todesursache, wenn auch recht spät, bestätigen. Eine Exhumierung und Obduktion sind in diesem Fall das Mindeste. Acht Wochen später stirbt besagte Pflegerin, Krystyna Nowak. Angeblich ist sie die Treppe hinuntergefallen. Auch da müsste nach Abwehrspuren oder Stoßverletzungen gesucht werden.«

»Motiv?«

»Frau Nowak hat Kontakt zu den Camerers unterhalten. Sie hat der Familie von Hagens verstorbener Ehefrau Besitzgegenstände aus dessen Eigentum verkauft und wollte einen Diebstahl vertuschen. Und die Camerers den Kontakt zu Frau Nowak. Zwei Morde, Herr Vaasenburg. Bitte leiten Sie Ermittlungen ein.«

Ein tiefer Seufzer entrang sich seiner sportgestählten Heldenbrust. Wahrscheinlich hatte er es fast täglich mit Leuten zu tun, die die Arbeit der Polizei auf ihre Weise erledigen wollten.

»Herr Vernau, gehen Sie zur nächsten Polizeidienststelle und erstatten Sie Anzeige. Oder kommen Sie am Montag in mein Büro. Haben Sie Vertrauen. Bitte.«

Er wollte zur Fahrertür, um einzusteigen, aber ich stellte mich ihm in den Weg.

»Krystyna Nowak hat alte Briefe besessen. In denen war offenbar die Rede von etwas sehr Wertvollem, das sich noch heute auf dem Grund des Weingutes in Polen befindet, das einst den Hagens gehörte. Zunächst hat sie Kontakt zu Horst Schwerdtfeger aufgenommen. Er war der uneheliche Sohn von Helmfried Hagen. Hagen war mit einer Camerer verheiratet. Kommen Sie noch mit?«

»Camerer?«, fragte Vaasenburg. »*Präzision aus Leidenschaft?*«

»Genau. Aber Horst Schwerdtfeger war so etwas wie ein Paria. Noch nicht mal ins Altenheim durfte er. Das hat Krystyna mitbekommen. So haben die beiden sich kennengelernt. Sie hatte die Briefe, er wollte die Anerkennung der Camerers. Als er sie nicht bekam, sind die beiden allein auf Schatzsuche gegangen. Allein, aber nicht unbemerkt.«

»Ach ja?«, fragte Vaasenburg ungeduldig.

»Sie wurden beobachtet, auf Schritt und Tritt. Wenn sie etwas gefunden hätten, wäre es nie und nimmer in ihrem Besitz geblieben.«

»Wo genau soll das sein?«

»In Polen. In Janekpolana. Auf dem ehemaligen Besitz der Hagens. Ehemalig, weil das gesamte Anwesen heute der Familie Zieliński gehört. – Alles klar bis dahin?«

»Ein Schatz.« Ich konnte Vaasenburg ansehen, was er von der Geschichte hielt. »Was soll das sein?«

»Etwas, das im Krieg zur Seite geschafft wurde. Offenbar heute noch interessant genug, um ein paar Träume zu verwirklichen. Doch Schwerdtfeger ist ins offene Messer gelaufen. Schon beim ersten Besuch ging einiges schief. Er geriet sich mit den Zielińskis in die Haare. Dazu kam, dass der alte Hagen misstrauisch wurde. Etwas lief hinter seinem Rücken. Ich weiß nicht, was, aber Krystyna Nowak hat wohl keine andere Möglichkeit gesehen, als den alten Mann zu töten.«

»Wie?«

»Ich nehme an, sie hat ihm den Mund zugehalten oder ein Kissen verwendet. Anschließend ließ sie es wie eine Komplikation beim Schlucken aussehen. Doch dann lief die Sache aus dem Ruder. Nach dem Tod des alten Hagen sah Schwerdtfeger wieder in die Röhre. Er erzählte dem Anwalt der Familie Camerer von den Briefen. Und siehe da: Er bekam Geld. Sinter ist gewieft. Er versuchte, die Zielińskis einzuschüchtern, um Schwerdtfeger einen Zugang zu Janekpolana zu ermöglichen. Daher stellte er ihm in Aussicht, dass er mit der Unterstützung der Familie Camerer rechnen könnte, wenn Schwerdtfeger die Briefe besorgen würde.«

»Waren Sie dabei? Oder wissen Sie das vom Hörensagen? Oder ist das die Art von Spekulation, mit der ich nichts zu tun haben möchte?«

»John Camerer hat mir den Kontakt zu Krystyna Nowak und die Erpressung bestätigt. Doch Frau Nowak hatte einen letzten Brief behalten. Den wichtigsten. Den, in dem drinstand, wo der Schatz versteckt ist. So konnte Schwerdtfeger auch bei seinem zweiten Besuch in Janekpolana nicht finden, was alle so verzweifelt suchten. Kommen Sie bis hierhin mit?«

»Sie sind ein begnadeter Erzähler, Herr Vernau. Ich kann Ihnen folgen. Aber ob sich das alles wirklich so abgespielt hat?«

»Tatsache ist, dass Horst Schwerdtfeger während seiner Suche erschlagen wurde. Frau Hoffmann war dabei.«

Marie-Luise schluckte und sah zu Boden. Vaasenburg wartete, was sie zu sagen hätte. Er hatte ihr immer mehr getraut als mir.

»Mich hat jemand über den Friedhof gejagt. Ich konnte in letzter Sekunde entkommen. Es war wohl Marek Zieliński, den irgendetwas fast in den Wahnsinn getrieben hat. Marek hat gestanden, Schwerdtfeger erschlagen zu haben.«

Vaasenburgs Stirn legte sich in tiefe Falten. Er stützte sich mit den Oberarmen auf die geöffnete Fahrertür und dachte nach. Schließlich, als ich schon damit rechnete, wieder eine Abfuhr von ihm zu bekommen, seufzte er.

»Ich habe die Ermittlungsergebnisse der Staatsanwaltschaft von Zielona Góra gelesen. Sie kamen gestern Nachmittag. Marek Zieliński ist ein verwirrter alter Mann. Er scheint in Schwerdtfeger den alten Besitzer des Gutes wiedererkannt zu haben und ist in dieser Nacht wohl auf alles los, was sich ihm in den Weg gestellt hat. Der Fall Schwerdtfeger ist für die polnische Polizei geklärt. Zieliński wird man für die Tat nicht zur Rechenschaft ziehen können. Am Montag werden wir die Hinterbliebenen darüber informieren, dass der Fall aufgeklärt ist.«

»Was ist mit den beiden anderen Morden?«, fragte ich. »Ich vermute, dass Sabine Camerer dahintersteckt. Sie war die Erste, die die Heimleiterin heute Vormittag angerufen hat.«

»Gehen Sie zur Polizei.«

»Ich rede gerade mit der Polizei«, knirschte ich.

»Außerhalb der Dienstzeit. Die Camerers. Wissen Sie eigentlich, welchen Verdacht Sie da in die Welt setzen?«

Ich schwieg. Vaasenburg sah wütend von mir zu Marie-Luise.

»Was verschweigen Sie mir?«

»Nichts!«

Er knallte die Tür zu und kam auf mich zu. Unwillkürlich wich ich zwei Schritte zurück.

»Sie und Jacek Zieliński, und Sie auch, Frau Hoffmann, stecken doch alle unter einer Decke. Goldgräber, ja? Schatzsucher! Ihre moralische Empörung endet doch dort, wo der eigene Vorteil beginnt! Wenn auch nur ein Funke Wahrheit in alldem steckt, dann würden Sie nichts lieber tun, als den Camerers einen Denkzettel zu verpassen und die kleine Osterüberraschung gleich mit zu kassieren!«

»Und wenn es so wäre? Meinen Sie nicht, Marek hätte eine Wiedergutmachung verdient für das, was ihm angetan wurde?«

»Was hat er anderen angetan?«, fauchte er und nahm Marie-Luise ins Visier. »Sie sind gerade noch mal mit viel Glück davongekommen. Bringen Sie ihn davon ab, noch mehr Porzellan zu zerschlagen. Erstatten Sie Anzeige, sofort. Ich verspreche Ihnen, die Rechtsmedizin wird sich die beiden Toten sehr genau ansehen. Danach entscheide ich, wie es weitergeht. *Ich*. Haben Sie das verstanden?«

»Ja«, sagte Marie-Luise kleinlaut.

Vaasenburg wandte sich an mich, hob den Zeigefinger wie Lehrer Lämpel, holte Luft und drehte dann kopfschüttelnd ab. Er riss die Tür seines Wagens weiter auf, stieg ein, schlug sie zu, setzte zurück, wobei er mir fast über die Füße fuhr, und machte sich im wahrsten Sinne des Wortes vom Acker.

»Was war das denn?« Verblüfft starrte Marie-Luise ihm nach.

Ich ging zu meinem Wagen. »So kennen und lieben wir ihn.«

Herrlich. Alles war nach Plan gelaufen. Vaasenburg war in genau der Stimmung, in der ich ihn haben wollte. Wenn er wütend war, war er am besten.

»Erstatten wir jetzt Anzeige?«, fragte sie, nachdem sie eingestiegen war und sich angegurtet hatte.

»Nein.« Ich versuchte, Jacek zu erreichen, aber er nahm nicht ab. »Frühestens am Montag. Wenn es dann noch nötig sein sollte.«

»Aber …«

»Ich möchte seine Kräfte bündeln und nicht zerstreuen. Er soll sich auf den Fall konzentrieren. Er wird sich rühren. Verlass dich drauf. Das Wochenende ist für ihn gelaufen. Ich habe ihm die Fakten auf dem Silbertablett serviert. Jetzt wird er meine Hinweise zu seiner Ermittlungsarbeit machen. Du wirst schon sehen.«

»Und wir?«

Auch bei Zuzanna, deren Nummer ich als Nächstes wählte, hatte ich kein Glück.

»Wir sollten nachsehen, was unsere beiden Schatzsucher in Janekpolana aufgetrieben haben.«

44

Marek Zieliński rührte in seinem Grießbrei, ohne auch nur einen Löffel zu essen. Die Welt um ihn herum schien ihn nicht zu interessieren. Nur die Spiralen, die er zog, fesselten ihn. Wie sie wenige Momente später schon wieder in der nachfließenden Speise verschwunden waren und er wieder rührte und die Spur wieder versank.

Er hatte ein Einzelzimmer im *szpital*. Eines, das sich von außen abschließen ließ und in einem Flügel des Gebäudes lag, den Externe nur nach Prüfung und Durchsuchung betreten durften. Das Handy hatte Zuzanna in einem Schließfach lassen müssen, ihr Laptop auch. Dann war sie durch einen Metalldetektor gegangen, während ein Mitarbeiter des Sicherheitsdienstes ihre Handtasche durchsuchte. Erst danach durfte sie zu ihrem Mandanten.

Vor dem Fenster hingen weiße Gardinen, die eine Handbreit zu kurz waren. Die Wände waren mit abwaschbarer beiger Ölfarbe gestrichen. Wahrscheinlich nicht nur deshalb, weil der eine oder andere seinen Grießbrei dagegengeschleudert hat, dachte sie. Jacek müsste jeden Moment eintreffen. Sie hoffte, dass er Glück gehabt hatte und den Mann mitbrachte, dessen Schicksal so unauflöslich und tragisch mit dem von Marek verbunden war.

Sie hatten sich spät am Abend verabschiedet, nachdem sie lange über dem Brief gesessen und sich gefragt hatten, was Walther Hagens letzte Worte an seine Frau Rosa bedeuten könnten. Aber allein kamen sie nicht weiter. Sie brauchten Hilfe. Zygfryds Hilfe. Allerdings war es fraglich, ob er noch die Kraft hatte, sich der Vergangenheit zu stellen. Als sie sich verabschieden wollte, hatte Jacek sie in den Arm genommen. Lange. Er hatte nicht versucht sie zu küssen, und dafür war sie dankbar, auch wenn sie es sich vielleicht ersehnt hatte.

»Es tut mir so leid«, hatte sie geflüstert.

Es war, als ob Jacek erst in dieser Nacht begriffen hätte, was auf ihn eingestürmt war. Die Untersuchungshaft. Die Sorge um seine Freundin Marie-Luise, von der sie wusste, dass vielleicht einmal mehr zwischen den beiden gewesen war als Freundschaft, doch das war vorbei (warum machte sie das nur so zufrieden?). Die Erkenntnis, unter Mordanklage zu stehen. Dann die Freilassung auf Kosten seines Vaters, der Hilfe brauchte. Hilfe von einem Sohn, für den das Leben ein Spiel gewesen war, alles offen lassend, immer noch halb auf dem Sprung – der Weinberg, auch so eine Laune, nach zwei Jahren war es ja fast schon wieder vorbei gewesen mit der Euphorie … Als Zuzanna sich aus der Umarmung gelöst hatte, sanft, aber entschieden, war diese Frage unausgesprochen zwischen ihnen stehengeblieben. Wie wirst du dich entscheiden, Pirat? Wirst du vor Anker gehen und dein sturmumtostes Schiff verlassen? Wirst du deine Freiheit aufgeben für etwas, das bis ans Ende deiner Tage Arbeit und Pflicht bedeuten könnte? Bist du stark genug für dieses Gefängnis? Ahnst du, dass es gar kein Gefängnis ist, sondern dass du in Wirklichkeit König sein könntest auf deinem Weinberg über der Odra? Dass das, was du auf den sieben Weltmeeren nicht gefunden hast, vielleicht in Janekpolana auf dich wartet?

»Marek?«

Der alte Mann rührte weiter.

»Möchten Sie etwas anderes essen?«

Sie hatte noch einen Müsliriegel dabei, den sie nun aus der Tasche holte und vor ihn auf den Tisch legte. Er beachtete das Angebot nicht. Schließlich aß sie ihn selbst auf.

Sie hatte die Erlaubnis von Krajewski, mit ihrem Mandanten zu sprechen. Marek durfte auch Besuch empfangen. Trotzdem war sie nervös und befürchtete, dass in letzter Sekunde noch etwas dazwischenkommen könnte. Sie beobachtete Mareks Rühren, und irgendwann entwickelte seine stete Tätigkeit einen fast hypnotischen Sog. Sie fuhr zusammen, als es klopfte.

Die Tür öffnete sich. Eine Schwester, dieselbe, die Zuzanna vor einer halben Stunde eingelassen hatte, nickte ihr zu, und hinter ihr tauchten Jacek, Zygfryd und Lenka auf. Bei Jaceks Anblick verspürte sie einen Stich im Herzen. Er sah übernächtigt aus, müde, angespannt, als ob er den Rest der Nacht über denselben Fragen gebrütet hätte wie sie. Lenka schob sich trotzig vor ihren Großvater.

»Was macht sie hier?« Irritiert blickte Zuzanna auf das junge Mädchen.

»Sie hat sich nicht abhalten lassen«, brummte Jacek und ging zu seinem Vater.

Der sah kurz von seinem Teller hoch. Ein flüchtiges Lächeln huschte über sein faltiges Gesicht. »Jacek. Bringst du mich nach Hause?«

Sein Sohn sah zu Zuzanna. »Wann kann er gehen?«

Zuzanna stand auf und trat zur Seite, um die beiden anderen einzulassen. »Ich weiß es nicht.« Sie nickte Zygfryd zu. Gott sei Dank. Er war gekommen.

Lenka führte ihn zu Mareks Bett und half ihm sich zu setzen.

»Er steht noch unter dem Einfluss von Beruhigungsmitteln.«

Wahrscheinlich saß er deshalb so teilnahmslos da. Jacek nahm auf dem freien Stuhl Platz. Sie war sich seiner Gegenwart überdeutlich bewusst. Es war, als ob der Raum plötzlich zu klein für alle wäre. Sie schloss die Tür und blieb stehen.

»Marek«, begann Zygfryd und brach mit einem Räuspern ab. Rührung und Sorge verwarfen wohl gerade die Worte, die er sich zurechtgelegt hat.

Der alte Mann drehte langsam den Kopf und musterte den Neuankömmling von oben bis unten. »Wer ist das?«

»Zygfryd Kosecki aus Cigacice«, sagte Jacek. »Krystyna Kosecka war seine Tochter. Später hat sie einen der Nowaks geheiratet. Erinnerst du dich an sie? So eine Blonde, immer auf Trab.«

»Ah ja.« Marek versuchte ein schüchternes Lächeln.

Ihm war nicht ganz wohl bei der Sache, Zygfryd wiederzusehen. Das merkte Zuzanna.

»Und das da ist seine Enkelin Lenka. Wir sind hier, weil wir herausfinden wollen, was damals mit dem ehemaligen Besitzer der *osada* passiert ist.«

Marek widmete sich wieder seinem Teller und zog erneut Spiralen.

»Walther Hagen«, erklärte Zuzanna. Sie beugte sich zu ihrer Aktentasche, die sie neben dem Bett abgestellt hatte, und holte eine Mappe hervor. Darin befand sich eine Kopie des letzten Briefes, der in Johannishagen geschrieben worden war. »Er hat sich neunzehnhundertfünfundvierzig drei Monate im Weinberg versteckt. Sie müssen ihn gesehen haben. Der Eingang lag direkt unter Ihrem Dachfenster.«

Marek hielt mit dem Rühren inne. »Der Verfluchte … ja. Ja. Ich hab ihn gesehen.«

»Und?«

»Er hatte Angst.«

»Und Sie?«

»Ich weiß nicht.«

»Hatten Sie Angst vor dem Mann im Weinberg?«

»Am Anfang nicht. Nein.«

»Aber dann hat Ihnen jemand Angst eingejagt und erzählt, Hagen wäre gekommen, um Sie wieder zu vertreiben.«

»Ich … ich weiß nicht. Man muss Lärm machen, dann verschwinden die Geister.«

Zygfryd starrte auf seine gefalteten Hände.

Lenka drehte den Kopf von einem zum anderen. »Was wird das hier? Warum haben Sie uns geholt? Mein Großvater hat alles gesagt, was er wusste. Wir gehen.« Sie wollte aufstehen.

»Bitte bleiben Sie. Herr Kosecki, Sie haben das Verdienstkreuz der Volksrepublik Polen in Bronze bekommen. Wofür?«

Lenka starrte sie hasserfüllt an. »Wofür wohl? Weil er sich ums Vaterland verdient gemacht hat!«

»Natürlich. Sie haben zu jenen gehört, die dieses Land in schwierigster Zeit aufgebaut haben. Dafür gebührt Ihnen höchster Respekt. Aber … wie konnten Sie es da ertragen, dass Magdalena, Ihre Lenka, einen Wehrmachtsdeserteur und Hitleristen versteckte? Sie kamen aus der Hölle, und in Janekpolana hockte jemand, der glaubte, er könnte das Kriegsende einfach aussitzen. Dazu brachte er die Frau, die Sie gegen alle Vernunft mehr liebten als alles andere, in Lebensgefahr. Sie wollten das beenden. Sie wollten Hagen weghaben. Egal wie. Nicht wahr?«

Zygfryd sagte nichts, rührte sich nicht, blickte weiterhin zu Boden.

»Aber sie wollten nicht, dass Lenka erfährt, wer Hagen verraten würde. Sie hatten Angst, sie zu verlieren. Wenn sie herausfinden würde, dass Sie ihr Vertrauen missbraucht hätten, würde sie gehen, nicht wahr? Sie würde einfach auf einen Zug Richtung Westen aufspringen, und Sie würden sich nie mehr wiedersehen. War es so?«

»Sag nichts«, antwortete Lenka an seiner statt. »Du musst dich vor niemandem verantworten.«

»Doch.« Zuzanna wies auf Marek. »Vor ihm. Sie, Zygfryd Kosecki, haben ein Kind dazu gebracht, einen Menschen zu verraten und in den sicheren Tod zu schicken.«

Lenka sah fassungslos von ihrem Großvater zu Zuzanna. »Was reden Sie da? Er hat den Orden bekommen, weil er bei der Repatriierung große Verdienste erlangt hat! Er hat Mord und Totschlag *verhindert*!«

»Haben Sie das so Ihrer Frau erzählt?«

Zygfryd nickte.

»Wann sind die Zielińskis nach Janekpolana gekommen?«

»Juni fünfundvierzig«, sagte Jacek. Er saß breitbeinig auf dem Stuhl und ließ sich nichts anmerken. Allein der Klang seiner Stimme verriet ihn. Sie war rau und heiser.

Zuzanna öffnete die Mappe. Kopien des Briefes lagen bereits bei Krajewski und Sobczak. Zygfryd würde halbwegs heil aus der Sache herauskommen. Belangt werden könnte er höchstens, weil er die dreißigtausend Euro aufbewahrt hatte. Noch nicht einmal dessen war sie sich sicher. Wem gehörte das Geld? Den Nowaks? Vielleicht den Zielińskis? Sie las nur die Stellen vor, die von Belang waren. Sie tat es auf Deutsch, weil es alle in diesem Raum verstehen würden.

»*Johannishagen im Juni neunzehnhundertfünfundvierzig. Im Kutscherhaus sind Leute. Eine Familie, Vater, Mutter und Kind. Gestern stand ein Junge vor mir, ein mageres Kerlchen, fast so dünn wie ich. Wir erschraken sehr voreinander. Er hielt mich wohl für einen dieser Waldmenschen, wie es einige gibt, die ihre Habe und ihre Sprache verloren haben. Keiner weiß, wer ich bin. So kann ich noch eine Weile ausharren.*«

Sie schloss die Mappe.

»Marek, damals haben Sie einen Waldmenschen im Weinberg gesehen, nicht wahr?«

Marek nickte.

»Hat er Ihnen etwas getan?«

»Nein.«

»Damals gab es viele Leute, die so gelebt haben wie er. Warum haben Sie ihn verraten?«

Lenka zog scharf die Luft ein.

Jacek beugte sich nah zu seinem Vater. »Warum bist du zur Miliz?«

»Er war böse. Ihm hat das Haus gehört. Er wollte es uns wieder wegnehmen.«

»Woher wusstest du das? Du konntest es nicht wissen, denn er hat nicht mit dir geredet. Jemand muss es dir gesagt haben.«

Stille. Zuzanna wagte kaum zu atmen. Das war der dunkle Punkt in Mareks Leben. Das war es, was seine Jugend überschattet und ihn so traurig gemacht hatte. Wann war ihm aufgegangen, dass er einen Menschen ans Messer geliefert hatte? Als sie Walther Hagen abholten? Ihn an die Wand stellten? Der letzte Brief des Mannes in der Dunkelheit – hatte Krystyna ihn deshalb behalten, weil sie ihren Vater schützen wollte? Oder war es doch nur die Gier gewesen, mehr und mehr aus den Camerers herauszuholen, die aus irgendeinem Grund ganz versessen darauf waren, Hagens letzte Habe zu finden? Sie würden es nie erfahren, denn Krystyna war tot. Zygfryd dagegen lebte noch. Wir gehen uns aus dem Weg, hatte er gesagt. Man muss die alten Geschichten nicht immer wieder aufrühren. Doch es war Zygfryds Geschichte, die Marek, das neunjährige Kind, in einen Abgrund von Schuld und Verzweiflung gestürzt hatte. Walther Hagen, dieser verwirrte, halb verhungerte Flüchtling, hatte dem kleinen Marek nichts erzählt. Das war ein anderer gewesen.

Mareks alte Hände, knotig und von einem Geäst blauer Adern überzogen, strichen unruhig über die Tischplatte.

»*Keiner weiß, wer ich bin*«, wiederholte Zuzanna. »Wer hat Walther Hagen verraten?«

Endlich flüsterte Zygfryd: »Ich.«

»Nein«, sagte Lenka. »Nein, nein, nein. Und wenn schon. Er war ein Nazi. Interessiert das eigentlich überhaupt keinen mehr?«

»Genau das habe ich ihm gesagt.« Zygfryds Augen standen voller Tränen. »Ich habe ihm gesagt, dass diesem Mann einmal die Siedlung gehört hat. Dass er ein Nazi war und sie im Schlaf umbringen wird. Ich habe ihm erzählt, dass man diese Leute vertreiben muss, so wie sie uns vertrieben haben. Ausmerzen, so wie sie uns ausmerzen wollten. Gleiches mit Gleichem vergelten. Ich habe ihm gesagt, wenn man das nicht tut, dann werden sie wiederkommen, immer wieder, sogar aus den Gräbern werden sie noch kommen und uns alles wegnehmen.«

»Ja«, pflichtete Marek ihm in tiefem Ernst bei. »Man muss sie erschlagen, sonst erschlagen sie uns, die Verfluchten.«

Jacek ballte die Hände zur Faust. Zuzanna ahnte, wie es in ihm aussah. Sein Vater war ein Mann, der keiner Fliege etwas zuleide tun konnte. Doch wehe, jemand kam dem kleinen Stück Heimat, der einzigen Sicherheit seines Lebens, zu nahe. Zygfryds Plan war deshalb so perfide gewesen, weil er die Urängste und Traumata eines Kindes und das entsetzliche Leid, das es erlitten hatte, für seine eigenen Ziele missbraucht hatte.

Im Krieg und in der Liebe ist alles erlaubt, kam es ihr in den Sinn. *Nein. Ist es nicht.*

»Was ist dann passiert?«, fragte Jacek mit mühsam unterdrücktem Zorn.

»Ich habe den Jungen zur Miliz geschickt. Es sollte so aussehen, als wäre er von allein darauf gekommen. Währenddessen war Lenka noch ein letztes Mal im Weinkeller, aber ich konnte sie warnen. Ich sagte ihr, mir sei zu Ohren gekommen, dass Hagen gesehen worden sei. Sie hat versucht, ihn zur Flucht zu bewegen. Doch er wollte nicht gehen. Er wollte in der *osada* sterben, in *Johannishagen*. Dort war er geboren, dort, so hat Lenka mir erzählt, wollte er auch ein letztes Mal in den schlesischen Himmel sehen. Die Miliz hat ihn geholt. Sie trieben ihn mit Tritten aus dem Weinberg und über den Hof. Dort blieb er liegen. Er konnte nicht mehr weiter.«

»Ich habe es gesehen«, sagte Marek. »Alle sagten, ich soll stolz sein. Aber ich war nicht stolz. Ich wusste, er kommt wieder und wird sich rächen. Er ist tatsächlich wiedergekommen …« Ein trockenes Schluchzen quälte sich aus seiner Kehle.

»Es ist vorbei.« Jacek wollte die Hand seines Vaters berühren, aber etwas hielt ihn davon ab, als entspräche diese Geste nicht ihrem Verhältnis. »Ich bin da. Ich bleibe bei dir. Ich passe auf dich auf.«

Zuzanna wandte sich an Zygfryd. »Was ist mit Walther Hagen passiert?«

»Er ist noch einmal aufgestanden, so sagte man mir. Er versuchte zu fliehen. Doch er hatte keine Kraft mehr dazu. Heute glaube ich, er wollte dem ein Ende machen. Sie haben ihn erschossen.«

»Peng«, sagte Marek.

Alle zuckten zusammen. Dann begann er wieder, in seinem Brei herumzurühren.

Lenka war die Erste, die sprach. »Du hattest keine Wahl.«

»Doch«, sagte Jacek wütend. »Sie hätten ein Mann sein sollen. Stattdessen haben Sie ein Kind vorgeschickt!«

»Hören Sie auf!«, schrie Lenka. »Sie wissen nichts, Sie wissen gar nichts! Sie wissen nichts von Liebe.«

Sie sprang hoch und half ihrem Großvater sich zu erheben. Zygfryd wollte noch etwas zu Marek sagen. Er nahm Anlauf, aber dann überlegte er es sich anders und wandte sich zur Tür.

»Danke, Herr Nowak«, sagte Zuzanna freundlich. »Sie haben uns sehr geholfen. Es war wichtig, dass Sie hergekommen sind. Und es gehörte Mut dazu.«

Er blieb stehen und sah auf Marek. »Was wird aus ihm? Wenn ich gewusst hätte, was all das in ihm auslöst …«

»Dann hätten Sie Hagen selbst an die Wand gestellt?«, fragte Jacek scharf.

Zygfryd schüttelte den Kopf. »Nein. Dann hätte ich ihm auf die andere Seite geholfen. Ich habe seine Briefe nicht gekannt. Vielleicht war er der eine von den zehn Gerechten. Dann hätte der Herr ihn retten müssen. Nicht ich. Ich war zerfressen von Liebe und Hass. Das kann man heutzutage nicht mehr verstehen. Aber damals war man bereit, für beides zu töten.«

Er ging. Zuzanna schloss leise die Tür. Sie trat zu Jacek, der sich wieder seinem Vater zugewandt hatte. Er griff nun doch nach seiner Hand, und sie hatte das Gefühl, dass die Männer sich nahe waren und dass dies ein sehr seltener Moment war. Der Sohn beschützt den Vater, dachte sie. Für beide scheint das noch etwas ungewohnt zu sein, aber sie werden sich finden.

»Ist er weg?«, fragte Marek.

Zuzanna glaubte, er redete von Zygfryd.

Aber Jacek nickte nur und sagte: »Ja. Er wird nie mehr wiederkommen. Er hat seinen Frieden gefunden.«

Marek lächelte unsicher. Ob er jemals Frieden finden würde? Vielleicht mit einem Sohn an seiner Seite, der ihm Stärke und Schutz geben konnte.

»Ich lasse Sie jetzt auch allein. Sie wissen ja, wo Sie mich erreichen können«, sagte Zuzanna und nickte den beiden zu.

Jacek wollte etwas erwidern, doch es schien, als ob es keine höflichen, oberflächlichen, nichtssagenden Worte mehr gäbe, die sie austauschen konnten. Nur noch die wichtigen, und die musste man nicht sagen, die spürte man tief in sich drin. Er sah sie an. Sie hielt seinem Blick stand.

»Ich bleibe bei ihm«, sagte er schließlich.

Sie lächelte, denn sie wusste, dass er damit nicht nur diesen Nachmittag meinte.

45

Wir erreichten Janekpolana, als, wie mir schien, zum ersten Mal in diesem verregneten Sommer der Himmel aufriss und sich in strahlendem Blau präsentierte. Sofort veränderte sich die Welt. Das satte Grün der Bäume leuchtete, die kleinen Dörfer verwandelten sich von gottverlassenen Flecken in blühende Ortschaften mit ländlichem Charme. Die Oder floss breit und träge dahin, silbrige Lichtreflexe tanzten auf dem Wasser mit den Sonnenstrahlen. Sogar Janekpolana hatte mit einem Mal etwas Anziehendes. Geranien blühten, Gardinen wehten aus offenen Fenstern, kleine Jungen spielten Fußball und machten sich einen Spaß daraus, uns so langsam wie möglich die Fahrbahn freizumachen. Aus dem Uferschilf stoben mehrere Stockenten auf und beschwerten sich lauthals über unser Kommen.

Als wir die Biegung hinter uns hatten, stieß Marie-Luise einen Schrei aus.

»Ich fass es nicht! Mein Auto!«

Der Volvo stand rechts auf dem Gelände. Der linke Kotflügel war eingedrückt, die weiteren Blessuren konnte ich nicht mit Bestimmtheit dem jüngsten Unfall zuordnen, weil die Karre schon immer verkehrsuntüchtig ausgesehen hatte.

Sie sprang aus dem Wagen, sobald ich angehalten hatte, und lief mit strahlenden Augen zu ihrem Liebsten. Ich hatte Jacek schließlich doch noch erreicht, und er hatte etwas von einer Überraschung erzählt. Die war ihm gelungen.

Der Autoflüsterer musste Marie-Luises Jubel gehört haben. Er trat aus dem Haus und blieb mit einem abwartenden Grinsen stehen, bis die Besitzerin der Ladung Altmetall ihn bemerkte, auf ihn zurannte und sich ihm an den Hals warf.

»Danke! Wie geht es ihm? Ist er in Ordnung? Er hat doch nichts Schlimmes abbekommen, oder? Kriegst du das mit dem Kotflügel wieder hin? Die Schramme rechts war ich aber nicht. Das muss jemand vom Abschleppdienst gewesen sein. Diese Trottel!«

»*Ich* habe ihn abgeschleppt.«

»Du?«

»Kommt rein. Es gibt eine Menge zu erzählen.«

Er hielt die Tür auf, und wir traten ein. Es roch nach Braten und frischem Brot. Als wir in die Küche kamen, erwarteten uns eine blitzblanke Spüle und ein gedeckter Tisch.

»Zuzanna kommt gleich. Es ist Wochenende, deshalb will sie sich um ihre kleine Tochter kümmern. Ich hab ihr gesagt, sie soll die Kleine mitbringen. Für Kinder ist das hier doch ideal.«

Er nahm eine rostige Säge, die an der Wand lehnte, und verstaute sie im Schrank.

»Ja«, sagte ich und erinnerte mich an Drahtschlingen, abgebrochene Zaunspitzen, zersplitterte Türen, eine einstürzende Gruft und weitere spannende Dinge auf diesem Abenteuerspielplatz.

Im Ofen schmurgelte ein Lammbraten, was mich daran erinnerte, dass es heute Abend im Haus Emeritia um ein Haar gegrilltes Telefon gegeben hätte.

»Die Polizei wird im Fall von Helmfried Hagen und Krystyna Nowak Ermittlungen einleiten«, sagte ich.

»Glaubst du?« Marie-Luise riss sich ein Stück von dem heißen Brot ab und verbrannte sich dabei die Finger. »Ich fand Vaasenburg ziemlich skeptisch. – Das ist ein Kommissar der Mordkommission«, erklärte sie Jacek.

»Wenigstens etwas.« Er öffnete das Ofenrohr und stach mit einer Fahrradspeiche in den Braten. »Dafür haben wir herausgefunden, was damals mit Marek und dem ehemaligen Besitzer Walther Hagen passiert ist. Walther. Der Letzte im Grundbuch.«

Während Jacek eine Flasche Wein öffnete, erzählte er uns, was sich im Krankenhaus von Zielona Góra ereignet hatte. Straf- oder zivilrechtliche Folgen musste Zygfryd Kosecki wegen seines Verrats nicht fürchten.

»Trotzdem trägt er eine moralische Schuld«, sagte Marie-Luise, als Jacek zum Ende gekommen war.

»Alle haben Schuld getragen.« Ich übernahm es, den Tisch zu decken. »Aber immer nur aus der Sicht des jeweiligen Betrachters. War Magdalena eine Heldin oder eine Verräterin? Hat Zygfryd richtig oder falsch gehandelt? Hätte Walther Hagen sich stellen und freiwillig in die Gefangenschaft gehen sollen? Der einzig Unschuldige in dieser ganzen Geschichte ist Marek. Dass ihm ausgerechnet Schwerdtfeger noch einmal über den Weg laufen musste, ist tragisch. – Was ist das?«

Ich deutete auf ein Kistenbrett auf dem Regal. Jacek holte es herunter und reichte es mir. Es musste von Walther Hagens letztem Schreibtisch stammen.

»Johannishagener Nickerchen«, sagte er. »Ich dachte mir, ich nehme den alten Namen für den Exportwein. Meint ihr, es hätte jemand was dagegen?«

Marie-Luise betrachtete die eingebrannten Buchstaben. »Das klingt nett. Nein, ich glaube nicht. Hast du denn schon genug?«

»Ohne Ende. Ich würde ihn auch endlich gerne verkaufen. Wenn Wendel einschlägt und investiert, dann …« Jacek hob den Kopf.

Er hatte es früher gehört als wir. Ein Auto näherte sich der Siedlung, parkte, Türen klappten auf und zu. Dann erklangen schnelle, leichte Schritte und Zuzannas Ruf: »Ali! Nein! Warte auf mich. Du musst erst klopfen!«

Zu spät. Das Getrappel jagte durch das leere Wohnzimmer, ein Blecheimer fiel um, eine Plastikplane zerriss, und schon lugte der zerzauste Lockenkopf eines Kindes um die Ecke. Es mochte vielleicht drei Jahre alt sein und musterte uns neugierig aus kugelrunden haselnussbraunen Augen.

»Ali!« Zuzanna tauchte auf, etwas außer Atem. »Entschuldigen Sie bitte. Sie wollte mich partout nicht alleine losfahren lassen. Wir bleiben auch nicht lange.«

»Kein Problem«, sagte Jacek. »Das Essen ist gleich fertig. Wer bist du denn?«

»Alicja«, nuschelte das Mädchen und klammerte sich in einem plötzlichen Anfall von Schüchternheit an Zuzannas Jeans.

»Alicja«, wiederholte Jacek. »Ich habe nicht genug Stühle. Komm mit. Wir müssen uns etwas suchen, auf dem ihr sitzen könnt. Vielleicht einen Baumstamm oder eine Weinkiste. Einen alten Reifen. Hilfst du mir?«

Das Mädchen blickte fragend hoch zu seiner Mutter.

»Geh schon«, sagte sie lächelnd.

Wenn ich mich nicht irrte, wurde sie ein wenig rot.

Jacek streckte seine Pranke aus, doch er war zu groß und das Mädchen zu klein. Also hob er sie mit beiden Armen hoch und hielt sie wie eine Kriegsbeute über den Kopf. Alicja quiekte vor Vergnügen. Dann ließ er sie wieder hinunter und setzte sie auf seinen Unterarm.

»Wir sind dann mal Stühle jagen«, sagte er und verschwand.

Zuzanna nahm verlegen Platz. »Darf ich?«

»Aber ja!«, sagte Marie-Luise hastig.

Sie war von Jaceks Verwandlung genauso irritiert wie ich. Ich hatte ihn noch nie mit Kindern gesehen, und offenbar kam er mit ihnen gut klar. Oder sie mit ihm. Die Entwicklungen zwischen ihm und Zuzanna galoppierten wohl gerade allen Beteiligten davon. Die beiden mochten sich. Das konnte sogar ein Blinder erkennen.

»Und?«, fragte sie. »Wird es im Fall von Krystyna Nowak und Helmfried Hagen Ermittlungen geben?«

»Ja. Zunächst muss die Exhumierung von Helmfried Hagen beantragt werden. Die Obduktion wird vermutlich ergeben, dass bei seinem Tod nachgeholfen wurde. Auch Krystyna Nowak muss noch einmal untersucht werden. Ich bin mir sicher, dass es Spuren eines Verbrechens geben wird. Abwehrverletzungen oder Ähnliches. Was ist mit Marek?«

»Er wird morgen verlegt. Er ist keine Gefahr für die Allgemeinheit. Schon gar nicht, seit herausgekommen ist, was ihn so quält. Aber es ist nicht gewiss, ob er jemals hierher zurückkehrt. Sagen Sie es Jacek bitte noch nicht. Ich versuche alles, was möglich ist.«

Sie gab uns eine kurze Zusammenfassung der Ereignisse in der Klinik. Als sie zu Ende war, hörten wir, wie Jacek mit Alicja zurückkehrte.

»Hagen ist vor Mareks Augen hier auf dem Hof erschossen worden?«, fragte Marie-Luise leise.

Zuzanna nickte hastig. »Seine Leiche wurde irgendwo auf dem Friedhof in einem geöffneten Grab verscharrt. Das ist unvorstellbar. Der Junge musste direkt nebenan damit weiterleben.«

»Und dann sagt ihm dieser Repatriierungstyp auch noch, sie würden immer wieder kommen und nie Ruhe geben? Da würde ich auch durchdrehen.«

»Ja.« Zuzanna wandte sich um. »Hallo! Du lieber Himmel!«

Jacek rollte einen alten Reifen durchs Wohnzimmer. Dabei tat er so, als ob der Reifen ständig in eine andere Richtung wollte als er. Alicja sprang um ihn herum und schüttete sich aus vor Lachen. Endlich hatten sie ihn in die Küche bugsiert. Er streifte seine Jacke ab und legte sie auf den Reifen.

»Bitte sehr. Ein Thron für die Prinzessin.«

Freudestrahlend setzte sie sich. Zwar reichte ihr Kopf nur bis zu unseren Knien, und Platz gab es jetzt gar keinen mehr, aber das war egal. Jacek schnitt den Braten im Spülbecken auf, Zuzanna schenkte Wein ein – aus der Johannishagener Nickerchen-Lage, wie Jacek betonte. Die beiden ergänzten sich großartig. Zwischendurch wuselte Alicja unter dem Tisch herum, und nachdem sie auf den Schoß ihrer Mutter geklettert war und zwei Happen gegessen hatte, wurde sie quengelig und müde. Jacek und Zuzanna brachten sie nach nebenan ins Türenlager, wo Mareks Matratze noch in einer Ecke lag. Nachdem Jacek dem Mädchen erklärt hatte, dass es sich hierbei um ein verwunschenes Traumzimmer handelte und hinter jeder Tür Wünsche versteckt waren, dauerte es nicht lange, und es schlief ein. Beide kamen zurück, Jacek immer noch fröhlich, Zuzanna ein wenig verlegen.

»Danke«, sagte sie zu ihm.

»Wofür denn?«

Wir stapelten die Teller aufeinander, er stellte sie in die Spüle und brauste sie kurz ab. Dann versammelten wir uns wieder um den Tisch.

»Und nun«, sagte Jacek. Erwartungsvoll sahen wir ihn an. Er holte ein Zigarettenzellophan aus der Brusttasche seines Arbeitshemdes. Darin befand sich ein mehrfach gefalteter Zettel. Vorsichtig zog er ihn heraus, faltete ihn auseinander und strich glättend mit der Hand über das dünne Papier. »Der Schatz von Janekpolana. Das, was Walther Hagen vor den Russen versteckt hat.«

»Darf ich?« Marie-Luise zog das Schreiben zu sich heran. Sie trank einen Schluck Wein und begann vorzulesen.

Johannishagen im Juni 1945

Rosa, lieb Rosa, Geliebteste, mein Herz, meine Seele, mein Augen-
licht,

die Dunkelheit ist nah und allumfassend. Kein Ausweg mehr in
Sicht. Keine Rettung, alles verloren, alles verloren. Dies ist nicht
mehr unser Land. Hamburg gehört den Briten, und unser schönes
Schlesien, die liebliche Neumark, den Russen und Polen. Dies ist
beschlossen und das Wehklagen groß. Wer noch nicht gegangen
ist, macht sich mit den Resten seiner kümmerlichen Habe auf den
Weg. Ich stehe in Grünberg und schaue den vollbesetzten Zügen
nach, ich sehe die Kontrollen und was mit jenen geschieht, die kei-
ne guten Papiere haben. Ich besitze noch nicht einmal schlechte.
Ich bin ein Nichts, ein Niemand. Die letzte Nadel ist dahin. Mag-
da war noch einige Male da, auch ohne Gold und Geschmeide.
Sie weinte und flehte mich an, Johannishagen zu verlassen. Kein
Ausweg, keine Rettung. Vielleicht in die Wälder. Es gibt Men-
schen, die dort leben, Gestrandete, Heimatlose. Doch ich habe
keine Kraft mehr. Meine Zeit ist gekommen, der Schnitter ist nah.
Ich bin nicht traurig, lieb Rosa. Sei du es auch nicht. Der Herr hat
mir diese Zeit geschenkt, um Zeugnis abzulegen, was geschah. Ich
tat es, so gut ich konnte. Wenn ich sterbe, dann hier, wo die Erde
nach Heimat duftet und der Himmel so hoch und weit ist wie
Gottes Güte, in die ich heimkehre wie ein Kind zum Vater.

Im Kutscherhaus sind Leute. Eine Familie, Vater, Mutter und
Kind. Gestern stand ein Junge vor mir, ein mageres Kerlchen, fast
so dünn wie ich. Wir erschraken sehr voreinander. Er hielt mich

wahrscheinlich für einen dieser Waldmenschen, wie es einige gibt, die ihre Habe und ihre Sprache verloren haben. Keiner weiß, wer ich bin. So kann ich noch eine Weile ausharren. Ich stehle Rüben aus dem Feld und die Kartoffeln aus den Mieten unbewachter Keller. Roh ess ich sie. Kein Feuer mehr, denn der Rauch könnte mich verraten.

Rosa, ich habe geharrt und geglaubt, gebangt und gehofft. Der Tag wird kommen, an dem ich gehen muss. Bald wird es sein. Ich bin ganz ruhig. Küss Friedel und Elli. Die süßen, unschuldigen Kinder. Sag ihnen nicht, wie ihr Vater starb. Sie mögen ihn lieben so wie damals, als ich euch im Morgengrauen verlassen musste. Als ich dich küsste, ein letztes Mal. Erzähl ihnen von Johannishagen, so wie es einst war. Erzähl, wie wir im Frühjahr in die Reben gingen, wie der Sommer kam und die Früchte reiften, wie der Herbst mit seinen kühlen Nächten und den letzten Sonnenstrahlen die Trauben liebkoste. Wie wir alle hinaufgingen und arbeiteten, Polen und Deutsche zusammen, und anschließend gemeinsam feierten. Wenn es ein Vermächtnis gäbe, so dies, dass der Wein von Johannishagen die Menschen wieder zusammenbringen möge. Gute Erde, guter Wein. Warum sollten nicht auch gute Menschen das Werk von Jahrhunderten fortsetzen? Ich wünsche ihnen Gottes Segen und eine reiche Ernte.

Ich werde bald gehen, lieb Rosa. Meine Zeit hienieden ist gekommen. Unser Geheimnis nehme ich mit ins Grab, und ich bete, meine Ruh in Gottes Gnade möge hier in Johannishagen bei den anderen Lieben sein, die vor mir gegangen sind. Wer immer unser Letztes findet, er möge es achten und es soll ihm zum Segen gereichen. Ich küsse dich, lieb Rosa. Ich sehne mich nach dem Tod, denn dort wartet dein lächelndes Antlitz auf mich.

> Und meine Seele spannte
> Weit ihre Flügel aus,
> Flog durch die stillen Lande,
> Als flöge sie nach Haus.

Ich fliege nach Hause, lieb Rosa. Zu dir, in deine Arme, und die Er-innerung an dein Lächeln hüllt mich ein in tröstende Wärme. Nie liebt ich euch mehr als in diesem Augenblick.

Ewig Walther

46

Marie-Luise ließ den Brief sinken. Die letzten Worte eines tod-
geweihten Mannes. Wir hatten ihn nicht gekannt, wir wussten
nicht, wie er gelebt, was er gefühlt und für welche Dinge er gestanden hatte. Nur diese Abschiedszeilen waren von ihm geblieben. Altmodisch, ein wenig pathetisch, aber gefasst.

Jacek hob sein Glas. »Möge seine Seele in Frieden ruhen.«

Wir stießen miteinander an, jeder mit jedem.

»Auf Hagens Vermächtnis.« Dann legte Jacek den Zeigefinger
auf das dünne Papier. »Sagt er, das Zeug gehört mir?«

»Das Zeug gehört dir«, erwiderte Marie-Luise. »Egal ob mit
oder ohne seinen Segen.«

»Mit Segen wäre mir lieber.«

»Weißt du, was es ist?«

»Könnte sein.«

Wir warteten. Jacek goss uns in aller Gemütsruhe Wein nach
und lehnte sich dann mit einem Grinsen zurück.

»Ja und?«, fragte ich ungeduldig.

»Der Schlüssel, von dem Zuzanna gesprochen hat, er passt zu
der kaputten Tür zum Weinkeller. Aber da war nichts. Nun ist ja
niemand so blöd und versteckt wertvolle Sachen, damit man sie
gleich findet. Genauso war es. Ich bin den Keller rauf und runter.
Wände, Boden, Fliesen. Nichts. Bis ich endlich draufgekommen
bin.«

»Auf was?« Marie-Luise rutschte ungeduldig auf ihrem Stuhl
hin und her.

»Der Schlüssel ist der Schlüssel«, erklärte ich ihr.

»Meinen Sie den hier?«

Wir fuhren herum. Im Gegenlicht der offenen Tür zum Wohnzimmer stand ein Mann. Hochgewachsen, blond, Camerer-Nase. John präsentierte uns einen großen, alten Schlüssel mit einem Messinganhänger. Hinter ihm tauchte Nicky auf. Bei ihrem Anblick erschrak ich zutiefst. Meine Hand fuhr vor und legte sich auf Zuzannas Arm.

»Ruhig«, sagte ich. »Ganz ruhig.«

In Nickys Armen lag die schlafende Alicja.

John wies mit einer kurzen Kopfbewegung auf seine Frau. »Geh zum Wagen. Wir wollen doch nicht, dass das Mädchen aufwacht und Angst bekommt.«

»Lassen Sie mein Kind gehen!«, schrie Zuzanna. Sie sprang auf.

Mit einer blitzschnellen Bewegung zog John eine kleine, chromglänzende Waffe und zielte in unsere Richtung. »Ihr geschieht nichts. Wir wollen nur unser Eigentum.«

Meine Hand umklammerte immer noch ihren Arm. Jacek rührte sich nicht. Wir alle saßen wie gelähmt am Tisch. John richtete die Waffe spielerisch auf die schlafende Alicja. Zuzannas Muskeln versteiften sich. Ein Panther auf dem Sprung, bereit, John zu zerfleischen.

»Aber nein«, sagte Nicky. Ihre Stimme klang süß und sanft und leise. Sie streichelte dem Mädchen über den Kopf. »Nicht die kleinen Kinder erschrecken. Halte dich an die großen. Ich warte draußen.«

»Nein!«

Zuzanna riss sich los. Ein ohrenbetäubender Knall zerriss mir fast das Trommelfell. Putz rieselte auf uns herab. Alicja wachte auf und sah sich schlaftrunken um.

»Sie tun, was ich sage. Verstanden?«

»Ja«, sagte ich. »Bleiben Sie ruhig. Wir kooperieren. Was wollen Sie?«

Alicja strampelte. »Mama!«, rief sie.

414

Nicky ließ sie zu Boden gleiten und packte die kleine Hand. Dann zerrte sie das weinende und schreiende Mädchen nach draußen.

Zuzanna wollte hinter ihr her. »Nein!«, schrie sie immer wieder. »Nein! Lassen Sie mein Kind! Alicja! Ali!«

Es war Jacek, dem es gelang, die verzweifelte Mutter an sich zu pressen und festzuhalten. John hatte immer noch die Waffe direkt auf Zuzanna gerichtet. Das Projektil war genau drei Zentimeter neben ihrem Kopf in die Wand eingedrungen.

»Wer sind Sie?«, fragte Marie-Luise eisig. »Was wollen Sie?«

John trat einen Schritt vor – nicht nah genug, um ihn zu erreichen und zu überwältigen – und warf den Schlüssel auf den Tisch. Sofort zog er sich wieder in sichere Entfernung zurück.

»Wir werden jetzt gemeinsam das Vermächtnis meines Großvaters bergen. Wenn Sie kooperieren, lassen wir die Kleine und Sie alle gehen. Wenn nicht …«

Zuzanna wollte sich aus Jaceks eisenharter Umklammerung befreien, aber er ließ es nicht zu.

»Die Damen bleiben hier. Los. Fesseln.«

Er kickte mir mit dem Fuß eine Rolle Klebeband zu, mit dem Jacek die Plastikfolie auf dem Fußboden befestigt hatte. Es dauerte. Ich wollte weder Marie-Luise noch Zuzanna wehtun, aber John ließ mir keine Chance. Als ich fertig war und beide Frauen gefesselt auf ihren Stühlen saßen, trieb er uns hinter den Tisch und überprüfte mein Werk.

»Wollen Sie mich verarschen?«

Marie-Luises Hände hatte ich nur sehr nachlässig zusammengeklebt. Er zwang mich mit vorgehaltener Pistole, es sorgfältiger zu tun.

»Wichser«, presste sie zwischen zusammengebissenen Zähnen hervor.

»Es tut mir leid«, entschuldigte ich mich.

»Dich meine ich nicht. Ausnahmsweise.«

»Tun Sie meiner Tochter nichts«, flehte Zuzanna unter Tränen. Jacek stand direkt hinter ihr. »Bitte, bitte, bitte.«

Ich wusste nicht, was in ihm vorging. Ich hatte noch nie einen solchen Ausdruck auf seinem Gesicht gesehen. Wenn ich John wäre, würde ich mich vor ihm in Acht nehmen. Sehr in Acht nehmen.

Camerer ließ mich zurücktreten und überprüfte die Fesseln. Nun schienen sie seinen Ansprüchen zu genügen.

»Dann los.«

Ich nahm den Schlüssel. Er ließ Jacek und mich vorgehen. Wir verließen das Haus. Hinter meinem Rücken hörte ich Zuzannas wildes Schluchzen und Marie-Luises leise Worte, mit denen sie versuchte, die Mutter zu trösten.

Draußen stand ein riesiger dunkler Geländewagen.

»Wo ist sie?«, fragte Jacek und blieb stehen.

John stieß ihm die Pistole in den Rücken. »Dem Mädchen wird nichts geschehen. Sobald wir den Wein haben, ist alles vorbei.«

»Den Wein?«, fragte ich. »Sie wollen Wein? Warum sagen Sie das denn nicht gleich? Wenn wir gewusst hätten, dass Sie solche Alkis sind …«

Der Schmerz explodierte in meinem Hinterkopf. Mir wurde schwarz vor Augen. Ich fand mich halb auf den Knien wieder. John musste mir die Pistole übergezogen haben.

»Das war die *kleine* Ansage. Lassen Sie es nicht auf die große ankommen.«

Mit einem Stöhnen kam ich wieder auf die Beine. Blut rann mir den Nacken hinunter. Mein Blick fiel auf den Geländewagen. Hinter einer getönten Scheibe tauchte Nickys Gesicht auf. Angespannt sah sie zu uns hinüber. Ich wusste nicht, ob diese durchgeknallten Verbrecher Alicja wirklich etwas antun würden. Aber die *contessa* hatte mich schon einmal hinters Licht geführt, und ihr Mann war ein durchtriebener Loser, der so nah am Ziel jedes Augenmaß verloren hatte.

»Wohin jetzt?«, bellte John. »Wir haben nicht den ganzen Abend Zeit.«

Im Westen senkte sich gerade glutrot die Sonne. Einige zarte Wolkenschleier glühten purpur und violett. Die Luft war klar wie Glas. Alle meine Sinne waren durch den Schmerz geschärft. Ich wartete auf meine zweite Chance, und John wusste das.

Nicky ließ die Scheibe ein paar Zentimeter herunterfahren. Aus dem Wagen klang ein herzzerreißendes Wimmern.

»Mama!«

Die Scheibe fuhr wieder hoch und schnitt das Flehen ab. Der kurze Moment war Drohung genug gewesen.

»Hier entlang«, sagte Jacek. Seine Stimme klang rau wie Schmirgelpapier. »Zum alten Weinberg.« Er wandte sich nach links.

»Sind Sie sicher?«, fragte John drohend. »Nicht zum Friedhof?«

Jacek antwortete nicht, sondern ging einfach weiter. John machte eine ungeduldige Bewegung mit der Pistole. Ich folgte ihm. Wir kamen zum Deputantenhaus und schlugen uns durch Unkraut und herumliegenden Sperrmüll.

»Denken Sie noch nicht mal dran«, sagte John, als wir an einem wackeligen Stapel mit dünnen Holzbrettern vorbeikamen. Das Mundloch gähnte im Weinberg wie ein weit aufgerissener dunkler Schlund.

»Hier«, sagte Jacek und blieb am Eingang stehen.

John blickte sich überrascht um. »Ich sehe keine Tür. Was wird das? Ich habe jeden Zentimeter da drinnen abgesucht.«

Jacek lehnte sich an den steinernen Pfosten und verschränkte die Arme. »Hier war die Tür. Bis vor ein paar Jahren. Dann habe ich sie ausgebaut und ins Haus geholt, sonst wäre sie verfault.«

»Gut, gut.« Der blonde Mann gab sich Mühe, sich von Jacek nicht verarscht zu fühlen. »Dann mal los. Zeigen Sie mir das Versteck.«

Wir traten in das schattige Dunkel. John entdeckte die Baustellenlampe als Erster und schaltete sie ein.

»Also?«

»Wie Sie sehen, sehen Sie nichts.« Jacek beschrieb mit den Armen einen Halbkreis und legte sogar den Kopf in den Nacken, um die Decke abzusuchen.

»Den Weinkeller haben die Russen damals geplündert. Den Rest haben sich die Leute vom Dorf geholt. So habe ich es vorgefunden.«

»Was ist das dahinten?« Der letzte Camerer reichte mir die Baustellenlampe.

Ich trug sie so nahe an Hagens Versteck wie möglich. John schlich sich vorsichtig heran und warf einen Blick hinein.

»Ist es hier?«

»Der Boden ist festgestampfte Erde«, sagte ich. »Man würde sofort erkennen, wenn irgendwo etwas vergraben worden wäre. Aber das wissen Sie bestimmt. Sie waren das damals in der Kapelle. Vor Ihnen ist ja kein Erdloch sicher.«

John sah aus, als würde er mir am liebsten gleich noch mal eins überziehen. Er sog scharf die Luft ein und entschied sich dann, noch einmal den Großzügigen zu spielen.

»Ja. Ich habe eine Tür gesucht, zu der dieser verdammte Schlüssel passt. Das Schloss in der Haustür war zu klein. Das von der Kapelle ist längst herausgebrochen worden. Aber es hätte passen können. Sie war offen. Ich dachte, jemand, der sein Schicksal in Gottes Hand legt, sucht vielleicht auch für sein Erbe eine gewisse Nähe zum Spirituellen.«

»Dauert es noch lange?«

Ich fuhr herum und leuchtete zum Eingang. Nicky stand dort. Von Alicja keine Spur.

»Ich will weg. Das gefällt mir nicht. Sie sollen jetzt endlich sagen, wo es ist. Wir wollen niemandem etwas tun. Oder?«

»Auf keinen Fall, Liebes.« Johns Stimme war eiskalt. »Wenn Sie uns nicht sofort unser Eigentum aushändigen, werden wir mit dem kleinen Mädchen einen netten Ausflug nach Masuren oder

418

in die Karpaten unternehmen und es dort irgendwo freilassen. Falls Sie das beruhigt.«

Es beruhigte niemanden.

»Vielleicht nehmen wir auch die Mutter mit.«

»Okay.« Jacek löste sich aus dem Schatten und ging auf Nicky zu, die furchtsam zurückwich. Er blieb im Eingang stehen. »Es ist hier.«

Er deutete auf den Boden. Ein schweres, dickes Trittbrett war dort als Schwelle eingelassen. In der Mitte befand sich ein unscheinbares, mit Messing eingefasstes Loch. Eine Arretierung für einen Riegel vielleicht.

»Licht!«, brüllte John.

Ich kam heran und leuchtete.

»Aufmachen!«

Ich reichte Jacek den Schlüssel. Der steckte ihn in das Loch. Er passte. John trat zu Nicky, die vor Freude aufschrie, und legte den freien Arm um ihre Schulter.

»Ich brauche ein Stemmeisen.«

»Wie? Warum? Geht es nicht auf?«

»Nein. Man muss das Brett herausholen, nachdem man aufgeschlossen hat. Es ist eine doppelte Sicherung.«

John ließ Nicky los und überprüfte Jaceks Aussage. Das Bodenbrett war gut in den Stein verfugt.

»Hol was«, sagte er zu Nicky.

»Was?«

»Ein Stemmeisen oder so. Hier liegt doch genug rum. Dahinten!« Er wies auf einen Schrotthaufen auf der Rückseite des Kutscherhauses.

Sie eilte davon und kam umgehend mit einer langen, am Ende abgeflachten Eisenstange zurück. Ich verfluchte Jacek und seinen Selbstbedienungsladen an Werkzeug, das überall griffbereit herumlag.

Jacek trat einen Schritt zurück in den Keller. »Hilf mir.«

Ich legte die Lampe ab und hockte mich neben ihn. Er trieb das Eisen in den Spalt zwischen Holz und Stein. Mit unglaublicher Kraft bog er es zurück, und das Brett bewegte sich. Ich fasste darunter, doch es war zu schwer.

»Schneller!«, schrie Nicky. »Oh, ich bin ja so aufgeregt!«

Bevor mir meine Finger amputiert wurden, ließ ich es fallen.

»Vorsicht!« Sie schnappte nach Luft. »Passen Sie auf!«

Jacek setzte erneut an. Zwei weitere Male ging es schief. John fuchtelte mit seiner Pistole herum, Nicky wurde immer nervöser. Als das Brett sich auch beim dritten Mal nicht aus der Versenkung befreien ließ, fauchte sie ihn wütend an.

»Ich hole jetzt das Kind. Ich werde ihm sagen, dass es seine Mutter nie mehr wiedersieht, wenn ihr beiden Versager nicht bald dieses verdammte Brett da rausholt!«

Jacek versuchte es erneut. Dieses Mal kam er tief genug unter das Holz, um auf das Stemmeisen zu treten und mit der Hebelwirkung die Bohle hoch genug zu treiben, damit ich sie fassen und aus ihrer Verankerung heben konnte. Sie wog mindestens dreißig Kilo. Ich ließ sie den beiden vor die Füße fallen.

Nicky und John spähten in den Schacht.

»Oh mein Gott«, flüsterte sie. »Da ist es. Da ist es!«

Die Aussparung unter der Schwelle war groß genug, um eine Weinkiste aufzunehmen. Der Deckel war geschlossen. Ich holte die Lampe und leuchtete hinein. Staub und Dreck machten es unmöglich, mehr zu erkennen. Nicky wollte sich herabbeugen und ihn beiseite wischen, aber John riss sie zurück.

»Sie.« Er deutete auf mich.

Ich stieg in die schmale Grube und fing vorsichtig an, die siebzig Jahre alte Schicht zu entfernen. Auf dem Kistendeckel erschien ein Schriftzug in altdeutschen Buchstaben. Johannes ...
Johannes Hagen, Breslau.

»Die Hochzeitskiste«, flüsterte Nicky. »Es ist wahr. Es ist wirklich wahr. Zwölf Flaschen achtzehnhundertelfer Yquem, Zarenwein ...«

»Wein?« Ich drehte mich zu ihr um. »Ich dachte, Sie machen Witze. All dies für eine Kiste Wein?«

»Sie haben ja gar keine Ahnung«, zischte sie empört. »Letztes Jahr wurde eine einzige Flasche Sauternes dieses Jahrgangs für fünfundsiebzigtausend britische Pfund versteigert. Eine Flasche! Und da drin sind zwölf.«

»Ist es so eng bei Ihnen, dass Sie dafür Menschen getötet haben?«

Nicky holte aus und knallte mir eine. Ich ließ es reglos geschehen, auch wenn ich nach Johns Schlag das Gefühl hatte, mein Kopf würde explodieren.

»Wir haben niemanden getötet. Niemanden!«

»Lass das, Nicky.« John merkte, dass seine Gattin kurz davor stand, die Nerven zu verlieren.

»Wie sind Sie dann zu dem Schlüssel gekommen? Er hat Helmfried Hagen gehört.«

John hob ihn hoch und betrachtete ihn eingehend. Dann warf er ihn Jacek zu, der jedoch keine Bewegung machte, um ihn aufzufangen. Der Schlüssel landete im Dreck.

»Jetzt gehört er Ihnen. Holen Sie die Kiste raus.«

»Sie haben Krystyna getötet«, sagte ich. »Nachdem Ihr Bruder versagt hatte. Warum musste sie sterben? Sie hätten ihr bloß ein Angebot machen müssen.«

John ging in die Knie. Wir befanden uns nun auf Augenhöhe.

»Warum? Weil sie den Hals nicht voll genug bekommen hat.« Er sah zu Jacek, der gefährlich und finster wie ein Riese im Halbdunkel stand. »Weil ihr Polacken nie den Hals voll kriegt. Euch fällt der Reichtum in den Schoß, und ihr lasst alles verrotten und verkommen. Aber die Nazikeule schwingen, wenn jemand wagt, die Wahrheit zu sagen. Das könnt ihr. Es war nur ein kleiner Stoß. Aber er hat eine Menge Probleme gelöst.«

Ich wusste, ich hatte keine Chance. Trotzdem packte ich seinen Kopf, hob blitzschnell das Knie und hieb seinen Schädel dagegen, dass es krachte. Am liebsten hätte ich ihn durch den Holzdeckel hindurch in dem 1811er Château Yquem ersäuft. Noch bevor er schreien konnte, trat Jacek zu. Er erwischte John an der Schulter. Die Pistole wurde weggeschleudert – direkt vor Nickys Füße. Ich wollte danach greifen, leider war sie schneller und trat mir auf die Hand. Der Schmerz raste durch meinen ganzen Körper, doch das Knacken meiner Fingerknochen war nicht lauter, als hätte sie ein paar trockene Zweige unter ihren Schuhen. Sie schnappte die Waffe, sprang zurück und zielte abwechselnd auf Jacek und mich, der ich zusammengekrümmt bis zu den Knien in der Grube stand und glaubte, vor Schmerz ohnmächtig zu werden.

»Es reicht! Genug! John, zu mir.«

Ihr Mann kam stöhnend auf die Beine. Er blutete aus der Nase. So wie er sprach, klang es, als ob auch ein paar Zähne locker wären.

»Holen Sie die Kiste raus. Aber vorsichtig!«

Ich konnte nur mit einer Hand zugreifen. Irgendwie gelang es mir mit Jaceks Hilfe, sie aus dem Schacht zu hieven und John vor die Füße zu schieben. Es klirrte leise.

»Vorsicht!«, schrie Nicky. »Tragen Sie sie zum Wagen.«

Ich hob die Kiste hoch. Drei Menschen waren dafür gestorben. Ein Kind zu Tode verängstigt. Marek, den die Gier fremder Leute zum Mörder gemacht hatte. Es war eine beschissene Bilanz für eine Kiste Wein. Die beiden hatten gewonnen.

Nein.

Hatten sie nicht.

Mit einem Schrei, so laut, dass er bis nach Cigacice zu hören sein musste, schwang ich die Kiste in die Höhe. Nicky riss die Augen auf. Sie taumelte zurück, und im Bruchteil einer Sekunde erkannte sie, was ich vorhatte. Sie hob die Waffe und schoss, doch Jacek warf sich auf mich. Gemeinsam gingen wir zu Boden. Die Kiste zerschellte mit einem ohrenbetäubenden Krach. Ich griff nach dem Stemmeisen, holte aus und zerschmetterte Johns Kniescheibe, der brüllend wie ein Ochse zu Boden ging. Nicky stürzte sich nicht etwa auf ihren Mann, sondern auf die zerbrochene Kiste und schrie: »Nein! Nein!«, und ähnlich sinnloses Zeug, aber es war zu spät. Das Holz war geborsten, Wein, duftend und süß, versickerte mit einer überwältigenden Note von Aprikose, Karamell und Rosen im Boden.

Dann sah ich, wie Jacek versuchte, auf die Knie zu kommen. Ein dunkler Fleck breitete sich auf seinem Hemd aus. Ich ließ das Eisen fallen, und um mich herum brach die Hölle aus. John brüllte und wand sich im Dreck. Nicky kreischte schrill, wälzte sich herum, zerschnitt sich die Hände auf der Suche nach einer heilgebliebenen Flasche, doch alles war kaputt, keine einzige hatte den Sturz überstanden. Mit blutenden Händen fuhr sie durch die Scherben und rutschte auf Knien durch das klebrige Nass. Sie kam mir in diesem Moment komplett wahnsinnig vor.

»Nein!«, heulte sie wie ein Junkie, der aus Versehen sein Dope ins Klo geschüttet hatte. Sie fand einen Flaschenboden, in dem noch ein Rest Wein übrig war, und wollte ihn zum Mund führen.

In den Büschen flammten Scheinwerfer auf, ein Dutzend Männer mit Sturmhauben und Maschinengewehren bellten heisere Befehle, von denen ich keinen einzigen verstand. Im Bruchteil einer Sekunde fand ich mich auf dem Bauch liegend, einen Gewehrlauf zwischen den Schulterblättern und einen schweren Stiefel im Rücken, und wagte nicht, mich auch noch einen Millimeter zu rühren. Den anderen ging es genauso. Hinter dem Kutscherhaus kamen zwei Männer hervor. Der eine war jung und trug eine polnische Polizeiuniform, der andere war Vaasenburg. Er sagte etwas zu dem Mann, der daraufhin seinen Leuten ein Zeichen gab. Ich spürte, wie der Gewehrlauf zurückgezogen wurde.

Meine Hand glühte vor Schmerz. Dagegen war die Wunde am Kopf lächerlich.

»Na, da sind wir ja gerade noch rechtzeitig gekommen.« Vaasenburg ging in die Knie und beobachtete aufmerksam, wie ich versuchte, wieder auf die Beine zu kommen, ohne meine rechte Hand zu belasten.

»Wo sind die anderen?«, fragte ich. »Marie-Luise? Zuzanna? Das Kind?«

»Alle in Sicherheit. Aber es war etwas schwierig, sie davon abzuhalten, den Weinberg zu stürmen.«

John wurde in Handschellen weggeschleift. Das blonde Haar hing ihm in die Stirn. Er sah nicht zurück. Ganz im Gegensatz zu Nicky, die heulend abgeführt werden musste und dauernd versuchte, sich die Hände abzulecken.

»Wir mussten auf John Camerers Geständnis warten, und ich habe gehofft, dass Sie ihn in ihrer penetranten Art dazu bringen würden, den Mord an Krystyna Nowak zu gestehen. Jacek Zieliński hat Kommissar Krajewski informiert, dass ein Überfall auf ihn geplant ist. Ich habe mit den Kollegen in Zielona Góra über Nowak und Hagen gesprochen. Krajewski hat mich eingeladen, bei der Festnahme dabei zu sein. John und Veronika Camerer werden sich wegen Mordes an Krystyna Nowak vor einem polnischen Gericht verantworten müssen. Da wird ihnen ihr Anwalt auch nicht helfen können. Tut es sehr weh?«

Ich konnte die Finger nicht mehr bewegen. »Gebrochen. Nichts Ernstes.«

Zwei maskierte Typen halfen Jacek auf die Beine.

Ich deutete auf den Scherbenhaufen. »Zwölf Flaschen Yquem! Bist du wahnsinnig?«

Er lachte hustend und hielt sich die Hand an die Stelle auf der Brust, wo er getroffen worden war. »Das war Aprikosenschnaps mit Weißwein vom Supermarkt, du Idiot. Ich hab sie heute Nacht ausgetauscht, nachdem ich das Versteck gefunden hatte. Alle Welt wusste, dass es diese verfluchte Hochzeitskiste vom ersten Hagen mal gegeben hat. Aber dass sie wirklich den Krieg überlebt hat …«

Er hustete wieder. Ich wollte ihn stützen, aber er hob die Hand und wollte allein gehen, dann brach er zusammen.

»Einen Krankenwagen!«, schrie ich. »Einen Arzt!«

Ich kniete neben ihm. Er war bleich wie der Tod. Jemand stieß mich zur Seite und riss ihm das Hemd auf. Ich stolperte weg und beobachtete fassungslos, wie mit jedem rasselnden Atemzug mehr Leben aus ihm wich. Blutiger Schaum trat vor seinen Mund. Er schlug noch einmal die Augen auf. Sein Blick suchte mich, und als er mich gefunden hatte, lächelte er mir zu. Den Rest beobachtete ich wie unter einer riesigen Glasglocke.

Ich wusste nicht, wie lange sie ihn reanimierten. Irgendwann kam ein Hubschrauber, Jacek wurde auf eine Trage geschnallt und im Laufschritt hineingeschoben. Zuzanna musste von ihm weggezerrt werden. Sie weinte, zitterte, schrie seinen Namen, und Marie-Luise hielt sie und Alicja umklammert, ließ sie nicht mehr los.

Schließlich setzte ich mich auf die Stufen vor dem Haus und wartete darauf, dass alles vorübergehen würde. Jemand verband mir die Hand und sagte, ich müsse zum Arzt. Ich glaube, es war Vaasenburg, denn ich erinnerte mich, dass er unsere Aussage erst zu einem späteren Zeitpunkt haben wollte. Der Hubschrauber hob ab, flog eine Schleife, und der Wind drückte das Gras am Ufer der Oder flach, sodass man das andere Ufer sehen konnte und das Nachglühen eines längst vergangenen Abendrots. Die Polizei hatte das Gelände abgeriegelt, trotzdem kamen immer mehr Leute aus Janekpolana, um zu sehen, was in der *osada* geschah.

Irgendwann stand ich auf und ging ins Haus. Es war schon dunkel, als Marie-Luise zu mir kam und sich neben mich auf Jaceks Bett legte, um bei mir zu sein, wenn die Schatten der Nacht sich mit den Geistern von Janekpolana trafen und ihnen wispernd von den alten und neuen Tragödien erzählten.

Fünf Monate später

The Ritz London, Burlington Room

Eigentlich war ich pünktlich, was in diesem Fall hieß: zu spät. Die junge Dame am Empfang ließ sich meine Legitimation vorlegen und gab mir meine Nummernkarte sowie den Katalog, doch der Raum war schon so voll, dass ich mich nur noch hinter die letzte Stuhlreihe zu einem Dutzend weiterer Auktionsteilnehmer stellen konnte. Marie-Luise befand sich noch in den Waschräumen. Wir hatten den ersten Billigflieger ab Schönefeld genommen und würden am Abend in den letzten zurück steigen. Ich trug Anzug, Seidenkrawatte und eine Aktentasche. Marie-Luise Lederjacke und Bikerboots – Ersatz für ihre verlorenen Cowboystiefel, denen sie immer noch nachweinte. Man hatte uns im Eingangsfoyer direkt neben dem opulenten Weihnachtsbaum abgefangen und dezent darauf hingewiesen, dass dieser Aufzug hier nicht erwünscht war. Während Touristen und Gäste hereinströmten, um im Stundentakt am legendären Christmas Tea teilzunehmen, hatte ich mich bereits auf den Weg in den Konferenzraum gemacht, in dem die spektakulärste Auktion der letzten Jahrzehnte stattfinden sollte.

Ein paar Fotografen trieben sich vorne in der komplett reservierten ersten Reihe herum, wurden aber kurz vor dem Eintreffen der Gäste verscheucht. Ich versuchte ein bekanntes Gesicht zu entdecken. Ich war mir zu hundertzehn Prozent sicher, dass wir nicht die einzigen deutschen Bieter waren. Ich hörte Englisch, Französisch, Arabisch, Spanisch, Japanisch, wahrscheinlich auch Chinesisch, so genau konnte ich das nicht auseinanderhalten. Der Raum war groß, mit ausladenden Lüstern, verspieltem Stuck und dezenten Seidentapeten ausgestattet. Ich schätzte, dass siebzig bis achtzig Personen einen Sitzplatz ergattert hatten und weitere zwanzig, so wie ich, stehen mussten.

An einem Konferenztisch, der längs der Fensterfront aufgestellt war, nahmen die Vertreter des Auktionshauses Platz, die mit Bietern aus aller Welt telefonisch Kontakt hielten. Sie setzten sich Kopfhörer auf und warteten wie ich darauf, dass es losging.

Endlich betrat der Auktionator das Podium. Er war ein schlanker Mann mit hellbraunen, im Stil der vierziger Jahre zurückgekämmten Haaren, dunklem Anzug und schmaler Hornbrille. Im Raum wurde es still. Der dicke Teppichboden schluckte alle Geräusche. In letzter Sekunde drängelte sich Das Fräulein zu mir durch. Ich hatte ihr versprochen, sie anschließend zum High Tea einzuladen, und ihr geraten, für diesen Fall ihre Garderobe noch einmal zu überdenken. Glücklicherweise hatte sie es getan und Mutters Kleid eingepackt, das sie nun, leicht zerknittert, zu ihren Boots trug. Aber man hatte sie passieren lassen, das allein zählte.

»Und?«, flüsterte sie.

Auf der Leinwand erschien ein Bild von sechs Flaschen 1961er Château Latour, Mai-Abfüllung, hervorragender Keller, agreabler Füllstand, 97 von 100 Punkten – so rasselte der Auktionator die Eckdaten herunter. Es begann ein zaghaftes Bieten bei fünftausend Pfund, das bei knapp siebzehntausend endete. Die Kiste ging an einen Mann mit dunklen Haaren und römischen Zügen, der keine Miene verzog.

Es folgte eine halbe Kiste Echezeaux 1989er Côte de nuits Grand Cru aus Burgund, ein ähnliches Lot war bei Christie's angeblich für achtzehntausend Euro versteigert worden. Ein Bieter aus Japan machte ein Schnäppchen und bekam es zweitausend Euro günstiger.

So arbeiteten wir uns Seite um Seite durch den Katalog. Nach zwei Stunden näherten wir uns endlich dem ersten Höhepunkt: Zwei Flaschen 1784er Château Yquem. Churchill wurde zitiert: »Bedenken Sie, als dieser Wein geerntet wurde, war Marie Antoinette noch am Leben!« Und: »Diese Flasche hätte von Mozart getrunken werden können!«

Die Echtheit der sogenannten Jefferson-Bottles war mittels Radiokarbonuntersuchung bestätigt worden. Bei einer Verkostung des gleichen Jahrgangs im Hause des legendären Harry Rodenstock wurde diesem Wein ein »genussvolles Labyrinth von Düften« bescheinigt: Kräuterlikör, Kandiszucker, Rosinen. Wenig später wurde ein 1814er aufgerufen – aus jenem Jahr, in dem Bayern die Hexenverbrennung verbot und Napoleon abdankte: Orange, Grand Marnier, Kokos und Mandel. Ich fing an, das alles interessant zu finden. Diese Weine mussten wie Wurmlöcher der Geschichte sein. Eine Zeitreise, ein sinnlicher Kontakt zur Vergangenheit.

Dann ging ein Raunen durch die Menge. Ein Getuschel und Gewisper, als auf der Leinwand das nächste Foto erschien: sage und schreibe zwölf Flaschen Château Yquem aus dem sagenumwobenen, sensationellen Kometenjahr 1811. Die Hochzeitskiste von Johannes Hagen. Die Geschichte dieses Lots breitete der Auktionator noch einmal genüsslich aus.

Der Breslauer Weinhändler Johannes Hagen hatte 1815 Wind von einer verbotenen Aktion bekommen. Louis Bohne, Verkaufsagent der Witwe Clicquot, wollte das russische Importverbot für französische Weine umgehen und eine Ladung Champagner auf einem niederländischen Frachter nach Petersburg bringen. Hagen traf Bohne tatsächlich in Königsberg und schwatzte ihm ein Fässchen ab – als Hochzeitsgeschenk für seine Angebetete, mit der er sich am Fuße eines Hügels im Oderland niederlassen wollte. Johannishagen wurde das Kirchspiel später nach seinem Gründer benannt. Die zwölf Flaschen hatten damals pro Stück einen Gegenwert von umgerechnet fünfzig Euro. Noch nicht einmal zu Walther

Hagens Zeit besaßen sie auch nur annähernd den Wert, der ihnen heute zugesprochen wurde. Ein Schatz allenfalls für die Familien, liebenswert durch seine abenteuerliche Geschichte.

Im Kellerbuch der Hagens waren eine Fülle Haupt- und Ehrenweine verzeichnet, auch diese sogenannte Hochzeitskiste. Das Kellerbuch war verschwunden, doch Nicky, die mit Weinsammlern aus aller Welt zu tun hatte, war irgendwann in den Besitz dieser Information gelangt. Es musste ihr wie ein Wunder vorgekommen sein, als sie aus den Briefen von Walther Hagen erfuhr, dass ausgerechnet diese Kiste den Krieg überlebt hatte. Sie allein wusste, welch einen Wert der Wein heutzutage hatte.

Der Auktionator zählte die Expertisen auf, die die Echtheit von Flasche, Label und Korken bestätigten. Dann breitete er die Historie dieses Weines aus, der in dem Jahr abgefüllt wurde, als Napoleon auf der Höhe seines Ruhmes war und gleich mehrere Kometen als Kriegsvorboten am Himmel gestanden hatten. Ein Jahrgang, den Goethe in seinem *West-östlichen Diwan* gepriesen hatte. Die Verkostung einer Flasche dieser Abfüllung vor über zwanzig Jahren hatte ein komplexes Bukett aus Nougat, Nuss, Kaffee, Karamell und Vanille ergeben.

»Das hab ich auch bei Starbucks«, raunte Marie-Luise.

Ob Jacek geglaubt hatte, Nicky mit seinem Aprikosengepansche hinters Licht führen zu können? Es war von Anfang an sein Plan gewesen, die Kiste zu zerschmettern, sollte sie je in die falschen Hände geraten. Seiner Nacht-und-Nebel-Aktion war es zu verdanken, dass die Originalflaschen heute in dieser Auktion versteigert werden konnten, die er, kaum zu glauben, in Mareks Bücherstube unter dem Diwan versteckt hatte.

Zur Herkunft des Weines erzählte der Auktionator, dass er zweihundert Jahre im berühmten Johannishagener Weinkeller archiviert gewesen sei, bevor das Kellerbuch in den Wirren des Zweiten Weltkrieges verschwunden war – und die Kiste gleich dazu. Nun sei sie wieder da. Wie, das war allen Anwesenden herzlich egal. Ihre Gebote, bitte. Ab hundertzwanzigtausend Pfund aufwärts.

»Was?«, japste meine Begleiterin.

Ein Ehepaar, das auf den Stühlen direkt vor uns saß, drehte sich ungehalten um.

Ich wartete, bis die Gebote die Grenze zur halben Million überschritten hatten.

»*Five hundred thousand. Five hundred and ten thousand?*«

Ich hob meine Nummer. Marie-Luise fuhr zusammen.

Im Saal wurde munter weitergeboten. Bei sechshunderttausend stieg ich wieder ein.

»Was machst du denn da?«, flüsterte sie in einem Ton, in dem ernste Zweifel an meiner Zurechnungsfähigkeit mitschwangen.

Eine Telefonbieterin wurde aufmerksam und sah zu mir hinüber. Sie nickte. Sechshundertfünfzigtausend. Ich hob meine Nummer. Wieder zehntausend mehr. Ab siebenhunderttausend hatte ich den Saal in der Tasche. Als Erster stieg der Japaner aus. Dann ein Engländer, dann eine sehr blonde Frau, die russisch aussah. Ab achthunderttausend blieben die Telefonbieterin und ich allein im Ring. Marie-Luise schüttelte ab und zu leicht den Kopf, als wolle sie mir damit zu verstehen geben, dass die Grenze zum Witz schon lange hinter uns lag.

Bei einer Million war Schluss. Es gab nur noch mich, den Auktionator und die Frau am Telefon. Ich hatte das Limit erreicht. Mehr durfte ich nicht.

Marie-Luise ging in die Hocke und legte die Hände über den Kopf. Die Sekunden verstrichen. Ich sah mich schon bei Marquardt eintrudeln und seiner Tochter erklären, dass ich die Zukunft ihrer Kinder wegen zwölf Flaschen Wein verspielt hatte. Ich hob die Karte. Es galt. Jetzt oder nie.

»*One million fifty thousand.*«

Der Auktionator wartete. Alle starrten mich an. Auch die Frau am Telefon. Sie war Mitte dreißig und wirkte so temperamentvoll und mitfühlend wie ein Gletscherkalb. Mir brach der Schweiß aus. Alles über eine Million ging auf meine Kappe. Wenn dies das Ende war, wenn keiner mehr bot, stand ich mit fünfzigtausend Pfund in der Kreide. Mach schon, flehte ich. Du willst sie haben. Rühr dich endlich! Die Frau nickte. Eine Million einhunderttausend waren geboten. Ich bewegte mich nicht, ich atmete noch nicht einmal mehr.

Der Hammer donnerte auf das Brett. Eine Million einhunderttausend. An den anonymen Telefonbieter. Beifall brandete auf und verebbte schnell wieder. Zu viele Gefühle hatten bei Auktionen nichts zu suchen. Als die Teilnehmer aufstanden und den Raum verließen, tauchte Marie-Luise wieder auf.

»Du bist ja wohl von allen guten Geistern verlassen«, fauchte sie. »Du hast gesagt, wir beobachten nur, was mit Hagens Vermächtnis passiert. Wie kannst du eine Million bieten? Eine Million? Das geht doch gar nicht! Du musst doch bei diesen Summen irgendetwas hinterlegen!«

Ich zog einen Scheck aus der Tasche und zerriss ihn vor ihren Augen. Sie schnappte nach den Schnipseln und setzte sie hastig zusammen.

»Giorgio Emanuele Filiberto d'Edessa? Wer zum Teufel ist das?«

»Der Gatte von Mercedes Tiffany, *duchessa* d'Edessa.«

»Tiffy?«

Natürlich wusste sie, in welchen Goldtopf Marquardts Tochter gegriffen hatte. Aber diese Sache war unter derartiger Geheimhaltung abgelaufen, dass ich noch nicht einmal Marie-Luise etwas davon erzählt hatte. Diese Kiste Wein, die seit Wochen Schlagzeilen machte, war so etwas wie die Blaue Mauritius für Weinkenner. Ich wusste, dass sie viel Geld wert war. Eine halbe Million, mindestens. Das bezahlten die Camerers aus der Portokasse. Aber ich wollte mehr. Ich wollte, dass Marek in einer anständigen Klinik untergebracht wurde und Janekpolana wieder in Schuss kam. Dafür brauchten Zuzanna und ich das Doppelte. Mindestens.

»Ich habe Tiffy und ihrem Mann die ganze Geschichte erzählt. Welches Risiko hätten sie gehabt? Eine Kiste Château Yquem, ich bitte dich. Die kriegst du bei der nächsten Auktion für das Doppelte los.«

»Ihr wart die Einzigen! Du und diese Frau am Telefon! Ihr habt die Kiste hochgeschaukelt. Um mindestens dreihunderttausend Pfund!«

»Ja«, musste ich zugeben. »Es hätte auch schiefgehen können. Ist es aber nicht. Sabine Camerer hat gewonnen.«

»Woher weißt du, dass sie der anonyme Bieter am Telefon war?«

»Ich habe es vermutet. Eine Familie mit viel Geld, aber ohne Geschichte. Diese Kiste ist Johannishagen. Sie ist zweihundert Jahre Weinbau und Generationen von Hagens, die dort gearbeitet haben und einen der bekanntesten Weinkeller Schlesiens hatten. Außer diesen zwölf Flaschen ist nichts geblieben.«

»Er war schlau«, sagte sie leise.

»Ja, das war er.«

Der Saal hatte sich geleert. Wir erreichten das Foyer, in dem ein noch größerer, noch reicher geschmückter Weihnachtsbaum stand und Tannengirlanden die Marmorsäulen und den vergoldeten Stuck schmückten. Ein Pianist spielte eine verjazzte Version von »Jingle Bells« und erinnerte mich an das Haus Emeritia sowie einige entsetzlich langweilige Kaffeenachmittage, zu denen Herr Trautwein, Frau Reichert und die Brillenschlange in Mutters Loft erschienen waren und für mich Anwesenheitspflicht bestand. Wir stellten uns mit anderen Wartenden vor einem Stehpult an, wo ein livrierter Mitarbeiter den Gästen ihren Tisch im vollbesetzten Palm Court zeigte. Als wir an die Reihe kamen, stutzte er.

»*One moment, please.*«

Er griff zum Telefon und beriet sich mit jemandem. Ich hatte im Internet reserviert, für sagenhafte fünfundsechzig Pfund pro

Person. Wahrscheinlich stimmte wieder irgendetwas mit meiner Kreditkarte nicht.

Der Mann legte auf. Er war jung und eifrig und hatte ein längliches Gesicht, das mich entfernt an Prinzessin Anne erinnerte.

»*Your tea will be served in the Trafalgar Suite.*« Er winkte einen Pagen heran.

»Trafalgar Suite?«, fragte ich.

Mir schwante Böses. Davon hatte das Internet nichts gesagt. Als wir den Lift verließen und dem Pagen in eine überbordend luxuriös möblierte Raumflucht folgen sollten, blieb ich in der Tür stehen.

»*No. This is not my reservation.*«

Nicht meine Reservierung. Ich hatte Touristentee gebucht. Im Palm Court. Eine Stunde, hinsetzen, essen, das Interieur und die anderen Gäste betrachten, sich von einem herzigen Kinderchor mit Weihnachtsliedern beschallen lassen und dann ab zum Flughafen. Keine Privatsuite mit Schwanenhalsstühlen, Marmorkamin, knöcheltiefen Teppichen mit dekadenten Mustern, Art-déco-Möbeln, alles erstklassig, und mehrere Etageren mit Sandwiches und Scones auf dem Mahagoni-Couchtisch. Ein behandschuhter und livrierter Butler rückte gerade die silbernen Milchkännchen und Marmeladenschalen zurecht.

»Misses Häwelmann?«, fragte er. »Mister Vernau?«

Ich wandte mich entschuldigend an Marie-Luise. »Nimm es mir bitte nicht übel, aber hier muss ein Fehler passiert sein.«

»Ja«, murmelte sie. Ihr Blick wanderte über Porzellanamphoren, Ölbilder mit Jagdszenen und das gemütliche Feuer im Kamin. »Offensichtlich. Andererseits, wo wir heute doch Millionäre waren …«

Sie wollte eintreten.

»Lass das«, zischte ich. »Wir gehen zu Burger King.«

Mit einem entschuldigenden Lächeln wollte ich sie zurückziehen, da trat aus dem Nebenzimmer eine schlanke blonde Frau in einem unscheinbaren, aber teuren Kostüm. Ich erkannte sie sofort.

»Wir schön, dass Sie sich die Zeit genommen haben, meiner Einladung zu folgen«, sagte sie. »Ich bin Sabine Camerer. Ich habe mir erlaubt, hier oben servieren zu lassen. Man kann ungestörter reden. Earl Grey oder The Ritz Christmas Tea?«

»The Ritz«, antwortete Marie-Luise und ließ sich vorsichtig auf einem der mit dunkelgrünem, schillerndem Stoff bezogenen Sessel nieder.

»Herr Vernau? Vielleicht aufs Sofa? Zu mir? Keine Sorge, ich beiße nicht. Ausgaben über einer Million Pfund erschöpfen mich.«

Sie wandte sich an den Butler und orderte den Tee. Er verließ die Suite, ohne auch nur das mindeste Geräusch zu machen.

»Danke für die Einladung«, sagte ich. »Was wollen Sie von uns?«

»Sie waren die Agenten von Zuzanna Makowska, nicht wahr? Ich wollte wissen, wer ihre Hintermänner sind. Wenn sie jemand anderen als Sie geschickt hätte, wäre ich ausgestiegen und hätte sie auf ihrer hoffnungslos überteuerten Kiste sitzen lassen.«

»Nun.« Ich musste mich kurz räuspern, denn ihre Eröffnung hatte mich unvorbereitet getroffen. »Jetzt sitzen *Sie* auf ihr.«

Ein kurzes Lächeln streifte ihre Lippen. Sie war keine schöne Frau. Doch ihr Blick war klar und offen. Sie hatte die Ausstrahlung einer sich selbst und andere beherrschenden Leitwölfin, die gelernt hatte, Gefühle so tief in sich zu vergraben, dass sie sie wahrscheinlich selbst nicht mehr wiederfand.

»Es ist mehr als eine Kiste Wein. Kostbarer Wein, selbstverständlich. Kometenwein. Der berühmte 1811er Château Yquem. Wenn Sie über meine Präferenzen Bescheid wissen, und das tun Sie, nehme ich an, dann werden Sie wissen, dass mir bisher nicht gerade das Etikett einer hingebungsvollen Weinsammlerin anhaftet.«

»Nein«, sagte ich. »Eher *Präzision aus Leidenschaft*.«

»Diesen Satz hat meine Mutter geprägt. Sie war eine außergewöhnliche Frau. Das Wichtigste in ihrem Leben war Kontrolle. Die Umstände beherrschen, sich nicht von ihnen beherrschen lassen. Hammer statt Amboss sein. So hat sie aus einer kleinen Messerfabrik die Camerer-Werke geschaffen.«

»Und Ihr Vater war der Amboss?«

Es klopfte. Der Butler trat ein, servierte den Tee, fragte nach weiteren Wünschen, legte Sandwiches und Scones auf unsere Teller und verabschiedete sich wieder so leise wie das Rascheln eines Vorhangs im Nachmittagswind.

Sabine Camerer wartete, bis die Tür sich hinter ihm geschlossen hatte.

»Helmfried Hagen war ein Mann, der als Kind jeden Halt verloren hatte. Die Flucht und der Verlust seines Vater haben ihn traumatisiert. Er brauchte jemanden, der ihn durchs Leben führte. Meine Mutter und er haben sich ergänzt. Allerdings duldete sie nicht, dass sich Dinge außerhalb ihres Einflusses befanden. Deshalb hat sie jeden Kontakt zu seinem ersten Sohn unterbunden.«

»Er war ein Ding?«

»Nein. Nein! Natürlich nicht. Was ich sagen will – Nehmen Sie doch etwas von der *clotted cream*, sie ist köstlich.«

Sie bot Marie-Luise eine Wedgewood-Schale an, die diese ablehnte. Sie hatte wie ich bis jetzt nichts auf ihrem Teller angerührt. Sabine Camerer entging das nicht.

»Eigentlich möchte ich zum Ausdruck bringen, dass ich von Horst Schwerdtfegers Existenz erst nach dem Tod meines Vaters erfahren habe.«

»Hat es einen Familienrat gegeben? Wurde abgestimmt? Wer hat entschieden, dass dieser vom Leben verratene Mann mit dreißigtausend Euro abgespeist werden sollte?«

Sie nahm eine der gestärkten Servietten und entfaltete sie sorgfältig, bevor sie sie sich auf die Knie legte. »Ich muss gestehen, dass wir in dieser Angelegenheit Herrn Doktor Sinter weitgehend freie Hand gelassen haben. Es ging zunächst um eine Abschlagssumme. Es gab einen Ehevertrag, aber natürlich hätte Herr Schwerdtfeger ohne diesen ganz anders ausgesehen. Ich weiß, dass Sie im Namen von Frau Fellner, der Schwester des Verstorbenen, Ansprüche geltend gemacht haben. Wir sind dabei, sie zu prüfen.«

Die Sache zog sich bereits seit Monaten hin. Sinter war ein Verhinderer vor dem Herrn.

»Das hilft Frau Fellner nicht weiter. Sie haben gerade eine Unsumme für zwölf Flaschen verstaubten Wein hingelegt. Wie lange wollen Sie die Frau noch zappeln lassen? Ich erwarte eine umgehende, wohlwollende Lösung dieser Angelegenheit.«

Sie strich über die Serviette. Dann führte sie ihre Teetasse zum Mund und trank einen kleinen Schluck. »Was hat ihr diese Zeitung angeblich geboten?«

»Hundertfünfzigtausend.«

»In Ordnung«, antwortete sie. Zu schnell. »Ich werde Herrn Doktor Sinter die Anweisung geben, die Summe sofort bereitzustellen.«

Ich ärgerte mich. Bei meinem Lauf hätte sich wahrscheinlich das Doppelte herausschlagen lassen.

»Aber … Wir konnten das Interesse an Johns und Nickys Inhaftierung bisher gering halten«, fuhr sie fort. »Im Januar beginnt der Prozess. Eine gewisse mediale Aufmerksamkeit wird es sicher geben. Die Auszahlung hängt in nicht unerheblichem Maße davon ab, ob Frau Fellner diese Aufmerksamkeit schürt oder nicht. Werden Sie mit ihr reden?«

Ich biss von meinem Sandwich ab. Gurke. »Wohlwollend.«

»Gut. Dann hätte ich noch etwas für Sie.«

Sie stand auf, legte die Serviette neben ihren Teller und ging zu einem Sekretär in der Fensternische.

»Lecker«, sagte ich zu Marie-Luise. Sie hatte noch nicht einmal ihren Tee angerührt. »Da sind auch noch welche mit Lachs.«

Frau Camerer kam zurück und reichte mir eine Mappe aus feinstem, handschuhweichem Leder. Ich wischte mir die Finger ab und nahm sie entgegen.

»Was ist das?«

»Kopien der Briefe von Walther Hagen an seine Frau Rosa. Meine Großmutter ist kurz vor Kriegsende nach Hamburg zurückgekehrt und hat meinen Vater und meine Tante Eleonore alleine aufgezogen. Sie hat nie wieder geheiratet. Ihr ganzes Leben glaubte sie, ihr Mann wäre gefallen. Ich bin froh, dass sie diese Briefe nicht mehr lesen konnte. Und andererseits traurig, denn sie zeigen das Bild eines verzweifelten Mannes, der zum Schluss immerhin die Größe hatte, das Unvermeidliche zu akzeptieren. Ich habe kaum etwas von der Familiengeschichte der Hagens gewusst und ebenso wenig über meinen Großvater.«

»Was sollen wir damit?«

Sie nahm wieder Platz und legte sich die Serviette zurecht.

»John … John ist mein Bruder. Ich liebe ihn, trotzdem sind wir uns fremd. Ich bin nie zu ihm durchgedrungen. Schon als kleiner Junge war er immer mit dem Kopf in den Wolken. Später dann, im Studium, war klar, dass er nie in die Firma einsteigen würde. Ich war der Nachfolger, nicht er. Die Frauen in unserer Familie hatten Biss. Die Männer ließen sich eher treiben. John wurde ausbezahlt. Was immer Sie über Größe und Umfang unseres Vermögens denken, es entspricht nicht den Tatsachen. Das meiste Kapital steckt in der Firma. Ich habe keine Kinder, weshalb ich mein Vermögen eines Tages wahrscheinlich in eine Stiftung einfließen lasse. John hingegen hat viereinhalb Millionen Euro erhalten. Ihm ist diese Summe innerhalb weniger Jahre durch die Finger geglitten.«

Da sonst niemand ein Lachs-Sandwich aß, nahm ich mir eines.

»Er wollte mehr. Ich gab ihm mehr. Nach zwei Jahren war auch dieses Geld verschwunden. Er hatte es in wertlose Immobilien gesteckt, war windigen Finanziers ins Netz gegangen, hatte sich auf Börsengeschäfte eingelassen und wurde im Sog der Finanzkrise hinabgezogen. Ich dachte, dass er mit Nicky jemanden gefunden hätte, der ihm Halt gibt. Leider habe ich mich getäuscht.«

»Hoffen Sie auf unser Mitgefühl?«, fragte Marie-Luise scharf.

»Nein. Auch nicht auf Ihr Verständnis. Ich möchte Ihnen nur die Gründe darlegen, die letzten Endes zu dieser Katastrophe geführt haben. Horst Schwerdtfeger ist von einer Pflegerin angesprochen worden, die durch einen unglaublichen Zufall in den Besitz dieser Briefe gekommen war. Sie war Polin und lebte mit ihrer Familie in direkter Nachbarschaft. Deshalb konnte sie nicht selbst in Johannishagen auftauchen. Dann lernte sie Horst kennen und zog ihn in die Sache hinein. Die beiden wussten, dort lag etwas vergraben. Aber sie wussten nicht, was. Als sie nicht weiterkamen, verkaufte die Pflegerin die Briefe an John. Er las sie, und Nicky hatte wohl schon einmal etwas von Johannishagen gehört.«

Sie hob ihre Kuchengabel und pickte einen Krümel von ihrem Scone ab, legte sie dann aber unverrichteter Dinge zur Seite.

»Alle Welt glaubte, russische oder polnische Soldaten hätten den Keller vollständig geplündert. Doch die Andeutungen in den Briefen konnten nur bedeuten, dass Walther Hagen diesen Wein von fast unschätzbarem Wert gut versteckt hatte. Doktor Sinter half ihnen, ihre Pläne zur Bergung umzusetzen, für die er auch die Naivität Horst Schwerdtfegers brauchte.«

»Und Sie haben sich ganz rausgehalten? Das glaube ich Ihnen nicht.« Marie-Luise funkelte die Scherenkönigin böse an.

»Ich war sechs Monate in China, um unser Werk dort zum Laufen zu bringen. Doktor Sinter hat mich darüber informiert, dass letzte Briefe meines Großvaters aufgetaucht waren. Doch ich wollte sie erst nach meiner Rückkehr lesen. Ich wollte mich in Ruhe mit ihnen befassen. Leider war es da schon zu spät.«

Marie-Luise stand auf. »Das sollen wir Ihnen abkaufen? Sind Sie denn von allen guten Geistern verlassen? Was für ein Unheil haben diese Briefe angerichtet. Und Sie reden von China und Amboss und …«

»Stiftungen«, ergänzte ich mit vollem Mund.

»Stiftungen und *Doktor* Sinter, dabei haben Sie zwei Familien ins Unglück gestürzt! Menschen sind gestorben. Ihr eigener Bruder ist tot. Seine Schwester speisen Sie mit einem Almosen ab. Marek Zieliński sitzt in der Psychiatrie, und Jacek …« Marie-Luise brach ab.

Ich stand auf. Es tat mir leid um die Sandwiches, aber sie hatte recht. »Wir hören im Januar voneinander.«

Wir gingen zur Tür. Sabine Camerer nahm die Mappe und folgte uns.

»Die Briefe.«

»Was sollen wir damit?«, fauchte Marie-Luise.

»Sie sind nicht für Sie bestimmt, sondern für Herrn Zieliński. Ich bin der Überzeugung, dass er sie lesen wird. Er wird wissen wollen, wer der Mensch war, der vor ihm diesen Weinberg besessen hat. Nur was wir kennen, können wir verstehen. Nur was wir verstehen, können wir verzeihen. Das gilt für beide Seiten.«

Zögernd nahm ich die Mappe entgegen. Sabine Camerer verharrte noch einen Moment an der Tür. Dann bemerkte der Butler, dass wir gingen, und er eilte in die Trafalgar Suite, um den Tisch abzuräumen.

Wenig später standen wir an einem Stehimbiss am Bahnhof Kings Cross und verbrannten uns die Finger an einem zu heiß gegrillten Käse-Schinken-Sandwich.

»Willst du Jacek die Briefe wirklich geben?«, fragte Marie-Luise und hob den geschmolzenen Käse an, um ihn kühl zu pusten.

»Erst mal lese ich sie selbst. Dann kriegt er sie. Und auch nur, wenn ich von ihm endlich den Wein bekomme, für den ich mich im Herbst halb tot geschuftet habe.«

»Zuzanna sagt, er kann schon wieder bis oben klettern.«

»Er kann noch viel mehr, wenn du mich fragst. Wer in der Lage ist, eine Frau zu schwängern, der kann auch einen Weinberg bewirtschaften.«

Zuzanna war im dritten Monat. Wir hatten die Nachricht mit mehreren Flaschen illegalem Johannishagener Nickerchen gefeiert, der bereits als *hottest shit* in den Kellerbars von Berlin gehandelt wurde. Es musste kurz nach der Entlassung aus dem Krankenhaus geschehen sein, in dem Jacek sechs Wochen gelegen und den Lungendurchschuss auskuriert hatte.

Marie-Luise sah auf die Bahnhofsuhr. »Oh, Mist. Wir müssen los. Sonst verpassen wir den Flieger. Was ist mit Jaceks Klage?«

Es war Jacek ein besonderes Vergnügen gewesen, nicht nur Schmerzensgeld, sondern auch Schadensersatz für seinen schwarzgebrannten Aprikosenschnaps zu verlangen.

»Ich bin mir sicher, Zuzanna wird auch in diesem Punkt vor Gericht unschlagbar sein.«

Wir rannten los, unsere Sandwiches in der einen, eine Büchse Cola Zero in der anderen Hand. Wir Millionäre für einen Tag.

Danke!

Wieder einmal ist eine Reise zu Ende. Sie hat mich auf die Weinberge rund um Zielona Góra geführt und tief unter die Erde der Burschener Schleife. Nach Potsdam ins Deutsche Kulturforum östliches Europa und nach Witnica in eine kleine, mit Büchern vollgestopfte Wohnung. Auf einem hölzernen Schiff über die Oder und in die uralte Ordensritterburg von Łagow. Ich habe die Gärten im Kloster Paradies gesehen und Horden von Ostwall-Fans in den Bunkern. Ich habe uralte Geschichten gehört von Flucht und unendlichem Leid und neue, wunderbare Dinge gesehen, die sich in diesem schönen Land, kaum eine Autostunde von Berlin entfernt, gerade ereignen.

Wenn ich könnte, würde ich dieses Buch in Tüten stecken, auf denen nicht »Esst mehr Obst!« stehen würde, sondern: »Fahrt nach Polen!« Fahrt in unser Nachbarland. Bestaunt die Städte und Kirchen und Klöster, die Wälder, Seen und wilden Küsten. Trinkt den Wein von Cigacice und Zielona Góra. Seht, was sich dort an Neuem entwickelt und wie das Alte liebevoll bewahrt wird. Nicht immer und nicht überall, sicher. Doch es ist so viel geleistet worden, und es ist ein junges, lebendiges Land voller Überraschungen. Vor allem aber: Lernt sie kennen, unsere Nachbarn, redet mit ihnen, lacht mit ihnen und freut euch! Freut euch über Europa! So zumindest ging es mir, wenn ich zurück über die Grenze fuhr, die in diesen wunderbaren Friedenszeiten nicht viel mehr ist als ein kurzes, beleuchtetes Stück Autobahn. DAS ist Europa. Nicht Brüssel. Nicht Milliardenlöcher. Nicht end- und würdeloses Stöhnen über die Verpflichtungen, die die Starken den Schwachen gegenüber haben. Nein. Es ist das Europa ohne Grenzen, in dem ich mich überall zu Hause fühlen darf. Welch ein Geschenk. Nehmt es an und packt es aus. Fahrt nach Polen!

Es gibt Leute, die ärgern sich über Danksagungen. Für dieses endlose Geschwafel hätten sie nicht bezahlt, so durfte ich unlängst in einer Rezension lesen. Ihr Lieben, ich muss euch den wütenden Wind aus den Segeln nehmen: Nein. Das habt ihr auch nicht. Mein Werk ist getan mit dem letzten Wort der Geschichte. Alles, was danach kommt, gibt es gratis dazu. Ihr habt nur bis »Wir Millionäre für einen Tag« Geld ausgegeben. Also regt euch nicht auf. Ihr müsst es ja nicht lesen. Aber für mich ist es eine große Freude, den Menschen zu danken, die dieses Buch begleitet haben und mir so viel von sich und dem Schatz ihrer Erfahrungen und Erinnerungen weitergegeben haben. Wie schäbig wäre es, nicht an sie zu denken und ihnen nicht ein wenig Platz in diesem Buch einzuräumen.

Zbigniew Czarnuch möchte ich zuerst erwähnen. Er lebt, hochbetagt, in Witnica bei Gorzów Wielkopolski. Bis 1945 wäre das in Vietz bei Landsberg an der Warthe gewesen. Er kam als Neunjähriger aus Ostpolen in die damalige Neumark, jenen Teil der Mark Brandenburg, der nun zur Woiwodschaft Lebus gehört. Unermüdlich setzt er sich für die Verständigung zwischen Polen und Deutschen ein. Er hat den Wegweiserpark in Witnica initiiert, der an die Flucht und Vertreibung aller Menschen erinnert, und führt Besucher in die Heimatstube, in der alte Fotos und Weinflaschen die Geschichte des Städtchens lebendig werden lassen, die nicht erst nach dem Ende des Zweiten Weltkrieges begann. Seine Erinnerungen an die Zeit der wilden Vertreibung sind schmerzhaft. Für Polen und Deutsche. Es gehört Mut dazu, sagt er, sich zuerst als Mensch zu empfinden und dann als Pole. Für diesen Mut bekam er 2009 den Georg-Dehio-Kulturpreis und einen großen Platz in meinem Herzen.

Wenn Sie Zielona Góra besuchen möchten und ein wenig Unterstützung bei der Planung brauchen, dann hilft Ihnen das

Deutsch-Polnische Zentrum für Touristische Förderung. Vielleicht haben Sie Glück, und es ist Paulina Polan, die sich für Sie so liebevoll und unermüdlich ins Zeug legt (alle da sind unglaublich nett und hilfsbereit!). Wenn Sie noch mehr Glück haben, dann haben Sie Piotr Firfas als Stadtführer. Mit ihm werden Sie zu einem Grünberger auf Zeit. Was er weiß und wie er es erzählt, ist einfach unvergesslich. Ich bin Piotr nicht nur aus diesem Grund sehr dankbar. Er hat mich in Berlin besucht und das gesamte Script in ebenso liebe- wie mühevoller Kleinarbeit auf seine polnische Plausibilität hin durchforstet. Nicht nur die Grammatik, auch die maßvolle und der Situation gerechte Verwendung von Flüchen und Schimpfwörtern ist sein Werk. *Dziękuję bardzo!*

Schlesischen Gugelhupf bis ans Ende aller Zeiten wünsche ich den wunderbaren Mitarbeitern des Deutschen Kulturforums östliches Europa in Potsdam. Dr. Harald Roth war so freundlich, einer Krimiautorin Zeit zu widmen und seinen Mitarbeitern grünes Licht zu geben, damit sie mich bei all meinen Fragen – und das waren viele! – unterstützen konnten. Ariane Afsari und Thomas Schulz haben mich auf den Gedanken gebracht, dem polnischen Wein ein besonderes Augenmerk zu schenken, dessen Existenz mir bis dato sträflicherweise nicht bekannt war. Viele kleine Details – angefangen von der Namensgebung unseres fiktiven Johannishagens bis hin zu polnischen Orden und deren Bedeutung – habe ich Frau Afsari und Herrn Schulz zu verdanken. Sie waren IMMER da, wenn ich sie gebraucht habe. Und das passiert Autoren mitten im Text ziemlich oft … Danke für die Geduld! Das Kulturforum organisiert übrigens auch tolle Studienreisen nach Polen.

Marcin Moszkowicz ist einer der jungen polnischen Winzer, die trotz enormer bürokratischer Hürden an die Zukunft des Grünberger Grauburgunders glauben. Mittlerweile gibt es sehr viele, die mitmachen. Eine Karte der kleinen privaten Weinberge bekommt man in seinem Laden in Zielona Góra (Sklep Winiarz, ul. Osadnicza 6). Danke für das lange Gespräch und … ähm … die Flasche, die eigentlich nicht sein darf …

Ach, so viele schöne Begegnungen. Die Fischer von Cigacice. Die Mönche vom Kloster Paradies. Die Freunde, die mich begleitet haben. Mal nicht allein auf Recherchereise zu gehen war eine wunderschöne Erfahrung. Cora Stephan war mit dabei, meine wunderbare Kollegin (Krimifans kennen sie unter dem Namen Anne Chaplet, sie hat für die *Welt* einen Artikel über unsere Reise geschrieben, den man unter http://www.welt.de/politik/ausland/article117385563/Die-schoenste-Bruecke-zwischen-Deutschland-und-Polen.html abrufen kann), Daniella Baumeister vom Hessischen Rundfunk und Claudia Negele, meine Lektorin. Vier Frauen im Weinberg – das war ein grandioser Spaß. Vier Frauen unter der Führung der unvergleichlichen Christel Focken am Ostwall – ein etwas anderes, aber ebenso denkwürdiges Erlebnis.

Last but not least: mein vielleicht wichtigster Helfer. Denn beim Wein verhält es sich für mich so wie in diesem Gedicht:

> Forelle ist ein feines Essen
> Ich selbst hab sie noch nicht gegessen
> Aber ich kannte einen
> Und der kannte einen
> Und der hat einmal daneben gesessen …

Nein, ich hatte noch nicht das Vergnügen, einen Château Yquem zu verkosten. Auch keinen anderen 1811er Kometenwein. Aber Mario Scheuermann. Er beschreibt dieses einmalige Erlebnis in seinem Buch *Jahrhundertweine* und in seinem Webjounal drink-tank.blogg.de. Es war ein Vergnügen, mit ihm zusammen die Geschichte von Johannes Hagens Hochzeitskiste zusammenzufabulieren, und das auf eine Weise, die – hoffentlich! – plausibel ist. Denn Fehler, das möchte ich unbedingt erwähnen, gehen allein auf mein Konto. Ich hoffe, sie halten sich in Grenzen …

Das Forellengedicht? Ich weiß nicht, von wem es ist. Erwin Zernikow hat es gerne zitiert, wenn Menschen sich anmaßten, prahlerisch von Dingen zu erzählen, von denen sie keine Ahnung hatten. Er war mein bester Freund und hat mich über dreißig Jahre lang auf allen meinen Wegen liebevoll begleitet. Die Entstehung dieses Buches hat er mit großem Interesse verfolgt und dem jungen schlesischen Wein nach sorgfältiger, eingehender, mehrmaliger gemeinsamer Verkostung eine große Zukunft prognostiziert. Er fehlt mir sehr. Seine Anteilnahme, seine Neugier, seine Lebensfreude, alles. Ich möchte ihn stellvertretend für meine Freunde erwähnen. Ich danke euch, dass ihr da seid. Nicht nur in den schönen Zeiten, sondern auch den dunklen und schweren, in denen man sich von einem Freund verabschieden muss. Wie schade, dass wir dieses Buch nicht mehr gemeinsam feiern können. Wie schön, dass du, Erwin, so lange an meiner Seite warst.

Berlin, im September 2013

Elisabeth Herrmann

wurde 1959 in Marburg/Lahn geboren. Sie machte Abitur auf dem Frankfurter Abendgymnasium und arbeitete nach ihrem Studium als Fernsehjournalistin beim RBB, bevor sie mit ihrem Roman »Das Kindermädchen« ihren Durchbruch erlebte. Fast alle ihre Bücher wurden oder werden derzeit verfilmt: Die Reihe um den Berliner Anwalt Vernau mit Jan Josef Liefers vom ZDF, »Zeugin der Toten« mit Anna Loos in der Hauptrolle. Für dieses Buch erhielt sie den Radio-Bremen-Krimipreis und den Deutschen Krimipreis 2012. Elisabeth Herrmann lebt mit ihrer Tochter in Berlin.

Mehr von Elisabeth Herrmann:

Das Kindermädchen. Roman (auch als E-Book erhältlich)
Das Dorf der Mörder. Roman (auch als E-Book erhältlich)

Sie finden die Autorin auf facebook unter
»Elisabeth Herrmann und ihre Bücher«.

(G) GOLDMANN
Lesen erleben